讓風低低吹，讓風高高吹；一天小男孩和小女孩雙雙在餡餅裡烤著，這是通向王國的鑰匙，這是那小鎮，這是那匹瞎馬它領著你亂轉。

——摘自鮑勃·迪倫詩歌集
《紅色天空下》致命危險的邊緣地帶

Let the wind blow low,let the wind blow high; One day the little boy and the little girl were both backed in the pie, Let the wind blow low,let the wind blow high, One day the little boy and the little girl were both backed in the pie, This is the key to the kingdom and this is the town, This is the blind horse that leads you around.

—*Excerpt from Bob Dylan's poetry collection "Under the Red Sky"*
The Brink of Deadly Danger

红色天空下

Under the Red Sky

[中]東亞 著

By Dong Ya

崑崙出版社・紐約
KunLun Press, New York

—午夜作家文庫—

責任編輯：　黑　豐
Responsible Editor:　　Hei Feng

Published by KunLun Press, New York
ISBN：　　　978-1-949927-04-7　　(Paperback)
　　　　　　978-1-949927-07-8　　(eBook)

Under the Red Sky
By Dong Ya

紅色天空下

[中]東亞　著

出版人：　Victoria Zhang

出　版：　崑崙出版社・紐約
郵　箱：　Kunlunpress@gmail.com
發　行：　谷歌圖書（電子版）　亞馬遜（紙質版）
版　次：　2026 年 1 月　第 1 版　第 1 次印刷
字　數：　303 千字
定　價：　$38.00

序　言

　　早在十六年前我在出版《北京傳說》時就在自序中說過，假如獲當年的諾貝爾文學獎，沒有什麼覺得了不起的，實際上指的是我於二零零九年完成的五十三萬的長篇小說《日晷》。那是我四十六歲時的壯年之作。有位文學評論家說"評論《日晷》這部傑作是艱難的，它太複雜，豐富的意象、神話故事的寓意、意識流自由快速的轉換，結構的複雜和創新，史料在小說中的運用，不是短時間就能評論出來的。真是一場巔覆當代史的無槍炮大戰役！"

　　我的這部《紅色天空下》完成於二零二四的冬季，過了整整一年時間我才恢復了力氣來閱讀修改。我已經忘記了小說的很多細節，當我讀完它，我認為它比我所閱讀過的布克獎長篇都要傑出，我便決定把它翻譯成英文，在英國和愛爾蘭出版，出版後參評當年的布克獎，奪冠是沒有什麼不可能的。大陸作家閻連科的小說是夾生的，殘雪的小說缺乏深度，他們的小說是不可能獲得布克獎的。我的魔幻現實主義手法是成熟的，又有自由寫作的膽魄和勇氣，有位老翻譯家說"莫言是指桑罵槐，而东亚是直搗黃龍"，依據的就是《日晷》。我創作了二十二部長篇小說，最滿意的是《日晷》和《紅色天空下》，還有《捕魂》《血墨》《枯泉山地》《北京》《家中的魔鬼》《大記憶》《狗蝗》《隕大星》《虎日》等十部長篇小說都是可以傳世的，與世界一流長篇小說相比毫不遜色。還有一百篇中短篇小說，大多是運用魔幻現實主義手法創作的。當我看到斯裡蘭卡的謝漢·卡魯納蒂拉卡的布克獎獲獎長篇小說《馬裡·阿爾梅達的七個月亮》在二零二二年的評審過程中，"我們所有的評委都讀了三遍"，我十分高興，我期望我的這部長篇小說在評審過程中也被讀三遍。

PREFACE

Sixteen years ago, in the preface to my published novel *Beijing Legends*, I stated that winning the Nobel Prize in Literature that year wouldn't be a big deal. I was actually referring to my 530,000-word novel *The Sundial*, completed in 2009. It was a masterpiece I wrote in my prime at the age of forty-six. A literary critic once said, "Commenting on *The Sundial* is difficult; it's too complex. The rich imagery, the allegorical meaning of the mythological story, the free and rapid shifts in stream of consciousness, the complex and innovative structure, and the use of historical materials—it can't be commented on in a short time. It's truly a revolutionary, gunless battle that has overturned contemporary history!"

My novel, *Under the Red Sky*, was completed in the winter of 2024. It took me a full year to regain the strength to read and revise it. I had forgotten many details of the novel, but after finishing it, I felt it was superior to any other Booker Prize-winning novel I had ever read. I decided to translate it into English and publish it in the UK and Ireland, then submit it for the Booker Prize that year; winning was not impossible. Mainland Chinese writers like Yan Lianke have half-baked novels, and Can Xue lacks depth; their novels have no chance of winning the Booker Prize. My magical realism is mature, and I possess the boldness and courage of free writing. An old translator once said, "Mo Yan is using veiled criticism, while Kou Hui goes straight to the heart of the matter," based on *The Sundial*. I have written twenty-two novels, the most satisfying being *The Sundial* and *Under the Red Sky*. Ten other novels, including *Soul Catcher*, *Blood Ink*, *Dry Spring Mountain*, *Beijing*, *The Devil in My Home*, *The Great Memory*, *The Dog Locust*, *The Fallen Star*, and *Tiger Day*, are all timeless and in no way inferior to world-class novels. I also have one hundred short stories and novellas, mostly written using magical realism. When I saw that Shehan Karunathiraka's Booker Prize-winning novel *The Seven Moons of Mari Almeida* was read three times by all the judges during the 2022 judging process, I was very pleased. I hope my novel will also be read three times during the judging process.

目　　錄

內 容 概 要

　　這是一部成熟的魔幻現實主義長篇小說。第一部分乃反浮士德式的奇文。死後四十多年的獨裁者還活著，變身為主角荀傳的初戀女友，引誘在高山上創作傳世小說的荀傳放棄創作使命，與她到南方去開始新生活，為他一連生下了六個孩子。荀傳重操舊業，到南方當地醫院當男護士，辛勤勞作，養家糊口。有一護士與他換了皮，把自己的工作崗位讓給了他。

　　原文如下：

　　我一聽到"護士"這樣的正式職業，想到了我是個男護士，就有如回到了夢裡，回到了過去的年月裡，有點兒絕望，但我立即想到了葛英蕾和孩子們，六個孩子和一個嬌妻，我馬上就又堅定了常人生活和放棄寫作的決心，尤其必須要放棄《我與獨裁者》的寫作。

　　一切都是騙局，是魔鬼搞的鬼。是獨裁者之魔，是那個死了四十八年的第一號獨裁者之陰魂作的法，興起的妖風，刮起來的黑風，降落下來的魔雨。

　　當育孌護士抓住自己的頭髮把她自己的皮從整個身體上拔拽下來後，我發現沒有了皮膚的她原來是一個男人，一個年老的男人，耄耋老人，至少有八十三歲了，他的骨骼臃腫，皮下脂肪肥胖，當育孌護士拎著她的皮面朝向我叫我把它換上時，把我自己的皮給她時，我看見她的臉原來是獨裁者的臉，那已經死了四十八年的獨裁者的臉，他的用藥水供養在天安門廣場中心位置的毛陵墓裡的那張寡婦臉，那死亡的臉，那無血的臉，那防腐劑保養的臉。我對獨裁者的憤怒忽然之間暴發，我寫作那部曠世傑作的勇氣猛然間爆滿。她的皮膚通過拔取的方式被剝離掉了，沒有了皮膚的她怎麼如此？她原來就是獨裁者的陰魂扮演和化妝的，是他冒充的，是他的陰險詭計，就因為他怕我把他釘到歷史和文學的恥辱柱上。文學的生命力無限，文學的力量無限，文學的批判性永恆。

我不能叫他的陰謀得逞。他死了四十八年了還要繼續統治這塊大地，還用他的腐朽殘暴的思想奴役和毒害人民，還要給這塊大地上的人民洗腦換血換皮換內臟，我的憤怒幾乎要把我的沒有了皮保護的身體爆炸粉碎。

我牢記著她的話。我以迅雷不及掩耳之勢猛然抱住了無皮的她，其實是他，獨裁者陰魂。好像一聲驚雷炸響。我的無皮的身體點燃了她的無皮的身體，兩具無皮的身體劇烈地燃燒起來了。

我聽到育蠻護士深沉地呻吟了一聲："你可真頑強！"

我心想：在反對暴政上我比任何時候的我都要堅強勇敢。

育蠻的無皮的肉體，其實是獨裁者陰魂的無皮肉體整個兒燃燒起來了，火焰躥上了屋頂。她的無皮的肉體依舊站立著，一株燃燒的火焰。那皮下脂肪，那被烈火熔化的油脂從身體上流到了護士休息室的地面上，地面也燃燒起來了，大地仿佛在顫抖。

劇烈的燃燒迅速使那具無皮的育蠻的肉體化成了一小攤灰燼。還有一星半星的火炭在明滅冷卻。

從魔爪下脫逃的主角返回北方繼續創作長篇小說。這是一部類似傳記式的小說，人物及其命運，尤其其結局是最重要的，當人物被判處死刑，被某軍醫大學的解剖實驗室變成了人體教學標本，他永久性地泡在了福爾馬林藥水池裡，當他的同村的一個中年人去打工，在那裡看到了成了標本的他……這個慘啊！真是悲慘世界，比冉阿讓的世界要悲慘無數倍。他是因為與他的新婚妻子和昔日的中學同學三人同睡一床而被處以極刑的。性是無罪的，任何形式的性只要是不違犯他人的意志都是無罪的，可在紅色大陸，卻成了重罪，嚴打下的極刑。他救過被計劃生育引產下來的還活蹦亂跳的孕足月的嬰兒，他衝撞了當時的社會環境，他的行為並不被作為英雄或正常行為對待，可他在小說裡卻是驚天地泣鬼神的英雄，是持有人類底線的正常人，對人的保護，對新生嬰兒的愛護這樣的最基本的人類情感和行為。可在那個特殊的年月，那些所謂超生的引產兒儘管被引產來到這個世界的時候是哭出了嘹亮美聲的，可他們是不被作為人對待的，是沒有任何生命權的。那個時代的社會超生的嬰兒沒有生命權，在身體解放的路上走得快了一些的人也是沒有生命權的，主角的命運與超生引產兒的命運是一樣的。

醫院變成了殺場，醫生和助產士變成了劊子手。他們吃胎盤，吃嬰兒，還有用活的嬰兒心臟，治療疑難雜症，治療深陷的藥物成癮症。因為超生嬰兒已經足月，不打利凡諾引產藥液也是可以順利分娩的，有的醫生就假裝給產婦打了有毒的利凡諾引產藥液，而其實打的只是生理鹽水或者蒸餾水，這樣出生的嬰兒就是百分之百安全的，他們就把這樣的嬰兒吃掉，挖出嬰兒的心生吃治病。這簡直比奧斯維辛還要殘暴，這樣的醫院如同集中營。

CONTENT SUMMARY

This is a mature magical realist novel. The first part is an anti-Faustian spectacle. A dictator, dead for over forty years, is alive again, transforming into the protagonist Xun Chuan's first love. She lures Xun Chuan, who is writing his masterpiece high in the mountains, to abandon his writing career and start a new life with her in the south, where she bears him six children. Xun Chuan returns to his old profession as a male nurse at a local hospital in the south, working diligently to support his family. One nurse swaps skin with him, giving him her job.

The original text is as follows:

When I heard the formal profession of "nurse" and thought that I was a male nurse, it was as if I had returned to a dream, to the past years. I felt a little desperate, but I immediately thought of Ge Yinglei and the children, six children and a beautiful wife. I immediately strengthened my determination to live a normal life and give up writing, especially to give up writing "Me and the Dictator".

It's all a deception, the devil's doing. It's the dictator's demon, the ghost of that number one dictator who died forty-eight years ago, who cast the spell, stirred up the evil wind, the black wind, and brought down the demonic rain.

When Nurse Yu-luan grabbed her hair and ripped her own skin off her body, I discovered that without skin, she was a man, an old man, a very old man, at least eighty-three years old, his bones bloated, his subcutaneous fat bloated. When Nurse Yu-luan held up her skin and told me to put it on, and gave her my own skin, I saw that her face was the face of the dictator, the face of the dictator who had been dead for forty-eight years, the widow's face that was kept in the center of Mao's tomb in Tiananmen Square with chemicals, that dead face, that bloodless face, that face preserved with preservatives. My anger towards the dictator suddenly erupted, and the courage I had for writing that masterpiece suddenly overflowed. Her skin had been peeled off; how could she be like this without skin? She was the dictator's ghost in disguise, his imposter, his insidious trick, just because he feared I would nail him to the pillar of shame in history and literature. Literature has boundless vitality, boundless power, and eternal critical nature.

I cannot let his conspiracy succeed. He has been dead for forty-eight years, yet he continues to rule this land, enslaving and poisoning the people with his corrupt and brutal ideology, and even brainwashing, changing the blood, skin, and internal organs of the people on this land. My anger almost makes my body, which is no longer protected by skin, exploding and shattering.

I remembered her words. With lightning speed, I suddenly embraced her or rather, him, the dictator's ghost. It was like a thunderclap. My skinless body ignited hers, and the two skinless bodies burst into flames.

I heard Nurse Yu Luan let out a deep groan: "You're so resilient!"

I thought to myself: I am stronger and braver than ever before in opposing tyranny.

Yu Luan's skinless body—in fact, the skinless body of the dictator's ghost—burned completely, flames leaping up to the roof. Her skinless body remained standing, a burning flame. The subcutaneous fat, the oil melted by the fire, flowed from her body onto the floor of the nurses' break room, igniting the ground as well, making the earth seem to tremble.

The intense burning quickly reduced Yu Luan's skinless body to a small pile of ashes. A few embers flickered and cooled.

The protagonist, having escaped the clutches of evil, returns to the North to continue writing his novel. This is a biographical novel, where the characters and their fates, especially their endings, are paramount. When the protagonist is sentenced to death and turned into a human specimen in the anatomy lab of a military medical university, permanently submerged in formalin, a middle-aged man from his village, who goes to work there, sees him as a specimen… How tragic! It's a truly tragic world, infinitely more tragic than Jean Valjean's. He was executed for sleeping in the same bed with his newlywed wife and a former high school classmate. Sex is innocent; any form of sex, as long as it doesn't violate another person's will, is innocent. But in the Red Continent, it became a serious crime, a capital punishment under strict enforcement. He saved a full-term, still-active baby born through a forced abortion under the one-child policy. He defied the social norms of the time, and his actions weren't considered heroic or normal. Yet, in the novel, he's portrayed as a hero, a normal person with basic human decency, exhibiting the most fundamental human emotions and behaviors of protecting others and caring for newborns. However, in that particular era, those so-called "extra-birth" babies, despite their loud and beautiful cries upon entering the world, were not treated as human beings and had no right to life. In that society, extra-birth babies had no right to life, and those who progressed faster on the path of physical liberation also lacked the right to life. The protagonist's fate was the same as that of these extra-birth babies.

The hospital became a killing field, and doctors and midwives became executioners. They ate placentas, ate babies, and used live infant hearts to treat intractable diseases and severe drug addictions. Because babies born outside the permitted number were already full-term and could be delivered smoothly without rivanol, some doctors pretended to administer the toxic rivanol to the mothers, when in fact they only gave them saline or distilled water. Babies born this way were considered 100% safe, and they would eat these babies, removing their hearts to eat raw for medicinal purposes. This was more brutal than Auschwitz; such hospitals were like concentration camps.

我與獨裁者

　　我一直以來是以離世的心態來創作的。我常常想到死了就不再會死，更不會有對死的恐懼了。我以這樣的心態創作這部《我與暴政》（暴政也可以置換為獨裁者）還有什麼可畏懼的呢。我有個女性作家朋友，她用"清風不識字，拂來亂翻書"引起的文字獄來勸我不要出版此類小說作品，我想那是雍正幹的事情，真的是他還在坐皇帝嗎？好像是對呂留良的淩遲……我記不清了，需要的是，查查歷史資料。

　　這無疑是一部半自傳體小說。為什麼是半自傳呢？既然是小說就無法是自傳，而且我總是喜歡想像力豐富性的創作，從寫實開始，寫著寫著就飄飛起來了，就進入了虛幻或魔幻，神話與傳奇就在我的手指下跳舞歡唱了。

　　我的人生本來是沒有什麼可傳記的，平庸而懦弱，膽怯又柔軟，可我卻與一個二十世紀的最大獨裁者共用了時間，不知是他伴隨了我，還是我伴隨了他，這就把我平庸的人生變得不平庸了。我沒有做出任何反抗他的行動，這是我的羞恥和平庸，可我內心裡卻一直是反對他的，憤恨的，因為我不能面對暴力連心靈的聲音都關閉了，我就在心裡批判他，指責他，控訴他，審判他，研究他，更多的是在小說裡與他交鋒，這樣的話，我的人生除了人世上的年月與他共用時空，還在虛構的文學世界裡與他針鋒相對，也就綿延了時間之時間。

我出生的時候，這個暴政獨裁者已經七十歲了。他是一八九三年出生的，我則是一九六三年出生的。但他死後到今天已經過去的這四十八年，他並沒有從我的生命中消失，他依舊嚴重地影響著我的人生。我已經六十一歲了，我再不與他有個終結性的清算，還等何時！

我在上面引用的詩其實是一個叫徐駿的進士的，詩本來是這樣的：清風不識字，何故亂翻書。前面還有"莫道螢火小，猶懷照夜心"。全詩還有兩句是：明月有情還顧我，清風無意不留人。他在給雍正上奏摺時把一個字寫錯了，這個字恰恰是"狴"，是把"陛下"的"陛"的耳朵旁錯寫成反犬旁，結果遭到了雍正的滿門抄斬。有的說是同是官員的某人告發的。既然是雍正在奏摺上發現的，即使有官員告也是為了撇清自己的後補行為。而呂留良則是順治康熙朝的人，他是因為死後被人尊奉為反清的楷模和偶像，而遭剖棺戮屍的。中國有三千年的文禍、文字獄。不管雍正是如何殘暴邪惡，他對於徐駿說他是無意寫錯了"陛"字是不會相信的。按我的想法，那個字是有意那樣寫的，這與徐駿的詩的意思是一脈相通的。一個野蠻的部落根本就沒有文化底蘊，卻推翻了明朝，當了統治階級，這就是"清風不識字"的"狴"了，是野獸類的。徐駿以這種文字小伎倆來進行有限的反抗，以明心志，事情暴露時又申辯說是寫錯了字，他實在是過於軟弱了。我的那位作家朋友，她用這樣的例子來勸說我，我說你當然是好心啦。我心裡想可那是三百年前的事了，從雍正朝到今天確實是有三百多年了，恐怕近四百年了吧。

我與暴政者的故事在我十三歲之前實在是沒有留下什麼印象，幾乎可以忽略他的存在。但我的家庭的反復遷徙無疑是與他有緊密關係的。我的老家是在中原城南十裡地的霍莊。村子的西邊有一個大水坑。那與北方秦域、山西北部村子裡的老池一樣大的水坑。夏日裡火熱的下午，我雖然還是個五六歲的孩子，就跟著大一些的小孩下到水裡去了。我記得我的母親在找我，叫我，當她發現我也在水坑裡時，她生氣了，發火了。後面的故事我沒有記憶，不知我是如何從水裡上來的，她打我的哥哥了沒有。我的二哥和三哥。或者只有一個哥哥領我到水坑來的。我的二哥在暴雨天遊過村子北面的清漣河，到屯裡的田裡去偷回來的那種紅瓤兒紅薯甜絲絲的，甚是好吃。說它是紅瓤兒嘛可能並不準確，應該是紫紅色的瓤兒，相對于白瓤兒來，它顯然色彩絢麗，印象深刻。它留在了記憶深處，把童年染色了。

這裡是一條叫做西安的山脈中的一座山峰，山峰上有一塊高地，大約有一畝地大的樣子，在這塊高地上建了一座七層樓的房子，我就住在五單元的七樓南戶，我在這裡創作這部《我與暴政獨裁者》的半自傳體的文學作品。

我的生命還能有多久？

唉，人世悲愴、淒涼。前面剛過了中秋節的假期，緊接著就又是一個假期。對於我來說是假期，可對於那種暴力打江山者是"節日"，他們的後裔在他們死後更加嚴酷地認為江山是他們的父輩打下的，更是不放棄手中的權力，人民，人民，人民只是權力的奴隸和工具。那些甘願當奴才的人可以分到一杯美味。

我的老家是中原，可我是在秦域農村出生的。那是一個地坑院子，胡同通到南邊的大路上。某年的夏季我專門去尋找過那個地坑院。它有七孔窯，還有個窖。窖是這個地區專門用來收集和儲存雨水的。坡上的雨水和院子裡的雨水彙集進窖裡，雨水沉澱後就打上來，燒開後飲用或者做飯用。我不記得家裡的桌子後面的牆上用圖釘固定的暴政者的印刷的畫像了。那年月無疑家家都必須在主要位置上貼那樣一張畫像的。我出生的窯洞在地坑院的東邊。從胡同裡下來東邊崖面的第一個窯洞，當時我的父母和三個哥哥就借住在那裡。窯洞是何家的。何家沒有子女，收養了一個親戚家的男孩。這個男孩大我十歲。我的爺爺住在姜河溝下面的一個破廟裡。他是厭煩了老家的生活，一個人跑到秦域的北部，找了個破廟住下當了和尚。破廟邊有廢棄的荒地，他把它開墾出來，種了糧食作物，有玉米小麥，還有油菜。聽那個主家收養的男孩說他去溝裡遊逛，看到我祖父深夜獨坐月光下念經，他覺得十分恐怖。溝壑，破廟，念經的老人，慘白的月亮……還有一隻野鼠偷油吃，掉進了油缸裡，臭了，我的祖父用清油上莊稼，莊稼長得烏黑烏黑，油汪汪的。

我記不得我家借住的窯洞裡的牆壁上的暴政者的畫像了。我想家家掛那樣一幅畫像是承擔著很高風險的，萬一哪個孩子損壞或者把髒東西甩上去了。當然大人會及時發現的，並把它收拾乾淨的。把它取下來燒掉，自己不說，沒有人看見，也不會有什麼事。天下哪有那麼大壞心的人呢？那些用他人血和屍體給自己當墊腳石上位的人才會去告發。

我出生在那樣一個叫何家的村子，那是黃土高原上的一個村子。那年我已經三十九歲了，我坐的汽車翻越姜河溝時，我驚歎那溝壑實在是太深了，路太險了，沒有出車禍死掉真是萬幸了。而在幾個月前的冬季果真就出過一次車禍。我與我的大哥一家三口坐在車上，我大哥的小舅子開的車。我大哥是老司機了，從去當兵的那時候就在汽車營裡學開車，可那天他偏偏不開，他說車是他小舅子的，他不能說那樣的話。他的大兒子結婚，我去參加大侄子的婚禮。前面的大嫂因病去世，大哥娶了現在的大嫂。他與第二任妻子又有了一個男孩。我們四個人坐車，連上開車的大舅子五個人在上坡的公路上翻車了。那是澄竹山區縣的溝壑邊的公路，路上結了冰溜子，冰溜子上又落了薄薄一層雪。從坡上下來了三個男孩，都是放學回來的。三個男孩順著路往下滑雪，大舅子遇到這突然出現的情況，急了，踩剎車，結果整個麵包車滑了出去，是向坡上滑的，打著轉兒，緊接著一聲巨響。我在車裡。我發現大哥在叫拉開車門。車門拉開了，我們一個個從車裡鑽出來。車滑到了路邊的排水渠裡，渠外是一座小山丘。山丘外面就是陡坡和懸崖了，再下面就是有名的黑松林水庫。我們五個人都沒有受傷。上帝自天而降垂愛！這是上坡，坡路邊又有小山丘阻擋和保護，排水渠很淺。假如是下坡的話，必然會掉進深溝，車毀人亡。我剛才在車上時看到的那三個離車還相當遠的孩子一個都沒有了蹤影。他們憑空消失了嗎？當我心神稍穩時，看到雪坡上躺著他們的身體。他們都被掃倒了。汽車在打滑旋轉時，一個三百六十度的大擺身把他們都掃倒了。旋轉的面積太大，一個都沒有逃脫。我看著他們的身體，心兒慌亂不已。大哥的大舅子正在給保險公司打電話，我心裡對他充滿了鄙夷。我心想他首先考慮的是他的財產，他的車，而不是那些孩子的生命。我試圖攔阻一輛車，沒有攔住。我攔住了一輛三輪車。這時候大哥的大舅子也來幫忙，把三個孩子抱上了車。我與大哥的大舅子把三個孩子護送到了縣醫院。那是個山城，是在幾條雞爪形溝壑的交匯處。東邊的溝壑裡有河。西邊的溝壑裡似乎也有溪流。有的溝壑是幹的。我童年的時候曾經聽到說是縣城東邊的溝裡有一台拖拉機，不知是四輪的還是手扶的，被洪水沖走了。拖拉機正要過橋，山洪從上面忽然而至。不知那開拖拉機的人死了還是活著。到了縣城的縣醫院。我曾經在這裡實習過。那是青春期痛苦的一年時光。我第一次簽名領取自己的伙食費，管賬的師傅讓我簽名，我就簽了。他指的是另外一個同來實習的八班的同學的名字，那我就按照他的指示簽到了那個位置上。我還是比較聰明的，想到不能在別人的姓名後面寫上我自己的姓名，就照那個同學的姓名簽上了他的姓名。我就把自己姓名所在的那一欄空白了。後來那位同學還說到了這件事，說不知是誰把他的伙食費領了，還簽的他的姓名，那簽名的字還扭扭歪歪的。我想我自己的又沒有領，你領了就是了。他肯定是那樣在我的姓名那一欄簽名領取的。在這裡實習了一年，離開時那位同學叫我寫感謝信。我寫的是"臨別贈言"。我寫出了青春之火焰，還寫出了未來的勃勃雄心。我那時候就寫詩，立志要做文學家，並夢想自己有那樣的才華。

二十年後我又回來了，是送被撞昏迷了的三個孩子。我們把他們抱進了急診室。醫生護士開始了搶救和治療。我發現大哥的大舅子不見了。我腦子一轉也悄悄地溜走了……這是我人生的第一次做的見不得人的事。

我是在暴政下成長起來的孩子，已經受到暴政的污染。我遇事不能勇敢承擔，溜走與暗箱操作有共同的性質。那一年我已經三十九歲了。

……我就是在那個地坑院裡的一孔窯洞裡出生的孩子。我的母親當年吃的是那片高原出產的小麥和玉米，喝的是那雨水變成的窖水，其實我就是那片高原上的各種物質各種元素聚合成的，變的，我的基因裡有中原大地的成分，可滋養那些基因的卻是秦域這片黃土高原的物質。那天我坐車從一兩千米深的溝壑裡爬上來（那溝壑裡的小溪是通向涇河的，涇河是有名的，它與渭河組成了"涇渭分明"這個成語，凡是說漢語的人應該都知道），在這高原的角落找到了這個叫何家村的地方，又找到了這個地坑院，地坑院裡的這口窯洞。我沒有進去看，它是鎖著門的。北面的一孔窯洞裡有個老太太。她還記得我的母親，說她不言傳，就是說她不好說話。我也是這樣的性格，很少說話，找不到合適的話可說就不說了。那老太太非常熱情地招呼我，可我來的時候卻沒有想到買一些禮物。高原上習慣把禮物叫做禮當，我是在高原上長大的，聽到那兩個字就感覺到特別潤耳受活，尤其是我的三嫂說出"禮當"那兩個字時，而且是在她剛與我的三哥談婚論嫁的那年月。我可能帶的有水杯，就從她家的熱水瓶裡倒了水。飯是正好趕上飯點了才會熱情招呼你吃的，錯過了，無法專門給你去做，你說吃過了，人家也就相信你說的是實話。鄉村裡的鍋灶使用起來特別不方便，做一頓飯要花費很大的工夫。當我離開的時候，走到胡同那兒，看到有許多農具廢棄了，還有石碾子、碌碡什麼的，還有不用了的木輪大車……

　　下起雨了。高原上距離天是很近的，雷聲就特別暴烈，好像就是在你的耳根下炸響的。你聽說有個十多歲的姑娘替她父親在瓜園裡看瓜，被雷劈死了。那是多麼慘啊！村人會說她是什麼精變的，雷是不打人的。

　　你等了好久才有車來。其間，有從縣城回來的人，聽說你是某某的幾弟，也來招呼過你，你沒有到他家去。小的時候也許都知道，還在一塊兒玩耍過，但你沒有絲毫的記憶了。那人是在縣城裡當官的，與你的大哥是同齡的，你一二歲、三四歲時他可能抱過你，逗過你玩。回去的班車自然是要沿著原路返回。你想那溝壑那麼深，車需要下去又爬上去。那姜河溝的溪水是流到涇河去的。你的父親與大哥那些年每年都要涉過那河到永壽縣那邊去。有一個叫常寧的鎮子他們經常說起它。父親是照相工出身，他脫離縣上的照相館後就到秦域這邊私下照相掙錢。那種老式的木箱式照相機是有的，洗相技術也沒有問題，於是就把自家變成了季節性流動照相館。所謂的季節是指學生畢業的時候。在高原下的深谷裡的涇河你沒有去過，沒有看到，但在涇陽縣與咸陽的交界處你坐大哥的卡車過過涇河。沒有橋，卡車是從水裡直接開過去的。留給你的印象也就是一條不起眼的河流罷了。可有一年你到甘肅的慶陽去，無意中走到了縣城的西北角上的山谷裡，你見到了的涇河卻是兇險的，它把大地旋刻成了一個又一個的深窩，激流在窩裡打轉，氣勢驚誅。

　　你住在這個叫西安的山脈上。山脈上有一塊山谷夾峙的坪地。坪地上有一座七層樓高的大房子，你住在其中的一個小單元裡的小套間裡。你在寫這部《我與暴政獨夫》的半自傳體文學作品。你想你要儘快……可你需要儘快完成這部作品時，有個傢伙出現了……

　　我與暴政獨夫的關係並不緊密。他活著的時候，我根本無緣見到他。他是這個國度權力最大的人，我是一個小孩而已。我十三歲那一年的九月九日他死了。他八十三歲死的。我與他關係最深的記憶是這個時期。他死了，全國都白化了。到處都是白的。十三歲的少年只能是當時社會的一分子，沒有任何的獨立思考的能力。我在秦域關中北部的澄竹縣的圓裡公社的萬家大隊第三生產隊是一戶叫祥禎的農民的第四個孩子。我有四個哥哥，兩個雙胞胎弟弟，一個妹妹。我一直以為她是我最小的妹妹。我在讀衛生學校時，暑假回來時還給她買過裙子。當時我十六七歲，她也就八歲大吧。我是很喜歡這個妹妹的。我的父親對我說過我對妹妹還是有感情的，不像其他兄弟那樣沒有感情。我的母親去世時，我妹妹有一個嫂子要追究她的罪責，說是她把母親氣死了。我立即就反駁了回去。我不管咋說還是五弟六弟的四哥，五弟六弟媳都得聽我的。我說我們就這一個妹妹，還要怎樣呢？又能怎樣？人死不能復活，過去的事都過去了，再說了母親去世不能說是誰氣的了。我的父親以前在河南老家的照相館當過工人，可他在一九七六年時的真實身份是農民，在生產隊裡勞動，掙工分養家糊口。他有照相的手藝，還有那些設備，能另外掙錢，便不像其他農民家庭那麼艱難。他每年去給小學或者中學的畢業生照畢業照，每個學校的畢業生還是不少的，掙的錢除了給校長和給他聯繫這個生意的教師分一些外就全部自己落了，我估計每年的收入應該與一個青年工人的工資差不多。我看見過壓在箱子底的父親年輕時穿過的好衣裳，那面料是綿綢的，光亮的，柔軟的，新嶄嶄的，他在農村的時候從來沒有穿過。我的母親也不是那種天天去生產隊參加勞動的社員，她經常頭暈，不舒服，就躺在家裡的窯洞裡了。我記得最深刻的是她到小河邊的田地裡去翻紅薯秧子。紅薯秧子貼著地面長把新的鬚根紮到泥土裡去了，把濃密的紅薯葉子製造的養分輸送到沒有用的根須上，這就需要把它翻起來，把那新的細小的鬚根拔出來，使它翻身向上，失去了泥土，太陽一曬它就乾枯了，這樣的話它的主根下所結的紅薯就會得到更多的養分。那樣的活不需要更多的人去幹，母親一個人就行了。她還可以順幾個紅薯回來給孩子們吃。可能也就是這一年母親因為所養的一窩雞得瘟病蹬腿死了。它們死前總要抽搐痙攣一陣，翻倒在地，雙腿踢騰，歸於最後的平靜。我的母親以為是還他糧食的原上那家人有意把農藥拌到裡面了，因為正好是她用那糧食喂了雞後它們才蹬腿的。她把死雞放到籠裡用胳膊扛上。那籠是我打的。我們把編叫打。從山坡上割些荊條回來，或者爬到柳樹上折下柳條，先打一個圓盤兒籠底，再弄一個粗壯的柳枝，把它架到火堆上燒烤，然後把它彎曲成半圓形，用一條麻繩或者樹皮把它繃住，讓它與打好的籠底固定到一起，之後就繼續編織荊條或柳條，直到一定的高度，把所有的荊條或柳條擰成一股繩或髮辮那樣的形狀，最後把它插進緊致的荊條或柳條裡，靠它們之間的壓力固定住，一個新籠兒就打成了。我不但會打籠，還會編織蘆葦席子。有個鄰居家的男主人是個瘸子，他的老婆是南山那邊的。我們這邊北山的人所說的南山是指關中平原以南的秦嶺，那裡有柞水縣、鎮坪縣什麼的。那可真是青山綠水，可也是真正的窮山惡水。那山上的石頭和綠色灌木雖然茂盛，卻頂不了一點吃的，他們是由於吃不飽肚子而跑到北山來的。說這邊是山嘛，其實是黃土高原。高原由於被風吹被水沖刷而形成了山梁和溝壑，貌似山區了，可不管它如何崎嶇，如何深刻，它都是黃土，能種莊稼，就能打糧食，就餓不死了。我記得只有那深溝裡的小河把泥土沖淨了，露出了石質的河床。可見黃土有一千多米厚。那瘸子有四個兒子，沒有女兒，他給兒子們取了龍虎成群的名字。確實是龍虎成群了，十分有氣勢，有雄心，有對未來的子孫的繁榮壯茂景象的憧憬。人窮了現世的東西指望不上了，就把希望寄託到了後代子孫身上，那也是活下去的動力啊！從南山來的是這四個孩子的外爺，那老頭個子不高，他的面貌已經在我的記憶漫漶了，模糊了，不清晰了。我不記得他的四個外孫與他在一起的情景了。我只記得他指導過我打蘆葦席。我從小桃園那段小河的對岸的葦子園裡把葦子捆上一捆扛回來，弄到打麥場裡用碾麥子用的碌碡把它碾平展了，把它們用刀子劈成條兒。我學得很快，把席打得跟家裡火炕上鋪的買來的席子沒有什麼區別，那人字形的花紋十分整齊。整齊產生美。可在收口時，我沒有去請教那南山來的外公，私自收口，結果席子就沒有能編成。那老頭把我數說了一頓。我把他當外人了。我還記得他帶我夜晚深入溝壑，到了有山洞的頂部去逮野鴿子。我與這個外公很親，而他的四個外孫反倒與他的關係很疏遠似的。我不知道他是什麼時候離開醋坊溝那個穀底山村的。也就是這一年碾曬麥子時忽然下起了暴雨。我們這裡把它叫做白雨。我估計是把雷雨這個詞裡的雷字念轉了音。也是這一年我家在麥收前就斷了頓，沒有糧食了，把還沒有成熟的麥子從田野裡收割回來煮麥仁兒飯吃，這叫吃青。也就是這一年他死了。我生存的這個國家最大的官死了。

我居住在這座叫做西安的山脈上，我在寫這部叫做《我與暴政獨夫》的半自傳體文學作品。這是西安山脈中的最高一座山峰。山峰之間有一塊谷地。這座房子就建在谷地裡。透過窗戶我能看見北邊的渭水。它是秦國的發祥地。當時秦國的咸陽宮就築造在它的北岸上。那個地方如今叫姚店。而在這座房子的南邊，我透過窗戶看見的是湯湯的灞水和滻水，還有灃水。秦穆公曾在灞水上築壇稱霸，赫連勃勃也在灞上稱雄，劉邦與項羽擺過鴻門宴。項羽保護了劉邦，而劉邦最終除掉了項羽，鴻門宴已經失去了原有的含義。灞水最早叫滋水，秦穆公改名為霸水，後來人的給霸字加上了三點水旁。灞水的上游河道扭曲不堪，河床左右搖晃，，旋切力特大，這是落差比降過大的原因。它的源頭在藍田縣，那裡所產的一種玉就叫藍田玉，古代有許多詩人歌吟過它。往西南方向看，就能看到秦始皇當年修建的阿房宮。恍惚間，似乎沿著渭水兩岸所建的許多宮殿都搖曳著它們的身姿。它們有著五花八門的名稱：章台宮、步高宮、步壽宮、芷陽宮、宜春宮、興樂宮、華陽宮、蘭池宮、望夷宮、蕡陽宮。秦滅天下後，把六國宮殿全部拆遷到了咸陽，重建在渭水兩岸。在西南方向還可以看到渼陂湖。那是秦始皇囚禁他母親帝太后的監牢。秦始皇殺了他的繼父嫪毒，殺了他的兩個同母異父的弟弟，是他把他的兩個弟弟，當時一個是十歲，一個八歲，把他們從帝太后的懷抱裡強行奪走，把兩個孩子塞進布囊裡摔死的。那有個特殊的名稱：囊撲。袋殺，這是我對囊撲的通俗性解釋。渼陂裡有兩種怪獸，一種獸的兩條前肢上一個長的是爪，一個長的是蹄。還有九女墳。是秦始皇的九個女兒被秦二世害死後的共同的葬地。

在我所居住的這座叫西安的山脈南北兩邊總共有八條河流。渭水的北岸最大的河就是涇河了，有著涇河老龍王的傳說《柳毅傳書》。渭水的南岸有澇河、潏河、滈河、灃河、灞河和滻河，加上北邊的涇河和渭河，這就是八水繞西安了。

我正在創作這部半自傳體文學作品的這座房子裡幾乎堆滿了書。客廳裡有書山，臥室裡有更大的書山，客廳北邊的書房裡更是書山嶔崟崔嵬。我居住的這間臥室兼寫作間裡也有少量的書擺。忽然間我發現書箱不脛而走了。它們沒有腿，但卻在空中飄浮著，從這間房子飄到那間房子，又從那間房子飄浮到了這間房子。我定睛看去，它們又原地不動了。

我只好相信是瞬間眼前出現了幻象，它也只能是我的幻覺而已。沒有什麼大驚小怪的。

高原上的公路是泥土的，大太陽曬著。公路兩邊的田野裡的玉米和高粱正在猛烈地吸收陽光，正在瘋狂地生長，不可改變地走向成熟。公路上有一輛卡車奔馳著。我和許多人坐在卡車後面的敞車廂上，太陽光直射著我們的頭和身體。但由於卡車是移動著的，陽光的熱度似乎被風吹走了一部分。陽光直射，卻並沒有平時呆在大太陽下那樣的曬。這是全圓裡公社去縣上參加他的悼念儀式。他儘管遠在北京，那裡有一國的上層大人物為他守靈，治喪，可在全國各地，連大隊這樣的村級單位都設有靈堂，佈置有眾多雪白的花圈，民眾的胸前都別一朵小黑花，也有頭上紮白孝布的。全公社總共有十幾個大隊，自然村當然多了，但都統歸大隊，每個大隊有一個幹部帶一個學生，學生是大隊小學裡的紅小兵中隊長。卡車的敞車鬥上拉了三十多人，一半大人，一半小孩。我十三歲了，是個大小孩。

那卡車一路向北開，爬上了北峰。那是爺臺山的主峰。說它是山嘛，其實高度有限，它是由梁風化成的。圓裡街道向南是一馬平川，直到我所居住的醋坊溝，高原被西南方向和東南方向的兩條大溝壑切削成了一個箭頭，下面便是深溝，從山麻村上面的秦莊溝，秦莊溝上面的爺臺山發源的小溪與從夕陽公社那邊的原坡上發源的小河就在我所居住的醋坊溝的中心自然村落醋房那邊交匯形成了萬家河，再往南就注入了官莊水庫。這座水壩是南面的涇陽縣修建的，蓄水每年澆灌的是我們叫做"底下"的平原。那是關中平原的北部，有名的鄭國渠就在那一帶。

北峰向北是一條又一條的山梁。那山梁向北鋪排開，直到一座遠看像是雲霧的鳳凰山才被阻擋住了。那是陝北的邊界，四十年代也是陝甘寧邊區的南界。那樣一個叫陝北的地方成了中華民國的飛地，由一個武裝組織統治。它不是政黨，只是個組織，它有軍隊，有武裝力量。武裝力量和軍隊只能屬國家。一個組織畢竟是由少數人組成的，更是由更少的人把持下的，毫無疑義它是為少數人的利益鬥爭的。扒著車幫站立著的十三歲的我還是個沒有任何獨立思考能力的糊塗的小學學生。我只是覺得直曬的太陽光難以忍受。卡車的移動扇起了微弱的風拂過臉面時感覺舒服點兒。我想起我昨夜從醋坊溝下面爬上萬家原到大隊部的窯洞裡去默哀的情景。向東南方向的大溝畔兒有板築的土牆院子，那裡面有一間木頭和磚瓦蓋的房子，那是大隊的供銷點。房子的北邊崖面下是一溜幾孔窯洞。大隊部的靈堂就設在房子後面的窯洞裡。你與醋坊溝的社員一起來的，你們進入靈堂，站在特意佈置的他的油印的畫像前，聽著三用機帶動的高音喇叭播放的哀樂。你這個十三歲的孩子的腦子早已經被強行灌輸的意識形態毒害掉了，你居然想到了他死後鄧小平會翻案，會使人民吃二遍苦，受二茬罪。紅色江山會變色。十三歲的你從來沒有思考過你過的是什麼日子，吃的什麼，穿的什麼……到了冬天，你穿的棉褲還是那條老舊的棉褲，前開口處被尿漬浸得變硬了，放著亮光。你的棉襖裡蝨子成堆，那縫兒裡全是白花花的蟣子，放到火上一燒，劈裡啪啦作響。你吃是的高粱面窩頭，玉米麵窩頭，摻雜少量麥面的饅頭，尤其是那包穀面蒸鏌，你認為是天下最難吃、最難下嚥的食物。你上三年級的時候（你記得好像又是上四年級的時候），你跟著你的三哥到原上的大隊小學去上，因為那兒有三年級。你三哥上的是五年級。排練節目時，大家都需要穿紅毛衣，唱的是《閃閃的紅星》，跳的是一位小學女教師教的舞蹈。你穿的紅毛衣是你母親的……她把自己的毛衣給你穿了。那紅線毛衣的下擺處有塊兒地方毛線斷了，散亂了一片，那小學女教師特意用手摸了摸，說是這兒爛了，不好看了。你放學後下到溝壑裡，進了窯洞，對你的母親說了，她就找了一塊紅布把它補了起來。小學女老師看到後說更不好看了……你還穿過你母親一件小棉襖。那質地是綿綢的。你穿了一段時間，母親十分生氣，因為她沒有棉衣穿了。你自己的棉衣當然是往年冬季穿過的，生滿了蝨子，蝨子又下滿了蛋。那蛋白生生的，叫蟣子。關鍵的問題還不是生活的艱難和苦難，而是你的大腦被毒化了。你小小年紀就被強行灌輸了鬥爭意識，把政治大人物的政治對手當作你最大的敵人一樣仇恨，你仇恨過劉少奇，仇恨過鄧小平，仇恨過劉瀾濤，仇恨過孔老二（孔子）……你站在村級靈堂裡腦子已經捲入政治鬥爭的強風暴雨。在對你灌輸仇恨的同時，對你更加強橫灌輸的是“熱愛”和“忠誠”，你可以不愛你的父親母親，你的兄弟姐妹，但你必須熱愛這個終於死亡了的獨夫民賊……

　　向西邊去的公路曲曲彎彎，翻越了一條大溝，又爬上了一座高原，穿越過了幾座村莊，又爬山，然後又山上下去，下到了一條更大的溝壑裡。這條溝壑裡有一條河流，縣城就在那河的西岸上。卡車把整個圓裡公社的悼念代表拉進了縣革委會大院。這裡佈置得更是如同一座雪山。全縣城都是穿了白孝的。你跟隨著大夥被領進了全縣最大的靈堂。你作為一個大隊的小學生代表，你的內心是十分沉重的，紀律性也加強了，很自覺地遵守大人要求你的一切。你這個還不滿十三歲的男孩在澄竹縣這個最大的靈堂裡心裡倒沒有泛起前天那個夜晚泛起過的波浪。你被那白色的陣勢震住了，思想不敢有絲毫的懈怠和跑毛……那也是你記憶中的第一次進縣城。你在五六歲的時候跟隨著父母哥哥從老家河南坐火車到秦域澄竹來，一定是經過縣城的。也許你的父母領著你們是從縣城東側的路上過去的，並沒有進縣城裡去。下了汽車就沿著土路向南村所在的方向走了。南村是個公社，它有個村落名叫董家梁，位於北峰北邊的眾多梁原之間。你只記得那山梁像天一樣高，你小小的孩子的身高只能匍匐在它的面前而仰視它。它是那樣地高大！翻那樣一座山梁對於你這樣的孩子的小腳小腿來說有如登天艱難。沒有車，你只跟隨著父母哥哥們步行。你的二哥被你父親指示先走。他畢竟是大小夥子了，走得快，先到那已經收拾出來的董家梁的下樑的那溝圈窯洞去，還可以把灶火升起來，把開水燒好，把需要吃的包穀稀粥煮好。你的二哥當時十六歲，他獨自翻過了南村與九頃原之間的巨大溝壑。有往坡上爬的時候，有個孤狼跟上來了。你的二哥蹲在路邊的野地裡大便時看見它的。他並不驚慌。他屙完了屎，起身系好褲子。他抓了一個土坷垃猛跑幾步去打那孤狼。那狼倒不扭頭逃跑，但也沒有追上來。你二哥看趕不走它，就向九頃原村上走。他也沒有跑。你不明白他怎麼就不怕狼呢！九頃原是一個大隊的所在地，你二哥漸漸走到有人煙的地方了，有人家住的山崖上的窯洞出現了，那狼也就消失了。假如是一群狼呢？假如它們都饑腸轆轆呢？那是無法設想的。

有一冊書在空中飄著，又不像是漂浮或飛行的狀態，而是拿在一隻手裡的。那手膚色柔嫩，皙白而透著紅暈。那手指纖纖，輕巧猶如琴鳴。與那手相連的是一條美麗的玉臂。一個人整個兒顯現出來了：她是你的初戀戀人。她的相貌還是她十九歲與你在渭水邊的公園合影上那樣年輕，那樣沉靜而美麗。

在西安這座山脈上，在兩座山峰之間夾峙的這塊叫青門的坪地上的這座大房子裡，你在寫作，她怎麼就出現了？不是現在的她，是四十多年前的她。她儘管是單眼皮，但眼睛的形狀卻是異常的柔和，深邃，澄明，晶瑩，美目盼兮。她的黑黝黝的頭髮紮在脖頸的兩邊，兩條不長的辮子上飾有兩個小鈴鐺樣的蓓蕾，沒有開放的還含羞的孕態。那是兩個塑料質地的頭飾。你心裡明白，因為那是你在老家小城的街道邊的小攤販那裡給她買的。你牢牢地記住這個頭飾的美麗形狀。因為四十年前，你在一個叫普集鎮的小火車站等車，你要返回秦巴山地之間的漢江邊一座小城去。她去送你。開始的時候是她到咸陽城送你上火車的，可你臨時改變了主意，決定在距離她所工作的縣城最近的火車站去坐車。那樣你們就不用呆在那兒死等了，還可以先把她送回去。火車是晚上的，你們是中午就離開咸陽的。在那小火車站上，已經是下午三點多快四點的樣子了，小學校的學生已經放學了，正走在回家的路上。有幾個小學女生頭上就紮著那樣的塑料小花蕾頭飾，她指著那頭飾說你給我買哦，你答應了，心裡默默地把那樣一個任務牢記在了心底。你給我買哦——那柔軟似潤液珠的聲音滴進你的心裡，輪遍你的軀體，你恨不得與那聲音交歡做愛，一聽就挺不住了，忍不住了，就要高潮，就要宣洩，就要去奔放……

這叫做西安的山脈之上，這高地夾峙在兩座山峰間，但房子過於高大高過了兩邊的山峰，視野開闊，可以看到東邊的大明宮和西邊的未央宮。東邊的宮殿是唐朝的，要晚於西邊的漢朝好幾百年。

就是在萬家村（當時叫大隊）的靈堂裡我心情複雜了一些，想到了鄧小平的翻案，要吃二遍苦，要受二茬罪，對於未來有些茫然而已，我倒沒有什麼悲痛的激情湧現，沒有傷心，更沒有落淚，而到了澄竹縣城縣革委會的全縣惟一最大的靈堂裡，我就更沒有什麼悲痛而言了，可我也沒有快樂和高興的心情，我既然不會哭出來，也就更不會笑起來了。如果我笑了，那麼我就會被定性為"現行反革命分子"，說不定在當時那樣的形勢下，我有可能被槍斃掉。這個縣上的暴政者若是要向上面邀功請賞，一心想著往上爬，是會幹那樣的極端的殘酷的事。我算是安全地返回到了我那深深的溝壑裡的醋房溝的窯洞裡。這個自然小村有三個更小的自然群落，溝裡頭住了五戶人家，有陳老八家，有洪瘸子家，有王南山家，有杜老三家和緊挨著的杜老四家，還就是我家了。我家與賀家、王家是外來戶，我家搬遷來得最晚。陳家在這兒居住的時間要長一些，老住戶是杜家。杜家在醋房那兒過去開過醋坊。杜老大、老二、老八、老九住在那兒。有一戶姓秦名千福的住在醋房西邊的一個山谷的溝口上。洪家把女兒嫁給了杜老大的獨苗兒子得以遷戶有了居住權。他家是安徽淮南那邊的，因是富農成分而在老家呆不下去，背井離鄉了。李家是因為什麼搬遷來的，不知道。還有個重要的獨戶，他叫王國松，高大的一個壯漢，一米八幾的個子，威武有風度。他經常說起過去打仗的事。杜老三家養有六個女兒，可他自己卻患有哮喘症，失去了勞動能力，日子全靠一個婦道人家支撐著。孩子們經常看到國松叔到杜老三家去了，就去瞅看，湊熱鬧。那六個丫頭的媽媽招待國松叔特別熱情，國松叔坐在椅子上好像很羞澀的樣子。

我的父母有一次說杜老八，說他從打麥場收工回去，其女人叫他在家裡洗身子，他非要到河裡去洗。那河的下面就是水庫的尾巴。他家與秦家只隔了一條小溝，而秦家的男人被他派到十幾裡外的工地上去參加大會戰了。孩子的耳朵只知道聽，聽了就記下了。

就是毛澤東死的那一年，我小學畢業了。我的父親來給畢業班照相，我們都有了一張畢業照。我當然是不用掏錢的，至於向其他同學收了幾毛錢我不得而知。之前，學院地坑院子的牆壁上老師用仿宋體寫的"按既定方針辦"的黑色大字，沒有過多久就被鏟掉了。我們作為學生是什麼都不知道的。老師不會把他們瞭解的情況告訴學生。

　　我居住在西安這座山脈之上，兩峰之間的坪地上有一座高大而老舊的房子，我透過窗戶觀察山下的世界時怎麼就把澇河這條八水繞西安（古代叫長安）的水忽視了呢？沒有看見呢？是我忘了它，它也就不存在了。它古稱潦水，源頭在秦嶺梁的靜峪堖，順澇峪從南向北奔流，從高處向低處跳躍，曲曲折折 75.8 公里匯入渭水。由於它的位置過於靠西了，是在鄠邑境內，我需要特別集中視力才能勉勉強強看到它的行蹤。而在更西的盩厔那邊還有黑河，黑河金盆水壩的水輸送到省城供全城的人吃喝用度。在更更西的岐山、郿鄔那邊，也就是寶雞古稱陳倉的那兒還有一條石頭河，那河的西岸就是著名的五丈原，主諸葛亮的那顆大星就隕落在那條原上變成了一塊奇形怪狀的隕石，諸葛亮便在那落星的夜晚離開了人世，享年五十四……寶雞也是天上落下來的星星，它隕落至地時劃出赤紅的火焰，仿佛會飛翔的寶物鑽進了泥土，秦文公就選擇那塊地方建立了新都，把舊都城遷徙到了那兒。有個大臣議論說那是天上掉下來的石塊，秦文公就給那大臣定罪為妄議誹謗，把他夷了三族——這項重罪就從這兒開始了，秦文公發明了它便就延續下去了……

　　那麼說就不是古代所說的八水繞長安了，而是十一水繞西安。我就居住在這十一水環繞的最高的山脈上在創作我的《我與獨夫暴政者》這部曠世文學作品。這座巨大的房子有七層樓高，它是什麼年代修建的，修建它的目的是什麼，我一概不知。可我就稀裡糊塗住了進來，一住就是近二十個春秋了。這裡堆滿了書。只有兩個非常簡易的書架，只能裝五百本書，而剩餘的四千多冊書只能堆放在地面上。沿著牆壁擺著，從牆體到床鋪擺了五列，每列都有一米五高。那床是那種老舊的鋼絲床。鐵管的床頭床尾，鋼絲繃的床面，上面鋪上褥子，很久它也沒有睡過人了，已經被書侵佔了。

　　我想到了一個姑娘，她在少女時就在幻想中把自己嫁給了她稱為領袖的一個年老的男人，這個男人七十歲了，是一八九三年出生的，而她是一九六三年出生的，當時她只有十三歲，一個還沒有到花季的少女。也許她在十二歲時就有了月經的初潮，那意味著她的生理性成熟，可她的心靈還是個少女，一切思想都是被接受被灌輸的。她熱愛那個七十歲的老男人，私下裡決心做他的新娘，成為他的妻子。那老人是她所生存的國度的獨裁者，根本不知道她的存在。她在心裡把自己嫁給他沒有半年，遼寧營口就隕落下了大量的隕石，那簡直就是隕石雨，流星雨，遼寧的地面上幾百平方公里範圍內都有隕石，最大的隕石有幾十噸重。緊接著河北唐山就發生了最大的地震，整個兒城市都倒了，樓房房屋全坍塌了，一傢伙四十多萬人就遇難了。九月九日那老人就死了，這位十三歲的少女死去了丈夫，她的最熱愛的人去了黃泉陰間，她於是又做了一個重大的人生決定：一生一世做那人的寡婦。她如今六十多了，依舊沒有結婚，沒有跟任何一個男人成家。她依舊堅守著她的誓言，她到死都要做那已經死去了四十八年的他們的領袖的寡婦……

她後來變成了天安門城樓，那城樓看起來多麼像是一個女人，一個守寡了半個世紀的寡婦，把她叫做城堡女人似乎過於洋氣，叫做城樓女人比較符合中國人的習慣。

我還在繼續創作《我與暴政獨夫》。她手裡拿著一本書出現在了你的面前。她的左手臂是平抬著的，書脊在她的大拇指和食指中指的捏抓下。那是一本徐志摩的詩集。

啊，你是葛英蕾？

你怎麼連我都認不出來了？

你真的是葛英蕾？

她的臉上的笑容摻雜著駭異。

我是啊！是啊！

我想她住在這個省的另外一座地區級城市裡。你連忙拿出手機。

你的手機號？

手機是什麼啊？

你沒帶手機？

我連手機是什麼都不知道，哪兒會帶它呢？我沒有。

你覺得有點兒怪。

她把書遞到你的手裡。

這是我寫信叫你寄給我的。我一直把它帶到身上的。我找你了很久……

你把那本書接過來。你翻開它，看見上面有你自己寫的名字。你還是個小青年時給自己取了個"惠子"的名字。因為你的姓名裡有一個字近似的音，你把姓拋棄了，加了一個"子"。那是你四十年前寫在書頁上的字，它依舊清晰，沒有褪色。你吃驚它的耐久性。墨水的質量。

我對其中的一首詩記憶模糊了，我要在一篇日記裡引用它。

她沉默了一會兒。

我引用過了。你一定還需要讀它。我知道你非常愛它。

我想：這可是四十年前的事了……

我說：這是一九八三年的事了。

是啊，現在就是一九八三年。你過糊塗了嗎？

我說是二零二四年了。十月了。

她說：你可真會幻想。

我定睛看她。她的臉容還是她十九歲時的樣子。她依舊是個十九歲的姑娘。她的少女時代結束了還沒有多久，與我有了一年初戀時光的那個年齡的樣子。可我心裡清楚我已經六十一歲了，正在創作我的這部階段性總結性作品。我計劃在這部作品中與統治我的暴政有個階段性的清算，我是懷著時日不多的心境來創作這部作品的。我沒有料到她會出現，而且是在這西安的山脈上，這無人知曉的極其孤獨的丘壑裡，在這座高大空曠的房子裡。這既是我的書房，也是我的臥室、廁所和廚房。

　　我是從普集鎮坐的火車，車上的人太過於擁擠了，我上車以後就站著，幾乎連下腳站立的地方都沒有，人擠著人。後半夜了我才找到了一個座位。那是一個軍校畢業生，是個軍人，我提前給他拋媚眼，給他套近乎，他在下車之前就讓我先坐下了。若不是如此，我也是搶不到屁股下的，多少乘客如狼似虎撲過來，還要打起來呢。經常有打得頭破血流的，這搶座位⋯⋯

　　那你又是怎麼知道這座山的？

　　你說的是你在這裡創作的這山嗎？這我不能告訴你。

　　那個軍校生蠻好的。

　　他在郿鄢站就下車了。若不是他下車，我勢必就要站一路了。實際上後來確實沒有一個人下車。這列火車的終點站是另外一座地級城市，一直是光有人上車。一天只有一趟。我坐到這兒整整用了十二個小時，也就是一夜，從天黑上車到天亮下車。

　　你在創作過程最怕他人打擾，你只有一個心思：創作。這種你從上初中時就熱愛的事業是你惟一的愛，生活或工作中的所有其他事情都是為這惟一的愛服務的，是輔助性的，包括愛情家庭都是從屬它的。你想：葛英蕾她不是另外戀愛了，又吹了，又一次找了個對象，結婚了，並有了自己的孩子⋯⋯她怎麼還像十九歲的樣子呢？

　　我是帶著這本詩集上山的。我知道你最愛這本書了，最愛朗誦這裡面的詩，徐志摩是你最崇拜的詩人。我這次來是要與你一起到南方去的，那兒的廣州或者深圳，還有溫州都是經濟發達地區了。我決心遠離開我的父母，我家，不在那我家所在的縣城上班了。我害怕那縣醫院，更害怕上夜班。我好像給你說過，你問了一句話把我問啞巴了。你不明白一個女孩，一個上班的姑娘她會受到多少男性注意和騷擾，尤其是一個已經談了戀愛的姑娘，而且她的戀人又遠在深山腹地，坐十二個小時的火車才能到達的地方，甚至要站整個旅程，根本就沒有空座位，不可能買到有座位的票。我又不是從始發站坐車，是在那個普集鎮上，那是個小得不能再小的站了。

你不明白她要說什麼。

我終於從單位，也就是那縣醫院跑出來了，我甚至瞞著我的父母，我不能告訴他們，我什麼都不要了，那兒的戶口、幹部檔案什麼的，我一心想著找到你，咱們到南方沿海城市去找個工作，我們不是有中專文憑嘛，找個工作還是不成問題的。你跟我走，我們去沿海城市，在那兒安個家，我們結婚，我給你當老婆，當媳婦，我只愛你一個人，永遠不變心，我給你生兒育女，生三個男娃一個女娃，都姓你的姓，都是你的繼承人，接班人……

（主要寫一個六十一歲的男子與一個十九歲的女護士生兒育女的經歷，他如何與她過天堂般的性生活和家庭生活的）

毛澤東死的那一年我十三歲，之前的成長過程中好像沒有一件事是重大的，記憶深刻的。沒有。那坐火車的事，從河南老家坐火車到秦域北部，是深夜去坐的火車，怕村子裡任何人看見，我的父母肯定是擔心如果被發現了就會被村子裡的姓柳的大隊長攔阻，甚至扣壓。我經常聽父母在一起說起那個姓柳的，他的名字叫什麼北來，一說起他就詛咒他，說他不是東西，害得他們好慘。母親說都是因為沒有給他送東西，也就是賄賂了。母親說的那意思不單單是送物品了，他還要錢。父親當然是看不起他的，就是不給他送。父親是城裡的工人，照相師，學徒的時候個子很矮，站在小板凳上操作照相機給顧客照相，已經是個小師傅的模樣了。那個夜晚上了火車，發現五弟六弟丟了。好在火車車廂是連通的，很快就找見了。

一九七六年我小學畢業了。畢業前到公社所在的鎮上去考試，我提前四十分鐘就交卷了。監考的老師看了以後說我都答對了。後來聽說我考了個全公社第一名。我上了五七中學。這個中學的名字好奇怪。這與獨裁者是有關係的。他有個五七指示，知識分子都到農村勞動改造，於是全國建立了無數個那樣的勞動學校。

葛英蕾只有十九歲，從她的身材和面相瞅一眼就能分辨得明明白白。而我已經六十一歲了，這也是從我的身體狀態和面相能一眼就看清楚的。她把話說到了那個份兒上，我不能不心動。她要我與她一起到南方沿海城市去開創新的生活。我知道她的情況，她談過三次戀愛，結過一次婚，生育有一個孩子，離了一次婚，十二前離的婚，此後就一直單身。但她的鄰居根本就不知道她離婚了，還以為她與她丈夫與從前一樣，只是很少看見他罷了。但在這西安的山脈上，在這個叫青門的山峰夾峙的高地上的大房子裡，她確實還是十九歲，還活在一九八四年的歲月裡。我仍舊那麼羞赧，不敢去擁抱和親吻她。她是縣醫院的護士，一個漂亮標緻的女護士，小護士，越小越顯得可愛，令人心疼。她確實長得滿皙的，滿心疼的。一個姑娘好看到了叫人心發疼的地步，那她有著一張多麼好看的臉龐，一個多麼苗條的身體啊！她在實習的時候，帶她的縣醫院的醫生說是給她聽心臟，把聽診器在她的乳房上滑來滑去，手指肚與她的皮膚緊密地接觸，她覺得奇怪，心想他滑動的部位並不是心臟所在的地方，可他硬是把聽診器蕩過她的乳峰，指肚刨到了她的乳頭，那種奇癢令她惱怒，又叫她事後嚮往……

她說：我們現在就下山去。

我巡視了一番房子裡的書箱。如山似丘。

她說：這些書就丟到這裡吧，你要開始一個新生活了。

你被她的話驚了一下：新生活？

我全心全意愛你，為你生兒育女，你也得肩負起當丈夫和孩子們的爸爸的責任。

我想：是應該那樣。

我的電腦也留在這兒嗎？我問。

是啊，都扔這裡吧。

她挎住了我的胳膊。

走，我們下山。

　　下山的路曲曲彎彎，依然是我十九歲時那個樣子。泥土被踩出的腳跡重疊起來，硬了，光滑了，也變白了，泛出光芒來，這就是路了。山上的路。白痕似的路兩邊是茂盛的荒草。如今是九月的下旬，快到十月一日了。荒草沒有變黃，那巔峰階段的綠葉在把努力把養分輸送到種籽上去。

　　山下的省城怎麼這樣小？這樣土？城牆外還是莊稼地，牲畜糞便的氣味十分濃郁。這可不是現在的省城，而是四十年前的它。大街上豎立著一棵又一棵的青槐樹，粗壯的電線由一根長長的電杆與下面的電車相連。那電線與電杆接觸滑動著一路冒著電火花，電車在地面上行駛著。

　　一看到這樣的電車你就心裡發緊。

　　葛英蕾拉你的手上了電車。一上去就擠到了人堆裡，仿佛是掉進了沼澤，那濃稠的泥漿把你淹沒了。你與她就像是剛下到鍋裡熱水裡的餃子，隨著波浪的翻滾，你與葛英蕾被沖散開了。結果你看不見她了。你是個不好開口說話的人，尤其是在人多的地方。破舊的電車上的售票員擠到了你跟前。是個男售票員。他一手拿著票夾和票夾下的紙幣，一手開闢著前行的夾縫。

　　"買票了，買票了！哪位乘客沒買票？"他高喊著。

　　我的身上是沒有紙幣的。我使用手機微信或支付寶付款已經習慣了，常常是身上兜內沒有一毛錢現金的。你本想叫葛英蕾買票的，可你又怕張口。售票員從你身邊開了一道縫擠過去了。電車前後十分地長，是由兩輛車對接起來的，中間的軟肋處就是對接處，拐彎的時候它的作用十分關鍵。售票員喊著下車的站名，你有幾次都沒有聽清。他喊得太快，口音也不是你所熟悉的。你豎起耳朵聽到了"火車站"幾個字，緊接著就聽到了葛英蕾的聲音："荀傳！荀傳！"你沒有答應她，只是使勁往車門那邊擠。電車停下了，你擠下車去。這時候，葛英蕾也跳下了車。你見她從人堆裡躍出，身子輕如燕子落到了街道邊兒上。但是那電車並不開走，而且男售票員也跟著下了車。

“買票了沒有？”他嚴厲地問道。

我看到葛英蕾的臉立即就紅了，可我比她還反應快，氣呼呼地說道：“你買了嗎？”她沒有回答我。我繼續說：“我當你已經買了。”

男售票員說：“罰款！”

我想把沒有買票的原因歸於互相的不知情，她在車頭，我在車尾，相互以為對方買過了。可售票員根本一理你這所謂的理由，他十分興奮，終於抓到了兩個逃票的。

“三毛六分錢！”他判決道。

你很詫異。

你心裡想了想還是不明白。

葛英蕾一臉的平靜，她十九歲的臉蛋兒由於剛才的發火而更加迷人可愛了，一個高原上的美麗的蘋果一樣叫人心疼憐惜。她穿著藍色的嗶嘰面料的褲子，上身是她一九八四年五月中旬穿的那件當年流行的面料的外套。她從褲兜裡掏出來了一把錢，找出了一張面額兩角和一張面額一角的，另外又抽出一張面額五分的和一張面額一分的紙幣遞給了售票員。

“你們兩個啥關係？”售票員問。

葛英蕾愣了下，說道：“他是我的祖父。”

我一臉尷尬的訕笑：“我真是老了。”

售票員上車，電車的前門合上，後門卻留有一條大縫，有個乘客的小腿被夾在那兒拔不上去。許多人在吆喝著。電車又停下了，重新開門又關門，這才又開走了。

葛英蕾說：“我不怪你。”

你問：“一張票多少錢？”

“五分。”她回答道。

五七中學只有開水灶。學生們除了有去打開水的權利，吃飯全靠自己布包裡從家裡背來的饅頭了。饅頭是包穀面或高粱面與麥面混雜後蒸的。一個玻璃瓶裡裝滿醃酸菜，醃酸菜裡有一星星兒肉疙瘩就算是上等的菜了。每個星期的星期三下午是回家背下半周伙食的時間。

學校裡流傳著一本叫《少女之心》的手抄本小說，我看了後就想把它謄抄一遍，但它太長了。我們溝底村有個大我幾歲的鄰家哥聽說了，就鼓勵我謄抄回來給他看。他在另外一個高級中學上的是高中。我第二次見到他時，他問我時，我假裝在書包裡翻騰了好久，說，呀，一定是丟了。其實是我根本就沒有抄寫它，太長了，我覺得把它抄寫完太苦了，也很不現實。那好像是我人生第一次製造謊言。那位鄰家哥學習成績非常好，有一年他到山外的平原上去上學了，我還專門給他寫了信，報告了村中某些人家的新變化。誰家分了家，還有誰家某某病嚴重了什麼的。一想起就叫自己臉紅。但那是多麼可愛的天真無邪啊！

我雖然沒有謄抄那地下流傳的手抄本《少女之心》，可我愛寫作的天性卻暴露了出來。我把上初中的短暫經歷竟然寫滿了一個作業本，把老師與同學們都寫了進去。不巧的是，一個教音樂的老師看了，他十分生氣，因為我寫到他是如何冤枉我的。他好像姓宋，叫傑英，年齡不大就去世了。我聽了很悲慟，唏噓人生的恍惚與短暫。我還記得有個叫如真的少年玩伴和同學說宋老師對他說活著是多麼頗煩，我們一聽就都啞巴了，儘管我們年歲還小，可也能深切體會那話的意味了。頗煩是當地的土語方言，它的意思是人生是多麼苦啊，下輩子不再來。

那本我寫滿了上初中的經歷的小本子消失到歲月的長河灰燼裡了，它永遠不再存在。可我卻試驗了自己的創作能力：能夠把一個作業本子寫完，還是延續性的故事，有人物，有環境，有行為，有時間，線性的時間。其實線性時間組織成的故事是最難寫的，說它最難是說它難以出新，沒有新內容，線性時間的延展就會乏味平庸，更加地枯燥，味同嚼蠟。

　　那小本子裡到底寫了些什麼呢？無非就是我受到了老師的批評，叫我寫檢討什麼的，而我不服氣，與老師有了爭吵。別看我這個孩子平時沉默寡言，老老實實的，溫溫順順的，與同學之間扮演的是受欺負的角色，可卻敢於反抗老師，犯上作亂，這使有的老師認為我是兩面派，兩面三刀什麼的，還認為這種品格的敗壞是十分嚴重的事，還舉例說林彪就是典型的兩面派。其實我並不是他們所認為的那樣，我對於同學對於平等的人是沒有任何欺壓心的，從不爭強好勝，平和相處是我的準則，但對於壓在我頭上的勢力和力量我卻有著天然的反骨，這可能不是我後天習得的，而是先天遺傳的，基因裡就有的。我的祖上就有骨頭硬的人？他們造反過？不反平民百姓，專反皇帝官僚？

　　我家的窯洞是非常古老與破爛的，光在醋坊溝那個自然小村（第三生產隊）就搬遷了兩次。我的父親喜歡那種獨莊子，溝壑的南頭兒就有一個空出來了的獨戶莊子。那兒原先住著一個五十多歲的男人和他的獨生女兒，那女兒嫁到山底下的平原上去了，父親也跟上一起走了。我父親是多少錢買的我不得而知。莊子的東邊相隔著三四百米荒土小路居住著另外一戶人家。那男主人個子非常高，估計有一米八九的樣子，他的老婆也是個細高個兒。他們有個女兒。男主人在他家院子外面的自留地裡務植滿了梅李樹，每年到了夏季那紫紅紫紅的梅李果就成熟了，饞得孩子們直流口水。後來聽我的父親說那男人在門框上上吊了，他的老婆也一起上的吊。

　　我們家的窯莊子背後的崖頂上是十畝坪地，有人說在深夜的時候看見一群著白衣的娘們在那上面遊蕩哭泣，但聽不到任何聲音。院子前面是個小小的打麥場。場邊兒上有三棵巨大的棗樹。棗樹是屬窯洞的主人的，也一起賣給了我家。到了晚秋季節，滿樹都是紅的。樹冠幾乎遮擋了半個打麥場。有一棵棗樹長在場畔崖邊，它是三棵棗樹裡最小的一棵，推測的話，它可能是小場裡面長在地畔的兩棵大棗樹的孫子輩，是它們的棗子核兒繁衍出來的。崖畔下就是有名的官山水壩了。我們家搬遷走以後，有家從南山來的人把女兒訂婚給了溝裡頭的那陳家老二。那女子性情剛烈，結婚後硬是不讓陳家老二上她的床。那小夥子一米八幾的高個兒，長得很瘦，但他畢竟年輕，軀體裡的雄性荷爾蒙旺盛，就硬了心，瘋了，跑到老丈人家拿斧頭砍他的兩個妻弟，他丈人提著扁擔追來，他慌亂逃走，結果跳進了水庫淹死了。

那獨窯院子挺大的，低矮的土牆圈在裡面的院子有一畝地大，有兩孔窯洞，崖面上還有一個小高窯，有土臺階可以爬上去。院子裡有個豬圈，一圈兒土板矮牆裡是個挖掘出來的土坑。沒有養豬，它空置著。父親從水壩對面的火山山坡上挖回來了一棵杏樹，把它栽到了豬圈邊兒上。那樹的葉子綠了一年就乾枯了。它是火山上挖掘來的，也許不適應這兒的泥土。那火山之所以有那樣一個名兒，是因為那兒的氣溫確實高，嚴冬時它附近的水都不結冰。有一年我的父親與另外一個村民在水壩上面的冰上騎自行車，到了火山那邊就掉進了水裡。多虧水並不深，就活著爬出來了。

土院牆外有一畝半田地是我們家的自留地。崖邊上用高粱稈兒搭建了一個簡易的廁所。我蹲在土坑上，用枯樹枝在地面上寫下了"打倒某某某"幾個字。寫完後我就趕緊把它擦掉了。我小小年紀就有了那樣的想法，也許與我童年的生存艱難有關，與父母私下裡對統治者的抱怨有關。聽到那樣的不滿社會的話，我沒有選擇去告密，這一定是我心底的天良在起作用。

火車站！它是那麼簡陋！

它就一座孤立的房子，很長很長。房子外面是廣場，再遠處就是荒地和莊稼地了。西邊是一個大坑。說它是坑嘛不太準確，它原先應該是條溝壑，由於住的人多了，蓋的房子滿了，就把溝壑在感覺上填平了似的。那坑裡污水亂流，坑底堆滿了黃色的人類的糞便。小便就更是貼著自家的牆角澆了。這已經深秋了，好些人還光著膀子，大襠褲吊得快要脫落的樣子。

電車停靠在了車站的廣場上。我與葛英蕾下了車。

那座獨立的大房子既是候車室，又是售票廳，厚厚的北牆開著三個窟窿，那便是售票的窗口，沿著兩邊的牆壁是水泥的高臺，那是旅客們坐著休息和候車的地方。那樣的平臺畢竟所坐下的人極其有限，大多數還是站著，有的人乾脆就在地上鋪張報紙坐在上面。

你從西安的山脈上下山的時候身上是沒有分文現金的，有的只是手機和微信與支付寶裡的銀行卡。你看到售票窗口外排著的三條長長的隊伍，就對葛英蕾說你去排隊，你便站在了隊伍的最後面。葛英蕾說你去吧，她轉身去尋找可以坐下的水泥平臺。候車室的南邊顯得黢黢的，看不清那兒有沒有空位兒。葛英蕾回來了，一臉的失望。她說你找找吧，她來排隊。你把位置騰出來，她站在了那兒。

你順著牆壁走。那牆壁的一圈兒都有水泥平臺。時間在一秒秒流逝，乘客們也在流動。可車次實在太少了，相隔的時間過於漫長。好些車次都是一天一次。你看到水泥平臺上坐著的乘客穿的衣服十分陳舊，樣式都是四十年前的那種，面料單一，質量粗糙，布紋理幾乎能把皮膚蹭破。有一個穿軍裝的人站起來走了，你連忙去坐下。可旁邊的姑娘說那兒有人，你才意識到那站起來走了的人與這個說話的姑娘是一起的。廁所在廣場外面。你繼續尋找空位兒。當你轉了一圈兒回到葛英蕾所在的位置時，還是沒有一個可以坐的位兒。你說我來站隊，你去找吧。於是葛英蕾又去找位兒了。

你排到了窗口了。

你看到那深深的窗口裡面是個中年婦女的腦袋。

"兩張到廣州的。"

那腦袋上的嘴巴說出了錢數。你掏出手機，把微信上的付款碼調出來，遞向窗口。你心想窗口這麼深，牆壁這麼厚，多麼不方便。你幾乎把右手臂全伸了窗口。

中年婦女叫了起來："你吃飽了撐的！"

“我付款啊！”我解釋道。

“錢呢？！”

“我沒有錢——不對，沒有現金。”

“沒有錢你來買什麼票！”中年婦女怒斥道。

“走開，下一個！”她叫道。

你站在旁邊，害怕你排了半天的隊的工夫白費了。你朝候車室的深處喊道：

“葛英蕾！”

“英蕾！”

她跑了過來。

我說：“我沒有現金。”

葛英蕾笑了。

“我疏忽了，我疏忽了。”

她把現金遞給我，當我把錢幣塞進窗口時，中年婦女在我的手臂上用鋼筆尖兒紮了一下。

“你找死啊——你！”

“我有現金了，兩張到廣州的票。”

“讓開，重新排隊去！”

旁邊的乘客說：“讓開，讓開！”

五七中學由一圈兒高高的土牆圈著，大門是朝北的。朝北走上一裡多路就是鎮子了，一條惟一的街道兩邊一片片的房子，大多是農家的，只有少數幾座是公社供銷社的。公社革委會在西邊的新鎮址上。學校南邊是操場。西南角上兒有兩個廁所，一個男生用，一個女生用。教師用的廁所不在這個方位上。

我所在班的教室緊靠南邊的莊稼地。我家在醋坊溝，有十五裡的路程，只好住校了。學校裡沒有專門的宿舍，只是在教室後面支了一排地鋪，一個鋪緊挨著另一個鋪。單薄的褥子下面鋪上了麥秸草。那裡有跳蚤。從家裡帶來的被子裡子的夾縫有蝨子，貼身穿的棉襖裡同樣也是蟣虱成群結隊的。每個週末都會留下兩個值守的同學，他們喜歡蓋別的同學的被子，結果就遭到了蝨子的叮咬。他們說的就是我的被子，光用笤帚在被面子上掃就掃下了成堆的蝨子。這說明我家的炕是蝨子之源。家裡孩子多，母親經常鬧頭暈，炕上的被褥一年也說拆洗一次，孩子們的棉襖棉褲冬天來了一旦穿上身也就不再換了。沒有多餘的棉襖棉褲可換。教室的南邊就是莊稼地，即使冬天，麥苗也是青綠的顏色——那是黃土高原上惟一的綠色。麥子為何不怕寒冷，你沒有去請教過長者，至今也說不上個所以然來。白天的時候大家都到操場西南角的公共廁所去，而在夜晚尿脬憋脹了就爬起來趿上鞋摸黑推開門小跑到麥地邊兒上把天然肥料直接澆灌到了地裡。有一個居寨村的男同學，他個子長得高，細瘦細瘦的，有一天在操場西南角的廁所裡，他把擦了屁股的小土坷垃朝你扔了過來，你反應遲鈍，它砸到了你的手上，那一天整天你都聞到手是臭的。他顯然是在欺負你，可你並沒有報復，也沒有向老師反映。你是個一生都不會告密的人。後來學校裡騰出來了一個大教室，讓全校的住校生都住在那裡。你從家裡帶來的鹹菜裡有肉丁丁，有個爺臺山上面北峰村的一個姓安的同學問你要吃肉鹹菜，你沒有聽見他的話，沒有反應，他就暴怒了，跳起來打你，把你的玻璃瓶也打碎了，鹹菜撒了一地。他把你按在冰冷的地面上，騎到你的身上狠勁打你。你肯定是哭了，哭聲有多大，你已經記不得了。後來有同學把你的遭遇告訴了你在公社奶粉廠幹活的三哥，他來到學校，找到那個姓安的同學，把他拳打腳踢了一頓。你三哥的大頭皮鞋踢去的力量無疑沉重，它在你的記憶留下了極深的印象。之後，那五七中學再也沒有同學敢欺負你了。

你所寫的那一整本子的紀實小說，那老師看後還給你了。他是附近村莊的農民青年，在學校裡依舊是農民身份的代課老師，他不可能有高過他的身份的認知，對你不可能持鼓勵的態度，他只是看到了把他寫得不堪，很生氣而已。但他也沒有進一步對你傷害，他只是不能掩飾自己的生氣情緒罷了。你的班主任是另外一個農村青年代課老師，一心努力著能有個好的成績從而使自己轉正為正式的代課老師，也就是公辦教師，那樣的話，就吃上商品糧了，娶個同樣吃商品糧的姑娘，生下的孩子就天然是高農民一等的城鎮戶口。可因為我的問題他為失去了那樣的機會而哭泣過。我是個學習成績優異的學生，可我又是個好淘氣的學生，對於什麼規定、什麼紀律是不放到心上的。班主任任命我為衛生幹事，負責班上的衛生檢查工作。我想我的學習成績好，應該當學習幹事才對，但這個班主任的安排是正確的。學習幹事要每天收發作業本，這不是我這個自由散漫的學生願意幹的，我會厭煩透的。考數學的時候，我迅速就答完了試卷，發現有些不太整齊，不太清潔，就把試卷另外謄抄了一份。問題就來了，有了兩份卷子。醋坊溝同村有個同學就把我的廢棄的試卷從畚箕裡撿起來了，他並不是照著它另外做一份試卷，而是把卷子上我的姓名劃掉，重新寫上他的姓名。在另外的科目考試時，我又做得太快了，答完以後覺得不滿意就另外答了一份，這又多出來了一份卷子，我把它扔掉後，被另外一個家住北峰村的同學撿去了，他居然也是懶到家的主兒，像前面那個同學一樣的如法炮製。結果這事被數學代課老師發現了。她那一年也參加了高考，但在去上大學之前還是我們的數學代課老師。她向校長反映了這件事。校長認為這是破壞考試制度的嚴重事件，要嚴肅處理。

那時候毛澤東已經死了半年多了，江青、王洪文、張春橋和姚文元也被作為"四人幫"被"粉碎"了。他們在毛澤東的指示下在文革中把劉少奇打成了"叛徒、工賊、走資派"整死了。劉少奇發著高燒，被飛機轉運到河南省的開封，不給任何治療，死的時候頭髮已經有一尺多長，鬚鬢掩面，形容狼狽不堪。死後給他謅了個"劉衛黃"的姓名火化掉了。劉少奇被害死是林彪和"四人幫"、康生、陳伯達一手執行的，但指示無疑是毛澤東暗示或者明著下達的。江青的指示就是他的指示，江青說她是毛澤東的一條狗，一點也沒有錯。後來林彪也被害死了。他可以說是咎由自取。但慘的是，他一家都被獨裁者害死了，他的妻子葉群，他的兒子小名老虎的林立果，本來連林豆豆也一鍋端的，可她誓死不上飛機，也就逃過了一劫。但林彪到底是怎麼死的，我至今也只是從一些資料上看到過，但那是不是真相，我是沒有能力弄清楚的。傳言說他們一家三口上飛機之前就是死人，在他們家的門口遭到了機槍掃射，全部殞命後，把它們拖上飛機製造了一個叛逃蘇聯的假像。專制獨裁權力就是這麼害人的，權力變成了撒旦，魔鬼的魔鬼，失敗者下臺者幾乎都是被害死的，定點清除的，還要背上汙名罵名遺臭萬年。

這個時候，高考已經恢復了。是毛澤東的接班人華國鋒主政天下。有傳言說他是毛澤東的私生子，說是山西有個商人帶著女兒到湖南長沙經商，那已經十七八歲的女兒與毛澤東戀愛有了身孕。當時毛與楊開慧已經定了終身，也有了身孕，就只好捨棄了山西姑娘。那商人帶女兒回了山西老家，生下了兒子。按照毛的做事程序推測，這一假設有可能完全是真的。他是不會丟下手中的權力的，讓劉少奇上位只是權宜之計。劉被清除是必然的結果。他不惜摧毀一個社會也要把劉趕下臺，並把他弄死。他借力打力，借虎滅虎，借的就是軍隊，就是軍隊的實權者林彪。但林彪並沒有明白他只是作為棋子存在的，還以為真會叫他接班，結果把一家三口的性命都害了，妻子兒子皆死於非命。

你不到十三歲就寫了一部半紀實小說，把你的老師作為了裡面的人物，當然更多的是你自己從醋坊溝爬上高原去方裡鎮上初中的經歷。你在老師給你上音樂課的時候也趴在桌子上寫，寫得忘記了周圍的環境，致使老師站到你的面前了，你還在寫。老師本來對於你不聽他的課就很惱火，看到你寫了那麼厚一本子密密麻麻的蝌蚪字，當然刺激了他的好奇心，強行拿過去了，翻了翻，看到了你寫他的內容，一下子就冒火了。你寫的是他對你的訓斥和罰站，你對他的蠻橫的申辯，你的內心，也就是作為學生的內心的想法和看法。他把那作業本收繳去了，說是他還要仔細檢查，從此就沒有再還給你。你的第一部自我經歷性的小說就那樣消失掉了。你沒有敢問老師要它，他收繳回去也許繼續看了看，一看都是些十二歲少年的小孩事和心理，相當地幼稚和天真，成年人就覺得十分地無聊了，就把它扔到了一旁，時間一長就忘了它的存在。他從來沒有想到那樣一本文字對於寫它的孩子有什麼重要意義，認為不過是一場瞎胡鬧而已。

寒冷的冬天緊接著就來了。你為兩個同班同學答卷的事變成了破壞考試制度的嚴重事件。你本來不是為同學答卷，而是你重新為自己答了一份新試卷，為了卷面的整潔和清爽，為了精益求精，為了更上一層樓。北風呼嘯著。操場上，全校的師生都在跑操。四周的院牆雖然對於一個少年來說顯得高大，校舍房屋也是高大的，但它們抵擋不住從遠方從天上來的寒風。操跑完了，各個班的隊列分別站在操場的南面，而校長站在北面講話，之後你與另外兩個同學就被勒令從隊列中走出來，站在全校同學的對面，接受大家的批判。學校裡做了充分的準備，每個班都安排了同學上臺去念發言稿。

你成了眾矢之的。你這個十二歲的少年變成了反面角色，是破壞了考試制度的犯了嚴重錯誤的學生，一下子成了"名人"，所有的學生都認識你了。好在他們並沒有私下裡毆打你，把你打翻在地，還踏上一隻腳。但你感覺自己成了過街老鼠，對世界對人群充滿了恐懼和怯懦。那個星期你的母親囑咐你到你三哥那兒去，他說公社奶粉廠給他發了三斤豬肉，叫你放學的時候帶回溝裡去。這個事情對於遭受了全校批判後的你來說變成了一件艱難的任務。當你快步走出五七中學的校園時，你感覺到所有的眼睛都盯著你，監視著你，隨時就會有人沖到你的前面擋住你的去路：不許亂走亂動！你的行動自由被取消了，你只能老老實實呆在校園裡，不能跨出校門一步。

　　這是一九七七年的冬季了，毛澤東已經死了一年多了，他的夫人和文革派主要幹將已經被"粉碎"了，抓起來關進了秦城監獄。在這個組織之下的國家裡，監獄也是分了等級的。掌權時等級越高，進了監獄就會享受同樣等級的高幹待遇。他們坐牢的生活水平比全國的老農民的生活水平不知要高多少個等級。他們坐牢了仍舊在享受，可農民們天天勞作，在土地上被囚禁著，簡直就是泥土的囚徒，沒有工資，沒有財富，是沒有被關押和捆綁起來的奴隸罷了，沒有奴隸主的允許是沒有行動自由的。

　　你快步走出了校園，出了五七中學的校門，向東面去是一條彎曲的土路。那彎兒處有一口水井。不是窖。許多年後聽說學校那個高個兒身材魁梧的老師跳了進去自殺了。說是他的屍體打撈上來後，那井水就吃不成了。那井算是毀了。

　　你走進街道，找到了肉鋪。迅速掏出肉票和母親給你的錢幣，割了肉，匆匆返回學校。沒有人關注你，你的行動並沒有受到限制。可你心底裡的緊箍咒還是繃得緊緊的，頭皮被勒得疼痛。一路上你都是那樣的緊張。當回到宿舍，你的心落到了肚子裡。

　　這樣的心態哪兒還能在這個叫"五七"的中學呆不下去呢？你的父親畢竟是在江湖上跑過的人。村子裡的民辦教師把他家的二兒子拜到你父親名下做了乾兒子，兩家人也就成了乾親家，逢年過節便走動起來了。他的大兒子在十歲的時候患腦膜炎殤了，死的那天夜裡，村子的坪地上正在放映《奇襲白虎團》的電影。有個穿白袍的婦女被白虎團軍官開了一槍，慢慢倒下去了，村裡人都說那民辦老師的大兒子的鬼魂就是跟著那死了的白袍老太太一起走的。孩子死後，是那個參加過爺臺山戰役的慶林叔把它抱到薑河溝河對面的死娃溝的山坡上埋掉的。怕狼把它刨出來吃了，就把坑挖掘得特別深。他們為了二兒子能夠安全地長成人，就找一個家畜興旺的人家拜個幹大。我家有六兄弟，還有一個妹妹，不管窮不窮，丁苗還算茂盛。這戶人家在醋坊溝村是大戶，有好多兄弟都分家成了好多戶。有個女兒嫁到了西邊高原的某村子，那女兒的丈夫正好在冶鐵中學管理後勤事務。無疑是我的父親求了那事務長，他跟一個叫艾雯的女校長說了，我父親就去見了那女校長，我就有了轉學的權利……

離開五七中學前，有個教語文的老師可憐我，想幫我一把，叫我好好考幾次試，把成績考高，成為全校第一，很快就會把我的臭名聲轉變過來。可我越考越不可能拿全校第一了，也就辜負了語文老師的期望。我就想到了跳級這麼蛾子。我回到溝底下的家裡，一個人攻讀初二的數理化課程，花了十天時間就攻讀完了，然後回到學校就要求跳級。那批判過我的校長對我警告說跳級可以，但你要是考不上高中，就必須畢業走人。我就又打了退堂鼓。他是讓各科代課老師給我出題考過我的，成績雖然不理想，但跳級還是夠格的。我轉學到冶鐵中學前也是有代課老師專門單獨考過我的。好在我就是因為學得好而有時間和功夫給他人答卷而犯了嚴重錯誤的，我不怕考試。我覺得考我的老師也不是有意要為難我，即使我考得不好，也會向校長說考得挺好的，誰不願意給他人腳下搭建一座小橋叫需要過河的人過河呢？

我離開五七中學的那天，有個同學是居寨村的，他與我關係不錯，十分同情我，是我們倆一路走出的學校，向西南方向走到了他愛所在的村子，還在他家吃了一頓飯。他又把送到村子的南頭，我們這才告別了。友誼不分年少年老，有生命中神秘的元素相吸相引導。後來我與他再沒有見過面，但那段友情卻長久地保留在了心底，一直沒有忘懷。

我只好重新排隊。葛英蕾脾氣很好，我即使犯了再大的錯誤也不發火，不抱怨。她把我手機拿過去端詳了一番。

"這是什麼？"她問。

我說："手機。"

"手機是什麼？"微笑使她的臉更加好看了。

我想了想，說：“移動電話，無線的。”

她說：“這就是個鐵疙瘩嘛！怎麼還發光？”

我說：“說它是本會發光的書比喻也很貼切。”

我把它拿過來，發現電沒有了，馬上就會自動關機。比我預料的還要快，它的屏幕已經漆黑一團。沒有電了。我下山的時候沒有帶充電器。我的好多已經完成的長篇小說就儲存在裡面。這遇到麻煩了？

“你不是答應我不再寫作了嗎？”葛英蕾說。

我是答應了她放棄寫作的，於是我這才跟她一起從那個叫西安的山脈上下來的。她說她和她正在那兒工作的縣醫院一刀兩斷了，也不用給院方說什麼，反正他們收不到賄賂也不會把人事檔案給你的。我想她既然如此勇敢，我還猶豫什麼呢！她還是十九歲的青春，十九歲的柔情美麗，一心要我這個已經六十一歲的小老頭跟她去南海邊打工和生活，要給我生育三個兒子一個女兒，叫讓我子女滿室，龍虎成群。

葛英蕾說：“我再一次驗證一下你的決心。”

她把手機從我手裡接過去，把它扔進了垃圾箱裡。

“沒有人撿它的。”她說。

我看著那緊挨著厚厚的牆壁放著的垃圾箱。候車室裡黑黑魆魆，頭頂的燈泡發射出的光芒蒼黃而微弱。有個撿垃圾的老太太把手機從垃圾箱裡撿了出來。

“這個鐵疙瘩有半斤重吧。一斤鐵才賣一毛錢。”

老太太把手機裝進了她手中提的蛇皮口袋裡走了。

葛英蕾上前一步雙手摟住我的脖子，她仰起臉來，單眼皮的大眼睛如同暗朗夜空的星辰一樣美麗，她在我的嘴唇上輕輕地親了一下，說道：“我知道叫你放棄寫作很痛苦。真的很抱歉……”

我看她的眼睛更亮了，眼睛裡有了更加晶瑩的液珠。

“可你卻擁有了我。”

我禁不住把她伸出出來的舌頭吸了一下。

“我才十九歲……”

五七中學留下了我永遠的痛！

我要永遠離開它了。一個十三四歲的少年懷著沉重的憂傷，踏著黃土高原上的泥土路就那樣走了。那個叫張天增的同學是他留在那裡的惟一的友情，一個少年的友情。後來我家又要遷徙回河南老家了，離開前是先在方裡鎮上居住了一段時間。那是借人家的窯洞。我的母親在離開的那天連對鄰居都沒有說一聲，那鄰家好心友善的老太太追著汽車跑了一段路，這才說了幾句告別的話。我母親性情沉默，不好說話，我也遺傳了這樣的性格。在那兒居住的日子裡，我暑假回來了。我上的衛校，學的是護士專業，上學報到時是把戶口轉到了城市裡，吃上了商品糧，畢業後會分配工作的，也就會有一份固定的收入，還會有一個幹部身份和待遇，在這麼一個等級社會裡等於是上了一個臺階，高於農民身份了。暑假裡，我走到南邊的五七中學校園去了。假期裡校園裡沒有學生，也沒有教師，我就順著那些平房走了一圈兒。我想到了校長號召全校師生對我開的批判會。那個寒冷的早晨，跑完操後，我與其他兩個同學站在全校同學的面前，低頭接受他們輪流發言批判。為什麼要對一個少年，一個初中生那樣對待呢？那時候雖然毛澤東的夫人江青和所謂的“四人幫”被“粉碎”了，可毛的餘威還在，還在繼續統治著這塊大地。華國鋒成了新的毛澤東，延續的還是個人崇拜和領袖專制，他們對於政治對手採取的仍舊是鎮壓手段，殘酷的你死我活的不擇手段，遵循的是叢林法則，所以說一個初級中學的校長命令全校師生對一個犯紀律的同學進行批判，依舊沿用的是階級鬥爭的思維和手段。毛雖然死了，其陰魂陰雲依舊濃重地壓迫在百姓的頭頂。我從五七中學的校園大門走出去後，在從西向東的路上遇到了一個女同學。我在上小學五年級的時候，她就喜歡我，因為我們兩個是全班的學習尖子。上了初中後，兩個人在同一個班，還是同桌。她對我很有好感，老想與我說話。我記得我家還在醋坊溝時，我到原上的代銷點去給家裡買煤油和鹽。代銷點的工作人員相當於那時的民辦教師，以農民的身份和待遇幹著工商業工作，不用到農田參加生產隊的農業生產勞動，是一種相對輕鬆的工作。恰好那工作人員不在，我就跑到村子北頭他家的地坑院崖畔去喊他。他與那位對我有好感的女同學是本家，都姓高。我到了地坑院崖面上，正好那個女同學在那兒。那時我還沒有到原上上五年級，但大家都認識。那是冬天，我看到她的棉襖肘部爛了一個大洞，棉絮露了出來像是開放的花朵，像那種野棉花。她對我說了話。她當時也就十歲的樣子，她的聲音是一個小女孩特有的聲音，是那樣的清澈明淨澄亮。我永遠記住了她的少女之音，一輩子都會在我的耳旁迴響。在五七中學，我們倆坐同一張課桌，我居然在桌子中間劃了一道線，表明男女有別，不可越界。我知道她心裡喜歡我，可我越是明白她的心思就越反感。在她又一次跟我說話時，我竟然野蠻地罵了她，還罵她是國民黨的女兒。她的父親參加過國民黨，這是我聽村裡的大人們說的。我年少的心靈已經受到毒害，這是我把那種所受的毒害施加轉移到他人頭上的一種表現。我少年的心裡不是沒有愛的，可我為什麼就不能愛她呢？如果我與她有了愛，心靈相通了，那將是一個多麼美好的少男少女時代啊！我在大路上遇到了她，她跟我打了招呼，我也回復了她。可我那時候要是叫她到我家去，或者到一個僻靜的樹林裡，她一定會去的⋯⋯

我轉學到了冶鐵中學。這是我人生歷程中遇到的第一個大的事件，嘗到了作為被壓迫的對象時的苦難。這個社會自從毛的秋收暴動之後的井岡山時期開始，就把一部分人選定為＂階級敵人＂進行上下無底線的殘害，殘害得越厲害，殘害者的革命性就越高，而被殘害了的人哪怕是被誤殺了也從來得不到申冤，平反昭雪只是毛死後才會出現的另外一個時代的事。我，一個十三歲的少年遭受校長和全校師生的批判，無疑是那種傳統的延續。鬥爭和殘害一部分人已經變成了這個社會的集體無意識。熊大縝是為遊擊隊製造炸藥的，他遭到了懷疑，便把他抓了起來，部隊轉移時，押解者在一片莊稼地畔用石頭破爛了他的腦袋，為了節省子彈，就採取那樣的方式處決了。那押解者和處決者不但不承擔殺人的罪責，還在一九四九年的新權力機構裡當上了某個省的高層官員。最可怕的是淪為那一少部分人，你是這個野蠻組織作為犧牲而設計的。這個組織是火神，時常需要活人來祭祀。湖南道縣的周群一家，她與她的曾經一起當起中學裡的教師的丈夫和三個孩子被鐵棍打昏後扔下了天坑。村子裡的貧下中農們拿著農具在天坑邊的山坡上如同抓小雞一樣追趕三個孩子，他們四處堵截孩子，把他們抓住了。孩子們的父母眼睜睜地看著他們被圍追堵截，被像小野獸一樣被抓捕，無能為力去救孩子們。父母被扔進了天坑，其過程孩子們是定睛看著的。一家五口並沒有摔死，他們醒了過來。但在天坑下面，等待他們的只有死亡。有一個十歲的男孩對其母親說：“我怎麼不快點死啊？媽媽，我想要自己快點死。”

“媽媽，我永遠不要再托生為人了……”

“下輩子不再來。”

我畢竟還轉了學。毛已經死了，但華國鋒的權威卻達到了頂峰，有反對他的江西一個女青年被判處了死刑。我雖然在窯崖下的土廁所裡的黃土上面用柴枝兒寫過“打倒毛澤東”的話，但我這個少年絕對不會在陽光下，在有人處寫那樣的字的，連那樣的話也不會說出口。我好像天生就有自我保護意識。這可能就是我們這些出生在專制獨裁社會裡的生命的本能。我到冶鐵中學上學了。我的學習成績不管到了哪裡都是優異的，我所呆的班裡有個叫劉海軍的同學，他比我小兩歲，但成績幾乎跟我一樣好，兩個人在考試時，如果這次我是第一，那麼下次他就會是第一，“第一”輪番坐。但我的好日子沒有多久就又出現了新的嚴重的危機。我們的數學老師也要去考大學。他三十多歲了，在農村有一個有瘋病的妻子。他走了以後，我們的班主任就換成一個從原上某個村小學來的民辦教師。我由於學習成績好被老師任命為了學習幹事，主要任務是收發作業。可我煩透了那樣的事情，每次收作業本還正常，同學們一個個把作業本交給你，放在講臺上就行了。可每次我到老師那兒把作業本拿回來後，就讓同學們自己去拿回自己的。他們那個搶啊，把作業本都撕爛了。亂成一鍋粥。我就趁換了新班主任的機會說不幹學習幹事了。這完全是出自我個人的原因，沒有當班幹部的能力，主要是每次收發作業本都得進老師的房間，進門前要喊"報告"，我就是怕張那個嘴，開那個口，實在是太叫我難為了。但新任班主任卻認識我是給他了一個下馬威，給他難堪看。而我是個不會說話的少年，根本就無能替自己的行為解釋，這樣就得罪了老師。早晨我正在跑操的時候，那個戴眼鏡的文雅的女校長跑到了我的跟前，對我說要把我退回原來的學校去。那叫我陷入深淵的五七中學！那可真是我做夢都想不到的。沒有人相信我幹不了班幹部，我又一次成了學校裡的壞學生。我懷著忐忑的心。我下了決心，不上高中了，能考上中專就立即走人，不上高中也就意味著與大學絕緣了。我怕我總有一天會被學校開除，什麼學校都上不成了。

後來班上任命了一個高個子女同學當學習幹事。她收發作業就負責多了，再也沒有出現過作業本被撕爛的情況。大家再也不會哄搶作業本了。她一本一本發給同學們，或者她站在講臺上，一一呼叫同學們的姓名，被呼叫者便上去拿回自己的作業本。

好在我並沒有被退回原來的五七中學。我不是學習幹事了，成了普通的學生，像之前那樣上課下課，到開水灶上打開水，回到宿舍吃開水泡饃。我們的宿舍是在教室後面的半山坡上。一隻一隻的窯洞，通上了電線，有燈泡照明。有個叫李海洋的同學說我把洋柿子用小鉛筆刀切碎放進搪瓷缸子裡用鹽一醃，吃起來很美。洋柿子就是西紅柿，那是天快黑的時候，幾個同學一起在河邊逛蕩，直到天黑嚴實了，這才鑽進農民種的菜地裡去摘西紅柿。黑黑魆魆，根本看不見菜地裡漫滿過泥水，土地變成了泥漿，把鞋子和腳深深地吸了進去。似乎聽到了異常的響動，以為是農民伯伯來抓我們了，大家拔腿就竄，結果把鞋子丟到了泥漿裡。跑到了大馬路上，並沒有人追趕，這才發現是虛驚一場。當再次進入菜地時，卻怎麼也找不見那只丟失的鞋子了……

我還把食鹽弄到搪瓷缸裡溶化開，把燈泡卸掉，把電源插座放開缸子裡，把開關打開，結果有綠色的火焰躥升起來，嚇得我趕緊把電源拔掉了。那是我搞的化學實驗，電解氯化鈉得到氯氣和金屬鈉，鈉一見水就燃燒起來了。

我和新來的班主任的關係就那樣緊張起來了，他認為我給他撂挑子，給他來了個下馬威，而我只是認為我幹不了班幹部，我不是不光是怕見老師，也怕見一切熟識的長輩，光打招呼那一關就過不了。我曾經強迫自己給醋坊溝村子裡的所有長輩見面就喊人家叔伯什麼的，女的就叫姨姑什麼的，強迫的結果是，村子裡的人都說這娃變得乖了，有禮貌了，可他們不知我的內心是多麼的痛苦。那村上的小學民辦老師還向其他長輩誇獎我，說我是個有出息的孩子。但我堅持了一段時間就無法堅持下去了，又變成了不愛說話的少年，可也沒有再聽到對我的新的閒話。

我雖然與新來的班主任不對付，可我省掉了學習幹事的班級事務，再加上女校長沒有把我退回原來的五七中學去，而且不再提那樣的事了，我也就自在自由了起來。真是無官一身輕啊！有一天我在成語詞典上看到“人怕出名豬怕壯”，吃了一驚，出名和壯仿佛班幹部那樣，我要默默地做一個普通的學生，就在考試的時候有意少做幾道題，把自己的考試分數降下去，降到中游水平，這樣也就不會顯山露水了。我並沒有聽到什麼老師說我的學習成績退步了這樣的話，同學們就更不在意了，我就那樣把自己隱藏起來了。

沒有料到的是，我們的班主任又一次換了。由於冶鐵中學是高中與初中的混合中學，有個高中老師走了，那個與我不對付的班主任去教高中數學了。我並不清楚他的數學水平有多高，他雖然去教高中了，不當我們的班主任了，可還兼任著我們的數學教學工作，有一次他在講臺上講解一個圓的方程題，用粉筆寫滿了一黑板也沒有解出來。可我在班上的一個叫薛建政的同學那兒借來了他的參考書，他的爸爸是化學老師，他有許多參考書。我記住瞭解圓的方程的公式，把它往試題上一套，不用做任何解釋就把結果解出來了。初中考高中和中專時，果然就有那樣一道題，我如法炮製，輕鬆地拿到了 10 分。可我終生悔恨的是，有一個方程題，我沒有把 X 前的 2 除盡就寫出了答案，白白丟失了 10 分。多得 10 分，我就有可能是全縣分數考得最高的考生，就不會被錄取到衛校這樣的學校，可我即使再少考 10 分，也會被錄取到衛校去的，因為我的分數高出錄取線 30 分，衛校和師範院校的錄取線是最底的。

新來的班主任是教語文的。他個子很低，是醋坊溝柳家的女婿。我的父親與他很熟。那時候我的父親已經回到老家了，他恢復了工作，掙開工資了。他是在照相館工作的，他把數學公式照成底板，又在相紙上顯影出來，給我寄到矮個老師那兒，是他轉給我的。我的學習成績好，這成了我的父親的驕傲，逢人就說。我記得他的最叫我振奮的一句話是"將來當個科學家"。可我還沒有從初中畢業就立志當文學家了，不去上高中了，上了中專照樣可以當文學家，自認為文學家與上不上高中和大學沒有直接的關係。

這位老師是我小學和中學時代留下了最好記憶的老師，他不是因為與我父親關係好就專門對我關心，而是愛所有窮人家的孩子，哪個學生需要幫助他就幫助誰，不把學生當作對立面，從來沒有用開除這樣的處分來威脅嚇唬過學生。我可是屢次遭受到那樣的威嚇的，在五七中學時，在女校長要把我退回五七中學的嚇唬下，在醋坊溝小學時，那民辦老師也對我有一種天大的壓力。我好像天生成了老師的對立面，把學生與老師的關係變成了天敵那樣的關係。而只有這位在我快要初中畢業的那最後一學期來到的語文老師給我留下了溫暖，可我對老師的恐懼已經深入到骨髓裡面去了。一九七九年的秋季我便考到咸陽地區衛生學校，因為是初中專，只能進護理班學習。高中畢業考的高中專才有資格被錄取到中醫班。衛校裡只有兩個專業：護理和中醫。學校師資力量有限，還開展不了其他專業。

　　冶鐵中學所在的冶鐵鎮南下十五華里是涇陽縣的口鎮。它地處兩個縣的南北界線上，涇陽縣西北部的鄉村和淳化縣西南部的鄉村的農民一到趕集的日子就都到這個小鎮上來了。它叫口鎮是因為它位於山口上，冶峪河的出山口的東岸上。冶峪河把高原切開了一道上千米深的口子，河水就從那深縫裡泄向了平原。山口迤南便是一馬平川的涇三高。涇陽、三原和高陵三個縣是秦域省的白菜心，肥沃的關中平原是小麥、玉米和油菜的高產區，北方奔流而下的河流都用於澆灌那廣袤的田地了。涇河是最大的河流，那歷史上有名的鄭國渠就在那一帶。戰國時期的秦國就因為有了那樣的流油和流奶的水渠而富庶，有了征戰六國的糧草，從而滅了天下，建立了大一統的郡縣制帝國，於是中華就再也沒有自治自由，天下人的頭腦全被皇帝一個人的頭腦竊取佔據了，全天下沒有了獨立思想的人，全成了皇帝的奴才。奴才就是白癡，華夏就一代一朝的延續著白癡的社會，到兩千年後的今天仍舊還是白癡和獨裁者。獨裁者之下盛產白癡，只能是白癡，十幾億人的大腦只是皇帝大腦的複製品，全天下只用一個大腦的社會只能是傻瓜白癡的社會。

　　我中考之後那一個多月一個人睡在土院子東邊的廚房窯裡。那窯頂呈扇形好像翅膀一樣要飛向天空，它是由於泥土的坍塌而形成的。下面的泥土塌了，留下了上面薄薄的一層，可它仍舊翹立著。它是前面薄，後面厚，前薄後厚這才有存在的理由。我躺在下面，聽著蟋蟀的叫聲，它鑽進了我的大腦，滿腦子都是它的鳴叫聲。我這樣一個少年，十五歲的少年，失眠了。整夜整夜睡不著。中考對我造成了強烈的心理壓力，我憂心我的前途。等到分數下來了，說是考上了，到學校去填寫志願這種焦慮才算消失了。我家窯洞前面是院子，院子前面是一塊地，地前面是一個小小的圓圓的打麥場，場的南邊就是懸崖，那下面就是涇陽縣的官山水庫了。水邊兒上是大片大片的柳樹。我是走到冶鐵中學填寫的志願。那是一張表格，志願欄處留下了兩行空格。我填寫的是西安儀錶學校，又填寫了西北建築學校。語文老師看了，說怕都錄取不上就會有麻煩，叫我換一個本地區的中專學校，比如乾縣師範學校、咸陽地區衛生學校、地區農業學校。我對教師這個行業懼怕了，就選擇了衛生學校，把西北建築學校換掉了。我沒有想到的是，這就是命運的安排。無意中的有意，前世就已經安排好的。我不是有當文學家的夢想嘛，把第二志願換成了咸陽地區衛生學校便是命運之神對我的最高的眷顧和垂愛。不上這個專業的學校，我就不會學護理專業，畢業後到一家職工醫院當了護士，在內科幹了四年護理工作，改行到了病案管理室，這裡有大量的工作之外的空閑時間，讓我一口氣有了十二年的學習時間。那十二年我大量細心地攻讀了世界文學，把八十多年的諾貝爾文學獎獲獎作品一一進行研讀，隨著每年一屆的頒獎會產生一個新的得主，這是我每年必讀的一課。從一九八五年開始，常常是當年的獲獎者公佈之後，中國大陸並無這個獲獎者的作品的譯本。但是中國翻譯界會立即行動起來，第二年就會出現譯本。每年是十月上旬公佈的獲獎者，《世界文學》雜誌就會立即找譯者著手翻譯，到了來年的第一期或者第二期就會為獲獎者翻譯編輯一個小輯，我就有了可口的食糧，甘之如飴的美味……

暑假顯得漫長了。

填寫完志願後，回到家裡開始了依舊充滿焦慮的等待。等待錄取通知書。我終於在家呆不下去了，就翻上原步行到了咀頭村，在一個同學家裡住下了。我血液和骨子裡有遊牧民族的成分，不像本地純粹的秦域人。我呆在那同學的家裡，吃喝人家的，給人家添了很多麻煩，但作為少年的我是沒有自覺性的。我與那位同學一起幫著給他們家幹活。是加固窯脊背的活兒，從遠處用手推車推來黃土，鋪墊到窯背上，用碌磚把它碾軋實在，還要用打胡墼的石頭錘子在泥土上砸擊出圓圓的窩坑。可能過了十幾天吧，我一直呆在那個同學的家裡，我的老五弟走路來了。他一路找來的。高原上的村子他都打聽過了，這才到了咀頭。

我是九月初到口鎮去坐汽車的。還是我的五弟去送的我。家裡有個黑火棍一樣的自行車，我把鋪蓋捲兒用麻繩綁到後車架的側邊，帶著五弟，從水庫邊的山坡上開拓出的土路上，騎到了水庫的堤壩那兒，路寬了，可它的下面的溝卻越來越深。路是平的，溝越來越深，路就越來越高。出了官莊水庫這條溝，就進入到了冶峪河那條大溝，公路是柏油鋪面的。到了口鎮東南頭的汽車站，我就坐上到三原縣城去的班車走了。

獨裁者之魔化妝成我的初戀戀人，以十幾歲的少女的身材和面容把我誘惑到了南方沿海城市去跟她過夫妻生活，生兒育女，多子多福，三兒一女，可我在南方城市幹的還是我力所能及的工作，護士工作，在醫院裡，在內科病房給病人打針，靜脈針和肌肉針，還是導尿、灌腸、吸痰這樣的工作。幹了四年護士工作，上班時間都用來紮靜脈針了，一上午要給三十多個病人輸液，針針順利的話，一針見血，都需要一整個上午的時間，假如遇到了老大難，病人血管細而脆，一紮就鼓包，血管破了，血流到皮下就是一個紫包兒，那麼幹到下班時間都紮不完，就把一些活兒心懷歉疚地留給了下一班。幹了四年後，醫院裡的其他幹護士工作的男孩都要求改行，院長看男孩們沒有安心幹護士的，就讓大家全部改行了。我進了病案室幹文字工作，這下有了時間，文學創作的心又活了……居然重複的就是我原來的人生之路。在病案室的十二年時間使我有了大量的創作和閱讀時間，我最終成了一個作家，登上了文壇。之後北上京城，南下漢中，到西安，又北上京城，南下深圳和廣州，上海與杭州，又穿梭于雲南，回到西安的山脈上創作《我與獨裁者》之曠世之作。獨裁者之魔意識到他的詭計流產了，就向當地的國安組織告發了我。我被逮捕，以什麼"誣衊先烈罪"判刑。那四年刑期很快就到頭了，我回到西安的山脈上繼續我的創作。獨裁者之魔下了狠心，把我劫掠到了上個世紀七十年代的第四個年頭，彼時獨裁者還沒有死，他八十一歲，兩年後他先是聽人專門報告了遼寧營口的隕石現象，緊接著河北唐山大地震造成了四十多萬人的死亡，他號啕大哭。但在兩年前的一九七四年，他把我帶回了這個年月，這過去了的時間裡，他是最大的獨裁者，最高的大權在握者，專制暴力党的最高領袖，而我被帶回到一九七四年時，我居然回到了我的十一歲少年時期，我成了當年那個年少的男孩。按說獨裁者之魔是會放過一個孩子的，可是他知道我是怎麼回事，知道我的未來，清楚我在二十一世紀將成為一個批判性最徹底的的作家。他把我在二零二四年寫的《我與獨裁者》的完成部分作為把我打成"反革命作家"的證據，把我以反革命罪而槍斃了。他們槍斃的是個少年，是個十一歲的男孩，可他們在我的胸前掛上的牌子上卻寫著"反革命作家"五個大字，並用紅墨水把它打了大大的叉號。我沒有料到我會被拉回到過去了的我十一歲的時間節點上把我槍斃掉。以我在現今這個時代的所作所為作為證據而在過去了的文革時代的鼎盛期把我作為罪大惡極的反革命作家槍斃掉。有專制就會有獨裁，專制組織必然產生獨裁領袖，這樣的組織不能稱為政黨，它與世界大趨勢之下的政黨有著本質的不同和區別，所以說它只能是個組織，是個幫派，是個黑惡勢力……

因為獨魔的真體已經死去四十八年了，他的陰魂在現今這個時代無法置我於死地，他就化妝假扮成我的初戀戀人，以十九歲姑娘的美麗出現，許諾要一直愛我這個六十一歲的老頭，為我生兒育女，離開西安這條山脈，放棄創作《我與獨裁者》這部勇氣之作。在南方沿海城市，我們生活了四十多年，我已經一百歲了，她才六十一歲，我忽然發現她睡眠中的身形完全是獨魔躺在水晶棺中的遺骸，那遺骸像極了寡婦，覺醒後的我迅速回到了西安的山脈繼續創作我的曠世之作。獨魔的詭計失敗了，異常憤怒，把我劫持到了上個世紀的七十年代，一九七四年獨魔還是愚民崇拜的高高在上者，至高無上者。他指示愚民搜查我的住房，結果搜出了我正在創作的《我與獨裁者》草稿。愚民們在書稿裡發現我攻擊他們的"偉大領袖"的話語，把我立即定性為現行反革命分子，並把我周圍與我聯繫緊密的文友們打成反革命集團，我成了集團的主犯，被判處死刑。可愚民們發現我原來是個十一歲的男孩，但那文字確實是我寫的，是未來的我寫的，對於十一歲的我來說是未來的我寫的。愚民們還是執行了死刑，把我槍決了。我死到了五十年前的時代裡，在二零二四年的秋天失蹤了……

我們買到了西安省城到廣州的火車票，便又開始了漫長的等待。一天只有一趟從省城始發到廣州的火車，它是下午六點鐘發車的。候車室這個場所仿佛是一套衣裳一樣，所有的乘客都穿它，用它，出的汗水和呼出的氣息都浸蝕到它的牆壁上、地面上，這樣的肮髒程度可想而知，它散發出的氣味是令人作嘔的。我這個六十一歲的老漢都覺得難以忍受，可十九歲的葛英蕾卻沒有絲毫的異常和不適，那肮髒的牆面和地面，那不斷釋放出的惡臭氣息，好像是既不入她的單眼皮的美麗大眼睛，也不會吸入她的鼻腔，或者說她的美麗大眼和俏麗鼻子是不受任何腐蝕的完美金屬。

叫我難以理解的是，我從叫做西安的山脈上下山來，進入的不是我上山創作時的時間，而是葛英蕾十九歲時的年月，那經過四十年修建拓展的省城不見了，而是它悄悄縮回小到了四十年前的那還處在農業階段的土兒吧嘰的小小省城，巨大的火車站南廣場和北廣場都不見了，那南廣場南邊和東西兩邊的廣袤高樓不見了，那北廣場北面的大明宮遺址公園不見了，出現的是狹小的街道，街道邊低矮的青槐樹，電線杆上纏繞的帶電電線，北面則是牲畜亂跑的農村，豬圈和牛圈裡飄出的氣息濃郁得沖頭而昏，還有四處飛奔的野狗，飛到矮樹枝上嘎嘎叫的雞鴨鵝和赤練臭蛇……

等車的時間實在漫長，要從上午一直等到下午的六點，等到夜幕就要降臨了，又一個夜晚開始。葛英蕾倒是沒有她十九歲姑娘的嬌氣和大小姐脾氣，她好像從小就吃苦慣了，是經過風雨摔打長大的。她倒比我有耐心，十分堅忍。她讓我坐在候車室裡看管行李，她獨自跑到外面的街道邊的飯館裡買一些吃的給我帶回來。沒有塑料袋，只能用手把包子或者肉夾饃拿回來。候車室裡倒是有一個大鐵爐，下面爐膛裡的煤燃燒得紅彤彤的，爐面上放著一把大鐵壺，有水在裡面已經煮沸了。我下山的時候沒有帶任何生活用具，喝水用的保溫杯和旅行包都沒有帶，光身子與她下山的。可是，叫我詫異的是，葛英蕾的包裡什麼都有。她背挎在左肩膀上的是一只有著兩條長長的襻帶的敞口布包。那包兒是個規規整整的長方形，左右寬度比上下高度要多三分之一，那包兒的面兒上還繡有一個大大的五角星。我看那包兒癟癟的沒有裝什麼東西，但葛英蕾卻從裡面取出了一口搪瓷缸，從候車室中部的大鐵爐上拎起大鐵壺給搪瓷缸子裡倒滿了開水，叫我一邊吃那從外面買回來的包子和肉夾饃一邊喝水。我讓她也吃，她說她已經吃過了。我心裡稍感意外。

她說：「我一邊走一邊就把一個肉夾饃吃完了，一會兒等開水晾涼了我喝點兒就行了。」

我的心底裡的意外也就逝去了。她可真要給我做一個賢妻良母了，我未來的孩子的良母，我現在的賢妻……

那搪瓷缸兒在我的記憶深處有過，它應該是我四十年前的一九八四年用過的。它的裡面和外面應該佈滿污垢，污垢掩蓋了本色，可它在葛英蕾的包兒裡取出來時卻是清潔如新的，明光發亮，一塵不染。她怎麼會把那樣一個喝水用的搪瓷缸子保護得那樣的好，那樣的清潔，那樣的可愛？好像是從來沒有用過似的。

它的口兒上冒著熱氣，氤氳而彌漫開去。我吃著肉夾饃，嘴角被油珠浸潤，有清亮的油珠滴落下去，掉到了地面上。水溫在降低，我小心地抿一點兒，水與饃和肉混合立即就變得適合口腔了，混合的糜狀物吞咽下去，肚子有一股熱乎乎的感覺。我吃飽了，也喝足了。我看搪瓷缸子裡還有一小半水，熱氣已經散盡，其溫度正適合，就讓葛英蕾喝水。

"你一直都沒有喝水！"我想到沒有看見她喝過水。

我把搪瓷缸子拿起來遞到她的手裡，她說："我不感到渴呀！"

我說："還是喝一點兒吧。不渴也要喝。"我強調道。這有些強迫她的意味了。

我把搪瓷缸子放到她的嘴唇兒上。

"張口，喝點兒吧。"我低聲說。

她的嘴唇開了，輕輕地抿了一小口。她轉身就朝廁所方向去了，並用手示意她的肚子。她無疑指的是膀胱。我想到她所指的部位有個小小的器官，它叫陰蒂。它左右分開向下深入在陰道的兩側，小小的海綿體上佈滿八千多條神經末梢，特別敏感……

候車室裡的污濁空氣和齷齪氣味我適應之後也就不覺得了。但當我的眼光隨便掃出去就會觸碰到垃圾。人實在是太多了，走的和來的相互交替。我聽到了門外刷刷的雨聲。雨下得還特別大。葛英蕾從外面的雨柱下飛奔進了大門。候車室裡是沒有衛生間的，它在車站的邊緣一個角落裡。她沖到了我的懷裡，我連忙撩起上衣的下擺給她揉擦頭髮上的雨珠。她的黑眼珠靜靜地盯視著我，那光芒裡有溫柔和體貼，還有感動的淚光。我想到她這樣美麗這樣年青的姑娘跟我出來受罪，都是因為我還是一個窮作家。我雖然歲數年邁，可卻是一個窮人，在那叫西安的山脈上的一個雙峰夾峙的坪地上搞創作。我搞創作的目的並不是為了掙錢，不為經濟，不為享受，只為創作出傳世傑作。作品的文學質量與高含金量的品位才是我追求的目標。我本來是不想下山的，打定主意一心呆在山上。可葛英蕾是我的初戀戀人，也是我衛生學校學護理專業的同學，她上山來了，居然還是她十九歲的年齡和她人生最美好的階段。她處在十九歲上，專門上山來叫我這個年齡大的窮作家放棄創作，跟她到南海邊的沿海城市去開始一種新的生活。她要我專心專意愛她，她也只愛我這樣一個男人，為我生育兒女，生下一大群兒女，建立一個理想國烏托邦式的家庭。我被美好的前景打動了，願意與她開始新的生命歷程。可當我看到她跟上我受苦遭罪，過這種低等人的日子，鑽這樣的火車站候車室，擠那更可怕的鐵鍋煮餃子樣的綠皮火車，有票但沒有座位，是無座的票，我的心微微隱痛。可葛英蕾站在我的面前，乖順地讓我給她用上衣下擺揩擦頭髮，我是個老頭子了，她還是個十九歲的姑娘，我們兩個好像是父女而不是初戀戀人。

"唉，叫你受委屈了……"我說著，眼淚就濕潤了眼睛。

"啊，沒事！"

葛英蕾快樂地笑著。她一笑，她的臉蛋兒更加嫵媚更加迷人了。她正當青春，是覺不出什麼是苦和罪的。

是汽車還是火車？

車在行駛中。我之前從來沒有到過三原縣城。我的大哥在臺灣海峽邊上的一個叫永安的縣上的汽車營裡當兵，他在復原之前在三原縣城找了一個對象。那姑娘到我們的醋坊溝家裡去過。那時候我們家還住在溝裡頭東邊山崖下的窯洞裡。那姑娘跟我大哥來到我家，還爬上東邊的山坡到高家原上去，回來的時候帶了一兜子花杏。花杏也叫花果，是一種早熟的小蘋果。有一年暑假桃子熟了，我要一個人騎自行車到三原縣城去給那未過門的大嫂送桃子吃，遭到了父親的反對，我的夢想也就沒有實現。我從來沒有去過遠方的縣城，父親是怕我會丟失，再也回不到那溝裡來了。後來聽說大哥也轉業了，從部隊轉到了三原縣城，給那個姑娘家當了上門女婿。那姑娘只有一個養父，她原來的家是三原郊區某個農村的，她家姊妹兄弟七八個就把她給了人。那年月能從農村戶口轉為城鎮戶口就算是鯉魚跳了龍門，從窮苦階層一下子上升到了有溫飽的階層，有了當工人的特權。大哥聽她說了自己的身世，備感同情，還與她一起到她鄉下的親生父母家去看過。普普通通的農家，就跟我們在醋坊溝的窮苦之家一樣。那樣一個姑娘，她的養父上班後就一個人呆在家裡，便與許多閒散男子來往開了。有一天大哥閑著，就在書櫃裡翻書，發現了一封信。他看了，驚得渾身發冷。原來是她養父的養路段單位的書記寫給她的。那書記與她的關係顯然非同尋常，超過了一對戀人間的親密和隨便。大哥把那信藏好了，找到在組織部當副部長的一個叔伯，他就把那信給縣委書記看了，結果就把那養路段的支部書記判了四年有期徒刑，他的公職丟了，特權階層那一系列的享受和特權都不脛而走了。大哥從前是以人家的上門女婿的身份落戶到這個縣城的，弄出了這樣的大事，他很快就被招工了，到了另外一座城市的汽車運輸公司成了一名國營單位的工人。而我坐班車正在前往的這個縣城裡是沒有人迎接我的。那位叔伯其實只是我父親在淳化縣北部的胡家廟郭家村居住時認識的一個鄉鎮幹部，他後來升遷了，回到了他的家所在的縣上。這樣一層熟人關係起了巨大的作用。要不是這樣，大哥也就只能從部隊復原到董家梁那個山村。

　　對於口鎮外面，也是山口迤南的平原，我只到過雲陽那個鎮子。我騎自行車到那兒去賣過洋芋。沿著那條公路向東南方向再有三十華里就是三原縣城了。淳化縣的南邊邊緣地帶是由山口西邊的北仲山和東邊嵯峨山脈組成的。山下便是一望無際的關中平原。我五六歲的時候我家從河南老家遷徙到淳化山區，我是跟隨著父母坐車路過過這一帶的，可我的記憶裡根本就沒有這座大平原的印象，也許那時候在汽車裡我睡著了，對於車窗外的世界一概不知。現在這片遼闊的平原在我十六歲的視野裡無限地延伸擴展。我看著這樣的平原，這樣的沃土，那黑黝黝的繁盛的莊稼，那全是可以澆灌的土地，旱澇保收的土地。我曾經對到醋坊溝來走親戚的雲陽一個女孩懷揣夢想，等我長大了也以招贅的方式招到這片大平原上來，小小的男孩心裡已經明白生命是不能在那樣的山區的貧瘠裡度過，擺脫和遠離淳化的山區早已成了植入我的大腦裡的夢想……

我是背著鋪蓋捲兒一路問著人走到三原縣城西北角的山西街的。那是一條逼仄的小街，長長的，對於我這個個子還沒有長起來的少年的腿腳來說尤其顯得遠長。它的北邊緊挨著一條河。它深陷到黃土高原的底下，因為河水經過千萬年把黃土高原深深切割成了又寬又深的巨大的溝壑，那河流蜷縮在溝壑的底部成了一條彎彎曲曲的細流。

我是先走到了龍橋上的高處，看到了那巨大的溝壑，這才想到學校絕對不是在河流的北岸，就折了回來。那龍橋是古代就修建的。當時在我的目光下，我並不知道它就叫龍橋。我只看到那拱形的石頭橋是在溝壑下面的河水上面趴著。要走到橋面上，就需要先走下溝去。要轉幾個彎。

山西街的路面是泥土的。它的兩邊是古老的瓦房和草房。還有銷售零食和小商品的雜貨鋪子。街道的西頭就是衛校的大門了。

一看就知道它是個古老的宅院。牆壁是青磚砌的，長滿了綠苔蘚。最搶眼的是那高大的門樓，那樓頂上的瓦片上酸溜溜草密密麻麻。它的學名應該叫瓦塔？還是瓦楞草？我背著鋪蓋捲兒從門裡進去。這第一道門沒有門衛把守。過了門，中間有一條路，兩邊是低下去的花草地，兩邊還有高高的牆壁，同樣是青藍色的古老模樣。過了仿佛小橋一樣的中間路，這才到了有門衛坐在窗戶裡面的傳達室。是什麼樣的人招呼的？沒有絲毫的印象了。總之，只要一看我背的鋪蓋捲兒就明白我是來報到的新生，也就指示我到專門報名的辦公室去了。門房坐落在高處，下了五六級臺階，這才走到院子裡。正對著門房有兩丈遠的地方有兩棵古樹，比古樹還要古老的是那纏在樹上的古藤。那像龍一樣扭曲盤繞的古藤把它後面的高大照壁整個兒抱住了，宛如它抱著一個心疼至極的孩子。照壁和古藤古樹兩邊是通向校園裡去的不同的兩條道路。你由人領著，糊裡糊塗報了名，又糊裡糊塗穿過一個月亮門，這就看見了更加高大的房屋。那是洋紅色的磚和青藍的新瓦建造的房子。

高大房屋裡的空間十分廣闊，八九十三個班的男生全部住在這個大房間裡。八班的男生住在東邊，有面蘆葦席作為牆壁把房間隔斷了，那邊便是女生宿舍了。但蘆葦席子並沒有把房頂上的空間全部遮擋住，那上面空氣流通著，聲音傳播著，不時飄過來女生們的笑聲。我被安排到了九班。九班男生的架子床集中在大房子的西南角，而在西北方向則是十班的宿舍區。

火車上的擁擠才叫拿了世界冠軍那樣的頂尖級別的擠。我與葛英蕾都沒有座位。我們只能買到站票。將就著吧，受些委屈吧，受罪吧，你們不是有一個未來的目標嘛，為了未來就先吃苦吧。道理我們都懂。可我畢竟步入老年了，還像葛英蕾那樣遭受青春階段的苦罪，這叫我心裡不是滋味。可她那樣懇求我，那樣愛我，請求我去跟她享受她十九歲的生活，更重要的是，她的愛情，她的心和她的身體，她要與我同床共枕，生兒育女，新婚夫妻所有的享樂都要重新給予我享受，我就得煥發出青春的活力，讓我的心馳騁吧。

火車味，那是一種特殊的氣味，好像它是一個有生命的活體，它長期不洗澡，不講衛生，它身體上的垢甲發酵了，腐臭了——那其實是南來北往東去西來的人群上的氣息滲透進了火車的縫隙，彌漫到了火車的腠理裡面，火車日積月累，一年又一年，它就有了流浪漢身體上的那種令人昏昏欲睡的氣味。

我和葛英蕾就沉浸在這樣的氣息裡，開始的時候我覺得難以忍受，隨著時間的推移我也就適應了，我畢竟是個久經風霜的老骨頭嘛，我擔心的是葛英蕾十九歲的身體受不了那樣的撞擊和戕害，她的年青而柔弱的胃腸會反抗起來，會有少女早孕後的表現，可令我意外的是，她一點兒也不覺得難受，倒比我還要堅強，我還產生了一個難

以啟齒的想法，她似乎就是這種環境的產物，只有在這樣的氣息中才
能茁壯，才能活蹦亂跳。因為她在火車上如魚得水，幹什麼事情都遊
刃有餘。她迅速擠到茶水爐那兒去給我接來了開水。她說等餐飲人員
推車過來了就給我買飯吃。我哪兒有食欲呢？我由於年老而精力不
濟，精神和體力都有不支的感覺，面對葛英蕾的幹勁我表現出的是慵
懶，是綿軟，是眼睛發餳，肢體不醒，連多餘的話都不太想多說。她
看到我的情況，就在那長長的三個座位下面鋪了兩張報紙，讓我爬進
去躺下。我的腦子好像已經不聽自己的使喚了，但對她的指示卻是樂
意奉行的。我便像一隻狗那樣爬進了座位底下。我並沒有覺得什麼丟
人現眼，在這樣擁擠的火車上能夠有一個坐的位子就算是人上人了，
而我一下子就有一個可以睡大覺的床，比臥鋪還要寬暢和舒適，我攤
開四肢，展開身體，開放我的鼻腔緩緩地呼吸了一下，感覺到身上的
骨頭那個滋潤啊！

　　列車搖搖晃晃的，哐哐當當的撞擊聲有如催眠的音樂，我很快就
進入到了夢鄉裡。我的夢鄉在哪裡？我的夢鄉就在這裡，這向南海邊
的海濱城市疾馳的火車上。我也聞不到怪味兒了。我沉到了夢鄉的幸
福國了。當我睜開眼睛時，看見是的葛英蕾星星一樣迷人的眼眸，不
知她什麼時候也鑽到了座位下面來，居然把我摟抱住，在親吻我的嘴
哩。我感覺到的是她的柔軟的舌頭，她伸進了我的嘴裡，尋找著我的
舌頭，我的舌頭響應了召喚，立即纏住她的舌頭，兩條舌頭就那樣如
饑似渴地攪拌著，糾纏著，我把它的香津蜜液吸到了自己的肚子裡。
我的欲望一整個兒被調動起來了，我摸到了她的濃香軟乳，我把它吞
到嘴裡，輕輕地吮吸著，又換一個乳頭如法炮製，我的嘴唇似乎回到
了初生的日月，吮吸著母親的乳汁，心懷無盡的感激。我想起我在二
十歲的時候，剛剛從衛校畢業，到了秦巴山地之間的盆地去上班，由
於極度的寂寞與孤獨，還有說不清道不明的無盡的絕望，給葛英蕾寫
信時把她稱呼為媽媽，以絕望的辭藻呼喚她為媽媽，把內心的與生同
在的慌恐與絕望盡訴於她，似乎這個時候我的絕望與孤獨終於消失

了，被我戰勝了，我把她緊緊地擁抱到懷裡，雙臂的力量，全身的力量壓向她的身體，把肌肉和骨骼裡的渴望，把皮膚裡冒出的欲望全部浸潤到了她的身體裡，就好像一條蛇終於找到了它的家，它的窩，它的卵，它的蛋……我們就在座位下面，我把她的褲子褪掉了，我們的腿交叉起來，我的堅挺的那條海綿體刺進她的潤滑的窩巢裡，她一下子就呼喚起來，好像山呼海嘯……

她的驚叫使我驚醒，回到了現實裡。我們這是在火車上的座位下面……

她的呼吸逐漸地平靜下來，我聽到座位上面的人和周圍的人憤怒地吵鬧著。

"太不像話了，連畜生都不如！"一個女人的聲音。

他們是有經驗的人，從葛英蕾的叫聲就判斷出了她因為什麼而呼叫。我與她意識到了問題的嚴重性。這可以說是在廣庭大眾之下，雖然有一座位遮掩，但距離其他乘客實在是太近了。我想到了在火車站候車室時，她去上完廁所，下雨了，雨珠淋濕了她的頭髮和臉龐，我替她揩擦乾淨，她的星眸裡閃動的感動之光。之後我也去了一趟廁所。那高高大大的候車室孤孤地矗立在鐵路南面的空地上。那空地還不能稱作廣場，沒有任何的現代設施和裝備，只是一片荒涼的曠地而已。它的北面就是東西延伸遠去的鐵軌，鐵軌放射著黑色的光芒。鐵軌向北平等排列，有十八九條之多。這是一個大站，許多列車在這裡交叉，行駛向不同的方向。我走到西南角落裡的廁所。那一條長長的水泥橫渠有水流沖刷著，上面一排蹲了十幾個人。大家的屁股和私處暴露無遺。都是男人也無所謂。可你想到不算太高的磚牆那邊的女廁所，她們的大白屁股和私處暴露在同胞目光之下，畢竟還是有難為情的問題的。而小便池則是一條淺水泥槽兒。有水沖著，這裡的氣味還不算難聞。當你從廁所出來，往磚牆南面一望，居然是一條深溝。溝底倒寬闊，蝸牛一般的茅草房比比皆是佈滿溝坡。坡上溢出的潲水流向溝底，有人直接就蹲在溝下面解大手。有個中年人赤著上身從茅草房裡出來了，他朝溝上面的廁所望望，張大嘴罵道：

「奶奶個屄！」

你知道他並不是罵你，他是朝天罵的。

另外一個茅草屋裡出來了一個姑娘。她穿著的大襠褲子往下吊著，似乎要滑落下去了，但被她的手緊緊地抓住。她的上衣破爛得到處都是窟窿，有個洞裡露出了乳頭。她貼身沒有穿任何內衣，連一條長布都沒有裹。她望見了你，怔住了，就那樣望著，望著，忘記了她從屋裡出來要幹什麼，好像是知道你站在溝上面，是專門來看你的。……

你抱著葛英蕾，對於目前的尷尬處境想不出對付的轍兒，腦子裡就浮現出你無法控制的記憶。你想那個姑娘是誰？叫什麼名字？姓什麼？那壯年男子是她的父親還是哥哥？那溝裡到底住了多少戶人家？有多少人口？姑娘有多少個？在省城這樣的大都市，這可是從古代就繁榮昌盛的城市，怎麼還有那麼多住戶居住在溝裡，住那樣的茅草房？

這時候有人喊：「出來！出來！」

葛英蕾的褲子早就在座位上面有人罵的時候拉上去系好了，雖然兩個人窩在逼仄的空間裡，但都已經把自己的衣裳弄規整了。座位下雖然昏暗，但你還是能看清葛英蕾明亮如星的眸子。你的眼光一定向她傳達了如何應對的信息。她悄悄地說：「我出去。」

「還有人，出來，出來！」那個剛才發火的聲音再次響起來，但卻沒有剛才那麼嚴厲了。

你沒有聽見葛英蕾與那發命令者有任何溝通解釋的話語。你本來不想爬出去的，想到她會把那人打發走的，可是從目前的情況看，事情的解決一點也不簡單。你腿向外伸出去了，這才是下半身，上半身，最後才是你的頭。你自小就是個靦腆的人。好像層層濕布下捂著的豆芽菜，你最怕見的就是這明亮的光了。你感覺到馬上就會萎縮，會枯萎，從而失去生命活力。你看見那乘警的臉，臉上已經不是那麼凶冷的眼睛。

葛英蕾站在他的身邊，一臉的嬌媚。可周圍的乘客把我們圍了個裡三圈外三圈，都想看個西洋景，熱鬧熱鬧。

葛英蕾說：“乘警叔叔要我們跟他到乘警室去。”

那乘警不過比她大不了幾歲，她稱他叔叔顯然是為了討好人家。而我則是個老年人了，跟著她一起稱他為叔叔顯然就低了輩分，吃了虧。隨波逐流吧。

乘警讓乘客們讓一讓。他們很不情願地讓開一條道。你看到他們的目光更加異樣。有人說：“老牛吃嫩草啊！”

“交了桃花運了。”

“群眾反映你們在下面幹了見不得人的勾當？”乘警嚴肅地說。

我說：“誤會了，是英蕾做了個噩夢，尖叫了一聲。”

乘警重複了一句：“做惡夢了？”

葛英蕾說：“是啊，我最愛做噩夢了，常常驚醒。”

“你們是什麼關係？”乘警的態度又嚴屬了。

“英蕾是我的女兒啊，這還有啥懷疑的？”我說。

葛英蕾說：“對，他是我爸爸。我本來想用不著多此一舉呢。”

乘警的眼睛溫和了。

葛英蕾說：“我都叫你叔叔哩，我爸年齡比你大多了吧。”

乘警說：“原來是這麼回事。可乘客們告發你們竟然那樣，這簡直是亂彈琴！把父女說成是狗男女，這有些太過分了。好了，你父女倆還是挪個車廂……明白嘛？”

那月亮門，那古老的磚牆院落，那蘆葦席東邊就是八班和九班兩個班女生的宿舍，那屋樑上面的空間互通著男生和女生的氣息。我們都是十四五歲，最大的也不過十七八歲，像我也就十六歲，是處在中間階段的。那一群群的女生，本班的或者外班的，三五成群，娟秀如林，行走著，說笑著，說著，笑著，那少女的微微發顫的聲音飄蕩過來，傳進你的耳心——這衛生學校的校園莫非就是前世的大觀園怡紅院瀟湘院？少女少男們的紅樓夢？

那個用微顫的聲音歡笑的少女姓邢，叫庭利。她的微顫的笑聲還在那月亮門下飄蕩，已經永恆固定在了那裡，只要那空間，那院落還在，她的微顫的讓你心醉的聲音就不會消失。還有一個叫喬玉榮的姑娘，她是班花，也是校花，她的文靜與她瓜子形的臉龐，那迷人的眼睛更是把衛生學校的校園點綴成的人間樂園。

你曾經在五七中學寫過一部紀實性的小說，轉學到冶鐵中學後你沒有寫那樣的長篇作品，可到了地址在三原縣的衛生學校，你又寫了一部長長的小說。一個本子都寫完了，這是一九七九年的年底了，冬天，你寫的是一部帶有寓言性質的小說。你的主角是兩隻大公雞，一隻代表的一個主席……十六歲的你對於政治鬥爭的殘酷性還沒有觸類旁通的體會，兩個朋友，兩個上下級關係的朋友，戰勝了共同的敵手，倆兄弟就成了一把手和二把手，一個是皇帝，另一個是副皇帝，當皇帝犯了嚴重罪行，弄得天下人吃人，餓死了四千萬人，這樣的惡劣政治是要上史書的，是要叫後世永銘的，副皇帝就出面來當了國家主席，皇帝就退回到了組織主席的位置上。但皇帝不甘於失去行政權力，就把國家主席打成了"叛徒、內奸、工賊"，把他逮捕關押了起來，把他在牢獄裡害死了。有病不給治療，任憑他發燒，頭髮長得有一尺多長，把他從一地轉移到另外一地。你用兩隻公雞來暗示這樣的政治內鬥，雖說筆法幼稚，但你敢於碰這樣的敏感題材，是有勇氣的表現，你畢竟還是個少年啊！

你這個十六歲的少年居然敢於寫這樣的內容的小說，這還是大環境給予了你開放的思維和勇敢。那個時候，你跟著全校的師生看著電視機上的畫面，參加了為那個被殘害致死的國家主席的追悼會。你

的教針灸的中醫劉老師拿著報紙上重新刊登的《論XXX的修養》，說
這是多麼好的文章，你心想他的思想轉變得可真快。不是說大家都在
隨風倒，而是那樣的氛圍給予人們反思的權利，有了反思的條件才會
有反思的權利。那是所有的報紙和電視等社會媒體都大力宣傳解放
思想的時代，你在那樣的大環境下，思想也有了更大範疇的解放，你
的認識比當時的環境還要開放，還要解放。你在那部長長的寓言性小
說裡把兩個一二把手，這個國家的坐頭把交椅和第二把交椅的黨主
席和國主席都設定為動物裡的公雞，說他們之間的權力內鬥是兩隻
公雞的較量，這就說明這塊地域的人們還處在叢林法則之下，是其動
物性在起著決定性的作用。一個人掌握著軍權，就相當於他的體力占
了絕對的優勢，他就會把體力弱的那一方置於死地之後快。他為什麼
會那麼殘忍和惡毒呢？非要對方死了他才能放心嗎？這說明在叢林
法則時代，他懷有的是野獸心理，他一定想的是如果他不把對方搞
死，對方就會把他幹掉，所以他們之間過去的那種同夥和朋友關係是
指靠不住的，是連一層紙的保護力度都沒有的。他不但把對手徹底搞
死，還要把對手周圍的所有人，不管是他的下級還是朋友都要一股腦
全部搞掉。這種叢林裡的你死我活直接受害的是距離虎王最近的人，
那些被其鬥爭風波涉及的小人物都是一些倒黴的人。比如說被江蘇
省常州市委槍斃的蔡鐵根就屬被涉及的倒黴者。他原是軍隊裡的大
校，由於有獨立思考的習慣，被開除了軍籍，從軍隊下放到了江南水
鄉，在常州的工業局任一般的巡視員。他的獨立思考的習慣導致他不
斷地寫日記，寫日記就會有分析和辯論，有認知，寫滿了六本日記。
一九七零年，毛還有六年的壽命，文化大革命正是如火如荼的鼎盛時
期，地方上又要伸頭邀功請賞了，他們就搜查了蔡鐵根的單身宿舍，
把他的日記全部收繳了。他們從日記裡找到了他反對毛的文字，於是
把與他平素來往的人也抓起來一起打成了反革命集團，他成了主犯，
被槍斃了……

　　如果我在那樣的年月寫了公雞寓言，恰好被發現了，或者被告發

了，不管我是十六歲的少年還是像蔡鐵根那樣的軍官，我就會被定性為現行反革命分子，我的初中語文老師就會被定性為反革命集團的成員，或者教唆犯，因為他給我寫信叫我什麼都可以寫，甚至反動的也要寫。他也是受思想解放聲勢的影響變得思想解放起來了。那麼我就有可能被定為主犯而遭槍殺，我的老師也可能與我一起被槍殺。

我寫了那樣一本寓言性小說，把一個作業本寫滿了，整整一本子的文字，沒有像在五七中學時那樣有人感興趣閱讀，你也許是汲取了以前的挫折經驗，把它保存得相當隱蔽，你沒有向任何一個老師和同學顯示過它的存在。你有一個同學是永壽縣常寧鎮那兒的。你的父親與大哥當年常到那一帶去照相掙錢。它是在涇河岸邊的。一九八零年的暑假，你回到了醋坊溝。那時候你的父親已經回到了河南老家，但你的母親和弟弟哥哥還都在秦域。你與那個永壽同學通信，你忘記了你給他寫的什麼內容了，但你卻記住了他給你寫的書信內容。他在信裡大罵社會的不公和共黨的專制，你看了都感覺到害怕了，把信當時就毀跡銷屍了。而你寫的那部的寓言性小說是如何保存的，又是如何沒有了蹤影的，你是不記得了。它就那樣消失到歷史的長河裡去了……

冬天的廣州居然還這麼熱！

火車是從北方始發的，車廂裡還保留了從那兒帶來的冬季氣候，室外的廣州還沒有把它的熱度傳導進來。這說明一個相對密封的空間要麼是保溫的，要麼就是保冷的，把外界的氣溫隔絕開了，就會延續過去你已經適應的小環境。可火車已經到站了。我與葛英蕾一下車，就感受到了廣州的熱度。我連忙就把外套脫了。可葛英蕾叫我穿上，不要相信這兒的溫暖。我分明感受到的是酷熱，脫了外套同樣感受到的是攝氏二十八九度的氣溫，在這樣的氣溫下難道還怕受涼？葛英蕾笑了。"荀傳，你稍微適應一下，因為畢竟氣溫懸殊過大。"我想我再繼續穿著厚厚的外套，勢必就會熱得渾身冒汗，等出了汗再脫衣，那可是大忌。

　　葛英蕾說：“不會出汗的。”

　　她好像已經充當了我肚子裡的蛔蟲，凡是我想的她都會在第一時間曉得。

　　“這麼熱，真的不會出汗？”我說。

　　葛英蕾說：“咱們在這廣場上坐一會兒吧。”

　　這兒是廣州站。我們坐在廣場的北面，看到的是火車站正面。它的候車室和售票廳是相連而分開的同一座樓房的不同部分。巨大的“廣州站”三個字在大樓的頂巔部位，它的兩邊各有四個字：“統一祖國”和“解放臺灣”。我看著這八個字，心想這樣一個開放的沿海城市，觀念怎麼還如此陳舊和腐朽呢？甚至是殘暴和野蠻的，反人類的，是人間最大的謊言。什麼是統一？秦始皇統一六國其實就是消滅他國，這種無道的事情怎麼成了這塊地域的僵化性觀念了？海峽那邊是中華民國，早在一九一一年就建國了。一九四九年經過三年的內戰，中共用戰爭和暴力手段取得了大陸的統治權，但臺灣那兒卻成了退守後的中華民國所在地。這樣就有了中華民國和中華人民共和國，事實上的兩個國。中國只是個概念，而從來就沒有中國這樣一個國家存在過。面對這樣的政治宣傳性質濃厚的標語，我無法不進行思維。可我既然已經答應了葛英蕾與她到南海邊生活，放棄文學創作，放棄《我與獨夫民賊》的寫作，我可不能這麼快就反悔了。我想到了列車上座位下的那無比的快樂。

　　葛英蕾就在我的面前，她是我的，她的軀體是我的，我想要她，她就會答應，與我共赴極樂境界。我看到她的黑髮辮梢上系著的塑料蓓蕾飾品。那是我二十歲的時候給她買的。我從老家出發前就在一所小學樣的門口的一個小攤位上買的。這種頭飾是專門賣給小學女生的。她曾經指著幾個小女生頭上的這種飾品對我說叫我下次給她買，她嬌滴滴的聲音還在耳邊迴響，我當時痛快地答應了，一直記在心間。她的單眼皮大眼睛深邃而澄澈，迷人之極。我們坐了一刻鐘後，她把外套脫下了，露出了她的白色襯衫。我把外套也脫了。我們是坐在廣場上的，沒有運動，也就沒有出汗，這個時候脫掉外套，沐浴在南方的氣溫裡，覺得倍感舒適。她竟然把白色襯衣也脫掉了，露出了她的胸褡。

葛英蕾說："裡面忘了穿乳罩。"

我看見她的乳頭把棉布頂了兩個尖兒。

她的膚色黑黑的，但這好像更加襯托出了她的美麗。在火車上的座位底下與她的肌肉相親，感覺到她的皮膚比綢緞還要光滑細膩，我的手指撫摸時它給予我的感受是無限的光細，綿軟，刺激。我心想我一看她心裡就愛死她了，哪怕愛死她呢也值得了。

我從西安的山脈上下來的時候是沒有帶行李的。本來我那兒除了寫作用的工具外，也沒有什麼生活用品。葛英蕾說她什麼都有，用不著帶的。可我也只看見她背了一個不大的包兒。那包兒就只是一個挎包，裡面也不可能裝下很多生活用品的，而且它並不顯得飽滿，而是癟癟的樣子。操那麼多心幹嗎？有她就有一切。即使身無分文，不帶一根線，有她在，我們就會白手起家，空手套白狼，該有的都會有的。

我們坐公交車到了一個叫大石的地方。那兒有個富山村，還有個大山村，一條南北方向的快速公路把兩個山村分成了東西兩部分。我和葛英蕾朝東走了有一裡路的光景，到了富山村。但在我的認識裡它就是大山村，只是覺得有條路叫富山路有些奇怪。有個女人就在那路口站著，一看見我和葛英蕾就快步走了來。

"你就是葛英蕾吧？"她說。

葛英蕾朝她看了看，點點頭說："我就是啊！"

"我在這兒等了你好幾天了。"她說。

我說："你怎麼會知道我們要來？"

她臉上仍舊是興奮的神色，說："是葛英蕾告訴我的。"

我喃喃自語：“她告訴你的？”

葛英蕾說：“她叫匡姐，跟我們是親戚哩。”

那麼是她什麼時候寫信告訴她我們要來廣州的嗎？看來只能是這種情況了。否則就是匡姐有長途感應能力，或者就是她在夢裡感知到了，葛英蕾有托夢的本事……管它到底是怎麼回事呢，反正是來了，她也接到了人。

我們跟著匡姐走進富山路四街。別小看這個富山路，竟然有這麼多街道。匡姐把我們領到了二樓上，順著走廊走，轉了一個直角朝另外一個方向走，走到頂頭有條下樓去的步梯。而步梯正對著的的那間房被匡姐推開了。沒有鎖，一推就開了。

“這個房間是202，你們倆就住這兒吧。”匡姐說。

衛校的生活是奇妙的。班上有一半是女生，都是十四五歲的少女。男生也占了一半，也是大致相同的年齡。那巨大的從中間用蘆葦席隔開成為男生和女生宿舍的房子的南邊是三排教室，再南邊就是操場了。操場的西南角是男生和女生廁所。而大房子的北面是生理生化實驗室，它們的北邊是兩排教室。教室的北邊就是學校的北院牆了。院牆外面是懸崖，懸崖之下是三原有名的清水河。院牆下面有個防空洞。那是在中蘇關係緊張，核戰爭一觸即發的嚴峻情勢下挖掘的。全國在毛的“深挖洞，廣積糧，備戰備荒”的指示下到處深挖洞，幾乎每個學校，每個機關，每個單位的地面下都挖掘了一個深深的防空洞。

幸虧我寫的那公雞寓言小說沒有被任何老師發現，也沒有哪個同學有興趣閱讀，它就在無聲無息中藏在我的箱底。那箱子是樟木的，它原是福建永安縣山林裡的一棵樹，我的大哥在那兒當兵的時候，買來木頭做了許多口箱子。他也會油漆，從伐樹到解板再到做成箱子，油漆後晾乾。他給連隊領導送了好多口箱子，反正是他自己的手藝，自己勞動所獲，並沒有攤本。那樹是以連隊需要的名義伐的。

　　我雖然吸取了以前的教訓，並不張揚自己的作品，也就不會因此而惹是非，給自己造成麻煩，我與教師的關係，雖然人換了，可我作為學生的一員似乎永遠與作為老師的一方是對立的。開始的班主任姓付，名繼賢，是位女老師，她原先是在銅川的某醫院當總護士長的，調到衛校來專門講護理課。她長得很胖，看起來十分壯美，很龐大的樣子。當我在學生家庭收入表格上填寫我的父親是在攝影部工作時，她以為我父親是在電影廠的攝影部，把我仔細詢問了一陣子。我的父親只上過工人夜校，初通文墨，四九年前就在徐州的照相館當學徒，個子還沒有那老式的三角架上的照相機高，就站在小板凳上給顧客照相。他常說我的外爺從鄭州步行到商丘的途中，在一家修表店討水喝，被店主人發現他是個難得的聰明人，就把他留下當了學徒。因為他看人家修手錶，竟然看出了門道，知道哪個螺絲上哪個孔，戴哪個螺帽。那可是精細活兒，那多得可怕的螺絲腦子笨的人是根本記不住它的位置的。我應該算是個傻人，把我父親的工資收入和我三哥的月收入相加，然後除以我家的人口數，得出的數據就成了我愛的人均生活費數。那意思是把所有的收入都用於吃飯了。付老師發現了那樣的問題，說是那麼高的生活費哪兒可能呢，就還是按照一般情況給我定了每月的生活補貼，好像每月是六元錢吧。每月的生活費是十七元五角。

　　付老師給我們九班當了一學期的班主任就讓位給了另外一位年輕的老師。他大約有三十歲，高陵縣那邊的人。我在醋坊溝上小學的時候，有高陵縣那邊的人來溝裡販桃。村子應該叫桃樹溝才對，因為滿溝壑都是巨大的桃樹，一到暑假末期，大量的桃子就熟了，我們這些小孩就會經常爬上樹去。生產隊對於成熟的桃子並不派人看守，採取的是不管的態度，誰家願意打就打，願意摘就摘。因為那滿溝壑的桃樹如果派人去管理，需要派多麼人呢？生產隊沒有那麼多的勞力。再說了，看管桃子又沒有什麼用處，生產隊並不指望賣桃子賺錢。那從高陵縣來的人是兄弟倆，運氣不好，下了暴雨（當地叫"白雨"），他們就借宿到了我家的窰洞裡。是在溝裡頭那個院子。窰洞在山坡上，坡下面還有個院子，過去是生產隊的牛圈，後來張家住了。再往溝下面走才是生產隊的打麥場。打麥場下去，還要經過一塊田地，下面才是寬寬的小河。下了雨河水就渾濁，天晴的時候就清了。岸上還有泉水。泉水那是從砂石眼裡流出來的，淘一個小潭，泉水聚起來，滿了，就從一個口子泄到河裡去。我與那來販桃的兄弟倆住在一個窰洞裡。窰洞原來是張家居住著的，但他不是窰洞的主人。主人是這個院子所有窰洞的主人，住到西南方向水庫上面的原上去了。我父親給他了一些錢，他就把所有的窰洞賣給了我家。他在我家吃菜喝酒時，一個鼻子被什麼堵塞住了，常常會因為出氣而發出響聲。聽說他還有黃疸肝炎……

　　我與教師的關係總是處在緊張狀態中。我不是有意的。我本想與所有的老師友好的，尊重他們的，可卻老是有無法控制的事情冒出來把我與老師的關係搞僵。這位年輕的班主任本想處理班上的班長，因為同學們都反映他欺負人，他把他本縣來的另外一個同學當奴隸一樣使喚，他會武功，他每天早晨去練功，就讓那個可憐的同學給他打水買飯，成了專門侍候他的跟班。他有武功，就對所有的同學看不上眼，敢於挑戰他權威的同學，他就想著方子欺負人家。而那天晚上是安排的去看電影的時間，看的是拯救失足青年的影片。我看了電影就沒有去上晚自習，我認為既然安排看電影了，就不用上晚自習了。而那晚的自習上，新任班主任就是為了解決那欺負人的班長的問題的。我被其他同學找見，匆匆來到了教室裡。班主任就批評我不守紀律，我據理力爭，弄得老師下不了臺。班會一下子扭轉了方向，我成了替罪羊。但我死死抱住了看了電影就不用上晚自習了的歪理不放，竟然與老師針鋒相對，下不了臺。這樣我就與新班主任又結了梁子。叫我寫檢討。我寫的檢討，情緒和用詞十分出格，竟然有什麼"進了墳墓"這樣的不祥之語。後來聽說班主任病了，就另外換了一個班主任。他是個五十多歲的針灸老師，對我很好。有一次我餓得心發慌，他就連忙給我兌了一碗糖開水，還給我了半個饅頭吃了。再聽到那個年輕的班主任的消息時令我十分吃驚，說是他患什麼可怕的病去世了。我好悲傷。該不是我把他氣得了吧？

北方雖然早已是寒冷的冬季，可廣州這裡還在穿裙子和短袖衫。蚊子最叫人氣憤了。這間 202 房，它的北邊有個小小的陽臺。陽臺上有灶台和洗衣機，還有一個小小的衛生間，可以解決人體的排泄問題。這是二樓，202 號房間，它的上面還有七層樓。陽臺有鐵柵欄與對面的樓房相望。對面樓房的窗戶距離這兒連半米的距離都沒有。陽臺柵欄上沒有任何遮擋物，上方的鐵條上可以掛衣服晾曬。其實是不可能有陽光照射進來的。陽臺與臥室有一道玻璃門相隔，它可以推拉，關上或打開。而在臥室的東牆上還有一扇窗戶，也是用可以推拉的玻璃窗扇進行開關。

靠門的東側是一張雙人床。床上鋪有被褥。你想這樣就現成了，不用考慮鋪蓋的問題了。可是那房東說：「那我就把被褥搬走了。這是樣品。」

你的心一下子又跌落下去了。

葛英蕾說：「那這附近有商場吧？」

匡姐說：「有啊，我一會兒帶你們去。」

她又說：「那就先繳一個月的房租，繳一押一，總共是⋯⋯」

你心想又遇到麻煩了，你的手機被葛英蕾扔掉了，你身無分文。你的眼睛看向葛英蕾。

她說：「沒事的。我來付。」

她從挎包裡取出了錢。

匡姐說：「水不用錢，電費到月底用多少繳多少。」

我對葛英蕾的挎包寄託了所有的希望，它的裡面好像什麼都有，我與她在南方的生活就全靠它了。

匡姐說：「這是鑰匙和門禁卡。」

她把它們交給了葛英蕾。她把它們轉給我，我把它們揣到了褲兜裡。

"方便的話，你就引我們到商場去，或者指一下路就可以了。"

葛英蕾挎上了她的包兒，我們實在也沒有什麼行李，我就把門拉上了。它不是那種一碰就能鎖上的門鎖，但我並沒有去管它。

匡姐說："還是要鎖上。"

她把鑰匙要過去，把它插進門鎖，朝相反的方向轉動了一圈。

"這就鎖上了。"

她把鑰匙又交給了我。

走過長長的非常狹窄的走廊，轉過角朝另外一個方向走了沒幾步就是電梯。我們進了電梯，下到一層，從電梯的另外一個方向出去，就到了街上。

"這是富山四街。那是大湧路。"匡姐說。

我每到一個地方都要先辨別方向。

"這路是朝向什麼方向的？"我問。

匡姐說："朝那邊是北，朝這邊是南。"

我看到大湧路的對面有個很大的茶館。陳皮除濕茶。茶鋪門口桌子上擺了兩排陶瓷的罐兒。一個頰骨突起的姑娘坐在裡面。廣州這邊原來的粵人女性的顴骨都比較高，很耐看的一種越人之美。

四十多本日記，它們消失到哪裡去了？那是一個叫蔡鐵根的大校的日記，他因此在一九七零被常州市委判處死刑，立即執行，槍殺了。他當時是常州工業局的巡視員，年近六旬。他是一九一一年出生的，曾在廈門大學讀書，一九三六年參加了紅軍。他曾經在中共中央軍委政治部工作，一九五九年被打成右派，開除軍籍。工業局保衛科科長帶領紅衛兵突然搜查了他的住處，收繳了他的四十多本歷年來所寫的日記，日記裡有對毛的分析與批評，結果成了現行反革命集團的主犯，還有個叫吳翼的人也是主犯，查不到有關他的資料，既然是主犯也可能一起被槍斃了。是一個集團，那麼就會有三個以上的人。其他的人一個也查不到信息。他是從中央軍委被流放到地方上的，對於當地的年輕人來說，就好像來了一個上方的導師，一個來自天廷的神仙，抱著求知的渴望與他交往。誰能料到那就是他們的鬼門關？他雖然參加了紅軍，但他之前畢竟是個大學生，是個有知識的人，從他寫了四十多本日記來看，他無疑是一個擅長思考的人，說他是個思想家、社會學家、哲學家也不為之過了。那四十多本日記如果整理出版的話，那四十多部著作足以使他立身於思想界而不敗。一九六九年正是毛澤東統治的最鼎盛時期，國家主席劉少奇被殘害致死，作為一個被開除軍籍被流放的紅軍大校因為其日記中有對毛的分析與批評，被判處死刑也就成了必然的了。紅衛兵的天下也就是毛的天下，毛所重點栽培的文革派的天下也同樣是毛的天下。

我感到恐懼。它儘管是五十五年前的舊事了，毛死亡也已經過去了四十八年了，他的接班人華于一九八零年也辭職了，失去了領導權，可我還是恐懼。我把這部小說的第一頁最上面的小說標題和作者姓名裁下來，把"我與暴政獨夫"幾個字分別剪開，把作者的筆名剪掉，把它們變成不同的碎紙片兒，有的部分扔進了垃圾筐，有的部分夾到書籍裡。我也聯想到了鮑裡斯·布爾加科夫長期創作他的傳世傑作《大師與瑪格麗特》，小說中的大師也是在創作一部小說，小說名叫《大師與瑪格麗特》。他的小說在他完成後就放下了，在他病逝後二十年才終於出版。幸運的是，它不但保存下來了，還出版了，成了世界不朽名著，而蔡鐵根的四十多本日記卻灰飛煙滅了，無影無蹤了。

第一個夜晚我們就備受蚊子叮咬之苦。

我和葛英蕾買回來了被褥，還有床單、被套、枕頭、枕套等一系列床上用品，可我們卻忘記了買蚊帳。我們有的是北方生活的經驗，而南方對於我們來說十分陌生。我們兩個抱在一起睡覺。雙股交叉一起。下體是全裸的。她十分喜歡撫摸我，她的手，手背上的皮膚，手指上的神經末梢與我的那更加敏感的黏膜的接觸，她的手就會有一種刺激性的滿足感。她的手好像有著深刻難忘的記憶，是撫摸著它成長起來的。但她的撫摸使我一次一次刺激難耐，我就得尋求安慰，尋找那個鳥兒在暴風雨中的窩巢，進了窩巢就尋找到了安全感和終極感，就焦躁不安，就要吃奶，就要運動，直到大汗淋漓，氣喘吁吁，直到它又一次疲軟如抽筋了的海灘小龍，小蟲兒。可一覺醒來，葛英蕾的手背和手心又在那上面摩擦，揉搓，慢慢地它又醒來了，硬了，直了，手指的刺激使它難耐，又尋找到了她的窩巢，又運動一番，直到再一次癱軟。蚊子也叫起來了。這又拉亮電燈打蚊子。打了一隻又一隻蚊子，居然越打越多。這才找到了原因：陽臺的玻璃門沒有拉上。

我跳下床，把玻璃門拉上。把窗簾拉好。

蚊子的叮咬過於厲害，這樣一折騰我們就又興奮了。這裡天熱，即使冬季還是這麼熱，室內空氣流通不暢，尤其悶熱，我就喝水。葛英蕾也喝水。我把一杯水給她端過去，一隻手攬住她的肩膀把她扶起來，把杯子放到她嘴邊兒，她半仰著身子就把水喝了。我把她放到床上，把杯子擱到一邊。我看著她豐滿的身體，尤其是她圓潤的乳房，就禁不住去吃。兩個人這樣又交纏到了一起，扭得像麻花一樣緊密堅實。我們又一次渾身大汗，如此疲憊，以致終於不再在乎蚊子了，呼呼睡去。

衛校的大宿舍可真有它的特點，幾個班的男生女生住在一起，中間只隔著一層蘆葦席子，說話聲清晰可聞。我住的架子床是在大廳的中間位置，與東邊的蘆葦席子相隔了一個十班男生整個床鋪的距離，我就想那緊靠席子的男生一定能聽到一席之隔那邊女生的呼吸聲，她說的夢話，還有她悄悄排氣的聲響。那是一個十四五歲、十五六歲的少年階段，大家對於男女之事還處在懵懂朦朧的迷霧裡。可我覺得我自己似乎比他們都懂得多。我的夜尿多，經常起床去夜尿。可廁所實在是太遠了，南邊操場西南角的廁所和北邊的幾座教室西邊圍牆下的廁所都有三四百米遠，加上天黑路轉，去一趟有如長征一般。而在大房子的南邊與教室之間有一片空地，空地上還種有樹木，同學們就在那兒對著樹幹一陣拋撒。大多數同學起夜一次也就堅持到天亮了，可我一次是不行的。我打小就有尿床的毛病。班上有個同學的毛病比我還要嚴重，他居然上了衛校了還尿床。他住架子床的上鋪，結果尿液順著被褥流到了下鋪來，住在下面的同學算是漲了見識。我雖然夜尿多，但卻沒有丟過那麼大的人。我悄聲走到了南邊的樹木下，把憋脹的尿脬排空，進入到一種舒適的狀態。這樣也就意識清醒了，回身走上臺階時，就看到了玻璃窗裡女生沉睡的身體，那裸露的肢體在燈光的照射下充滿迷幻的色彩。我站在那兒不動了。那好像是定海神針把我定住了。我真的要在夜色下站到天明嗎？大房子裡是有蘆葦席子相隔開的，可這窗戶外面並沒有任何的東西標明了界限。它本來就是同一座房子。我並沒有看到那女生的臉，並不知道她是誰。

　　我醒來的時候，葛英蕾俯身在我的上面，看著我。她看我醒了，就用嘴唇親了一下我的嘴唇。我伸手抱她，她示意我往下看。
　　我看到了她的大肚子。
　　我一驚，仰起身來，坐下。我的臉上肯定充滿了疑問的表情。
　　她說：「荀傳，我懷孕了。」
　　我心想：即使懷胎了，一夜間肚子就鼓這麼大嗎？這麼神奇？
　　我爬起來，大聲地叫道：「你看這些蚊子，吃得多肥！」
　　我伸手去打，手掌上濺滿了血。牆面也是血紅一片。蚊子吸血太多，身子臃腫而沉重，飛不動了，只好接受我的手掌含有憤怒的死刑執行。
　　「好傢伙，喝了多少血！」我說。
　　葛英蕾說：「你的血和我的血。」

“可惡的蚊子！今天一定要去買蚊帳。”

葛英蕾說：“我們起床了就去買蚊帳。你來啊，再睡一會兒吧。”

我上了床，把她抱住睡下。經過休息我的勁頭又來了，肚子貼著她的大肚子，產生了強烈的新的欲望。她感受到了，就把那東西插了進去。我不能自禁，就側身過去，運動了一番。那種滋味是從前所沒有的。與懷了大肚子的葛英蕾這樣做，有著一種特殊的刺激，好像不是她一個人，而是與她和另外一個她，與兩個她在同時做。葛英蕾尤其感到快樂，興奮到達了頂點。結束之後，她突然說：“苟傳，我要生了。”

我還沒有領會她的話的意思，她說：“你看下面。”

我爬起來去看，一個嬰兒的頭已經從她的那下面伸了出來。緊接著，一個完整的嬰兒就從她的體內出來了。我有些慌亂。

“這可怎麼辦？”我說。

葛英蕾倒一點兒也不慌張，說：“你不是學過接生嘛，操作吧。”

我確實學過接生，在金白菜心縣醫院實習時給引產的產婦接過生，接下來的是個死嬰。當我把胎盤從引產婦宮內拽出來時，遭到了帶班老師的嚴厲教訓。他是個男老師。我知道應該把臍帶不斷地扭轉著慢慢拉出來，可我生出了二勁來，有意不去扭轉它，就那樣生生拉出來了。好在那被拉出來的胎盤非常完整，否則就必須進行清宮，那操作起來就麻煩了。

胎兒是自然分娩出來的。是個男嬰。一身光溜溜的，沒有胎脂糊身，顯得十分乾淨，也異常俊美。

我與葛英蕾的第一個孩子就這樣來到了人間。這兒是廣州，他就是廣州男孩了。葛英蕾的乳頭發育得很大，黑黑的，周圍的乳暈圈兒也黑黑的，很大。她奶著孩子，身體由於激素的分泌作用而完全成熟了。她畢竟還不滿二十歲。完全成熟的她更有女性味兒了。她的欲望也被激發了，在孩子睡著了的時候，她的手又撫摸起了我的身體，尤其是那個海綿體，一撩撥就膨脹了。

“這剛剛生育過，不行吧？”

“沒事的，沒事的。”

她的器官恢復得非常好，還像從前一樣的緊致，並且還自動地收縮著，夾吸著我的那東西。她的那器官真是奇妙，有特異功能。這樣的結果，她第二天當我睜開眼睛時，發現她的肚子又一次圓了，緊接著就產下了一個女兒。這到達廣州也就剛剛兩天時間她就生了兩個孩子，而且是一兒一女，真是多子多福。她早上生下孩子，下午就恢復了，又有性的需求了，結果是第三天早晨又產一個兒子，第四天上午產了一個兒子，第五天早晨又產下一個兒子。我來廣州還不到一個禮拜時間就有了四兒一女，這可使我恍若在夢境中。葛英蕾還是十九歲，而我已經六十一歲了。我與她的床上生活和諧而滋潤，生育並沒有影響到什麼。我看著床鋪上的五個孩子，他們粉噴噴香的皮膚，嬌嫩的肌肉，堅硬的骨骼，他們雖然只相隔了一天出生，但個頭兒上卻有著區別，雖然細微，我還是能分辨清楚的，畢竟是父親嘛。而葛英蕾更是對他們了如指掌、如數家珍。

第六天的晚上，我出門去了。我想我們來到廣州這個南方城市，是要來找工作的，靠工作掙錢生活下去，沒有料到的是，就這麼五天時間就生育了五個孩子，這就更需要我去工作掙錢了。有了錢才能生活下去。可葛英蕾一點也不著急。五個小孩躺在床鋪的另外一頭，我與葛英蕾躺在這一頭。她已經又一次徹底恢復過來了，臉色紅撲撲的，眼睛裡射出情愛的光芒，刺激得我心癢，身子也癢了。她又抓住了它。我一想到明天就會產下第六個孩子，連忙爬起來。

葛英蕾有點兒小意外，說道：“我的挎包兒裡有錢。”

我想打從來到廣州，不，從西安的山脈上下來的時候就開始用你的錢，從你的挎包裡掏錢花，一路上的花銷，還有來到這番禺區的大石街道，在這富山四街租下房子，付房租和押金，還有水費電費，吃飯，床上用品，又給小孩去買奶粉，給孩兒們買嬰兒服裝，五個新的生命更是需要更多的錢。

“我要去找工作了，必須掙錢，這負擔會越來越大的。”

葛英蕾坐了起來，用眼角的光掃掃孩子們，又正眼看著我。

“荀傳，你一下子成了五個孩子的爸爸，承擔起父親的責任，這很好啊！可我的挎包裡還有許多錢的，這大晚上的，你明天去找工作也不遲喲。”

她說得倒沒有錯。

“我必須現在就去找工作，也許就能找到呢。明天就能掙錢了。”

葛英蕾的目光裡射出更加迷人的光芒。

“你是怕明天早晨又會多一個孩子？”她說。

我沒有回答。

過了一小會兒，她說：“也好，畢竟有五個孩子了。一個禮拜七日，五日都在工作，休息上兩日也應該的。聽說好多國家都是雙休日。上帝造世也都是要休息的。你快去快回哦。”

這個時候，那五個孩子好像感知到了我的行動，忽然都醒來了。他們一個個坐了起來，異口同聲地喊道：“爸爸，你快去快回，我們都在等著你呢。”

我沒有覺得意外。這可真沒有虧待我的五日辛勞，有勞作就有回報，孩子們的心就是對我最好的回報。

我一出門就感受到了氣候的變化。室外好像更加地熱了。西邊有電梯，挺麻煩的。202 的門前另外有一個步梯。我走到了一樓。我猛然發現匡姐坐在樓梯口的沙發上用筆在算帳。她怎麼連個辦公的地方都沒有呢？我想到我與葛英蕾五日前剛剛租下的 202 房間，那肯定是她的辦公室，有時候她午飯後也在那兒午休，為了更多的賺錢，她把它也租出去了。她沖我一笑。我心想她是想問我為什麼走這兒，她沒有說出來我也就沒有必要解釋。我用門禁卡刷了一下，把門鎖擰開跨了出去。

　　門鎖又自動合起來鎖上了。那卡嗒一聲十分清脆。

　　這個街道不算太寬，相比來說也不算窄。樓都是八九層高的。從步梯出來的這個門外的小巷的方向是與從電梯門前的富山四街是垂直的，它的南北方向通向的小巷都看不到頭。這兒給我的感覺除了樓高而巷子窄外，就是藍天好像離得非常非常遠。這是夜晚時分，路燈照亮的範圍有限，左右方向的小巷更是顯得神秘莫測的樣子。我向哪兒走呢？我想了想。那個叫匡姐的女人曾經把我們領到了超市去的街道上，她還一再叮嚀我們記住租屋所在的街道，怕我們回頭就找不到了。

　　我朝北邊走去。

　　南邊是通向光明快速幹線的。那幹線是建築在高處的，上面的車如織似流，呼嘯聲從未中斷過。那兒有一個叫大石的公交車站，但我感覺中它又彷佛是個火車站，是那種在地下隧道裡奔馳的火車，它有一個特殊的名稱：地鐵。我從來沒有坐過什麼地鐵，但又覺得對它熟悉的程度似乎超過了對於公交車熟悉的程度。這到底是一九八三年還是二零二四年？我感覺中前者好像是我的過去，而後者則是我的未來，而我現在又在什麼年月呢？

　　向北走著走著，發現路面挖掘成了深溝，泥沙撒滿，泥濘不堪。有一座樓正在建築，腳手架幾乎侵佔了小巷。我加快了步伐。下了一個坡兒，眼前呈現的是寬闊得叫我驚訝的大街。這是一條主街道，它向西去應該是可以通到我與葛英蕾白天買過床上用品的超市。當我抬頭向東邊張望時，心中一驚。那遠處的在半天中閃爍的是一行令我振奮的文字。

　　我走了有十五分鐘，跨過了一條南北方向的大路，終於接近了那閃耀著紅光的地方。那是一座與我過去幹過的工作的單位一樣的機構：醫院。我和葛英蕾都學的護理專業，幹的工作是護士工作。雖然是夜晚，但這家醫院裡面還是紅紅火火的，熱熱鬧鬧，人的流動性驚人。滿醫院都是人。

　　我知道這前面的樓是門診部，內科外科婦產科小兒科檢驗科放射科等科的門診，而後面的樓一定是住院部。我心想門診部大多都是醫生醫師在上班，所需護士有限，而住院部則需要大量的護士。我順著一樓的走廊，一直往後面走去。我從前是在內科幹過護士的。電梯門口繡了一團人。我進了電梯。人們都進來了。我的手臂探過人體的縫隙按了十一層。電梯原來還要往負一層下。沒有關係。到了負一層，電梯門開了，又有人上來了。但曾經按過的都歸於零，又得重新按。

　　我走出了電梯。向西邊走了不到五米遠，發現這層樓的病房的門鎖上了。我不能到其他科室去找工作。我敲了敲那厚厚的玻璃。裡面的走廊上空空的。病號們都休息了。工作人員是不是打盹了，進入到了夢鄉裡？我又敲了敲。過了好一會兒，有個姑娘出現了。她穿著白大褂，戴著護士帽和口罩，鞋也是白皮鞋，一身上下都是白。她的眼睛倒是漆黑漆黑的，深邃而水汪汪的，那晶瑩的光在她的眼球上閃爍，好像一枚純淨的水星辰就要把世間最清純的一顆露珠施予人間。

　　"您要來看病人？"

　　她的聲音與世間最純淨的水珠一樣的澄澈。它的眼光裡有著溫暖。

　　"我是來找工作的。"我說。

　　她的眼球上的露珠滑動著，光芒閃動，有一絲絲的疑惑。

　　"我從前幹過護士，這兒有護士這樣的空缺崗位嗎？"我的聲音也是儘量的綿弱。

　　"大叔，您這是來尋開心的吧？"她的聲音依舊溫柔。

　　我說了我與葛英蕾一路是如何來到廣州的，又在五天內一連有了五個孩子，目前生活已經陷入到了難以為繼的艱難之中。

　　她說："怎麼會一天產一個孩子呢？"

　　可她並沒有生氣。

　　我向她發誓，說我這麼大的年齡不會說謊的。她的眼睛珠兒在深邃的眼眶裡滑動著，有如銀河旋臂裡滑動的星辰。

她說：“可你這麼大年齡了，咋還能幹護士這種工作呢？”

我說：“我沒有辦法啊！我是衛校畢業的，專業就是護理，除了這個工作我得心應手外，其他事是做不來的。再說了，我一出出租屋就看見了你們醫院閃耀在天空中的招牌，心底一喜，就沖這兒來了。一切好像都是熟門熟路的，也就顯得自然而然了。我的妻子叫葛英蕾……”

當我說出那三個字時，她好像心被什麼尖針紮了一下，呻吟了一聲。

“怎麼你認識她？”

她緩過神來，說：“不認識，不認識。”

我繼續說道：“我在西安的山脈上一座大房子裡創作一部曠世作品，葛英蕾來了。她還是十九歲，她的年輕美麗叫我懷疑時間一直是靜止的。她靜止在了十九歲那個時光裡，或者說她十九歲時的時光靜止了，不動了，凝固了，永恆了，而我還在一路奔波著馳向生命生死疲勞的定數裡。她那樣說，我只好答應了她，放棄創作，一心愛她，把我所有的時間和精力和體力都用到愛她上面來，把愛她作為像我的文學事業一樣重要和偉大的事業，她就領我到南方來，到廣州來，過我們兩人的世界，給我生兒育女，生他個十幾個孩子。這才來了幾天就產下了五個，我作為父親必須肩負起養育他們的責任，我不來工作是不行的，吃什麼喝什麼呢。”

“葛英蕾挎包裡……”她好像無意識地喃喃。

我說：“她能有多少錢呢？用不了多久就會枯竭的。我下山的時候是身無分文的，再說了我把所有的積蓄都用於創作那部書了，幾乎沒有任何財產。葛英蕾來了，帶來了她十九歲的時光，我好像也回到了二十歲，她說她此生只愛我一個人，只為我一個人生娃育女，把她所有的愛都給予我，叫我不再過那種山脈上的苦行僧日子，整夜整夜隻身睡覺，連女人的氣息都聞不到，連吸一口異性氣息的福氣都沒有，她要徹底改善我的生活，夜夜陪伴我，與我交股疊頸相擁而眠，我想幹什麼就幹什麼，想多少次就多少次……」

我說著說著，眼睛就有些濕潤了。

她並沒有因為我說了那相對來說私密的東西而羞惱。

她說：「我明白你的意思。可你這麼大的年紀，醫院裡怎麼會招聘你呢？按說葛英蕾才十九歲，你也應該才二十歲才對，這是哪兒出錯了呢？」

我說：「我真的一看就這麼老嗎？」

她無奈地點了一點頭。

我自言自語道：「這真是無路可走了……」

她的眼睛閃動著。

「這樣吧，大叔……」

「什麼？」我簡直迫不及待了。

「這樣吧，大叔，我想了個辦法，也許不是好辦法，可倒不妨試試。」

「好姑娘，你快說啊！」

「大叔，是這樣的，我幹這個工作也煩了，心不在焉的，一心想著去跳槽，可又下不了決心。這樣吧，大叔，我把我的工作讓給你幹，工資全是你的。」

我說：「你不能沒有工資，咋生活？」

「這個嘛，大叔你不用操心。」她的眼裡露出深切的笑意。

「可這恐怕不行吧，我這麼老，況且還是男性，院方一眼就會識破的。」

她眼睛裡的笑意更濃了。

「你會回到二十歲的。至於男性，這個不是什麼問題。」

她把內科住院部門上的鎖子打開了，那彈簧的嘎嗣一聲具有金屬的靈性，在夜色裡穿透力超乎尋常的強烈。

她把門拉開一條縫兒，我擠了進去。她重新把門關好，鎖上。她拉住了我的手。她的手很涼，好像長期在什麼藥水裡浸泡著一樣。我想她的工作很辛苦，手一直外露著，這又是冬季。

內科病房的走廊裡異常寂靜。一個人影也沒有。病房的門都緊密地閉著，也聽不到病人沉睡時的氣息，有少許的夢話飄蕩著，但聽不清是什麼話。

她把我領進了護士工作站，又把我拉進了治療室。那工作臺上擺滿了病人需要輸的藥品，都是液體的藥品。夜裡怎麼會還有這麼多人輸液？一定有人需要搶救。可她顯得並不忙，什麼也沒有的樣子。

"大叔，從今晚起你就可以工作了，掙工資了。"

她的眼睛裡全是嫵媚。

她把工作服脫了下來，把護士帽脫了，把口罩摘下來了。啊，她真美！剛才一直看見的是她的眼睛的美，那種迷蒙的美眸的美，這會兒，她臉容的美麗全部顯現出來了。她實在好像是從天上來的仙女！

她把乳罩也脫了下來。那豐滿白皙的乳房亭亭玉立，好像星空被照亮了。她看我站在那兒發呆，就跨前一步，幫我解開了衣裳上的紐扣。她把我的衣服一層層脫掉，最後她連我的內褲也脫掉了。我的褲衩被脫掉了。我的那東西與她的手指刮蹭上了，它立即就如同彈簧一樣彈了起來，膨脹得紫烏紫烏，那裡的血液充得過於飽滿，包皮好像消失了一樣，冠狀溝由於龜頭外沿硬得如同峭直的山崖而深了起來。她把她的褲衩給我穿上，似乎並不在意那被它覆蓋住了的硬直之物。她把她的乳罩給我戴到胸前，把她的衣服給我穿上，最後把白大褂和護士帽還有口罩給我戴好。我只露出了一雙眼睛。她穿上了的褲衩和內衣，又穿上我的外衣。可她的頭髮垂落在肩膀兩側，她的美麗的星眸也不是我那樣的。

"來，我給你把眼睛描畫描畫。"

她從她的包裡取出了眉筆在我的眼瞼和眉毛上非常認真仔細地描畫著。

“好了。”她的聲音清純而甜美。

她把我推到了鏡子前。治療室裡是有鏡子的。

我看到了兩個她。

她把我的眼睛描畫得跟她的眼睛一模一樣。鏡子裡映照的我與她簡直如同一個模子裡造出來的。我的眼睛那樣一描畫，偽裝在她的所有的衣服裡的我無疑就是另外一個她了。我的年紀一點也看不出來了。

我這就開始上班了。工作了，掙錢了。她讓我獨自到病房裡巡視了一個來回。有的病人還沒有入睡，竟然沖著我叫道：“育巒護士，你眼睛好像變大了，更漂亮了。”

我對這個病房裡的這位病人並不熟悉，我也不敢出聲，就沖她笑了笑。我連忙走出去進了另外一個病房。

我巡查了一遍病房，回到護士站裡的治療室。我沒有發現那個叫育巒的護士。她姓什麼呢？半夜的時候，入院了一個急診病人。是服毒了。喝的是農藥。大石街道這兒附近還都是農村，農民很多，喝農藥的是個農婦。她喝的是敵敵畏。有機磷中毒。我先給她洗胃。洗胃機像洗衣機，幾十年沒有操作過，可我一上手就會用。我把胃管給農婦插進胃裡。是從她的鼻腔裡插進去的。通過喉部時有點兒困難，我小心抽送著跨過喉部的獨木橋，這就進了食管那樣的康莊大道了，進入到了胃裡，我抽出了胃液，這才把胃管與洗胃機上的管子聯接結實，打開機器，它就正常工作起來了。洗了有半個小時，直到把農婦胃裡所有的東西全部洗出來了，洗出來的水已經清澈，這才把機器關了，把胃管拔了。

給農婦把氧氣管插進鼻孔，給她吸上氧。把血壓器的袖帶綁到她的胳膊上，隨時監測血壓的變化。

儘管胃裡的農藥和食物殘渣已經全部洗滌乾淨了，但農婦依舊陷入進了昏迷狀態中。已經有大量的有機磷農藥被她的胃腸吸收了，進了血液，循環到了她的全身，尤其是在她的大腦裡起了作用。腦細胞是最怕毒藥的，最最靈敏的，它的昏迷是一種強烈的保護機制的啟動。這樣的話，農婦的尿是處在失禁狀態的。我給她插上導尿管。雖然我內心還是一顆男人的心，可我的外表完全是那育孌護士小姐的模樣。而且我在年青時代當了四年護士，幹了四年這樣的工作，那可是以男青年的樣貌進行操作的，導尿過無數次，灌腸過無數次，不管是男病人還是女病人都是一視同仁，從來沒有過男女之別。一切男女都是病人，都是我的工作對象，心理上和臉部表情上一直都是嚴肅認真的。

在第二天下班前，育孌護士教我學她的聲音說話。因為全科上白天的醫生和護士都來了以後，首先召開的是晨會，醫生護士都要交班的，尤其是夜班護士要把每個病人的情況交代給上白天的護士。還有一個專門用來寫交班紀錄的交班本，把危重病人和新來的住院病人都要詳細記錄，不危重的病人就籠統交代一番即可。

我努力模仿著育孌護士的腔調，用假嗓子儘量學得像一些。最後，她覺得是可以蒙混過關的。

"即使有點兒不像也沒有關係。人的嗓子哪有不發生小小的變化的？"

她隱藏起來了，我隨著大夥兒進了醫生辦公室。護士站裡的空間有限，治療室裡更是擁擠，而醫生辦公室每個醫生都有一張辦公桌，房間的面積就相當的大。周圍靠牆還有半圈排椅是專門為交班的護士們坐的。育孌護士給我說了好幾個同行的姓名，我只記住了護士長的姓。我根據育孌的描述分辨出了哪位是護士長。因為她的年齡最大，護士們幾乎都在二十歲左右，再大也不超過二十四五歲，而她已經接近四十歲了。

我沖她笑了一下。

她說："小育，又收了一個農藥中毒的？"

我明白她的意思是說"你辛苦了"，夜班就怕來新病人，尤其怕的是有機磷農藥中毒的病人，就必須得忙乎一整夜。

我說："半夜一點來的，宗老師。"這樣的工作環境下都是把年長的同行叫老師的，護士長更不例外。

護士長臉上的表情有了點兒變化。

"小育，你感冒了嗎？"護士長關切地問。

我意識到我的聲音還模仿得不夠標準，就儘量學著育巒護士的聲音說："可能是有點兒吧。"

"像這種情況就臨時通知一個加班的，兩個人上班是正當要求。"

我點點頭。

"下次，一定。"

我心想若是那樣的話，還不是先通知你，你才能安排一個正在休息的護士來加班，正當凌晨，你接到電話哪兒會高興呢？那個被安排來加班的同事也會同樣氣憤的，多數情況下，還是自己一個人堅持下去比較好。

交班室裡大家已經各就各位。

護士長說："現在開始交班。"

一切都是熟門熟路的，我就把交班本雙手拿到下巴下面，開始念起來。我的聲音剛一傳開，我就注意到大家齊刷刷地把目光射向了我。大家好像不認識我了，但緊接著大家的目光都變柔和了起來。

我念完交班報告之後，值班醫生也沒有什麼特別交代的。他是男醫生，昨夜幾乎沒有與我正面交集過。他在醫生辦公室下完醫囑後把鐵質的病歷夾夾著的病歷給我放到護士辦公桌上就走了。我雖然沒有見到他人，但他的命令都在病歷上寫著，我只有執行的份兒。我沒有疑問也就不會去找他討教。再說了，那有機磷中毒可以說已是家常便飯，過幾天就會遇見一二個，幾乎都是農婦。農村的日子太苦了，農婦一想不開就喝了下去，她們是想求得解脫，並不想叫人搶救。

之後，護士長說：“育孌護士值得表揚，她一個人整個夜晚獨當一面，下次遇到這種搶救病人的情況就通知我，我派人加班就是了。”

我知道護士工作是非常辛苦的，醫生動動手，護士跑斷腿。比如內科病房有五十張病床，沿著走廊向兩邊擴展，一個病房連接著一個病房，尤其是上夜班的時候，一個護士光跑一個來回就幾乎就要走一公里的路，你要是跑上十圈，就是十公里。

晨會散了。

我回到治療室，把白大褂脫下，掛到了一個閒置的衣架上。護士帽和口罩是不能脫的。我正要出門時，護士長把我叫住了。

“你忘了帶包！”

我回頭看了看治療室裡掛白大褂和包的衣架，還有其他地方，發現有好幾個包。那幾個包裡面可能並沒有育孌護士小姐的包。我不能把任何一個包當作育孌的包。

我含糊地說：“哪兒啊？”

我頭也不回地出了門。

衛校校園裡有生理實驗室、生化實驗室，更重要的是，有解剖實驗室。那解剖室位於校園的西北角上。那是一個比較大的房子，它的西南邊是男女廁所。廁所是旱的，沒有水，小便大便都堆積到茅坑下面的深池裡，臭味濃郁，蒼蠅橫飛，更有蛆蟲成堆。那便池邊沿爬滿了蛆，有的奮勇直前爬到了便池上面來，連下腳的空地兒都沒有了。

解剖課是最需要記憶力的，什麼都必須牢記，二百零三塊骨頭，每個骨頭的名字，肌肉的名字，內臟的名字，實質臟器和空腔臟器，呼吸系統、消化系統、循環系統……大多都得死記硬背，沒有什麼竅門可鑽。

班上的女生中有兩個是大城市來的。什麼樣的大城市呢？相對於我們的縣城，更相對於我們的小鎮和村子，它就是最大的城市了。

一個叫邢庭利，一個叫喬玉榮，特別是喬玉榮成了我心目中的偶像，我的夢中麗人。

爬下架子床夜尿時，還是尋找那兩排房子之間的樹木的根部。我再也沒有看到那透過窗戶玻璃呈現的夢中的少女身體的輪廓了，有了窗簾，並且掛上了，也許某個少女的眼睛瞄見了窗外的窺視暗影，有了防備，更多的是因為我沒有了去窺視的欲望，自動消滅了自己的念頭，變得麻木不仁了。可能是因為恐懼而斬斷了那樣的想法，也就對隔壁那一群一群的少女沒有感覺，更沒有了希冀。我是北山裡來的男孩，自卑的心理嚴重，為了避免受到傷害，敏感的我退避三舍了，我更多的是沉浸進自我的世界。我有文學的夢想，自打上了初中，在五七中學時就有了自覺寫作的激情和願望，除了學習專業的護理知識，除了護理知識和操作外，醫學基礎課多如牛毛，生理生化解剖藥劑病理學，內科學外科學兒科學婦產科學五官科學，五官科學又分為眼科學口腔科學牙科學，不一而足，五花八門，五行八作，無所不包。生化學是個年輕的女教師教的，她是剛剛從醫學大專學校畢業的，還沒有結婚，甚至於連戀愛都還沒有談過，沒有男朋友，她講的生化課幾乎全班的同學都聽不懂，可我在考試的時候卻及格了，其他同學都沒有達到六十分。我的學習成績由於這一學科的突出而在全班突出了，因為如果有哪一門不及格，儘管其他科考得好，也是嚴重的缺陷，就是不合格的表現。

班上的班花在跑早操時，在那南邊圍牆內的操場上突然從隊伍裡溜了下去，暈了，女生們連忙把她抬回了宿舍。還有個女同學有嚴重的腳氣，腳腫了，上不了操。我是個孤獨的男生，常常獨自跑到校外去，鑽河溝，或者逛火車站，有一次深夜，我們三五個同學到了縣城東南角上的火車站遭到了民警的盤問。有個長小鬍子的同學叫劉柏林，他恰好身上揣著學生證，讓對方看了，這才放我們走。這個同學在班上屬那種聰明的人，他發育早，鼻子下面的鬍子標誌著他的成熟，我們都是看哪個女同學個子高挑，纖細，屁股小，緊湊，覺得她是那麼美那麼美，而他則喜愛大屁股的女生，說我們不懂，一群傻瓜蛋帽兒。傳說他看上了一個親戚家的表妹，與對方談戀愛，吹了，他的精神受到嚴重的打擊。他是他的養父母收養的，與表妹並無親緣關係，對方嫌她學的是護士，將來畢業了是個在醫院裡工作的護士就不願與他繼續相愛了。他受不了那樣的拋棄，結果是把自己掛到了新修建的樓房的門梁上。有早起的同學看見門框裡有個搖晃的人影，但絕對沒有想到會是一個同學上吊了……

學校給他買了一口薄棺，是柳木的。他被放下來放在還沒有修建好的教學樓一層的地面上，用了一些報紙鋪在地面上。薄棺來了，我們把他抬到棺材裡。同學們都是抬他的身子和腿，四肢，只有我去抬起他的頭顱，否則它會垂落下去，很不雅。我是個膽大的男生，還有點兒天不怕地不怕的二杆子勁兒。我一個人跑到原上面的墳地去，把大片的墳地轉悠完了，這才回到學校。那是在夜裡。我還在上課的時候跑到廁所去，把身體裡的火燥排泄出去，獲得神清氣爽的輕鬆。從來沒有被其他同學碰見過。班上的花朵我是不敢奢望的，早早就打消了期望的心，校外也沒有心儀的姑娘，就只愛自己和自己的志向：文學夢想。我創作了那部寓言小說，公雞是其主角，兩隻大公雞的鬥爭，敗的一方被害死了，勝利的一方繼續受到來自他的身邊的其他年輕公雞的威脅，仍舊生活在恐懼中，恐懼是與生永恆的，除非獨裁者的生命終止了，他的恐懼才會隨著肉體一同被埋葬……

大海根本就不存在，

沙漠也不存在，

存在的只是一滴滴水，

存在的只是一粒粒沙子……

以海和沙漠的名義要求強迫水滴和沙粒犧牲的都是邪惡的騙子！

　　集體是不存在的，

　　國也不存在，

　　黨同樣不存在，

　　存在的只是一個個的人的個體，

　　那些以國家和党的名義強迫個體犧牲的人也同樣只是一個個
體，

　　這個個體就是野心家，就是魔鬼撒旦！

　　這個時候的衛校還沒有搬遷到古都咸陽，還在三原縣縣城的西
北角上的清淤河的南岸上。我們就是在校園裡大宿舍外的院子裡看
的電視裡直播的劉少奇的追悼會現場。我從一個國家主席的被害看
到了這個所謂的党和國的邪惡和非法性，它根本就不是一個國和一
個黨，不是一個政黨，不是一人國家，而只是某個人的天下，某個團
夥的，而這某個團夥也是沒有平等權利的，獨裁者哪天想把團夥中的
某個傢伙除掉，就可以安排一場觀刑。這個團夥一起往刑場走，獨裁
者說是去觀刑，而他們到達現場後，只看見了劊子手和大批大批的群
眾，並沒有被執行槍斃的犯人。這個時候，獨裁者說將被處決的人就
在我們這個團夥裡面，我們是七個人或者九個人有時候是五個人，我
們是這個組織和黨和國家最高層的七個人，我們是常委，而被執行槍
決的罪犯就在我們這七個人裡面，我們七個人或者九個人、五個人選
擇一個將被執行槍決的人出來，你們說把誰推選出去？此時，七個常
委相互看著，他們推選出了二把手，下一次觀刑時，他們又推出了二
把手來……高崗、劉少奇、林彪、王洪文、江青、周永康、孫政才、
令計劃、秦……都是這樣的觀刑現場的唱主角的人物……

　　我從鄧小平為劉少奇補開的追悼會這樣的歷史現象看到了獨裁
者和專制的嚴酷和殘暴，毫無人性可言，有的只是獸性和毒蛇性，撒
旦的黑暗地獄……我的思想發生了巨大的轉變，我的認識水準提高
了，我具有了反思和批判的敏感性和不可或缺的分辨能力。可我還只

是個小小的年幼的衛生學校護理專業的一個學生，男怕幹錯行，女怕嫁錯郎，我既然已經幹錯了行，女生們更不會嫁給我了，我以後可能連媳婦都娶不起。我的政治意識有了大幅度的提高和轉變，對政治社會有了清醒的認識，可我這樣的思想與我的現實生活卻有著巨大的差距，似乎我就應該是個渾渾噩噩的小護士才對，那些國家與組織的問題我是沒有資格反思和批判的，我還在為我的未來發愁。我畢業後自然而然就是一個拿著派遣證坐火車到漢南山區去報到的男護士，我的夢想是當個作家，目前只是對詩歌有著深厚的熱愛與興趣，還沒有涉獵到小說等其他文學體裁……

一個獨裁者和專制暴政控制和領導的地域，那最上層的七個人或九個人或五個人相互之間都會以那樣的殘酷的方式定期清除和消滅掉某個倒黴的，某個敢於向獨裁者頭子的權威挑戰的人，像彭德懷、劉少奇等，那麼這個七個人之下的整個社會呢？那就會變本加厲，那就會翻天覆地，那就會掀起波浪滔天的社會運動，就會有無數的人殉葬，死於非命。獨裁者奉行和信仰的是鬥爭魔法，你聞到空氣中的血腥味兒了嗎？那天下到處都是被屠殺的死難者，那河流裡流淌的都是死難者大劫難者的鮮血，那長江與黃河裡翻騰的都是中華死難者的屍體和鮮血，那大海裡堆積了太多中華女兒的冤魂……

我回到出租屋，發現葛英蕾與孩子們還在床鋪上睡著。我有一把鑰匙，還有一把鑰匙在她的挎包裡。五個孩子分別睡在葛英蕾的軀體兩側。我的開鎖和開門聲，還有關門聲都沒有影響到葛英蕾和孩子們的熟睡。我昨夜穿的什麼衣裳出的門，這個早晨依舊穿著什麼回來了，那護士小姐的工作服我只是穿了一夜，下班後就換給她了。還有她的外衣和內衣，甚至於內褲，那個嬌小的褲衩和那個迷人的乳罩。是為了叫我扮演得不露絲毫蛛絲馬跡才那樣的。我是出來工作的，是為掙錢養家糊口的，不會動那些不應該有的心思。在護士值班室裡一一那是專門為上了夜班的護士準備的房間，下班後可以在裡面睡覺，不用回到專門的宿舍。上班的護士是不可能到那兒去的，也就是在那裡我與育蠻護士交換了乳罩和褲衩。上午的光線從窗戶上的玻璃照射進來，她的胴體顯得異乎尋常的美麗。她是我的老闆，我是從她那裡掙錢的，如果我對她的胴體有了非分之想，她就會扣除我的工資作為抵償，那麼我就得不償失了，一切都會南轅北轍了。育蠻護士的身體確實美如天仙，可我卻罔顧，白白辜負了美好時光。一切都換好之後，她完全恢復成了昨夜我見她之前的她，我也恢復為原有的我。她要為我結算工資了。這是按天結算的日工資。她給我了一元五角錢人民幣。我這個六十一歲的老頭兒上了一個夜班，八個小時，報酬如此微薄，我心裡異常訝異。可育蠻護士小姐說："一點五元乘以三十，我的月工資不過區區四十五元。我給你按天結算。"我想到我二十歲開始工作的時候，月工資是三十七元八角，那是內地，有地區差別，這兒是廣州，是沿海城市，作為一名護士她能每月掙四十五元，的確要比內地高七分之一還多。那麼，現在確實是一九八四年，是四十年前的歲月，這點兒錢是能夠生活的。

"今晚十二點。"育蠻護士說。

我說："我會牢記的。"

我看著五個孩子熟睡的模樣，男孩和女孩同樣可愛可親，令人心疼。他們的皮膚是那麼精緻，那麼細膩，那麼藝術，具有無上的文學性。那簡直就是天使的面貌！五官結構是那麼養眼，只要你看一眼你就會愛上這人間，哪怕你是魔鬼也會被感化的。而葛英蕾這個年輕的母親，她由於生育而更加的濕潤晶瑩和豐滿了。她的乳房由於孩子們的吸吮而分泌出了更旺盛的乳汁，輪廓圓潤而飽滿。我禁不住誘惑，輕輕地爬上床鋪，把葛英蕾的乳頭含到嘴裡，輕輕地舔舐，輕輕地吮吸，即使如此小心，也有如泉的乳汁攢射到了我的口腔黏膜上，味蕾上，舌尖上，簡直叫我陶醉。那奶汁的香甜給我的是最大的享受。有個孩子發出了尖利的哭叫聲。這是那個頭生子，他不過大他的弟弟妹妹一天二天三天四天分別不同的時間，可他好像比哪個孩子都要靈敏。他的哭叫把其他孩子驚醒了。他們爬上葛英蕾的胸膛，搶著吃奶子。可是只有兩個乳頭，剩下的三個孩子還在哭鬧。葛英蕾也許是一個人獨自管理五個孩子，實在是太過於疲憊了，她這才醒來。

她看見了我。

她像在夢裡笑了。她的笑容仿佛夢中的仙女一樣。

她伸手摸向另外三個孩子，示意他們要學會等待。他們立即就放棄了哭叫。而那兩個小孩似乎已經吃飽了奶，滑到葛英蕾的體側又睡著了。其他兩個小孩爬上去吃奶，還有一個小孩的嘴張開了，但他並沒有哭，仍舊在耐心地等候著。葛英蕾把最後一個小孩也喂飽了，他們溜下床鋪，她用被子把他們蓋好了。

我把那昨夜掙來的夜班工資拿出來。

"我昨夜一到大石醫院就找到了工作，上了一個夜班，掙了一元五角。是日工資，按天結算的。"

葛英蕾的眼睛更亮了。

"我的好男人，好丈夫，你掙到工資了！"

她吻住我的嘴唇，並把香甜的舌頭伸進我的嘴巴裡與我的舌頭交纏起來，我的舌頭也回應著她的熱情。

喘息的時候，葛英蕾說："荀傳——你走了整整一夜，我好想你啊！"

我說："英蕾，我必須去上班，去工作，為咱們和孩子們掙錢生活。"

葛英蕾的手又伸了下去，我明白她的意思，只好幫助她把我的衣裳脫掉，脫光，這又把她的內褲脫掉了。孩子們吃飽了，在沉睡。我無法抵抗葛英蕾十九歲的美麗，尤其是她這個已經生了五個孩子的年輕母親更是充滿了人間少有的美麗，我更抵抗不了她的欲望……

那時我十七歲。在衛校生涯中最有意義的是一九八零年在學校的院子裡從電視機上觀看劉少奇的追悼會。這個叛徒、內奸、工賊標籤下的原國家主席有了正名，清源正本了，雖然他在延安時期第一個提出了"毛澤東思想"，第一個巴結吹捧毛澤東，打壓王明等一夥從莫斯科回來的年輕的狂熱革命家，後來又團夥整倒了高崗，追使他自殺身亡，又支持毛澤東打倒了彭德懷元帥，但鄧小平為他平反，為他正本清源，為他開全國規模的追悼會，這在我的思想生命歷程中起到了開悟覺醒的重要作用，使十七歲的我這個少年對於中共的領袖毛澤東有了正確的認識，他就是個強權的公雞，惡毒的魔鬼，他的一切都是為了自己坐穩獨裁皇帝這樣的寶座，他是極度自私的，他是所有人的公敵。他連他最親密的戰友林彪的一家都害死了，連人家的兒子和老婆一起都害死了，簡直就是滅門！儘管林彪在他的權力鼎盛時期同樣害死了無數人，真是一窩毒蛇和蠍子，蜈蚣和蚰蜒，地獄裡的蛇和絛蟲，吸血蟲和新冠狀病毒。在一九六零年代的末期，劉少奇的女兒隻身逃到廣東沿海，給身上綁上汽油桶跳進大海，遊到香港，她面臨的是國防軍的槍口和子彈的射殺，面臨的是海水裡的鯊魚和海蛇……她都無法考慮那些兇險了，她只想逃出毛澤東統治下的大陸。那是一條自由之路，大逃港是大陸苦難的人民的一條生路，仿佛美國南北戰爭之前的南方種植園裡的黑奴逃亡向自由的北方一樣，那麼，大陸的人民公社和城市戶籍管理無異於黑奴種植園，毛澤東統治下的大陸無疑就是一個奴隸制國度，除了毛澤東外，他之下的人可能都是奴隸，一級一級的奴隸主和奴隸，對上是奴隸，對下是奴隸主，這樣的生存機制下似乎連在地獄裡的日子都不如……

　　鄧小平為劉少奇追補了追悼會，為他正了名，平了反，這似乎並沒有改變中共專制組織的性質，依舊是叢林法則在起決定性的作用，依舊是弱肉強食，依舊是陰謀的兇險和被陰謀的人們的厄運降臨，可對我這個十七歲的少年來說卻是生命的重新開始和價值觀的覺醒。我的一個生活在瑞典的女同學說某某同學很智慧，很機智聰明，而把那些站在中央電視臺所宣傳的立場上的人們視為愚昧的人，這是極其有道理的。不覺醒和開悟的人除了其愚蠢外，還能找到什麼原因呢？從中共的愚民教育下翻轉過來需要極大極高的智慧才行，因為這個組織從你一出生就對你進行愚昧教化，你的父母是已經被教化為愚昧者的人，你進入幼兒園，幼兒園的教師就是愚昧化的典型代表，小學和中學的老師是不允許有獨立思考能力的，不允許把自己的獨立思想傳授給學生，即使有的教師是醒悟者，也得壓制自己的覺醒，假裝愚昧，到了大學裡同樣是如此，這樣的教育體制下能有幾個靠自身的智慧而拆穿中共教育的魔障而成為醒悟者呢？難上加難，鳳毛麟角，覺醒者只是可憐的極少數。在這樣的國度，在這樣的環境氛圍下，覺醒者反而成了人人喊打的過街老鼠……

作為一個對毛澤東有深刻認識的人，鄧小平為何又在一九八九年六月四日對學生運動進行血腥鎮壓呢？我懷疑他是幻覺發作：文革回來了，紅衛兵復活了，登場了，上臺了！他是懷著對毛時代和紅衛兵，對林彪和“四人幫”（毛的夫人江青，毛的救命恩人王洪文，毛最得意的秀才門生張春橋，還有打手文人姚文元）以及殺人魔王康生的恐懼和極度憤恨，出現了幻覺：殺掉紅衛兵，殺掉毛陰魂的復活！這可能才是鎮壓的真正原因？！從他事後對死難學生的家屬的安撫可以窺見一斑：每個死難學生家屬賠付二十萬元人民幣。那是一九八九年，二十萬元人民幣無疑是個大數目，那些拿到賠付款的人家當然就會閉嘴了。當時我的月工資不過不足百元。把這二十萬元人民幣說成是封口費也沒有錯。如果惡魔強迫你閉嘴，不給你一毛錢的封口費，你作為老百姓又能對惡魔奈何？！即使是惡魔的親密戰友，權力組織的二把手，坐第二交椅的梁山好漢，惡魔頭子陰謀設計陷害你，要你的命，要你全家的命，你還能活著嗎？你的全家還能安全嗎？不死於非命嗎？

我分析他是當時面對北京天安門廣場和周圍大街上的學生運動出現了文化大革命重現的幻覺，出現了毛澤東接見百萬紅衛兵的幻覺，他在那樣的幻覺下認為如果讓那樣的劫難出現，國家主席會被殘害致死，國家會陷入全面的混亂和戰亂，出現全面性的內戰。所謂的"武鬥"實際上就是全面的內戰。當他喊出"殺二十萬學生，保二十年平安！"時，他可能真正喊的是"殺二十萬紅衛兵，保二十年平安！"這樣的內心話語。毛這個獨裁者之魔是與紅衛兵緊密聯結為一體的，說紅衛兵就是毛澤東，說毛澤東就是紅衛兵，一點也不為過，一點也沒有錯。如果不這樣推測，實在難以分析他所出現的類似於精神病的發作這一巨大罪惡。

這個人在文化大革命中被屢次打倒，被紅衛兵批鬥，他的兒子被迫跳樓高位截癱，他的生命受到過嚴重的威脅，他早已患上了受迫害狂症，當他聽到那街衢上傳來的遊行的喧囂，Hullabaloo，當他從遠處和高處看見那熱浪翻湧的人群，他一定以為時光倒流了，回到了文化大革命時代，毛澤東復活了，發動和領導百萬紅衛兵造反，使政府癱瘓，打死了無數政府官員，無數社會名流，無數教授教師被批鬥打死，Hullabaloo—Disturbance，喧嘩與騷亂，他在恍惚中，在迷亂的夢幻裡，下定決心要平叛，要鎮壓毛澤東和他的紅衛兵運動，鎮壓毛澤東的政變，這樣他內心才喊出了"殺二十萬紅衛兵，保二十年平安發展！"的心聲……不管我如何分析和推測這個人當時的內心心理和潛意識，都無法改變他派遣軍隊屠殺學生，坦克、裝甲車輾軋學生之事實的滔天罪惡。這一切無疑源于獨裁者的權力，失去監督的權力的暴力猛虎，暴力鋼鐵洪流，暴力猛獸，暴力的無法無天。當他被輾軋被殘害的時候，他是獨裁者的奴隸，當他掌握了軍隊暴力大權的時候，他就變成了獨裁者，手和腦不受約束的暴君的魔王……

我下夜班從大石區醫院回來看到我的妻子葛英蕾與五個孩子在小租屋的床鋪上沉睡的幸福情景，尤其是這五個孩子的年輕母親的美麗使我不能自持，引誘得我再一次與她有了性的生活。這當然是夫妻生活的重要一環，是感情與家庭的黏合劑，使我的夢想的狂熱冷卻降溫，使我的社會抱負鬆懈，使我的革命和反叛雄心擱置。每個人內心深處的潛意識深淵都有反政府的雄心，選擇成功就會攫取最高權力，擄獲世間所有的美好。這樣的雄心在自由世界可以通過大選，通過你的競選獲得釋放。在專制獨裁者統治的地域，你只能通過爭戰和革命來實現。可我有了葛英蕾這樣的美麗妻子，她比我整整小了四十二歲，她在肉體上能夠超額完成我的一切欲求，我懷抱美女還會有什麼非分之想呢？我去工作，去上班，這是作為一個男子正常的職責所在。我通過上班掙錢，養家糊口，孩子們和葛英蕾是被我的工資所養活著的，這個家庭無異于一個國，我是這個國的養活者，是它的第一代表，是元首，是總理，是總統，是總書記，是首相，是國王，是皇帝……

我把昨夜掙的工資全數交給了葛英蕾，她在肉體上滿足了我的欲望，我一是上的夜班，二是又在精力上有了排泄和消耗，我便與孩子們一起呼呼睡著了。醒來時，葛英蕾已經把飯和菜肴做好了。她說她是用我掙的工資去購買的蔬菜和糧食，還有副食，還有孩子們需要的奶粉。她說只要你每天能掙回來一元五角錢人民幣，就不愁孩子們和她沒有吃的喝的，生活就會有持續的安全感和幸福感。

我被她的話感動得眼睛濕潤了。我找到了生命的價值，我為自己能養活這麼一大家人而倍感自豪。葛英蕾是如此愛我，看重我，依賴我，孩子們更是需要一個負責任的父親和爸爸。葛英蕾說等她滿了產假也去醫院上班掙錢，那樣的話，兩個人掙的錢就會非常寬裕，手頭也就不用那麼緊張了，你還可以留一小部分自己花。我說我有什麼可花的呢？不用留不用留。可她那樣一說，我就想到了買書這樣的需求來。文學書，詩歌選集，古典文學和世界文學，現代派的後期象徵主義、意識流、超現實主義、荒誕派戲劇、法國新小說、黑色幽默和拉美魔幻現實主義流派。

葛英蕾從我的眼神看出了我內心的活動和變化，說："你可不要忘了。"

　　她溫柔地抱住我，把她的乳頭填進我的嘴巴，叫我滿足口唇上神經末梢的欲望。有個孩子突然哭叫起來了。她連忙把那孩子抱到懷裡，把另外一個乳頭放進他的小嘴裡。

　　我說：“算了，我還是一分錢都不要留。”我又一次暗下決心。

　　我有了葛英蕾和一群孩子，還會在人世有什麼別的希冀呢？沒有了。這個新誕生並不斷壯大的家庭便是我最好的創作，最傑出的作品，能夠傳世而不朽，一百年兩百年三百年……一千年……一萬年……一萬萬年地永遠地傳下去……

　　夜晚來臨了。我上夜班的時間快到了。一想到我又要掙到一元五角錢人民幣，我就滿心歡喜和有信心。可我沒有料到的是，葛英蕾的肚子什麼時候又膨脹起來的，此時已經大得不能再大了。又一個孩子在她肚子裡已經孕育成熟。那麼，都是因為早晨下夜班回來與她有了肌膚歡樂，歡樂的後果就是延續的後裔。後代當然是傳世的本錢，多多益善。多子多福。我正在思考著這個問題，葛英蕾說她馬上就要生了。她連忙躺在了床鋪上。褲子已經脫掉，她的雙腿分開，她成了個大字形。立即就有小孩頭從她的陰門，這個時候應該稱產道，頂了出來。那漆黑的頭髮濃密之極。發育得多麼好啊！這是生命的奇跡。這後面一定有著超人類的神明在創造著一切，設計好了一切。這精緻嚴密的生命體只有神明才能創造出來。不是我創造的。我只與葛英蕾有了肉體的交合，生命體就孕育和誕生了。我並不明白我的這種能力是怎麼來的。如果說這一切都是自然的神力，那麼這自然裡本身就深蘊著神明的智慧。一個原子，它本身就是神明，它是神明創造的，也是神明本身，它所具有的神性自身就能夠通過時間進化為生命體。它是一個原子，無機體，有機體，組織分子和組織，先是植物體，植物進化為動物，動物由低級到高級直到人類這樣的最高級別生命體。這個過程需要的時間是人類無法想像的，比方說十億年，人類不可能見證，連想像一下都覺得無力。這可能就是神的意志，神的力量，神的心靈，神的永恆……

我把又一個新的生命接生下來了。她是個女孩，當我剪斷臍帶後，她發出了來到人世的第一聲呼喊。她的聲音極其悅耳，一個女孩的聲音溫暖了整個世界和宇宙。我們的小租屋的床鋪又多了一個生命，我已經是六個孩子的父親和爹了。

當我在夜色下走到大石區醫院的住院部大樓下時，育巒護士已經在那兒等著我了。她說她已經把夜班接過了，當然是提前接的班，並不是批評我來晚了。她說是為了叫上中班的護士先走，以免她發現我們是兩個人卻用著一個人的名義。我們進了護士休息室。下來的操作就是把前個夜班的動作重新實施一遍。她先把自己脫光了，又幫我解紐扣，脫褲子，同樣脫得一絲不掛。

育巒護士說："剛換過班，沒有具體的活，不用擔心。"

我看著她的胴體，那造物主所創造的美全在那兒。她並不著急叫我穿她的乳罩和褲頭兒。她的眸子裡閃耀著星光和露珠反映的星光。她的肌膚泛出的光芒十分柔和，有一種難以言說的美妙氣息氤氳開來，包圍了我的身體和意識。我的身體熱血沸騰，肌肉和海綿體堅硬如鋼。

育巒護士伸開雙臂，我不由自主地撲向她，兩人緊緊地擁抱住了。我想我這六十一歲的身體今天剛剛與葛英蕾有過交歡，現在它又一次發動起來了，我究竟是鋼鐵機器還是肉體的人？我們抱著，她好像用盡了力氣，把她身體裡所有的力量和欲望都通過擁抱而達到了高潮。我把她壓到護士休息床上。她的雙腿之間湧出的黏液如大河奔湧。我的海綿體如同一條小鯉魚就要被其吞沒。可她忽然推開了我。

"荀傳，我是為了你能更好地工作，掙錢養家。"

我有點兒疑惑。

"這就需要我倆換皮。"

"換什麼？"我難以置信。

她富有磁性的女性聲音更加溫柔地說：“我把我的皮換給你，你把你的皮給我。”

“換皮！”我吃驚了。

育巒護士說：“換皮需要熱身，需要極量的激素分泌，腎上腺素和去甲腎上腺素，糖皮質激素。我們的擁抱就是為了這些生命激素的足量分泌和釋放，並不是為了交合的歡樂和享受。”

“我不能每次上班都睡在這兒，都陪伴著你，我需要自由，我有了自由身就能山南海北地南征北戰了。你也無須在我手裡領取工資，以我的面容和身份到財務科的工資表上簽名領取就行了，你也就成了真正的正式的護士了。”她繼續平靜地說道。她的磁性的聲音更加地具有了說服力。

我一聽到“護士”這樣的正式職業，想到了我是個男護士，就有如回到了夢裡，回到了過去的年月裡，有點兒絕望，但我立即想到了葛英蕾和孩子們，六個孩子和一個嬌妻，我馬上就又堅定了常人生活和放棄寫作的決心，尤其必須要放棄《我與獨裁者》的寫作。

根據我的分析，育巒護士確實是要幫助我的。她有這樣一個固定的工作崗位，想必也是從某個衛生學校畢業經過分配被派遣來的，有正式的幹部身份檔案，還有連帶遷徙的戶口，她沒有結婚，沒有成家，她就是個單身，她的戶口便在這家單位的集體戶口上。她不能因為要幫助我而放棄掉自己吃飯生活的工作崗位啊？這當然是來之不易的。我想到我的許多女同學，也就是從衛校畢業的女護士，她們對於護士這個職業也是跟我一樣厭惡的，憎恨的，自卑而決絕的，這個職業真的是侍候病人的，測體溫，量血壓，導尿，灌腸，詢問大小便的次數，畫體溫表，記錄小便大便，特別是給危重病人吸痰，給服毒病人洗胃……她們從衛校畢業的時候年齡也就十八九歲，可她們並不認為她們是女性就適合和應該幹這樣的工作。當然像我這樣的男性畢業後幹這樣的工作是在人面前抬不起頭的，倍感屈辱的，一點兒熱愛本職工作的心都不會有。可我為了養家糊口，為了我的六個小孩和孩子們的年青美麗的媽媽，為了我的嬌妻，我雖然已經六十一歲了，我不可能不幹它的。我從學校裡學了四年的專業，我的基本功全在這裡。當然了我還有創作的本領，這是我自學的結果，可我已經答應了葛英蕾堅決放棄它了，因為它無法掙錢養家。我寫出的那種作品一是無人發表，二是無人給予出版，那些敏感的編輯和出版人一看就嚇得頭上冒虛汗，他們不去告密，不去安保部門上告我就算萬幸了，根本不可能掙一分錢的，我能安全生活著，能不判刑進監牢已經是漏網之魚了。現在有了這麼沉重的家庭負擔，我就更加罔提創作了。

我已經這麼大年齡了，有了葛英蕾這麼年青嬌美的妻子我應該感到無上的幸福才對，又一下子有了六個後代，四個男孩兩個女孩，四個兒子兩個女兒，這難道不是天大的福氣嘛！現在又有育蠻護士主動要把工作崗位讓給我，這不是天上掉餡餅！

我也沒有必要替育蠻護士操心了，反正這是一份工作，只不過是擁有了掙錢的權利而已，每一分錢都要靠我的勞動來掙，每一個班都得靠我來上，上足整整八個小時，尤其是夜班，這熬夜的工作沒有好一點的身體實在是撐不下來的。別看那些年輕護士，幾個夜班熬下來，臉色都變了，是蠟黃的了，或者煞白煞白的，仿佛被夜晚之魔把血吸走了。夜色裡暗藏著吸血鬼，黎明一來，雄雞一叫，吸血鬼就逃回地獄裡去了，所以大家都喜歡上白天的班，要是能上常白班簡直就是護理部裡的人上人了。護士長上的常白班，還有某個年齡大的護士也會上常白班，基本上是起輔助作用的，哪個班忙不過來就幫助哪個班的護士。上這個輔助班的護士不會像護士長一樣一進入正式工作狀態，大家都各就各位，各忙各的事了，也沒有特別的工作需要安排，護士長就會消失了蹤影，直到快下班了才會出現。這似乎也有道理，她如果呆在護理辦公室，又沒有具體的工作，老閑在那兒叫人看了更是氣惱。眼不見，心不煩。我的年齡已經這麼大了，本應該退休了，但葛英蕾才十九歲，一下子又回到了過去的歲月，我就得幹我二十歲時的活兒。如果有可能的話，也許護士長會照顧我，給我安排一個常白班來上……

我的思緒紛亂不堪。

育孿護士說："這會兒是沒有人會回這裡的。我們倆正好可以把皮換了。"

我已經同意了她的提議，也下了決心獲得她的工作崗位。

我的眼光盯著她，意思是說："由你擺佈吧。"

我向她點點頭。

她說："你把皮脫下來。"

我小聲說："這怎麼脫？"

她說："我幫你脫吧。"

她的目光裡閃過一絲憐意。

我想脫皮肯定痛苦不堪，把皮從肌肉和血管及神經末梢上剝下來，不但會喋血淋漓，還會有劇烈的漫長疼痛感。

我正想著，育孿護士的雙手抓住我的頭髮。

我說："不用刀這能成嗎？"

她沒有理睬我，只是輕輕地用力，我感覺頭髮直立起來了，緊接著頭皮也脫離了顱骨，其實我感覺全身上下的皮膚都脫離了原來的位置。

育孿護士把我的皮整個兒從頭頂上拔了下來。我居然沒有感覺到絲毫的疼痛。我已經成了一個無皮的人，沒有鏡子，我無法看到一個無皮的我是什麼怪相慘景。我看到提溜在育孿護士手裡的皮，它仿佛是一件精美的皮衣，肉色的，天然的人體色。它的口子開在哪裡？如果腳上不開兩個口，它又是如何脫離腳上的骨頭的？我有點兒犯糊塗。可眼前那真切的一幕並不是欺騙我的。

育孿護士說："你把它先拿好。"

她把我的皮遞給我，我高高地提溜著它。它的腳底與地面接觸上了，我嚇得連忙把它往高裡提溜。

育巒說：“不要把它弄髒了。”

我連忙說：“好好好。”

我心想她的意思是說這皮是給她換的，她是一個要比我更愛護衛生的姑娘，乾淨是她的第一生命。

她說：“我現在把我的皮脫下來。”

“當我的皮取下來後，你的沒有了皮的骨頭和肉的身體千萬不要與我的沒有了皮的身體接觸上，一接觸上，一切都泡湯了，白費了，一切都會枉然，你的工作崗位也就得不到了，也就每天掙不到工資了，你的六個孩子可怎麼養活？你的嬌妻葛英蕾你怎麼捨棄得了？”

我給她說過我的情況。

我說：“我一定按你說的辦。”

育巒護士說：“我再強調一次，千萬不能接觸上！”

我說：“我以我六十一歲的老命向你保證！”

她說：“你辦事我放心。”

一切都是騙局，是魔鬼搞的鬼。是獨裁者之魔，是那個死了四十八年的第一號獨裁者之陰魂作的法，興起的妖風，刮起來的黑風，降落下來的魔雨。

當育巒護士抓住自己的頭髮把她自己的皮從整個身體上拔拽下來後，我發現沒有了皮膚的她原來是一個男人，一個年老的男人，耄耋老人，至少有八十三歲了，他的骨骼臃腫，皮下脂肪肥胖，當育巒護士拎著她的皮面朝向我叫我把它換上時，把我自己的皮給她時，我看見她的臉原來是獨裁者的臉，那已經死了四十八年的獨裁者的臉，他的用藥水供養在天安門廣場中心位置的毛陵墓裡的那張寡婦臉，那死亡的臉，那無血的臉，那防腐劑保養的臉。我對獨裁者的憤怒忽然之間暴發，我寫作那部曠世傑作的勇氣猛然間爆滿。她的皮膚通過拔取的方式被剝離掉了，沒有了皮膚的她怎麼如此？她原來就是獨裁者的陰魂扮演和化妝的，是他冒充的，是他的陰險詭計，就因為他怕我把他釘到歷史和文學的恥辱柱上。文學的生命力無限，文學的力量無限，文學的批判性永恆。

我不能叫他的陰謀得逞。他死了四十八年了還要繼續統治這塊大地，還用他的腐朽殘暴的思想奴役和毒害人民，還要給這塊大地上的人民洗腦換血換皮換內臟，我的憤怒幾乎要把我的沒有了皮保護的身體爆炸粉碎。

我牢記著她的話。我以迅雷不及掩耳之勢猛然抱住了無皮的她，其實是他，獨裁者陰魂。好像一聲驚雷炸響。我的無皮的身體點燃了她的無皮的身體，兩具無皮的身體劇烈地燃燒起來了。

我聽到育彎護士深沉地呻吟了一聲："你可真頑強！"

我心想：在反對暴政上我比任何時候的我都要堅強勇敢。

育彎的無皮的肉體，其實是獨裁者陰魂的無皮肉體整個兒燃燒起來了，火焰躥上了屋頂。她的無皮的肉體依舊站立著，一株燃燒的火焰。那皮下脂肪，那被烈火熔化的油脂從身體上流到了護士休息室的地面上，地面也燃燒起來了，大地仿佛在顫抖。

劇烈的燃燒迅速使那具無皮的育彎的肉體化成了一小攤灰燼。還有一星半星的火炭在明滅冷卻。

我沒有皮了。我的無皮的指骨抓著兩張皮，一張是我自己的，一張是育彎護士的，應該說是那個八十三歲時死了的獨裁者的。

當我回到出租屋，打開門，看到床鋪上竟然是一片白骨。一具成人的，六具小孩的白骨，那成人的顯得巨大，與小孩的骨頭相比是巨大的。

一切都消失了。

一切都是幻象？

可我身處的這座城市難道就不是廣州了？這叫我迷惑。

房間還是過去那個房間，202 號，二樓北邊的第一間。我從番禺大石區醫院出來的時候，似乎沒有人注意到我。沒有人看我，更沒有人招呼我。我感到遺恨。我為什麼不聽育巒護士的嚴肅叮嚀呢，我為何要與她一起燃燒，一塊兒同歸於盡呢？這太不可思議了，不近情理了，過於荒誕了。我需要拿她的工資啊，掙錢養家糊口啊！這一鬧騰，她化成了灰，關鍵是那份重要的護士工作崗位丟失了。我若要是乖乖地按照她的吩咐，把皮與她換了，我變成了真正的她，就能在那醫院裡名正言順地光明磊落地上班了，掙錢了，到財務科每月去領勞動所得，就成了一個正兒八經的護士了。我沒有想到我與育巒換了皮後，當我下班後回到出租屋時，葛英蕾還能不能認出我，孩子們還能把我叫父親嗎？我還能與葛英蕾繼續行夫妻之實嗎？沒有了性生活，她也就不會每天生育一個小孩了，那麼就變成了兩個女人養育孩子並維持一個家了？我與葛英蕾是不是要搞什麼同性戀？這都是有可能的。那麼，那育巒護士呢？她會穿著我的皮，以我之面貌，以我的性別去社會上闖蕩，一個外表是六十一歲的苟傳而人皮之下是二十一歲的育巒護士的這樣一個新的人可如何去社會上遊蕩而生活下去呢？不過，我是閑操心了，育巒護士本是獨裁者之魔的化身，他是魔了，她是護士，而魔一旦換上我的皮，他就以我的面貌而在社會上混了，我是寫曠世傑作的小說家，他是統治一個地域長達四十多年的獨裁者和暴君，我是反對他的，把他視為絕對的敵手，而他是在他死後四十八年來到我那正在寫作的西安的山脈上的房子裡勸說我放棄寫作，當然了，他是扮演成了我的初戀戀人的模樣，並與我生育下了六個孩子——那樣一個結合體，一個新人類，說不定獲得了我的巨大心靈力量和體力的他會重新呼風喚雨，會重新奪取政權，把天下又一次變成他的獨裁者的天下，那麼我在她脫掉了整個兒的皮後，我的無皮的肉身與他或她的無皮的肉體緊緊摟抱從而燃燒起來化作了灰燼，這樣的魯莽行動是對的了？沒有她的化火成灰，當我回到這個出租屋後看到的就不會是這樣的七具白骨，六具小的，孩子的，一個大的，成人的。我就會繼續與她淫樂下去，就會繼續孕育新的生命，一天出生一個，我就會不斷加深沉溺在淫樂裡的欲望，不斷地為自己的後裔奔忙，並喜樂地看著那麼一大群兒女，再生育下去我就會成為一個自然的家長式的國王了⋯⋯

　　一切都消失了。
　　那七具骸骨還在，兩張人皮還在。這就是所留下的一切了。人皮有什麼用？骷髏只配被埋葬進泥土。入土為安嘛。我成了孤家寡人。我怎麼辦呢？沒有了葛英蕾，我在廣州幹什麼呢？我失去了主心骨。我心裡感到似乎到了寸步難行的地步。葛英蕾她哪怕是獨裁者魔化妝和扮演的，但他畢竟在我面前呈現的是十九歲的葛英蕾啊！沒有了她，我和誰在這個冰冷的床鋪上睡覺？沒有了她，我可如何獨自居住在這倍感陌生的出租屋裡？我看著那七具白森森的骸骨，那陰森的白骨，我心裡慌得很，堵得很，沒有辦法一個人再在這兒呆一秒鐘了，再呆下去我就會變成同樣的骷髏。
　　我把手中的皮依舊拿在手裡，兩張皮，完整的兩張人皮，育蠻護士小姐和我自己的。我猛地把門用力撞上。門發出了巨大的聲響。那聲響爆發開來，傳播開去，把我自己都嚇了一跳。我一開始並沒有明白那巨大聲響是門與門框的碰撞而發出的，還以為育蠻從皮裡面出來了呢。可我竟然沒有由於懼怕而扔掉她的皮。我的皮怎麼辦呢？我把它重新穿到身體上嗎？這能成嗎？會不會發生根本無法預料到的意外？我會不會與我自己的皮一接觸，血淋淋的肉體與皮一挨上就會也燃燒起來化為灰燼，那麼我就會在廣州這個地界上消失掉，我就不可能再回到西安的山脈上去完成我的偉大傑作了。可那畢竟是我的皮啊！我的皮與我的肉體本來就是親密和嚴密的結合體的，不會因為它們彼此的接合而相互毀滅了吧。可育蠻護士小姐的皮怎麼辦呢？應該說是這獨裁者之魔的皮我如何處理呢？這皮可能與我的血淋淋的肉體一接觸就會發生劇烈的燃燒和爆炸，就會瞬間化為無有，因為它們兩者是水火不容的。他是我的敵人，我是他的寇仇。

　　我出了門，下了樓。我不是從電梯那兒走的，而是從步梯這兒下來的。本來就在二樓上，瞬間就到了一樓。我開了後門。它似乎並不叫後門，因為它同樣是開在街道上的。我感到氣候有了變化。天氣冷起來了。我一沒有皮，二沒有穿衣服，就這麼個血淋淋的肉身裸露在廣州的天空下。

　　我感到冷是正常的。可我剛才從大石區醫院回來的路上並沒有感覺到寒冷。那會兒我還在一門心思想著家，想著葛英蕾和六個孩子，一個熱乎乎的老婆娃娃熱炕頭的家，一個能夠與嬌妻摟抱住睡在一個被窩裡相互取暖的床鋪，一個有著可口的熱騰騰的飯菜的小小廚房，身體煩躁了乾燥了還可以在葛英蕾的身體上取水，把自己焦躁的火焰澆熄滅了。我是學醫出身的，瞭解人體的解剖結構，作為女性的葛英蕾陰蒂那兒有八千多條神經末梢，都是用來感受快樂的，只要稍微一刺激，那快樂神經就會充盈，就會難以控制地興奮起來，就會感受到極其強烈的快樂，欲望的滿足。那陰蒂海綿體便包裹著整個陰道，進入陰道的陰莖就會全部地接觸到那八千多條快樂神經末梢，她就會難以抑制地呻吟起來，山呼海嘯的呻吟，低叫。而男性的陰莖海綿體的快樂神經末梢也就四千多條，僅僅是女性的一半，所以當那鐵瑞斯被雅典娜神問到男性女性哪個享受到的性快樂多呢時，他毫不猶豫地說是女性，因為他在年輕時遇到了兩條正在交媾的蛇，打了它們一棍子，他就由男性而變成了女性，多年後他又遇到這兩條蛇，它們還在交媾，她就又打了它們一棍子，這才重新變為了男性。在兩個性別下他或她都分別與不同的男人和女人結婚，有過多次長期的性體驗。

　　我看著這幢四層大樓 這是我與葛英蕾來到廣州後租住的 202 房間所在的樓房。它是那麼低矮和簡陋，似乎只有磚和水泥，而缺少鋼筋，也就等於缺少了骨頭的人體，它還能站立多久呢？它還是一座新樓？怎麼看起來這麼破爛？似乎要坍塌了的一副可憐兮兮的樣子。

這是富山四路。

這是大湧路。富山四路北面還有富山一路、二路和三路，它們都依附在大湧路上。那四條路是東西走向，而大湧路是南北走向的。既然有了富山一二三四路了，必然會有富山路。它是它們的老母子。好像是它生育了四個兒子。

我這是要到哪裡去呢？

走向哪裡呢？

出租屋裡的七具白骨已經把它變成了陰寒的地獄。我不能與白骨們睡在一起。我手裡拿著的兩張皮怎麼辦呢？兩張皮是在一隻手裡拿著，我已經無法分清哪張是我自己的了。

我這是要到哪裡去呢？

我再也不用幹那護士的工作了，不用去掙錢了。家沒有了，孩子們沒有了，小嬌妻也沒有了，我到南海濱海城市來重新生活的計劃和決心也沒有可以附麗的根基了。我不是下了決心，決絕地要放棄創作，放棄《我與獨裁者之魔》的曠世傑作的寫作，跟我的初戀葛英蕾一起到廣州開始新的生活嗎？她以十九歲的年青身體和俏麗的容貌與我進行第二次的初戀，如同初戀的第二次相戀，叫我這個已經六十一歲的老者享受她的當年的原初青春，她的青春的心也全部給予了我，可我卻落了個兩張皮。一張皮是我自己的，一張是護士育戀小姐的。她居然皮下藏著一個大獨裁者，大獨裁者是披著——穿著她的皮和容貌的冒充者，那麼他與葛英蕾又是什麼關係呢？他一化為了灰燼，葛英蕾和孩子們也就變成了白骨呢？一定有著內在的聯繫。難道是番禺的大石區醫院是假的？是魔鬼幻化出來的幻影？

我轉過身子，看著我剛才從它裡面出來的那四層樓。這是一個叫匡姐的女性出租給我和葛英蕾的。她收了押金和房租。收一押一。可那 202 房間我是不敢再回去住了。那房間裡應該還掛著葛英蕾的挎包，那曾經裝過核桃的敞口挎包，裡面有她的錢包。我掙不到工資了，還是需要錢來生活的呀！可我不能回去。我印象中好像沒有看見它還掛在原來的立櫃的門把上。葛英蕾和孩子們一起化為了骷髏，白骨一堆，那屬她的貼身背著的挎包也應該化為白骨一類的東西，那麼那裡面的紙鈔也就不可能存在了。也許還在。

我這副樣子狼狽極了。

我出了富山四路，到了大湧路上。我看到那賣五金器具的店牆上的排號是 222，一個三雙數，心裡泛起微微的喜悅。我朝大湧路街道對面看，那賣便宜皮鞋的店外面堆滿了鞋子。有包裝盒的和沒有包裝盒的，簡直把店門堵住了。那店裡黑壓壓的。我去過那裡面，知道它也是擁塞滿了皮鞋的。

我順著大湧路朝西走。

那家賣陳皮茶的店映入眼簾了。那個賣茶的女人看起來還像個少女，其實她應該有四十歲了。她是典型的越人樣貌，高起來的顴骨使她的臉部結構很耐看。開始你會覺得她不太好看，還有點兒醜，可當你認真看了一會兒之後，就會覺得她原來是很美的。這種越人的女性美是會在你的眼光中變化的，越變越美。

那陳皮茶是除濕抗寒的。主要是除濕的。廣州天氣潮濕，空氣中的水分太多，會透過皮膚、脂肪和肌肉鑽進骨頭縫縫裡，骨頭會感受到濕氣，會出現一種難以忍受的疼痛。我想起曾經與葛英蕾一起進這家店裡喝過茶。五角錢一碗。價錢並不便宜。我曾經與那女店主有過交談，問她一個月有上千元的收入，她雖然態度有點吃驚，但也沒有表示絕對的否定。我看見她坐在店裡。我沒有了皮她還能認出我嗎？她的眼光穿過了我，但她的表情沒有絲毫的變化。她平靜如初。

我走到了一條河的橋上。它是南北方向流淌的。其實它不是一條河，而是湧。這個湧字不念湧而念湧。同一個字有兩個音。還有許多南方專門描述水和汊灣的名詞，蠻有意思的。這湧裡的水是從村子裡排出的，顏色墨汁一樣，黑汙黑汙的，散發著沖天的臭氣。我的沒有了皮的鼻孔嗅覺依舊靈敏。我加快了步伐。兩邊的房屋低矮而簡陋，破爛了，有著一個又一個的窟窿。沿著湧岸建造有一溜兒房屋，污水都是從屋子裡排出來的。他們習慣了，聞不到黑水的臭氣了。

我的面前被一條南北方向的大馬路攔截住了。大路上汽車呼嘯著，拖拉機也在突突突地奔馳著，還有馬車——那是木頭的大車套著三匹馬，一匹轅馬，兩匹梢馬，那轅馬是白色的，梢馬是黑色的，黑白搭配得好像畫面上的情景。那車把式穿的是一身草綠色的軍裝，那血紅的領章和帽徽仿佛剛剛從新鮮的人血裡蘸浸過，紅得亮得刺眼。

我這是要到哪裡去？

我的內心裡又一次閃過這樣的疑問。我手裡拎著兩張皮，我已經完全把它們混淆了。這儘管是個十分簡單的問題，可它如今卻成了最難的題。它已經無解。

但是，路上的人對我沒有絲毫的反感之情。我無皮的赤裸身軀，包括我的陰莖和陰囊上的皮也是沒有了的，我看了它們一眼，連我自己都咋舌痛苦。真是不能看，不敢看。可路人是真的對我不感興趣，還是根本就看不見我的存在？我偏向於認可後者。我沒有了皮，路人就都看不見我了，但我手裡的兩張皮不應該也是任何什麼眼睛都看不見的吧？事實上，不管是我的皮和育巒護士的皮，還是我自己的無皮的身軀都很自由地行動著，沒有發生什麼障礙。

我沿著眼前這條南北方向的大馬路朝南走。有那種長長的由兩截車廂對接起來的公交車從大馬路上駛過，那從車窗裡都擠出來了乘客的頭和胳膊手來，可見它的裡面實在是塞不下即使再增加一個人了。廣州人口稠密，正值改革開放的初期，公交系統還有待於發展，車輛嚴重匱乏。我就沒有必要去擠它了。

我沒有目的地。遇到第一個十字路口朝左轉，下一個十字路口朝右轉，再下一個十字路口朝左轉，再下一個十字路口朝右轉，以此規律一直走了下去。

我從番禺大石區醫院出來的時候是深夜。我的無皮肉體與育巒護士的無皮肉體接觸從而燃燒起來的時候是我們剛剛接夜班的時間。她化了灰燼，我成了無皮人，我也不可能再去上班了。我路過內科住院部護理站時，看見那裡面坐了一個護士。我犯糊塗了。我沒有必要替這家醫院的這個內科住院部操心了。

這會兒天沒有亮了。廣州過的是夜生活。大街小巷的人一直是熙熙攘攘，大馬路上更是車水馬龍，車轔轔，馬嘯嘯，機器轟鳴，喇叭嘀嘀。

我的眼前一亮。

這是一個火車站。這是哪兒的火車站？那是售票樓和候車室。進站口在哪兒？我繞著走了一個來回，看到了進站口。這兒是火車站的正大門。我看到那正大門的上頭有紅色的五個大字。我經過辨認才認出是：佛山火車站。

我竟然走到了佛山。我走了多少公里路了？我一直不停地在走。步行再慢也不用在乎，雙腳雙腿會把你送到你意想不到的地方。我這是要坐火車走嗎？我並沒有計劃。沒有安排。我的心紛亂如亂麻，我需要安靜，需要安靜。我的腦子必須冷靜下來。可我的潛意識把我引導到了這裡，仿佛真要趕火車似的。

我朝東走。

既然沒有目的地，這佛山火車站就不會是什麼目的地，我還得繼續走下去。到了一個十字路口，應該是朝右走還是朝左，剛才的新事物打亂了我的記憶。管它哩，朝右走吧。走著走著，有一條江出現了。這麼大的水不叫江是不能準確形容我的感受的。一條冶鐵路跨過大水。我看到了花光溪三個字。原來這麼大的水還只是一個溪流，廣州這裡可真是水的汪洋！

過了橋，我看到許多樓房。那是一個小區。高高的大門旁邊寫有"鐵路新村"四個字。大門兩邊是堅實的圍牆，那大門裡面深不可測。

有火車站就會有鐵路新村，可我怎麼沒有看見鐵道，那黑黝黝閃光的鐵軌呢？它是從哪兒穿過去的？

此時依舊夜色濃重，馬路兩邊的路燈如同鬼的眼睛。鐵路新村小區裡的路燈伸向的深處深邃神秘。門房裡的值班人也許陷入了沉沉夢鄉，不醒人事了。我看見從那大門裡走出來了一個中年男子和一個年青的姑娘，他們年齡相差應該有三十多歲。那中年男子起碼有五十七八歲了，而那姑娘只不過二十一二歲的樣子。那男子用一隻胳膊和手摟住那姑娘的肩膀和脖子。他們出了大門朝北走去。那男子摟住她的脖頸和肩膀，她的頭低著，好像怕別人看見她的臉。我站定看著，好像失去了意識。他們留給我的是兩個背影了。

我好像有了目的。我為何鬼使神差地走到了這兒呢？我與他們有什麼聯繫？

我尾隨著。

這北邊不遠處是中山公園。

我看到了那公園大門上面的幾個字。夜色裡光線雖然不太好，可我走近了還是能辨別出那些大字的。它們寫得特別大。

中年男子拉住那姑娘的手進了公園大門。

這兒的公園夜晚還開著門，而且不收門票？這畢竟是廣州嘛。這是為這個歷史人物修建的公園？他與蘇聯專制政權合作消滅了北洋自由選舉的政府，通過北伐又一次毀滅了中華的自由立憲進程，致使中國一百年後還是專制統治，人們連公開說話的自由都沒有……他都是為了他的朋友的女兒嗎？為了一個年青的女子而要攫取權力，搞獨裁統治，當大元帥，當大總統，這是如同追求朋友的女兒同樣的沒有底線，沒有良知，沒有良心。

那中年男子與那年輕姑娘轉過身來面朝我走來了。我一時沒有了主意。我一直尾隨著他們，但卻沒有想到他們會反身回來。這是在公園裡轉悠了一圈兒，又要回鐵路新村去嗎？

我愣住了。

我站在公園的路中間，仿佛突然間傻了。那姑娘把她的手從那中年男子手裡脫開了，她向前又走了幾步。

　　而那中年男子十分意外，他也好像呆住了。

　　姑娘說："你手中有一張皮是我的。"

　　她是我這一路從番禺大石那邊走來惟一看見並與我說話的一個人。

　　"你能看見我？"我小聲問。

　　"你把那我的皮給我。"姑娘說。

　　我機械地執行她的命令，把手中的一張皮遞給她。

　　她說："是另外那張。"

　　我必須要回出租屋去。不管怎麼說葛英蕾和孩子們的骸殖我不能把它們丟在那床鋪上，無論如何他們都與我有過一段家庭生活的親密。我穿上自己的皮。我是在那姑娘把那張皮裝進她那由那中年男子挎著的提包後，我就迫不及待地穿上了剩下的這張皮。我的血肉在廣州的空氣裡裸露的時間太久了，寒氣侵襲得我心裡寒。我的心寒。

　　我感覺到了溫暖。我的皮的保暖功能可真強。

　　那中年男子說："真奇怪，你是從哪兒來的？"

　　"我一直在這兒站著。"

　　姑娘說："沒啥奇怪的。"

　　中年男子不解地看她。

　　"他剛才是個六十一歲的老年人，比你還大，而且還血淋淋的，他的皮拎在手裡，不敢穿上。"

　　"我看他也就二十歲出頭。"

　　我還愣在那兒。我在想那個中年男人所說的話。他也許是說的什麼別的東西，與我無關。我雙手已經空空。交出了負擔，一身輕鬆的同時心靈也如同飛翔起來的鳥兒。我奇怪的是，一路上都沒有人對我感興趣，對我視同無有，根本就看不見我，而在這個叫中山的公園裡，這兩個人，一個年輕的姑娘和一個明顯奔向老年的中年人對我竟然有如此之清楚的觀照，還能分清我的年齡的變化。他是說我的。除了我外沒有別人。年輕姑娘把那張育孿的皮裝進挎包裡了，那皮藏在了包裡，看不見它了，但它還是存在的，獨立存在著的。它與年輕姑娘有什麼聯繫，她與育孿是什麼關係，這一切都好像是謎。那挎包兒與葛英蕾的挎包是那麼相似，同樣的款式，同樣的花色，同樣的襻兒，它被那中年男子挎在肩頭，他們走了。

夜色尚濃。

我的皮與我的肉體緊密結合起來了，我是有了皮的人了，可我的衣服卻丟了。它們在番禺大石區醫院的內科住院部的護士值班休息室裡。那裡有兩套衣服。我有了皮，別人可能都會看見我了，我不能這樣光裸著。可剛才那會兒當我的皮與我的肉體嚴絲合縫沒有任何破綻地結合之後，我的身體上下都恢復了一個男人的身體，我的胸脯，我的腰，我的生殖器，那有了皮的海綿體，那有了皮的陰囊和睪丸，那男性的體征，可那中年男人與那二十一二歲的姑娘卻並沒有表示出絲毫的驚訝來。他們對它不感興趣。可他們的反應不能代表所有廣州人的反應……

我回到了番禺大石區醫院內科住院部的護士休息間。門鎖並沒有鎖上。門雖然是關上的，可是那鎖簧卻是壓進去後強制卡住的，我輕輕一推，門就開了。仍舊是夜色下的南方，依舊是廣州的夜色。上夜班的護士和醫生也就一兩個人。那護士站，我在剛才經過的時候，看見我離開的時候看見的那個護士還在那兒打盹。實在是沒有什麼事，該幹的活兒都幹完了。她是個年輕的護士，白大褂和護士帽，口罩，只露出的眼睛由於輕微閉合了，看不到那種護士特有的大眸子的美。平時那內科住院部的走廊上的門是鎖上的，可這個夜晚它卻是開的。本來是我來頂替育孿護士上夜班的，但由於出了意外，她化為灰燼了，我又被她脫掉了皮，看著她遺留下來的灰燼，心裡不忍，就遊蕩去了。那護士站的值班椅上是不應該有另外的護士的。但考慮到現實情況，那打盹的護士的出現也是合乎邏輯的。

　　我儘量不弄出來聲響。我把我的衣裳穿上了。我看見鏡子裡的我果然是個年輕人了，最多有二十一二歲的樣子。那個中年男子說的話一點也沒有騙我。我是由六十一歲的老人變回到了二十一二歲的年輕人了。這有些蹊蹺。吊詭的事多著呢。我的皮叫育孿護士一脫，又叫我自己一穿，就有了魔術般的變化，這叫我不能相信這是現實。可我的身體和思維活動都很正常，我的眼睛怎麼會欺騙我自己呢？這不由得我不相信。

　　我盯了育孿的衣服看。還有地面上的一攤灰。她就變成了那一小撮兒灰燼，我的心好像火燒了一下疼痛。我想起了那團熊熊的火焰，她的肉體與我的肉體的接觸造成的起火燃燒。可那是獨裁者的軀體啊！她的皮一脫下來，獨裁者的寡婦樣遺容就暴露了，我認出了獨裁者，我誓死與他同歸於盡。可她還是育孿護士小姐啊！這個混亂啊，她到底是誰？也許那獨裁者的容顏只是我瞬間的幻覺，那迅如閃電的誤判造成了育孿護士的消失，真是這樣的話，我的罪孽可就大了。我把育孿護士的衣服折疊起來，把它裝進了一個塑料袋裡，又把那小撮骨灰收集到一張紙上，把它仔細地包起來。育孿護士的骨灰可真少，燃燒的程度如此大，完全燃燒殆盡了，就像那修行到位的高僧的舍利子一樣精少而堅硬。我把骨灰也裝進放衣裳的塑料袋兒裡，拎上它，把門輕輕地合上，走向走廊中間的大門。

　　東方已經有黎明的曙色了。

　　我走在大路上。

　　忽然之間天就亮了。大亮了。好像時間一下子就跳到了上午的八九點鐘了，視野開闊，天空高亮高亮。我十分意外。怎麼回事？我發現腳下的街道變得異常地寬闊，街面乾淨光滑堅硬，兩邊已經不再是平房，而是七八層高的大樓了。我向後轉身，看見我剛剛離開的番禺大石醫院的樓房也由三層樓升高為了三十層樓。那巨幅的電腦屏上是明亮的"番禺第二人民醫院"的大字。我快步走到了出租屋所在的街道，看到的樓房也由三層升高為了十二層。我腦洞大開，想到的是，我與葛英蕾來的時候是四十年前的廣州，改革開放的初期的八十年代初，而現在呈現在我眼前的應該是四十年後的廣州，據說廣東一省的 GTP 可以頂整個俄羅斯一國的，是經濟發展開放了四十年的廣州。

我的出租屋呢？

我找不到它了。我也就看不到葛英蕾和孩子們的骸骨了，還有她留下的有特殊意義的挎包兒。我沒有住處，怎麼辦？我與葛英蕾繳的房租和押金有誰會認呢？關鍵是我猛然間成了類似流浪漢的人。我身無分文，塑料袋裡只有一小撮骨灰和育巒護士的衣服，她的貼身的內衣和外衣，她的胸罩和內褲。她的工作服，也就是那件白大褂是公家發的，掛在護士休息室的門後，我不能把它也一起帶走，現在即使想要它，回去也找不到了。如今的番禺大石醫院已經是舊貌換新顏了，物非人非了。

我身在廣州番禺大石，在這富山四路上，我比一個流浪漢還要狼狽。多虧我及時趕回到那四十年前的番禺大石區醫院內科住院部的護士值班休息室把我自己的衣服穿上了，否則，我就會仍舊光著身子。我雖然有了皮，可要是沒有衣服就如同沒有皮。

我走到了大湧路上。

這條路如今也變得非常寬廣了。那賣鞋的店已經不見了。那堆積如山的外貿返內銷的皮鞋一個都不見蹤影了。畢竟過去了四十年，什麼還會是原來的模樣呢？有的。我看見了那家賣陳皮除濕茶的茶店。

那個女子還在。她還坐在茶鋪裡面的椅子上。我走過寬寬的街道，到了茶店門口。

"老闆要喝茶？"女子說。

可我兜裡沒有錢。我手拎著的塑料袋兒裡面的衣裳倒是可以換幾個紙鈔的。

我說："我前天還在你這兒喝過茶哩。"

女子眼光中全是疑惑。

"啊，你說的是我媽媽吧？"女子說。

"我看就是你啊！"

她的高高的花顴骨所結構的特殊的越人的臉蛋還是那麼耐看。越看越美麗。

"小夥子，你這是幹什麼？"女子說。

這個時候，從店後面的陰暗處走出來了一個老太婆兒。我一眼就認出她才是我與葛英蕾一起來喝茶時招待我們的那個有南越血統的婦人。

我心想：她已經變得這麼老了？真的是四十年歲月過去了？

沒有想到那老太婆一眼就認出了我。

"啊，你就是那個前天與你夫人一起來喝過茶的西安人！"老太婆顫巍巍地說。

女子的臉上有了笑容。

"媽，你認識這個小夥子！"

老太婆說："怪了，你前天還是個老頭兒，白髮蒼蒼的，今天一大早就變成了小夥子了，頭髮漆黑漆黑？可我還是一眼就能認出你。你那年輕的媳婦呢？她在家裡？"

樓房由二層變成了二十層，我哪兒還能找到那個只有二十一歲的葛英蕾呢？我不由得眼淚濕潤了眼睛。

"你怎麼哭了？"老太婆問。

那老太婆叫我住到了她家的二樓上。我沒有料到立即就迎來了回南天的惡劣天氣。怎麼還是二樓？我曾經與葛英蕾租的房間是202，我現在住的這間房還是202，但這個202分明不是那個202。數字相同，樓層相同，但位置變了，過去那座樓消失到四十年前的歲月裡去了。葛英蕾沒有了，孩子們沒了，他們母子七人都沒有了，只剩下了我這個孤家寡人。我落到如此淒慘的田地也許是老天爺對我的懲罰吧。難道是我與育巒護士小姐換皮因而犯了什麼天條大罪，這能叫對葛英蕾的背叛嗎？難道因為我對這個組織所統治的國度的已經去世四十八年的獨裁者的痛恨之心導致了現在的下場？可育巒護士與葛英蕾和孩子們究竟有什麼關係呢？葛英蕾和孩子們與獨裁者的四十八年了仍舊不散的陰魂有什麼聯繫呢？他躲藏在育巒護士小姐的美麗的皮膚下，他的目的是叫我無能無力養活孩子們和葛英蕾嗎？葛英蕾爬到那叫西安的山脈上我正在創作的大房子裡，她是我的初戀，依舊是四十年前的十九歲青春女孩，要給予我家庭和性的幸福，只要我答應放棄創作那部曠世傑作，她就與我一起到南海邊的廣州去，她本來是個十分孝順的姑娘，捨不得離開她的爸爸媽媽，因為愛我而勇敢地捨棄了天倫之樂，捨棄了生活和工作在父母身邊從而照顧他們的義務。可我總覺得葛英蕾與育巒護士有著某種相似性，她倆雖然面貌長得有區別但都很美，都叫我心儀和崇拜，除了這些相似之外，還有著某種說不清道不明的什麼迷霧籠罩著我的心。育巒護士把皮扒掉後顯露出的是獨裁者的年老臃腫的面容，是那躺在天安門陵墓紀念堂裡的水晶棺裡的寡婦臉形象，我曾經進去觀看過那具遺骸，所以一眼就辨認了出來，內心裡才瞬間湧射出了憤怒和絕望，哪怕兩敗俱傷，共同毀滅，同歸於盡，我也在所不惜。

假設我與育巒護士小姐換了皮，安全順利地完成了交換，我的皮被獨裁者換上後，他就會變成了我，我是寫作《我與獨裁者》的小說作者，他是我的作品裡的主角，也叫主人公吧，他變成了我後還會不會去完成我的那部曠世傑作？這是個未知數。而我換上的卻是育巒護士小姐的皮，就會變成育巒護士，我就會在番禺大石區醫院的內科住院部獲得一個穩定的護士崗位，就會掙到固定的工資，就會具有了養育孩子們和葛英蕾的條件和資格。可當葛英蕾與孩子發現我是一個女性，不是她的丈夫和孩子們的父親，那可真是新的尷尬境界啊！

一切假設都消失了，不存在了，不用擔心和操心那樣的困境了。問題是，我成了光杆司令，一個光棍了，我的生活發生了重大的變化，我的天倫之樂和夫妻的幸福憑空葬送了，而我竟然變回到了二十一歲的年齡，六十一歲的老頭面貌消失了，我成了一個年輕的小夥子，進入到了四十年後的廣州時空裡，我懷著一顆六十一歲的心和人生經歷和經驗，卻要以二十一歲的青年的形體和面貌而行於世。蹊蹺的是，那賣陳皮除濕茶的老婦人居然還能準確地辨認出我，這說明我的年齡雖然變了，但本質的東西，那骨頭形狀與結構是沒有改變的。

躺在二樓的 202 房間裡。一張雙人床睡著我一個人，除了孤獨還有寒冷。蚊帳用不著了。廣州的天氣一下子進入到了回南天氣候裡。這是我生命經驗裡所沒有過的。夜還是那麼黑，那麼深。倒是十分安靜。遠處有夜鳥的啼叫聲。那是鷗鶊的叫聲？這二層樓怎麼會如此陰寒？我的左肘關節的骨頭縫兒裡滲進了寒氣，好像有一股料峭的寒風吹了進去。骨頭縫縫兒痛。這種痛是一種難以形容的陰痛，特別有穿透力，比子彈的穿透力還要無法抵禦。

我身無分文，若不是陳皮除濕茶店女主人可憐我，無償收留了我，我連住的房間都不可能有，只好露宿街頭了，或者尋找一處橋墩，蜷縮到橋下，那可是四面漏風的，尤其是夜間那風會更猛烈的。可這兒的房間裡雖然沒有絲毫的風，但它卻比那北方呼嘯的寒風還要淩厲，我的腿關節也疼痛起來了。鑽骨的痛，陰風把骨頭縫兒吹開了，吹得那縫兒越來越大，似乎骨頭與骨頭要分家了似的。

我的骨頭縫兒痛得實在堅持不下去了，就爬了起來。我坐在床鋪上，這樣的結果是那關節更疼痛了。我跳下床。玻璃門根本就抵擋不了寒氣。玻璃門外是小小的衛生間，衛生間門外是小小的廚房。有一張不大的爐臺，有水池子和水龍頭，還有一台洗衣機。陽臺是由不銹鋼柵欄隔開的。對面就是另外一座高樓的外牆和窗戶。樓有十二層，而樓與樓之間的夾道連一米的距離都沒有，簡直就是一線天。沒有天然氣管道和天然氣灶具。

我出了門。

這是二樓。聲控燈泡亮了，發出昏黃的光芒。功率瓦數太小的緣故。這是二樓的走廊。走廊兩邊都是房間。我發現通向一樓的步梯上全是水。這又不是室外，雨是怎麼下進來的？我看見牆壁上也是水珠珠兒，一串串兒掛在牆壁上。這不是雨，那麼是什麼呢？空氣裡的含水量就那麼飽滿嗎？

我打開了通向外面街道上的一樓的電子鐵門。我不用刷門禁卡，不用聽到那嘀的一聲，只需要把門上的圓鈕兒擰轉半圈。

哇，這外面竟然熱哄哄的。這室外的溫度居然這麼高！室外熱，而室內卻奇寒無比。這可真是怪天氣。這樣的深夜，室外都這麼熱，太陽出來了，它就會更加地熱。這是一種濕熱。空氣裡的水汽飽滿，當它進入到了樓裡去，與走廊和樓梯上的牆壁碰撞時就凝結成了水珠，樓梯臺階就濕漉漉的了，牆壁也像是水牆了，簡直就是水簾洞裡面的世界。

我在街道上呆了個把鐘頭，又熱得受不了。汗液出不來，燜得慌。我把門禁卡從褲兜裡摸出來，刷了一下，又嘀地叫了一聲，那特殊的電子門鎖就像機器一樣開動了，劈裡嘩啦一陣子反應，門就開了。我進到了一樓的走廊裡。那門自動地慢慢合上，又發出劈裡嘩啦的一陣響聲。一切都自動化了，機器人時代降臨了。

我一回身，發現那賣茶的婦人正坐在一把椅子上。一樓的光線更暗，我的眼睛這會兒才完全適應過來。

我說：“阿姨，我的骨頭縫兒痛。受不了了，這才出來轉悠轉悠。”

她說：“你的關節痛，是由於年齡大的關係吧。”

我這才意識到我的真實年齡。我如今儘管是個年青小夥子的外貌，可我的身體素質卻是年老者的，紙是包不住火的。那我剛才叫她為“阿姨”就吃了大虧了。她本來就要比我小二十歲的樣子。

“我這兒有一對護膝。”

她從她的腿上把護膝解了下來，遞給了我。

我說：“您不是正戴著……”

“我家裡還有。”

我回到 202 房間裡。

這個房間的牆壁上也已經是濕漉漉的了。成串成串的水珠掛在上面，好像海下面的龍宮一樣。我看到陽臺那兒的玻璃門開著。我走的時候忘了拉上它了，就這一會兒的工夫，水汽就在冰冷的牆上凝結得這麼充沛了。

我把陽臺那兒的玻璃門拉上，也把窗簾掛上了。我鑽進了被窩。我把護膝戴到膝蓋上。那是騎摩托車時用的皮革面裡子上有厚厚的人造毛的護膝。可我左肘關節依舊寒氣逼迫，骨頭縫縫吹著一股股陰風。我腦子一轉，把棉枕巾纏到左肘關節處，就那樣堅持到了天亮……

我睡著了。

“回南天啊，今年特別嚴重。”茶店主人在整理茶壺和茶杯，“你要多喝些陳皮除濕茶。”

我好像乞丐一樣，哪兒好意思再猛喝人家的茶呢。我必須要回北方去了，再不能呆在這兒了。我的年青的容顏沒有改變，我的年老的面貌已經遠去，這樣的僥倖是好還是壞呢？這樣的臉部特徵是可以通過人臉驗證的，還能夠繼續拿退休金，回到西安的山脈上堅持把那部作品寫作下去。面貌變成了二十一歲的樣子，但骨頭是沒有改變的，六十一歲與二十一歲的頭骨是沒有改變的，只是臉上的皮膚年青了，皺紋消失了，返老還童了。

可我身無分文，無疑會寸步難行。我的手機裡本來是有錢的，微信和支付寶都與銀行卡掛連著，可在離開西安火車站時，葛英蕾把它扔掉了。當時我也沒有反對。我跟她回到了一九八零年代，手機不會有什麼用處了，它仿佛去世了一樣，電池耗盡後連充電的條件都沒有，只能是一片黑屏，一個死鐵疙瘩罷了。它還不是真正的鐵，並不能像真正的鐵那樣賣廢鐵還能換幾分錢。

天依舊陰沉沉的。

我有了茶店老闆娘的護膝，又把厚厚的枕巾綁到肘關節上，有了溫暖，疼痛倒是大大地減輕了。可那二樓的陰寒，那上面還有八層樓重壓下的陰寒實在是太有進攻性和穿透力，我失去了番禺大石區醫院裡的替換性工作，白天也要呆在這房間裡嗎？那麼我的關節和骨頭縫縫裡會不斷地襲進潮濕的陰寒，病因不除，疼痛不止。這可怎麼辦呢？

我出門時並沒有把綁在肘關節處的枕巾和膝蓋上的護膝取掉，一下子就被老闆娘看見了。她忍不住笑了。

"看你年紀輕輕的，可卻跟老年人一樣怕寒怕潮氣。"她說。

我心想我實際上確實年老了，抵抗不了潮氣是身體機能衰退的必然結果。

我說："實在是關節痛得受不了。"

她說："你這個樣子武裝自己，可最終是對付不了這回南天的天氣的。這樣吧，我把你調整到十樓上面去。"

我一聽就心花怒放了。

"那敢情好啊！太感謝了！"

我想我還是有運氣的，遇到這家經營陳皮除濕茶的人，也就在她的店裡喝了一次茶，僅僅算是認識，還是顧客與店主這樣的關係，並不是那種傳統意義上的熟人關係，她就如此照顧我，這可能是出自人性的慈悲心腸吧。

我搬到了頂樓上。這兒據說以前是辦過幼兒園的，一切設施還留有幼兒園的痕跡。門前的小庭院還有舊日的花壇和還在生長的花卉植物。還有一個螺旋形的鐵樓梯是通向樓頂上去的，那上面還建有幾間平房，以前是作為幼兒園的廚房使用的。我住的房間是 1005，門前就是小庭院。小庭院邊緣是一米多高的院牆。院牆外面就是街道。街道在十層樓的底下，有一種深淵感，有恐高症的人是不適宜住在這兒的。院牆相當地厚，中間還有一個花壇，裡面生長的是仙人掌類的熱帶植物，雖然沒有人給它施肥澆水，可它依舊茂盛地生長著。

　　回南天的天氣還在繼續，步梯上和兩邊的牆壁上也全是水珠，濕淋淋的，像是剛剛沐浴過一般。樓雖然是十層的，挺高的了，可並沒有電梯。這是老闆娘的私家樓房，況且是多年前建造的。我搬到樓頂上完全是為了解決關節疼痛的燃眉之急。果然，我的肘關節和膝蓋不痛了，夜晚不用護膝和給肘關節綁枕巾就能安然入睡了，也不會半夜時分被痛醒了。空氣裡的水汽依舊旺盛，可那地獄般的陰寒沒有了，太陽一出來，坐在門前的排椅上，望著小庭院和殘留的花卉植物，心中會泛出田園風光來。

　　我想向茶店老闆娘借些錢，等我回到了西安的山上再給她寄還回來。我把我的意思向老闆娘說了，她並沒有回絕，而是出了一個主意：「這樣吧，你在我茶店裡上班，我給你開工資。」

　　這倒是個新問題。我一心想著回西安的山脈上去繼續創作，這不就又要耽擱到廣州了嗎？葛英蕾消失了，孩子們是在來廣州後出生的，也消失了，我的心已經留不住了，飛走了。可我沒有回去的路費，問人家借錢，人家提出了這樣一個新建議，這意思是再明顯不過了。

　　「這樣很好啊，我正想找工作哩。」我說。

　　我又去了一次佛山。

　　這已經不是我與葛英蕾初來時的廣州番禺了。這是四十年後的廣州番禺的大石街道。我沿著大湧路朝西走。走了一陣後就看見了一座小橋。那是東湧水上的小橋，可它卻有一個響亮的名字：大山橋。這兒是大山村，修建一座哪怕小橋叫它大山橋也是名正言順、師出有名的。橋雖小，大山的大字卻是足夠大的，給人一種錯覺。我知道再往西走就會走到新光快速路上，它是南北方向的快速幹道，汽車向北開的和朝南奔馳的都如同洪流，噪聲上達天際，向道路兩邊擴散開去，震耳欲聾。

我順著東湧河道向南走。水道兩岸全是高樓，湧岸上的水泥路雖然狹窄一些，但還是能夠步行的，騎摩托車也不成問題。而東湧的兩邊高樓林立，如果把高樓的樓頂視作高原的話，那麼似乎就可以在高原上奔馬馳騁。我沒有過大山橋。東湧裡的水已經不像我與葛英蕾剛來時那樣散發出一股刺鼻的臭氣了，而是清的了。我走的是東湧東邊的鎮北大街。這是一個什麼樣的大街呢？兩邊高樓的陽臺在頭頂之上的三米高處幾乎擠挨住了，只留下一線天縫兒還能望見上面的藍天。街道仿佛處在峽谷的底下，陰寒之氣隆盛。這兒是服裝的製造地，服裝廠遍地林立，打工的全是在服裝廠裡幹活，那新型的縫紉機和蒸布機軋呀軋呀軋呀永遠地軋呀，轉呀轉呀轉呀永遠地轉呀！工人們基本都是年輕人和中年人，他們下班後就回到出租屋過夜休息，或到附近的夜市去吃喝享受。他們就住在這如同峽谷一樣的街道的兩邊的樓房裡，其陰寒我已經嘗試過了，真正的暑期來臨之後，什麼樣的炎熱燠燜是可想而知的。

我到了大石地鐵站的 D 口。

老闆娘給我付的是日工資，我把它們積攢起來，等到有了足夠的數目我就買火車票。可我為何要再一次到佛山去呢？

我在十樓頂層的出租屋裡還藏有育蠻護士小姐的衣裳，她的一小撮遺灰，別的什麼都沒有了。她的乳罩和褲衩，她的吊帶兒連衣裙。葛英蕾和孩子們的一切都沒有辦法尋找到了，它們被四十年前那座二層樓房保藏著，我回不到那過去的歲月也就永遠不可能找到它們。

公交車的最後一站就是佛山火車站。

我是趁休息日坐了地鐵和公交車，倒了一次車，最後直達佛山火車站的。當我從公交車上下來，看到了那巨大的五個字“佛山火車站”時，我想我回西安去的時候就到這兒來坐火車。奇怪的景象層出不窮。進站口沒有工作人員，並用欄杆阻攔了起來。我走到了標誌有售票處的地方，窗口裡面也是空的。出站口更是沒有人影。這是個空的火車站。可我又無法到達這排建築的那一邊去，看看火車和鐵軌還存在著沒有。

沒有乘客。沒有湧來的乘客流，也沒有離開的乘客群，更沒有一個鐵路工作人員。這兒已經停止運營了嗎？

我看到了樹苗。

那是長在進站口牆壁縫隙上的。我的手機還在的話我就把它拍照下來。這兒空氣裡的濕度特別大，哪怕是牆頭上都能長出小樹來。可這火車站的進站口居然荒蕪到了這般程度，說明這兒已經長久沒有乘客來往了。地面上的縫隙裡也有旺盛的草生長。有人說看不見草生長，可它卻已經遍佈城市和村莊，遍佈老支書的窯洞前面的院子——那是黃蒿和鐵杆蒿，還有堅硬尖刺的酸棗樹。毛澤東時代的農村的吃不飽飯的農民們把酸棗樹從根部用磨得鋒利的鐮刀割下來，把枝葉削掉，把硬實的樹幹編到耙骨上便就製造好了一扇磨地的磨兒，套了兩頭黃牛，農民站在磨上增加重量以壓和磨碎田地裡的土坷垃……

這兒不是老支書家的窯洞前的院子，可它荒蕪的程度並不遜色。這兒的建築物和場院保留了下來是作為博物館而存在的嗎？

火車站的東邊是大約有十層樓的賓館。上面是寫有名字的。什麼喆國酒店？你覺得名字倒起得挺好。可它的大門是封閉的。一座死旅館。

我朝北走到了大路上。我來的時候就是在大路對面的公交站下的車。這會兒我不想坐車。車就在我的身邊。大路南邊的公交車並不在路邊，而在廢棄了的火車站廣場的東邊。這是這一區域公交車的樞紐，許多路車都在這兒始發和終點。我若乘坐公交車的話，是最便利的，找到我需要去的哪一車的站牌，站在柵欄門上等候就是了。我還不能走。

我朝東走去。

大路相當地寬闊。這兒好像是城市的邊緣地帶，人和車輛都十分稀少。可這佛山火車站卻曾經是一個交通運輸中心，昔日的繁榮與忙碌景象已不復存在。大路兩邊也相當空曠，有的樓房沒有建成完工，有的好像是爛尾樓，建築工人撤走了，空餘半拉建築物。我走到了叫鐵路立交橋的十字路口。我踏上了橋。緩慢的上坡。到了橋頂了。我尋找鐵路。那黑光明亮的鐵軌怎麼沒有影兒？既然叫鐵路橋，它的下面就應該有鐵軌才對。大橋下面變成了貨物儲存倉庫。零亂的倉庫建築鋪展開去，延伸到目光不及的遠處。這個貨場是十分巨大的。

我向南走。

我看見了中山公園。再走了幾十步，就看到了鐵路新村。那"新"字應該是四十年前寫的吧，這個小區應該是更早的時間建造的，上個世紀的六七十年代吧。

鐵路新村大門的兩邊的樓房是六層高的，有的窗戶大開著，牆面破損嚴重，一副肮髒陳舊的面容，好像患了多年的病。

我下了橋，到了鐵路新村的大門前。這一樓的單元房更是破舊不堪，大多用更加肮髒的東西遮擋著。陽臺是空的，前塵往事飄浮著。

大門的北側還有門房。大門通進去的那條小區裡的大路伸向深處。這兒小區還是十分大的，可見當時的鐵路上的工人和幹部眾多，這是專門為他們修建的生活區。

我快步往裡面走。

我走進去有十幾米遠了，從門房裡出來了一個人，叫住了我。我只好回身往門房走。這是一個典型的越人。是個男性。顴骨高突，已經歇頂，臉上有鬍鬚，人油滲出了毛孔，面色類似青銅，好像一個兵馬俑。

"你要幹什麼？"他一口的廣東話。

我還是能聽懂的。

"我找葉變。"我說。

他說：“這小區沒有出租的房子。”

他把我當作來租房子的打工人了。

我說：“我進去看看。”

他說：“不能進去。”

我遲疑著。

這樣一個破爛的“新村”還跟國家機密一樣？

“怕你亂拍照，到處發。”他解釋說。

他是看門人，如果有人發了這個小區的視頻，當頭兒的會找他麻煩的。

我說：“我沒有手機，這個放心。”

“你不可能沒有！”他的眼睛並沒有眨巴。

“我確實沒有……它被扔掉了。”

“不行，就是不行。”

他變得特別嚴厲起來了。

我終於回到西安的山脈下了。我要爬上這座大山才能到達山脈上的那所大房子。我是坐高鐵回到西安的。速度真是快。不像我來的時候那麼擁擠。一人一座，還有許多空座。幾乎沒有人站著。我去的時候是四十年前的一九八零年代，回來時就是二十一世紀的二零二四年了。

我爬到了山頂。

來到了我的大房子外。深秋已過，還沒有立冬，但天氣明顯有了冬季的氣象。

我與葛英蕾從山上下來的時候，這座省城還是四十年前的城市，只有一座火車站，候車室和售票廳僅僅是一間孤單的大屋子，廣場四周還有農田和荒地。她沒有與我一起回來，孩子們一個也沒有回來，我是孤身一人回來的。我是坐的高速鐵路火車回來的。高鐵，以 G 打頭的列車編號，還有以 D 打頭的列車編號叫動車。動車比高鐵速度要慢一些，高鐵的速度是每小說三百多公里，從廣州返回西安也就用了八個小時，不需要臥鋪，高鐵上也沒有臥鋪車廂，也沒有傳統的慢車上的餐車。高鐵怕煙氣，會自動制動停車，引起嚴重的後果。我是從西安北站下的火車。我在陳皮除濕茶店工作了一段時間，掙的工資正好夠我買一張返回西安的高鐵票。沒有欠債，一身輕鬆。沒有了手機，麻煩太多，但我的身份證還在，避免了更多的麻煩。

我從西安北站坐地鐵到了西安站。我從地鐵下面爬上了地面，到了北廣場。我走上北廣場與南廣場之間的大橋。這是西安站重新修建時建造的橋樑，它跨越地面上的鐵軌連通了車站南北。已經看不見那我與葛英蕾離開西安時的火車候車室和售票廳了，那座老舊的孤獨的大屋子早已拆除了。以前這一帶也是沒有城牆的，但現在新修的城牆從南廣場上空橫跨過去，把老城外的古老城牆整個兒連通了，遊人可以在城牆上面騎自行車遊覽，從地面上可以看見高處他們飛馳的身影。葛英蕾沒有了，孩子們沒有了，想起我與她一起離開西安的情景，內心湧出悲涼來。她是從四十年前來的幻影，她的十九歲的身體與容貌給予我了在廣州生活的極致快樂，那種天倫之樂我是永生難忘的。她以四十年前的十九歲之身之人之心陪伴我，我是感激不盡的。我們兩個雖然來自不同的時空，相隔四十年，可我感受到的夫妻和家庭幸福卻是翻倍了的，她給予了我肉體的極樂，我們相互擁抱的時候，她的綿軟和溫暖給我的身體和心靈的慰藉是不可替代的，我是多麼懷念她啊！

西安站的北邊原是三四個村子，有數千村民居住，如今它變成了大明宮遺址公園。它南起西安火車站，北到北二環路，西起未央路，東至太華路，占地面積五平方公里，其範圍是按照一千多年前唐朝代的皇宮規模恢復和重建的。與北廣場正對的是丹鳳門遺址。那重建的金色門樓和城牆十分壯觀而恢宏，有著典型的皇家氣派。

我從丹鳳門西邊的禦道進入廣闊的禦道廣場。廣場兩邊是東上朝路和西上朝路。我望著與禦道廣場正對著的北面的含元殿的遺址。那頹廢的宮殿牆基依舊有著巍峨的氣勢。新冠大瘟疫封閉的第三年冬季，我曾經看著禦道廣場上隨風滾動如潮水般的落葉，感覺到滿地的落葉都有生命，仿佛落地的飛鳥和爬出洞穴的地鼠，鳥鼠同體的怪物從山上流下來，開始了渭水最初的濫觴山泉水……那年冬天，放開了，突然不再封閉了，小區解放了，沒有到藥店提前買藥，退燒的，抗病毒的，總想著不會那麼倒黴，可以對抗過病毒，一旦買了藥就必然會吃它喝它這樣的迷信心理導致了自己的失誤，一無準備，逃不脫的感染，發燒，連續四天的高燒，已經到了生命的極限邊緣，總算是活了下來，僥倖冥冥中的神明，僥倖自己的抵抗力，身體的自然免疫力。病癒後的第一年完成了《北京》，它應該算是劫難的饋贈。

我走在大明宮遺址公園的西邊。龍首渠的遺址中有水流淌，它不是一千年前的唐朝水，而是今天的黑河水，它是從周至縣那邊的秦嶺山脈裡引出來的河水。

這個遺址公園是在原有的四個村莊的村基上修建起來的。原村民都被遷走了，四散了，村子毀了，沒有了，恢復成了一千年前的大明宮。宮殿沒有了，殿基被一一挖掘出來，保護起來，並造了模型供遊客參觀。含元殿北面是宣政殿，再北面還有延英殿、麟德殿，再北面是太液池，相當大的湖泊，有還周殿、暖居殿什麼的。中間地帶是被高高的鐵絲網隔絕起來的，需要買票才能進去觀看。在這個遺址公園修建的時候，我常常到這裡來，其實被圈禁起來的地方也沒有什麼好看的，有一次我忍不住還是花費了六十元買了一張票。還真沒有白花那幾十塊錢。裡面有一個講解牌上說了唐朝某個皇帝一到深夜就看見宮殿院子裡有一支全副武裝的軍人齊步走過。那支軍隊帶頭的一個武士身材魁梧，容貌奇偉。那是一支鬼兵，是幻影軍隊。鬼兵頭領說這是他的地盤，他就居住在這裡，當朝皇帝為什麼要侵佔他的家院？經過調查，果然發現了皇宮院子地下的墳墓，把它們挖開，起出遺骨，把它們以隆重的葬禮和道家的支鬼術遷葬到了遠處的荒野裡，在那裡建造了一個嶄新的墓園，至此大明宮裡才消停下來。當時我看了那樣的解說，覺得十分有意思，耐人尋味，就把它牢牢地記住了。

　　太液池北邊有三清殿和福德殿，再往北就是著名的玄武門了。一千多年前的兄弟殘殺上演了，從最初的該隱殺弟，人類歷史上上演了無數出兄弟殘殺的活劇，李世民不但殺了他的哥和弟，連他的侄子們也全都殺了，那些孩子都被殺了，作為祖父的李淵的心是多麼刺痛！沒有約束的權力圈中只有蛇蠍！這就是這個國度！

　　我走了兩公里路，到了右銀台門遺址處。這兒有馬球場遺址，騎在馬上的唐朝美女們英姿颯爽，不愛紅裝愛武裝，馬和人的體量都是當今的人與馬的兩倍。我重新看了旁邊的講解牌：武則天的晚年，她八十多了，她身邊的紅人張易之、張宗昌兩兄弟被張柬之、敬暉等大臣與羽林軍統帥李多祚聯合集體砍殺了，逼女皇退位，退位後她就居住在仙居殿，當年的冬天來臨時她就黯然離世了。這種權力的更替的劫難一千年來依舊，這片大地，這個地域的人為何就走不出如此的魔咒呢？罪惡太多，需要繼續贖罪？

　　右銀台門是絲綢之路的起點，那西域商人的雕塑形神畢肖，那厚厚的帽子和濃密的鬍鬚，那高高的駱駝，那沉重的行囊……

　　我走到了龍首原地鐵站。十字路口的西北角是未央區政府。大門兩邊掛有眾多牌匾，上寫有不同的權力機構的名稱。有站崗的保衛人員。一個區區的區政府還要門衛站崗，沒有證件不能隨便進入，這可真是荒唐啊！

　　我沿著龍首北路向西一路走去。過了幾個小區的大門。到了文景路與龍首北路的十字路口，我拐向文景路。過了龍首商業街，看見了西安的山脈。這兒的山脈好像是西安這座省城的治外飛地，它的海拔很高，三千七百多米，我得一步一步爬上去。

　　我的房子裡的物品和家具與我記憶裡它們原來的模樣沒有什麼差別。一套單元房，一個客廳，兩間臥室。客廳裡的木頭櫃子上還放著一台二十多年前出產的老式電視機，那種咸陽彩虹電視機廠製造的產品，是在日本人的幫助下建造的廠子，你當年在衛生學校上學時，那是一九八零年，你在渭河邊的公園看到日本姑娘，你內心裡多麼想與她認識和交往，可你只敢遠遠地看看她們，直到她們遠去了，心裡泛起不盡的惆悵。你一個十七的少年，對於異國的少女的嚮往之心只能放進夢鄉。

　　一間臥室裡的那張地鋪還完完好好，只是床單和被褥上落滿了塵土。但布面上的灰塵是肉眼看不見的，看見的只是桌面上和櫃子面上的塵土。這間房子靠近窗戶放著的一口舊式大木箱上擺著一二百本書。木箱是紅漆面的，早已褪色，紅色變成了黃色，露出了木頭的本色。緊挨木箱是張電腦桌，是那種桌面下面另外裝置一抽屜式的可以放置大鍵盤的平板的電腦桌，你頂喜愛的這種桌子。有一台筆記本電腦，你不喜歡用它本身所帶的鍵盤，而是通過 USB 接口連接一個大鍵盤，鍵盤在低處，你就不用趴到桌面上去敲打，而只需坐在椅子上，後背靠到椅背上，雙手放到低處的鍵盤上，眼睛盯著電腦屏幕，就能夠自由地敲打輸入文字了。你有二十八年的五筆字型輸入法經驗，鍵盤敲打得十分嫺熟，一直用的是盲打，手腦同步，得心應手，這樣就解決了你的爬格子用筆來寫的苦役。在你少年的時候，有大人說寫作跟鳳凰山安子凹煤礦深井下面的掘挖工一樣苦，當時你心生畏懼之想，可還是沒有扼制住你當作家的夢想，一直沒有停步和放棄。早期寫作你寫了草稿，寫了大量的草稿，只是極少部分地謄抄了出來去投稿，多年來沒有一個稿件被發表，也就緩慢了你的創作進程，一年就只寫兩篇中短篇小說，一邊上班，一邊創作，是利用上班的時間進行創作的，下班後還與大家在單位的活動室打撲克玩耍，對於每輪牌的輸贏十分上心，甚至於與人爭吵，大聲抱怨某某把牌出錯了，弄得大家都不高興。你是很投入的，那每輪撲克的輸贏似乎成了你生命的惟一價值，你對於文學家的夢想變得輕了，對於成功與否不再上心——多少年來，你覺得一直處在深海之下，在水底，整個的海壓在你的身上，你浮不上來，無法透一口氣，簡直就要被壓迫死了，窒息了，那八小時之外的活動室的撲克牌桌就成了你釋放壓力的場所，你的喜怒哀樂全在裡面，變得那麼沒有志氣，那麼猥瑣，那麼微小，你本來就是一個微小的灰塵，甘於灰塵的生活就自得其樂了。但是，你的工作條件比較好，空閑時間特別多，閱讀世界名作也成了你的樂趣和生命意義的所在。雖然一周只讀一本書，可一個月就是四本，你經常到市上的圖書館去還書借書，還把一些讀過後十分喜愛的書，比如博爾赫斯的短篇小說集，說是丟了，圖書館按規定讓你賠償，按原書的定價三倍來賠，那時候的書，像博爾赫斯短篇集一本的定價也就一元人民幣，賠三元錢就把它變成了自己的書，便能夠不時地進行閱讀品味，愛不釋手。這樣一年下來，就可以閱讀三四十本世界小說名作，十年下來就是三四百本。一年寫兩篇小說，十年下來就是二十篇，這樣的漫長時日的積累是可喜的。直到參加工作的十三年後，你學會了五筆字型輸入法，會打字了，花了五千塊錢買了一台386兼容486組裝電腦，還附帶一台日本產的針式打印機，要經常換色帶，這才把你過去十幾年來寫的小說稿子慢慢敲打出來，竟然還真的圓了作家夢……

另外一間臥室裡書堆如山。也有一張電腦桌和一台筆記本電腦，日本產的。同樣的大鍵盤接的電腦，電腦桌上有一台三星牌打印機。打印機實在便宜，四百塊人民幣，硒鼓也是三十九元錢就能換一個新的，A4打印紙500張一包也就二十五元人民幣。

客廳裡也堆了一千冊書。一個老舊的書架上已經擺滿了，書架下面的櫃子裡塞滿了，書架自身帶的櫃子的櫃面是伸出來的，像是陽臺一樣，上面也是擺滿了書，這樣的一個書架幾乎被書埋沒了，只有把它叫做書堆才符合實際情況。一張鋼絲鐵床上也是堆滿了書。客廳的北面是書房，裡面有一個老式書架，也是被上下左右的書埋住了，地面上更是一摞摞的書，有一米九高，這裡大約有一千五百冊書。那南邊的臥室裡的書是最多的，大概有二千五冊，這套單元房裡總共有五千冊書，有兩個電腦桌，兩台筆記本電腦，一台三星打印機。還有兩台估計是上個世紀七八十年代產的筆記本電腦，日立牌的，是那種插軟盤的筆記本電腦，沒有插優盤的接口，倒是有光盤插口。那兩台筆記本電腦早已被壓到了櫃子底下了。電腦桌下的一個敞口櫃子裡還放著一台臺式電腦的箱式主機，顯示屏不再亮了，賣了廢品，記得是賣了五十元人民幣。當時臺式電腦還在普遍使用，還值點兒錢。

陽臺上有個塑料臉盆，盆子裡是沙塵，沙土裡種著一株山藥，它的藤蔓爬行到玻璃窗戶的把手上，曾經茂盛的綠葉已經變黃了。立冬了。這西安的山脈上已經進入到了冬季。你是在初夏的時候把一個吃剩的山藥頭種進了沙土裡，它萌芽後就有藤蔓爬到了窗戶上，不斷地蓬勃著。它經過整個夏天的拼命生長，沙土之上可見的藤蔓有了壯麗的氣勢，沙土下面它的根是看不見的。我從南海邊的廣州回到了西安的山脈之上，我想哪一天把它刨開，看看我離開的這段時間，它的根究竟長了多大。

北面還個廚房，是我做飯的地方。平時我下山到山下的路邊的菜攤上買一大包蔬菜，有蓮花白，有西蘭花，有花椰菜，有小青菜，有生菜，有蒜，有薑……買一大包菜，可以夠一個星期吃了。

西安的山脈真高。透過窗戶可以看到山下面的東面的大明宮和西邊的未央宮。一個是叫唐的朝代，唐帝國；一個是叫漢的帝國。我的東西左右陪伴著兩個帝國，兩個朝代，我坐在叫西安的崔嵬的山脈上創作我的《我與獨裁者》這部曠世勇氣之作，有著山下兩個帝國和朝代的陪伴所給予我的思考與感受，這部作品會有更深厚的內涵和意蘊。天黑時我就下山去散步，常常一走就是一萬幾千步，有一次一下子走了兩萬多步，有十幾公里遠了。我走出去有多少步，返回的時候就必須走同樣的步數，這種翻倍有時候使我覺得疲累，肌肉困乏。有一天夜裡我發現未央宮和漢城湖被城市囚禁了，被囚禁的有河流和道路，那繁茂的森林也被長久地囚禁了，囚禁它們的是四周的街道和高樓，還有奔流不息的汽車之流。當我有了那樣的發現後，心裡十分意外。萬物都不自由。我還有著少量的自由，還可以在山脈之上創作我的小說。我回到山上。經過一夜的睡眠，翌晨起床後，先是給自已做早餐，做好後，晾一會兒後，吃完後，到衛生間蹲二十到三十分鐘。蹲著讀書。看了《聖安東尼的誘惑》，看了《浮士德》，看了《少年來了》和《不做告別》《植物妻子》《白》，看了《失落》《番石榴園的喧囂》，又接著重讀《TERRA NOSTRA》，Carlos Fuentes 的超級長篇小說，二十世紀最偉大的小說，是林一安先生翻譯的。他是一位令人敬佩的西班牙語翻譯家，已經八十八歲高齡，還依舊身體健壯，思維靈活，還在繼續翻譯卡洛爾・富恩特斯的長篇小說《換皮》。他的譯文是嚴格按照原作者的小說一字一句直譯的，完全是原作者的句子和風格。他說他必須這樣譯，絕對不能欺騙讀者。有些翻譯家按照自己所理解的意思翻譯的作品已經不是原作者的原作的原貌了。我實在是太幸運了，恰恰研讀的就是林一安老先生直譯的《我們的土地》，寫了長達九萬字的解讀，並由此提出和創立了"人物虛擬派遣法"和"人物虛擬侵佔法"兩種文學新手法的理論。

　　這西安的山脈的海拔約有三千七百米。我居住在山脈之上的房子裡對於東西兩邊的唐朝和漢朝，唐，一個帝國，漢，另外一個帝國，是看得十分清晰的。我繞著我的房子轉圈兒走，把大明宮和未央宮、漢城湖一覽無餘。我的視力相當好，就像孔子在泰山上與弟子們比眼力一樣，我的眼力的特點是遠視，遠處的景象反而看得更清楚。

　　我回到房間裡，把防盜鐵門碰上。進了放筆記本電腦和臺式電腦的臥室，把創作室的門關上，並用一個折疊的小紙塊墊到門板與門框之間的罅隙裡，使門不會被風吹開。畢竟冬天來了，也要把玻璃鐵窗關上，這樣的話，外界的聲音雖然沒有完全隔絕開，但相對來說已經是非常安靜了。在這樣的環境中，我進行創作——

　　那衛校坐落在清淤河的北岸之上。女同學們大多數比我的年齡還小，十四五歲的少女，她們的銀鈴般的笑聲傳遍了校園，尤其是那個叫庭莉的女生，她的笑聲是顫動著的，是旋轉著的，有著極強的穿透力，進入到我的耳朵深處，一直就在留存在那裡了，永不熄滅，永遠燃燒……

　　還有個相對來說比較緘默的女生，她的瓜子臉上的鳳眼，在我的感受裡既仿佛孔雀，又像是傳說裡的鳳凰，鶯鶯這樣的鳳凰中的極品，它從天上的星辰中飛向人間大地，它本身就是一個星星，它落到了鳳翔歧山那片叫周原的蘼蕪菫荼如飴之地。七仙女中的一個落到了我們的衛校校園裡，她的內向的眼神更是讓我這個內向沉默的人如飛如醉。我在這裡參加了鄧小平念追悼詞的劉少奇的追悼會，是通過看電視直播參加的，參悟了毛澤東與劉少奇的鬥爭，獨裁者是把他的戰友，身邊最親密的戰友作為威脅最大的敵人對待的，除之而後快。獨裁者對於權力的貪婪是要把權力世襲給他的後裔，他的兒子或者女兒，他的私生子私生女。這樣的翻案和平反使我這樣的少年，十七歲的少年的思想解放了，覺悟了，認知能力來了個一百八十度的大翻轉，知道了什麼是邪惡，什麼是仁慈，什麼是權力的道德，獨裁者是無德之魔，即使到了死的那一天他也不會出讓權力，除非傳給他的後裔，或者他已經把接班人當作親兒子對待的某個人。毛澤東死後，他身邊的文革派失去了保護，他的妻子及其他提拔的人沒了靠山，而與他一起從戰爭中過來的武力打江山者老一輩人手根深蒂固，這股由來已久的勢力十分強大，他的接班人只有在兩者之間掌握好平衡，調節和利用兩方的力量才能保住他的"英明"主席——新獨裁者的位置。可是文革派以江青為首，想要侵佔他的地位，他恐懼了，無盡的恐懼使他聯合元老派逮捕了文革派，造成了一方獨大的局面，改革派的上位成了勢所必然。

　　我作為一個十七歲的少年，在解放思想的氛圍下也能進行獨立的思考了。我的語文老師瞭解到我有當作家的夢想，他也曾經有過那樣的夢想，就給我寫信鼓勵我堅持創作，實現夢想，有一句十分深刻的話是"反動的也可以寫"。至於什麼是"反動的"，那無疑指的是真正的面對歷史和現實，毛澤東和他的組織所幹的慘絕人寰的事，餓死人，沒有底限的鎮壓，對人的鬥爭，沒有上限和沒有下限的鬥爭，所謂的階級鬥爭就是把你的反對者、不同意見者幹掉，就像毛澤東幹掉劉少奇，他與林彪合謀幹掉劉少奇，與周恩來合謀幹掉林彪……殘酷至極的權力鬥爭造成了底層的殘酷生存環境，那些少數人成了大多數人的洩憤和恐懼的對象，整天宣傳少數人會變天，會叫大多數人吃二遍苦受二茬罪，百分之九十五的人對百分之五的人的恐懼心理造成了百分之九十五的人要把那百分之五的人殺死，這便是宣傳的結果。一個國家整天在鬥爭人，整個村子不時就鬥爭人，把少數幾個地主和所謂的"反革命分子"拉到土檯子上面去，村民輪番上去毆打他，批判他，這種殘害人的事叫做階級鬥爭，一干就是幾十年，從沒有停止，可真是傷天害理，豬狗不如……

我的眼前出現了一家五口人。

兩個成人，是做父親和母親的。三個孩子，個子像是三個臺階那樣分佈，最高的和中間的，還有一個最低的。高的是哥哥，低的是弟弟，中間那個是男孩，是高個子的弟弟，卻是低個兒妹妹的哥哥。

父親背著中個兒的男孩，母親抱著低個兒的女孩。他們站在我的面前。

"啊，這山真高！"父親說。

母親說："有四千多米的海拔吧。"

我說："只有三千六百米。"

這時候，他們順著我的聲音看見了我。

"啊，你就是那個作家？作家老師。"母親說。

我的目光表示認可她的說法。

父親說："我們一家五口只有一個人是活著的。"

母親說："作家老師，是這樣的，我們知道你正在寫一部不朽之作，我就把他們爺四個帶來了。這山實在太高，我們爬了一天這才上來。"

我說："你們是來爬山的？"

母親連忙說：“不是專門來爬山的，而是請你把我的前夫和三個死難的孩子寫進你的作品裡去。他們爺四個死得太慘了，我到死都忘不了他們的悲慘死狀。”

我說：“只你一個是活人？”

她說：“我已經八十多歲了，也快入土了，離開人世前，不把他們的事情有個交待我不甘心。”

“我看你也就三十二三歲的樣子，怎麼說是八十多歲了？”我說。

母親說：“我是重新回到了五十六年前變成了五十六前我三十二歲的模樣，要麼他們爺四個會認不出我來的，認不出來我，我可如何把他們從陰間帶領出來，爬上你居住的這座叫做西安的山脈呢？”

“這麼說，現在已經是五十六年前的時空了？”

我剛把話說完，山上就有一塊地方塌陷了。塌陷的坑洞有一百米深，成了典型的天坑。那麼這叫西安的山脈原來是喀斯特地貌，泥土下面可能就是已經被億年泉溪溶解變空了的溶洞，隨時都會塌陷，塌陷後就成了天然的天坑。

天坑剛剛出現，就有一群人奔赴而來。他們拿著鋤頭、鍁和鐝頭還有拿杈把的，拿鐵棍的。他們破衣爛衫的，顏面骯髒，腳下的鞋子爛了洞，大腳趾頭露出來了。有的褲子屁股處爛了，露出白花花的皮肉。

這群人總共有三十多個。他們撲上來首先抓住了那位父親。他最多有三十三歲。然後他們抓住了那位母親。孩子們嚇呆了，他們站在原地一動不勸。那群人把那位父親押到天坑邊兒上，有個壯漢把他手中的鐵棍一掄，直撲那位父親的後腦勺而去。那位父親一下子就昏倒在地了。兩個人把那位父親抬起來扔進了天坑。

那位母親的眼睛流出了血。

那群人把她推到天坑邊，那壯漢掄起鐵棍朝她的頭打去，她昏迷了，他們把她也扔下天坑去了。

孩子中最大的那個說：“快跑！”

三個孩子像可憐的小動物樣拔起腿來，朝向山谷跑去。那群人分散開來去追趕他們。孩子們跑到山谷邊上，又朝山上跑，在兩山夾峙的高坪上圍繞著房子跑了好幾圈兒，被那群人抓住了。孩子們的腿短，哪兒能跑得脫呢。

那群人把三個孩子一一扔進了天坑。

我說：“你們是鬼，還是人？”

他們這才發現了我。因為他們的眼睛裡這時候才有了我這個人的存在，之前他們肯定是看不見我的。

“你是誰？”他們中的一個人問道。

我說：“我是位作家。”

那個壯漢說：“沒有聽說這山頂還住著一位作家。”

“你是寫什麼的？”一個人問。

我說：“我是寫獨裁者毛澤東的，他在他的有生之年害死的人太多了，我不把他釘到歷史和文學的恥辱柱上我是不會罷休的。”

那個壯漢高喊：“這是一個反動作家！”

“怎麼辦？”其中一個說。

那群人裡頭顯然是個領頭的人說：“處決！”

他們撲上來抓住了我，用鐵棒打我的腦袋，把我扔進了天坑。

可我落到了天坑底下後，並沒有摔死。我連疼痛的感覺都沒有。天坑下面居然全是屍首，沒有腐爛的屍體形成了厚厚的墊兒，富有彈性。我看見那一家五口從昏迷中醒來了。那父親爬起來，看到腳下都是屍首，唱起了歌兒：“高粱紅了，高粱紅了……滿世界紅了……”他唱完後便一頭栽倒，沒有了呼吸。那母親眼睜睜看著她的丈夫死了，沒有任何反應，沒有流一滴淚。那個最小的女孩說：“我餓，我餓……”可是天坑下面沒有任何吃的，母親沒有反應，女孩就抓母親的頭髮，又揪又扯的，母親任她揪扯著。女孩掙扎了一會兒，咽了氣，一動不動了。那個上有哥哥下有妹妹的男孩說：「渴，渴，媽媽，我渴……」母親爬到屍堆邊，那兒有一滴一滴的泉水從石縫裡滲出來，母親用手掌去捧。她接了一捧泉水，彎著腰艱難地走到男孩跟前，可是這個時候他已經不再喊渴了，再也喊不出來了，已經斷氣了。那個最大的男孩躺在父親身邊，說：「媽媽，我想早點死。我怎麼還不死呢？」過了一會兒，他就無聲無息了。

這個時候，天坑高處傳來了人的喊聲。

「有人活著嗎？」

「有人活著就回聲！」

那母親以微弱的聲音回答道：「我活著——」

有一根繩子從上面垂了下來。

「你們把自己捆好了！」

我幫那位母親用繩子把她的腰和背都綁好了，喊了聲「綁好了！」，那位母親就被拽了上去。

天坑下除了屍首還是屍首，都是被殘害死掉的不幸者。那三個孩子的屍體和那位父親的屍首，我親眼看著，心想這個國度的劫難可實在是太深重了。

那根繩子又垂了下來。

那位年輕母親的聲音傳下來：「抓緊繩子！」

我把繩子的一頭拴死到自己的腰上，雙手抓住繩子。繩子緩緩地升起來，過了很久，到了天坑開口。原來只有那位母親在拉繩子。我趴在天坑邊緣，回望天坑的下面。

那位母親說：「拉我上來的人走了。」

「是什麼人？」

「一個軍人。」

「為什麼不拉我？」

「他說你還在未來……」

　　忽然之間，那位母親的面容一下子由三十歲出頭的美麗年輕變成了八十六歲的蒼老褶皺。

　　天坑消失了，西安的山脈恢復了以往的面貌。這兒根本就沒有天坑，不是喀斯特地貌，有的只是深達千米的渾厚黃土。

　　老婦人說：“我聽說你在這山上寫過去那個劫難時代，就專門爬上這山脈來向你講述五十六年前我的前夫和三個孩子的遭遇，你把他們寫進你的作品裡，他們的在天之靈也就不再在陰間哭泣了。”

　　我剛剛經歷了那樣的血腥場面，心臟依舊感受著悚然的殘酷，怦怦悸動著。

　　“我會用我的鍵盤把他們的血淚寫出來的。那如血的筆墨長河一樣流淌，萬古不變。”

　　我站在山頭看著那老婦人慢慢朝山下走去，消失到了峭壁背後。我回頭走進房間，繼續在筆記本電腦上飛速敲打鍵盤。

　　我知道剛才在我面前上演的那一幕來自于真實的現實。那還不能稱為歷史，僅僅過去了不過五十六年，是我出生後所發生的人間慘劇。真是一個悲慘世界！我閱讀過有關那個老婦人和她的前夫和與前夫的三個孩子的紀實性文字，是她的回憶錄，是某個記者做的筆錄。她的姓名是周群，前夫叫蔣漢鎮，三個孩子分別叫林海、雪原和林松。在這裡我想把她的回憶原封不動地摘錄下來，因為比起我的重新複述或者重新創作要真實感人十倍，我沒有能力寫出那樣的震撼人心的文字，我也就不勉為其難了，吃力不討好了，至於這樣的摘錄是不是侵犯了周群老人原回憶錄的整理者和創作者，我是不太清楚的。我先在此聲明對原創作者的感謝，如果對方不同意，我就把它扯下來。因為我在網絡上的文章處沒有發現作者的真實姓名，那“壹貳參的壹”的署名無疑是作者的筆名，我就向這位作者表示衷心的感謝，如果這將近五千字的稿費作者需要的話，我就按照千字二百元人民幣的標準付。可我的這部小說明顯是不可能掙到任何稿費和版稅

的，它不可能在大陸出版，只能在境外中文繁體出版社出版，不但不
會有一分錢的稿費和版稅，還要自己掏腰包，編輯費和印刷費一部書
稿大約是一千四百美元或一千五百美元，換算下來就是一萬多人民
幣，也就是一萬元吧，也多不到哪兒去。這樣的情況下，我就沒有能
力給這篇回憶錄的作者付稿費了。我不是為我個人寫作的，我創作這
樣的作品明知它不可能給我帶來任何經濟利益，但我還是要這樣創
作，我不願意做一個虛偽的作家，違心的作家，我必須為中國人的苦
難和劫難發聲。

下面是周群老人的回憶錄引文：

我叫周群，今年 79 歲。大屠殺，我眼睜睜看著 3 個孩子死去。
我祖父是道縣興橋人，是普通農民，有十幾畝田，省吃儉用送我父親
上學。父親周謨，抗日時期報名參加國民黨青年軍，上前線抗日。抗
戰勝利後，在南京國民政府交通憲兵科當科長。我 1936 年出生在江
蘇鎮江。1949 年，我已經 13 歲，這時，到處傳說解放軍要打過江來
了，遠方"隆隆"的炮聲都聽得見了。有一天，父親突然神色慌張地
從南京趕了回來，對我和母親說："共產黨的軍隊要渡江了，政府亂
作一團，我們得趕快跑。"母親說："往哪兒跑啊？"父親說："還
能去哪裡呢？去臺灣的船票就是 10 根金條也換不上一張。只有回老
家道縣。"這樣，我們一家輾轉奔波，回到了老家湖南省道縣，在縣
城租了一間小房住下。解放軍過了長江後，戰火很快到了湖南。不久
就聽說湖南省省長程潛和平起義了，接著，湘南行署主任歐冠也準備
和平起義。他與父親在南京有一面之交，為了拉更多的"和平力
量"，把我父親也叫去了零陵"共商"。1949 年 11 月 5 日，歐冠通
電起義，這樣，我的父親便作為"起義人員"，受到禮遇。11 月 15
日，解放軍進入道縣縣城，父親還搖著彩旗歡迎解放軍入城，道縣人
民政府舉行"共商道縣和平建設"會議，把我父親請去參加。誰知事
情說變就變。有一天，父親接到縣政府的通知，要他去衡山集訓。我

們都很緊張，他都起義啦，怎麼還要找他呢？不久父親就從衡山來信，說每個從舊社會過來的人都要坦白交代自己對共產黨做過的錯事。他在信中說：「我要努力改造自己，跟上時代的步伐。」1952 年 5 月 2 日，我正在道縣的省立七師讀書，早上學校突然通知，全體學生去參加全縣的「宣判大會」。猛然，我看見父親被五花大綁跪在臺上。不久就聽見審判員宣判了他和另外 5 個人死刑！父親被押著從臺上推下來，台下的人群立刻像潮水一樣，分開兩道，高喊口號：「鎮壓反革命！」父親的眼光還在人群中掃著：顯然，他是在找親人。可是我讓人群隔得那麼遠，可憐的父親怎能看見我呢？不久，就聽見遠遠傳來的槍聲。父親死了之後，母親手不能提，肩不能扛，4 個弟妹，加我 5 張口吃飯，怎麼養活？父親是被槍斃的，按公安條例，母親和我們姐弟都成了「殺關管親屬」，親戚都怕惹禍上身，看見我們都繞著道走。晚上，弟妹們睡了，我看到母親站在窗前發愣，窗下就是瀟水河，我真害怕她輕生。母親滿臉淚水，搖頭說：「我不會的，我一看到床上躺著的你們，就不會死了，沒有我，你們怎麼活？」不久，又傳來消息，說我上中學的大弟弟周元正搞「反革命組織」被抓了。弟弟與同班「出身不好」的子弟成立了一個籃球隊，他們常用紙條通知在哪裡練球，在哪裡比賽，而且總是用文言文，他們穿的背心上印有一個藍色的隊徽。就說那是國民黨黨徽，他們串聯紙條上寫的是「暗語」。大弟弟周元正就這樣被無辜判了 20 年刑，一直到 70 年代才出來。一個十幾歲的翩翩少年被改造成了唯唯諾諾，見誰都害怕的小老頭。這時我中師畢業，總算能掙錢，幫助母親減輕一點負擔了。我找到縣教育科，請求安排工作。那時候農村缺教師，教育科開恩，答應安排。但是要求我去最艱苦的洪塘營。那是離縣城幾十公里的瑤族山區，學校幾乎與世隔絕。讓一個 17 歲的女孩子進到深山教書，同發配邊疆差不多。我能有什麼選擇呢？我這樣的人，能給一份工作就算是不錯了。在偏僻的瑤山中，我碰上了第一個丈夫蔣漢鎮。他高大、英俊，很有文體才華。在道縣一中，打球、演戲都很出名，我在舞臺見過他，很有好感。蔣漢鎮出身地主家庭。父親是在淮海戰死的。本來，他已被選拔到部隊文工團了，因為家庭問題被打下來，也分配到偏僻的瑤山中教書。塘營小學老師不多，有些在當地有家。一到放學後，學校裡就剩下了我們兩個。在與世隔絕的大山中，"同是天涯淪落人"，有一種特別的親近感，我們很快就戀愛了。我對談戀愛有種隱隱的負罪感，父親才死，弟妹又小，我怎麼能貪圖享樂呢？蔣漢鎮就開導我，人總不能一輩子生活在陰影裡，應該抬起頭來生活。我們都年輕，党（受害者亦被洗腦）指引的未來是光明的。1959 年，我與蔣漢鎮結婚。1960 年，生下了第一個孩子。當時流行小說《林海雪原》，我們便給第一個男孩取名林海。1962 年，又生下了一個女孩，叫雪原。1964 年，生下第三個孩子，是男孩，取名林松。為什麼取名林松？我知道蘇聯莫斯科大學的門前，有兩排高大挺拔的雪松。我一生最美好的理想，就是去一次共產主義的故鄉，如果我去不了，願我的兒子能去莫斯科上大學！那一段時間，家庭生活和睦、幸福。社會上的政治鬥爭還沒搞到我們年輕的一代人身上來。我和漢鎮還經常在學區大會上講公開課，每年都被評為"優秀人民教師"，發一支鋼筆、領一張獎狀什麼的，心裡很滿足，對党對毛主席很熱愛（可悲的受害者的腦子完全被奴化了）。1965 年全國搞"四清"，情況就變了。本來，我們以為解放的時候都不到 18 歲，不是地主分子，即使父輩有問題，也不是我們的罪，沒想到運動會搞我們。1965 年下半年，洪塘營學區 100 多名教師被召到區裡集中學習文件，搞"自我革命"，就是向党交心。每個人回顧檢查自己，把"辜負了黨"的事情說出來，"與昨天一刀兩斷"。為了讓教師們大膽交代問題，黨支部書記宣佈："不扣帽子，不抓辮子，不打棍子！"後來才知道，這些都是騙我們的。那時漢鎮在學校管了一點伙食賬，除了交代自己對學生不夠耐心外，還把賬本交給領導，交代了"私自炒菜用油"的問題。我則把讀師範時的一本日記本交給了領導。沒想到，交心的第三天，學區的牆上就貼滿了大字報："地主分子蔣漢鎮還在吸血"，"奇文共欣賞：地主階級的孝子賢孫周群反動日記摘抄"。很快，全學區掀起了一場批判我們夫妻的風暴。漢鎮記的"油鹽柴米"賬，被說成是"變天賬"，我用鉛筆抄寫毛主席語錄，被說成"對偉大領袖不恭"。我日記本上抄的名詩、名句，被說成要搞"資產階級復辟"，"盼望帝修反回來"。我們兩口子被押到臺上，向毛主席"低頭認罪"，一遍又一遍地交代"反動思想"。在我倆被清退出學校時，我曾問蔣漢鎮："我們這些人不合適，清退便算了。幹嗎還要開那麼多會，批判、鬥爭、污辱我們呢？"漢鎮一句話讓我茅塞頓開："光把我們清退怎麼夠呢？要批判我們，教育其他人啊！"1965 年 12 月，我們兩口子被學區清退回蔣漢鎮的老家，瑤山深處一個偏僻的小村莊——小路窩村。我還記得那是個淒冷的早晨，蔣漢鎮挑著一擔行李，我一手挽著裝雜物的籃子，一手牽著雪原。林海背著林松，當我們一家人走出校門時，沒有一個人來送。回到老家，蔣漢鎮家原來的房子已經倒塌了，我們借別人的一間房子住。那房子是堆稻草的，從瓦縫裡都能看見光，一下雨，到處都漏。我們就拿稻草把房頂漏的地方堵了，把稻草雜物清理了一番，勉強住了下來。村裡增加了人口，就少分口糧，當然不歡迎我們，時時要看人的臉色。好在按規定，還能吃一年的國家糧，發了一點安家費。所以一開始生活還過得下去。轉眼到了 1967 年"雙搶"大忙季節。我們一家人都投入到插田割禾之中。為了表現好，讓妻子兒女少受歧視，細皮嫩肉的漢鎮打著赤膊，在火熱的日頭下踩打穀機。我也挽起褲子，下田學割禾；3 個孩子，5 歲的雪原，到田裡拾穀穗；7 歲的林海看了隊裡的幾頭牛，再牽上小弟弟林松。我們就像牛，低著頭，俯首帖耳，聽憑改造。漢鎮總是安慰我："我們是運動中出來的，照共產黨的政策，運動結束後，就會糾偏，那時，我們就能回去了。可是我們沒等到這一天。一場轟轟烈烈的文化大革命到來了，我們不但沒能回去，一家 5 口，只留下我一個！1967 年 8 月，道縣農村刮起一股殺人風。我們附近的蚣壩河裡丟滿了屍首，河水一片血紅。田埂上，路

邊上，到處可以看到屍體。1967 年 8 月 26 日，已經是半夜了，我和
3 個孩子被叫起來，押到隊裡的禾場上去。蔣漢鎮已先被捆綁在那裡
了。禾場上火把通明，幾十個民兵拿著馬刀、鳥銃，押著村裡的地富
及其子女朝山上走。小妹子牽著我的褲腳，林海背著林松。林松趴在
哥哥背上，好懂事啊，也不哭，就這樣高一腳，低一腳地被押到一個
天坑（溶洞）邊。這時，治保主任唐興浩跳到了石頭上喊話："現在，
我代表大隊貧下中農最高人民法院，宣佈你們的死刑！"就看到有
人拿著一張紙，讀名字。叫一個，民兵就從人群中拖一個人出來。揮
起一刀，朝腦殼砍去。或者拿鐵棍朝腦袋打一棍子，只聽慘叫一聲，
血就噴出來了，再一腳，踹到天坑裡面去。蔣漢鎮被第三個點名，頭
上被打了一棍，丟下洞去。我是第八個！可憐我那 3 個孩子，撕肝裂
肺地叫"媽媽"，我哄他們："乖，你們別動，媽媽過一會兒就回
來。"我那時還心存一絲幻想，想著他們殺大人，孩子是來陪看的，
不會殺孩子。所以我不能反抗，做什麼都配合他們。我走到天坑邊，
只覺得腦後一陣冷風，一根硬硬的東西打在我的頭頂上，沒有痛，一
陣天旋地轉，就什麼也不知道了。我被救出來以後，有人告訴我，打
我的東西是開山打炮眼用的鋼釺。後來聽人說，我被丟進去之後，他
們又來抓我的 3 個孩子，可憐 3 個無辜的孩子，嚇得像被追的小雞，
滿坪跑。孩子當然跑不過大人，3 個孩子都被丟進了天坑。這真是個
"吃人"的天坑啊，光這次就扔下了 25 個人！老天有眼，一開始，
我們全家 5 人丟下去後，都沒死，在黑洞洞的天坑裡又相見了。我碰
碰旁邊，冷冰冰的，都是一具具的屍體。奇怪啊，平時，我晚上聽見
貓頭鷹叫都怕，這時候，同冷冰冰的屍體睡在一起，也不知道怕。幾
天中，沒有吃的，尤其是沒有水喝，漢鎮先昏迷過去了，我們就這樣
一步步等待著死亡來臨。不知道過了多久，可怕的死前症候出現了。
第一個是林松，他拼命叫著："媽媽，我要喝水，我要喝水！"沒有
水，就用小拳頭打我，抓我的頭髮。我對他說："睡吧，孩子，睡著
了就好了。"這時候，漢鎮突然站起來，口裡念："高粱，高粱，好

多高粱……"他已經瘋了。他在屍體上走來走去，跌跌撞撞，突然"撲通"倒下，再沒有聲音了。林松也不動了，我摸摸他的鼻孔，已經沒有了氣，奇怪，我竟然啥悲傷都沒有。也許是我覺得，我很快也要死的。這時，我聽見林海在嘟噥："媽媽，我為什麼還不死啊，我想早點死。"我的五臟六腑都碎了！可憐的孩子，才 7 歲啊！又過了一會，他也真的就再沒聲音了。小妹子死得慢些，她也要水喝，我就在洞裡四處亂摸，摸到一個小水氹，就用嘴含著水去喂她。誰知她喝了水，頭一歪，倒在她爸爸身邊，也沒氣了。（周群手中唯一一張遇難者照片：當時林海 5 歲，林松 1 歲（遇害時，林海 7 歲，林松 3 歲）我知道，馬上要輪到我了。我很平靜，我把丈夫、兩個兒子和女兒都拉過來，4 個親人並排躺下，靜靜地等死，等待黃泉路上，我們一家人同行。沒想到，頭頂的洞口有人叫我的名字！原來，47 軍下來制止殺人了，我被人從天坑中救了上去。救上我後，他們問，周老師，你去哪裡？一句話讓我眼淚嘩嘩地流。丈夫死了，三個孩子死了，家，沒了。我孤單單一個人，能去哪裡啊！？2011 年，我在記者的陪同下，再次來到了楓木山，找到了我第一個丈夫和 3 個孩子死去的天坑。洞口已被人用大石塊蓋上，旁邊建了一座"楓木山小學"。44 年了，這裡灌木叢生，難以辨認。但 44 年前，一家人"陰間相會"的情景猶在眼前。我不由自主地喊了一聲："小妹子、林松，媽媽來看你們了！"後來，我在天坑口上為他們立了一塊碑，碑上寫著"蔣漢鎮老大人及子女林海、林松、雪原之墓"。落款是："賢妻、慈母周群立"

當我把周群老人的回憶錄作為摘錄引入我的這部《我與獨裁者》中後，這一天我的創作任務就超額完成了。引用他人的文章真是方便又省力，這對我來說是一種偷懶的行為，我應該每個字都自己重新創作出來，可我太喜愛這篇回憶錄了，它真實而具有強大的力量，我在十年前，大概是十年前吧，或者是更早的時候就發現了這個回憶錄，深為震撼，牢牢地記在心間，還為一個醫學院的大三學生推薦過。我是個窮作家，目前中國最窮的幾個作家之一，但我從來沒有把錢看作人生的目的。眼中無錢。日子能過就行了。

我的眼前又一次出現了人。這是不正常的。這海拔在三千六百多米的西安的高高的山脈之上除了我之外是沒有人的。我忍受著寂寞和清苦創作，飯自己做自己吃，常常是一兩個月連個女性的影子都見不到。沒有性的生活。夜間的地鋪上能夠與一個心愛的女性同床而眠，相擁而睡，這幾乎成了我的夢想，與我要成為世界一流的大作家那樣的夢想是一樣的性質的夢想，那是我有限的奢望了。

一對夫妻，一個孩子，隨後出現了大群大群的人。那對夫妻被推到了高臺上。我的寫作間裡怎麼會有那樣一個高臺？這叫西安的山脈上建那樣一個高臺有什麼用？高臺下是人山人海的群眾隊伍。那一男一女在高臺上是被捆綁起來的。他們的腰並不是彎的，不是低頭認罪那樣的卑賤姿勢，而是面對面被捆綁著。因為男人的頭頸和女人的頭頸是無法彎到對方胸脯處的，他倆被捆綁得過於緊密和結實了，兩個人幾乎變成了一個人。實施捆綁的人一定是懷著陰暗的心理。臺上除了那對夫妻外，還有一個女人坐在桌子後面，她是整個場面的主持者。她對著三用機的擴音話筒在講話。台下的人一個一個上臺來念發言稿，然後就對那對夫妻暴打一頓。有的人打他們的頭，有的人打他們的臉，有的人打他們的上身，有的人打他們的大腿和小腿，還有的人打他們的屁股……

他們把一個四四方方的包兒交給台下那個特殊的孩子，命令孩子把那四方玩意兒抱上。孩子不從，他們就打孩子，把孩子打得滿頭是血。鼻子鮮血如注，眼睛腫了，臉烏紫了，簡直變成了個青人。他們脫下孩子的褲子，威脅著要割掉他的生殖器。果然有人拿來了菜刀。孩子抱上那個四方包兒，跑上了高臺，把那四方包兒放到那對夫妻的四腳之間。那些打他的人也都上了台，把火柴劃燃遞給孩子，叫他去點那四方包兒上的一根撚子。孩子遲疑著，那個拿菜刀的人又要去割孩子的小陰莖，孩子哭叫著把小小的搖晃著火苗的火柴拿過去點燃了那四方包兒上的撚子。

那孩子並沒有跑開，而是緊緊地抱住了那對夫妻的腿……

我閉上了眼睛。

當我睜開眼睛的時候，高臺不見了，那人山人海也無影無蹤了，只有那對夫妻和那個可憐的孩子還在，他們三個人血淋淋的，身上的皮膚和肌肉幾乎不存在了，有的只是森森白骨。

"我們一家被炸藥包炸得肉飛血散，就變成了這個樣子，你可一定要把我們一家寫進去啊！"

我淚水漣漣，我不能長久地睜眼看著這一家三口淒慘的景象。我閉上了眼睛。我一字一頓地說："我一定把你們一家寫進去。暴君、暴政的罪惡不能忘記！"我聽見他們說："我們就飛走了，再見！"當我睜開眼睛時，他們已經不見了。

西安的山脈上的這座寫作室裡除了我外再沒有任何人。我快速敲打鍵盤，把剛才所見的那一幕描述出來，儘量原樣表現看到的現象，不做任何的虛構。我剛剛完成了上面的紀實場面和故事，就有兩個小孩出現了。

"我叫司馬鳳，我哥哥叫司馬凰，我們的父親是抗日大英雄，可是他為了民國政權而戰，被消滅了，我們倆被送到了外婆家。革命的隊伍為了討伐我父親，叫父債子償，我的舅舅就從外婆手裡強行把我們兄妹倆搶奪了過去。舅舅與我父親是對立的陣營的人，父親是國民政府的人，舅舅參加了中共，是奪取了新政權的人，但他畢竟下不了手殺害他的兩個親外甥。那天有個革命領袖是專門來觀摩鬥爭會的，見我舅舅下不了手，就憤怒地離會而去，大家竟然沒有發現他的離去。緊接著就有兩個騎駿馬的紅人朝我倆各打了一槍，我倆當即爆頭，去了陰間。那騎駿馬的兩個紅人是革命領袖派遣的。他要作出殘酷鬥爭的表率，隨後那一個地區就在天天槍斃前民國政府人員和他們的子女……”

“我是林昭，黑暗時代惟一的詩人和作家，我用自己的新鮮的指血書寫了二十多萬血淚文字，以控訴那黑暗的統治和蹂躪，我被處決在提籃橋監獄的泥土地上，劊子手還到我家——哪兒有家？集權專制下人人都沒有家——我媽媽那兒去收取五分錢的子彈費。殺了人，還要被害者的家屬付子彈費，天下哪兒有這樣的邪惡？我被害了，我的血寫的傑作被毀滅了，連灰燼都找不到一個微粒，我只有靠你把我的劫難寫出來，寫到傳世的傑作裡……”

林昭——那個壯懷激烈的女子飄走了。

“我是蔡鐵根，我寫了四十多本日記，裡面有我的獨立思考，因為我是民國還存在時的廈門大學畢業的大學生，我身上帶有自由時代的傳統，我從一個相對自由的時代進入到了一個專制的時代，可我的思想意識還是自我的，我沒有變成傀儡，沒有變成奴才和紅狗。我本是共軍裡的大校，因為我參加了八路軍，它雖屬民國政府，名義上是民國第八路軍，實際上是由中共嚴格控制著的，可新加入者並不瞭解底細，當其搖身一變成為反叛的軍隊，要武力奪取政權，發動暴力革命和戰爭，我就身不由己了，被裹挾了，就適應地改變了自己，反正我已經是軍人了就執行一個新軍人的來自上級的命令，還成了軍官，有了大校級別，可我最終是無法改變我的獨立思想的稟性的，放棄不了寫日記進行思考的習慣。我被開除軍籍，被流放到江蘇常州的工業局當了個巡視員。工業局的保衛科長帶領紅衛兵搜查了我的住房，那本不屬我的房間，是我暫時的住處罷了，他們搜去了四十多本日記，從裡面尋找到我反對毛澤東的句子，由此常州市委就判處我了死刑，把我槍斃了。我死了不要緊，可那四十多本日記可真是寶貴的財富，他們把它當作垃圾一樣拋棄了，化為灰燼了，湮滅了，不復存在了，實在是太悲慘了……後來鄧小平複出，在一九八零年代掌握了實權，搞開放，搞改革，我生前與他比較熟，當他派人找我的時候，我已經死去十年了，他語重心長地說：”只有你常州市委敢槍斃八路軍大校！”

他說完話後也飄走了，消失到了天空裡。

“我是劉少奇，當過國家主席，就因為我挑戰了毛澤東的權威，想把國家引到發展經濟的正道上，叫農民不餓死，叫工人有錢花，毛澤東是個死記仇的人，一旦有人挑戰了他，他就會叫對方死，我就是最典型的榜樣。他一旦下了毒心，我即使去當一個種田的農民都沒有機會了，他叫誰死誰就活不了。他還要槍斃我的夫人，可他又怕落下連個女人都容不下的壞話，說放她一條生路吧。我發著高燒，他派人把我押送到了河南開封一所監獄裡，我的頭髮長得有一尺多深了，不讓給我理髮。我一個七十多歲的老人，非要把我害死他才甘心。當然他當時也七十六歲了。一個心毒的老人的心那才是世間最毒的毒藥。不但害死了我，還叫我背上叛徒、工賊、內奸的惡名。被愚弄的老百姓說是林彪江青“四人幫”幹的，是康生幹的，是他們在他的授意下幹的，沒有他的批示，誰敢幹？為什麼要幹？愚昧的被洗腦了的老百姓沒有獨立思考的能力就永遠被他們所奴役和哄騙，充當著邪惡的勢力。我也同樣請求你把我寫進你的不世傑作裡去。”

他的幽靈依舊披散著一尺多長的頭髮，在風中飄著，他的面部被長髮遮掩住了。那頭髮是雪白的，好像一面白色的旗幟。

“我是張志新，你應該知道我。我就是因為看不下去劉少奇被殘害致命，要說幾句人話，就被毛澤東的侄子毛遠新抓捕坐牢。在牢裡，獄卒們輪番強姦我，我瘋了，用饅頭蘸著自己的經血、月經血吃。當我被槍斃的時候，他們首先割斷了我的喉管，我說不出話來，更是無法呼叫……”

她說完後也飄飛到了天空深處，消失了。

這個時候，劉少奇的亡靈又飄飛回來了。

“我知道你是這個時代最勇敢的作家，你比莫言更有勇氣，他是指桑罵槐，你則是直搗黃龍！”他向我舉起了大拇指，“我忘了一點事。我想既然叫你為我申冤立傳，就要把所有的一切告訴你。在被關押期間，我雖說是個七十多歲的老人了，可是他竟然還是派一些殺人犯到我的監獄裡來。他不認為殺人犯有多麼壞和邪惡，只要殺人犯擁護他，喊他萬歲，就是他的好戰士。那些殺人犯有年輕的，虎背熊腰，壯實的，也有中年的大漢，他們輪番地雞奸我，把我的肛門和直腸捅得感染化膿，我解不了大手，就只喝稀米湯。一旦你沒有控制好自己的情緒說出了反對他的話，他就會致使你以最屈辱的方式死去。化膿感染使我的高燒不退，我就是在那樣的屈辱中離開人世的……"

我已經淚水模糊了雙眼，不知道他是怎樣飄飛走的。

"我是田漢，劇作家，國歌是我作詞的，可我被毛澤東的紅衛兵毆打，女紅衛兵，女初中生怎麼那樣惡毒，心毒如蛇蠍，手狠似鍘刀，但她們不以為自己狠毒，還反而認為她們是熱愛領袖毛澤東，那樣的惡毒狠毒徹底表現了對領袖毛澤東的熱愛，就是這樣的荒唐邏輯，有了這樣的荒誕邏輯才會有那樣的狠毒惡毒。紅衛兵們用帶鐵扣的皮帶不停地抽打我，我有糖尿病，尿了褲子，尿液流到了批鬥臺上，她們逼迫我把地上的尿液喝了，舔乾淨，我為了活命只好舔自己的尿液，忍受那天大的污辱，可我的命並沒有延長多久，當天夜裡就歸了西。要是我知道我的命就那麼短，我會沖上去反擊紅衛兵嗎？我會想到我的家人，他們會找他們報復，我還是恐懼啊！我死了這麼多年了，我雖說是個劇作家，是歌詞作家，可我終究是寫不了了，就請你把我寫進你的傑作裡去吧。"

他也飄走了。

我飛速敲打鍵盤，把已經離開了的亡靈們的講述變成筆記本電腦白色屏幕上的黑字。又有一個亡靈飛進了我的房間，站在我的面前，叫我寫他的悲慘經歷。

"我是賀龍，你認識吧？我是十大元帥之一。可我還是被整死了。我在秦城監獄裡沒有水喝，他們故意不給我水，知道我有糖尿病，專門那樣折磨我，目的就是叫我死。我渴得要死了，就喝自己的尿，還是無法抵禦有意的殘害，活不下去了。他們說是林彪幹的，可沒有毛澤東的認可林彪是沒有那麼大的膽子，他們其實是一類人，都是惡毒的人，心如蛇蠍的人。”

我說：“你在洪湖和內戰中殺了多少中華同胞？”

他有些兒發愣。

“可我最終成了受害者。”

“就憑你臨終前所受到的荼毒與戕害，你是有資格進入我正在寫的這部作品裡的。”

“你同意寫我了？”

“我願意。”

高興的顏色泛起在他的臉上，他輕輕地飄走了。

我走出寫作間。

我看到從山下蜿蜒而上的山路上全是人。這麼多人爬上山來幹什麼？我再一細看，發現他們全是亡靈……

有內戰中無辜戰死的同胞，有五十年代初被鎮壓的所謂的“反革命”，有三年人禍中被餓死的四千萬農民兄弟，有反右中被害死的幾十萬知識分子，有文革內亂中無數的死難者，還有一九八三年大逮捕中的死難者，一九八九年學潮中的死難市民和學生……

這麼一支龐大而漫長的隊伍中的每個受難者都需要我把他寫進這部正在生長的勇氣之作中，我為我的作品湧來了如此浩瀚的素材而高興，可我一個人的力量畢竟是有限的，我實在是難以完成他們的沉重而悲傷的囑託。

我對於站在隊伍最前頭的受難者說：“你們每個人都會是一個優秀的書寫者，只需把自己的劫難口述出來，錄音，或者直接用手機上的微信功能，把聲音轉換成文字，你把你的語音發給你身後的這位受難者，他把他的語音發給你，你們相互整理後再發給對方，或者直接發對對方，讓他自己整理，再把一段段的文字複製粘貼就形成長文了，這樣不斷地進行下去，一部書稿也就誕生了。”

"可我們沒有手機啊！即使有了，我們也不會使用。我們在世的那年月，你所說的這些新玩意兒還沒有影子呢。再說了，我們即使把自己的回憶錄整理出來了，沒有地方出版和發表，也同樣會湮滅掉的。"一個亡靈說出了他的意見。

我想他說的也是事實。我這部書稿完成後，最起碼會在境外的出版機構出版，用繁體中文出版，亞馬遜網站和穀歌圖書平臺會有銷售，網絡上會永久存在下去。我想了想，還是答應亡靈們的要求吧，他們口述，我把最重要的部分通過鍵盤敲打進電腦，形成文字，之後把電子版給每個亡靈一份。問題是他們沒有手機，我就只好想辦法印製成紙質圖書，給他們每人一本書。

好吧，這就是我的命。我接受！

我把站在隊伍前頭的第一位亡靈請進了寫作間。

他說："這原來是套單元房啊。媽天啊，放了這麼多書。大多數都是世界小說的譯本。這一部《我們的土地》，老天，你做了這麼多的批註，簡直就是重寫了一遍嘛。你閱讀如此認真，可歌可泣！我要是還活著的話，就必須向你學習，這樣活過一生將會有無窮的意義，會多麼充實啊！"

"這位先生，你貴姓大名？"我問。

"我姓黃名嶽，是四川人。我是國民軍中的一名中尉連長，抗日戰爭時我帶領軍隊血戰，斷了一條腿，你看我的這條腿是假肢。內戰爆發後，我捍衛國民政府，作為國民軍的中尉是天經地義的。我內心也不會允許一個原是國民軍中的第八路軍和新四軍反叛政府，訴諸武力，用暴力打政府，暴力奪取政權。這種以流血和人命換取的權力真是罪惡啊！我作了一個正常軍人所做的事。我的家鄉有支共軍遊擊隊是我帶隊消滅的。這支遊擊隊經常從山上下來到村莊進行搶劫，殺掉村裡的大戶，搶奪糧食和金錢，只把很少一點兒分給村裡的窮人，竟然叫囂是殺富濟貧。殺富人就不是殺人犯了嗎？十足的殺人犯！既然是殺人犯，我直接把他們處決掉了。戰爭期間，難道把這些遊擊隊殺人犯抓捕後交給法院審判嗎？況且，我們也抓不住他們，他們手裡有武器，不是你死，就是我死，處處都是戰場。這居然成了我的罪行，成了反革命罪，一九五二年時把我槍決了。我的屍首被扔到了河灘裡，沒有親人敢收屍，被野豬吃了。不是野狗，是野豬，豬也吃人。率獸而食人，是什麼率領野獸吃人？就是那暴力奪取者。"

　　我聽了後，想，這樣的遭遇的人多了去了，有上百萬吧。有一家湖北某山地的大戶人家，叫他地主也沒有錯，土地的主人不叫地主叫什麼呢？有上千畝的土地，由佃戶來耕種，收取少量的租子。土地是祖上遺傳下來的，是多少輩人慘淡經營的結果。一九四九年年底，這個地區籌劃召開批鬥大會，被批鬥的主角就是這戶人家的主人。全地區的會場和批鬥台已經搭建好了，就等著把地主押來。但是當天夜裡，那戶人家的主人在他家的院子裡挖了一個直立的深坑，他跳進去，叫家人把他活埋了。這種埋葬風俗叫軟埋，是暫厝，站著呆在地下的泥土裡，等待世事變了他就會重新爬出墓坑來到世上。家人們也學他的樣，都各自挖掘好了自己的坑，剩下的家人刨土埋葬跳進深坑裡的人，直到最後一個家人，就請求那長工幫忙把她埋了。她是這家人裡最小的女兒。長工愛她，用新鮮的泥土把她埋住了，頭比坑低一尺，頭頂上已經全填上了土，土粒也不再起伏了，於是長工便在一棵樹幹上撞破了自己的頭，也死了。等批鬥大會的領導者派遣民兵來押被批鬥的主角時，發現這所地主家的庭院已經變成了新墳排行的墓園……

　　還有一戶有錢有地的農民，是陝南洋縣漢江黃金峽地段的大地主，有近千畝的土地，被內定為全縣批鬥大會的主角。丈夫先是聽到了這樣的消息，就跳了黃金峽。那兒有二十四灘，灘灘都有故事。他被漩渦卷到了水底，就再也沒有浮起來，那兒成了永恆的水墓。妻子發現了丈夫的遺書，遺書上留下了丈夫一絡青年時代的長髮，知道他跳了黃金峽，就剪下自己的一縷青絲，與丈夫的長髮混合到一起。她來到了漢江岸邊。陡峭的江岸下是湍急的江流和兇險的漩渦。她把兩縷青絲放進江水裡，它們被波浪漂走了，漂向下游去了，漂向安康、湖北的襄樊，漢江在那一帶變得更加寬闊而深沉，水面似乎紋絲不動，但卻深不見底——漂向長江，漂向漢口，漂向大海……

全縣批鬥大會的組織者來押送主角上批鬥台時，發現已經人去室空，黃鶴一去不復還……

這些寧可死去也不被羞辱的人既有智慧又有勇氣，一個暴虐朝代來了，為了不受辱，主動選擇了死亡，真是可歌可泣！而那些無數被批鬥的人，他們沒有足夠的智慧，也沒有死的勇氣，況且他們本不該死，擁有的土地實在有限，根本就算不上什麼地主，他們就在暴力統治的社會下受盡污辱。生命是最寶貴的，是人世只有一次的，不可重複的，他們珍惜生命，寧可在受辱中生存，這也更需要一種勇氣，更需要堅忍不拔的抵抗鬥志，更不容易，更值得歌頌和哭泣！

我的書寫面臨了沉重的任務，我不能操之過急，慢慢地寫吧，一個一個地緩慢地寫吧，勞逸結合，有張有弛，來日方長。我走到放了兩千五百冊書的那間臥室，打開一個木櫃子的門，從裡面拿出來了一個塑料袋子。這裡面裝有育彎護士的吊帶連衣裙。那是她穿過的貼肉的衣裳，除了乳罩和褲衩，這件裙子與她的肉體是最親密地接觸過的東西。當她的皮從身體上整個兒脫下來時，我發現她原來長著一副獨裁者的面目，我的無皮的肉體與她的無皮的肉體相擁後就燃燒起來了，她被燃燒成了灰燼，我則完全無損。這個袋子裡還有她的一小撮兒骨灰和黑色的油渣。

我提著塑料袋出了門。

那個還在等候我書寫他的慘痛史的亡靈好奇地看著我。我走到院子裡。彎彎曲曲的山道上依舊是長龍隊伍。他們有耐心，不怕吃苦，這令我感動。可他們長期在山坡上排隊等候，單調的生活無法不生出少許的苦悶來。

我還看到了東邊山下的大明宮和西邊山下的未央宮及漢城湖。

那碧綠的湖其實是漢朝時的漕運渠。那湖水是山下的城市的汙水處理成的，達到了三級地表水的標準。山下的省城地域廣袤，街道如江河，樓房如森林，車流人流如織，森林被囚禁，朝代被囚禁，一個唐朝，一個漢朝，兩個朝代被囚禁在我所在的這座叫做西安的山脈的山下的城市裡。

我把育孌護士的吊帶裙從袋子裡取出來，撐到衣架上，把它掛到鐵絲上。兩根木椿深埋在院子的兩側，中間橫著一條長長的鐵絲。鐵絲黑亮黑亮，山上的露水和雨水沒有把它銹蝕，沒有變棕變黃，沒有令人噁心的鐵銹。

吊帶連衣裙飄揚起來了。

苦難的亡靈們都朝它望著。這是山頂上新出現的風景，也是惟一的女色。亡靈們的眼睛瞪圓了，比平時大了兩倍。

我從牆角拿了一把鐝頭，在院子一角的菜園裡挖掘了一個小坑，把塑料袋裡的小包骨灰和黑油渣拿出來，放進坑裡，把它用泥土覆蓋了起來。我跨上去，用腳踩了踩，把它踩平了。我又用鐝頭背砸了砸，把它砸瓷實了。又把鐝頭翻過來，用鐝頭刃刨了些新的泥土，覆到上面，再踏上去踩了踩，然後用鐝頭背重新把它砸結實，那架勢好像是怕下面的東西會爬出來為害人間。

衛校的日子是動盪的。

牽扯到了遷新址的問題。這是地區級的衛校，校址卻在三原縣城，就要把它遷移到咸陽那座大城市去。

這兒是西安的山脈上，兩邊的朝代和宮殿都能看見。西邊是未央宮和漢城湖，是西漢的皇家宮殿，是中國這片大地上的第二個皇帝建立的皇朝。秦始皇死後，他的寵愛的兒子胡亥繼位，短短三年萬世皇朝便灰飛煙滅。胡亥殺掉了秦始皇其他所有的兒子和女兒。他的陵墓在曲江池的南岸上。在西南方向的鄠邑有九女塚，那裡面埋葬的是胡亥的九個姐妹。自從皇帝誕生後，中華大地的劫難就註定了，這片大地有了原罪，人人都是罪人。劉邦推翻了項羽的霸主地位，項羽懷抱虞姬烏江自刎之後，劉邦就成了這塊大地上的第二個皇帝。天下英雄推翻了秦帝國，劉邦是英雄之一，可他繼承了皇帝的衣缽，就重新把中華民族拖進了原罪之地。秦始皇設想的萬世傳承的皇帝寶座，卻被他的造反者劉邦推行下去了。於是中華大地及其周邊蠻夷胡戎的部落就被種入了皇帝的種子，有了秦漢魏晉隋唐宋元明清的皇帝，元朝是蒙古人忽必烈建立的，清是滿族人建立的，不能算作漢人的皇朝。這塊大地的人的血液裡流淌的都有皇帝的基因，只有少數有良知的人才願意把權力交還老百姓，一旦上臺，皇帝的基因便主宰了這個人的意識，就要把權力把持到死了的那一天，任何被看作威脅了他的至高權力的人，哪怕是最親密的戰友也會被以莫須有的罪名加害致死，像劉少奇，像林彪一家三口。

叫西安的山脈的西邊，那山下的未央宮曾經上演了呂雉誘殺大將韓信的慘劇，後來又上演了呂家幾乎被殺盡的更悲慘的故事。而在東邊的山下那大明宮的深處，更是兄弟相殘到了極點，連兄弟的兒子都要斬盡殺絕。為了專制權力的傳承和世襲，連兄弟的子嗣都是不純的。唐朝的第二代皇帝李淵的兒子李世民是如此，後來的韋皇后也被她的侄子輩的李隆基殺死，權力在親族和家庭之間世襲，打上了悲劇符咒的人是他們最親近的人，權力的屠刀和車輪就在這些親族家庭和最親密的戰友之間揮舞和輾轉碾軋，老百姓雖然沉陷奴隸的泥潭和沼澤，輩輩受壓迫，饑寒交迫，但卻遠離權力的屠刀和車輪，這一鮮血和生命的殘酷符咒是專門給予權力的掌握者們的和他們的後代子孫們的，當他們靠近權力時，他們的生命就危殆了，他們的血就不安全了，可還是有無數的人渴求權力，一心往權力的車輪下面鑽，往權力的屠刀下面站，引頸就戮。

當我把育彎護士的吊帶裙掛到鐵絲上後，它在山頂上飄揚，從山下蜿蜒上來的在山路上排隊的亡靈們驚得翹首張望，瞪圓了眼睛。

這是一條黑色上帶有明亮星辰裝飾的連衣裙，吊帶兒長長的似乎露出了的高聳的乳房正在閃耀光芒。那曾經穿著它的育孿護士姑娘似乎就在吊帶連衣裙裡，她的白皙的長脖頸從連衣裙裡的兩個吊帶之中伸上來，細瓷樣白皙的脖頸上她辮著兩個長辮子的腦袋，她的臉龐上的單眼皮大眼睛與我的初戀葛英蕾的單眼皮大眼睛一模一樣。那長長的搭到肩膀上的辮子上系著兩個塑料蓓蕾，我一眼就認出那我四十年前在河南老家的巷邊兒上給她從小攤販上買的，價錢很便宜。髮辮的梢頭是散開的，蓬鬆的，鋪展在左右兩個肩膀上。蓬鬆的辮梢所在的具體部位是在肩胛處，也就是乳房的上緣與肩頭之間的地帶。看到這種景象的人又要忍不住了，在見不到她的遠方手淫了。

從吊帶連衣裙的下面伸出來的她的兩條鵞黑的腿筆直而豐滿，十分壯美，腳上穿的是一雙高跟皮涼鞋。吊帶連衣裙配高跟皮涼鞋，光腳上還穿著薄襪。她簡直就是世間絕世的美。她朝西邊的山下看著。那彎曲的山路上排隊的亡靈，等著我書寫他們的苦難的亡靈們忽然間仿佛受到了嚴重的驚嚇，受到了可怕到致命的威脅，紛紛朝山下奔跑起來。有的亡靈腳下閃失，翻滾了起來，爬出來後繼續飛奔而下。瞬間，亡靈們已經四散而去，山路變得空蕩蕩了。穿著吊帶連衣裙的葛英蕾又朝東邊的山下望去。那山路一直是通向唐朝的大明宮的。山路的亡靈們居然同樣紛亂地四奔而去，擁堆的，翻滾的，閃了腿和腰的，有許多亡靈竟然斷了腰，或者跌斷了脖子，上半身與下半身分離，頭顱與身子斷開，但它們即使離斷了還是活的，繼續奔著，飄著，舞著，迅速消失了蹤影。

我覺得奇怪。

他們不是都要向我講述個人的悲慘世界嘛，這是叫什麼嚇成那樣？當我去看那葛英蕾時，卻只看到吊帶連衣裙在鐵絲上飄著。山風襲來，絲絲涼意。

我正詫異間，看見從東邊的大明宮通向山上來的彎曲山路上走來一個著唐裝的姑娘。豔麗的唐裝把山路映紅了。她的爬山速度特別快，好像腳下裝了兩個飛火輪，忽然之間就到了我的跟前。她豐腴而壯碩，典型的唐朝的美。我感到西邊也站了一個人，扭睛看，發現是位穿著漢服的漢朝秀麗女子。她的白色漢服上綴有素雅的淡紫色花。這一唐一漢之美色女把我夾在中間，使我稍有恍惚之感。

　　一個是大明宮的化身，也就是唐朝唐帝國的化身；一個是未央宮的化身，也就是大漢朝的化身。唐朝的宮殿大明宮裡有太液池和龍道渠的水。太液池其實是一座秀麗的湖，湖水曲折穿越，湖境幽深。龍首渠是宮裡的溪流。而在漢長安城有漢城湖，那是城牆下的河流。有水的滋潤就有森林的茂盛，青綠色的潔淨與興旺。

　　那件吊帶連衣裙在高山頂上飄揚著。我居住在山脈之頂上，這個院子其實就是高山頂。它在院子裡飄飛，也就是在高山頂上飄飛。

　　唐姑娘說：“我是專門上山來找你的。”

　　漢女子說：“我也是沖你來的。”

　　她們的年齡明顯也就在十六七歲，可並不把我這樣一個老漢叫叔伯什麼的。我才想到我因為重新換皮後已經變成了少年，但上山之後又恢復了真實的年齡和容貌：六十一歲的老者了。

　　“你們兩個把那些殉難者們都嚇跑了？”

　　“什麼啊？我上來的時候山路上是空的。”漢女子說。

　　唐姑娘說：“我也沒有看見任何東西啊！”

　　“那麼是它嚇的。”

　　唐姑娘說：“我上山來的第一個目的是穿上這件黑色吊帶連衣裙，第二個目的……”

　　漢女子說：“我的第一個目的也是穿上它。”

　　“你們兩個都要穿，但它又不能變成兩件。”

　　“你看我們兩個哪個最好看哪個就穿它。”唐姑娘說。

　　漢女子也表示同意。

我說：“你們兩個同樣好看，分不出高低上下來。這樣吧，你們倆分別試穿一番，誰穿上顯得更好看就誰穿。”

唐姑娘一件一件脫掉了唐裝。裸體的她越發顯示出了唐朝的豐腴與肥壯之美。當她穿上吊帶連衣裙後，唐朝的美消失殆盡了。

漢女子穿上了黑色吊帶連衣裙。她的消瘦的臉龐和身材在黑色吊帶連衣裙裡越發顯得消瘦了。

“你們兩個一個穿上後更加顯得豐腴，過分的豐腴；一個卻顯示出過分的細瘦；你們兩個都不適合這樣的衣裳。你們還是穿著你們原來的衣裝美麗，一個是集中了整個唐朝的美豔之色，一個是濃縮了整個漢朝的秀麗。”

“那你把它怎麼辦？”她們兩個幾乎同時問道。

“就把它掛在這山頂唄。”

“可惜了。”

“作為一個風景似乎也並沒有糟蹋。”

“你們的第二個目的？”

“我把一匹紅色的駿馬拴到了山下的一棵樹上，我叫你下山和我一起騎上紅馬上北方的一座大城市去，那兒有個人等著咱倆。”

“我的駿馬是白色的，也拴在山下的的一棵樹上，我叫你下山去騎上白駿馬，咱倆一起到北方的首都去。”

這兩姑娘有著一個共同的目的，可一個在西邊的漢長安城角下漢城湖畔，一個在東邊的唐大明宮側，我不管答應哪一個都會到達北方的城市，可我去那兒幹什麼呢？

“只要到北方的首都，我就嫁給你。”漢女子好像探知了我的心理。

唐姑娘說：“你要是跟我到了北方的大城，我就做你的老婆。”

我並不想到北方的首都或者大城去，我有使命在身。可我並不反對下山。我常常到山下的長安城東南角的漢城湖畔，在那漢漕運遺址公園裡散步，也常常從東邊的山坡下山到唐朝的大明宮遺址公園去走路。公園裡的路十分寬闊，可它們卻被囚禁在古代的宮苑裡，失去了自由。那宮裡的樹林和河流也是同樣失去了自由，它們被城市的街道和高樓囚禁。我在散步時常常有幻覺，那些樹木和河流會化身為美麗的姑娘向我求救，求我把它們帶出宮去，到自由的城市外面的荒野去，就會化作有靈性的鹿或者黃金一樣的羚牛。

我想到漢城湖溜達溜達，就答應與漢女子一起下山，說是要騎她的白色駿馬。唐姑娘說她也一起從西邊下山。

"你不要你的紅色駿馬了？"

"我先跟你們一起下山，騎上她的白駿馬，然後我們三個人一起沿著山腳轉半個圈兒，找到我的紅駿馬，我們三個人、兩匹駿馬一起朝北方走。兩匹駿馬上分別騎一個人或者兩個人，馳騁一程後，你就從她的白駿馬上換乘到我的紅駿馬上，我們兩個輪換著與你騎一匹駿馬……浪漫吧！"

"真浪漫！"

"確實浪漫。"

"連我自己都覺得太浪漫了！"

我與兩個姑娘下山來到了漢城湖畔。

樹林邊緣的一棵樹上拴著一匹白馬。那白馬的眼睛凝視著我。我感覺到它不是一匹普通的馬，也不是一匹特殊的馬，它對它的主人——穿漢服的漢女沒有顯示出期盼的神情，而對她視而不見。它眼光裡只有我，那種莫名的興奮叫我擔心。而唐姑娘和漢姑娘兩個女子沒有發現任何異常，漢女子奔跑起來，到了樹下，一把抓住了馬的轡頭。白馬把碩大的頭顱揚起來，那雪白的脖頸上的雪白鬃毛仿佛一面戰鬥的旗幟。我所學的知識裡有紅鬃烈馬的故事。那暴烈的紅鬃烈馬吃人，只有降服了它的人才能在戰場上立功，晉升為將軍。緊接著我與唐姑娘也走到白馬身邊。漢女子叫我們兩個騎到馬背上去。

我實在是很少騎馬，沒有任何經驗。我的手剛一搭到馬背上，它就踢騰了起來，尥蹶子差點兒踢到我的腹部。唐姑娘往上一跳，就飛到了馬背上。她穩穩地坐在馬背上，白馬立即馴服了，安靜地四蹄站著，好像終於迎來了它的主人。實際上它的主人是漢女子，著漢服的漢女子，但它似乎並不聽她的話，她抓著它的彎頭也無濟於事。

唐姑娘伸出一隻手來把我拉上了馬背。我坐在她的身後，兩個身體緊挨著，她的豐腴的氣息傳遞到了我的體內，我似乎感受到了整個兒唐朝唐帝國的貴婦氣息。唐姑娘右胳膊伸到後面，把我的身體往前一拉，說：“靠緊些，雙手抱住我。”

我還有些兒矜持。

她說：“這白馬飛騰起來可會掉下去的。”

我緊緊地摟住了她的腰。

唐姑娘的唐朝氣息濃郁之極，她的身體更是無限的柔軟和豐腴，我的身體與她的身體接觸並緊緊相貼，我感受到了整個兒一個唐朝一個唐帝國的溫厚的肉體，我摟抱著的是一個美豔的朝代，一個輝煌璀璨的唐朝。

漢女子在前面拉著馬的韁繩。當她走到漢城湖和漢長安城未央宮遺址公園的東邊的圍欄處時，她把韁繩握到手裡，握得非常地緊。

“我出不了這圍欄了。”她的聲音顯得可憐兮兮的。

“為什麼？”

“我是被囚禁的，外面的街道和樓房，高聳入雲的小區，那奔騰的車流，它們把我囚禁在了這低矮的圍欄裡面了，我出不去的。”

“可你不是上到了西安的山上？”

“西安的山脈？你不明白嗎？”她說著，淚水打濕了她的面頰。

她把白馬的韁繩遞給唐姑娘，轉身往漢城湖裡面走，忽然她張開手臂，融入到了那深綠的樹林和青色的湖水裡中去了。

我想，她原是這個被囚禁的千年前的漢朝的化身，在這座喧囂的省城裡，這遺址是從漢朝一路在時間裡走過來的，只有它還存在著，還活著，它就常常化作一個穿漢服的漢女子來到現在這個時空裡，這樣，古老的時空與當今的時空就有了交錯。

白馬飛騰起來了。

它的四蹄好像不沾地，圍繞著西安的山脈的山腳飛奔到了大明宮的圍欄外。大明宮裡被囚禁的森林、河流和道路顯示出茂盛蒼鬱的景象。

樹林邊的一棵苦楝樹下拴著一匹紅馬。

我與唐姑娘一起從白馬背上跳了下來。那紅馬朝唐姑娘揚起了馬頭，血紅的鬃毛更像是一面紅旗。

白馬忽然開了口，說：“我是湖水變的，我要回去了。”

它一下子騰空而起，化作了一片白雲，那雲化作了一陣暴雨落進了城市裡的大街小巷。只有一根不長的馬韁繩落到了我們眼前的馬路上。唐姑娘把那截兒馬韁繩撿起來與紅馬的馬韁繩連接起來，韁繩長了一倍。她把它從樹身上解開。

唐姑娘一把拉起我，我們兩個一起上了馬背。這真是一匹紅鬃烈馬，它暴雷似的一聲嘶鳴震撼了天空和大地。它像是一條飛龍一樣立即奔騰起來。這兒是龍首原，是漢長安和唐長安的高原，有金鑾坡和高坡頂上的金鑾殿，有九仙門遺址，麟德殿，右銀台門，絲綢之路的起點。在金鑾殿裡，唐代大詩人王維把他的好友孟浩然帶進宮來，叫他與皇帝李隆基見面，以求將來仕途有落。當太監通報皇帝駕到時，孟浩然的膽子變得無限地小，鑽進床底躲藏了起來。王維見了李隆基，禮節過後，說了孟浩然的情況。皇帝也不見怪，就把他從床底叫出來了。他向詩人詢問創作情況，孟浩然吟誦了他的新作。

“北闕休上書，南山歸臥廬。不才明主弄，多病故人疏。”

李隆基聽後，生了氣。從此之後，孟浩然就一生坎坷，再也沒有了進朝廷做官的機會。

玉晨鐘前上清墟，畫戟祥煙供帝居。

極眼向南無限地，綠煙深處認中書。

這是唐朝鄭畋的詩，他把金鑾坡的高爽和他心中湧現的豪氣痛快淋漓地表達了出來。這一帶還有仙居殿的遺址。武則天八十多歲的晚年是這裡度過的，也是在這所殿裡死的。以桓彥范、崔玄和右羽林軍大將軍李多祚等大臣為中心的政變團體，共同舉起屠刀，血刃了女皇的兩個生活伴侶張宗昌和張易之兄弟，武則天被迫退位，還政唐中宗，半年後女皇便死于此處。

大明宮這塊土地喝了過多的唐朝人的血，它是紅的。

當唐姑娘與我騎著紅鬃烈馬飛奔到了大明宮東邊的左銀台門處時，紅鬃烈馬的四蹄不再迸濺火星了，安靜地停了下來。

烈馬張開了馬嘴，說："我是女皇被囚禁時她的兩個丈夫張宗昌和張易之的鮮血，我化作了紅鬃烈馬，我的主人在呼喚我……就此別過！"

我的腦子裡閃過：張宗昌、張易之兄弟倆的身體還在流淌出紅血，他們依舊在生命的邊緣地帶掙扎，一千多年過去了，他們還沒有死，還在血泊裡翻滾，爬行，呼喚著女皇……

紅鬃烈馬消失到了大明宮的森林裡。曾經有七八個村莊在歲月的塵埃裡在唐朝的廢墟上奠基生長起來了，為了恢復昔日唐帝國的氣象，就把那七八個村子遷徙走了，把村人分散到了他處，把村莊平了，毀了，種上了樹木和草，恢復了湖泊和河流……

唐姑娘拉住我的手，說："我親愛的老師，我也出不了這片樹林和草地了，我是這整個兒大明宮化身的，我就是她，我是被囚禁在這裡的，我像那穿漢服的美女一樣，我沒有希望可言……"

"你不是能到西安的山脈上去嗎？"

"真有那樣一座山脈？"

她沒有等我的回答就迅速消失了。

　　左銀台門外有一輛“解放”牌卡車。它陳舊的外貌還是半個世紀前的。我忽然發現大明宮東邊的道路竟然是土路。不是水泥柏油的。路面狹窄，坎坷不平。那繁華的太華路消失了，那路兩邊的壯麗高樓群消失了，我回身時看到的已經不是剛才從裡面走出來的大明宮遺址公園了，而是一座被黃土浸染的城邊村莊，這座村子的遠處還有著另外兩座村子，村子之間是牛糞和豬屎、雞屎、羊糞蛋兒遍撒的骯髒不堪、泥濘的土路。這好像是另外一個朝代。無疑是沒有經過經濟改革之前的時代。卡車車廂上忽然跳下來了一群紅衛兵小將。他們身穿草綠色的沒有紅五角星帽徽和領章的軍裝，但有十分醒目的紅衛兵標誌：胳膊上的紅袖章。他們手持長矛和棍棒，完全返祖到了茹毛飲血的野蠻時代。

　　那司機樓裡伸出的人頭其長相十分像已經死了四十八年了的毛澤東。

　　我心裡一凜！

　　這個獨裁者什麼時候變成開卡車的司機了？那卡車的“解放”商標倒是他創造發明的。無數的漢語詞匯被他褻瀆與玷污，完全成了相反的意思，形成了巨大的諷刺意味，但那個時代與我所處的時代的大多數依舊還沉浸在被洗腦了的僵化與狂熱裡，還在順口說著他們的“領袖毛主席”。“毛主席”三字就像眼鏡王蛇、眼鏡蛇、金環蛇、銀環蛇、黑曼巴、海蛇、茅山烙鐵頭蝮蛇、土虺一樣的劇毒一樣，我只要一聽到就會渾身上下抽搐，假如從我的嘴裡蹦出來，那我立即就會徹底厭惡自己，羞愧得自殺不可。那三個字是對人民的最大污辱，最深殘害，是反人類的最嚴重的罪惡。

　　不由分說，這隊紅衛兵把我扭送到了卡車頭下面。

　　小將們說：“偉大領袖毛主席，我們把現行反革命犯抓住了。”

　　那司機從司機樓裡下來了。

　　他舉起一隻手，平息了紅衛兵們的呼叫。然後，他就像在天安門城樓上發表對全國百姓的講話那樣，說：

“我對你算是仁至義盡了，你一直不醒悟，還要繼續寫你的反我的小說，那我只好把你抓捕到我所領導下的時代，對你進行審判和處決。”

我對於他的話似懂非懂，摸不著頭和腳。

“我看你還挺迷茫的，你是真不明白，還是假裝的？”

“我只看見過你的臉，還以為那是幻覺而已。”

“這就對了，你畢竟是個文學家嘛，可你既然心領神會了，可還要一條路往死裡走，我也救不了你了。紅衛兵們不會答應的！”

我被押上了卡車。

被押上了敞開的車廂。司機樓裡還可以坐兩個人，但那座位卻空著，紅衛兵們都擠在露天的車廂上。

我想這是要把我押送到哪兒去處決呢？

我的心思似乎早被紅衛兵們測知。

“你耐心坐下吧。到北京有幾千公里哩，還不得跑它十天半個月。”

紅衛兵們仍舊站立著，我看了看車廂，好像之前裝運過生豬，還遺留有豬屎的殘跡，散發出不算濃郁的豬屎臭味。

“這怎麼坐？”

一個紅衛兵說：“你不想坐就站著吧。不勉強。”

卡車飛速奔馳著。這司機開車技術還不錯嘛。他什麼時候學會的開車？一個出門有專列的人，怎麼開起了卡車？他要把我拉往他還活著的朝代，他不親自出馬恐怕是沒有人了。那些他信任的幹將和親信們已經先後離開了人世，壽終正寢了，他可能是實在無人手可命令了，但我身邊的這夥紅衛兵是怎麼來的？

卡車在已經消失了的大明宮遺址公園東邊的土路上風馳電掣著，車後揚起了滾滾黃塵。土路上的虛土浮塵半尺多厚，卡車駛過後就有空氣來填補，形成的風卷起了輕靈的細土黃塵，塵土隨風旋轉變成了旋風，旋風裡乘坐著鬼靈鬼王。

這一路行駛下去要經過渭南、潼關到河南省的靈寶、偃師、三門峽，通過焦作到河北省，要跨越三個省才能到達北京。

忽然，卡車停止了。

啊，這麼神速，北京竟然到了。眼前是北京市的街區，不遠處就是天安門廣場。可這個北京是我從來沒有見過的一九七零年代的北京，國民經濟處在崩潰邊緣的北京。

我看見在天安門城樓上，正對著南面人民英雄紀念碑的城樓上，毛澤東站在上面正在接見百萬紅衛兵小將大軍。他的旁邊緊跟著林彪和江青，還有康生等人。廣場上和馬路上全是紅衛兵。上百萬人擁擠在城樓下面，直到廣場南面邊緣地帶的正陽門城樓和箭樓。那當年毛澤東統治下的這片國土上最大的廣場上除了紅衛兵，沒有"紀念堂"建築和周圍一圈的松柏樹林，它所佔有的地面還是廣場上可以自由散步的空地兒。沒有了那樣的陵墓，這個廣場才是真正的廣場。這個廣場是這片國土的心臟的話，那麼那叫紀念堂的陵墓就是心臟上的梗阻和毒瘤，是深陷不治之症的國家。

那開卡車的毛澤東，他把卡車徑直開進了廣場。百萬紅衛兵自動認開一個巨大的扇形，等卡車開過後，他們又自動彌合起來。這輛卡車是軍綠色的。

卡車停下了。

他從司機樓裡下來了。他的七十七歲的臃腫軀體剛才是怎麼在司機樓裡卡著的，不覺得擠壓嗎？他的肥大的肚腩像漂在大江大河中那樣在紅衛兵的海洋裡漂浮著。車廂上的紅衛兵把我押到了地面上。在我們的周圍始終會及時騰空出一片空地來，隨著我們的行進而自動讓開又縫合，我們似乎是一把神奇的手術刀，紅衛兵海洋是皮膚和肉，蛋白質和脂肪，還有糖和大量的水。

這是怎麼回事？

城樓上的他與廣場地面下的他是同一個他嗎？那城樓上的他的目光是漠視和蔑視的，藐視和無視的，他只觀察著紅衛兵海洋，他的表情是無表情，沒有喜怒哀樂，沒有變化。他的一隻手和一條胳膊伸向前方，並沒有緩緩地滑動，而是停留在空中，好像凝固了一樣，只是手指頭在揮動。百萬紅衛兵的大嘴張開著，呼喊著萬歲萬歲，可卻沒有一絲聲響傳進我的耳朵。那似乎是一個被隔絕的世界。押解著我的紅衛兵跟隨著司機毛把我押送到了人民英雄紀念碑前，我看到了那高大的石碑上的棱角分明的浮雕。那悲壯的人物形象似乎具有一股強大的力量，那力量能夠使浮雕從石碑中掙脫出來，成為獨立的活人。

我被押送者推到紀念碑上，強迫我背靠石碑，面向北面的天安門城樓。這樣我就與城樓上的毛澤東的目光相遇了。他似乎瑟縮了一下，渾身一顫，從城樓上摔了下來。百萬紅衛兵發出了鬼哭狼嚎聲。

但司機毛澤東並沒有異常表現，他指揮著押解我的紅衛兵站到我的對面。他們一共是七個人，人人手中端舉著一枝步槍。那七個黑洞洞的槍口對準了我。司機高喊道：

"瞄準！"

"預備！"

面對行刑隊，我忽然回想起了四十年前那個遙遠的黃昏，我的初戀戀人到普集鎮火車站去送我遠行，距離火車到站還有五個小時，她必須乘最後一班中巴車返回她在那兒工作和生活的縣城，我又去送她，她上車後，我站在車下，她說火車很快就會來的，幾個小時一會兒就過去了。我用眼光表示接受。中巴車發動了，移動了，我看見她的臉立即扭曲了。我知道她不能控制自己的情緒，我沒有看見她流淌在臉龐上的淚水……

"放！"

是司機的湖南口音，尖利地傳進了我的鼓膜。我感覺到七股火流穿透了我的胸膛，那幾乎是一齊發射的子彈的聯合起來的爆炸聲。

荀傳從衛校畢業了。

他的護理成績考了全校第三名，獎勵七元人民幣。

紅色天空下

讓風低低吹，讓風高高吹

一天小男孩和小女孩雙雙在餡餅裡烤著

這是通向王國的鑰匙，這是那小鎮

這是那匹瞎馬它領著你亂轉

  ——摘自鮑勃·迪倫詩歌集 《紅色天空下》

第二部分

致命危險的邊緣地帶

　　同學們都在看奧運比賽。電視機放在教室外面的東牆下，同學們呈扇形圍住它，是在幾米之外，後面的人圈有好多重。轉播的是排球，中國隊對日本隊。一些同學在狂呼。苟傳離開了。校門朝北，開在畢原下。校門外是一條東西走向的路，路的北邊是百米高的土原，那原上面是高原，是平整的廣袤的田野。田野裡有大如山丘的腫疙瘩。那是古代皇帝留下的痕跡。皇帝活一生也不過留下那樣一個腫疙瘩，那麼一個墳墓。這兒的原上主要是西漢皇帝和大臣的墳，有茂陵、昭陵、長陵等，還有唐朝的乾陵。還有周陵——推測可能是周朝的陵墓。還有許多秦墳。周秦之變後，齊趙韓魏燕楚六國被滅，六國繼承的東周的衣缽，秦滅了它們後，開創了郡縣專制皇帝獨裁。劉邦一夥地痞迫使項羽烏江自刎後，恢復了皇帝獨裁，郡縣專制，還把他的子孫後代分封為王，分封與郡縣兼而有之，其實實質依舊是皇帝專制獨裁。

　　苟傳曾經爬上過那高原上的陵墓，黃土上的構樹和酸棗樹十分茂盛。凡是古代廢棄的宮殿斷牆上都會長出構樹和酸棗樹，尤其是構樹特別旺盛，密密麻麻，不留空隙。荒草間的小徑蜿蜒向陵巔頭。有村中的小孩牽著山羊。苟傳記得醋房溝村的人在田間集體勞動時談論過秦陽的大腫疙瘩，說是那裡面有寶貝，挖一個就會擺脫貧困。可

171

沒有人敢去挖，會坐牢，甚至被敲掉腦袋。

衛校已經由三原縣城的清淤河南岸遷移到了畢原下。還有許多校舍正在修建，校園的西南角圍牆下還有一片包穀地。玉米棒子很多。還有幾株紅高粱。南邊的圍牆有缺口。荀傳從人群中走出時，看到劉伯林也朝遠處走。那東南方向是一片正在建設中的工地，許多房屋還敞著屋頂。荀傳走到了玉米地邊。他朝著玉米林那郭小川寫過的青紗帳定睛看了看，轉身朝同學們正在看電視轉播賽的地方走去。

"小學，走。"他對一個與他非常要好的同學說。

那叫小學的同學也不看轉播賽了。又遇到了小農，他問："幹啥去？"

"走。"

還有一個叫社教的同學跟上一起來了。

他們到了玉米地邊。

"扳一些，咱們去煮了吃。"

荀傳一時好像成了這夥兒同學的王。

大家同時動手，一人扳了兩三個棒子。

南面的圍牆外是麥地。

麥子早已收割，留下的空地已經犁過，波浪樣的泥土晾曬著，等候著再一次播種。他們的褲兜內都插了玉米棒，甩手快行。

城的西南邊緣，幾乎是渭河的邊岸上，是汽車站。荀傳的大哥是開大貨車的司機。他給了弟弟一把工人宿舍的鑰匙。

他們在夜色中進了汽車站大院。他們輕車熟路，看門人連問都沒有。也許荀傳來的次數多了，看門人已經記住了他的模樣。他們上了二樓。工人宿舍是空的。有煤油爐和鐵鍋。從樓梯上來的第二間就是廁所。廁所外面是水龍頭。他們接了半鍋水，把剝去了青包皮的玉米放進水裡，把青包皮扔到了門外的走廊上。

煤油爐的火焰燒著鐵鍋，很快就有熱氣冒了出來。

大哥回來了。還有另外一個司機。

玉米棒子煮熟了。按人頭分綽綽有餘。大家開始吃玉米。很快就把鐵鍋裡的煮玉米消耗掉了。

大哥說：“以後不能把玉米皮扔到走廊上，扔到專門放垃圾的地方。”

他是汽車運輸公司的職工，必須考慮影響。這是一九八零的秋季，大哥才二十九歲，還是個青年。而苟傳和那幾個同學不過才十六七歲。他們的世界觀正在形成階段。苟傳對鄧小平的開放政策持擁護態度，對之前的毛澤東的閉關鎖國十分痛恨，特別是對劉少奇的重新肯定，加深了他對毛澤東的認識。他的內心深處種下了對於暴政和暴君的痛恨，毛澤東顯然就是那樣的一個暴君統治了一個暴政時代，他的死是對於天下的最大貢獻。他這座大山由於自然生命的死亡而崩塌，壓在中國人身上的地獄搬掉了。苟傳是在初中時加入了共青團組織的，那時他的思想還不是他自己的，是被強姦的，植入的，現在他下決心絕對不入黨，一生都不入。這是他的覺醒。

學生宿舍是牛毛氈蓋頂的，玻璃木框窗，水泥從磚縫裡擠出來，凝固了。床是原木的架子床。在三原縣的老校址時，苟傳是住在架子床的上層，校舍遷徙到秦陽後，他住在了下層。窗戶那邊透出了黎明的曙色。昨晚是他把幾個要好的同學從電視機前的空地裡叫出來，去偷扳了玉米棒子，又穿過幾乎整個兒城市到了渭水邊的他大哥的工人宿舍，點燃了煤油爐，煮了玉米，大家放開肚子吃了一頓。他們接受了大哥的教訓。講究衛生，尤其是在單位裡，不能再像居住在醋房溝那樣的山村裡時那樣了，門外就是扔垃圾的場所，院子邊兒上就是個大糞坑，還有如小丘樣的大糞堆。人的生活區與糞堆是相連的。

他不喜歡排球，更不喜歡看球賽，尤其是電視機轉播的。昨夜的電視機就放在這幢宿舍的東山牆，電線是從這兒引出去的，看完轉播後就把電線拔了，把電視機搬回到娛樂室去了。

荀傳閉著眼睛躺在床鋪上，腦子在旅行，但就是還不想馬上睜開眼睛，享受著起床鈴拉響前的最後時光。有的同學已經起身穿衣了，發出窸窸窣窣的聲響。

有人撞開門撲了進來。

"劉伯林上吊了！"

這是新的一天的一枚炸彈爆炸了。

荀傳本來與劉伯林的關係是不錯的。在三原老校區時，他們相互間有吸引力，還經常在一起攀談。劉伯林個子高，身體消瘦，但也不像麻秆兒那樣，有黑黑的小鬍子，鼻子下面上嘴唇上面的區域有比較濃密的小鬍子，說話的聲音有點兒顫抖，並保持著自己特有的慢節奏。說話速度慢，每個字的發音拉長，升揚起來，對年齡比他小和個子低的同學有一種訓誡作用，荀傳就屬被教導者之列。劉伯林是平原上的人，荀傳是山區來的，許多東西在他聽來都是新鮮的。劉伯林說那屁股大的女同學才好看，而對於荀傳這樣的對於屁股小的女同學的讚美者嗤之以鼻。荀傳感到屁股小的女生從上到下是一條流水線，均衡，均稱，而那膨大的屁股好像破壞了整體上的長條兒美。這說明前者已經能夠真正欣賞異性的美了，那美裡，那欣賞裡帶有比較成熟的性了，而後者還只是對於表像的均衡性的身體有感覺。後來劉伯林與班上的同學都保持了距離，不再與他們談論女性了。那有關女同學大屁股是美的論點還是在老校區時他就發表的，遷徙到秦陽新校區後，除了課堂上，幾乎看不見他的身影。有三原縣城時，荀傳與其他三個同學有過黑白合影，上面有張曉學、張社教，就還有劉伯林。到了新校區，荀傳常常是見不到劉伯林了，這說明他已經嚴重地走到班上的同學前面了，校外已經成了他打發功課之外的大好時光的適當場合了。

同學們紛紛起床。

荀傳一轱轆就爬了起來，朝門外跑去。

學校南邊的靠近圍牆的地帶是建築工地。

半拉的房屋裸露著磚和木頭門窗。

這兒只有稀稀拉拉幾個同學。不見老師。

劉伯林已經被從門框上抬了下來，放在了地上。地上鋪了一張席。他的臉上蓋著一張報紙。身體上也蓋了報紙。

有早起的同學遠遠發現工地上有個什麼東西吊在門框上，也沒有在意。又有同學從這兒過，看見是個人，這才報告給了老師。老師來了後，指揮同學們把他抬了下來，暫時做了安置。

事情似乎就這麼簡單和平凡。

荀傳內心裡一直渴望著發生大事。他有著青春期的破壞欲和反抗性。他感覺長期受到壓迫，來自學校和老師方面的，還有來自同學方面的，對於社會以及統治者他的感受還是比較模糊的。為什麼有這樣的不良心理呢？發生了大事，似乎他的內心的壓力才能得到緩解。他到底感受到的是什麼樣的重壓？他也說不清楚。青春的焦躁和煩惱？懷才不遇？生不逢時？青春年少階段的絕對貧窮？沒有一個可以自豪的家庭？父母沒有地位？關鍵是所學的專業畢業後只是個醫院裡的護士，更嚴重的是你還是個男性。

劉伯林究竟是為什麼自殺？

荀傳有文學家的夢想，有寫詩的欲望，他想像了黑夜的時候，學校的大門鎖上了，大門、鎖和一圈兒的圍牆形成了一個密閉的環，這個環就是劉伯林脖子上的絞索，是學校這個強大的機構絞死了他：

黑夜，

學校的大門上鎖了，

鎖與圍牆組成了強大的絞索，

它勒向了每個學生的脖頸，

於是，他就掛到了門框上。

這是一個十七歲的詩人早期的詩作。這個詩人叫荀傳。他為自己還不能出名而苦悶，備受壓抑，感到整個社會都是監獄，必須掙脫。

我們是黑板上的粉筆字，
板刷是我們的命運。
那只手又是誰的？
那是一隻白手。

這也是荀傳有了當詩人的夢想之後的第二首詩。
還有一首是：
我旋轉一圈，
發現世界不過如此！
就這麼大一個圓，
中心是我自己。

他還把這首詩給教語文的張老師看過，張老師不以為然。意思是說，這也太簡單了，世界不是你認識的那樣狹小和淺薄。

有同學說劉伯林是與親戚家的表妹談戀愛，對方彈嫌他畢業後是個護士，就與他分了手，他經受不住失戀的痛苦，就走了絕路。這可太過於脆弱了。但荀傳認為沒那麼簡單，不是那麼回事。他沒有談過戀愛，還無法體味失戀的嚴重性。他認為他的死是整個兒社會壓力的結果。是青春對成人社會的反抗。

學校為劉伯林買了一副柳木棺材。

很簡陋的粗糙的木質，沒有油漆，毛糙的原木，淡黃色的木質。棺材板很薄。一九八零年他也就十八歲，那樣年青就死了，按照風俗能有一口棺材也算是至高待遇了。這是衛校出錢，如果是家庭辦這樣的事，可能是不會有棺木的，一張破席片捲進來，挖個坑兒埋了就算是結了。七十年代末，普遍的貧窮還沒有解除，農民有了承包的土地，不再餓肚子，但是經濟上還是十分拮据的，哪兒有能力一下子拿出上百元人民幣給不孝的孩兒買棺材呢。聽說他還是個養子。可憐的人兒，金家銀家都不換那個窮家，親生父母再窮都是疼愛兒女的，十指連心，可是沒有血緣關係的那種家庭關係，荀傳沒有過經歷和體驗，他是無法想像的。單從他會用自己平時拴鑰匙的繩鏈上吊這惡性事件看，他與父母是無法交心的。人心隔肚皮，打斷了牙齒往肚子裡咽，這可能才是劉伯林真正的內心狀態。他選擇了死亡，他走進了死亡的黑暗深淵。那窸窣的聲響是什麼呢？

　　凌晨發生的事，到了中午就處理得停當了。劉伯林的養父母也通知到了，他們沒有來，只叫把娃送回去。衛校有一輛三淩牌卡車，那種日本產的小型卡車，司機把它開到了工地上。棺材從卡車上卸了下來。老師帶領著同班同學把劉伯林的遺體往棺材裡裝殮。同學們在老師的指揮下分別靠近劉伯林的遺體，但是沒有一個人敢走到他的腦袋那兒。這顯然是不行的。老師只是指揮，不會動手的。如果把他抬起來的話，他的頭顱就會翻仰垂下，吊死的臉就會顯露出來。荀傳走過去，雙手捧住了劉伯林的頭。

　　同學們這才在老師的喊聲"往起抬"指揮下，把劉伯林的遺體抬起來了，抬到棺材處，把他放了進去。棺材板子不但削薄，還比標準的棺材要低矮許多，所以就很容易把他的遺體放了進去。同學們年齡都在十六七歲，最大的才十八歲，對於辦喪事沒有任何的經驗，在把劉伯林的遺體往棺材裡放的時候，大家由於恐慌，鬆手的火候掌握得不到位，結果劉伯林的遺體重重地砸到了棺材底板上，發出了沉重的撞擊聲。但荀傳並沒有驚慌，他的雙手依舊捧抬著劉伯林的腦袋，在他的身體其他部位都落地後，他才把劉伯林的腦袋放到了棺材裡，沒有發出一點聲響。他的頭顱畢竟沒有撞擊棺材板，這也許是他死後的最大的安慰。而在荀傳把劉伯林的腦袋還捧在雙手裡時，劉伯林的遺體一時呈現的是半坐臥位，臉上的報紙因為荀傳的雙手緊抓並沒有滑落從而露出吊死鬼的面目猙獰，但他的半坐臥姿態還是把許多同學嚇跑了。

　　班主任是教中醫針灸的劉老師。他頭髮很稀，但腦袋碩大，與他中等的身高比起來，他一看就是個精明的人。荀傳在他接任班主任之前與那個三十歲出頭的年輕班主任弄翻了，以致整個兒班級被他管得炸窩了，他又得了病，就換了現在這個年齡已經五十多的劉老師。荀傳有一次餓得心慌，渾身出虛汗，就給他說了，他連忙把他領到他的宿舍，給沖了一碗白糖水，吃了一個白饅頭，很快就緩解了。這個老師知道荀傳的個性，對他十分關心，像父母關心孩子那樣，所以荀傳就有了溫暖和感激心，在班上的表現好多了。

　　劉伯林的遺體被裝殮進了柳木薄棺，棺材蓋兒合上了。並沒有釘釘子。那可能是入土前的事，由劉伯林的養父母去叫人幹吧。

　　大夥兒在劉老師的指揮下又把棺材抬到了小型卡車上。這種日本產的小型卡車車身不高，這次行動就十分順利。自從劉伯林死後，他的臉上一直蓋著一張報紙，荀傳始終沒有看到他的臉。他會有什麼樣的表情？他的死有多麼痛楚？他在脖子被鑰匙繩鏈兒吊起來後，無法呼吸了，他會多麼憋？身體就那樣痙攣，掙扎，踢騰，直到沉入宇宙的無聲與平靜。

　　一個同學也沒有跟著拉棺材的卡車去。

　　荀傳是想去的，可劉老師叫大家都回教室。只有學校裡的卡車司機把他拉回去了。那是一九七零年代的末尾，八十年代尚未開始，中國大陸還深處貧窮的泥坑，像荀傳這樣的能夠通過高考考上中專的學生寥若晨星。荀傳所在的山區縣那所鄉村中學，整個學校那年也就考上兩個中專生，那中學的高中班連一個大學生大專生都沒有考上。即使這兩個中專上，其中一個還是從秦陽某學校轉學去的，分數剛到錄取線，而荀傳則高出了錄取線近四十分，在全縣排在前五名。當時是先錄取中專生，考不上中專的才錄取到高中去上的，所以說中專生拔的都是各個中學的尖子生。荀傳他們是七九級，剛剛恢復高考後的第三年。中學裡的代課老師有的年齡已經三十多了，也去參加高考。那一個荀傳所在的中學的高中生沒有一個考生考上大學或大專，但曾經教過荀傳數學的代課老師卻順利考到了師範大學。那位老師是原上的村子的，媳婦有精神病。他三十出頭，上課的時候，有的同學看到他褲子下面頂起老高老高，說是他的老二硬了。一個可憐的年輕人，由於成分高娶了個瘋子當媳婦，沒有正常的性生活。可能那瘋媳婦也給他生了孩子，一個還是兩個？他是在毛澤東死後，局勢有了緩和，階級鬥爭停止了後才從山村小學調到鄉村中學來任教的。

荀傳看著遠去的卡車，那掀起的塵土形成的旋風塵霧遮掩了部分卡車的背影，它逐漸隱身到了塵土裡。荀傳遺憾沒有爬上卡車把他曾經要好的同學送回家。劉伯林家是禮泉縣的，他永遠記住了這個地方。他不知道劉伯林是哪個鄉哪個村的。

他眼睛裡沒有流出一滴兒淚，可他堅強的意志和堅硬的內心還是感受到了了一絲人生的蒼涼和悲哀。他十七歲，這個年齡不該思考死亡，可他的同學已經接受了死亡。劉伯林有著多麼強大和豐厚的內心，他能夠接受死亡，能夠自我決斷，實在非常人能為。

劉伯林的上吊自殺是荀傳十七年人生中發生過的最大的事件，是有關死的嚴重的主題，一個年輕人就那麼輕易地決定了自己的死，自己的不活，離開人世，自己掌握了死神的權力，竟然僭越到那種可怕的程度，這是荀傳還無法參悟的天機與人世的關係。作為青春期的重大事件，它會在他的記憶裡永存，並時時回想，對於他的生命造成難以言說的折磨和威脅。那是埋進他生命中的地雷，總有踩響的那一天。

一個同學死了，卡車把他的遺體拉走了，曾經出現的現象瞬間就消失了，校園裡清除了他的用品，他似乎不復存在了，也確實沒有蹤影了，校園恢復了原先那種正常的狀態。荀傳的生命發生了質的成長，成長中的飛躍，一個是通過電視轉播看被迫害死的國家主席劉少奇的追悼會，鄧小平親自念追悼詞——這件事使他對於政治有了深切的感受；第二件是劉伯林的自殺，他用鑰匙鏈繩兒吊死了自己，使荀傳對生命的終點有了深切的認識，死亡就在我們自己的身體裡，我們的生命本身就孕育著終結，它從無中來，必走向無中去。

荀傳還是那個追求自由的寫詩的衛校學生，學的是護理專業，將來的職業是護士，一名男護士。他的智力是同齡人中的佼佼者。同班中有從秦陽市里考來的兩名女生，她們的父母都是國棉七廠的幹部或工人，即使不上中專也照樣可以安排一個不錯的工作崗位，考到這專區級的中專衛生學校學的又是護士專業，那同級中超高的智商不是浪費了嗎？假如她們上了高中，隨便考上一個大學是絲毫沒有問題的。這樣的情況說明的是，班上的同學都是高智商的，他們由於種種原因而上了這樣一個破爛的學校。家在農村的孩子當然是為了跳出農門，成為有編制的公職人員，吃上商品糧，不再要那個農村戶口。進學校的第一天，報名，填寫入學資料，他們就拿著從鄉上開來的戶口遷移證明，農村戶口是隨著入學證一樣轉入城市的，完成了農轉非。一九七零年代末的中國城鄉差別還是相當大的，農村是被城市看不起的。劉伯林那樣一個青年應該說是已經足夠優秀了，他身為一個養子，考上了城市裡的中專，戶口轉成城鎮的了，鯉魚跳龍門了，他可以在他的家鄉那一帶的農村挑選一個美麗的農村姑娘為妻，對方也會以嫁給他為榮的。但人的心是隨著處境的改變而升高的，一旦脫離了鄉下，就嚮往著城市裡的姑娘成為他的妻子，他不應該與她的家在城市裡的表妹談對象，而應該找一個家在農村但與他一樣考上了中專的同學為戀愛對象。

校園裡的生活對於荀傳來說是孤獨的。他儘管是初中時班級上的學習前茅，但在這個有五十個同學的班級裡，他也就無法突出了。大家都有著極高的智商，都是原來的初級中學裡的尖子生，來到這座大城市裡，大家集中到了一個班級裡，雖然高考時的分數不同，智力卻都是相當的，在新的學習環境下，除了刻苦外，誰也不可能超出他人。苟傳是個內心裡充滿野性的少年，他從來不會老老實實地靠死下功夫學習，總是在上課的時候把需要掌握的內容都記住，下課後就跑到校外遊玩去了，考試前下下功夫，考試成績也不會差。他熱愛文學，需要閱讀文學書。他寫詩。他在黑夜跑到畢原畔上的村莊公墓地，在墳墓間走動，並不是為了練習他的膽量，而是為了排遣難言的憂愁。孤獨和憂愁。

　　青春的無盡煩惱正在侵襲著他。他是個靦腆的少年，蘊藏在身體裡的性欲望和幻想只有通過手淫解決，對於異性的身體和器官尚無任何接觸的體驗，也沒有那種壞學生的膽量，靠近女同學的勇氣都沒有。他在借書的時候，借的是郭沫若的早期詩作和小說集，有個叫李玫的女同學靠近他，問他借的啥書，他竟然驚慌得說不出來話。這位女生進校的時候用的姓名是段小蘭，後來才改的姓名。她無疑有一個比較複雜的家庭關係。她在幼年時被送給了段家做女兒，長大了又與親生父母相認了，改回了親生父親的姓？這是一種可能。她把他還沒有辦借閱手續的書拿到手裡翻看，他居然趁機溜走了，把書留給了她。後來她自然會把書從借閱窗戶原回去。為什麼與女生沒有一個正常的交往呢？為什麼那麼害怕女生呢？

　　有一個短暫的見習階段。

　　全班是到禮泉縣的縣城，秦陽地區第一人民醫院是在那兒。秦陽地區衛生學校與秦陽地區人民醫院這樣的姊妹關係的單位自然是盡力扶助的。

　　見習期是一個月。苟傳十八歲了，班上的女生有比他小兩歲的。他是一個男生，與醫院裡的醫生老師接觸時從來沒有什麼異樣的發現，而那些女生們就有了被聽心臟的經歷。一些醫生老師專門給女同學聽心臟，熱衷於聽女學生的心臟，把聽診器伸進女生的衣裳裡，他的手捏著聽診器，五個指頭同時抓著聽診器，當聽診器在女生的胸部移動時，他的手指肚兒也就與胸部的皮膚接觸上了。女生的乳房發育了，它的下面才是心臟，那些男醫生們就撫摸到了女生的乳房……

如果有更大膽的老師，就會有更大的動作……

在縣城的北面通向乾縣去的公路上有一座水庫。見習期正是夏季，一夥同學便約在一起去水庫游泳。那水庫的兩邊是嶙峋的土崖，崖上長有酸棗樹和荊棘。這種野崖上是沒有構樹的，成了廢墟的皇宮遺址上的構樹成林，枝葉茂盛，密不透風。構樹的種子為何不能飄落到這野外並紮根生長呢？

荀傳在游泳的時候，想到了劉伯林。他的家是哪個村子的？他的遺體被埋葬到哪處荒坡？這是禮泉縣的地界，他一定離此地不遠。作為一個十七歲的少年，荀傳的許多思想尚未成熟，對於人生的理解還處在幼稚階段。

實習開始了。

這是真正的實習，此後便是畢業了。荀傳被分配到了他的原籍所在的縣醫院實習。他是學校裡有名的熱愛文學的學生，這樣的學生個性特別，不合群，更不會跟著老師當哈巴狗，是沒有任何人脈關係的。有個同樣是淳化縣的同班同學卻並沒有回到這個山城醫院實習。秦陽地區和市上的醫院當然是實習的最好的處所，病人多，醫護力量強，學習的條件好，機會多。而荀傳對於本職專業是輕視的，厭惡的，只是為了應付考試和畢業才勉強花功夫的，他並不稀罕到大的醫院去實習，他一心的夢想是搞文學創作，想像著將來成為作家和詩人的榮光。

兩巨大的溝壑夾著的中間呈尖三角的山坡上便是這座山城。山城只有一條主要街道，街道東邊的樓房後面就是山谷了，而西邊還有平地，有一條巷子，有公路通向北面的高原。西邊的溝壑不算是主要溝壑，它只是山坡上萬年雨水沖刷出來的半截兒山溝，溝頭兒在半坡上，所以說這座山城實際上是背靠高原，東鄰冶峪河。荀傳開始是被分配到內科病房實習的。這是一九八一年的冬天。縣醫院的大門的南邊與街道相鄰的院牆邊建有一座小房子。房子地勢低，需要從臺階上下去才能走到小房子的門口。實習生的是被安排到這間房子裡住宿的。山城東方翻過一座原，爬過一條大溝，在東邊的高原上有文野鎮，從鎮上向南一路下坡，十五華裡外的原頭下的溝壑便是荀傳童年少年成長的山村。那村叫醋坊溝。

　　有個寫詩的青年來找荀傳了。有一年暑假，荀傳到過他的家裡。他家在夕陽鄉的一個村上。窯洞院子開向山溝，院畔便是直抵溝底的陡坡。那個夜晚這位青年把他在平原上的縣文化館拜訪過的一位詩人的長詩詩稿拿出來共同誦讀。那是一首有上萬行的長詩，像葉文福的《將軍，請不要這樣做》、熊召政《請舉起森林樣的手》那樣的抒情詩，裡面有一句詩深深地留存了荀傳的記憶裡："如果你們還繼續壓迫人民，天安門城樓將來坍塌，化為齏粉！"

　　那位寫詩的青年人高中畢業後沒有考上大學和大專，就回鄉種地當農民了。他寫詩，種田，也到了說親談對象的階段。他說媒人給他介紹的對象就是荀傳所在山村的。其實並不是和荀傳在一個自然村的，不在那個大溝壑下，而是原上村子的。他說他對她念了一首詩，她還能作出基本到位的理解，看來兩個人還有共同語言。他走的時候，把荀傳買的一本《西方愛情詩選》借走了。他如獲至寶，激動地喃喃地說："你還能買到詩集！"十分羨慕。他居住在山村，生活條件和創業條件都差得要命。荀傳知道他拿去後就不會再還回來了。那年月所謂的借書實際上就是拿書，借走不還就成了自己的了。文野鎮北面的徐村有個回鄉女青年也是寫詩的。鎮上的文化站有個詩人叫胡占清，寫有幾首值得叫人背誦的詩。因為在正式報刊上發表過，叫那來借書的文學青年十分崇拜，他能隨口背誦出他的詩。荀傳在暑假裡也拜訪過文化站的詩人，也就知道了所在鄉鎮的文學青年的基本情況。他專門去徐村拜訪那位女詩人。他穿的是黃棕格子的喇叭褲，格子衫，在文野鎮簡直太異類了。他打問到了女青年的家，下到兩丈多深的地坑院裡，與女詩人攀談詩歌。尋找對話的人是困難的，能夠有共同語言的人更是鳳毛麟角。

在山城醫院實習的荀傳就深陷了孤獨的深淵。醫院裡的醫護人員中沒有一個熱愛文學，更沒有一個搞創作的人，荀傳又不愛所學的護理專業，就經常曠工。科室的護士老師們並不瞭解他的情況，班嘛是自己學習護理技術的好機會，你愛來不來，沒人操心。有一個小學和初中時的同學來找他來了。他叫白真。他家是高家原上的，父親人叫白石匠，家很窮，就把他入贅到底下了。那一帶的人把山區縣南邊低處的涇陽縣叫做底下。底下就是有水澆良田的地方，不怕乾旱，有糧食，不會餓肚子，是富足之地。有一年暑假，荀傳跟他到他新招贅的那戶人家。是在嵯峨山南坡上的山麓平原上，也是住的地坑院子，地坑下有幾排窯洞。荀傳在吃麵條時，熱汗不斷從臉上流淌下來，他不得不去用毛巾擦了幾次。吃麵條或者喝稀飯他都會冒汗，汗水簡直就是順著身體奔騰，仿佛是這邊嘴裡喝進去，那邊皮膚上就流了出來。他的身體素質還是不結實，比較虛。他喜愛手淫，這也許是其原因之一。那夜他住在白真入贅的家裡，翌晨他家的幾塊手錶就丟失了。荀傳成了重點嫌疑。白真的未來岳父是鄉鎮上的教育專幹，他打算把情況向荀傳所在的衛校反映。白真於是放心了，就在自己的手腕上戴上了一塊手錶。他的未來岳父問情況，他說是他老表給他的。其實是他把所偷的三塊手錶全藏到了老表家裡。他的老表也是這個村上的。他之所以能入贅到這個村子，可能是他老表家介紹的。教育專幹立即就分析出了手錶丟失的來龍去脈，荀傳也就免去了一難。他有偷竊的毛病，未來岳父也沒有馬上揭穿，就讓他繼續在他家幹農活。以招女婿入門的方式召進一個強壯勞力，這比地主家雇用長工還要合算。入贅進門後雖然與全家人，包括與那未來的媳婦朝夕相處，但卻不能與她同房，還沒有結婚，要經過三年的考驗才能完婚，在這個考驗階段，婚約是可以隨時解除的。如果男青年足夠聰明，如此方便的條件下把女青年俘虜了，生米做成了熟飯，也就只好結婚了。可白真對那未來媳婦的姐姐更上心，進攻的方向錯了。他不知什麼時候聽說荀傳回縣上實習了，就從涇陽縣來到了山城。

消息是如何傳到白真耳朵中的？當荀傳回到山城實習之後，只要有一個熟人知道了，就會把他的消息傳遍昔日的親戚朋友同學。荀傳老家是中原那個大省的，父親自從一九七八年回了原單位恢復了工作，母親與兩個弟弟、一個妹妹也都回了中原。他的大哥在秦陽，二哥在淳化山城北邊的鳳凰山下的一個鄉上，開始是在農機站開拖拉機的，後來私人貨款買了卡車，跑開運輸了。三哥在文野鎮，先是在羊奶粉廠上班，農民工嘛，掙錢太少，就自己出來開了家照相館。父親是中原某市南悟真照相館的原職工，個兒還沒有那種老式三角架式照相機高時就站在板凳上給顧客照相了，他的照相技術是童子功，也就把這門手藝傳給了兒女們。荀傳記得還在上小學四年級時，父親給三哥教如何照相，如何把底板用減法分割開來，一一給顧客照相。凡是照過的地方就要用鉛筆打上叉號。那是最簡單的平面幾何圖形，但要把紙上的圖形對應轉化到裝底片的底板上，這就要調動一定的智力了。三哥腦子有點兒糊塗，可荀傳一看就明白了，得到了父親的大加讚賞。他就是腦子長得聰明，學習成績一直名列前茅。

在高家原上的村小學五年級畢業時，也是父親來給同學們照的畢業相。白真是原上石匠的大兒子，他還有一個弟弟，姐妹幾個，荀傳不太清楚。這個同學入贅到底下了，過了幾年，被招婿的那家退了親，他就回到了高家原，另外娶了媳婦，生個兒女。女兒孝順，給白真買了一雙高檔旅遊鞋子，白真批評兒子沒有姐姐有本事，兒子惱怒了，抓起那雙旅遊鞋扔進了院子前面的幹窖裡。如果白真曾經夢見過那幾丈深的幹窖裡有人在叫他，有聲音喊他的姓名，或者就是那窖自身在發出喊聲，那麼後來的命運也就是註定的了。他咆哮如雷，但兒子跑掉了，他捨不得那雙高檔鞋子，就下到窖底去把它撿上來。他的老表正好在他家，也幫他去撿鞋子。但他下到了窖底，就再也沒有上來。呼喊他也沒有回應。他的老表想到壞事了，下窖去救他，結果也是一下去就沒有上來。為了一雙鞋一下子死了兩個壯漢。他們也就四十多歲，正當壯年。那乾窖以前是儲存雨水的，後來有高壓電和水泵從東邊的深溝裡把河水抽到了原上，窖也就報廢了。它乾了以後，那百年的腐殖質產生出了沼氣，那便成了叫魂索命的小鬼。閻王沒有派它們來，它一直在窖底呆著。

這個時候的白真還只是剛剛過了十八歲的青年。他大荀傳一歲。荀傳因為在小學三年級時留了一級，年齡就大同級學生一歲。他是因為醋坊溝小學沒有三年級而到原上的大隊小學去上，但由於個子小，腿腳短，爬不動山，就留級到了溝裡的小學二年級。這一留級成了極大的意想不到的好事，他的學習成績一下子成了佼佼者，由此，他便成了年級的學習尖子，一路飆升，直到他考上了衛校。他在衛校裡雖然成績無法名列前茅，但他的扎實的學習能力能夠使他在並不用功的前提下，通過考試前的臨時抱佛腳而取得相當不錯的成績。他的大腦的聰明程度是不言自明的。

白真來找他來了。

他可能是因為回了一趟高家原上的老家，聽說了荀傳的消息。他是如何來到縣城的，荀傳並不清楚。也許就是走路來的。那年月連輛自行車都沒有，尤其是年輕人更是窮得叮噹響。他十九歲，荀傳十八歲。這是一九八二年的夏初了。他一路上居然冒充荀傳，說他叫荀專，是衛校生，在縣醫院實習哩。在冶鐵鎮時，他還與一個姑娘交上了。那姑娘把他領到了家裡，讓其父母都看了。姑娘父親覺得這小夥子將來有前途，就同意了女兒與他處對象。他到了縣城，找到了荀傳。畢竟是兒時的好友，荀傳十分高興。在原上上小學時，最初白真與原上的男孩是欺負從溝裡來上學的幾個同學的，有楊如意，有陳中華。後者後來到了涇陽雲陽的某個小學去上了。後來不知什麼轉機，白真作為原上的孩子頭兒突然轉變了對於荀傳的態度，由欺負轉變成了保護，對荀傳甚是友好，甚至到了比他的弟弟的還要愛護的地步。有一步荀傳伸手抓破了他的手背，他居然都忍住了，沒有說任何一句話。這也許就是他前世欠的吧。男女相愛是有前世緣分，同性友情無疑也有前世成因。

荀傳手頭還是有幾個錢的。伙食費是發到他手裡的，大哥有時候還會給他一些零花錢。他是貨車司機，掙外快方便。

白真來到了縣醫院，給他帶來了一本《性生活指南》。

他在路邊的書攤上買的。這個年齡對此有極大的興趣，有秘可探，這是再正常不過的。荀傳學過那些解剖知識，器官結構，還有生理病理，但對於性生活知識還是零體驗。白真也同樣是懵懂得很，一切都是未知中的茫然。但他們在宿舍裡談話卻並不隔牆的。內科有個叫葉蕚冠的醫生，戴一副近視眼鏡，有一次他讓正在內科實習的荀傳幫他把眼鏡放到桌面上，他把它平著放下了。事後另外一個內科護士，他叫什麼青山，說那樣放眼鏡會把鏡片磨損的，要立起來放，讓鏡架和鏡架腿支撐起來，讓眼鏡片懸空。這個道理荀傳一聽就明白了，高興地接受他的教訓。當荀傳答應跟白真到他涇陽的新家時，葉醫生問他們借那本白真在地攤上的買的《性生活指南》。作為一個縣醫院的內科醫生，這方面的知識也同樣是空白的。他解釋說他也沒有接觸過這方面的知識。白真已經把那本書送給了荀傳。荀傳轉身開了鎖，把那本書拿給了葉醫生。他並沒有覺得它有多大的價值。

白真已經在探索女性方面的知識了，還專門買那樣的書。荀傳依舊深處他的夢想與現實交織的矛盾之中。他的夢想是當個詩人，當文學家，作家；而現實是，他是出生地山城縣醫院的護士實習生，畢業後是護士，一個男怕幹錯行的男青年。他對在醫院實習一點沒有熱情，只是消極怠工，能應付就應付，能溜就溜，能跑就跑。昔日的同鄉來約他，他就像被勾了魂，就跟人家走了。

為了省錢，他們是步行的。從山城到嵯峨山南面山腳下的平原上的村莊有七十多華里路程。他們走到山口鎮時已經黃昏時分了。他們又饑又渴，白真就在西瓜攤上賒了半拉西瓜。那賣瓜的倒很痛快。這樣的行為叫荀傳對白真刮目相看。這可是黑道上那樣的風度和威風。走到哪兒，只說一聲，就能賒來吃喝，不簡單得很。

他們往南走。向東南方向是通往雲陽和三原縣的路。向南要跨過一座水庫的堤壩，那水庫攔截和貯蓄的就是冶峪河的水，堤壩上面同樣也是公路。過了水壩，是上坡的路。水庫在溝壑的底下，堤壩雖然高百米，但仍舊處在低地上。這條路向南是直達涇陽縣城的，過了涇河後，再穿過一片廣闊的平原才能到達秦陽。秦陽城是在高原臺地的下面，渭河的北岸上，要比高原低一百多米。

天實在太黑了。荀傳與白真走了一天的路，這時候實在累乏之極，就在路邊的楊樹下躺在柏油路面上睡下了。

年青人，走了一天的路，困乏至極，一下子就睡著了。睡了一覺醒來，荀傳聽見近處的麥田裡有夜鳥的啼叫。那是一種民間叫做"幸胡"的鳥在叫。它的聲音大，它叫後，還有一個叫鷗鴉的鳥緊跟著也叫，一前一後，一大一小，大自然的絕配。聽農村老人說它們都是叫魂的。身邊的白真仍舊在呼呼大睡，荀傳沒有絲毫的恐懼，只是對於打擾了他的清夢的惡鳥有些兒厭煩。自從他家從董家梁遷徙到醋坊溝他與原上的白真有了交集之後，這兩個人從少年到青年就有了眾多的糾纏，白真冒充荀傳的姓名時只把他的名去掉了一個偏旁，去勾引良家姑娘，還把偷竊的惡名轉嫁到他的頭上，多虧他的未來的岳丈發現了事情的端倪才沒有給荀傳惹出麻煩。有一年暑假白真還把他的妻姐介紹給了荀傳，並邀功地說他白撿了一個媳婦，荀傳還與那姑娘在山口鎮有過一次約會。她年齡可能要比荀傳大兩三歲，已經是村上的小學裡的民辦代課教師，但出於對荀傳的中專衛校生身份的看重，她還是動了心。荀傳是騎自行車去的，她也是從底下騎自行車來的，兩個人在山口鎮外的幹渠岸上站了好久，說了好多的話，但都不是切入主題的內容，那時候的苟傳還是個不懂任何風情的少年郎，沒有與她拉手，更沒有擁抱和親吻，只是說話，這是哪門子約會？他並不知道發生過手錶丟失事件，也更不知道最後是如何處理的。是那教育專幹找到了白真的老表，從他的手腕上看到了他家丟失的手錶，於是就把另外兩塊手錶的下落也找到了，這事也就在內部悄然解決了，就算是從來沒有發生過一樣。所以這次苟傳又一次跟上白真到他入贅的女方家去，也就沒有遭到任何的嫌棄和刁難。他心裡還有著那個老大姑娘。在實習期間，他借了一輛自行車從山城專門到底下的小學校去找那姑娘。可那自行車實在是太老舊了，後輪兒與泥瓦圈摩擦，阻力特別大，他推著它，在小學校的院子裡問到了那姑娘。她趁下課空隙把他送到了馬路上，他就那樣走了。她與他的關係也就終止在了那最後的一面上了，此後就再也沒有相見過。那個暑假他到山口鎮與她約會回來，還把這樣的事情告訴給了他的母親。他母親沒有表示什麼。在這同一個底下村裡還有著從醋坊溝搬遷到這兒的一戶人家，一對父母養個五個女兒一個兒子，那兒子曾經與苟傳是少年好友，有一次見面竟然說了一夜的話。那少年有個二姐叫小惠，苟傳對她有意思，就給她寫了一封長信，表達了自己的孤獨和對她的愛戀，也是借了自行車騎到她家去的。一個地坑院子，下面有五孔窯洞。她專門給他端來了洗腳水，叫他在睡前感受到了大姐姐的溫暖。那個夜晚村上放露天電影，她陪著他在村路上走了好久。他沒有擁抱和親吻她，沒有那樣的想法。可也就是那一次的約會就再也沒有了下文。對方也明白他年齡小，思想搖擺不定，當不得真。他又想到了他原先上初中的那個冶峪河西岸高峻的山原上的一個山村，有個姑娘與他是同學，他給她寫了信，又去追求她。這個階段他的戀愛經驗和膽量是按照月份進步的，他在冶鐵街上給她買了禮物，爬上了河對面的山坡，找到了她。她初中畢業後就在家裡呆著。那是一個溝圈兒，有一轉兒十幾孔窯洞。在其中的一個窯洞裡，在炕沿旁，他勇敢地擁抱她，棉衣在炕沿上蹭得滿是土，當他與她走在村路上時，有一個小孩把這種現象指了出來，荀傳一聽就明白了，他沒有吭聲。那似乎也是一次性的追逐，一次嘗試而已，也就沒有了第二次的前往。她的一個大大（叔叔）還專門到縣醫院去找過他，那是一個大不了他幾歲的青年，對他談了他將來與他侄女未來的前途，有著一個長遠的藍圖，可他也沒有把它放在心上，就那樣淺嘗輒止了。他還給他一個同班同學寫信說他追求昔日的女同學，似乎嘗到了人生初期的滋味，還勸他向他學習。他是那樣孤獨寂寞，那樣煩惱和焦躁，那樣不堪忍受人生的未來……

　　荀傳的二哥家是在山城北邊三十華裡外的鳳凰山腳，他除了去過去的初中同學家，不管是男同學還是女同學，騷擾過人家之後，他就到他二哥家去了。其實他的大嫂就在山城南面幾裡外的一個小鎮上上班。那是山城的油庫，是國營的石油公司。他有時候去，大嫂會給他幾塊錢。大哥有時候開貨車經過時會回來住，遇到了也不再給他錢了。他穿上了喇叭褲，一看就像是不良青年，失足了的青年，流氓地痞之類的墮落分子。社會上對於失足青年的教育提到正規日程之上，三原縣的電影院裡就上演過挽救失足青年的電影，還讓同學們寫過觀後感的作文。三原縣城的城邊村有戶人家與荀家有過交情，是父輩之間的交情。大哥叫他習叔，荀傳也隨著大哥叫他習叔。三原這戶習姓與某縣的習姓是同族的，某縣的習姓輩分高。在三原時習叔常到衛校看荀傳，到了星期天還把他領回家去。有一天中午荀傳在習叔家睡午覺，魘住了，一隻貓趴在他的胸口上，他如何掙扎都動彈不得，明明醒著，可就是手不能動，腿腳也動彈不了，掙扎了好久這終於擺脫了那只惡貓。那是他人生第一次魘住。他就到二哥家去。二哥也會給他錢花。二哥養有兩個女兒一個兒子。他在二哥家，二嫂的小妹從北京回來了。這一家人原是鳳凰村上面的安原的，她們的一個姨父參加了遊擊隊，跟上高崗革命了，後來就成了石油部的副部長，就把她們的小妹接到北京安排了工作，不但吃了商品糧，還有了正式幹部編制，掙的是工資。她來看她的姐姐，吃過飯後，一家人就一起去看另外一家親戚。荀傳跟著一塊兒去了。翻過了一條溝壑，爬了一扇坡，到了，吃的是搓搓飯，一種粗壯的麵條，手指頭棍子那樣粗，在案板上用手掌搓成棍棍，下到開水鍋裡煮熟，調上辣椒油、蔥、大蒜什麼的，相當好吃。那進京享福的小妹走了，荀傳還繼續呆在哥家。他對在縣醫院的實習一點也不在乎，就這樣混著，也不怕被處分，開除或者記大過。他依舊深陷在青春的孤獨裡，他吃二哥家的生花生，把兩個侄女抱起來親，親了老大的嘴唇。兩個女孩傻哈哈的，只知道笑。後來他的二嫂明顯變了態度，他意識到了，走了。

《撒旦詩篇》的作者拉什迪曾經抱怨 V‧S‧奈保爾的敘事性作品缺乏細節，那是奈保爾老年時期的作品的寫法，等到拉什迪也到了老年，他寫的作品同樣是不注重細節了，而是快速度的敘述，這樣的寫法確實快，免去了那些婆婆媽媽的過程，有什麼事和想法就直接敘述出來就行了，為何非要為那樣的事和人物設置一個場呢？當一個人物帶著場行動時，會多麼艱難，會舉步維艱。拉什迪的《勝利之城》便是如此實踐的典範。

在山城的日子是孤獨的，甚至是絕望的，仿佛末日來臨前。荀傳有著那麼深重的煩惱和憂愁，他對於未來之途充滿了疑惑和迷茫。他未來是做個護士呢？還是做詩人？他十八歲的青春哪兒有條件能做詩人？沒有人認可他的文學天賦，大家都勸他學好本職專業，幹好護士工作，好好實習，將來有個安身立命之術。一藝一術在身勝似黃金百斤。藝不壓身，哪怕是像他父親會的照相技術和鑲牙技術都是能夠為自己掙一口飯錢的。可他嚮往和憧憬的是詩人的光環，那文學家的夢想。他在夢想與現實之間徘徊掙扎，有如生死間的較量。他有時候去科室實習，跟著指定給他的護士老師上班，又常常是三天打魚，兩天曬網。他對於未來沒有計劃，對於本年能否畢業心存惶恐。考試，他是不怕的，臨時抱佛腳，拼命複習，加班加點，他會門門功課考個及格的。一個護士所必須實習學會的基本工作能力，靜脈輸液，肌肉注射，青黴素、鏈黴素皮試（皮下小劑量注射試驗），導尿、灌腸技術，危重病人搶救，人工呼吸，洗胃技術，測體溫，量血壓，畫住院病歷體溫表，填寫大小便記錄，書寫交班報告……最主要的技術乃靜脈輸液穿刺技術。

　　按照時間安排，他該到門診注射室實習了。肌肉針的注射他還是熟練的，紮靜脈有相當的難度。一天黃昏，他到門診注射室去。帶他的值班老師是位男護士，他讓他幫他照看注射室，他到街道對面的電影院去看一場電影。於是，他就獨自頂班了。山城黃昏，幾乎沒有病人。他沒有料到那位住在對門銀行家屬院的初中姑娘來打針了。他給她打過針，臀部肌肉注射的是一種油性的藥液。姑娘把安瓿給她，他把它用砂輪鋸劃一下，用指頭掰開，把藥液吸到針管裡，先有碘酒消毒，再用酒精脫碘，然後在消毒好的部位猛然把針頭插進去，慢慢地把藥液推進肌肉裡。油性藥流粘稠，要用很大的力氣才能把它推進肌肉，推得快了針頭與針管會脫離，藥流會猛地噴出來，濺得一臉都是。藥流推完了，然後拔出針頭，用幹棉簽按住針眼。有時候針眼往出冒鮮血，無疑是針頭刺破了毛細血管，需要用幹棉簽多按壓一會兒。

　　這個姑娘打完針之後，荀傳看沒有別的病人，就把注射室的門鎖上了，帶她到了門診樓南邊一個換藥室。前幾天他發現她在醫院大門外的街道邊兒上盯著他看，就跟著她走，一直走到山城背後的半山上。從那兒朝下看，山城街道和樓房盡收眼底。山城中學的操場就在腳下的陡坡下面，變小的中學生們在打籃球，發出此起彼伏的喊聲。荀傳知道她是初中部的，不知是哪一班的。他與她說了話。

　　印象中那種油性針劑的名稱好像與精神類疾病有關，但荀傳並不覺得她與那類病有什麼關聯。在黑暗的換藥室裡，他們間的話沒有幾句，就那樣默默相對，也是超歡喜的。只要與心上人在一起，哪怕只是默默相對，世界就是燦爛的。荀傳不知時間移動，兩個人的時間過得特別快，突然間那位帶他的護士男老師進了門，問他把注射室的鑰匙要走了。換藥室的門是開著的，他把門碰鎖上，與她一起走了。

他們倆爬上後山。到了一塊坪地，他抱住她，由於激動，用力過猛，他與她雙雙摔倒到了草地上。那是他第一次擁抱女孩子。

他與她爬到了原頂。

冶峪河兩邊的山其實只是高原被雨水沖刷的結果，有山坡，有溝壑，有穀間坪地，但爬到頂上時就是高原了。高原上是一望無際的田野。

他們下山的時候走的是另外一邊的坡路。其實沒有路的，有的只是一層一層的麥地，上層與下層的麥地之間是兩三米高的鹼畔。十八歲的苟傳從上面的麥地跳到下面的麥地裡，似乎身輕如燕。那初中女生嚇得說他真膽大，下次不敢那樣了。

從四月麥子返青起身，到六月中旬這段時間是苟傳與女初中生熱戀的時期，他曾經在河邊的菜地的泥土裡發現了黑夜裡發光的蟲子，他把它寫到詩裡，說它是因為尋找到了愛情而放棄了翅膀，甘願落地的。土裡有窩，有愛情，有家。一天深夜他把已經長有半米高的麥子壓倒一片想抱住她躺在上面。她問弄啥，他便終止了自己的行動。那個春夏之際的兩個月是充滿了致命的危險的。苟傳是山村出身的孩子，沒有與任何異性的經驗，更沒有膽子，不會擁抱，不會親吻，更不會有性的膽量，甚至連那樣的想法都沒有。當他向她提及山城的某個惡少時，她批評他竟然與他們來往，他說他只是知道他們。苟傳認為性是可恥的。如果他有性的強求，她也是無法拒絕的。尤其他在六月中旬返校前，山城醫院的總護士長，也是個男人，向從學校來的學生處的巡察科長反映了他的實際情況，學校決定給予他對應的處分。他寫了一封上萬字的檢討信從山城寄到了學校醫教處，那個從部隊轉業回來的常科長起了同情心，於是校方最後決定不讓他畢業，參加下一級的實習。不是實習不過關嘛，那麼就再實習一次。學校也是仁至義盡了。那樣一個學生能夠寫那麼長的檢討信，文筆不錯，還是值得給他一條生路的。接受了處分的苟傳離開學校後返回了山城。他在學校時收到了初中女生的信。沒有料到他的運氣是那麼好，剛進山城南門，就碰到了放學了的女初中生。她和她的同學們一起。但她離開了她們。他們先是到城門街道西邊的一幢還沒有竣工的大樓上。頂層的大廳有工人在幹活。他們進了西邊的溝。那溝很深，有盤山的拖拉機路通向高峻的原頂。那個夜晚他們兩個是在路邊的虛土坡上度過的。她把她的課本撕成了零頁，鋪到坡上，讓他躺下，她則坐在一旁。如果他有親她吻她的意識，有擁抱她的經驗，他會順利脫下她的衣裳，與她在山坡上第一次完成人生的第一課，飽嘗性的禁果。那麼，她有可能一炮中的懷上孩子，那麼下來苟傳就會迎來被槍斃的命運。因為那是一九八二年的七月，下來就會遭遇一九八三年的大逮捕。那年月戀愛都會要了你的命！那是毛澤東死後的時期，後毛時期，從毛澤東時代遺留下來的禁欲禁性在一九八三年發作，要了無數人的性命。

你即使與一個姑娘談戀愛，她上初中，還未成年，假如你越過紅線，與她有了肌膚之親，她懷孕了，肚子大了，儘管你剛剛成年，一十九歲，可如果他父母把你告了，你就會在嚴打中被捕，甚至會被判處死刑。那個年月一個縣上的法院就有權力把人處死，而在一九五零年代的鎮反運動中，一個區上的頭目就能決定一個人的死生，真是一個暴政時代，一個被喊萬歲的領袖，他的專制獨裁是針對他身邊的同僚的，他的親密戰友的，只有他的親密戰友才能挑戰他的權威，接他的班，但這成了那些人致命的條件，他想幹掉劉少奇就讓他死在開封的監獄裡，頭髮瘋長到一尺多長，受盡寒苦與折磨，還給他戴成叛徒內奸工賊的高帽，把他批倒批臭，他利用親密戰友林彪幹掉劉少奇，又利用他人幹掉林彪，一家人幾乎滅門——而在下面，他的擁護者們，那億萬群眾，呼叫他萬歲的群眾實行的是多數人暴政，他們時不時地把少數人揪出來，進行批鬥，高喊打倒的口號，呼喊的是打倒劉少奇打倒林彪這樣的口號，但批鬥的對象卻是已經被他們打入地獄的普通可憐人，只要你倒黴了你就有可能成為他們發洩的對象——這種多數人暴政與獨裁領袖的關係實在是人類的一大奇跡，一個獨裁者控制了大多數人，十幾億人被他一個人的思想控制，被他的思想毒害，這十幾億中只有百分之五的人被挑選出來作為被真正壓迫的對象，被折磨戕害的對象，反而把這百分之五的人定性為壓迫者，作威作福者，一切都被顛倒了，黑白反了過來，而夾在獨裁領袖與多數暴民之間的官僚階層既是獨裁領袖的工具，又是暴民監督的對象，官僚們充當獨裁領袖的暴力工具把民眾中的某個倒黴蛋挑選出來作為暴民們批鬥的對象，有時候又被暴民們造反拿下也成為被批鬥的對象，這樣的結果是，暴民與獨裁者合為一體，暴民體現和執行的是獨裁者的意志，暴民仿佛變成了獨裁者的毒手，而獨裁者是暴民們的大腦，暴民是四肢，四肢握有斧頭鐮刀和木棒鐵矛，而獨裁者又與官僚階層是一體的，對於獨裁者，他的下級全是暴民性質的，官僚也變成了暴民的一部分，獨裁者與官僚階層合為一體，在暴民中挑選倒黴蛋作為被殘害批鬥的對象，這樣的情況下就會常常有人被揪出來，被打進十八層地獄，這整個國家就運轉在這樣的惡性循環運動中不能自拔，厄運永駐！

一九八三年的嚴打運動仍舊是獨裁者與暴民合力運動的延伸，是其餘孽，是獨裁者暴民社會形態的遺留，它雖然不是打壓被作為反對領袖的反革命分子了，但在刑事問題上卻沿用了政治運動那樣的思維和形式，尤其是把性禁錮發揮到了極致狀態。這樣的極權社會，領袖人物可以嬪妃百千，淫亂迷離，但卻在普通民眾中惡意製造了一個性禁錮時代，性的禁錮儼然有了政治忌諱的敏感，即使談一個普通的戀愛，如果女方家長告發了男孩，他違犯習俗與姑娘未婚而有了性行為，並且懷孕，弄出了大事，女方家長告男孩誘惑了其女兒，定性為強姦，那麼等待男孩的就是嚴打中的死刑判決……真是罄竹難書的罪惡，真是十惡不赦的獨裁專制與暴民專政——在貌似刑事嚴打的一九八三年的運動中，暴民們的思想觀念變成了輿論的暴力，他們對於性與戀愛的禁錮變成了嚴酷的刑法，臨時制定的酷法。

有多少個姑娘被作為流氓犯槍決！

有一個護士姑娘在被執行死刑時喊出了"性是無罪的"這樣的名言，這樣的凡是人就應該有的內心的呼聲，對於自身權利的捍衛。性是自身的權利，自己的身體自己做主，在暴民與暴政獨裁時代，在專制專政時代，一黨一人專政時代，性被暴民和專制獨裁專制統治，成為他們打壓普通人民的工具。專制暴政時代的普通民眾連奴隸的權利都沒有了，連支配自身的性自由都失去了，這是多麼黑暗的時代啊！

以流氓罪處決了多少人，多少好姑娘，多少男子，多少第一次談戀愛犯禁的男青年。有個姑娘就因為愛跳舞，交往了十八個男朋友，有了性關係，就被處決，她二十五六歲，如此美好的年華被專制暴政，被專制黨的性禁錮觀念殘害了，被拉到荒草萋萋的荒原上，被強迫跪倒在地，被黑色火紅的子彈打穿了腦袋，就那樣殞於非命！

在這致命的危險時代的邊緣，荀傳能夠活下來純粹是僥倖。是他的膽子小了些，是他與患病的初一女生的戀愛時間短了一些，沒有更多的時間和機會，沒有感情的進一步升溫，如果是相反的，他就會越界，就會犯禁，就會有隨後的一九八三年嚴打中給自己帶來被槍決的厄運。

談一場戀愛，追求一個姑娘，這樣普通而簡單的人性範圍之內的正常事都暗藏如此兇險的陷阱，這就是你出生在專制專政暴民領袖時代的現實，你的生存僅僅取決於一些看似偶然的因素，你的死亡也是由運氣決定的，這樣一個不講規則的社會，這樣一個由獨裁者的喜好決定著普通民眾和官僚階層命運的社會，這樣一個惡世，面對它，你身處當時是不覺得恐懼的，而當事後思考它的時候，你會越來越產生嚴重的後怕感，你會慶倖自己僥倖沒有葬身於那個時代，你會欲哭無淚……

　　這是一九八二年的夏季，七月上旬，荀傳與他在山谷裡過了一夜的初中女生是在山城南邊的一條小土巷裡告別的。她說她姐在印刷廠上班，有工人宿舍，看那兒有人沒有，也就是說看那宿舍如果沒有下夜班的工人在那兒，她就領他去那裡。他與她在山谷裡呆了一夜，睡在野外，躺在荒坡上，黎明前的那時辰，山谷對面的山坡上群鳥晨鳴的聲響如同潮汐一樣湧襲而來，那樣喧天的鳥鳴是他人生第一次聽到，也是他人生第一次在那樣的山谷裡過夜，與一個年幼的姑娘一起，身體上不蓋任何東西，在夜露下，裸露在天底下，把大地當床鋪，把天空當被子……天沒有亮，有拖拉機的聲響震動了山谷。他與她出了山谷，到了冶峪河的右岸。那兒有從西邊原上流下來的山溪，被澆灌渠俘獲，荀傳就在那淙淙流淌的小渠水邊洗臉。他發現手如同蠟一樣黃。黃刷刷的，無血的黃，黃的那種白，白的那種黃。

　　他在土巷盡頭揮手與初中女生告別。想不到那一別就成了永別，許多年後他去打聽她的消息。百般努力，一無所獲。那銀行家屬院已經變成了別的單位，當年的人都退休了，年齡大的都離世了。一九八四年進工商行的一個老職工說那人當過副行長，他有個女兒後來跑丟了。遺了。那個初中女生真的就丟了？他們的父母沒有找到她，就放棄了？她當時打的油質針劑是治療精神類疾病的，但她與他戀愛時精神狀態卻是十分正常的。她比他小三歲，當時她十六歲，他十九歲，可當他對她說了衛校對他的處理決定後，她變得像母親一樣溫柔，不斷地安慰他，給予他的是無盡的溫暖，她身上的母性真的十分偉大，寬廣，包容一切，溫暖世界……

　　她留給他的那封多年前的信還在。從青春時期就開始來往的書信他也是因為僥倖都保存下來了，裡面有她惟一的一封信，只那短短的一封，有一千來字，開始就叫他"荀傳哥"，一叫而千淚落，那真是一聲靈魂永駐的呼喚，他再也沒有聽見第二聲。

荀傳哥你好：

聽你說你 4 號下午就走，你知道我是如何的情緒呢？也許你是會理解我的心情（淚痕涸掉了一行文字）……裡活動，當你離開小巷回去時，你知道我走了嗎？哥，我怎能走呢？我流淚送著你。也許是由於感情的衝動。我想追上你，要說自己想說的話。可是，可望而不可即。我的腳裏足不前，我覺得眼前發黑……。我回我姐那裡，已是 12 點 45 分。我躺在床上想得很多，想到你的詩。我起來看你的詩。我不知道我當時是什麼感覺。我在這裡只能說詩寫得好，我不想再說什麼。

關於你對我說過會來信，我每天下午去校，每次都是失望而回家。終於在 11 號下午收到（同學給我送來的）。你知道嗎？我媽來信說我爺去世，讓我回去，我為了收你的來信而沒有回去。我沒回去我媽是會生氣，這些我都不放在心上。我知道如果我回去了，你的信誰收？我想給你去信，可沒給我說你地址。

哥，你想知道我這幾天怎樣嗎？我可以告訴你，我這幾天就是頭痛厲害，還有一些是我想不到的事已發生。關於發生了什麼事，我不想讓你知道。等你 6 月底，我告訴你。有關事是一下子寫不完的。我不想多寫。我現在不想讓你知道有關事的經過。我怕影響你的學習。這幾天，可我很痛苦，每天沉默寡言。我除了上山，別的地方我也不去……（又是涸毀了的一段文字）要老為我把……哥，……人嗎……我會聽話的，等到月底。你要好好複習，迎接統考到來。我希你不要相信你所不相信的人吧！

哥，你不要再來信。因我 19 號回三山，看一下我媽。25 號、26號回敦化等你，再想我自己下一步路怎麼走（可以說現已想好）。你不知道我的痛苦之處。若你有別的事要來信，就於這幾天來吧！若來信，原地址。沒有別事，那就不要來信。你可要月底來，我等你，告訴一切。我本不想給你回信，想到你還不知道我現在怎樣以及你的來信我收到了沒有，想了以後，決定給你回信。12 號因我頭痛加重，無法給你回信。13 號頭痛減輕，才為你寫信。我最後說一句，你不要為我擔心。你要注意你的身體。我不會自殺的。

因妹學習水平……（洇毀的文字）請諒解。

祝：

　　你一切順利

羅拉 1982 年 6 月

她向他哭訴說她的母親打她，把她的上衣袖子抹上去，露出那佈滿紫青瘀塊的小胳膊。她的淚兮兮的聲音，她的欲泣的眼睛和面容，那一切還如同昨天映現在荀傳的眼前。假如，設想一下，那個夏天，在山谷裡，在原坡下，在麥地裡，他親了她的嘴唇，把舌頭伸進她的嘴裡，兩舌交纏，他又舔她的乳房，吃咂她的乳頭，兩個人都如同火焰燃燒起來，他脫下她的褲子，她的小內褲，他刺破了她的處女膜，她有了疼痛感，但接著是性的沉醉和享受，有了一次就會有第二次，他與她會沉迷其中，幾乎天天夜裡都要品嘗來自伊甸園的快樂，致使她懷孕了，出路只有去打胎，做人工流產，但被醫院的大夫告發了，或者被她的父母發現告發了，他被逮捕，判處了死刑，被槍決了，還被某個醫科院校的解剖室拉去泡到了福爾馬林池中做了給學生講解剖課的標本……那樣一個命運也許才是他真正的命運，而後來他實際生活中的軌道不過是異常的僥倖之道罷了，不過是延遲了他的死刑而已。

確實是有一個少年就被做成了標本泡在第四軍醫大學解剖室的福爾馬林池子裡，這位少年領著一群同歲的少年在荒涼的田野小路上逛蕩時，遇到了一個姑娘，他被姑娘的美的氣質征服了，甘願當她的奴隸，不可救藥地愛上了她。他的追求得到了愛的回報，姑娘也被他的男子漢的青春氣息折服，迷醉了，兩個人熱切地發生了生理的交流，達到了相愛的巔峰狀態。人類的基因，人體內的激素激賞著那樣的相愛和肉體的交流，那是繁殖的上帝之使命，是生理的不可抗拒之行為。那群少年是他的小兄弟，還追隨著他，好像是一個小團體，自然的群，他與那姑娘似乎成了草頭王和草頭後，一個山寨王，一個壓寨夫人，小兄弟們饑渴難耐，在他與姑娘赤裸著相愛著，小兄弟們不由自主地加入進來了，他開始的不適和激怒過去後，也就原諒了小兄弟們的胡作非為。事情已經發生了……他作為流氓團夥的主犯被處以極刑，由於他過於青春，被醫學院看上了，做了一個完美的人體標本。他的村裡有個長他十多歲的男人一直在省城裡混日子，不是在這家單位打掃衛生，打掃廁所，就是在那家單位看庫房，在軍醫大學看管解剖室時，認出了他同村的那位少年，他就把這樣的經歷講給了他人聽，心生慈悲，阿彌陀佛……

荀傳身處一個危險的時代，一個政治殘害的時代剛剛緩解放鬆了一點兒，但對性的禁錮和壓制的時代還在繼續，任何違犯常規的作法都可能給自己招來殺身之禍。由於年齡的關係，政治屠殺的時代時他還小，還只是一個孩子，正在度過自己的童年，十三歲時毛澤東死了，他還到縣城參加了他的追悼活動，全國遍地一片白，為一個人的死披麻戴孝，勞民傷財，斯文掃地。而他卻遭遇了他的生命歷程中最嚴酷的時期，對於性的黑暗時期，性的犯禁有了與政治反叛同樣的罪行，一個小小的生理性行為就能把自己送上刑場，被子彈穿透腦袋，喋血荒地。雖然是這樣一個嚴酷的比歐洲中世紀還要黑暗的世紀，但荀傳身在青春期是不自知它的兇險和嚴酷的，他每踏進一步就有可能跌進深淵，粉身碎骨，卻在生理激素的掌控下，他不得不追求姑娘，不得不戀愛，不得不釋放軀體裡豐沛的激素，那種生殖的來自冥冥之中的衝動，來自神明的衝動，他是通過手淫解決掉的。有了那樣的釋放之後的輕鬆肉體，他的心理也就沒有了那種強烈的欲望了，面對姑娘的青春肉體，即使姑娘要求他，他也會有理性地勸解她，避免了那嚴重的一關的跨越。

　　但這個時期延續了多年，有三四年、五六年時光吧，如此漫長，而他一直處在那樣的兇險之中，一步錯誤就有可能致命……

　　中國大陸歷史上出現的性禁錮時期實在是太漫長了。

　　那個初中女生遺了，丟了，羅家把女兒丟了，跑丟了，再也找不到了，再也沒有回來，她終究去了哪裡？啊，葡傳一思索就會絕望，就會心碎，就會要命。怎麼會是那樣的結局呢？結局到底是什麼？她在哪裡？是否還活著？

　　她為什麼會丟了呢？會失蹤了呢？她在山城中學讀書，時刻想念著她的葡傳哥，可他卻經受不住被學校處理的打擊，他的父親不待見他了，父親曾經是以他為榮的，向人說他考上了大學，還希望他成為一個科學家，可他只是考上了一個衛校，當了一個護士，這並沒有引起父親的嫌棄，而是他不好好學習，未能畢業，盼望著他拿一個畢業證回來參加工作，他卻拿回來了一紙休學證明。學校對他寬大，只做休學處理，參加下一級的實習。他的身體確實也不好，不是這樣毛病，就是那樣不適引起的焦慮，住在同宿舍的同學對學生處的巡查老師說他吐血，確實有病，這也為他能夠得到寬大處理做了興論上的宣傳，同情他的醫教處處長也就可以借坡下驢了。那天黎明從西邊原下的山谷出來後，他與初中女生在小土巷的盡頭告別之後，他先到了他三哥那兒。父親也住在那裡。三哥入贅的那戶人家是好人，一個老漢，當過村幹部，家裡剩下二女兒和三女兒，二女兒是三哥招贅的媳婦，還有大女兒早已出嫁，小女兒正在讀初中。她幫葡傳洗衣服，他還叮嚀她不絞擰，怕曬乾後有大褶皺。正好有個跑江湖的鑲牙師傅在鎮上攬生意，父親就百般照顧那人，目的是讓他給三兒教鑲牙技術。父親雖然有鑲牙那一套工具，但一直沒有能夠掌握合格的技術。七八歲的時候，葡傳就看見父親教三哥用一杆銅吹管趴在煤油燈上把煤油燈黑紅色的火焰吹成青藍色，練習吹氣的時間，吹得時間越長越好，才能把牙套上的銀熔化。三哥的鑲牙技術有了飛速的長進，後來就真正地從事起鑲牙工作，照相是主業，兼帶的是鑲牙，兩樣生意都做，日子就過得相對寬鬆富裕。在那兒住了一個月，又遇霖雨天，哪兒都去不了。荀傳已經收心，不敢再去見那個初中女生了，斬斷了那樣的欲念，有些兒“改邪歸正”了。一個月後連陰雨過去了，他與父親踏上了回老家中原的路途。他聽說還有一個放蜂的西安人被阻隔在了那黃土高原上的小鎮。連陰雨下，道路泥濘深及小腿，寸步難行。坐了一夜的火車，到了中原。父親提前病退了，也是硬扛著坐的硬座，從來沒有見他坐過臥鋪什麼的。從中原城走回城南的村莊裡，父親叫他向他寫一個保證，並把所有需要的物品寫出來，他這個只有十九歲的青年，感到父親把他的恩威看得太高了，就反抗了，說他怎麼出身如此卑賤。父親一聽就火冒三丈，罵他“你生在毛澤東的懷抱，一生下來什麼都有了”。他沉默了。他傷父親心太深，把一個艱難養育眾多子女的父親的感情傷害得太深了，一個貧窮的父親，一個在底層拼命的父親，一個文化程度不高只上過工人夜校的父親，只能寫簡單的書信的父親，一個年幼的時候就當學徒工的父親，給師傅端屎倒尿以博得師傅好感從而把關鍵技術傳授給他的父親，又由於性格倔強，從老家出走的父親，把中原城的照相館工作崗位丟棄不管的父親，遇到毛澤東死後平反昭雪撥亂反正的時代的父親……父親把他的教育任務交給文盲母親，母親給他下跪，他才流淚答應一定好好實習，爭取順利從衛校畢業，走上工作崗位，掙錢，自己養活自己……唉，那是一個多麼不堪回首的青春時代啊！

一方是下了決心不再戀愛的荀傳，把過去的那四月到六月兩個月的愛情斬斷了的荀傳，仿佛從來沒有發生那樣的事情；一方是還在熱切期待中的初中女生，一個名叫拉姓羅的十六歲的山城姑娘，她的母親在關中平原上的三山縣，還有一個哥，父親在山城銀行工作，母親經常把她打得胳膊瘀青，斑斑傷痕，她一心想望有個白馬王子來救她，把她帶向天涯海角，可她的荀傳哥卻一去不復返了，從此沒有了一絲音訊，她思念他，回想著與他在夜晚的小河邊、山坡上的麥田裡約會的甜蜜情景，她更加不能專門學習了，書本都撕扯掉了，給她的荀傳哥鋪了地鋪讓他睡了，母親還是經常打她，虐待沒有盡頭，沒有希望，父親與單位的部下有了私情，更激怒了母親，她把所有的私憤都發洩到了比她弱小的女兒身上，尤其是女兒的胳膊上，又掐又打，瘋狂了。父親還吃了她一刀，鬧得風風雨雨，渾濁不堪，於是一個早晨她就從學校裡出走了，她坐的是從山城到秦陽市去的班車。可她在衛校沒有找到她的荀傳哥。荀傳那一級的同學除了個別人都畢業了，離校了，而下一級對於他是不熟悉的，沒有人知道他的姓名。她陷入了絕境。身上從父親那兒偷來的錢用光了，只好露宿街頭。是不三不四的地痞盯上了她呢？還是人口販子詐騙了她？她被賣到了妓院還是被賣給了貧窮原始的農村？她活著，像鐵鍊女一樣生了八九個孩子，還是在妓院賣淫替老闆賺錢？是死了？不在人世了？荀傳百般打聽得到也就是那麼一句話：羅家有一個女兒沒了！沒了，就是丟了，找不到了。

　　童年時代荀傳有偷吃豬油的毛病。蒸好的饃饃，他把它從中間用菜刀切開一條縫，把裝在玻璃瓶裡的豬油用筷子挖出來抹到饃中間，把饃塞進褲兜內，豬油遇到人體的溫度融化了，流到了褲子上，滲湧出來，黃土高原上的塵土落下來糊到上層，褲兜那兒就黑乎乎一片，油浸浸的，十分骯髒。那樣的結果使家裡人都知道他偷吃豬油了。那年月家窮啊，能吃到饅頭夾白豬油就算是美味了，荀傳記憶中的最高享受了。有一年過年前一天夜晚，家裡請來了殺豬匠，趁夜黑無人把豬殺了，先把豬脖子上的肉割下來，炒了，母親給他盛了半碗，算是對他這個一直沒有去睡覺的孩子的犒賞。他的兩個弟弟一個妹妹都睡了，只有他一直等候著。母親是愛孩子們的，只要有吃的就會給他。

致命兇險的年月還在延續。

一九八二年的冬季荀傳從中原省老家坐火車來到古都秦陽參加下一級的實習。實習生都是各回各縣的縣醫院，而他是特殊情況，就把他安排到了西安西南邊一個大縣去實習。他是提前到校的，但學校並沒有給他安排宿舍住宿，他就暫且住到了大哥的工人宿舍裡。

荀傳接受了父親的厭惡和母親的下跪教育，母親在他與父親之間扮演的是愛的角色，聖愛，聖母，和事佬的角色，當他要離開中原老家了，踏上前往大西北的征途，母親給他了一百五十元人民幣。母親說那錢是她攢的，他不知道。他，指的是父親，她的丈夫。母親說是賣煙葉的錢。中原大地上，清漢河的兩岸是繁茂的烤煙地，這片大地上適合烤煙的生長，烤煙莖幹近乎兩米高，母親在火熱的天氣裡鑽進烤煙地，一片一片地把煙葉掰下來，摞在一起，捆成捆，那樣掙來的錢實在是一滴一滴汗水積累起來的。母親的辛苦與艱難使荀傳認清了他的現實，他是一個窮人的孩子，一個青年，他根本就不是一個詩人，根本就不能指望詩歌活命，他是靠的父母的血汗在活著，他身上的條狀格紋的喇叭褲和格子衫是父母的血汗，他是在以父母的血汗張揚著青春期的驕傲和憤怒……

母親把他送到河堤下的那條南北走向的村路上，母親站在村口望著他遠行。他背著行囊，一步一步走近河堤。路兩邊的秋莊稼在風中發出簌簌的聲響。有秋風在吹蕩。已經是深秋了，接近冬天了。他爬上了河堤，回頭望見母親還站在村口。他沒有揮手叫她回去。他繼續走路。向西邊走，那兒有一座簡陋的水泥便橋。荀傳再一次回頭，看見母親已經與村莊融為了一體，那村莊的密集的樹木那呈現的綠色仿佛一珠淚滴，母親已經被那滴淚融化了……

前途茫茫，荀傳還不知道未來自己的路是什麼樣的。未來是不存在的，有的只是眼下，只是現在，只是眼前的這一瞬間。重新實習，爭取順利畢業，踏上工作崗位，掙錢，自己養活自己，這是每一個孩子隨著長大都會面臨的嚴酷現實，在這個過程中，有的孩子掉隊了，有的進了監獄，有的意外死亡，有的失蹤了，有的……有的……

　　苟傳住在大哥的工人宿舍裡，幾天都沒有見到他。貨車司機東奔西跑，有的出車後多天不歸，這是常有的事。他的家其實是在農村，不是中原某地的城市，不是。雖然他的父親是城裡照相館的工人，他的大哥也是汽車運輸公司的司機，但那都不能說他是城裡人，枉生出的那種自豪是狐假虎威的，是自我欺騙而已。但那個年月，城市出身就高人一等，城裡娃就比農村娃高三分。他有一半是城市裡的，就以父親所在照相館的地址接收他由於休學後每月給他寄來的生活費用。衛生學校與師範學校一樣，護理專業的學生是有生活費補貼的，每月十七元五角，相當於半個工人的工資。這個階段的學生，虛榮心膨脹，往往會向不斷向家裡要錢，向家鄉的親戚朋友同學借錢，用以武裝自己，無非就是換件新衣裳，筒褲，喇叭褲，上檔次的上衣什麼的。

　　秦陽距離西安相當近，坐五十九路車可以直達。苟傳還寫詩。無論他認識到自己多麼不適合做一個詩人，但他卻無法把這一夢想丟棄掉。他有了認真學習好專業知識的態度，但對於詩歌還是堅持著，他給予自己的理由是，堅持詩歌寫作，閱讀和寫作並不會影響他對於專業課的學習，他的智力保證了他能夠同時兼顧。一個十九歲的青年不放棄夢想，在向母親做了保證之後還依舊寫詩，這說明他的內心的熱愛是多麼堅強，甚至是頑固的。

　　還有幾天就出發去實習了，就要離開學校到當時秦陽地區所有縣醫院的實習點去了，他被分配到了與省城西安毗鄰的周至縣實習，但卻不是周至縣人民醫院，而是縣中醫院。不管怎麼說，他不再回那讓他痛心疾首的山城縣醫院了，就是燒了高香，拜了大佛了。那兒縣醫院的總護士長是個男性，對他嚴厲，不容許他那樣的學生畢業，說他會害病人，他作為一個十八歲的年青人還不能對人家對他的公正批評持公允的接受態度，還是站在年輕人自私的立場上，記恨人家對他的嚴厲。但他的初戀呢？他對那個初中女生的愛情呢？他已經把她從他的世界裡抹殺掉了，去除了，把早戀作為嚴重的錯誤對待了，從心上把她抹去了。他沒有成年，沒有任何的生存能力，這樣的先決條件下，是沒有資格談戀愛的。

他到了省城西安。

深秋之後就是冬天了，天氣寒冷起來了，他為自己買了一條法蘭絨褲子，直接就穿到了外褲外面。還為自己買了一本《三曹詩》，曹操曹丕曹植的詩。這個階段的他學習和模仿的是中國的古詩，他已經買了有二十多本文學書，有《文心雕龍》，有《詩詞例話》，是一位他父親的畫家朋友指點的。父親雖然是個大老粗，卻有一個做了畫家的朋友，算是忘年交吧。那畫家的工作單位是省林業局，他曾經到荀傳家去過，專門去寫生的。那時荀傳家還在董家梁的下樑。還有一對從地母莊來的兄弟用土槍打野雞。那一帶野雞很多。野雞的羽毛十分絢麗，大自然的精靈一般從山谷這邊呼嚕嚕飛到那邊，鑽進灌木叢裡就不見了。有時候一群上十隻野雞在新耕過的莊稼地的土浪上奔跑，其速度之快叫你眼花繚亂。收麥子的季節，麥地裡會出現一窩一窩的野雞蛋，那蛋裡面的野雞崽已經快孵化出來了，野雞崽已經長出了羽毛，沒有人吃那種蛋。荀傳的記憶裡從來沒有過那野雞蛋已經孵化出來一窩野雞雛兒的情景，如果已經孵化出來了，小野雞在聽到人類的收割聲響後也會逃跑，所以就看不見了。

荀傳的父親還曾把他領到畫家家裡去過。他也不是完全不支持兒子寫詩，只是後來兒子對他的態度叫他失望了，發現這兒子如此沒有良心，如此沒有孝心，竟然攻擊開當爹的了。荀傳還曾領父親在秦陽拜訪過一位詩人。他是秦陽地區創作室的專職詩人。他對荀傳創作的詩歌不置可否。誰又能預測一個年青人的未來呢？

夜晚降臨了，荀傳計劃著在火車站的候車室混一夜，不能露宿街頭，就呆在這兒，次日去找雜誌社投稿。凌晨時分，竟然有大隊的警察來清查候車室，他由於說謊而被猛打一耳光，鼻子出血，他忍住，沒有吱聲。如此兇殘！只因他說他是送那個軍校生的，那軍校生與他女朋友一起，他與他們有過攀談，但他的話遭到了軍校生的否認，那高個兒的滿臉橫褶的公安（那時候還不叫警察）就抽了他一耳光，一下子就把鼻子打出了血。他捂住鼻子，沒有去看那對他的施暴者。目光朝下，表示的是不反抗，不記仇，是奴隸的馴順，沒有迎來第二耳光。

火車站廣場上的卡車把一群幾十個流浪漢抓走了。那個年月他們被叫做盲流，抓住後就要被遣送回去，從哪個省哪地來的就回哪兒去。苟傳被當作盲流押到了省城收容所。那一條狹窄的走道兩邊的通鋪十分低矮，幾乎接近地面。他對前途陷入了無窮的焦慮之中。他想到的是對不起母親，她的叮嚀難道就這樣白費了？剛剛逃出虎口，馬上就進了狼群。這參加不了實習，還談什麼畢業呢？僅僅為了省上幾毛錢，不返回秦陽，第二天還可以繼續在省城辦事，去雜誌社投稿，這樣的決定把自己拖進了泥潭。旁邊有一個年輕人看出來了，還寬慰他了幾句，說既然進來了，就接受命運吧。他一夜無眠。他的新買的法蘭絨褲子把裡面的褲子遮蓋住了，也遮掩住了那褲兜裡的錢。他把鑰匙鐵環上的指甲剪上交了。進了收容站，凡是危險品就得上交。火車站廣場，當大批的盲流被驅趕著上卡車時，有個公安幹部叫喊起來了，說是抓住了一個重要逃犯，後來又發現弄錯了。那一驚一乍的，苟傳實在是第一次見識和經歷。

有個小夥子鼻涕流到了下巴上，眼淚與鼻涕混合到了一起，在地面上爬著，爬著，爬著……哭泣著。他為何那麼痛苦？當時苟傳是不明白的。後來他想可能是他的毒癮癮犯了，他吸食毒品，是個癮君子。

後天就要出發去周至縣實習了，屆時他要是還不能出去，他的命運就堪憂了。他不知道被關進收容站後得多少天才被遣送回去。他是口笨木訥之少年，有時候突發的口齒靈俐也許只是瞬間被善靈附體了，絕大多數情況下都是不擅言辭的，像他在老公安面前說他是送那軍校生的，似乎是在完全不受自己控制的情況下說出來的話，一個十九歲的未成熟年輕人，他也沒有思量思量人家會相信嗎？那個軍校生會附和嗎？軍校生與他的女朋友一起，女朋友明顯是送他的，可你荀傳與他們之中的任何一個是什麼關係呢？你與那姑娘是什麼關係呢？送走了軍校生，不就剩下你與姑娘兩個人了，你們兩個倒好像是戀愛關係了，而那軍校生是你的弟弟或者哥哥，假如你是軍校生弟弟，你怎麼會影響你的哥哥與他的女朋友之間的送行呢？她是由於害怕，覺得夜間不安全才叫你來的嗎？那麼你是她的弟弟這樣的解釋似乎還講得通。只要軍校生不予以否決，你或許還能蒙混過關，畢竟只是抓盲流，而你怎麼可能與盲流掛上鉤呢？

你記住了那個軍校生，他是紀律的奴隸，他絕對不會發慈悲善心的。你為了省那麼一點兒錢結果把自己陷進了深淵，這好像不是正常人做出來的事。你的腦子會偶然出現神來之筆，改寫你的預定線路，這也許就是你的超常之處。

好在第二天早晨開始了遣送工作。你在被那老公安的耳光打得鼻子出血後就一句話也沒有說了，沒有做任何解釋就爬上了寒風中的卡車被送到了收容站。你又一次上了卡車，到了火車站，上了火車，坐在了座位上。這支押送隊伍是要把你們這一幫二十幾個人押送到下一站去，也就是秦陽地區的收容站。進了那兒的收容站，通知學校的話，你會出去的，可那樣的話，又會鬧得滿城風雨，不知還會受到什麼樣的處分。在火車上，你終於要為自己的命運拼搏了。你要說話了。

當荀傳把自己的真實情況向押送幹部說了以後，對方問他有多少錢。他連忙把外面新買的法蘭絨褲子解開從裡面的褲兜裡掏出了所有的錢。那一百五十元錢除了花掉的都在那裡。一個將要去下面的縣醫院實習的學生是要有盤纏的，那是母親給予他的血汗錢。父親經常的口頭禪是：莊稼人的錢是血汗錢，一滴一滴花；商人的錢是滾來滾去的錢；當官的錢不隔夜，頭殺了就花不上了。他還大方地從列車售貨員的售貨車上買了小零食送給押送幹部，人家不要，旁邊有個婦女說多好的娃，她就要了。看來她是個老油子了，她還向荀傳要錢，他竟然給了她兩元錢。押送幹部經過慎重分析得出結論是：這確實是弄錯了，工作失誤。下了火車後，從秦陽火車站出來，這支隊伍走在街道上，荀傳心裡發虛，要是被同學或老師發現混跡在被遣送的盲流隊伍裡，不知又會弄出什麼異變。走過了北門口什字，走進了那條東南與西北方向的斜街——中山街——時，押送幹部悄悄對荀傳說你往後面走。荀傳一聽就靈醒了，他放慢腳步有意落到了隊伍的尾巴梢兒上，再過了幾秒鐘，他就徹底脫隊了。

天下還是有好人的。那位長著一張團團臉的公安幹部，中等個兒，和善的氣息充盈，而那個一巴掌就把荀傳打出鼻血的公安幹部瘦高個兒，臉是三棱狀的，目光如同猛禽，比如鷹隼，比如狼蛇……在關鍵的時候，命運出現重大危機的時刻，荀傳還是有能力運用他的十九歲的年青的智慧的，化險為夷，化捆綁為解放，脫出隊伍，恢復自由。

還有同班的兩個同學沒有按時畢業，一個是由於省統考不及格，一個是由於參與了家庭衝突。什麼樣的家庭矛盾？他的爺爺打他媽媽，他幫媽媽打了他爺爺，導致肋骨斷了。他的姑姑把他們告了，他由於對於母親的愛勝過對爺爺的仇恨，他被關進了拘留所。在那裡，他被關押了兩個月，出來的時候臉雪白雪白，仿佛發酵的麵團。拘留所陰暗的房間裡沒有陽光，陰暗至極，他在裡面靜待著，與裡面的人有了交往，他因為專業需要學過拉丁文，又自學過日語，在中學時學習過英語，居然會三種外語，拘留所的嫌疑犯們羨慕不已。他那時還是個十八歲的少年，長得白淨，又虛胖，不知遭到過性侵犯沒有？拘留所和男性監獄雞奸現象十分普遍。可荀傳在收容所的那個夜晚並沒有遭到任何男性的侵犯，那麼那到底是一種什麼樣的狀況呢？也像戀愛一樣必須有追求的過程，然後對方同意了，這才會有性的結合。任意的強姦行為不管在哪裡都是不受待見的。這位同學吃過那種坐牢的苦，在人生的旅途中無疑是有了長足的進步。他與荀傳兩個人打聽到了學校裡一位副校長的家所在的地方，就各自買了一瓶酒去了。荀傳買的是城固特曲，那位同學買的啥酒已經沒有任何印象了。副校長的妻子所在的那所中學，他們很快就找到了。他們兩個得到了非常熱情的接待。看來，不管是老師還是校長都是喜歡與他們靠近的學生的，送點兒煙酒更是喜歡得不得了。人是感情動物，誰能不會被示好示尊者打動呢？假如他們早一點學會了與長輩的相處之道，可能在上一年就順利 5 畢業了。只要參加省醫科學校統考過了關，誰又能提出異議呢？

新的縣城，新的醫院，新的環境，新的人……

這個叫周至的縣可是秦域省的白菜心，金周至，銀戶縣，三原、涇陽、高陵縣都是秦域這個省的糧倉，上千米深的黃土層要多肥沃就有多麼肥沃。

荀傳被安排到縣中醫院實習，還有兩個同學是他到了實習點上後才認識的，都是下一級的，他留了一級就與他們成了同學。至於是哪一班，荀傳並不知道。他能與來這個縣的同學在一起實習，也並不能說明他和他們是一個班的。學校裡遵循的是各回各縣實習的原則，是從哪個縣考來的就回那個縣醫院實習，將來也同樣會被分配到原籍所在的縣上，縣醫院或者縣下面的鄉鎮地段醫院。由於縣醫院容納不下所有的實習學生，就把他們三個調配到了中醫院。中醫院一般情況下是病員少，實習生得不到應有的操練機會，基本的練習就會差一些。中醫院的科室極其簡單，只有內科和肛瘍科，沒有外科、婦產科和兒科，或者是內科包括了兒科。一個同學叫李小雲，是周至本地人。另外一同學叫張伯齡，原籍是禮泉縣的。其他的都是中醫班的實習生，有趙磊、胡大須、範月。範月本來是三個字的姓名，他給自己新改的名叫月，他是周至本地的，他家那兒還種植水稻。水稻脫殼後的大米可是稀罕物兒，秦域省這麼大一個地方周至的某些鄉村是產米地之一，再就是長安縣的某些鄉村也種水稻。柳青的《創業史》中的梁生寶不是步行到周至的某地去換稻種嗎？初中語文課本裡的一課就是這樣的內容。

中醫院分配了六個實習生，三個護理生，三個中醫生，分別住在兩個宿舍裡。後來由於院方裝飾房子，把六個實習生調整到了頂樓的會議室，讓他們都住在那兒了。

由於母親的下跪教育而端正了學習態度的荀傳在新的醫院的實習是十分認真的，嚴格按照護士長排好的班跟著被指定的老師上班。飯是在醫院的職工灶上吃的。只有一個廚師。他是個瘦瘦的年輕人，好像是從軍隊復原回來的。他做的油潑面很有特色。血紅的辣椒被滾沸的熱菜籽油一澆，欻拉一聲油叫，似乎瞬間把皇帝他媽老太后油炸了。那油辣子與麵條攪拌均勻，抄一筷子吃進嘴裡，那種香美給一個皇帝都不當。

中醫院好像就是內科，內科好像就是全部的中醫院，藥房供應的藥品也主要是內科用藥，中藥房的藥櫃裡當然全裝的是中草藥了。荀傳與藥房的老師有了更多的交集，就常到藥房去認藥，對藥房上班的老師畢恭畢敬，老師也很謙遜。荀傳看到藥房裡存的無數的藥品，尤其是對那種糖漿類藥，一個大玻璃瓶裝的，感受到了某種衝動：要是把它拿走就可以與饅頭加到一起吃。荀傳這時候還惦記的是吃的東西。但也只是有那樣一閃念罷了。他還向那位在藥房上班的老師借自行車到亞柏鎮去。那兒有一個上一級的他的同班同學，他被分配到了那兒的地段醫院。他後來經營城市綠化樹發了大財。

荀傳還有一個上一級的同班同學，他在縣醫院上班。他叫他給他從藥房裡拿過三服中藥。是把藥費記到公費住院病人的賬上，藥就拿出來了。反正是公費，病人也無所謂。

縣中醫院的科室有限，像婦產科、外科、手術室等這樣的實習內容必須到縣醫院去。他們三個護理生依舊住在縣中醫院的宿舍裡，每天跑著到縣醫院去實習。荀傳先是到外科實習的，主要是到手術室實習，荀傳一下子見識了那麼多手術用的工具，十分震驚。他的三哥入贅到了山城縣的文野鎮，開了照相館，還兼鑲牙，他來信叫他在醫院裡給他弄些拔牙器械。荀傳看著手術室裡的鋼鐵工具，心想那麼多，他偷拿上一二件恐懼不會被人發現，可他最終還是沒有那麼幹。他一是沒有偷竊的毛病，對於這樣不擇手段比較反感；二是他為了順利畢業，膽小慎微，再不能犯錯誤了。他沒有滿足三哥的要求，所以就沒有給他回信。怎麼能叫他的弟弟在那麼大一家縣醫院行竊呢？

當他轉到婦產科實習時就與他人生中的真正的第一次愛情相遇了。如果在山城的那一次戀愛不算初戀的話，那麼這兒的這次相愛才是真正的初戀。那山城的約會夜奔，除了擁抱過一次外，連親吻都沒有嘗試過，肢體的接觸更是十分有限，實在只能算是淺嘗輒止罷了。那四月到六月的時間過於短暫了，一切剛剛開始就都結束了，夭折了。

這是一九八三年的春天，那一九八二年的冬季剛剛逝去，在那春季裡，萬物都在復蘇，荀傳也跨進到了二十歲的虛歲行列裡了，春的悸動在他身體裡蓬勃噴灌薄澆磅礴，他無法壓制身體裡的古老主宰，那是來自太陽的生命力的呼喚。太陽就是上帝，是地球上所有生命的神明，是它創造了一切生命，它射來的每一個光粒都是優於原子電子的神明，它是我們人類這樣的生命體所無法理解的超級生命體，它的大腦和思維主宰了一切，它同時也被更高級的星體級生命所主宰，一級一級的主宰構成了宇宙的結構。那些把上帝想像成同人的形象一樣的宗教或神話傳說都是出自於人自己的臆想，是原始人古人的幼稚想像，他們站在地球上把腳下的大地想像成了宇宙的中心，對於地球是一個球體的認識還沒有，把天上的星辰只確定是"星星"，人眼所觀察的有限範圍限制了人的認知能力，《舊約》中的《創世紀》中的上帝是人所想像的十分有限的神明，其作者把並不存在的天看作實體，看作與大地一樣的實體，這是出於人眼的極端有限性，把萬物的創造局限於人的狹窄認識，把地球上的水與虛空裡的星星同等對待，實在是過於原始和局限了……一神論是專制主義的溫床，它是人間專制與獨裁的翻版，是酋長與國王皇帝的翻版，是惟我獨尊的翻版……

二十歲，剛剛進入二十歲的苟傳還沒有能力認識宗教與宇宙，他學習了人體解剖生理病理藥理，內科外科五官科婦產科兒科的疾病臨床表現與治療和護理，他在極其有限的範圍內探索和思考著生命以及生命與大地和天空和宇宙的關係，感知著大自然的季節變換。他在縣醫院的婦產科實習。作為一個將來的職業是護士的男孩，他是不會被分配到婦產科上班的，可作為一個護校（不叫護校，是衛生學校，不但有護理專業，還有中醫專業）的實習生，卻必須把所有科室都要實習的，特別是接生這樣的技術。醫院裡的老師中也有一些男護士，有一個引產的產婦，她是由於按照規定超生了，是第二胎，必須引產。她是在逃跑過程中被在山道上抓獲的。鄉鎮的計劃生育幹部真的跟奴隸主以及他們的打手沒有什麼區別，對待超生的婦女簡直就像對待畜生一樣。剛下過雨，產婦在山路上滾了一身泥，泥豬一樣髒。計劃生育幹部把她用繩子綁起來，牽著繩索，像是吆著一隻羊把她趕到了醫院的走廊上，幾個計劃生育人員把她壓倒在地，醫生非常迅速地把引產藥——那種雷佛奴爾毒藥，通過半尺長的鋼針穿過肚皮，紮穿子宮，把毒藥注射進了胎兒的宮殿——羊膜腔裡。胎兒已經九個月大了，在引產藥的強力作用下，宮縮開始了，胎兒被強行引出來了。

苟傳專注地看著帶他的護理師的操作。

那引產出來的胎兒這個時候就應該叫嬰兒了，是個女孩，並沒有被引產藥毒死，她還活著。因為擔心胎盤會出現殘留，就剪斷了臍帶。胎兒忽然間發出了來到人世的第一聲啼哭。助產師老師連忙命令苟傳處理嬰兒，叫他用紗布堵塞嬰兒的鼻腔和口腔，把她呼吸和吞咽的通道全部堵塞死。荀傳是實習生，這個時候完全變成了機械，聽憑老師指揮。他顫抖的雙手把紗布往嬰兒鼻腔裡放，可是嬰兒一用力把紗布噴了出來，他又把紗布往嬰兒口腔裡堵塞，結果被嬰兒吐了出來。帶他的老師生氣了。

"這麼笨！"

老師雖然是個女性，可她的聲音突然變得異常雄壯嚴酷。她抓起止血鉗夾起被嬰兒吐出來的紗布把它插進了嬰兒的鼻腔。插得實在是太深了，嬰兒的臉立即出現了紫紺現象，口唇紫青發藍，仿佛暴雨過後的藍天那樣的藍。老師說：

"噴不出來了吧！"

她把止血鉗遞給荀傳。

"把口腔裡也塞上紗布。"她命令道。

荀傳接過止血鉗，夾起曾經被嬰兒吐出來的紗布塊，把它慢慢地放進嬰兒的嘴巴裡。可是嬰兒還是把它吐了出來。嬰兒的嘴巴像被扔到幹岸上的魚、車轍裡的魚、少水魚（是日已過，命亦隨減，如少水魚，斯有何樂）一樣吐著泡沫，可並沒有第二條鯽魚相濡以沫，荀傳的手抖動得更加無法控制了，他竟然不自覺地把嬰兒鼻腔裡的紗布用止血鉗一扯，竟然把它全部拖拽了出來。嬰兒馬上恢復了通暢的呼吸，深深地長長地吸了一口氣，沒有再把那口大氣呼出來，陷入了太空樣的安靜中了。

女助產師老師笑了，說："已經沒氣了，死了。"

荀傳還傻傻地愣著。

"你想救活她養大了給自己當媳婦嗎？"

荀傳突然眼淚滴落下來，臉上的肌肉扭曲了起來，可他控制住沒有讓自己哭叫出聲。

女助產師老師說："這孩子！"

她長長地歎息了一聲。

　　實習還在進行著。老師讓苟傳把還遺留在引產婦子宮裡的胎盤通過旋轉絞擰的方法把它輕輕拖拽出來。可苟傳不知是腦子受到了過度的刺激而有些異常，還是他並沒有出現反常而是有意抓住臍帶，沒有按照操作原則而是鬼使神差地直接把它往外拉拽。拉出來的胎盤是完整的。但還是受到了帶他的老師的嚴屬教訓：

　　“苟傳啊，你這是違犯操作原則的操作，這可不是小問題，萬一胎盤殘留引起產婦子宮大出血，那可是醫療大事故。保不齊會要了人家的命的。”

　　苟傳立即渾身上下汗水淋漓，尤其是額頭上大顆大顆的汗珠掉落到了地上，把產房的地面都打響了。

　　那引產出來的嬰兒難道就不是人嗎？是人，再小再年幼，即使是來到人間的第一天，只有一天的年齡，哪怕是在產婦的肚子裡，子宮裡，他或者她都是人，是人間的一分子。可在這光天化日之下，在縣醫院的產房裡，這裡本是接生護育嬰兒的神聖之所，如今卻變成了殺害嬰兒的屠場。苟傳參加了殺人！他雖然本想救那嬰兒的，可他參與的是殺死她的操作。對於助產士師來說那是她們的工作，是她們的職責，如果不去執行的話，她們就會失去正常的工作，沒有了工資收入，她們的編制會被取消，將來和以後可如何生活下去？她們能有那樣一個工作崗位是非常艱難的，有的是經過中專考試獲得的，有的是接父母的班獲得的這份工作，有的是走後門通過不正常的手續獲得的。

　　帶班老師叫苟傳去給一個婦科病人靜脈輸液，因為剛才那個女同學沒有給病人紮上針回來報告給了帶班老師。這個女同學膚色黧黑，但長得還是很美的。她的單眼皮下的眼睛挺大的。苟傳與她去了病房，很快就把靜脈針給紮上了。這個時候帶班老師也進了病房，一看情況，臉上有了喜氣。

　　“這個同學還是學得快！”

那女同學說："他是留級的，實習過。"

帶班老師臉色一變。

"噢，我說哩。"

下了夜班的苟傳從周至縣醫院的南大門出來，走上朝西去的老街。這是一座古老的縣城，地面上鋪砌的是青石板，青石板上歲月的磨痕坑坑窪窪，街道顯得凹凹凸凸。苟傳住在縣城西邊邊緣地帶的中醫院裡宿舍裡，上下班都是步行。他走著走著，忽然看見陽光從雲縫裡出來了。它破雲出，再遠的地方也能照亮。

街道上，一個姑娘騎著一輛自行車。那姑娘好像是彩色的，那自行車也是七彩的。七彩的陽光，彩色的自行車，絢爛美麗的姑娘，自行車的行駛，七彩車輪的轉動，把整個兒街道變得異常精彩，仿佛仙境。

苟傳認出那姑娘就是說他是留級生的姑娘，她與他同在縣醫院的婦產科實習，他是被安排到她所在班級的留級生，與她也算是同班同學了，這又在同一所醫院的科室實習就更有了進一步的親密感覺。

冬季所有的陽光都集中到了那姑娘的身上，集中到了行駛中的自行車上。陽光絢爛，姑娘亮麗，自行車燦爛。

苟傳有一條灰色呢子質地的圍脖，那厚厚的毛呢圍在脖子上甚是暖和。那是父親以前用過的，母親把它給了他。這條圍脖一直跟隨著他，從山城到三原平原，到秦陽那座古老的都城，夏天他跟父親回中原省老家時把它存放到了大哥的工人宿舍裡，那口樟木箱子是大哥當兵時在福建的永安縣的汽車營裡郵寄回來的。樟木自帶有香味。不過，樟木箱子是放在山城縣醫院的一個老師那兒的，他從中原省老家返回秦域省後首先就是到山城縣把那箱子取來的。是大哥開貨車順便把他和箱子帶回來的。那箱子裡還有著兩本《外國文學》雜誌，是他在山城縣圖書館閱覽室借的，半年後他才還給人家。他要做一個守規則的人了。他沒有找那個初中女生，也沒有巧遇。他已經痛改前非，不談戀愛了，沒有條件和資格談，那對他來說還是一種奢侈的生活。他花的是父母的血汗錢，血汗錢就應該用到正道上。那初中女生倒是從來沒有花過他一分錢，可他得把時間給予學業，所有的時間用於學習功課和實習技術操作。他匆匆忙忙把雜誌還了。因為他當時在山城縣醫院實習，是常去的讀者，閱覽室的工作人員就相信他了，不用任何押金就借給了他。其實，雜誌過了期就作廢了，就賣了廢品，他是如此熱愛文學，尤其是外國文學，他應該把那兩本雜誌自己保留著，空時可以認真閱讀，他只需給閱覽室的工作人員說一聲就行了。那是十一月份，還沒有到年底，恐怕是不行的，可考慮到山城縣實在沒有喜歡閱讀這類雜誌的讀者，他是惟一的熱愛者，如果說把物有所用發揮到應有的地步的話，人家會答應他的請求的。他似乎也要與文學暫時告別了，醫學知識和技術才是他的正道。再說了，當時的他只有十九歲，對於世界文學、外國文學來說還只是淺嘗輒止，實在處在十分粗淺的階段，但他一開始就對外國文學如此專注，就愛讀它們，這說明他的內心基因裡有其基礎的。

　　在周至古老的縣城裡，他圍著父親傳遞給他的灰呢子圍脖，抵禦著冬季的寒風。雖然是冬季，可太陽一出來卻顯得特別溫暖。陽光是那麼可愛可親，是那麼澄明和壯麗，那麼有熱度，由於冬季寒冷的反襯，冬季的陽光尤其明亮，尤其絢麗，而那位女同學騎著彩色的自行車，她的十八歲的美麗被太陽的赤橙黃綠青藍紫光一照射，一個襯托，把她裝飾得猶如天外來的鳳凰鳥一樣。她是非人間的仙女了……

　　在外科實習時，荀傳對於另外一位叫彩霞的女同學有過追求。他倒是沒有愛上她，只是追求她。他問她借了鋼筆，有意借的，把裡面的筆芯擰下來了取掉，把寫好的約會的紙條填塞進去。可那叫彩霞的姑娘好像沒有看到那紙條一樣，沒有任何回應，她只是要回了她的鉛筆芯兒。荀傳的追求遭到了拒絕。那彩霞同學安心她所學的護士專業，沒有對文學的任何愛好，她又是北五縣的高寒地區的人。

同學裡面肯定有熱愛文學或者說愛好文學的人，但都在暗處，不像他一樣已經在衛生學校裡出了名。

一次是她向帶班老師說他是留級生，一次是在早晨的七彩陽光下對於她的美麗如鳳凰的驚訝，苟傳對於這個女同學已經有了心了。她是這個縣上的人，是秦域省的白菜心地方的人，大平原養育出來的姑娘，又是人文基礎雄厚的地域，白居易曾經在這裡當過縣令，留下了文學的不朽種子，這裡的樓觀台是老子李聃書寫《道德經》的地方，留下五千傳世言他就西出秦關，隱身於大荒了。李白和杜甫都在這裡留下了足跡和詩篇。

實習還在繼續。苟傳從排班表上找到了她的姓名：葛英蕾。這個名字仿若燦爛陽光下的蓓蕾。她的黧黑的膚色是接受了更多陽光的緣故，就像花蕾被太陽曬著才顯得更加美麗一樣，她就是太陽下的一朵蓓蕾。這一次苟傳沒有向她借鋼筆，她用的也不是鋼筆，而是鉛筆。鉛筆是實心的。他發現她的眼角餘光老是瞟向他，但那瞬間的注視迅速就消失了。苟傳感受到了來自她的觀察，對於她的關注的目光有了自己的理解和響應。他給她直接寫了一張紙條。他本是個膽小靦腆之人，卻有勇氣把紙條給她，這說明他的內心是剛強的，是有決心和恒心之人。他約她到電影院去看電影。

縣城裡也就一座電影院，它位於縣城的東南地段，大馬路的南邊。周至縣處於西安和秦陽兩城的西南方向，更靠近西邊。西安的正南邊是長安縣，長安縣的西邊是戶縣，戶縣的西邊是周至縣，南邊是如同死神一樣安靜不動的秦嶺山脈，終南山就是山脈的一部分。

電影院大樓的東西和南邊都是空曠的田野。空曠田野的南邊天際是終南山。苟傳站在影院的大門口旁邊。電影票已經買了，兩張。他沒有想到這又是花的父母的血汗錢，是母親在三伏天鑽進烤煙地裡打扳煙葉掙的汗水錢。在秦嶺山脈下的渭水之南的大平原上，在終南山下，他被這片土地的肥沃和壯麗又一次征服，陷入了愛的天地。

　　他的約會的小紙條那叫葛英蕾的同學已經接受了，他早早吃了晚飯來到電影院把電影票也購了兩張，如果她不出現，他的一切努力也就白費了，父母的血汗錢更是白花了。觀眾大多都進了電影院，外面的廣場尤其顯得寂寥。已經是冬季了，今夜看不見天上的星星，也許雲層太厚了。影院前的廣場上已經好久沒有一個人走來了，電影馬上就要開場了。這個時候，苟傳終於看見了葛英蕾的身影。他喜出望外。他絕對沒有想到她會應約前來。他們之間的瞬間對視，心有靈犀，馬上就進了電影院。銀幕已經落下，燈光也已熄滅，在引座員的手電筒光下他們坐到了座位上。看是的《巴山夜雨》。這是一部反思性很強的電影，與解放思想下的戰果之一。詩人遭到無辜追捕而坐牢，之前與他相愛的姑娘與他有過一夜情，生育下了他們愛情的結晶。這個小女孩從小就沒有見過父親，她在母親的獨自養育下勇敢成長，可她的母親死了，她成了孤兒。但在她母親生前，她反復給她講述父親的故事。小女孩憑藉著母親的講述踏上了尋找父親之茫茫旅途。小女孩上了船。那是沿著長江航行的一艘客輪。客輪上的詩人被兩個特工看押著。詩人將被押送到北方首都，等候他的是被槍決。他是頑強的反抗戰士，反黑暗高壓，反專制獨裁。小女孩在客輪上與從未謀面的詩人父親相認了，這樣的場面感動了全船的乘客，也感化了兩個押送者之中的中年人。那當過紅衛兵的女性押送者飲彈身亡。全船的人都站在了詩人和小女孩一邊，客輪在長江邊停靠，父女倆下船，踏上了陡峭蜿蜒的山道，消失到了茫茫群山之中……

　　電影裡有一支主題曲是《我是蒲公英的種子》，小女孩的媽媽在與詩人相愛時在山野間采了一支蒲公英，叫詩人吹那如花球一樣的長有翅膀的種子。詩人長長地吹氣，蒲公英的種子搖曳著它們白色的羽毛翅膀飛翔向天空，飛翔向遠方。後來，當詩人父女踏上逃亡之路，在山間，女兒像她的媽媽那樣也采了一朵蒲公英，她自己不斷地吹著，種子飛翔起來，漫山遍野地飛向遠方，她用眼角餘光看著父親，那情景如同往日再現，前世輪回⋯⋯

　　苟傳身處這樣一個大時代，毛澤東死了，指定的接班人華國鋒也已經下臺賦閑，一個思想解放改革開放的時代正在如火如荼地進行著。毛澤東的死使時代一下子得以解壓，對於他身後留下的他的繼續革命階級鬥爭的繼承人的王張江姚一夥的粉碎，文革派的徹底覆滅，元老派的平反昭雪，恢復原職，這是毛澤東的接班人華國鋒也沒有料到的，他的兩個凡是失靈了，被批倒了，什麼凡是毛澤東說的話都是對的，什麼凡是毛澤東制定的政策方針就必須執行，這樣的腐朽思想已經失去了市場。毛澤東所留下的文革派與元老派失去了平衡制約，文革派被粉碎，直接原因是接班人華國鋒感受到了來自文革派的威脅，文革派不是支持他而是要拿下他讓毛澤東文革思想更堅定的繼承人上位，他聯合元老派把他們粉碎了，但這樣的結果也意味著他的時代也就過去了。他依舊沿用的是毛澤東的害人思想，那閉關鎖國，那階級鬥爭，黨內鬥爭那一套，人民和官僚階層深受其害⋯⋯

　　這一切對於身處這個變革時代的苟傳來說他的十九歲的認知能力是不夠的，無法理解其精髓的。

　　他與葛英蕾走在夜間的小路上。

　　縣電影院與縣醫院那邊的老街之間相隔著一個城中村。

　　有水。好像是個池塘。不可能是湖。這麼一個城中村不會有湖的。有水流。應該是縣河吧？護城河？這樣一個名字聽起來彆扭，刺心。把它叫做縣河似乎有著另外一番深意。還有一個名字，是葛英蕾稱呼過的，苟傳只是記住了它的奧妙與美，但卻沒有記住名字本身，那是與"縣河"這樣的名字相近的一個稱呼，護縣河？不對。護城河，太俗氣了，過於平庸化了。

　　有小橋。是非常簡陋的木橋。幾根椽子橫在水上，椽子上鋪上樹枝，樹枝上墊上泥土，踩結實了。苟傳與葛英蕾腳下踏過的就是這樣的小木橋。它似乎失去了小橋流水人家的詩意和遠古的文學化古典之感。它十分土氣。沒有古典儒雅之氣。

有一叢樹木靜靜地站立在水邊。那水有一大片。樹梢的上面是圓圓的月。那是東。圓月是從東邊升起來的。

靜悄悄的。

電影散場後人們都走回家去了，路上似乎只剩下了這對第一次約會的初戀者。這是他們的初戀，而且是第一次約會。第一次看電影。荀傳有過在山城的兩個月特殊情況，與另外一個姑娘有過約會，那雖然算不得初戀，可他畢竟是有經驗的青年了。

這兒雖然是村子，處在老街道與新公路之間，但卻沒有一個人活動。過了小木橋是兩邊的房屋山牆相夾峙的小巷。路面是泥土的，目前它是堅硬的，只有在夏秋季遇到連陰雨它才會變成爛泥漿。

這處小巷的頂上還有廊篷。下面是路，上面是廊篷。村人都上床入睡了吧。荀傳拉住了葛英蕾的手，兩個人站住了。他去擁抱她的身體，感覺到她像一段木頭。他去吻她的嘴唇，感到仿佛親的是一塊石頭。木頭的不動，石頭的冰涼。木頭是不會動的，樹也不會動。石頭是冰涼的，尤其是冬季的石頭，那是瘆髓滲骨的冰涼。葛英蕾是第一次被擁抱嗎？她僵硬了，變成了活著的樹和死去的木頭？她是第一次被男人親吻嗎？口唇變麻木了，僵冷了。她的身體痙攣了？失去了自由行動的能力？她沒有不聽使喚地用牙齒咬了他的的舌頭？那也是失魂落魄的表現。不能自已。

荀傳有了相愛的人，有了心上人，有了約定，葛英蕾默許與他談戀愛了，有了第一晚的約會，第一次的看電影，就會有第二次，會延續下去。他們第二次看的電影是由臺灣作家林海音的長篇小說《城南舊事》改編的電影。那是一部十分憂傷的電影，女主角從小就死了爸爸，她在沒有父愛的社會中成長，心裡承受著無父的現實，她那麼年紀小小就感受到了死亡的來臨和威脅。一個人一旦失去了父親或者母親，就會直接與死神接觸了。那死，那未來離他是那麼近。有一次約會後，苟傳送葛英蕾回去。他們是在四月的麥田中的田塍上走了好幾個小時，從天黑一直走到淩晨一兩點鐘。如果回縣醫院，大門不好進，宿舍門也難開。她的父親在縣上的農機站工作，有宿舍，她父親正好出差了。他們走的田間直路太遠了，而且是朝南走的，那兒也靠近農機站。那單位是建立在荒地上的，高大的兩扇鐵柵欄門鎖上了，但路面是呈下坡狀的，這樣就與門之間形成了巨大的空隙。葛英蕾是從那空隙裡爬進去的。苟傳站在門外看著。他如果也從那兒爬進去，就會與她一起進了她爸爸的宿舍。他有膽量的話，就會在她父親的床鋪上進一步地與她相愛。他們的身體如火如荼，乾柴遇見烈火，哪兒有不燃燒的呢？

苟傳與葛英蕾的約會基本上都是選擇的晚上，而除了看電影外就是長途跋涉。他們怎麼那麼有勁兒，在四月的麥地間，在田間小路上，在田坎上，只是一條道地走下去，走下去，走啊走，走到天盡頭。天沒有盡頭，夜更沒有盡頭，他們就在夜幕圈定的圓形天地裡奔走，他們軀體上的青春激素就是在那樣的長走中消耗掉的。走，走，走成了目的，走得很快，快也成了目的。他沒有停下來擁抱她，也沒有親吻她，只有過那廊棚下的一次擁抱和親吻，他分析她可能並不喜歡那樣也就不再嘗試了。沒有了身體的接觸，他們的戀愛好像變得十分安全了。不會有身體的進一步渴望和需求，也就發展不到她對他的獻身，他同樣對她獻身的地步。沒有了性和身體，只留下了走，走，走，走路。那些夜晚，苟傳記憶中最深的就是走路。走得兩腿上全是土，雨後的話就會褲腿上全是泥。有一夜葛英蕾回到宿舍，那個叫彩霞的同學大叫道："葛英蕾，你沒幹好事！"她指著她的兩腿泥。"跑哪兒去了？"葛英蕾這才發覺她把約會的證據的帶進了宿舍。

走路也是有癮的。畢竟是兩個談愛戀的人在走路，兩個青春的身體走在夜晚的小路上，雖然沒有擁抱和親吻，可還是十分靠近的，一個跟著一個，一個攆著一個，相互間的氣息還是相通的，你能吸她的氣息，她能吸進你的氣息，一個男性荷爾蒙，一個女性荷爾蒙，那都是十分吸引對方和刺激對方的。他們兩個就這樣把走路當作了戀愛的功課，他們雙腿練出功夫來了，他們的身體鍛煉結實了，有了飛毛腿的神功。

儘管沒有身體上的進一步接觸，沒有擁抱沒有親吻，更沒有進一步對對方身體的探索，沒有摸奶，沒有撫摸下體，沒有兩者的結合，沒有性的活動，可他們對走路的入迷癡迷還是影響到了他們的實習，他們的學業，他們兩個月後要面臨省醫科院校的統考，考試及格了才能畢業，才能分配工作崗位。

縣醫院有個男護士是與荀傳一級的，上一年就畢業了，他對葛英蕾很上心，自從她來到縣醫院實習，他就百般照顧她，愛護她，每晚燒一壺熱水給她拎到宿舍，叫她洗腳，她就理所當然地接受了，認為那是老師對於學生的關心，並沒有放在心上。可當那男護士偵知了葛英蕾在談戀愛，一下子就暴怒了。一個夜晚的九點多鐘，他正在注射室值班，看到葛英蕾從縣醫院大門外進來了，想到她又是與荀傳約會去了，火從胸中起，怒從心中生，他沖出去一把抓住了葛英蕾的右手，她想掙扎開，可他越發地用力，結果把她的右大拇指扭傷了。她疼痛得尖叫。這一下子弄得滿院風雨。葛英蕾與班上的另外一個叫豐綽的同學要好，經常形影不離。她們兩個到醫院背後的小池塘邊去複習功課，那位男護士跟了上來，向葛英蕾道歉。他跟到她倆屁股後面好幾天了，一直覥䩄兮兮地要得到葛英蕾的原諒。豐綽斥責他。他依舊一臉的尷尬的笑容。這個年齡階段，都是第一次對某個異性鍾情，沒有任何戀愛的經驗，都是自我嘗試，自我實踐。他為何不向葛英蕾明白表白呢？只是一味地給她送燒開的熱水，讓她洗腳，然後又去把水壺拿到值班室。這樣的行動一百次也不如一次的表白啊！可他感到桃子被匪人搶了，強摘了，他急了，就一下子沖奔出去抓住她的手，用力之猛之大竟然掰傷了她的指關節。

　　荀傳與其他兩位同學已經結束了在縣醫院外科、婦產科、手術室的實習，回到了縣中醫院，繼續在內科實習。這裡的內科是大內科，包括了兒科。還包括了傳染科，都用的是一個住院部，只是在病房房間上有所區別而已。

　　中醫班的三個實習生中有個叫胡大須的，他是馬嵬驛那兒的人，與周至縣也就隔了一條河，這條河就叫渭河。他看不慣荀傳的做派。荀傳的喇叭褲，格子衫，還新做了一套乳黃色的夏季服裝，上衣是帶了兩個明兜的。他本來要求裁縫師傅給他的褲子上也裝明兜兒，裁縫師傅說太不符合習慣了就沒有滿足他的要求。他還在花著父母的血汗錢。大哥不太給他錢了。他給父親去信，說是要學習外語，需要買收音機，家裡把錢匯來了，可他卻給自己買了做衣裳的面料。他雖然懷揣當詩人和文學家的夢想，還繼續努力著寫詩，但他對學外語，英語還是日本語卻沒有明確的志向。這算是又一次欺騙了父親？父親雖然有工資，但是卻提前病退了，工資很低，又有兩個弟弟一個妹妹，還有三個哥，三哥的婚姻上還需要花錢，家裡又要蓋房子，以前的土房子實在是不能繼續住人了。可荀傳遠在外省，看不到那些實情情況，也就無法體會父母的難處。二十塊錢就讓他那樣花掉了。當然，穿衣吃飯上花錢也是應該的。但你一個家境拮据的學生，你還要講究穿衣，想要穿得好看些，對女同學更有一些吸引力，這樣的想法和行為卻是過分的。荀傳是個不安分的學生，現在因為他的早戀而又一次證實了。他立下那當詩人和文學家的夢想就是不安分的，超越了其他同學的。

　　胡大須年齡大，個頭兒比荀傳高，更有力氣，他就欺負荀傳，和他扭打到了一起，荀傳顯然是吃了大虧。荀傳在六個人睡的大會議室改成的宿舍裡深夜手淫的動作叫他發現了，他把這樣的事通過警示的方式說給同學們聽。他說：「那樣會傷害身體的，到時候失去了生育功能就麻達了。」荀傳雖然有與之約會的女朋友，有乾柴烈火的時機和條件，可他依然靠手淫解決自己的性需求。他憋得實在忍不住了這才在深夜同學們都睡熟了時手淫的。他不想把精液噴射到被褥上，就移到床沿上把精液射到地面上。同學們之間手淫的人很多，經常會有同學說聽見或看見有人手淫，這是極普通的現象。

與胡大須打了一架，苟傳吃了虧，受的委屈不小，他就用文言文寫一篇控訴胡大須的文章。他寫得文采飛揚，痛快淋漓，把心裡胸中所有的憤怒都發洩到文字上了，氣也就消了。他不會把這樣的同學之間的爭執和打架，受人欺負，告到老師那兒去的。這樣的洩憤文章和畢業前所有的詩歌作品他給了另外一個關係非同一般的同學保存，還把二十多本文學書箱給了他，他的將進入老年的妻子說她與他談戀愛時看到過那篇文章，罵人還用的文言文，真是驚訝，真是佩服。那一眼就能看出來她年輕時是個大美人，即使到了這把年紀了，還風韻猶存。那曾經在十八九歲蹲過拘留所的同學真是有福氣。怪不得養育了兩個兒子，如今老婆還是整天監察著他的動向，擔心他被別的女人勾引去了。

豐綽來了。

她爬上了三樓。原來的大會議室被分割成了小間，苟傳與另外一個中醫班的同學住一個宿舍。一間宿舍只住兩個人，中醫院的會議室隔出了三間宿舍，中醫班有三個同學，護理班有三個同學，必然地會把一個中醫班同學和一個護理班同學安排到一個宿舍裡。這樣的結果當然是對苟傳有好處了，他與中醫班的同學成了相對關係密切的朋友，而又避免了繼續與護理班的同學廝混在一起，沒有長進。

豐綽同學身材苗條，挺高的個兒，幾乎比苟傳還要高一公分，十九歲的身體發育得豐滿而結實，臉龐是橢圓的，眼睛是雙眼皮的，而且很大。胸部突出，乳房發育得尤其成熟，這使她的臀部有點兒後翹，臉上除了有點兒雀斑外幾乎尋找不到什麼瑕疵。她遞給苟傳一封沒有信封的書信。那信厚厚的，估計有七八頁，是用縣醫院的病歷用紙，是那種臨時醫囑單。實習生們都愛用這種病歷用紙寫信或者做作業，一是它是科室的工作用紙，消耗性的，護士長和科主任並沒有明令禁止，二是它比起長期醫囑單來要薄要軟，厚度只有前者的二分之一，折疊起來也不佔用多少地方。用這樣的臨時醫囑或者處方用紙寫信後來成了荀傳和葛英蕾的習慣，他們之間的幾十封書信幾乎都是這種臨時醫囑單用紙寫成的。還有病程記錄用紙只有橫格條兒，而無其他印刷體字，都是用來寫信的極好的紙。

豐綽一直就那麼站著。她是第一次來，這個實習生宿舍也是第一次迎來她這樣的女生，她這樣的客人，那位中醫班同學好像也變傻了，也不知道如何招呼同學了。看那樣子，豐綽是想呆一會兒的，她在等候著荀傳的反應，是不是有什麼話兒或者馬上就寫一封回信順便讓她帶回去。她可是一位信使啊！一位女信使。她完成了送信的任務，可對方的回信如果要求她帶回去，也同樣是她的使命。

這個宿舍的一面牆壁是新的。這面新牆壁把它與西邊的宿舍隔開了，而東面的牆壁是原來的會議室的老牆壁，但經過粉刷後就都成新的，這個宿舍就像是一個新屋了。靠著兩邊的牆壁有兩張床。那位中醫班的同學並沒有出外躲避，這樣的話，三個人似乎都處於尷尬狀態不能自拔。荀傳不知道說什麼，豐綽也沒有說話，那位中醫班的同學也沒有說話。就這樣僵持了好一會兒，那叫豐綽的女實習生很遺憾地說她走了。她的美麗的大眼睛深處深藏著一種東西，她沒有把它說出來。那東西有可能是：荀傳，我可以安慰你的心，我對你的處境十分瞭解，我能夠把我少女的心給予你……

她走了。

她是獨自下樓的。兩個同學居然沒有想到要去送送她。他們的思想還僵化得很，怕別人猜測，說閒話，男女同學間的交往總是被說成談戀愛，不務正業。

荀傳打開了來信。那中醫班的同學也充滿了好奇。那究竟是一封什麼樣的書信，而且寫了那麼厚厚一遝？還專門派遣一個女信使來把它送到，這麼重視，沒有像往常那樣貼上一張八分錢的郵票通過郵局把它投遞過來，那樣的話就會花費更多的時間，顯然寫信的人是要這封信的內容讓收信者立即讀到，以了卻她深壓心底的心思。

荀傳看著看著，突然不能控制自己的情緒，更是無法控制自己的軀體，它強烈地痙攣起來了，胸腔不由自主地起伏著，他的淚水大顆大顆地掉落下來，他終於控制不住地哭出了聲。他的強烈的大幅度的胸腔起伏，那種起伏程度巨大的抽泣每一次都會使整個兒身體抽動。那位同宿舍的同學嚇壞了。他是知道荀傳與在縣醫院實習的葛英蕾談戀愛的，他說他立即去縣醫院告訴葛英蕾，他叫荀傳穩住自己，不要輕舉妄動，不要輕生。

他跑下了樓。

他在奔跑向縣醫院的街道上遇到豐綽了沒有？沒有多久，他就與葛英蕾一起進了三樓宿舍。荀傳的情緒已經平靜下來了，面對葛英蕾他似乎多了一份靦腆。中醫班的同學的眼光裡透視出放心來，他算是幹了一件功德無量的大好事。

那是一封終止戀愛的絕交信，但是其用詞卻是溫婉的，善意的，好心的。不管如何怕傷害戀愛者的心，它的目的卻是明確的，不管承諾以後以兄妹關係相處，葛英蕾稱呼他為哥哥，他叫她妹妹，這些都無法避免把他與她的關係降級處理了，他不能由戀人這樣的高位上跌落，他要繼續與她相愛，把她當作他心上的惟一，他衷情於她。

這封分手信是這樣的：

請允許我叫你一聲哥哥吧！提筆剛剛寫完第一行，淚水就遮住了眼睛，然而為了卸下這愈來愈沉重的精神負擔，讓雙方心靈都能找到新的歸宿，我必需寫下去！

你可知道：有多少次當我鼓足了勇氣要說這些的時候，我克制住了自己，又有多少次我站在郵箱前猶豫將寫下的東西一次次的撕毀。我是多麼的愛你呀，我不願失去你，然而這又是不可能……最初和你相識，我只想和你成為最好的朋友，保持最真摯、最純潔的同學關係，我也想把這些想法告訴你，你也許會說我是傻丫頭。也許我走的是《玫瑰夢》中蒙萍之路，儘管自己純潔無瑕，但在今天是會受到人們非議的。你總認為我對你有什麼成見，這你就猜錯了，我看問題向來和別人不同，在這事上，有多少熱心的同鄉好言勸過我，也有許多知己的同學苦口婆心地給我講了好些道理，當然也有不少人諷刺過我，對於這些我都嗤之以鼻。我追求的是志同道合，對於別的也許不曾顧及。通過幾個月的交往，可以說我對你是瞭解的，而對於我你卻知道得很少，這一點，也許是我太自私了。其實，我也曾想把一切向你說，不知為著什麼，總未實現。你可能也知道，我本身有著許多缺點，由於父母的嬌生慣養和家庭環境的影響，使我養成了很壞的脾氣，而且個性又特別強，有時可能會使你很生氣和傷感。但我有著女孩一顆善良而純潔的心，為了我的朋友我會犧牲一切的，而且，不僅僅是慷慨的給予者。我的處世哲學是："寧願天下人負我，我不負天下人"。你也許看過《通向手術室》那篇小說吧，我的命運跟那位女孩（我已記不清名字了）是何等的相似啊！看完那篇小說，我流過許多眼淚，我承認自己是懦弱的，今天下午（8/5 星期天）聽完魯迅的《傷逝》，我鼓足了勇氣，寫出了這壓抑在心頭許久的一句話：傳，讓我們只成為最好的同學吧！正如《傷逝》中說的那樣，也許等待我們的是失敗，而留給我們的是傷痕。

傳：我覺得你應該是有所作為的，生活對於你也太不公平了，而我也不應該妨礙你的事業，你也不要再為我白白浪費時間，對於你，我是可有可無的人。過去的一切就像是一場荒唐的夢，而我現在覺醒還為時不晚。我以上說的都對嗎？你也許會恨我的，但你也應該真正地理解我，無論走到天涯海角，我的一半心已給予了你，我也將永遠記住，你是我尋遍海角天涯的知音，我將把你看作我的親人，我最好的哥哥。你如果覺得記住我會給你增添煩惱和不快的話，那就忘掉我吧，忘記我這個無情無義的人，今後你就視我為路人吧！如果你能真正理解我，你就當結識了一個妹妹，一個最善良的妹妹……

傳：讓我們平靜地分手吧！愛不應該結出恨的果實，我不知道這沾滿淚水的信你閱後會得出什麼結果，而我無時不在承受著撕心裂肺的痛苦。你如果願意的話，有機會我一定會把一切都向你說明的。當然這些也都只是我自己的想法和意見，我還是願意聽取你的意見的。如果你不願意再見到我，那就算了吧！

（收到你 4/5 號的信，本該在星期五晚上見到你後，我想把什麼都說出來，但聽人說星期五你到啞樹鎮去了，下午還未回來）

最後，讓我把《城南舊事》中的《送別》這首歌轉贈給你吧：

長亭外，
古道邊，
芳草碧連天，
晚風拂柳笛聲殘，
夕陽山外山。
天之涯，
地之角，
知交半零落，
一瓢濁酒盡餘歡，
今宵別夢寒。

正如張潔在《愛是不能忘記的》那篇小說中所說的那樣，人們對於得到的東西往往不珍惜其價值，而對於失去的東西總是感到格外的親切，至今我才體會到這一點！！

那位叫豐綽的實習女生為何甘願充當那樣一個信使呢？她沒有勸說葛英蕾放棄終止戀愛的想法，而是起了推波助瀾的作用？這從後來的情況看，只能得出如此的結論：她其實是真切愛上了苟傳，葛英蕾放棄了他，她就要他。他們兩個順利分手了，她就與他相愛，接續葛英蕾曾經扮演的角色。可是荀傳的心已經為葛英蕾所屬，一時半會無法移情別戀。如果當初荀傳與豐綽相遇，他追求她，他們兩個也許會有令天公嫉妒的愛情和姻緣。可惜事情總是陰差陽錯，真正相愛的人無法走到一起。後來雖然有努力，但那已經是變形和變質了的。男性一旦愛上一個女性，他的心是極難轉移的，他可能會一生愛她，儘管不能在一起生活，不能結婚生子，不能同處一個屋簷下，只會留下更深的遺恨，但愛是不變的，心裡的牽掛是不變的。荀傳只是把豐綽當作最好的女性朋友對待，從來沒有愛上她，這樣也就不可能有關係上的進一步發展了。

　　五月了，一場雨後，荀傳走到縣城西南頭的公路上。兩排高大的白楊樹的枝葉變得異常新綠，空氣裡充滿了清新的氣息，吸一口都能令半輩子心曠神怡。荀傳面對這樣的雨後春天的景色寫了一首長詩。他經常寫詩，寫的詩都放在他大哥給他的樟木箱子裡。他買的文學書籍也放在那裡。休學的那半年，他在中原省老家的市書店裡買了許多古典詩詞類的書。對於中國古代的詩詞他還在學習，增強自己的文學基礎。這個階段他還沒有涉獵世界小說，看的只是世界名詩。一本《世界抒情詩選》令他百讀不厭。他在周至縣寫過上百首詩，他在山城縣也寫過上百首詩，畢業時他把他的二十多本文學書籍連同詩稿都給了與他要好的那個蹲過拘留所的同學保存，可後來都湮滅了。那同學說由於受潮發黴，扔掉了。還有他的兩個日記本，葛英蕾說被燒了。有一天她把它拿出來看，她的丈夫突然進了門，她把它從床沿溜下去，發出了響聲，她丈夫發現了，向她母親告狀，結果就把那兩本日記和他給她的戀愛信件全部判了火刑。他無法想像是在室內的火爐的爐膛裡焚燒的，還是在野外點的篝火。

　　經過了分手的波折之後，葛英蕾對他變得死心塌地了，放棄了自己的心高氣傲，願意終身下嫁他這樣一個畢業後的未來男護士了。她變得溫柔了，對他說話有了綿綿的情意，把他當自己的未婚夫對待了。但他對於戀愛是沒有任何經驗的，對於肉體的接觸更是根本就沒有那樣的想法，這有些兒奇怪，難道是因為她曾經表現出來的木頭和石頭的被動狀態給予他了無法破除的夢魘，他就停滯不前了，而且好像戒掉了一種毒癮似的，以此表明他對她的愛情的絕對純潔而純粹。沒有肉欲就是純粹的？純潔只能是心靈方面的？他還不懂。

　　葛英蕾向她的母親坦白了一切。她的母親對於十八歲的女兒的意願也是尊重的，起碼給她一個尊重的表像，建議去看看苟傳，幫葛英蕾看看這個男孩，憑母親的直覺判斷判斷這個男孩的行與不行。葛英蕾的母親是終南山下一個山村小學的老師，她專程來到縣城，天黑時，苟傳被葛英蕾約了出來。像以往約會一樣，苟傳領著葛英蕾只是在縣城周邊的路上狂走，致使葛英蕾的母親大人攆都攆不上。她母親說不行不行，就知道走路，走路，飛一樣走路，一句話也不說。可苟傳並不知道後面有未來的岳母大人在觀察他。葛英蕾說她是給他說明了情況的，可他卻沒有任何印象了，竟然還有未來岳母相看未來女婿這一齣戲？那麼，如果苟傳停下來擁抱和親吻葛英蕾呢？與她情話綿綿，甚至去撫摸她的胸和乳，在野外的荒坡上壓到她的身體上，那麼這位未來的岳母會不會說這個男孩真沒有教養，膽子大得簡直要殺人了！他們是不希望其女兒找一個像苟傳這樣的未來女婿的，察看的目的只不過是給予否決找一個合理的臺階下而已。

　　分手信事件之後，苟傳與葛英蕾的愛情似乎進入到了婚姻的預備階段，尤其是葛英蕾認了自己的命，下了最後的決心把自己嫁給一個未來的護士，一個男護士。有同學開玩笑說爹是護士，母是護士，生個兒子也是護士——這樣的命運如果真的註定的話，看來葛英蕾是下了多麼大的決心，做出了多麼巨大的犧牲。為了愛一個男人，她把自己的身家性命和未來前途全部押上了，或者說只是為了同情一個同學，他給她寫的求愛信中把自己家庭的遭遇描述得萬分不堪，說他的父親背叛了他的母親，另外建立了家庭，他與母親相依為命——

這雖然不算得什麼多麼悲慘的命運，但對一個十八歲的姑娘來說，她的純潔無抗力的心靈哪兒能經受住呢？他虛構的身世打動和喚醒了她內心深處和軀體本能的母性，她要把那種保護感、安全感重新給予苟傳，使他對於被父親拋棄的絕望灰色情緒得以轉折和改變。這個階段他們兩個戀人之間的通信倒是能充分表現他與她各自對於未來和現實的態度，尤其是作為女性的葛英蕾，她完全考慮的是結婚和建立家庭這樣的長遠的計劃，對於她的家長方面的反對意見，她堅持著自我的決心，父母親想方設法轉移她的注意力，給她創造認識其他男青年的機會，想把她的對於苟傳的同情心轉變成對於另外的男青年的興趣，真是可憐天下父母心啊！可這個時候的葛英蕾即使用上千牛萬馬隊伍把她從苟傳的心上拉得倒退回來都是不可能的，她是吃了鐵疙瘩了，吃了秤砣鐵了心，既然答應了做苟傳的妻子，當他的老婆，他的承諾和信心就再也不能改變了。這個年齡階段的姑娘，她的心如同銀河水一樣清澈純潔，摻不得任何一粒沙子。

　　葛英蕾的信⋯⋯
　　苟傳的信⋯⋯

　　這個時候的苟傳對於葛英蕾死心塌地的愛情和未來計劃是沒有作為戀愛的女性一方的那種至死不渝的承諾的，一諾千金的心靈他是弱於她的，他只是為了愛情，為了與她的相愛，但對於相愛的結果卻沒有長遠的計劃，作為一個還沒有畢業和沒有通過分配工作掙錢養家有責任心的男青年，他要的是只是葛英蕾的愛情，對於與她組成家庭生兒育女沒有感覺。一天夜裡他們在縣城東邊的郵局附近約會，他居然向她談起去年四月至六月兩個月時間與山城縣的那個初中女生的夜間約會，他說她被她母親打得胳膊紫青，她還患有精神類疾病，好可憐的一個女孩啊，他一想起來就心裡難受。他是為了緩解內心裡的負罪感才向她訴說的。葛英蕾說：＂那我怎麼辦？＂這是苟傳沒有想到的。他只是有內疚心，並沒有去再次尋找那女孩的計劃，可她立即就感受到來自其他女性方面的威脅，這說明她的未來家庭婚姻計劃已經成型成熟深入骨髓了。荀傳要的是愛，他並不想要一個家庭，一個婚姻，還有沉重的子女等未來。側重點是完全不一樣的。

像葛英蕾的媽媽專程到縣城來從側面和背後觀察一下她未來的女兒的女婿，這樣的事葛英蕾是對他說了的，可他並不重視，也沒有放在心上，他雖然表現的是害怕和怯懦，在夜色下走得飛快，可他心靈深處是不接受葛英蕾的母親和父親的，寧可她沒有父親母親，只要她獨自一人，與她相愛就是一切，就是惟一重要的事，就是星球和宇宙。一個十九歲的男青年，怎麼會有未來的家庭和婚姻計劃呢？他要的是愛，是姑娘的愛，是他對於姑娘世界的探索，也同樣是對整個社會和世界的探索發現，一切對於他來說還都是謎。

除了實習臨床操作技術，就是複習醫科理論功課，過幾天或者一個星期約會一次，在五月的麥田裡走向夜的盡頭。天沒有盡頭，夜沒有盡頭，但那盡頭在你的視野的前方，在夜的邊緣地帶，吸引荀傳和葛英蕾奮力走下去，走得飛快，走得雙雙褲腿上一層厚厚的塵土。這樣的在一起走夜路似乎成了他們愛情的全部內容。

經過愛情的磨難之後，荀傳再沒有來自葛英蕾方面的分手威脅和痛苦了，他的心平靜起來了，愛情的歷險引力降弱了，平靜期裡沒有風也沒有雨。學校裡有老師來考試，督促同學們下功夫複習功課。是在縣醫院的會議室考的試，荀傳儘管是留級生，可學校裡對他是一視同仁的。他與葛英蕾是在一起參加的考試，那麼確實他與她是同一班的，是同班同學了。他的考試成績相當好。葛英蕾的考試成績在全班名列前茅。談戀愛並沒有影響到他們的學習成績，反而還有推動作用。他有了一顆安定的心，學習起來更加專注，只要一專注，他的成績就上去了。荀傳不缺的是聰明，他的記憶力相當地好，醫科知識主要靠記憶，他的考試成績自然就會達到一個滿意的高度。

　　又有副校長來巡視了。是那個荀傳曾經與另外一個留級生去過他家裡送過酒禮的副校長。那一次的登門做客拉近了副校長與他之間的距離，副校長有些喜歡這個學生了。他先到縣醫院巡察，後來的縣中醫院。同學們謙恭地歡迎副校長的來到。走的時候，大家送他到樓下。他叫荀傳跟他到汽車站去。路上，他從兜裡摸出了一副老花鏡，說他上當受騙了，不是石頭的，是玻璃的，他叫荀傳想辦法把它賣出去。他如此信任荀傳，可能是想到他是一個有能力在社會上混的學生，穿著上像是地皮流氓，一定能把這樣的小事辦好。荀傳應該立即把他上當時所花的錢付給他，說他一定會把它賣出更高的價的。他雖然想到了，可他沒有捨得自己的錢。他的父母的血汗錢他花得已經夠多了。他答應了副校長，但他是沒有能力賣掉它的。副校長說要是他老婆知道他上當了會罵他的。荀傳上他家做客時見過那個在中學當老師的阿姨。他把副校長送到汽車站，也沒有主動幫他買票。副校長坐上車走了。

　　荀傳在上初中時的一個叫江雷鋒的同學考上了農業學校，他是晚荀傳一年考上的，但由於荀傳留級了，他們也就在同一年畢業。他恰好在周至縣下面的一個鄉鎮蘋果園裡實習，他要返回遠在涇陽縣的學校了，來縣城乘坐班車，於是就先到了荀傳所在的中醫院。這個叫江雷鋒的初中同學與荀傳的人生有著命運性的交集。去年荀傳從山城縣返回學校的途中就到農校先見了他，晚上就住在他的宿舍裡。農校也有學生愛好文學，與荀傳有過交流，那一面荀傳是很難記住他們的，但他們卻記住了他。他是惟一的客人，主人太多了，記一個人容易，記大家就難了。荀傳睡在農校的學生宿舍裡，心神不寧，久久難以入睡。失眠了，這是荀傳很少出現的身體和精神狀況。中考後睡在家裡的廚房窰下，那沒有窰門和窰間子（外牆）的廚房窰直接與外界的山谷相通，蟋蟀的鳴叫聲充滿耳朵，耳鳴陣陣，那是宇宙自身轉動的聲響，只有失眠者會聽見。是地球轉動的聲響，是太陽轉動的聲音，是金星、火星、水星和土星、木星、海王星和冥王星轉動的聲音，是銀河系轉動的聲音，只有耳鳴的人才能聽到。那樣的中考錄取前的焦慮和折磨又一次回到了苟傳的身體上。又一次決定命運的關鍵時刻來臨了。高考和統考畢業。畢業不了，那麼你的所有努力都將作廢。未來的壓力只有學生才知道它有多麼沉重。人生艱難啊！每一步都對身體和心靈產生巨大的傷害。

他心緒茫茫，落不了底，無法踏到實地上，他那一年果然被處分，不允許參加省統考，不允許畢業，勒令休學半年，隨下一級實習，下一年參加統考，統考及格才能畢業。

江雷鋒來了，打個圈轉兒就得返回學校。他送他到汽車站。江雷鋒的老家是河北唐山一帶的，他的父親因為參加了內戰在戰後被安排到了山城縣山區，是南下幹部，一直在銀行部門任職。那老頭兒在冶鐵鄉儲蓄所時，江雷鋒也就跟隨其父在當地中學讀書，苟傳從文野鎮的五七中學轉學後也就與他在一個班裡，兩人之間有著一種天生的吸引力，也就成了好同學和好朋友。江雷鋒是個宅心仁厚之人，有一個寺家原村的同學愛打籃球，水平高，學習好，尤其是數學偏科，特別好，江雷鋒也與他關係非同一般，還特意把自己的一雙球鞋送給了那個同學。那同學家裡窮。苟傳是班上的尖子生，班上還有一個家就在冶鐵鎮上的老紅軍的孫子輩，學習上也是尖子，他與苟傳兩個無論什麼時候考試，中期考試還是期終考試，還是平時的一般性測驗，不是他是第一就是苟傳第一，兩個人有一拼。江雷鋒的交友對象還是相當有選擇性的，他跟學習好的同學要好，學習上會幫他一把，他是個學習上不太用功的學生，經常想著方子玩耍。苟傳家住在醋坊溝，從關山水庫所在的那條溝壑出來要走七華里地才能到達有柏油馬路的冶峪河所在的那條大溝壑裡，兩個溝壑交叉的地方有一個明顯的標誌：聖人橋。那兒一定有著掌故，但苟傳一直不知道。冶鐵鎮就坐落在距離聖人橋北邊八華里的冶峪河的東岸上。星期六的黃昏或者星期三的傍晚江雷鋒騎他父親的自行車就到聖人橋去接回家取半周乾糧的苟傳。畢業班的學生在星期天照樣學習功課，那真是一段緊張奮鬥的日子。江雷鋒接到了苟傳，他跳上自行車的後架，坐在上面。冶峪河是從北邊向南邊流淌的，從聖人橋到冶鐵鎮上坡比較多，苟傳一會兒從自行車上跳下來推自行車，江雷鋒繼續騎著，等到上了坡，路平了，苟傳又跳上自行車後架坐下。那真是一個身在苦中不知苦的少年求學時期。有一天夜裡江雷鋒沒有回他父親所在的儲蓄所宿舍，就與苟傳住在了學生宿舍裡。學生宿舍是幾排教室後面的半山坡上的幾孔窯洞。窯洞門臉上面的土崖上擠滿了濃密的酸棗樹，黃土經過百年雨水沖刷和風的吹拂已經鬆散，常常刷刷地往下落土粒。在那土窯洞裡的泥炕上，苟傳與江雷鋒睡一個被窩。這兩個同性少年的生殖器硬挺剛直，特別剛性，他們兩個摟抱在一起，陰部相互頂著，好像要把對方頂穿了那樣地用力。他們是穿著內褲的。但那樣的頂壓用力，還是釋放了他們少年身體裡的火焰。他們不是同性戀，絲毫沒有對對方的身體有引力和欲望的表現。他們只是少年男子之間的一種對於異性戀的模擬，僅僅是一種嘗試和操練罷了，沒有絲毫的實質性內容。內褲完整，只是一時把對方當作異性擁抱了，並把身體裡的蠻力發洩掉了。不要小看那種擁抱，它是緩解壓力的有效方法。就那麼一次，此後他們之間再就沒有那樣的行為了。同性少年之間在夜晚的氣氛下，勃起和堅挺只是由於黑夜和另外一個軀體的存在而發生的，沒有涓埃心理上的因素。苟傳和江雷鋒絕對沒有同性戀傾向，這是以他們後來的人生與異性的戀愛而證實了的。但他們之間畢竟有著非同一般的同性朋友的某種神秘元素，當苟傳後來結婚後把他的新婚妻子葉變奉獻給江雷鋒這樣的事件可能就包含了他們少年時的那一夜窯洞裡的擁抱和陰部恥骨處的頂壓，苟傳因此也就喪失了自己寶貴的生命，江雷鋒也被判處死刑，緩期兩年執行，苟傳的新婚妻子葉變被判無期徒刑，她的養父也被判處死刑……

江雷鋒生於一九六三年，那一年毛澤東倡導"向雷鋒同志學習"，他的父親就給他取了那樣一個名字以示紀念。當然他恰好也是那一天出生的，出生在獨裁者毛澤東發表他的這句聖旨式的指示的那一個日子。那個年月的人大腦都被獨裁者洗腦了，絕對統治了，給孩子起名全帶有時代的濃郁色彩，帶有獨裁者的聲音，獨裁者的臣民的最大特點是對於他所表示的忠誠，把"忠"字掛在嘴上，填進心中，像"建忠"這樣的名字是非常普遍的。"建"是建國，指獨裁者打下的江山，"忠"指的是對於獨裁者的忠誠。江雷鋒的父親是參加過內戰的軍人，他的腦子更是集團化的，僵化的，沒有任何的個性的。他喜愛打獵，經常捎著一杆步槍爬上山原荒溝去打野雞。這位父親養有兩個女兒兩個兒子，他的小兒子也有打獵的愛好，步槍收繳了，他用彈弓和鐵彈打野雞。他叫江小鋒，心臟有點兒問題，有點兒哮喘。他開著車進入荒山溝，人呆在車裡朝外面發射彈弓鐵彈。必須打野雞的脖子和頭，打到其他部位是不起作用的。一鐵彈打到野脖頸上，就會冒血，它就會撲棱著彩色的翅膀掙扎死去。他還喜愛山原上的古墓，在山坡上的土路兩側經常能看見古代的墓穴痕跡，那露出來的古錢，還有其他東西。那古麻錢實在也不值什麼錢。

　　江雷鋒說他在農村果園實習，給果園裡的蘋果樹剪枝，剪枝後來年蘋果才會結得又大又重，水分足，味道鮮美。他追求一個農村少女，在果園深處，他們約會，他摸了她的"海"。這是葡傳第一次聽說那樣的用詞。"海"就是胸，是乳房，是奶包奶頭。他也沒有敢去摸那姑娘的下體，更沒有敢深入一步。這個年齡階段的少年大多只是在初步嘗試，在體表上做文章，很少有敢於深入姑娘體內的。大家都恐懼懷孕，脫不了手，甩不開身。要是要了姑娘的身體，有了深入的動作，就意味著你要娶姑娘了，可他們誰也沒有準備結婚生子那一課，都是淺嘗輒止，稍有收穫，就趕快逃走。江雷鋒這不就逃跑了嘛！

　　他個子高大，又自己練習了拳腳，在社會上就很想露一手。汽車站裡面擁滿了人。烏七八糟的各色人等。車站外也是人來人往。買票的隊伍排得長龍一樣。江雷鋒擠到了前面去。有個小夥子提出抗議。

江雷鋒買了票後，那個小夥子嘴巴裡還在嗚哩哇啦說著什麼。那小夥子一身農村穿著，黑色的外衣顯出襤褸之狀。江雷鋒上去就把他幹翻了。他趴倒在地，腦子懵了，眼神恍惚。

江雷鋒厲聲道："再屍幹就幹死你！"

江雷鋒乘上班車走了，荀傳也離開了汽車站。他想到江雷鋒倒是呈了英雄，可他走了，受打的人找他荀傳算帳，那就麻煩大了。

我打不過你，可我找你的兒子打，把我的憤恨和怨氣發洩到你的兒子身上……這樣的思維模式是弱者的轉移報復邏輯，是懦弱的表現。可世間這樣的事情這樣的邏輯多了去了。但受害者考慮到強者還會回來收拾他，也就放棄了報復。《失樂園》中的撒旦打不過上帝，就去上帝新造的地球伊甸園去找上帝的造物亞當和夏娃，也就是上帝的兒子和女兒進行報復，教唆他們吃智慧果——也就是蘋果，結果遭致了上帝的暴怒，把人類逐了出去，於是人類這才開始了苦難的繁衍歷程。男人終生勞苦為存活而弄吃的穿的，女人經受生育之苦痛，蛇則終身吃土，與女人的子孫後代為敵，咬他們的腳跟，這種轉移式的報復有其一定的適應性。

說起上帝的兒女所遭受的苦難似乎沒有荀傳和葛英蕾所見更為嚴重的了。葛英蕾最要好的同學是豐綽，她輪流到婦產科實習了。婦科的實習其實與其他科的內容沒有什麼區別，就是給病人打吊針輸液，而產科就比較重要了，關鍵是要學會接生技術，尤其是女實習生就更應該學好這門技術。女生畢業後完全有可能被分配到產科產房工作，一上手就會接生，這就說明她的業務很扎實，水平不低，經過輪班護士老師的帶領，有個十天半個月就能獨自完成班上的工作了。豐綽很緊張地跑來叫葛英蕾。是深夜了，豐綽上的是夜班，她的帶班護士老師由於十分疲憊到護士休息室休息，說是睡上一個小時就來換豐綽去睡。上夜班的護士如果有兩個人的話，是可以相互之間換著休息一下的。加上豐綽的接生技術特別優秀，帶班老師就更放心了。

果然就有一個引產婦生出一個成活的嬰兒。帶班老師對於引產病人是不放在心上的，不需要保證胎兒的存活，隨便把嬰兒接生出來就行了，如果嬰兒是活的，還得把嬰兒處死，嬰兒的父母親還要出兩元人民幣的處嬰費，這是出院結帳單上清清楚楚列舉出來的。豐綽接生下來的嬰兒，當她剪斷臍帶後，響亮地啼哭了一聲。她嚇了一跳。但她並沒有立即用紗布去堵塞嬰兒的鼻孔和嘴巴，堵塞呼吸道。嬰兒似乎明白其處境，安靜地觀察著這個世界。這個世界目前就是這所產房，這個惟一的人：穿雪白大褂和戴雪白護士帽的女實習生。她還沒有晉升為護士，沒有技術職稱。豐綽手中的紗布滑落到操作臺上了。嬰兒的那聲啼哭沒有引起任何意外的情況。帶班護師老師沒有出現。病房安靜得一根針掉落地面就會清楚地聽見其金屬與水泥地面撞擊所發出的響聲。

產婦也沒有發出任何聲音。

夜太深了。地球和其他天體的運行和轉動也是無聲的。

嬰兒的一雙大眼睛睜著，圓溜溜的，十分美麗。豐綽看到了嬰兒的男性生殖器，陰莖和陰囊。她心裡一喜。這是個男孩啊！是亞當。上帝的第一個創造物，上帝創造的第一個人。男孩的目光盯著她的眼睛，目光中露出和善，甚至像是微笑了。這真是一個充滿靈性的靈氣的男孩。她手中的止血鉗硌得指頭疼痛，她把它取下來放到操作臺上。她沒有考慮到帶班老師如果出來了，看到這樣一副情景，會責備她心慈手軟，會責備她完成不了工作任務，會生氣的，畢了還是老師親自處置嬰兒。她沒有想那些，只是被眼前的情景迷住了。這是一個多麼可愛的小可憐啊！

豐綽對引產婦說："是個男孩，活得好好的，一點毛病都沒有……"

引產婦輕聲說："大妹子，我知道你的好心，可我們（指跟她一起來的她的丈夫）不敢把他抱回去養育，鄉鎮上的領導會拆掉我們的房屋，罰我們的款，罰的款數目特別巨大，我們把自己的身體賣了都還不起。唉，大妹子，你就放心處置吧。"

豐綽經常從引產婦及其家屬那兒聽到計劃生育的領導和幹部如何扒掉農民的房子這樣的人間悲慘事件，他們吆四五頭老牛或者馬和騾子，還有驢子，把它們身上的軛上的繩子拴到房子的四根立柱上，用鞭子和棍子抽打牛馬騾驢，那些畜生一共用力，驟然間就整個兒房子拉倒了——他們就是這樣對待超生戶的。只准生一個孩子，如果頭生子是男孩，絕對只准生一個，如果頭胎是女孩，還允許生第二胎，兩個女孩外就屬超生了。計劃生育工作成了評價一個地區的領導工作的標杆，有一個超生就決定這個地區一把手的下臺。嚴格至極。醫院裡也沒有護士和醫生敢把引產下來的孩子放生的，如果違犯了，也同樣會被開除公職，丟掉飯碗。

那是一個足月的嬰兒，豐綽實在沒有力量把他殺死。她不敢去叫醒帶班護師老師，就以迅雷不及掩耳的速度跑到坡上的實習生宿舍把葛英蕾叫來了。葛英蕾一句話也沒有說，她把嬰兒抱走了。

她不敢把嬰兒抱到宿舍去。

令人驚奇的是，嬰兒始終沒有哭啼，沒有發出任何聲音來。嬰兒發出的任何聲音都是嬰兒的聲音，不管誰聽見了都會意識到那是一個嬰兒。

葛英蕾把嬰兒裹到自己的衣服裡，把他抱到懷裡。她正處在與苟傳戀愛的白熱化階段，心比熔化了的錫還要軟還要稀。她穿過了濃重夜色下的縣城街道，來到了縣中醫院的大門外。她是從縣人民醫院來的，這兒是縣中醫院，一般縣城都會有這樣兩所醫院，這兩者之間似乎包括了整個社會。醫院的大門是不上鎖的，即使大門上鎖了，也會留下一個小門開著。葛英蕾慢慢走上了三樓。她來過這兒。她輕輕地敲響了門。

苟傳早有預感。他睡到半夜就被一個噩夢驚醒了，之後就再也沒有睡著。同宿舍的那位中醫班的同學還在深沉的美夢中，均勻的呼吸證明他在夢中十分平靜安詳。那第一聲敲門聲，雖然極度地輕微，苟傳還是聽見了。他立即爬起來，打開了門。

當他發現是葛英蕾時，他內心裡的喜悅升起來，感動得不能自己。他穿的是褲衩和汗衫。葛英蕾把他輕輕拉到了門外，把門更加輕微地合上了。他這才發現葛英蕾懷裡抱著一個嬰兒。他的眼睛裡泛出疑問的光芒，但很快就明白了。

這是五月底的關中平原，氣溫已經很高了，即使凌晨，荀傳也不覺得寒冷。更有葛英蕾和嬰兒在身邊，他的心是熱乎的，身體就不覺一絲寒了。

荀傳和葛英蕾經常夜間出外約會，幾乎走遍了天底下所有的空間。在農機站南邊的沙河邊有幾孔破窰洞。荀傳用破碎的土坯殘塊壘築了一個小四方小屋，就像山村的雞塒狗窩那樣一個小窩，拔了一些荒草鋪到地面上。葛英蕾把嬰兒放到小土窩裡的荒草上。嬰兒渾身赤裸著，沒有一絲布棉絮包裹他，他的皮膚實在是過於嬌嫩了，剛一與柴草接觸，他就瑟縮一抖，但他沒有哭出聲來。黎明的微光使眼睛能夠看見東西了，尤其是極度放大了的瞳孔更是能看清嬰兒的一舉一動。葛英蕾馬上心痛地把嬰兒重新抱出來，把它貼到自己的胸脯上。嬰兒能夠承受柴草的刺紮的疼痛，卻無法抗拒葛英蕾懷抱的溫暖，輕輕地啼了一聲，就一聲。葛英蕾把她的衣扣解開，把她的乳房露出來，把乳頭填進了嬰兒的嘴巴裡。嬰兒用力吸吮，卻沒有任何的奶水出來，他的眼睛裡放出饑餓的光來，臉上的肌肉扭曲了，馬上就要哭出來了。葛英蕾說："好乖乖，我不是你的媽媽，沒有奶水，沒有……"她的聲音非常憂傷。嬰兒聽懂了她的話，不再吸吮乳頭了，也沒有哭啼。

葛傳把他的汗衫脫下來包裹到嬰兒的身體上。

葛英蕾的眼光充滿恓惶。

"沒事，我還有。"荀傳輕聲說。

葛英蕾把包上了汗衫的嬰兒放進土坯殘塊新蓋的小窩裡的柴草

上。嬰兒的眼光一直盯著苟傳和葛英蕾。葛英蕾流下了眼淚。

苟傳用一塊大的土坯把小土窩的門堵上了。

六月下旬就要離開實習點了，畢業統考前的複習功課已經成了所有實習生的除了實習外的更為重要的任務，都在馬不停蹄地奔忙著。可苟傳和葛英蕾卻有了更為重要的工作要做。葛英蕾買了奶粉，苟傳買了餵奶汁和水的奶瓶，還找出了舊衣裳來。

七天，七天啊，嬰兒只活了七天！

七天啊，七天，那是多麼暫短的瞬間！

人生裡有多麼個七天呢？

第一天。

苟傳和葛英蕾都是上的白班。如果不是上的白班，昨夜他和她中有一個人是上的夜班，那麼就沒有可能把那可憐的嬰兒送到終南山下的沙河岸邊的破爛窯洞裡，如果葛英蕾上夜班的話，豐綽也就不可能找她，即使找了她，她也無法扔下正在上的班完成那樣的壯舉，如果她找到了正在上夜班的苟傳，那麼他不敢臨時脫班而去，她也就沒有辦法一個人在令人恐懼的夜間前往沙河岸邊，更不敢去到那處廢棄的窯院，更不會用土坯造出狗窩樣的小土屋給予那一生下來就被社會判處了死刑的超生嬰兒，連他的父母，他躺在產床上的母親都不敢要他，怕她家的房屋被計劃生育幹部和領導用牛馬騾子驢把它拉倒，他們就會無家可歸，連成人都無家可歸了，剛剛誕生的嬰兒哪兒還會有個家呢？

天亮以後，也就是第二天，但對於才出生的嬰兒來說是他生命中的第一天，他是昨夜出生的，天亮後才迎來了他生命中的第一個黎明，他生命中的第一天。嬰兒出生後的第一天，他只能安靜地呆在那個類似雞塒狗窩的土盒子裡，他沒有哭出聲來。他由於饑餓，極度的饑餓，他是想哭的，可他這樣的生命，這樣的人，一生下來就有靈性，就知道生命面臨的處境，他強忍住了沒有哭。那樣的河流，那樣的荒岸，那樣的破爛窯洞，坍塌得一塌糊塗的窯洞，幾乎與地面一樣平的廢墟，院子裡荒草萋萋，有一棵蘋果樹已經乾枯，那乾枯的樹幹和樹枝上的樹皮皺褶層層，葉子一片也沒有了，但那枝頭上竟然還有一顆皺縮發黑的蘋果——那是伊甸園裡留下的惟一一顆智慧果。它乾枯發黴，已經不能吃了。它如同朽爛的木頭一樣，咬到嘴巴裡會卡到氣管裡的，會叫吃者窒息的。

沙河距離縣城有相當遠的路程，中午那段下班吃飯的時間是不夠用的。可荀傳和葛英蕾都在心裡惦記著那個他們昨夜救了的嬰兒。他們心急如焚，可還是耐到了下班時間。他們是實習生，必須遵守醫院的上下班規章制度，尤其是荀傳已經被處罰過一次了，晚了一年畢業，就更加要注意了。葛英蕾更是明白荀傳的處境，幫助他順利畢業，分配工作後，他們就有更多的戀愛空間了。

葛英蕾是提前半小時下班的。她向帶班護師老師請假，說她有急事需要早走，帶班護師老師擺了擺手，說："趕快去吧，沒事。"餘下的半個小時確實也不會有什麼事了，大家不過是靜靜地等候著而已。但這半個小時卻給葛英蕾贏得了提前到達縣中醫院的時間。荀傳剛一下班，就跟上葛英蕾走了。走到街道上，荀傳說得買包奶粉，還有奶瓶什麼的。葛英蕾說已經買了一包奶粉，花了她一月生活費的三分之一。

荀傳與葛英蕾進了商店。一九八三年凡是經營商品的店鋪都叫商店，還沒有超市這樣的大型商場出現。他們朝櫃檯裡面望著，在那擺在貨架上的商品中尋找奶瓶之類的用品。這是一家太小的商店，他們的目光巡視了半天，沒有發現需要的奶瓶。荀傳就大膽地問了售貨員。

售貨員是個中年婦女，機警地看著他們倆。

"你們買奶瓶幹啥？"她的目光轉移到了葛英蕾的腹部，那平坦的少女的腹部使她的臉上有了笑容。

“是你們家親戚生小孩了？”她說。

葛英蕾說：“對，是的。”

售貨員說：“東邊那個大商店裡有。”

葛英蕾虔誠地說：“啊，好，謝謝阿姨！我們走了。”

買奶瓶的錢是荀傳掏的。他們都是靠學校補助的生活費生活和學習的。護理專業的學生每月補助生活費十七元五角人民幣，這樣的話，家長就省了開支，都願意讓子女上這樣的衛生學校或者師範學校。師範生也是同樣補助生活費的。

他們出了縣城，朝南邊的終南山下的沙河以急行軍的速度快步前行。

荒蕪的院子裡蒿子成片成片生長。乾枯的蒿子梢頭的種籽在風中搖曳。那惟一的一棵蘋果樹已經死去，那枝頭的一顆往年的蘋果還在誘惑著從天空飛過的鳥兒。

沒有一絲兒聲音。

天地靜止，無限的寂寥。

沒有嬰兒的哭聲。

沒有生命的氣息。

荀傳和葛英蕾心裡涼幽幽的：難道嬰兒已經餓死了嗎？

他們大步蹚過荒草，仿佛從濃稠的水波裡蹚過一樣。荒草如同波浪一樣落下又升起，發出刷刷刷的聲響。

那似乎過了百年的窯洞坍塌得不成樣子了，窯洞的前臉已經全部塌了下來，塌落的巨大土塊堆積在原先有門和窯牆的地方。窯洞裡面是前高後低，那窯洞底部還餘留一點兒早先的腳地，它是平的，但小得連半平方米都沒有，還被滾下來的土塊散亂地佔據著。昨夜荀傳搭建的小土屋就蜷縮在一個角落裡。它部分是土坯，部分是土塊，就是那樣混造起來的。昨夜由於光線黑暗，荀傳和葛英蕾看得不是那麼清楚，小屋搭建得歪歪扭扭。那堵在小土屋小門上的大土坯塊完好地直立著。小土屋的兩面是原先原有的窯洞牆壁，但也是砌了牆壁的，否則是無法蓋頂的。

　　站在小土屋前的荀傳和葛英蕾相互瞧了一眼，心裡都好像被什麼螫了一下，有些兒揪心。荀傳把裝著奶瓶和奶粉的小布包遞到葛英蕾手裡，他把豎立著的土坯搬開了。

　　那嬰兒一動不動。

　　荀傳的汗衫完好地裹在他纖小的身體上，那纖小的身體下是壓平展了的枯草。

　　他們的心臟往低處落下，好像要落到溝壑下面的石塊上了，要撞得粉碎了。

　　嬰兒的眼睛睜開了，轉向他們，露出了靈性的光。上帝說要有光，就有了光。那嬰兒眼裡的光芒照亮了兩個十八九歲戀人的心。整個兒窯洞裡面也被光充滿了。

　　葛英蕾俯下身去雙手捧住嬰兒，把他從土屋裡抱了出來。

　　"他沒有尿濕汗衫。"她疼愛地說。

　　荀傳心想：他一天沒有吃沒喝，用什麼尿啊！

　　葛英蕾把嬰兒抱到懷裡，讓他緊緊地貼到她的胸部。嬰兒的嘴唇蠕動著，葛英蕾知道他餓了一天，他一點兒奶水都沒有進，她本能地把自己的奶頭露出填進了嬰兒的嘴巴裡。嬰兒用力地吸吮起來了。嬰兒的眼睛裡發出更亮的光來。可嬰兒吸吮了一會兒就哭了起來。那乳頭刺激得他更加饑餓了。葛英蕾小聲說："不哭啊不哭。"

　　嬰兒立即就不哭了。

　　葛英蕾說："趕快給奶瓶裡兌奶粉。"

　　荀傳說："啊，忘了，沒有水。"

　　葛英蕾臉上顯出驚異和迷茫來。她還沒有任何養育嬰兒的經驗，只是憑印象買了奶粉和奶瓶，可卻把最關鍵的水忽略掉了。

　　荀傳說："我到沙河裡去弄水！"

　　他好像突然間醍醐灌頂了一般。情急生智慧。

　　葛英蕾說："河水能行？"

荀傳說：“沙河是從秦嶺山脈深處流出來的，是山泉水，乾淨得很。”

葛英蕾說：“涼不？”

荀傳說：“我有時候走山路渴了就趴到山溪邊喝那麼一氣子，灌得肚子裡滿是水，一點不涼。”

“那趕快把奶粉倒一些到奶瓶裡。”

荀傳把被沙河水溶化的奶粉已經成了美麗的奶汁的奶瓶遞到葛英蕾的手裡，她一條胳膊和一隻手托起嬰兒，嬰兒的另一半身體貼著她的溫暖的身體，她把奶嘴頭兒填進了嬰兒的嘴唇之中，嬰兒的味蕾感受到了奶的滋味，立即吸吮起來。

面對這樣的成功，荀傳和葛英蕾的目光交流著，感覺到了無上的幸福。

第二天。

嬰兒來到世上的第二天，荀傳和葛英蕾還是上的白天的班。雖然遭受了昨天的挫折，他們還是沒有帶熱開水前往沙河岸邊。距離遠不是問題，問題是如果他們帶著熱水瓶到那荒廢的窯院去就會引起他人的懷疑和跟蹤，一旦暴露，嬰兒不但活不成了，連他們也會被牽連進去。他們救活並養育引產兒那可是破壞計劃生育政策，那可是國策，給計劃生育國策臉上抹黑，會受到嚴重的處分，一切行動必須秘密進行。

裝奶粉和奶瓶的小布包葛英蕾是帶回了宿舍的，她怕放在那荒郊野外一旦丟失就沒有多餘的生活費重新購買了。還要防備野鼠野獸什麼的。這一天如同昨天一樣，給嬰兒餵了奶粉溶化的奶汁後，荀傳再跑一次沙河，重新給奶瓶裡灌滿沙河水，給嬰兒餵了半奶瓶水。嬰兒把荀傳的汗衫尿濕了，柴草也濕漉漉的，荀傳更換了柴草，又把自己身上的新汗衫脫下來給嬰兒裹上，把舊汗衫在沙河裡洗乾淨了，與葛英蕾兩個人一人抓住一頭盡力地把它絞擰得只留下最後那點兒水分，穿到熱身子上，硬是把它暖幹了。

　　第三天。

　　這一天來到沙河邊的有三個人，除了葛英蕾和荀傳外，還有豐綽。那夜雖然是她叫的葛英蕾，可她後來竟然忘掉了這件大事，到第三天時發現葛英蕾行動詭秘，就死纏住她，她只好說了實話。豐綽極其意外，說她以為葛英蕾把嬰兒送到什麼人家去了，沒想到竟然如此冒險：自己養育！

　　秦嶺山脈是有福的，終南山是有福的，沙河是有福的，沙河南岸上的這處窯洞院落是有福的，這一天迎來了兩個姑娘一個少男，剛剛十九歲的男子，兩個姑娘則剛滿十八歲。他們三人走過淹沒到膝蓋的荒草，把荒草攪動得波浪一樣擺動。他們爬上窯坡上的巨大土塊，下到了那深處的逼仄的平地上。豐綽一臉的疑惑。荀傳把小土窩前的泥坯搬開了。那小門裡露出了荀傳的新汗衫的鮮豔紅色來。那嬰兒轉過腦袋，閃著漆黑的大眼睛。那眼睛靜靜地看著外面，那黑眼珠兒上閃耀著靈光。

　　豐綽呀地深深地呻吟了一聲。

　　"還活得好好的。"她感歎道。

　　嬰兒似乎聽懂了她的話，眼神裡放出一絲駭異。

　　豐綽也意識到了說了不該說的話。

　　"這真叫人驚喜！"

　　她這句補上的話是為了補救剛才的失語。有過失的話。

　　葛英蕾伸手把嬰兒從小土窩裡抱了出來。

　　"呀，這下面已經濕透了。"

　　豐綽說："趕快給換！"

　　荀傳連忙把他身上的汗衫脫下來。豐綽見了，閃出驚異的目光。

　　葛英蕾解釋說："一直是這樣給他換的。"

　　豐綽釋然了，說："嬰兒是個男孩？"

葛英蕾說：“你接的生都不知道？”

“我當時慌亂，只覺得是個女娃。”

豐綽給葛英蕾幫忙脫掉裹在嬰兒身上的舊汗衫。

“呀，胎糞！”

“嬰兒才生下來都要排胎便的。”

“他第一天沒有排。”

“這一吃一喝就排開了。”

“這怎麼辦？”

葛英蕾一臉的憂愁。

嬰兒的身體上沾滿了黃綠色的胎便。那胎便是糊塗狀的。

荀傳說：“抱到沙河邊洗洗。”

這已經是初夏了，氣溫高了，嬰兒雖然睡在貼著地面的柴草上，他的抗力還是很強的，身子熱乎乎的。

在這個初夏傍晚的時刻，葛英蕾抱著嬰兒，他們三個人，不，是四個人，嬰兒也是人啊，四個人來到沙河邊。

沙河是從西邊流過來的。河水從西到東地流淌著。在西邊的某個山谷，那是南北方向的山谷，河水是從南邊的秦嶺山脈由南向北奔沖而下的。終南山上白雲泉，雲自無心水自閑。何必奔沖山下去，更添波浪向人間。

南邊是山，北邊是平原。但在河的北岸上有一道山梁，山梁上有窯洞，窯洞前有院子。他們三人與嬰兒是在河的北岸上。

沙河十分寬闊，水倒不深。河邊大石頭彼此連接，河水在大石頭間盤旋。荀傳脫掉皮鞋，把它放到岸上的石頭上。他走進水裡。葛英蕾把裹在嬰兒身上的沾上了胎糞的舊汗衫揭下來，把它扔到一塊大石頭上。她蹲在水邊，把嬰兒的小身子浸到水裡，荀傳連忙給他洗滌屁股上和身體其他部位沾上的那綠黃色的骯髒排泄物。黃綠的胎糞落到了水裡，漂浮著，被沖走了。豐綽拿著荀傳的新汗衫，另外一隻手提著葛英蕾的小布包兒。那裡面裝著嬰兒吃的奶粉和奶瓶。

茍傳光著上身。

這很正常，在校園裡時太熱了也會光著上身的，大家對赤著的上身已經習慣。當然了，姑娘家是絕對不允許光裸上身的。

很快就把嬰兒身體上的胎便洗滌乾淨了。恢復了一身潔淨的嬰兒變得更加叫人心疼了。豐綽把那布包兒放到大石頭上，用新汗衫去給嬰兒擦身，葛英蕾往後一躲。

“弄濕了可咋裹？”葛英蕾嗔怪道。

茍傳連忙把大石頭上的舊汗衫拿起來，浸到河水裡擺蕩著，又用雙手揉搓了幾道，又平鋪到水面上擺蕩，又提出來，反復浸進水裡擺蕩，提出來，絞擰乾淨了水，用它揩擦嬰兒身體上的水珠，擦得乾乾淨淨了，這時豐綽把新汗衫給嬰兒裹上了。

裹上了新的鮮豔紅色的汗衫的嬰兒似乎變得了一團旭日樣的火焰。

第四天。

神說：“天上有光體，可以分晝夜，作記號，定節令、日子、年歲，並要發光在天空，普照在地上。”事就這樣成了。於是，神造了兩個大光，大的管晝，小的管夜，又造眾星，就把這些光擺列在天空，普照在地上，管理晝夜，分別明暗。

神看著是好的。有晚上，有早晨，是第四日。

第五天。

縣醫院和縣中醫院醫護工作人員，也就是醫生和護士，還有檢驗、放射、藥劑、心電圖、比超等科室的班是由白班和夜班輪流著倒班上的。葛英蕾與茍傳的班也順著醫院的排班表轉動，他們兩個就無法同時去往沙河邊的破爛窯院了，有時候茍傳一個人去，有時候葛英蕾獨自去。他們保證每天去看一次嬰兒，給他喂一次奶粉兌沙河水的奶汁。一天只給喂一次奶水，那嬰兒二十四小時只能吃喝一次，一奶瓶奶，一瓶秦嶺山脈深處宣洩下來的白雲泉水，雖然它已經改名為沙河了，水也是河水了，可它畢竟本質還是泉水啊！

這個引產兒就這樣吊命著！

這個沒有生存權利的嬰兒就這樣被葛英蕾、荀傳這對實習生戀人，還有豐綽這位同學，在他們的努力下命懸一線，繼續存活著。

神說："水要多多滋生有生命的物，要有雀鳥飛在地面以上，天空之中。"神就造出大魚和水中所滋生各位有生命的動物，各從其類；又造出各樣飛鳥，各從其類。神看是好的。神就賜福給這一切，說："滋生繁多，充滿海中的水，雀鳥也要多生在地上。有晚上，有早晨，是第五日。

第六天。

這一天葛英蕾上中班。什麼是中班？從下午四點鐘上到深夜十二點鐘。之前的叫白班，之後的叫夜班。荀傳上的白班。他下午四點鐘就下班了。他知道等不來葛英蕾了。他獨自朝沙河岸邊走去。

葛英蕾上的是中班，她下午四點之前是有時間去給嬰兒餵奶和喂水的，可她的母親——那小學教師——叫她回家去，說是有極其重要的事情。實際上是怕她進一步與荀傳來往，為了所謂的談戀愛，就給她創造接觸和認識他們認為更優秀的青年男子的機會和條件。再者，他們已經形成了在傍晚給嬰兒餵奶哺育的習慣，不想輕易改變。

荀傳到達那處廢墟時，落日在沙河的西邊的平原上壯麗地照耀著。那落日的紅光把廢院中的蒿草照得如同綠寶玉一樣碧綠。往年的乾枯鐵稈蒿中長出的更加茂密的新蒿草把荒草叢變得更加密實了。荀傳從中蹚過時，發現有野鼠跑掉了。他發現了荒地上野鼠拱起的虛土。那拱起的虛土下是野鼠打的洞，通向它的窩。在這個繁盛的夏季野鼠們也在大量地繁殖著。

荀傳走近窰洞時，看見豐綽在那下面。她十分專注地把嬰兒抱到懷裡，嬰兒的嘴唇噙著她的少女的乳頭用力地吸吮著。她似乎沒有聽到任何聲響。葛傳站在坡上，愣住了。

豐綽輕輕地呻吟了一聲。

"啊，你咬我。"她輕聲說道。

豐綽把她的衣服拿來了兩件，鋪在小土窩裡的荒草上，另外一件給嬰兒當被子蓋。她還買一袋新的奶粉。嬰兒的生活用品越來越豐富了。

神說："地要生出活物來，各從其類；牲畜、昆蟲、野獸，各從其類。"事就這樣成了。

於是　神造出野獸，各從其類；牲畜，各從其類；地上一切昆蟲，各從其類。神看著是好的。

神說："我們要照著我們的形象，按著我們的樣式造人，使他們管理海裡的魚、空中的鳥、地上的牲畜和全地，並地上所爬的一切昆蟲。"

神就照著自己的形象造人，乃是照著他的形象造男造女。

神就賜福給他們，又對他們說："要生養眾多，遍滿地面，治理這地；也要管理海裡的魚、空中的鳥，和地上各樣行動的活物。"

神說："看哪！我將遍地上一切結種子的菜蔬，和一切樹上所結有核的果子，全賜給你們作食物。

至於地上的走獸和空中的飛鳥，並各樣爬在地上有生命的物，我將青草賜給它們作食物。"事就這樣成了。

神看著一切所造的都甚好。有晚上，有早晨，是第六日。

第七日。

天地萬物都造齊了。到第七日，神造物的工已經完畢，就在第七日歇了他一切的工，安息了。

神賜福給第七日，定為聖日，因為在這日，神歇了他一切的工，就安息了。

這一天是三個實習生人生中記憶最深的一天，是他們從少女少男這樣的未成年人走向成年人的殘酷世界的決定性的一日。他們認識到了世界的殘暴和邪惡，人世的罪惡，人對生命的殘害，暴政的根源。

這一天不是社會上法定的星期日，但卻是苟傳與帶班老師的休息日，此時五點鐘，他還沒有睡醒。那位同宿舍的中醫班同學依舊發出沉睡的鼾聲。苟傳聽到了敲門聲。他還沒有來得及回答“請進來”，門就被一下子推開了。他看到了葛英蕾。自從那封分手信後，葛英蕾對這兒已經相當熟悉了。她大步走到苟傳的床鋪前。她挎在肩膀上的小布包緊挨著她的腰肢。

“苟傳。”她叫道。

她的喊聲絲毫沒有影響那位中醫班同學的睡眠。

苟傳連忙翻身起來，穿上褲子和上衣。

葛英蕾說：“咱們現在就去看他。”

苟傳馬上就明白她指的是誰。

“不是傍晚的時候才喂嬰兒奶和水？”

葛英蕾繼續說：“我做了一個奇怪的夢：嬰兒忽然從小土屋裡爬了出去，爬到了那坍塌的大土塊上，然後他就從雙脅長出了一對翅膀，飛翔起來，飛到太陽裡面去了。”

苟傳說：“我去洗臉。”

葛英蕾說：“別洗了。”

葛英蕾繼續道：“我覺得心慌……”

苟傳說：“馬上出發。”

天色微亮。

葛英蕾的彩色自行車停在院子裡。她掏出車鑰匙打開了後輪上的圓形鎖。苟傳立即抓住車把，騎了上去，葛英蕾跳上後架坐下，自行車就飛馳起來了。

南邊的巍巍秦嶺山脈還籠罩在遠處的晨霧裡，通向沙河的田間小路兩邊全是青綠的一尺多高的麥子。麥子已經秀穗了。清晨的空氣有股清新的甜香。

麥田間的小道上有一位行色匆匆的姑娘。

自行車飛馳著。

"呀，是豐綽！"

自行車停下了。

葛英蕾問："豐綽，這麼早？"

荀傳說："你也去看嬰兒？"

葛英蕾說："豐綽你後面走吧。"

荀傳騎上自行車，葛英蕾跳上後架，很快消失到了麥田深處。

從麥田盡頭的小路到沙河岸邊一片荒蕪。荀傳把自行車立住，鎖上。這個時刻，沙河的流波湧向的東方還是灰暗的。葛英蕾與荀傳急步穿過荒地，蹚過窯洞前的蒿草，乾枯的往年的蒿草和新年的青綠的蒿草夾雜的草叢。有一條菜花蛇溜走了。它出現在葛英蕾的腳邊，盤成一團，荀傳掃見了它，迅速把葛英蕾拉向自己，她渾身緊張。那蛇迅速溜進了深草叢，葛英蕾沒有看見它。

"什麼？"

"蛇。"

當他們走近坍塌的窯洞時，那兒的寂靜叫人感到害怕。一股木腥氣撲面而來。他們從高處下到窯洞後部的低地上，一群野鼠四奔而去。

他們看到那低矮的小土屋已經被打了好幾個洞。它雖然沒有因為野鼠洞而倒塌，但已經岌岌可危了。

荀傳搬開土坯，看到嬰兒被野鼠吃掉了半個身子。裸露的一條腿骨白生生的，已經沒有一絲皮肉了。

葛英蕾驚叫一聲，昏迷了過去。

荀傳把她抱到懷裡，迫切地叫道："英蕾，英蕾……"

這個時候，豐綽來到了。她在葛英蕾的鼻唇溝上用指甲掐了一下，葛英蕾醒來了。她第一句話是："快救嬰兒！"

她站起來，跟正常人一模一樣了。

三個人面對那嬰兒，失聲了。

苟傳伸手要把嬰兒從土窩裡抱出來，豐綽制止了他。

葛英蕾說："他死了連個名字都沒有。"

朝陽從沙河的東邊升起來了，紅色的光線照射進了窯洞。三個實習生站在窯洞裡，被紅色塗抹，變成了三具紅日下的紅光塑像。

野蠻的"嚴打"時代

與喜馬拉雅山脈相連的橫斷山脈。

岷山。

西秦嶺。

黃土高原與青藏高原的交匯之地，東接秦地，南通蜀國。

漢南，漢南！

岷山山脈與西秦嶺從東西方向伸入漢南全境，高山峻嶺和深切峽谷、緩平盆地相間形成的複雜地形，地勢西北高而東南低，平均海拔大約一千米。

這個地區的主要河流乃嘉陵江、白龍江、白水江和西漢水。

嘉陵江是長江上游的重要支流，流經漢南地區的部分河長超過五百七十公里，流域面積達三萬一千八百平方公里。白龍江……白水江……西漢水……

漢南屬長江流域，有廣闊的稻田。

告別了北方黃河的重要支流渭河流域，在漢南荀傳深陷失戀的痛苦中。

這是荀傳第二次收到葛英蕾的分手信了，這也是最後一次。在分手信中葛英蕾說她愛上了一個軍校畢業生，並指責荀傳背叛了她。她說她已經與軍校生相愛了兩個多月了，荀傳知道木已成舟，也就放棄了挽回的念頭，寫信讓她把他的兩個日記本還有書信寄給另外一位叫魏白明的同學。畢業後，荀傳把他的二十多冊文學書籍和他所寫的詩歌稿子、還有在實習點上欺負他的中醫班同學的討伐檄文（當然是沒有遞給對方看）交給了他，並沒有叫他保存，這位同學只是對他好奇，對他所寫的東西有興趣，他同樣也是一個青春苦難中成長出來的詩人。她給他回信，說她不會寄給魏白明，說她不願意叫外人看，它們的主人不要了，她要。畢業後荀傳與豐綽有過較多的通信，是豐綽先給他來信，她很主動，他的熱情也就被調動起來了，有些不敢向葛英蕾說的話反倒都給豐綽寫了。她在一封信中說"一個中醫班的同學強行要了她的身體，他說他就是要征服最漂亮的，並把她被他強迫後不敢照鏡子，發現臉上一片桃花紅，那是性興奮留下的性紅暈"這樣的細節都寫在了信裡。荀傳是很不喜歡那個中醫班同學的，他是秦陽市人，有居高臨下的優越感，並有城市青年的流氓性。她也是不喜歡那樣的人，他雖然愛她，發誓要娶她為妻，可她就是愛不起來他。在漢南，荀傳出現了肉眼血尿，陷入了對於未來的恐懼之中。他把這樣的情況在信中向豐綽傾訴了，葛英蕾是通過豐綽才知道他病了，寫信說要去看他，他回信不讓她去。後來葛英蕾自行決定來到了漢南。經過診斷，荀傳患的是輸尿管結石，絞痛和肉眼血尿是由於結石往下滑動時劃傷了輸尿管內膜引起的。經過擴管治療後，病情就平穩了，堵塞的部分疏通了，排尿正常了，也就不會出現絞痛和血尿了，荀傳就像好人一樣。葛英蕾來看望他的那一周，他一切正常。護士長專門給他安排了調休，叫他陪遠方來的同學。還把護士休息室騰出來讓葛英蕾住。荀傳讓葛英蕾看豐綽寫給他的信，就有那封特殊的信。葛英蕾看後，把信撕毀了，還把她寫給他的好多封信一起撕碎了，從窗口扔到了外邊的大渠上。宿舍是在二樓，西邊的窗戶外面是大河谷，窗下有一條幹渠。碎信紙飄落一地，荀傳下到渠岸把它們一一撿了回來，把碎紙屑裝進信封放到紙箱裡。那年月他的家具就是從藥房裡要來的葡萄糖液體的包裝紙箱，那裡面放著他新寫的大量的詩稿。詩稿都是來到漢南後的新作，畢業時他把所有的詩稿與文學書籍送給了魏白明，也給葛英蕾送了上下冊兩本的《古希臘的神話與傳說》，好像那樣的行為意味著與舊日的學生時代一刀兩斷，開始新的人生了。

　　由於身患疾病，荀傳請病假回中原省老家療治。他在漢南畢竟是獨自一人，單位考慮到他需要父母家人照顧就批准了。他在中原省住院治療了一段時間，結石沒有排出去，就決定出院返回漢南。他回中原省老家時走的是長江流域，從甘肅漢南到四川成都，又從四川成都到的湖北襄樊。下了火車，他乘坐公交車從襄陽到了樊城，在寬闊的漢江邊的沿江中路上的一家郵局給葛英蕾寫了一封信，虛構他要到武當山上練功夫去。他在漢江邊呆到傍晚。他望著寬闊而深深的漢江水，對於未來，對於與葛英蕾的相愛陷入迷茫。回到襄樊火車站，他住到了襄樊市東風服務大樓，住到了二樓四十一號房間第二張床位。那是多名旅客混雜住宿的旅舍。住宿費是人民幣壹元捌角正（發票上的印刷體字是如此，“正”應該是“整”）。地點：火車站。84 年 3 月 27 日。四月上旬他到了鄭州，第一次見到了黃河。他在嵩山下的少林寺創作了長詩：

黃河組曲之一：黃河

　　　　（暫且先閉上你思索的眼睛）
　　　　朋友，莫要看公路上拉雜的行人
　　　　不要看公路沿岸林子的村莊
　　　　不要看田畦裡麥苗兒返青的聲音
　　　　不要看從村莊升起的那縷嫋嫋的炊煙
　　　　不要看那正在劬勞耕作著的農人
　　　　啊，不要看，更不要看那蹣跚的
　　　　耄耋之年的依拐，盲瞳的乞丐
　　　　把你的眼睛好好地歇一歇吧

好叫你去認真，縱沉橫深地去思索
那你還尚未謀面的正要去相會的黃河

（開往邙山！
開往邙山！）
"位子讓給雙程！"
哦！三小時。
唉。為什麼要站著去呢。
三小時。
雙程就雙程吧。
可是要坐著。
可是，我不管它三小時。

黃河南岸的一株黑色的詩

在 彳亍

（我先把它的足跡趾踩在腳下）
我再把它的手跡趾踩在腳下
最後，我把它的塑像也踩倒在腳下
將其趾成蛆樣的肉餅

（那坐在黃河南岸牧羊的肯定是黃河的土著）
那你一定知悉許多許多黃河的傳說和掌故吧
你就在黃河邊上長大的土著啊，你可知曉
黃河渾濁的緣故
我多想去問問你呀，可還隔著這邙山深谷

我想，你雖是與黃河日夜相守
你也未嘗能曉得黃河黃的因由
那我就告訴你吧，讓這輕輕的風
把我的話兒吹送

（黃河！你貧瘠的岸邊）
那打著美麗陽傘，隨意躺爬坐蹲在旅遊墊上的
那邙山遠處城市裡的少女
與你是何等的不相協調
那徜徉在你的岸邊，足興地和你留影的
那雙美少的情侶
與你也是何等地不相協調
那耕作在你的岸邊的老農和老牛
更是不相協調
那盤坐在你的岸邊，抱著孩子的慈祥的少母親
是更為可怕的不相協調

（這塊土地已然到了瀕死的邊緣）
啊，這塊垂危的土地
朋友，請你仔仔細細，認認真真地
看看，沉思，沉思這渾濁的黃河吧

你！偉大的大慈悲，至親至善的母親啊
可你卻繁殖滋養了千千萬萬的罪惡不肖的業障
他們，這可惡殘酷滅絕人性的一群
在你仰躺著的肥美而貧陋的軀肉上
殘忍，暴戾，恣睢地把你踐踏作踐蹂躪

在你白藕樣的小腹下

在你叉拉著的，豐腴平展著的兩條大腿間
咆哮，流蕩排泄著的已然是這病態的渾濁的黃河呀
啊！黃河，你是這塊土地瀕死的症候

（黃河，你在吞吃著什麼？）
黃河，看似悠悠的黃河
在你文靜濁波的下面，不知窩蔽著多少
殘惡荼毒的漩渦
啊，面善心惡的黃河
你正在吞食著什麼
什麼是你碩大的鱷魚般口中的食物
黃河岸邊那憔悴枯瘦的田地裡
張著的裂縫
黃河呀，你又感覺到了饑餓

河岸的村莊，人群，莊野
河岸繁華美麗的京邑城鎮
那跟蹌而來的，踱著鴨子的步態
我以為那是黃河的土著
其實，那是從遠方流浪到這兒的
穿著無襠褲子
裸露著那骯髒烏黑的陰唇
散溢著女性特有臭味的討乞婆子
你也是黃河兇惡的食物麼
提防著啊，那些張著的裂縫

（悠悠，緩流著的黃河）
淒迷，空濛，你的水面上漂流著的是些什麼呀

哦！那是誰家房頂上的瓦楞草

瓦楞草怎麼會長在你的流上

又怎麼會還同你一起悠悠著，緩緩飄去

那黃河邊的，哦！那兒不是黃河岸邊的土著

你，黃河岸邊的思想者，你雖不知黃河的傳說與故事

可你一定讀過“李述”女士關於黃河的詩

你一定曉知黃河的緣故

（黃河啊，你不會以為）

我是要去強姦你渾濁的岸邊

那枯乾貧瘠的邙山上

那牧羊的少女

啊，你美麗的黃河的少女

你稍頓一會兒步子，我要問問你

黃河的傳說與黃河的故事

我要問問你，那遠處山頭上

究竟是誰的塑像，誰的陰魂

啊，你停下來吧，你一定隔著溝壑能聽見我

的突突的心跳，可我又怎能追得上你

如履平地的足蹄

孤獨的遊人是詩

最小的路是詩

我偏偏獨自跋涉在這裡

沒有一個孤獨的遊人

峻峭，焦枯的邙山

憔悴地坐著些矮草

這兒只有模糊的獸跡
峭崖下，是兇惡的黃河
獸跡是最初的詩
最小的路是最美的詩

我要到邙山的最高處

再去望望遠處的黃河
看看那遠處迷蒙處
黃河把什麼樣的秘密藏著
黃河，啊，你原是大地陰道裡流出的陰液
敢自，如此淒迷，貪淫的高天
正在這迷霧中交媾

倘若，那邙山山頭的塑像

是古時候遺留下來的
倒並不意味著腐朽
倒是不朽的生命
如果，是"現代的遺跡"
雖然一切都還堅固
可它卻爛臭得不可一聞

我的眼跡，已然到了河北

可我的足蹄終究沒有到了河北
黃河啊，我還是沒有到過河北

我的變色的影子呀

你再往前努力一步
再往前爬上一步
你就可以飲上黃河的泥水了
啊，我的不肖的影子呀
你往前爬呀
你就可以飲上黃河的泥水了

在高高的邙山頭上眺望著
可我的影子卻在邙山山腳最低處
黃河渾濁的岸邊
可它就是飲不上黃河的泥水
就僅僅差那麼幾步

還是奔下山去吧
不必在那山頭顯示
還是來到這山蔭下
寧肯失滅自己那影子
坐在黃河岸邊，好好地飲吧
然後，給你皮包裡的華美的詩集（《外國詩》）
也飲吮上幾滴黃河的泥水
不要羞澀，這兒再沒有一個人
這兒有的只是詩，詩不會笑你

不願走那現成的大道

邙山的峭壁下，黃河流邊
那一個一個牧羊人掘著腳窩
就沿著它走吧
你就顫顫慄慄地走在最優秀的詩行上了

好吧，這一切都會遭到報應

這塊土地即使垂危的時候

也要氾濫它病態的黃

混濁呼嘯的尿液

雜種們，你們都將是泡死在這

尿液中的臭屍

尿液將灌飽你的貪婪的腸肚

你們殘忍的心

好吧，這一切都是無法躲避的報應

你們將是臊尿中的陰魂

黃河，罪孽深重的黃河

你吞食了多少清瑩純潔的小溪

才得以養成如今如此臃腫與渾濁

泥腥的軀身

你莫見北邙山上多少無辜的少女

被你咂幹了妖麗的血後

吐堆在你的南岸

已然她的骨殖累成了巍然的邙山

莫見她們都抽芽了

而你的命運，也還不是被渤海吞食

XXXX.4.12 創作于河南登封縣

在秦域的秦陽市時荀傳還是住在他大哥的司機宿舍裡。他給一個叫甄鴛鴛的同學打通了電話。十號就打了一次電話，沒有打通。十一號又打了一次，這一次電話打通了。他就到秦陽地區第一人民醫院去了。那家醫院的所在地是另外一個縣的縣城。有許多同學分配到了那兒工作。在畢業前夕的統一複習中，荀傳與葛英蕾從來沒有約會過，好像成了陌路人，而他與其他同學倒是打得火熱。不是他一個人與他們打得火熱，而是他們三個留級生原是同一個班的，有魏白明，還有一個矮個子，功課複習過程中也有疲憊的時候，他們就打撲克，有兩個女同學就爬上他們所在的三樓宿舍裡來，其中一個叫張茄藍，一個叫甄鶯鶯。荀傳找的就是鶯鶯。聽說她患有卵巢囊腫，做了手術。那對一個未婚姑娘來說是一種有了缺陷的病，以後生育會受到影響。他的輸尿管結石還是無法手術治療，無法用套石籃把它捕獲抓出來。那天夜晚他就是在她的宿舍裡度過的。

宿舍裡的其他同事有的值夜班，有的外出，沒有其他人，就他與她兩個人。她在其他人的床鋪上睡下了，把她自己的床鋪讓給他來睡。兩個人孤處一室，他呼吸到了女性的荷爾蒙氣息，有了強烈的勃起生理反應，他扼制住了自己的欲望，結果很快就睡熟了。連日來的旅途折騰，他真的十分疲憊。身體有病，工作還沒有正式轉正，停留在試用期階段，未來充滿迷茫雲霧，二十歲的他涉世實在不深，走的路還沒有那些成功人士的過的橋長，吃的飯還沒有有些人吃的鹽多。那一夜顯得並不漫長，他睡得很香，中途起夜後也就自然就又睡熟了。他沒有聽見那位女同學弄出來的聲響。她翻身了沒有？她睡著了沒有？她那個方向倒是十分安靜，連床的咯吱聲都沒有，那麼她一直是醒著的？人只有清醒的時候才會保持那樣的安靜狀態，假如睡熟了，就會發出不自知的各種聲音來的。他與她只是同學關係，純正的同學關係，他的戀人在另外一座縣城，他計劃返回秦陽後就給她打電話，叫她來秦陽，他們在那兒相會。他是忠誠於她的。她叫葛英蕾，荀傳對她的忠誠是萬分的，是惟一的。

因為十一號到達的時候就已經下午下班了，第二天上午鶯鶯幫他找到了一位外科大夫，得到的是否定的答覆，他就去車站買票返回秦陽，她去送他。出醫院大院的時候，他遇到了一位他認識的女子，她年齡大一點兒，也是護士。她是荀傳的二哥的好朋友的女兒。二哥的好朋友比二哥大幾十歲，是忘年交，他覺得二哥這人實誠，就想把自己的女兒嫁給二哥的弟弟，二哥也很高興建立這樣的姻緣。可苟傳愛上了那個初中女生，當這位女子從關中平原上的這個縣城乘車專門到山城縣去與他約會時，約的是看電影，他卻與初中女生爬上了山城背後的山原，等於是把人家哄騙了。這次碰見，對方沒有招呼他，他也沒有招呼她。後來鶯鶯在一封信中說那女子表示道歉，不知道你是來看病的。那女子無疑是善良之人，沒有問候一下一個來看病的熟人，有過約會的男子，深感後悔。苟傳是個口齒木訥之人，很多問題想到了，但口卻沒有到，這就給他人造成了傷害，他當時還只有十八歲，許多事情是考慮不周的，教養上有缺失，這是山村孩子普遍存在的問題。

苟傳從醴泉縣回到秦陽已經是十二號的下午四五點鐘了，他依舊住在大哥的司機宿舍裡。郵局已經下班了。他十三號到秦陽的市政府廣場東北角的郵政局專門給遠在周至縣的葛英蕾打了電話。打的是長途電話，話費收據的流水號數：105，收據號數：000737。發往周至葛英蕾。受話地名、受話電話號碼或收話人姓名。種類 8，通話分數伍分。長途電話話費人民幣 X 元 X 角伍分。收據單下寫有：一、此據須蓋有電信局日戳方可生效。二、如有查詢事項，以此為據。備註：苟傳。營業員：10。日戳上的時間是：xxxx.5.13、秦域秦陽。苟傳沒有給葛英蕾打通電話，白花了五分錢長途電話費。他想起葛英蕾同科室的同事，一個叫章子竹的姑娘，他重新填寫了長途電話申請單。這次的流水號數是 149，收據號數是 000979，通話種類是 8，看上去 8 像是 9。通話分數：2 分。收費是 X 元貳角 X 分。其他項目與上面的相同。這次苟傳打通了電話，他拜託章老師把他在秦陽，要葛英蕾明天到秦陽來的話轉述給葛英蕾。葛英蕾上次到漢南去看病中的他，她走時請假太少，就在醫院所在地的鎮郵局給葛英蕾所在的醫院打長途電話，就是找的章子竹接的電話，請求她幫忙向護士長請假，理由是她病到漢南了。她在一封信中說她回到單位後，人們都說她病到漢南了，那是話中有話。還有個婦產科的主任，一個男大夫，有一天迎面碰到了葛英蕾，他問她有沒有男朋友。他在趁她上夜班時從二樓跑到三樓她上班的外科專門要給她"聽心臟"，叫外科的值班大夫——那個身高有一米八的男醫生給趕走了。

"要聽心臟，我們外科有的是大夫，哪兒敢勞你婦產科的？"

可見醫院裡大夫對護士，尤其是對剛參加工作的年輕護士，十八九歲的衛校畢業生的打主意是由來已久的。

他為何沒有在給甄鶯鶯打電話的時候順便也給在周至縣城的葛英蕾打電話呢？他還是先考慮的是看病。如果能在秦陽第一人民醫院做手術，他就會在那兒住院，現在的問題是無法手術，只能保守治療，吃中藥排石，他就得返回四川西北部與甘肅東南部相交的漢南去了。他請假出來是治病的，不能耽擱過久。於是，他決定給葛英蕾打電話，讓她十四號來秦陽，他買的是十五號晚上十點的火車票，十四號他與葛英蕾在秦陽待一天，當天夜晚也在一起，十五號白天也在一起，晚上她送他上火車。

行程就這樣安排好了。

葛英蕾從周至縣城出發到達秦陽的汽車站就是荀傳的大哥所在的汽車運輸公司，前面是車站，後面就是司機宿舍樓。荀傳俯身在窗口就能看到車站裡面的停車場。凡進站的班車都會開到出站口，當旅客從車門裡一一下來時，荀傳第一時間就能看到。班車的擋風大玻璃上掛著醒目的招牌，從哪裡到哪裡，清清楚楚。荀傳從醴泉縣縣城返回秦陽後的第二天下午他給葛英蕾打通了電話後去見了豐綽。豐綽畢業後是分配到秦陽下面的一個鄉鎮衛生所的。她就是在那裡與荀傳開始通信的。那是一個瘋狂寫信的時代，書信是惟一傳送情緒和信息的渠道。在書信裡可以把對方當作無話不談的知心朋友，荀傳尤其擅長書信表達，他同時與好幾個好友通信，有魏白明，有豐綽，戀人葛英蕾當然是不用說了，可他與豐綽的通信的數量甚至超過了他與葛英蕾的通信，這是由於他與豐綽之間沒有戀愛的負擔，更像是知心朋友，而戀人卻是要考慮對方的感受的，弄不好就收到對方的分手宣言。他找到了豐綽。自從畢業後他們這是第一次見面。她正在婦產科值班。上的是中班。他陪她上班，到深夜十二點下班，他跟她到了宿舍。那是一所大學的附屬醫院，附屬醫院的職工也住在大學的住宿區。豐綽住的是一座學生宿舍樓的一樓最西端的那個房間。

宿舍裡的另外一位同事住到她男友家去了，這個夜晚，只有豐綽，沒有別人。豐綽一再給他說著她的戀愛經歷，正在談的男友也吹了。那個使她第一次吃了禁果的中醫班同學她根本就不愛他，早就與他斷絕了關係。豐綽深陷在失戀的痛苦中。當荀傳在豐綽的桌子上面的玻璃板下面看見了他自己的放大了的四寸照片時，他只是覺得驚喜，但並沒有理解其中的深意。他始終是把豐綽當作好同學好朋友看待的，從來沒有想到豐綽會愛上他自己，因為他愛的是葛英蕾，無法再去愛其他優秀的姑娘了。他心裡沒有對豐綽的愛情。他也不知道豐綽給他寫的信裡說到她在調動之前的那所紅旗衛生院時身體所受到的“玷污”的真正含義。後來才聽說她與中醫班那個同學有了肉體關係之後，她遭到了強姦。她住的宿舍門楣上有扇可以旋轉九十度的窗戶，兩個男子是從那上面翻進去的。她開始覺得害怕，緊接著就不恐懼了。對方的要求她沒有反抗。那兩個男子輪流與她發生了關係，之後他們是打開門走的。她第二天洗了床單，把一切都收拾乾淨後，這才抱頭哭泣了起來。衛生院的小院長還給她專門檢查了那個特殊的部位。荀傳有一封信寄到了，小院長撕開信封，看了書信，然後才交給她的。事情弄大了，紅旗衛生院待不下去了，她找衛生局要求調動單位。有一封信裡她寫道她恨不得從衛生局的高樓上跳下去結束生命，荀傳立即回信勸她珍惜生命。經過一番周折和動盪，她被借調到了這兒，正式調動手續還沒有辦。

當荀傳對她說了他與葛英蕾的情況後，她說“我以為你們早就結束了”，荀傳難以理解她的話。葛英蕾曾經到她所在的紅旗衛生院去看她，她當著她的面，還有那個中醫班同學的面，把荀傳寫給她的信念給葛英蕾聽。葛英蕾一臉的平靜。那個中醫班同學說“你不要當著小葛的面念”。豐綽是一直想把葛英蕾從荀傳身邊趕開，她的努力他一點兒也不知道。她並沒有在信中寫一句她愛他的話。她是由於愛荀傳而他又不知並且沒有一點兒與她相愛的意思，她才與其他人談戀愛的，而荀傳因為愛葛英蕾並且保持著傳統意義上的對於愛情的忠誠而沒有對其他異性動過心思。他不是個花心的男人，這倒傷害了多少青春似火姑娘的心和身。在青春時期，他應該與愛她的姑娘相愛，哪怕有肉體上的交流，也算不辜負美好的青春時光。他辜負了豐綽的一片愛心。

　　在周至終南山下的沙河岸邊的窯洞廢墟裡，荀傳看到過豐綽豐滿的乳房，她把乳頭填進嬰兒的嘴唇裡，她的苗條而又壯實的身體散射著青春的荷爾蒙，那濃郁的氣息彌漫了河岸和荒野。她也同樣熱愛文學，寫的書信文字優美，有詩意，有創新，有獨特的魅力。她對他一直十分關心，經常夢中見到他，對於他的詩歌創作鼓勵又支持，當他歎息詩歌得不到發表時，她仍舊激勵他繼續創作，並堅信總有一天會發表的，得到認可的，你的文學才華是沒有問題的。假如荀傳及時回頭，捨棄與葛英蕾的忠誠，轉而與豐綽相愛，包容她與那個中醫班同學的越軌——豐綽不能原諒中醫班同學，也許就是因為他破了她的處女之身，使她無法像葛英蕾那樣正常地與荀傳相愛了，她好像欠了荀傳什麼，似乎有罪似的。她堅決不原諒那中醫班同學，寧可與其他陌生人談戀愛，哪怕明知不會有結果，會又一次遭受失戀的痛苦……

　　豐綽是由於內心裡深深愛著荀傳才導致如今的失戀狀態。荀傳有無數的心裡話要講，她也有無數的心裡話要給他說，但他們就是沒有越過好同學好朋友這樣一個純粹的界限，也就不會有身體的任何接觸，尤其是荀傳，他的老舊的思想依舊把他限制在對於葛英蕾的愛情的忠誠上面，他在愛著她的前提下，不能做出任何對於她的背叛。

　　已經是淩晨一點多了，荀傳站起來要走。這個宿舍裡沒有他人，只有豐綽一人，還有一張空床，他完全可以在這裡休息，翌晨再離開，就像他在鸞鸞那兒一樣。這個時候公交車早就停開了。這是一九八零年代初，城市還相當落後，沒有夜班車，更沒有出租車，像“計程車”那樣的名詞他只是在瓊瑤的小說《煙雨濛濛》中讀到過，那是臺灣當時的交通工具情況。他不能與豐綽相擁，更不能同睡，他堅決地要離開了。豐綽站起來送他。出了宿舍門，在黑暗的走廊裡，豐綽的大眼睛盯著他的眼睛看，那裡面有多少話要說。他明白那眼睛所說的話是什麼……

　　荀傳是走回去的。從秦陽市的東邊走到了西邊。東頭是火車站，西端則是汽車站，這一“火”一“汽”盡把秦陽包容其間。估計有十公里的路程。當他趁著一輛大卡車進站的空隙跟著進了站，爬上二樓去開門時，門鎖從裡面倒鎖上了。他明白是怎麼回事。像他大哥那樣的司機一般年齡在三十歲左右，一定是帶了自己的妻子回來的。他一時茫然起來。後來他下了樓。車站廣場上停滿了車輛，有卡車，但大多數全是客車。他推開一扇車窗，爬了進去。他睡在後排的座位上。後排是五個座位相連的。躺下後，他的身體還十分燥熱。他忘不了豐綽的眼睛，那眼睛深處的深淵樣的漆黑愛意和欲望。他難抑軀體裡的火焰，它燃燒起來，他無法阻止其燃燒，就……

　　荀傳與葛英蕾第二天相見後，並沒有戀人久別重逢後的激動，沒有擁抱，也沒有親吻，更沒有身體的接觸。荀傳身體上有病，加上昨夜又通過手淫釋放了體內的烈火，更重要的是，他與葛英蕾之間一直沒有放開過，葛英蕾對他的愛情更多的成分是慈悲，是憐憫。但兩個人畢竟是確立了戀愛關係的，相見還是充滿了喜悅。但荀傳還有著另外一重的艱難，他是出來治病的，是向單位借了一百五十元錢，經過幾個地方的折騰，已經花得差不多了，他是沒有多餘的錢去招待所開房間的。他向葛英蕾建議說夜裡就住在豐綽那兒，她上夜班，宿舍空著。葛英蕾情緒低落，她不想去。可又沒有房間可待，他們就進了渭濱公園。大哥的工人宿舍不時就會有司機回來，實在不是戀人所能待的地方。在外面待到了黃昏時分，他們走到了公園的東頭。那兒距離豐綽所在的附屬醫院很近了，荀傳又一次說到她那兒去住，葛英蕾默認了。那天夜裡，荀傳本來計劃他與葛英蕾住在豐綽的宿舍裡，完成戀人之間的愛情。可葛英蕾一見到豐綽就陪她在病房上班，聊得十分熱火。有個男同學也借調到了這裡，聽說荀傳來了，就給他另外找了一間宿舍讓他住。這所大學裡的宿舍相當多，上夜班的人也多，宿舍也就空出來了。荀傳一個人睡在宿舍裡，幾次都想去把葛英蕾叫來，可他又覺得當著豐綽的面難為情，加上身體的虛弱和病態，就不由自主地睡熟了。第二天上午，那個男同學和豐綽都下了夜班，他們就陪荀傳和葛英蕾去逛。這座叫秦陽的城市雖然古老，但兩千多年來並沒有發展起來，還十分落後，十分原始，他們只有到渭濱公園去遊逛。在那裡，葛英蕾拔了一株蒲公英的種子遞到荀傳嘴邊叫他吹。他沒有吹。他覺得幼稚而矯情，就違拗了葛英蕾的請求。在周至縣城初戀的歲月，他們第一次約會到電影院看的就是《巴山夜雨》，其中有受迫害的詩人的戀人與惟一女兒分別吹蒲公英的種子的鏡頭，葛英蕾是想讓他吹它，當滿天的蒲公英的種子張開羽毛翅膀飛翔在天空時，她就會重溫那第一次約會的情景。荀傳為何如此固執呢？他為何不滿足她的小小的要求呢？這其中難道蘊含著一種未來的天機密碼？隨後他們四個人在公園裡合影留念。四個人照了兩張照片，一個鏡頭是四個人都在坐在石頭上。是湖邊的石頭。公園裡有內湖，它與堤岸外的河流是不相通的。另外一張照片上是葛英蕾和豐綽坐在湖邊的石凳上，荀傳與那位同學站在她們的身後。第一張照片中，豐綽與荀傳坐在一邊，那位同學與葛英蕾坐在另外一邊，中間是那位同學和豐綽，兩邊是葛英蕾和荀傳，而豐綽正好緊挨荀傳，而葛英蕾緊挨那位男同學。葛英蕾的圓圓的臉龐，臉很胖，很大，而太陽穴那兒突然變得狹小，使面部看上去不太對稱。她的舌頭伸到了嘴角外，海鷗照相機恰好就捕捉到了那個吐舌的瞬間。照片是黑白兩色的。那年月還沒有彩色照片。

照片上有公園裡的石頭和樹木，那些樹還活著嗎？

荀傳確實是拖著病體遊玩的，早上醒來時就感覺到腹痛了，無疑是輸尿管結石又滑動了，結石挪動位置就會引起輸尿管黏膜的損傷和出血，輸尿管平滑肌的收縮就會引起絞痛。荀傳爬起來的第一件事就是跑到那位男同學還沒有下夜班的內科打了一針解痙針（654-2，這是藥品的名稱）。平滑肌痙攣解除了，腹痛便緩解了，他跟正常人一樣了。公園裡遊玩了一天，豐綽和那位男同學回附屬醫院上夜班，葛英蕾就去送荀傳上火車。豐綽這個時候顯得像個老大姐或者長輩那樣叮囑葛英蕾把荀傳送上火車後就趕快回來。他們到了火車站，買了站臺票，他們一起到了站台上。當火車開來時，荀傳發現葛英蕾似乎已經麻木了，也不說話，也不幫他上火車，她似乎真的變成了一棵樹。站台上的一棵樹。荀傳想到他要是拉她上火車，她一定會任由他擺佈，跟他一起到漢南去的……

邛萊山。

疊山。

岷山。

西傾山。

橫斷山脈……

荀傳又一次迎來了他的失戀，這是他與葛英蕾戀愛後的第二次了，第一次有豐綽充當美好世界的信使，給他送來的是分手信，這一次是由郵政局的郵差送來的分手信。他正好從食堂用飯票買來了午飯，米飯和炒菜，他是先看的信，立即失去了饑餓感，身體石化了。這一次他明白是再無回返的可能性了，她已經深深地愛上一個軍校生。軍校生比起他這個衛校生來，人家是軍官，他是護士，天壤之差。她還指責他背叛了她，真是莫名其妙！他對她的忠誠是可以指天發誓，指心可照的。他與其他姑娘的交往也沒有什麼過分之處。他與豐綽的通信是多了一點，可那是針對人生問題的嚴肅探討和心靈交流，沒有越過任何男女朋友間純潔的界限，是十分萬分純粹的友情。

黑暗迷茫的火車站，苟傳乘上火車遠去了。列車趟次極少，乘客極多，苟傳擠上去一身汗。熱汗和焦躁，對於人擠人的焦躁。他是提著旅行包從車門裡擠上去的。他倒是想從窗戶翻進去，可是窗戶都緊閉著。即使有的車窗是開著的，把頭伸到車窗邊的人也不讓開。苟傳上了車後就看不見葛英蕾了。他拼命往車廂裡擠，可是前面的人一個個緊貼著，他根本就擠不動，他無緣再看上葛英蕾一眼了，他就那樣走了。

葛英蕾依舊麻木地站在月臺上。列車已經開走了好大一會兒時間了。一個穿軍裝的人靠近了她。

"姑娘，你是送人嗎？"穿軍裝的人說。

葛英蕾沒有反應過來。

"你不回去嗎？"軍校生繼續問道。

葛英蕾說："你是問我嗎？"

軍校生說："你跟我乘下一趟列車走吧。"

葛英蕾眼睛裡有了淚花，身子擺晃著就要倒下去。

軍校生上前一步把她攬到雙臂裡，她倒在了他的懷裡。她的哭聲再也無法控制住了。繼而她笑了，偎依著軍校生的肩膀。下一趟列車是從相反的方向進站的，軍校生抓著她的手，她跟他上了車。

葛英蕾給苟傳的絕情信

苟傳同學：

你二十一號的來信已收閱。這是我意料之外的，本不想與你回信，但我覺得還是把事情說明為好。

你我相識已有一年多了，在這漫長、痛苦、難熬的一年中，我飽嘗了痛苦的折磨，也受盡了別人的冷嘲熱諷。回想一年前的我，是那

樣的天真，單純，幼稚，對未來的生活充滿了神奇的幻想，至於愛情，
對於我還是一個未知數，我只是在小說中尋找過那個未來的他……
結識你的時候，我只是被你所寫的那個家史所打動，儘管勉強的成份
很多，但那可悲的同情心致使我錯走了這一步，這些你都明白，我也
無須多說……對於你，我只是同情（這你也許不需要），而沒有愛情。
每次收到你的來信，我總是頭痛得要命，而且要持續好長時間，這些
醫院的幾個要好同事都知道。她們說我這是在自己折磨自己，勸我不
要再收看這些信。當然，我更沒有半點情愫去給你寫信，至於偶爾的
一二封信也都是看完小說之後借此發洩心中的寂寞，那不是我真正
的情感……從別人那兒我也得知在許多事情上你都欺騙了我，我非
常生氣，我只是恨自己，可以說我沒有做過對不起你的事，而你卻有
許多對不起我的地方。再有就是你我性格的格格不入，在許多時候我
都強忍了，難道以後我能永遠忍受下去嗎？我不喜歡你那多愁善感
的女性性格，看到你流淚時，我總是很失望，至於你的身體我就更不
放心了……對於這事至今我的父母還持反對態度，我不能再讓他們
傷心……你我還很年輕，人各有志，不必強求。像你那樣才華橫溢的
人，將來是定會有一個稱心如意的伴侶的……至於我，我只是一個庸
俗之輩，像千萬個女性一樣，我只追求那廉價的安逸和幸福。在這
裡，我把目前我的處境說說：大概在幾個月前（送你走後的那個夜
晚），我結識了一位軍事院校畢業的學生（就在火車站上），他今年剛
畢業，第一次見到他時，我便深深地愛上他，他有著瀟灑的外表，有
一個幸福的家庭和值得驕傲的父親，從他那裡我感受到了愛的溫暖，
是他重新喚起了我對生活的熱愛，我愛靜靜地聽他講述那令人神往
的軍校生活，我愛他說話的神態，我愛他走路的姿勢……總之，我愛
他的一切。我們認識以後，他幾乎每天都來陪伴著我，使我忘記了那
些煩惱。從此，我不再感到孤獨，也不曾頭痛。我的父母也很喜歡他。
像他說的那樣，儘管我們相識太晚，然而命運還是安排好了這一切，
我們都像彼此等了很久一樣，愛的琴弦一旦被撥響，便是那樣的強

烈…………這就是我的近況，我就寫這些。

　　最後，我該說些什麼呢？我的思緒如麻，為了你，也為了我，請你我都把對方從記憶中抹掉吧！讓大家都開始新的生活，為了各自的明天而努力！請你以後不要再來信，我是不可能再給你回信的！

　　祝你事事如意！！

　　　　　　　　　　　　　　　　葛英蕾　即日

　　苟傳把葛英蕾的絕情信裝進信封裡，把它折疊後放進衣裳的兜裡。他已經接了班。他上的是主班。主班的任務是處理長期醫囑和臨時醫囑，把需要執行的醫囑抄寫成小條兒交給上治療班的同事，他們會嚴格執行的。

　　這是中午吃飯時間，上午的醫囑全部得到了處理和執行，除了有的患者的靜脈輸液完了，有的需要換新的藥液，輸完藥液的就把針頭拔掉，把輸液膠管和吊瓶收回，就沒有什麼事情了。

　　苟傳坐在護士辦公室的桌子前，開始了他失戀後的工作和生活。葛英蕾又一次把他蹬了，把他踹了，把他踢飛了，他沒有了戀人，沒有了心上人，沒有了牽掛，再也不用思念葛英蕾了，不用再隔一兩天、三四天就要寫一封掛號信了。他怕一般平信會遺失。縣醫院有她的追求者會把她的信截留，自己拿去看後銷毀，掛號信就是為了防止那樣的事情發生。苟傳想到他對葛英蕾的愛情反倒給予她的是無盡的痛苦，她由於他愛她而痛苦，那麼她本身就不愛他，她是迫於他的可憐而接受他的愛的，但她的慈悲心、憐憫心是有限的，隨著時間的延長它便轉變成重負了，變成令她痛苦不堪的東西了。她的兩次的絕情分手信都是為了擺脫她的心靈的痛苦負擔，為了自己的脫負脫苦，而他卻因為她的絕情給他所造成的不安全感更加地愛她，抓住她不放，他的心靈似乎失去了對她的依附就會如同車轍裡的魚。是日已過，命亦隨減，如少水魚，斯有何樂？苟傳深深感受到的也是生命的掙扎與極度的痛楚，愛情對他來說同樣沒有快樂可言。這下子斷了，絕情了，分手了，他不會像第一次那樣收到絕情分手信後那樣身不由己地無法控制地肌肉痙攣了。他平靜如同眼前的桌椅。該上的班還得上，不能馬虎，該做的工作努力完成，一絲不苟。

他的大腦經過方才那種信息的衝撞如今已經平靜了，能夠正常運動了。中午午休時間，病房裡十分安靜，他給葛英蕾寫了最後一封信，作為了斷後的對於他留在她那兒的兩本日記本和信件的善後處理。

葛英蕾：

本願依你，不再去信了，可有件事，尚需求你。也就是那兩本日記，請你給魏白明寄去。他的地址是：犬丘縣南位地段醫院（如果你已遺忘他的地址）。至於別的信件，不過是堆垃圾罷了，你就自任處理掉算了。若是你已感知它時時以發黴的臭氣侵襲你香飴的生活時，就也求你一同寄給魏白明算了。對此，我多多致謝了。並祝你幸福，因為軍人的懷抱是草綠色的，猛一看像是黃色的。這些都似乎晚了點，因此你與軍人相見恨晚。是啊，軍人早該在你的認識中。可憾的是你才認識。從記憶中抹去，似乎也可以。不過，二十年、十年之後你無疑是要回首的，甚至二年、一年、十個月之後。

祝你如意

荀傳　即日

荀傳的書信時代結束了，書信是與熱戀緊密相聯的，沒有了相愛的人，或者被相戀的人拋棄了，心靈裡的波浪湧動就失去了傾訴的對象，他就沒有寫信的衝動和激情了，更是失去了寫信的快樂。儘管有時候書信裡傾訴的是煩惱和痛苦，可寫作的過程卻是興奮的，極致的，快樂的，看信的人也許會感受到不同的東西，甚至是十分痛苦的東西，一看信就頭痛，就心情灰暗，天空陰雲密布，暴風雨來臨，打雷閃電，撕裂扭曲，蜷曲成團塊球狀。荀傳的內心深處還是懷著對葛英蕾的怨恨，還有不甘，但他當時只有二十一歲，他的身心還沒有完全成熟，還在幼稚中成長，他沒有成年人那樣的遠大胸懷和包容心態。由於葛英蕾對他的拋棄，他反悔了自己曾經對她有過的忠誠。他是一個愛情的絕對忠誠者，當她愛葛英蕾的時候，她就是他惟一的忠誠對象，是他的女王，是他的女君主和皇帝。他雖然與甄鴦鴦同居一室整整一夜卻相安無事，他也抗拒了來自豐綽的深情注目，她的美麗的大眼睛的迷蒙情霧，他本來有機會和條件選擇她們中的任何一位，尤其是豐綽，她長得豐滿白皙，身材苗條，臉蛋兒尤其俊美。但是當他與葛英蕾的愛情結束後，他並沒有回身去追求豐綽，一切都是因為他確實與她沒有愛情，他沒有愛上她。愛情真是奇怪的事物，是前世的因由嗎？那種絕對的感情是哪裡來的？它是專一的，也是專制的，那麼它與暴政獨裁專制有著同樣的性質和稟性？

　　自從畢業分配到漢南之後，荀傳掙開了工資，相對來說有了每月的收入，有了錢就買書，又有二三十本文學書籍成了他的新的家產。其中有一本《聖經故事》，張久宣編著的。二十一歲的青年人，他開始閱讀的就是這樣的容易讀懂的讀本。書是放在辦公桌下面的抽屜裡的。下班後他有時候把它拿回去繼續讀，常常是把它放到了抽屜裡，其他的同事上班時有了空閒就也翻出來閱讀。大家對這樣一本書有著極大的興趣。這對於大家來說屬新鮮事物，如果不是荀傳的文學愛好，除了基督信徒，誰會涉獵它呢。

　　這兒雖然是在漢南，但並不在漢南市裡面，是它北邊的一座小鎮。小鎮有座基督教堂，荀傳對他產生了濃厚的探索欲望。他想要一本真正的《聖經》。聽說教堂裡是不賣書的，但是會免費送給教徒。他不是教徒，也沒有想要加入的訴求。正好有位講經的人與他認識。他還不知道應該叫他牧師還是神父。後來他才明白天主教的叫神父，基督教的叫牧師，神父是不可以娶妻生子的，而牧師是可以結婚的。牧師看他來了，很是高興，把《聖經》讀本給他看。開本很小，字很小，有一本大開本的，字號也大，他想要去看。牧師說是她的。荀傳才意識到那女性原是他所在附屬醫院的某個職工的母親。他這不是要奪人之愛嗎？他不好意思地臉紅了。牧師把他使用的那本小開本的給了他。他連聲說謝謝。

他開始研讀《創世紀》。

牧師說《聖經》是神寫的，是神寫好後傳給人的，讓人遵守，信教。

荀傳下夜班後的休息日，他來到白龍江畔，遠望天邊的岷山。那凝固不動的山脈已經存在了幾百萬年、上千萬年，甚至幾億年了，它在思索什麼呢？它是有大腦的，只不過它的大腦是人類無法理解的，根本與人的大腦的形態完全不一樣的一種存在。岷山山脈的西邊還有迭山、西傾山。這些都是看不見的。荀傳在地圖上看到過，記在了心裡。西南方向遙遠的與天相接的橫斷山脈，它好像切斷了大地的腹部。還有西北方向的阿尼瑪卿雪山，那是祖父大瑪神之山，又叫瑪積雪山，藏傳佛教的四大神山之一，與岡仁波齊和梅裡雪山齊名。阿尼瑪卿雪山是從西邊延伸來的，它延伸到甘肅省南部的邊境地區就中斷了。它是昆侖山脈的東段中支，西北—東南走向，黃河繞流東南側，長約二百公里，寬六十公里，海拔四千米至五千米，主峰叫瑪卿崗日，海拔六千二百八十二米，終年積雪，多冰川。它背後的昆侖山脈更是萬山之祖，流傳著無數華夏民族起源的神話傳說，炎黃子孫的發源地。身在漢南的荀傳是不能夠遠望到它眾山的雄姿的，他只能想像它們的高大與雄偉。

西南和西北方向的大山真是太多了，都是山王山祖，是荀傳成長的黃土高原上的山無法相比的。有關它們的神話傳說他大多看過了，興趣不大了，在失戀後的平靜期，他對創世和耶和華有了探索的欲望。西方的文化與宗教對於荀傳來說還相當陌生，陌生就意味著興趣。

荀傳坐在江邊認真閱讀《舊約·創世紀》。

"起初　神創造天地。

地是空虛混沌，淵面黑暗；　神的靈運行在水面上。

神說：“要有光。”就有了光。

神看光是好的，就把光暗分開了。

神稱光為晝，稱暗為夜。有晚上，有早晨，這是頭一日。

神說：“諸水之間要有空氣，將水分為上下。”

神就造出空氣，將空氣以下的水、空氣以上的水分開了。事就這樣成了。

神稱空氣為天。有晚上，有早晨，是第二日。

神說：“天下的水要聚在一處，使旱地露出來。”事就這樣成了。

神稱旱地為地，稱水的聚處為海。　神看著是好的。

神說：“地要發生青草和結種子的菜蔬，並結果子的樹木，各從其類，果子都包著核。”事就這樣成了。

於是地發生了青草和結種子的菜蔬，各從其類；並結果子的樹木，各從其類，果子都包著核。　神看著是好的。

有晚上，有早晨，是第三日。”

荀傳雖然只有二十一年的人生閱歷，可他的思考能力不容低估。他無法接受這部大書是神明直接寫的說法，這個作者或者眾多作者在創作這部大書時，人類對於宇宙，對地球和肉眼能夠看見的眾星，對於天上的天體的認知水平還非常有限，他或他們還只是站在大地上命名大地之上的天的，他們並不知道腳下的大地竟然只是一個巨大球體的一個面而已，對於只能用雙腳丈量土地的他或他們來說，大地是無限大的，是整個兒宇宙，天上夜晚出現的星星在他們的認知裡只是如同燈或者蠟燭那樣的照明工具，連月亮和太陽都只是照明工具，小得不能再小。他們根本就不知道腳下的大地是一個巨大的星球，是在轉動的球體。而星星只是作為照明工具為夜晚服務的，為走夜路的人們照亮的。比如第一日創造的大地，空虛混沌，淵面黑暗，神的靈運行在水面上，神把光暗分開了，光為晝，暗為夜——這是因為他或他們不知道是由於地球的轉動，向陽的那一面便是晝，背陽的那一面就是夜了，是地球自身的陰影。這樣的作者所認識到的神其能力範圍只在大地之上，對於宇宙的認識是立足於地面上其肉眼所觀察到的現象。這個造物主並沒有出大地，他只是人罷了。因為大地對於他來說太大了，他走不到它的邊緣，水對於他來說也太廣了，他見識不到水的邊緣。

苟傳繼續閱讀下去：

神說："天上要有光體，可以分晝夜，作記號，定節令、日子、年歲，並要發光在天空，普照在地上。"事就這樣成了。於是　神造了兩個大光，大的管晝，小的管夜，又造眾星，就把這些光擺列在天空，普照在地上，管理晝夜，分別明暗。　神看著是好的。有晚上，有早晨，是第四日。

苟傳思索道：這是神創世的第四日。神造了兩個大光，大的管晝，小的管夜，這說的是太陽和月亮，這裡的意思是把太陽僅僅當作燈盞對待了，作者他或他們哪兒知道太陽是大過大地無數倍的星球。又造眾星，就把這些光擺列在天空，普照在地上，管理晝夜，分別明暗。"擺列"這個動詞詞組用得過於隨心所欲了，太小看眾星了。肉眼所看到的星星在作者的認知裡還只是燈盞。

苟傳又讀了創世的第五日：

神說："水要多多滋生有生命的物，要有雀鳥飛在地面以上，天空之中。"神就造出大魚和水中所滋生各樣有生命的動物，各從其類；又造出各樣飛鳥，各從其類。　神看著是好的。神就賜福給這一切說："滋生繁多，充滿海中的水；雀鳥也要多生在地上。"有晚上，有早晨，是第五日。

苟傳覺得這一日的創世就有些兒意思了，像是造物主了。對於大地上的動物和水裡的魚、空氣中的鳥類的創造，都是在大地上進行的，無關天上的星球，作者的認知也就不會出現嚴重的錯誤了。

苟傳閱讀第六日的創世：

神說："地要生出活物來，各從其類；牲畜、昆蟲、野獸，各從其類。”事就這樣成了。

於是　神造出野獸，各從其類；牲畜，各從其類；地上一切昆蟲，各從其類。神看著是好的。

神說：“我們要照著我們的形象，按著我們的樣式造人，使他們管理海裡的魚、空中的鳥、地上的牲畜和全地，並地上所爬的一切昆蟲。”

神就照著自己的形象造人，乃是照著他的形象造男造女。

神就賜福給他們，又對他們說：“要生養眾多，遍滿地面，治理這地；也要管理海裡的魚、空中的鳥，和地上各樣行動的活物。”

神說：“看哪！我將遍地上一切結種子的菜蔬，和一切樹上所結有核的果子，全賜給你們作食物。

至於地上的走獸和空中的飛鳥，並各樣爬在地上有生命的物，我將青草賜給它們作食物。”事就這樣成了。

神看著一切所造的都甚好。有晚上，有早晨，是第六日。

這一日所造的也是大地上的動物，更重要的是造了人，神按照自己的形象造了人，把動物和植物都賜給人作為食物。這一日的造物也沒有問題，因為一切都是在地面上進行的，僅僅是大地上的人的吃的問題。

荀傳繼續閱讀道：

天地萬物都造齊了。到第七日，神造物的工已經完畢，就在第七日歇了他一切的工，安息了。神賜福給第七日，定為聖日，因為在這日神歇了他一切的工，就安息了。

荀傳一邊上班，一邊繼續閱讀《聖經》。他對從基督教堂要來的《新舊約全書》的閱讀十分吃力，倒是對張久宣編著的《聖經故事》有著更大的興致。他是初中畢業考的中專，讀的又是醫科，文學上全靠自學，他自學的時間還不長，加上繁重的護理工作，自學的時間實在有限。他繼續寫詩並閱讀詩歌。《詩刊》和《星星詩刊》，有些文學刊物上也有詩歌欄目。他從漢南書店買的《臺灣詩人十二家》，流沙河選編的，他愛不釋手，反復閱讀。臺灣詩人的詩使他耳目一新。《世界愛情詩選》這本書他在山城縣實習前就在老家中原省的書店裡買過一本，一位當地的詩友拿走了。那年青人長荀傳四五歲，他竟然感歎道：“你還能買到詩選？”這對於身處山村的他來說是可望而不可及的。他說是借荀傳的書，實際上就是拿了，不會還的。書在人們的意識裡不是財產，誰借去了就成了誰的，這已經是根深蒂固的觀念了。到了漢南後，荀傳又買了一本。拜倫的詩選七十首，雪萊的詩，還有《神曲》《失樂園》，還有普希金的短詩……《世界文學》雜誌上有許多翻譯的外國詩。有一本書就叫《外國詩》，上面有 Ｔ·Ｓ·艾略特的《荒原》長詩，還有對它的詳細解讀。荀傳儘管看不大懂這樣的現代派作品，可他仍舊努力看著，反復看了幾遍，對於象徵手法、客觀對應物，對於其中鑲嵌的古希臘神話傳說癡迷異常，那詩歌下面的注解幾乎成了他的教科書。有一個叫鐵瑞西斯的人，看到兩條大蛇在交媾，就用拐杖打了它們一下，結果他由男人變成了女人。八年後，她又看見了那兩個交媾的大蛇，就用拐杖打了它們，結果她又變回成了男人。由於他既做過男人，又當過女人，分別從不同的性別體驗過性的快樂，雅典娜神就問他是男人享受多還是女人享受多，他說女人的性享受是男人的兩倍，雅典娜暴怒，把他變成了瞎子……但卻賦予了他預言的能力。

　　荀傳在老家中原省休學時買過一套上下冊的《希臘的神話與傳說》，畢業時他把它送給了葛英蕾，他想再買一套，書店裡卻沒有貨。那年月，書籍印刷十分原始，印刷一次後，書賣完了，好多年都不會再印刷，書店裡更不會有售了。有的圖書館裡有藏書，有的則沒有，你想擁有一本天天像課本一樣閱讀，就得從圖書館裡借來，然後謊稱丟失，按三倍的價格賠償。

　　荀傳所在的漢南醫院是個不小的單位，有院內圖書館。圖書卡片裝在抽屜裡，由一根鐵柱把它們串在一起。鐵柱與卡片間的摩擦力很大，他一張一張卡片地拉開，看裡面都有些什麼書。他翻找的是文學類卡片。有一本《外國現代派作品選》第一冊，上下卷，吸引了他的眼球。那是袁可嘉選編的。第一冊的上卷裡也收有 T・S・艾略特的長詩《荒原》，譯者是裘小龍，與《外國詩》第一卷中的《荒原》趙蘿蕤的譯本有著明顯的不同，苟傳的文學素養還十分膚淺，對閱讀不同的譯本來說有極大的好處，吸收了更多的知識，特別是《荒原》的注解裡的古代神話和傳說，還有眾多的古典文學典故。

這個時期的大陸正是文藝開放的時代，除了像《巴山夜雨》那樣的控訴暴政的電影，還有《天雲山傳奇》這樣的同樣對暴政的控訴性電影。苟傳是到鎮上的電影院裡去看的。有些電影在大城市裡已經放映過了許久了才輪流到了小鎮那些偏僻的地方放映，苟傳在秦陽大城市裡看過的，當它在雙水小鎮放映時，他又去看了一次。有些電影他看一遍是吃不透的，即使看了第二次，還是有許多疑點存在。他還不能稱是欣賞，只是在努力學習，積累自己的文學修養。但這些開放性的大膽的電影給予了苟傳的思想巨大的衝擊，使他在政治認識上，特別是對於權力的認識上有了深刻的長進。他痛恨造成那悲劇和災難的人，這裡沒有制度，有的只是人的隨心所欲，人的權力的極大化。個人崇拜與極權是沆瀣一氣的，狼狽為奸的。他在社會這所大學裡逐漸成長，思想由幼稚走向成熟，不再做政治宣傳的應聲蟲，有了自己獨立的意識和思考能力。

苟傳把葛英蕾放下了，從他的心上放下來了，心上沒有了負擔，整個兒人自由起來了。他不再承擔著對於葛英蕾的愛情的忠誠那樣的桎梏，失去了一個心上人，也就意味著可以把一切動心的姑娘放到心上。暫時他還沒有遇到那樣的心上人。失戀之後，他還沒有從過去的深淵裡爬出來，還無心去追求另外的姑娘。

他是漢南醫院裡的護士，在內科上班。內科是個大科，醫護隊伍龐大，尤其是有著眾多年輕的護士姑娘，她們與他是同事，常常在一起上班。護理部就他一個男生，二十歲或者不到二十歲的、只有十八九歲的年輕姑娘有六七個；二十四五歲的年輕少婦有兩三個，她們結婚了，有小孩了，小孩有三四歲；還有兩個四十歲的女性，一個是剛從山區調動來的，一個是護士長，她是四川人，一口四川腔聽起來十分特別。有個十八歲的護士姑娘，她留著兩根又黑又粗的大辮子，平時上班的時候，她是把大辮子盤起來的，雪白的工作帽被撐得很大，很飽滿。這個年月的工作帽醫生與護士戴的是一樣的樣式的，白大褂也是統一的。護士鞋是院方去皮鞋廠特製的，而苟傳只能自己去商店買一雙皮鞋，開發票回來到財務科報銷。那個留著大黑粗辮子的姑娘叫葉彎，苟傳的腹痛發作時，他趕往科室，是她值班，他叫她給他打過肌肉針。是給他的臀部注射的。他表示感謝後就匆匆離去了。當時他還忠實于葛英蕾的愛情，對於其他姑娘似乎視而不見，絲毫不動心。後來收到了葛英蕾的絕情分手信，他失戀了，但也自由了，可他的情緒還處在低落階段，更是對其他姑娘沒有放在心上。那個叫葉彎的大辮子姑娘行動十分神秘，除了有時候上班時看到她外，下班時間沒有見過到過她的影子。他以為她是附近工廠的，父母都是廠裡的職工。那廠是從廣州遷來的三線廠，廠裡大多都是沿海城市的人，與當地漢南人相比似乎高了一等，假如有當地姑娘找了廠裡的廣州人對象，就感覺到自己的身份立即提高了，仿佛嫁到了廣州上海那樣的大城市一樣。苟傳對廠裡的姑娘是不敢有非分僭越之心的。

　　苟傳是從中原省看病回來的，走的時候他父親給他專門壓榨了十斤芝麻香油。父親的那條灰色呢子圍脖他把它帶到了漢南，呢子質量特別好，他十分珍惜。那芝麻香油他是先帶到秦陽的，一直在遊行包的底層放著，他居然沒有想到給葛英蕾倒出來兩斤。一是沒有瓶子，那種裝過五百毫升葡萄糖液體的瓶子，或者裝過五百毫升的生理鹽水的瓶子。他沒有想到葛英蕾會需要芝麻香油，單身姑娘都是吃的大灶，單位的食堂，更沒有想到叫她給她家裡拿回去，她的父母見了應該會很高興，可他那個時候還沒有想得那麼遠，戀愛中的他眼中只有葛英蕾，而對於未來的婚姻家庭，尤其是她的父母還沒有一點兒概念。他是單身，十斤芝麻香油成了負擔，連他宿舍隔壁鄰居都送了一瓶。他送了科主任兩瓶，護士長兩瓶，鄰居一瓶，還有五瓶（他從病房裡收集十個糖鹽水瓶子把香油分別裝了），還有五瓶就胡亂送人了。他出外看病花去了大量的時間，在外面奔波時，有些日子就無法與病假單對應起來，他還沒有轉正，考核時，人事科的一位女科長來找內科主任。主任是廣東人，人十分豪放，就對人事科的科長說沒有問題，正常轉正吧。就那一句話便把問題全解決了。

　　苟傳想到父親雖然文化水平不高，但人世經驗十分豐富，他還是有遠見之明。如果父親不給苟傳去芝麻香油坊花錢榨十斤芝麻香油，他自己是不會給科主任和護士長送任何禮品的，那麼他就有可能面臨不能正常轉正的尷尬。若是延遲一年轉正，那麼對於苟傳來說，人生可就太富有傳奇色彩了。小學階段的留級，中專時的重新實習一年……父親的灰呢圍脖依舊給予著他抗禦嚴寒的溫暖。

　　這是一家為附近三線工廠提供醫療服務的配套醫院，它與工廠互不隸屬，同樣的級別，是縣團級單位。醫院不大，級別確實不低。有個廠子有個少年患有血友病，三天兩頭發病，不是腿上出血，就是胳膊上腫起血包，經常住院治療。他名叫高良廷，父母親都是東北人，還有弟弟與他是雙胞胎，弟弟身體健康，沒有一點毛病。苟傳二十一歲，那血友病少年十七歲，他叫他哥。醫患之間的關係拉近了，血友病少年請苟傳休息日到他家去遊玩。他與另外一個也是護士的男同事去了。在血友病少年家的客廳裡，來了許多廠裡的子弟，有個傢伙提起了菜刀，威脅說砍了血友病少年，並大罵苟傳是來廠裡勾引姑娘的。處境十分尷尬。按照那廠裡子弟的邏輯：廠裡的姑娘是專屬廠裡子弟的，外單位的人不能染指。場面一時充滿了暴力氣息。血友病少年的父親回來了，這才壓制住了那個拿菜刀男子的氣焰。苟傳與同事連忙離開了。

　　單位裡也有愛好文學的同事，苟傳與他們因為有著共同的志向而關係親密，有一次他喝了兩瓶葡萄酒，結果醉了，在宿舍裡吐了一地，是那位同事幫他收拾的。那位同事在漢南市的內刊《雪寶頂》發表了一篇短篇小說，是當時他們那個文學愛好者群體中最顯著的成就。有個年青的女護士對苟傳說那篇小說是抄襲的，苟傳不以為然。那位姑娘英語學得特別好。院方與附近大學的外語教師聯繫，利用周日休息時間給大家上課，那位姑娘是英語課上學得特別突出的一位。苟傳也去上課，但由於倒班，星期天也上班，就耽誤了上課，英語學得很沒有名堂。

　　苟傳只是專注于文學上的拼搏。當地有個知名小說家，他有時候與其他文學愛好者一起拜訪人家，或者獨自去把自己寫的詩歌或小說請人家看一看，給予指導。

　　有一天苟傳上中班時，發現辦公桌下面的抽屜裡放了一本《愛情詩選》。他十分意外，又心生驚喜。他拿出來翻看，發現寫的是葉鑾的姓名。這是葉鑾的書？那書上分明寫著她的姓名，還能是誰的？就是她的。那一筆揮就的“葉”字有如鳳凰，那後面的“鑾”字更像是鳳凰的鳴聲傳揚向天際。

　　苟傳心裡裝進了葉鑾。

　　他的心上有了人，沉甸甸的。

　　還有個廠裡的工人也愛上了葉鑾。

　　那個工人因為住院而與苟傳認識了，又有共同的文學愛好就成了朋友。所謂朋友也就是與其他人相比關係更近一些罷了。他向苟傳表露了其追求葉鑾的想法，他並不知道苟傳心裡也愛上了她，一個在明處，一個在暗地，而且那個工人還請求苟傳提供必要的幫助，他並不知道葉鑾的上下班情況及其他活動動向。葉鑾上不上班，什麼時候上白天，什麼時候上夜班，這對那個追求者來說是非常重要的信息。他所在的工廠畢竟與醫院所在的雙水鎮有八九公里的距離，比起苟傳來，他不是近水樓臺。

那個血友病少年又一次來住院了。還是因為皮下出血。由於血小板凝血因子的缺乏，他會時不時地無端皮下出血，失血就會引起休克，就會危及生命。前一段時間苟傳還收到了他從北京寄來的一封信，信是這樣的：

苟傳哥你好

近來沒見到你，心裡很不安，不知哥得身體如何小弟很掛念、請來信說明。弟以九日晚八點四十五上了去上陽的火車，十一日下午十四點四十六分種到了北京車站二十一點六分種正坐在旅館給寫這封信。哥不知相片取到沒有，取到給我回信時候別忘隨信寄來。這次去哈爾濱兩種打算，第一，"把我病撤底檢查一下"第二，"如果可能話我就不回漢南了"

現在我把在火車上寫的詩郵給，請你指出缺點。詩句如下

正當人們進入夢鄉的時候，
我正踏上了我的新得人生。
啊，真正的人生屬你和我還有他們
我倆要和八時年青年共同探鎖新的人生
　　特此　敬禮
　一九（八）四年五月二十一日晚
（信保持原樣不動，為了紀念那少年）

苟傳是衛生學校畢業的中專生，對於醫學還是處在基礎階段的學識上，他心裡曾經祝願那個血友病少年到北京或者瀋陽、哈爾濱等大城市把他的病看好，那兒的醫療水平應該極大地高於漢南這樣的偏遠小城。苟傳自身也有病，結石還在體內沒有排出來，但發作的頻率遠遠低於以前了，這幾個月來一直很平穩，沒有腹痛，也沒有肉眼血尿。石頭也許已經坎坎坷坷地掉進了膀胱裡，它只要老老實實呆在那相對於輸尿管來說猶如小溪之於湖泊的地方，也就相安無事了。沒

有發作，他就是個好人，能夠像其他同事一樣正常上下班。這個傍晚是一個女同事值班。血友病少年的父母又把他從廠裡送來了。他的膝蓋部位出現了兩塊嚴重的血腫，出血量特別大。苟傳還以為他到外地已經把病治好了，但現在的情況是更加嚴重了。苟傳的心往下一沉。那位女同事比苟傳小兩歲，剛剛十八歲，她把血友病少年收治入院後，就回到辦公室。苟傳坐在桌邊。苟傳與同事們的關係都挺不錯。有一次來了一個需要導尿的男性病人，正好是這位十八歲的同事上的護理班，苟傳說他去給那病人導尿。十八歲的同事阻止了苟傳。那是她班裡的事，應該她去完成。她幹的就是這樣的職業，對於病人的生殖器只當作工作的對象，不分性別，她年齡雖小，工作態度十分正常，也有勇氣。她就是吃這口飯的。

她與苟傳談起了血友病少年的病情。他可能挺不過這個夜晚了，已經休克了。他的父親走進了辦公室。苟傳認識他，兒子常來住院，已經是熟人了。

這位父親心裡藏著深深的疲憊，說："該走就走吧，不搶救了。"

血友病少年的母親沒有從病房過來，她守護在兒子跟前沒有離開。

那位父親走了。

這樣的父親在工廠上班，晚上下班後還要送兒子來治病，好多年了，從孩子生下來就有問題，到現在已經十七八年了，他對於兒子的付出已經到了仁至義盡的地步，十七八年來一直照顧——侍候患病的兒子，他的身心已經極度疲憊，再不解脫的話，他也許就撐不下去了。

苟傳和那位護士沉默著。

畢竟是一個人要走到生命的盡頭了。那位護士姑娘說："這孩子給我寫過……信，說他愛上了我，我回信讚賞他的勇敢……"

苟傳沉思著。

這位少年在他人生的短暫的十七八年裡，接觸的女性最多的可能就是護士了，他對溫柔的姑娘，對他關心的護士產生愛慕之心是十分正常的，就像他把苟傳當成了朋友，叫他哥哥一樣。他一直在與醫院打交道，特別是住院部的內科病房，他就結識了給他做治療的護士。苟傳沒有到病房去看那位少年。他無法面對他的父母對他的生命的放棄。家裡由於長期給他治病，陷入了極度的窮困。苟傳記住了那少年身體好的時候的形象……

　　在發現葉鑾的《愛情詩選》之前，苟傳已經與葛英蕾分手好幾個月了，作為一個正值青春期的青年，與異性的交往是免不了的。尤其是內科病房這樣一個場所，病人多，病種龐雜，來住院的病人的陪人也多，陪人裡女性居多，年輕的姑娘也不少。有個叫桅枝的姑娘陪她母親住院，苟傳給她的母親打吊針，她配合他，兩個人就有了肢體的接觸。他心裡記住了那姑娘。後來那姑娘的母親治癒出院了。苟傳通過病歷上的資料得知她家是漢南火車站的，那姑娘雖然還沒有參加工作，可她的父母怎麼能不嫌棄他這個幹護士職業的男子呢？她的父母都是鐵路上的，家庭條件那麼好，苟傳心裡那姑娘的模樣就漸漸淡忘了。他沒有去找過她一次。再說了，盲目去火車站找她，如何打聽呢？打聽她母親，那麼首先見到的就是她母親。另外一個廠子，也就是血友病少年所在的那個廠子有個姑娘陪她母親來住院，與苟傳認識了，對他產生了好感，就在他下班後跑到他所住的宿舍樓下大聲地喊他，他下樓與她聊天。那是個十分大膽的姑娘，工廠裡的女漢子那樣的角色，苟傳覺得十分新鮮刺激。他與她有了交往，但又沒有挑明是談情說愛。她母親出院前，她跑到苟傳的宿舍。這個時候苟傳與她儘管沒有挑明是戀愛關係，但已經像是正規的戀人了，她走的時候，苟傳很想與她擁抱，她便痛快地把他拉過去與她親吻，她的舌頭伸到苟傳口腔裡，迅速地伸縮。這是苟傳第一次有這樣的體驗，他學了一招。

　　病房裡住進了本院一個其他科的護士。她比苟傳年齡小，一個人住在病房裡，沒有任何人陪她，也就沒有人照顧她。荀傳趁上班時就在她打靜脈輸液時幫她打水，還幫她買飯。上夜班時，夜深人靜了，他跑到她所在的病房，坐在她的病床邊與她聊天。三張床的病房裡還有一個病人。那個病人是個女性，患的是胃的不治之症，但她的情況還不算嚴重。第二個夜班時，荀傳深夜又來與本院那個住院的護士聊天。他坐在她的床邊，她躺在床上，她叫他給她修剪指甲。他小心地剪好了她的雙手上十根指頭上的指甲。他突然俯下身去吻她。他把剛剛學來的一招使了出來，把舌頭伸進了她的嘴巴，她重重地咬了他一下。荀傳一驚，迅速離開了。

那本院的護士姑娘無疑是第一次被男人親吻，沒有任何擁抱與親吻的經驗，她的肌肉出現了痙攣，下意識地咬了他的舌頭。她是由於過度興奮的刺激而失去了意識，出現了不自主的肌肉收縮，而荀傳把它理解為對他的行為的阻止。他本來就是出於對她的無人照顧的情況的同情，是對他人的幫助，由於深夜的環境使然，墮入了深淵。同一病房的那位絕症女患者意識到了，心想他倆在談戀愛，投過來了明亮的一眸。那閃光的眸子猶如黑夜裡的明星深深在刻印在了荀傳的記憶裡。

荀傳心裡同時對三四個姑娘動了心，其中就包括葉鑾。廠裡和火車站的那兩位由於條件所限沒有發展，也就從心上淡化了，住院治療的那位姑娘他與她只是有肉體上的吸引，在鬼使神差下有了親吻的動作，但他心上與她沒有任何上的相通之處。與她相比，葉鑾對於詩歌的熱愛尤其叫他動心，加上出現了一個追求者，這個追求者又是他新交往的朋友，他的心於是全部被葉鑾俘獲了。祛除了旁枝雜葉，他便精心努力經營一棵小樹的主幹了。

荀傳收到了工廠那位第一次教他把舌頭伸進嘴巴裡親吻的姑娘的一封信後，他也就與她沒有任何的勾連了。她知道他與葉鑾的戀愛關係，於是非常有尊嚴地退出了。她給荀傳的信是這樣的：

小荀：

你好！

不知為什麼給你寫了這封信，真的。

總想找你談談，但每次見到你總是話到嘴邊又止住了。沒辦法，只有寫信談了。我們雖然相識的時間不長，可很快成了好朋友，我想這也並不奇怪吧。雖說天下之事命中註定，然而有時也事在人為。一個人生活中總難免遇到一些挫折和痛苦。回顧童年的生活經歷，每天高高興興；無憂無慮的生活，學習；隨著時間的飛逝，不覺已進入青年時代。時間的推移，我在某些方面考慮多了點，造成了今天這可怕的後果。自己釀成的苦酒只有自己吞咽了。我想，生活不可能重新開始。至於我們之間的事，你一點也不瞭解我的過去。感情衝動是一時的，而生活是漫長的、具體的。我沒有理由接受你的愛，也沒有權利拒絕你的愛。我這個人不值得任何人愛，我們如果真有一天生活在一起的時候，你將會體會到我所說的話，真的。我不想把你毀了，你和我不一樣，我和你仿佛是兩個年代的人，我這樣認為。回憶過去是一件很痛苦的事情，我並不希望得到任何人的同情和憐憫。在你眼裡我只是一個性情活潑的、充滿情感的姑娘，其實並不是那樣。而我內心世界的痛苦是用語言難以表達出來的。你只是瞭解我的表面。歡樂常常要伴隨著痛苦的到來，希望你不要放縱自己。要繼續學習，為了一個女人是不值得的，何況我。我現在已經補習高中課程了。識文重要，人所皆知，對我將來會有好處的。世界上沒有比喪失時間更可悲的了，我雖然對世界上的一切都不相信了，惟對學習稍有些興趣（最近）。學點真才實學一定會有用的。不能總陶醉在虛幻裡，把虛幻當作你的理想，把浮華當作榮譽，應該回到現實生活中來了。不現實的東西，最好少去想。失掉了現在，也就沒有了未來。這些，只是我個人的一點點想法。

你這幾天一定也想得很多很多吧？記得哪位作家說：人生能看到希望就是最大的幸福。只有對生活有勇氣的人，才會享受這幸福。

生活裡總是充滿了離別、重逢、再別離。人總要在不同的時間和空間裡經受考驗。我堅信你一定能找一個在各方面都比我強的人。讓我們做個好朋友不是更好嗎？你說呢？請你不要恨我。我的過去，我永遠忘不了，也彌補不回來，它將伴隨著我的終生痛苦。我現在不準備找對象，以後再說吧。我自己的事不取決於我們家，而在我自己。這些都是我自己決定的，恨，你就恨我吧。該忘的就忘掉吧，不要總去為不值得懷念的東西而擾亂你的工作，望我們以後能在各自不同的工作崗位上共同學習進步。幾天來，我就這麼想的。有機會我去看你。上班了，只有寫到這了。

祝工作順利

學習進步

朱穎 元，24

那位叫芊茉的護士出院後幾次專門約荀傳到白龍江邊去，但他沒有赴約。後來葉鑾對他說芊茉與本院某個男生談戀愛，那男生也是個護士，她歇斯底里發作昏倒了，人們把她送回了宿舍。不知葉鑾是知道了他與芊茉有過那匆忙兩夜的接觸有意說的，還是無意的，他沉默著，心裡覺得對不住芊茉。在某天上班時，芊茉、葉鑾還有荀傳站在傳染科住院病房的小院短牆下，芊茉跑回宿舍專門拿了一個大梨來給荀傳吃，並要看著他咬它一口。葉鑾沒有說什麼。

荀傳與芊茉之間沒有任何信件。

關於朱穎的信的內容，荀傳似懂非懂。他想朱穎對於自己的恨是因為過早涉入了戀愛之河，在那樣的水裡浸泡過久，她明顯有著豐富的經驗。她談過幾個？與他們都有過肉體的嘗試？親吻和擁抱。對於更深一層的身體關係，荀傳想她也未必就有。他自己倒是與葛英蕾在愛河裡淺嘗輒止。葛英蕾來漢南看望他時，他們就在護士休息室發生過親密關係，但只一次而已。他趁休探親假的機會沒有回中原省看望父母，而是坐火車去了葛英蕾那裡。他與她發生了第二次性關係。那是在她的同宿舍的同事的床上，兩個人都沒有什麼準備，只是急匆匆把褲子脫下一條褲腿，在極短的時間裡就結束了。之後他迎來了劇烈的腹痛，結石移動了位置，刺傷了輸尿管黏膜，痙攣了。他在病痛中要她去開藥，指名打一針度冷丁針劑。度冷丁是類似嗎啡那樣的強效鎮痛藥，用多了就會成癮，它也是有名的毒品。有的醫生私自把此類藥物賣給吸毒者賺錢，獲利頗豐，事發後便被判刑入獄。葛英蕾沒有給他開來針劑的度冷丁，卻給他開來一小包嗎啡片劑，他吃了兩片，沒有多久就噁心得要命，把胃裡的食物全部嘔吐到了宿舍的水泥地上。恰好葛英蕾上班去了，沒有看見他的狼狽尷尬。他連忙跑到樓下的水池旁拿了掃把和畚箕把嘔吐物掃到畚箕裡，把它拿到樓下水池倒掉，把畚箕和掃把沖洗乾淨。他沒有找到拖把，只是重新用掃把把宿舍水泥地使勁掃了掃。他那樣年齡的青年人是不注重乾淨衛生的，並沒有想到會遭到宿舍裡葛英蕾同事的厭惡。他那樣一折騰，不再腹痛了。嗎啡片劑雖然隨著食物一起嘔吐出來了，但畢竟還是吸收了一部分，藥效就有了。晚上葛英蕾給他找了二樓一上樓梯那間宿舍讓他住。宿舍的主人上夜班。醫院裡一到夜晚會有許多人上夜班，宿舍就空了出來，住宿舍的無非是些沒有結婚的年青人，在其床鋪上睡一夜或幾夜，他們都是無所謂的。深夜時分，荀傳想和葛英蕾同床共枕，但她的宿舍門鎖上了，他就在鐵窗紗上弄出了響聲。她穿衣服打開了門，問他：“身體又不對了？”這是關心他的結石又發作了，需要她再去給他開藥。她在住院部病房上班，找值班的醫生開藥要方便很多。科室裡備的有藥，有時候先拿去用了，後面再讓醫生開處方補上就行了。葛英蕾那樣一問，荀傳立即覺得他犯了錯。葛英蕾說：“睡吧，啊。”她的臉上的笑容是關心，也有更多的無奈。

　　與葛英蕾的戀愛是在疾病中的，記憶裡沒有性的快樂，有的只是騷動後的病情發作和痛苦，那也許對於葛英蕾決心與他分手也起到了關鍵性的作用。葛英蕾在絕情信中強調“你有病”，這是她咬著牙說的，雖然對於他的打擊相當大，但她不得不說。魏白明在一封中說

"疾病和你是親愛的"，他因此而決定與他斷絕同學和朋友關係，中斷了通信。這都說明他的病對他的身心影響是巨大的。二十出頭，身體這麼差，這對他這樣的年輕人的自尊心和自信心的打擊是非常深遠的。他與葛英蕾分手後的這段時間，絞痛沒有發作過，他的自信心漸漸地恢復了。沒有一個好的健康的身體，工作、學習、戀愛都會把你淘汰，把你拋棄掉。

荀傳轉正了，能正常地上班了，這都託福於他的身體的好轉和正常。那個結石並沒有排出來，可它卻老實了，暗伏起來了，不再給他造成痛苦了，他仿佛好人一樣。有時候心裡會想到它，但很快就把它忘了。

除了上班，就是學習。他學的不是外語。他與同宿舍的室友報了哈爾濱某大學的日語函授，學校裡每月都寄來輔導資料，但他並沒有好好學。醫院裡又請了外面大學的英語老師來上課，他也沒有認真學。但他對於文學的學習卻是從來沒有放鬆過，這個階段他主要學習的詩歌。他對外國詩極感興趣，對於《荒原》雖然沒有讀懂，但他絲毫沒有放棄，就兩遍三遍地讀，四遍五遍地讀，把它當作教科書一樣鑽研。

這首長詩把古代神話傳說安放在現代生活中，這就像現代生活鑲嵌著古代生活，不是一般的古代生活，而是形成了神話和傳說的藝術加工後的經典名著，這就需要作者不但熟悉現代生活，還要深諳古典名著的蘊含，把兩者能夠嚴絲合縫地對接起來，這便是一種文學創造力。《荒原》裡包含了莎翁名劇《暴風雨》、奧維德的《變形記》、但丁的《神曲》和詹姆斯·喬治·弗雷澤的人類學著作《金枝》及傑西·魏士登的《從祭儀到神話》中的大量神話傳說，這需要閱讀和領會多少文學名著啊！

荀傳意識到他在工作之餘所謂的業餘時間裡能夠把文學創作堅持下去就是萬幸了，堅持就是勝利，它不單單是寫詩，而是要大量地

閱讀。他沒有更多的時間和精力去學習外語了。內科住院部裡的工作
是十分繁重的，白班是幾乎沒有任何時間用來閱讀的，尤其是治療
班，一個上午要紮三十多個靜脈輸液，累得你屁滾尿流的，簡直就忙
飛了。中班和夜班如果來一個新病人，從入院到治療，一切走上正
軌，沒有兩三個小時是不得安生的。有時候你剛閱讀了幾行文字，就
有陪人把他叫走了，一本名著你從圖書館借來，到期後連三分之一還
沒有讀，還了後又借，又到期了，還是沒有讀完，你只好又還了。

　　福樓拜的《情感教育》荀傳借了三次都沒有讀完，只好還了。像
《外國現代派作品選》第一冊的上卷，荀傳因為喜愛其中的《荒原》，
他就一直留在手裡。但一個借書證只許借兩本，另外一本就得還了才
能借其他書。

　　這音樂在什麼地方？在空中？在地上？
　　又沒有聲音了：——這准是侍候
　　這島上的神明的。坐在岸邊，
　　我又哀哭國王，我父親的沉舟。
　　這音樂在水上從我身旁輕輕而過；
　　那甜蜜的歌聲減輕了水的狂暴
　　和我的激情。因此我一直跟隨著它，
　　許還是它引了我來：它走了，
　　不，它又在唱了。

　　荀傳把這段《荒原》注解中的引文抄寫到自己的日記本上。注解
上說它是莎士比亞後期神話劇《暴風雨》裡面的一段，是覆舟後福迪
能王子隨著仙童的歌聲在荒島上行走，說了上面那段話。荀傳心想他
需要閱讀莎翁的戲劇。

　　我坐在岸上

垂釣，背後是那片乾旱的平原
我應否至少把我的田地收拾好？

　　荀傳正式與葉鑾建立了戀愛關係。
　　他向葉鑾說了他與葛英蕾的的分手，葉鑾並不在意他的過去。
　　他是單位裡有名的詩人，她是心裡深藏著詩的姑娘，他們又在同一個科室上班，接觸的機會比較多。有一次他從她的手裡拿藥品，他上的是治療班，她是護理班，她在巡視完病房後就來給他幫忙，他的手接觸上了她的手，她的眼睛發出異樣的光芒。科裡有一個同年參加工作的護士調走了，她喜歡穿綠色的連衣裙，當她站在白龍江畔上的風中時，飄揚的綠裙子增添了無窮的魅力。荀傳對綠裙子動過心。綠裙子住在他的隔壁。那是一排二十多間房子的宿舍，在二樓上，前面是走廊，從後窗就能看見白龍江。荀傳把他寫的詩給了綠裙子看。綠裙子看後把詩稿還給了他。那有一首詩寫的就是對綠裙子的讚美，但並沒有明確表明他對她有愛情。實際上荀傳也沒有愛上她。她在科室裡經常受到護士長的批評，心裡常常不爽，產生了強烈的對立情緒，幾乎把護士長當作仇人了。她的老家是湖南的，又在中原省的新鄉度過了童年，後來才隨父母所在的工廠遷徙到了漢南。她調回了廠裡的醫院。護士長像對待所有調走的同事那樣招呼大家隨一份禮錢，綠裙子直接拒絕了，護士長又把禮錢給大家退了。在科室裡綠裙子與荀傳關係近，她走之前把佔用的抽屜給他，他沒有要，這叫綠裙子有些尷尬。她調走了，可他還得繼續在這裡上班，他不想與護士長成為敵對關係，再說了護士長也沒有像對待綠裙子那樣整過他。綠裙子在廠裡有個男朋友，經常騎摩托車來接她回家。
　　荀傳還到另外一個同事家裡去給她過過生日，送了禮物。他對她粗放的相貌並不看好，當然那同事也不會選擇他這樣的人作為對象的，但年輕人嘛，有交往就有想法，荀傳就把他對人家的臆想說給了另外一個同事聽。那二樓上的宿舍一間緊挨著一間，在這個房間說話，兩邊宿舍的人都會聽到，有人把他的話傳給了那相貌粗放的姑娘，她專門找他把他狠狠說了一頓，他吸取了教訓，不再隨便說別人了。那女子年齡顯然比荀傳和葉鑾、綠裙子們大，是在新疆石河子那兒長大的，皮膚粗糙，濃眉大眼，像個男性。她是調進來的，所學專業是防疫，但到了這所醫院只好幹護士工作了。她記恨荀傳說她長得難看，當一個如花似玉的先天心姑娘來住院治療，她的臉蛋由於疾病的原因而粉若桃花，那鮮豔的紅色裡還點綴著一縷紫，真的就跟一枝花卉一樣美麗，可她第一天住進來，經過一夜搶救，第二天就病逝了——她當著荀傳的面說：“這姑娘長得可漂亮吧！”

那樣的一個環境，一群護士姑娘，大家都處在人生的美好時期，荀傳這樣一個男護士混跡其中，似乎是一個香餑餑。那樣一個工作群體有他這樣一個男生，在上班時，有說有笑，男女夾雜，有快樂氣息傳播，但真正選擇一個男護士做戀愛對象的卻是不正常的。葉鑾能與荀傳談戀愛，這實在是一個例外。

兩個人心裡相通了，都明白他們要幹什麼，但他並沒有向她明說，也沒有給她專門寫一封求愛信，從此建立戀愛關係。這一次對於葉鑾的追求，荀傳完全不像追求葛英蕾那樣了。兩個人在一個科室上班，抬頭不見低頭見，似乎也用不著把什麼寫出來再讓對方閱讀。同處一個空間，護士辦公桌附近，或者治療室的治療桌旁邊，兩個人的氣息自然而然地相互交流著，你吸進了她呼出的氣，她吸入了你呼出的氣，男女雙方的荷爾蒙分子有著充分的交換，不用說什麼話就很享受和滿足。上班，一起上班，成了他的期盼。即使有些班錯開了，交集不到一起，他也會趁她上班時去科室裡，假裝有事，也就與她相見了。她有中國詩人選本的《愛情詩選》，他有《西方愛情詩選》，他還買了《泰戈爾抒情詩選》，在她獨自上中班或者夜班時讀給她聽。他有濃重的地方口音，可那是改變了普通話裡帶有的口音，閱讀泰戈爾那柔美的詩歌別有一番風味。他本是個靦腆的年青人，可在葉鑾的面前，他變得那麼自然，那麼大膽，沒有絲毫的拘束，就像完全變了一個人似的。

與荀傳住在同一個宿舍的錢藝墨也愛好文學。凡是從學校畢業的年青人都曾經有過文學的夢想。錢藝墨買了一本《神曲》，但丁的《神的喜劇》，散文版的，荀傳十分喜愛，就把它據為己有了。錢藝墨並不在乎，就當那本書丟了一樣。錢藝墨有個高中同學已經是當地某個中學的教師了，他來看他，順手在市新華書店買了一本《普希金抒情詩選》，荀傳一下子又愛上了。他讀了幾首靈魂就受到了衝擊，決心要向普希金學習，學習他的詩，領會詩中的精神。錢藝墨的同學住了兩天，到菜市場專門買了兩斤黃鱔，拿回來後，找了一個短木板，在一端釘上一顆鐵釘。把鐵釘從木板釘穿過去，使釘子頭兒伸出來，看起來有一種張牙舞爪的氣勢。那同學抓住一條黃鱔，把它的頭穿到鐵釘頭兒上，把它的身子拉直，用一片碎玻璃（把一個啤酒瓶打碎，找一塊合適的）把它拉開，把胃腸肺等內臟取出，放到油鍋裡煎了吃。荀傳與錢藝墨商量到食堂偷倒點油菜籽油。吃夜班餐時，他乘廚師做飯的空檔鑽進了放油桶的貯藏室，把門輕輕關上，正在找油的時候，廚師來了，問他幹什麼。他瞠目結舌。那是上夜班的時候，食堂會在深夜十二點鐘開一頓飯。廚師是年輕人，比荀傳的年齡還小，是附近農村進城來做工的農民，他把荀傳給上面告發了。單位經過調查，沒有發現丟失任何東西，那裡面放的飯票荀傳根本就沒有看見，加上荀傳平時表現得老實本分，護士長和科主任交口稱讚，也就沒有下文了。假如單位作為一件事來處理的話，找荀傳訊問，他就會說出他本來的想法，畢竟是一個小小的污點。這都是錢藝墨的高中同學引起的連鎖反應，他是漢南當地人，喜歡做飯，錢藝墨也是本地人，也喜歡做飯，但是做飯的食材卻讓荀傳去籌集。那同學走的時候，怎麼也找不到他剛買的書了，就那樣懷著遺憾走了。

從這件事看，荀傳這一階段確實是熱愛書的，尤其是文學中的詩歌。還有個重要的情況，有人買到了什麼詩歌集，可當你去買的時候卻沒有了，賣光了。漢南市就有一個新華書店，進的同類書十分有限。這說明那確實是個詩歌的時代，年輕人為詩歌而瘋狂。

　　錢藝墨與荀傳的關係不錯，同一宿舍的室友，走得很近。葛英蕾來看荀傳的時候，錢藝墨就幫過很大的忙，幫他把葛英蕾送到火車站，推她從窗口爬進去，還給她買了橘子讓她路上吃。他與葛英蕾的分手錢藝墨知道，勸慰過他。他與葉蠻的接觸和想法，他也向他傾訴過，他表示支持。他說與葛英蕾是不現實的，遙遠的距離會毀滅一切，包括愛情。一個單位的，又是雙職工，未來是光明的，前途是無限的。

　　荀傳已經不能適應只是上班時間與葉蠻相處了，下班後他的心思依舊還在葉蠻身上，他是真正墜入愛河裡了。他在單位的大院裡四處走動，沒有見到葉蠻的影子。她沒有值班。她到哪裡去了呢？

　　他跑到雙水鎮的街道上，想在旱冰場上見到她，可他又一次失望了。他在街道上碰見了錢藝墨，問他看見了葉蠻沒有。他說好像朝江邊走了。

　　他連忙往白龍江畔趕。

　　從荀傳的宿舍後窗就能望見白龍江。他所在的單位的後牆有一個後門是經常上鎖的，除非翻牆無法通過。這個單位把江畔到雙水鎮街道的所有地面都佔有了，都有圍牆圈著，其他單位也是同樣的地理位置，同樣的圍牆，而單位與單位之間的狹小過道又並不通向江邊，荀傳只好匆匆向南走，走到了小鎮的南端，這才有通向江邊去的大路。

　　江畔還修造有一支灌溉農田用的幹渠，渠上有橋。

　　荀傳剛走過橋就遇到了葉蠻。

　　她腳步緩慢地躑躅著，心裡裝滿了事，十分沉重。她是低頭走路的，他突然找到了她，但又不是兩個人約好的，她並不知道他要找她，他便走了過去。他木訥的嘴沒有發出聲來。他走了幾步，覺得氣餒，轉頭又去追她。她終於明白了。

他說：“到河邊走走。”

她沒有說什麼。

他們重新走過小橋。小橋的北邊矗立著的就是苟傳及大多數單身們居住的二層宿舍樓。葉鑾是住在家屬區的家屬樓裡的。一個單元住了四個姑娘。

從幹渠到江邊還有好多個魚塘。魚塘是在江邊的沙灘上挖掘和修建起來的。苟傳和葉鑾沿著向南去的一條大路走到了一個單位的大門口，拐到了魚塘的高堤上。

那是一個礦業資源勘探機構，是省上的單位，其工作區和家屬區都在這個江畔圈出來的範圍內。大門口有門衛，有傳達室，燈火通明。

這是最南邊的一口魚塘，塘堤呈弧形與大道相接。堤上的路窄小而佈滿石子，兩邊生長有野草和灌木。已是深秋了，夜裡氣溫低了。他們兩個走在塘堤上。葉鑾走得很慢，苟傳也走得很慢。這與他和葛英蕾那那時候的長跑有了分水嶺那樣的區別。他跟著她走，說不出話來。說什麼呢？

說什麼都是多餘的。

談科室裡的事顯得庸俗，說護士工作更是內心厭煩，說對她的愛，似乎用不著說……詩歌倒是可以談，但他雖然寫過幾紙箱子詩歌，基本都是用的“臨時醫囑”用紙的背面寫的，但卻一首也沒有發表過，那是未來的夢想罷了，前途迷茫……不說什麼便是最好的選擇，以無言勝萬言。

白龍江的水聲萬古不變。夜色裡能夠看見泛白的波浪。那江灘上的石頭巨大而密集。腳下的塘堤也是築在江灘上的，魚塘的東岸其實才是真正的江岸，這是當地人把江岸占了，把江灘築成了魚塘，是向江爭地，假如暴發特大洪水，這一切將不保。塘堤外的坡有的地段陡峭，有的地段平緩，可以爬下去到江水邊去。荀傳與葉鑾只是沿著塘堤走著，堤頂上很高，視野開闊。裡面的被佔據的水面被東西方向的幾道更狹窄的堤分割成了不同的魚塘，其中有一條是大家經常走的返回鎮子的路。如果繼續朝北走就會走到白龍江大橋下去。江水就是從橋下向南流出後在東邊旋了一大片地盤，足有一百畝大。但由於江水的長年深切，水位退縮了，好像它永遠地放棄了曾經的地盤。

葉鑾走上了塘間堤，荀傳跟隨著。他一心想要擁抱她，下了好多次決心都放棄了。這把水面相隔為不同魚塘的堤過去就到了真正的堤岸了，幾乎就在宿舍樓的眼皮底下了。荀傳心裡在數數字，當數到一百的時候就擁抱她。數到了一百，他還沒有敢行動。再數一百吧。結果是又數了一百，又一百，三分之二的堤已經走過了，荀傳猛然拉住了她的手。她平靜地站住。他遲疑了一會兒，還是沒有敢擁抱她。他又在數數。他終於把她擁抱到了懷裡。她在他顯得高大的胸懷裡任由他抱著。

肢體動作是最好的情書表白。

荀傳與葉鑾建立了相對正式的戀愛關係。

兩個人在同一個地方生活，同一個單位工作，還在同一個科室，確實沒有必要寫信了。書信時代正式結束。但是其他人與他之間依舊處在書信時代。十公里外的一個工廠有個工人是工人技術學校畢業的，他在住院期間認識了許多人，居然被葉鑾迷住了，愛上了她。一開始荀傳還沒有確定與她的戀愛關係，覺得無所謂，但是現在這卻成了棘手的問題。那工人叫阿昆侖，同樣愛好文學。工廠裡有一大群人愛好文學，大多數人寫詩、散文，寫小說的很少。荀傳當下的夢想只還是當一個詩人，能夠在漢南地區成為一顆詩壇明星，就是他最大的榮耀了。他的文學夢想並不深遠，也不偉大，十分實際。他儘管是幹部身份，但職業是護士，這就與工廠裡的工人似乎還要低一等了。改行是他的最大願望，最高的也是最低的。他與葉鑾幹著同樣的工作，但作為男性，這就是致命的缺陷了，她的周圍的人會強烈反對的。

阿昆侖的事情與荀傳糾纏到了一起，他需要知道葉鑾的上班時間，他好來追求她。他如實相告。

這個問題對於二十一歲的荀傳來說是十分痛苦的，他把苦惱告訴了同宿舍的錢藝墨。人們都喊他阿垂。這是他的諢號，誰給起的，為何起這樣一個諢號，荀傳不知就裡。阿垂也陷入了失戀中，他看上的姑娘也是同院的護士，她的膚色與形象與他有夫妻相，倒是十分合適的一對，他們談了一陣子，她的老家那邊是要彩禮的，阿垂是當地人，當地根本就沒有這樣的風俗，因此也就鬧翻了。又有人給阿垂介紹了新的對象，那姑娘是個文學愛好者，對作家十分崇拜，從她所在的深山縣坐車到漢南來時是與一位當地有名的青年作家同行的，這叫阿垂十分吃驚。

阿垂也給荀傳支不了什麼好招。

夜深了。

荀傳從床上爬起來。對面的床鋪上阿垂沒有動靜。他出了門。

他要去的地方是住院部的一樓。大門的右邊緊挨著就是科室明亮的窗戶，對於走進來的人是看得一清二楚的。他繞到東邊。這樓的東邊是另外一個輔助科室，走廊裡有扇門與內科相通，但平時是鎖上的。中間有一廁所的窗戶是落地的那種，平時開著。荀傳從廁所窗戶翻了進去。

走廊上燈火通明，每個病房的門都是關著的。荀傳的行為仿佛去盜竊一樣，生怕鞋子與水泥地面碰撞出聲音來。他走到了大門口。那雙扇門是合上的，但它是常年不上鎖的，凡是進入大樓的人或貨物都要從這兒進來。沒有人進來，也沒有人出去。畢竟凌晨兩點鐘了，沒有急診病人來，凡是上夜班的醫護人員都不會再活動了。

他透過玻璃看到葉鑾坐在辦公桌邊。

只她一個人。

他心裡一喜。

他推門進去了。

他忽然發現阿昆侖蹲在治療室裡面的地上，他的面前是紅彤彤的電爐子。夜深天冷，他在烤火。

他蹲在地上，顯得很小的樣子。

荀傳的出現沒有引起他的懷疑。

他仍舊蹲在地上，說："來烤火。"

他挪了挪位置。

按照荀傳的推想和意願，葉蠻已經把他打發走了。阿昆侖要來找她的事情荀傳給葉蠻說過了，兩個人商議過以適當方式把他拒絕了就可以了。按道理說這個時候荀傳是不應該出現的，但按同樣的道理說他又是應該出現的，他的出現與不出現都有其理由，所以阿昆侖沒有任何的異樣。

這說什麼呢？三個人面前怎麼能像兩個人那樣說話？

荀傳沒有蹲下去烤火。但他又擔心阿昆侖會一直呆下去，整個一夜都要陪葉蠻，他心裡有深深的刺痛。但他又無法叫阿昆侖離開。這可真糾結。為什麼不能對他明說？

他說："我怕你凍著，就來看看。"

這樣的謊話荀傳說得十分彆腳。

"我走了。"

荀傳眼見了阿昆侖與葉蠻在一起的情形，他心裡的那種焦灼消失了，但卻產生了另外的憂慮：他還要繼續追求下去，而她又一時半時打發不走他，你不對他明說，她似乎也對他說不出嘴，這可真尷尬。他若是個勇敢的追求者，她就無法抗拒他……一切都在生長階段，沒有散枝開花，更沒有結果，什麼樣的組合都有其合理性。

荀傳一夜沒有睡好。

荀傳不能問葉蠻阿昆侖是什麼時間走的，是在他走後多久走的，還是一直呆到了天亮才走的，這樣已經成為了過去時的都不重要了。又過了一天，他收到了阿昆侖的信函。

尊敬的荀傳：

現在我實在是睡不著覺，也不想去睡。我覺得有很多話需要向你說一說。因為，我認為你是最瞭解，也是最理解我的心的。回想起最近發生的一切事情，使我覺得，世界之大，要找一個稱心合意、善良的伴侶是相當困難的。純潔、真摯的愛情在現在這個社會裡是沒有的。正如艾蕊所論述的：“愛可以被施之於宇宙間的一切事物，直至人這個主體自身也可以成為一種自返的對象。”

“正因為如此，所以愛在不少時候是顯得那麼的神奇，那麼有力，那麼活潑又那麼多變，就像一種極不穩定的物質那麼容易與其他任何一種或多種不同的物質化合和滲透一樣。當然，它也就不可避免地在迅速地改變著它自身的性質”。

儘管我們平常說，愛是人類的優良心理品質之一，但是，當這種愛與具體事物連結起來的時候，就必須根據一定的條件下，它所顯示的特性和作用，決定它的地位和對它的評價。由此可見，凡是把愛說成是無條件的，無限的或無所謂純潔、真摯，凡是把愛的理論推到最高點而似乎沒什麼比這點更高的東西的說法，大都只能是“福音”傳播和對善男信女的“佈道”而已吧！

異性的吸引是一切動物的本能，心靈的吸引才是人類的獨有的美妙的感情。可是，這種美好感情在什麼地點尋找呢？我想是尋找不到的，也沒有必要去尋找了。現在，我覺得做了一個夢，這個夢如白龍江河上飄動的霧。

對於姑娘心來說，就像白龍江上的霧。對於她們，男人只是她們開玩笑的工具。不是嗎？……

我第一次談戀愛就……對於這件事使我清楚地認識了姑娘的心是怎樣的“善良”。在這裡，我不能以偽裝的感情寫這封信。

今天，小葉對於我的回答使我感到非常失落，她紙上寫的和心裡想的完全兩樣。這一點使我百思不解。對於她提出的要求我又有什麼要去拒絕呢？現在，我需要從不安和痛苦中解脫出來，走向平靜，也希望今晚能睡上兩個小時的覺。剛才吃了三片安乃近，但這無濟於事，我現在真想將這三十六片安乃近全部吃了。我知道，人到了他明智的時候後，知道了他周圍的世界是怎麼回子事，因此就不去自尋苦惱而承認它是事理之常，也就沒有必要再去尋找了。

感情是個比較複雜的問題，它需要健全的條件。既然我與小葉連起碼的土壤（文憑、門當戶對等等）都沒有，哪還有什麼可留戀和挽回的餘地呢？還有必要去強求他人所愛嗎？還有什麼可鑽牛角尖的呢？

俗話說：世事猶如浮雲，聚散無常嘛！

所以，小荀：希望你也不要為我這個事情有什麼不正確的看法，也希望你今後從中吸取教訓，順利地通過這一關。

我如果再讓這個事情擺佈兩天，我准會神經失常的。甚至頭髮全白的。但是，和善的讓·雅克·盧梭發現了我的苦惱，明智地教導我：“最初的熱情要適可而止，不然的話，後來一鬆懈下去，就無法控制”。無聊、愚蠢，對於我都具備了。今後將怎樣生活，我也不知⋯⋯

好了，我不說了。以上只是胡亂地說了些，因為這時我心裡也是亂、散的，所以，有什麼失言或不禮貌，大請小荀不要放在心上或說給他人。

一個失意的蠢人：阿昆侖

22 日早 3 點半

荀傳的心放下了。

他把這樣的難題推給了葉鑾——這說明他作為一個男子漢缺乏

必要的擔當，但從另一方面看，也是對的，阿昆侖畢竟追求的是她，由她親口回絕，乾脆徹底。這之後，苟傳與葉鑾便進入了一個熱戀期。

阿昆侖從工廠到醫院來做心電圖，在二樓的樓梯與走廊的轉角處遇見了苟傳。他正從樓梯下往上爬，苟傳站在樓梯頂上，伸出手去，他嚇得往後一躲，躲開了。他開始以為苟傳要動手，後來明白了他的善意，但他拒絕與苟傳握手。這麼說是他認為苟傳暗中使了壞，撬了他的寶貝。苟傳因此失去了一個人生路上的朋友。

有了白龍江畔上的擁抱，有了與阿昆侖的爭奪和較量，暗藏在這看似小事一樁的人間戀愛中的大風大浪、波譎雲詭，苟傳在人生長路上又有了長足的跨步。雖然他是先是阿昆侖而與葉鑾建立了戀愛關係的，也許阿昆侖也是同一時期鍾情于葉鑾的，但他的表白晚了一步，這本不存在競爭與較量，但他的晚起的追求與表白，給予苟傳和葉鑾的戀愛征途增添的暗礁還是需要清除掉的，這就顯得苟傳仿佛是個計謀深藏的壞人似的，他內心裡的負疚之感不時會跳上來折磨他。但他更是不能把葉鑾讓給阿昆侖，一是葉鑾並不是他的奴隸或物品，二是他會因此而顯得更為卑鄙下流。好在阿昆侖所在的工廠距離這兒有十公里遠，眼不見，心為淨。

雙水鎮新建了旱滑冰場，苟傳與葉鑾一起去學溜冰。鋼鐵的沉重旱冰鞋租來穿到腳上，長了八輪的腳好像變成了叛徒，不聽自己的使喚了。葉鑾摔倒了，苟傳連忙把她扶起來，兩個人靠著牆休息了很長時間。那旱冰場裡轉圈滑行的人都是鎮上的年輕人，年齡大約都在二十歲左右，只有少數一兩個四十歲左右的中年人，其中年的身材形貌與旱冰鞋的搭配明顯地表露出滑稽，不倫不類。

苟傳與葉鑾各自回了自己的宿舍。

阿垂在宿舍裡。苟傳問他要下了鑰匙。他說過他有同科室一個同事的宿舍的鑰匙。那位同事是位年長他們四五歲的職員，在以前的牛毛氈病房東端有一間宿舍，可他的家是白龍江西岸那邊的，很近，經常就回家去住了。他把宿舍鑰匙交給阿垂，是讓他方便家中來客。荀傳拿到了鑰匙，就到葉鑾的宿舍那邊去了。他走到陽臺外時，吹了幾聲口哨，她立即就從室內打開了陽臺上的門到了陽臺上。她說宿舍裡好多同事都在。他悄聲告訴她到哪兒哪兒去，說他先去，叫她隨後就來。他走了。

家屬區與前面的工作區有許多通道。荀傳走的是東邊的小路，樓房之間的小道，折來拐去的臺階，爬上去就到了原先的病房所在區。荀傳才來漢南上班的時候，這所醫院的病房還是牛毛氈平房，如今使用的住院部當時還沒有正式投入運轉。病房搬過去後，這一帶的平房就空出來了，有的職員到了婚齡，就要一間房子，打掃佈置後，備不時之需。以前這兒與病房相配套的還有中藥房和西藥房，還有其他醫技科室。

荀傳找到了那間房子，把掛鎖用鑰匙捅開了。他進了屋，沒有開燈，把門虛掩，坐在床鋪邊上等候。

他想要是葉鑾不來，他要也睡在這兒。鑰匙要來了，萬事俱備，他睡在這裡即使一夜無眠，也是充滿欣慰的。他正想著，就見門縫開大了一些，朦朧中葉鑾進來了。他讓開一個位置，讓她坐到床邊上，他把門上的插銷推上了。

燈一直沒有開。

雞叫五更時，葉鑾穿上衣服離開了。荀傳睡到天亮，把他使用過的衛生紙收集到一起裝進他的褲兜和上衣兜裡。鼓鼓囊囊的，他把它往平裡壓了壓。他把被子疊好，用手掌把床單掃了掃。幾乎半卷衛生紙用光了。那是原主人的物品。

荀傳上的是夜班，白天休息。

宿舍裡空空。阿垂早上班去了。

他把好幾兜兒衛生紙掏出來。有的上面由於黏液的幹結而皺縮，有的還是濕的，則很平展，他把它們都壓到箱子裡的衣服底下。這是一口皮箱，是他參加工作後用掙的工資買的。他前往漢南報到時只拎著一個帶滑輪的特大的人造革旅行包。那是他花了十八元人民幣在秦陽買的。用了四年的樟木箱子他又還給了他大哥。旅途迢迢，沉重的東西難以搬運，他連心愛的文學書籍都送了魏白明，就是為了輕裝上陣，也同時有開始新生活的意味。告別昨天，開啟新的日子。

他的衣服基本都在皮箱裡壓著，衣服的最下面壓了他的證明，愛的主題，可見他對葉鑾的愛是真誠而深沉的，他十分珍惜。

春節到了，他沒有被安排值班，但他也並沒有回中原省老家探望父母，他要陪葉鑾度過他們愛情的第一個年三十夜了。是在葉鑾的宿舍裡度過的。這個夜晚對於荀傳和葉鑾來說是充滿了性福的，這兩個人也許有前世姻緣，在現世必須回報對方，自從他們在他人的單間裡開啟了真正的人生夜之後，他們的肉體和心靈就緊密地結合成了一個整體。他只會簡單的上下結構，她卻教給他了一種側身交叉式結構，她說那樣最深……

大年初一的早晨他們沉睡不醒，以至於同宿舍的一個同事下夜班回來了，四個人有了尷尬的相遇。其實那位同事也有男朋友相陪了一個通宵，已經在談婚論嫁了。葉鑾似乎並不在乎同事們的看法。大年放假，宿舍裡只有那一個同事上夜班，她與男朋友馬上就回家過年去了。這個單元套房裡就只剩下了葉鑾和荀傳。一夜的過年，整個一夜都在過年，似乎沒有睡著多長時間，兩個人一直在相愛。激烈的運動後相擁而眠，恢復體力後又一次激烈相愛，之後又相擁而眠，反反復複了好幾個回合。那位同事和男朋友的干擾過後，他們兩個又昏睡了一兩個小時。起來後已經是吃中午飯的時間，葉鑾煮了一些餃子，他們吃了。他們的身體處在極度相愛後的平靜狀態，仿若二十年的激情和激素在一夜之內全部傾泄釋放。他二十一歲，她二十歲，兩個人的肉體和心靈無法分離。吃過餃子後，胃部滿足了食欲，身體得到了能量，但荀傳的欲望徹底滿足過後處在疲憊期，再沒有對她的身體的渴望。有一根毛髮割傷了他，有一條深深的口子，儘管沒有出血，但有疼痛感。他對她說了，她沒有言語。下來幹什麼去呢？

關鍵是單身宿舍裡沒有吃食，兩個人都是單身漢，沒有能量的補充，光有身體的相擁和心靈能量的交流是頂不住肚子餓的。葉鑾的家就在漢南，距離雙水鎮不是太遠。她的父親到外地他妹妹家過年去了。她沒有母親。童年時她被送給了別人家。她的小學是在那兒上的。漢南的父親居住的房屋空著。父親跟他的兒子一家一起過。

葉鑾的坤式小自行車擺在宿舍裡廚房那兒。她把車鎖打開，推上它出了門。他把單元套房的大門倒鎖上。一出單元樓房就是單位的家屬區。大年初一，外面沒有人。荀傳把自行車接到手裡，騎上，葉鑾稍微一跳，坐到了後架上。

出了家屬樓區，上坡的拐角有一園綠竹。這漢南地區號稱甘肅省的小江南，產稻穀，魚肥美，冬天照樣綠葉萋萋。單位的家屬樓區和工作樓區是建在白龍江畔的半坡上的，到鎮街道一直是慢上坡，但荀傳蹬著自行車一路飛奔，沖出了這個單位的圍牆所圈定的區域。

她父親的家是在漢南市的北郊。

這個時間段是無人的，走親戚的時間過了。

荀傳沒有想到要買些禮品，葉鑾也沒有提醒，她似乎並不在乎。他騎著自行車直接進了院子。她打開鎖，她叫他把自行車也推進屋子。

這所屋子有裡外兩個隔間，外面大屋中的床鋪是葉鑾的父親的，里間相對來說十分狹小，有一張床是葉鑾平時回家時住的。北邊有個不大的窗戶，窗外是漢南市的蔬菜地和農田。

葉鑾的哥哥不在家，她的嫂子過來了。葉鑾也沒有向她嫂子介紹荀傳，荀傳對於主人的招呼連忙回應了一聲。那女人有四十歲，但漢南的水土養人，氣候濕潤，看起來也就有三十歲的樣子，顯得年輕多了。

這樣的場合有些難堪，就這麼稀裡糊塗來到了葉鑾家，又不算正式的走親戚，大年初一的，也不興走親戚，葉鑾就這樣把一個同事帶回了家，也沒有說他是她相處的對象和戀人，但他們的關係一看就明白。

她的嫂子走後，他們倆就囚到有窗戶的小屋裡竊竊私語。外面的蔬菜市場空空蕩蕩。很快天就黑了。葉鑾把他父親床鋪上的被子拉開鋪好，表明荀傳夜裡是睡在這裡的。門倒鎖上了，燈拉滅後，他假裝睡了一會兒，就從外屋的床上跳下，摸到了裡屋的小床上與葉鑾睡到了一起。

這一夜只有相擁而睡。

第二天荀傳與葉鑾並不是天一亮就起床的，待他們起床時，葉鑾的哥哥和嫂子已經走親戚去了。大年初二媳婦回娘家是當地的傳統習俗。但卻留下了他們的小女兒，也就是葉鑾的小侄女把飯菜給端過來了。那是一個十分機靈可愛的小姑娘，大概有十歲大的樣子。她的祖父平時是跟著他們家吃飯的，來客人了自然也由他們家招待。

"我爸爸說了叫我陪姑姑……"

荀傳眼睛裡放射出謝意。

他們吃了飯，荀傳覺得再賴到葉鑾家就有點兒不懂事了。這一不是她的家，是她的哥哥的家，她爸爸到外地去了，二是她一個人在哥家吃飯也還說得過去，可她又帶了一個人來。

"我還是走吧。"

葉鑾的眼睛一亮。

"你到哪兒去？"

"我到阿垂家胡逛兩天。"

葉鑾讓荀傳騎她的小自行車回去。這兒畢竟距離單位有十公里的路程，公交車什麼的也不是特別方便，再者自行車這些天她也不用。

"我初四來接你。"

　　葉鑾說："那你下午來。"

　　"初四下午。"

　　初五葉鑾上白班。

　　從漢南市到雙水鎮是有公交車的，11 路車，下午六點半就沒有車了。苟傳騎走了葉鑾的交通工具，她就失去了部分的行動自由。他把自行車騎得飛快。當他從一處街道穿過時，看見對面街道邊上那個人是葉鑾的嫂子，他心裡猶豫了一下，如果專門下車到對面給她打招呼似乎有些兒過於殷勤，大著聲音喊一嗓子，他這個本就靦腆的人沒有那樣的魄力，雙腳並沒有停止踩踏自行車腳踏，距離越來越遠，人影也漸漸不清了。他覺得這是一件沒有做好的事，向一個認識的人打個招呼對於他來說就這麼難，這是他的性格和稟性使然。

　　阿垂的家族很龐大，半個村子的人都是。他們輪流到各家吃飯。三天來，苟傳跟隨阿垂幾乎吃遍了大半個村莊。苟傳想起了過去的住隊幹部，他們就是這樣吃遍村子的。阿垂說早秋家離這兒不遠。早秋和他們是同一個單位的。是個女孩，也剛剛二十歲。阿垂想追求她，但是沒有進展。他們翻過溝壑，爬上丘陵，到了平原上。她家在村子邊緣。孤孤的一座房子。早秋在家。她招呼他們。叫他們坐在院子裡。沒有招呼們進屋。堂屋非常簡陋，看起來骯髒而又混亂。房子左邊緊挨著另外一座房子，那是早秋家的鄰居。院子裡坐著一個老頭兒。看那樣子，他已經年老昏花，行動不便。他好像死人一樣坐著，一動不動。他穿著厚厚的棉褲。黑色的，但已經褪色得不像樣子，灰不灰，白不白。那種顏色給人的感覺是很骯髒的。他的褲襠被尿漬濕，在冬天的寒風中，已經結成冰霜。苟傳再次對於生命產生畏懼。活得越老會越發痛苦。活成傻瓜老年性白癡的時候，生命還有什麼意義，還會有什麼滋味？苟傳想自己最好活到四十，或者五十歲就痛痛快快死去吧。不要留戀什麼未來的歲月。活到三千歲又能如何？三萬萬歲又能怎麼樣？四十就足夠了。她的媽媽給他們兩個一人打了一碗荷包蛋。他們是坐在院子裡吃的。吃完以後，也沒有談什麼，只是問了一下早秋什麼時候走，便離開了。荀傳和阿垂離開橘林坡的時候，阿垂的媽媽用她的慈祥的手給荀傳拍打著背上的塵土，一邊揮一邊說：

"以後和昆侖一塊常到家裡來，你家裡遠。你就把這兒當做家吧。"

荀傳的眼睛裡湧出了熱淚。淚水不多，還能夠含在眼眶裡，掉不下來。荀傳不好意思去擦，就讓它含在那兒。荀傳戴著眼鏡，估計別人看不出來。

多年來，從來沒有人對荀傳說過這樣的話語，從來沒有誰如此疼愛過荀傳。

"好的，我會常常來的。"

荀傳的聲音發顫。

荀傳的心在顫動。

葉鑾下夜班了。荀傳休息，沒有其他的事。荀傳打算送她一程。她堅持去年的決定，荀傳還是不能像真正的戀人那樣在人面前與她一起走。他們的關係仍舊維持秘密狀態。荀傳騎著自行車，在單位外面的大牆下面等候。她來了。姍姍而來。美麗而飄逸。長長的頭髮，豐滿的臉蛋。很有性感。他們是沿著河岸走的。到達岔路口了，她跳下車子。她看了看荀傳，微笑著，也沒有說什麼。南邊，田野的遠處，那座村莊就是她的家。她朝那兒走著。

荀傳站立在堤岸上，望著她。荀傳望了好長時間。她走進彎道裡面去了。她還沒有走出來。不一會兒，她出現了。她向荀傳招手。

荀傳蹬上自行車，迅速趕到。

原來，她擋住了一個賣甜秫稭的小孩。她已經買了長長一根。她從中間折斷了。

"你吃這一半。"

"天冷，還是不吃了。"

苟傳興趣不大。苟傳不愛吃零食。嫌麻煩。這種說甘蔗不是甘蔗的像玉米稈那樣的東西，苟傳童年的時候吃的最多，已經吃煩了。葉鑾把它叫做甘蔗，苟傳把它叫做甜秫杆。她不會知道它的這個名字的，它屬苟傳的童年。

"你要是不想現在回去，你就騎上車子走在前面，騎到前邊的村莊再折回來不就對了。我看看家裡有人沒有。我哥不在的話，就給你招手。"

她這樣說，苟傳心裡當然高興。苟傳就一騙腿騎上自行車，興沖沖地走了。

等到苟傳從前面村莊裡折回來，朝葉鑾家院子看時，發現她和一個小女孩站立在院畔朝苟傳望著。她沒有招手。看來她哥在家。苟傳的自行車沒有停下來。苟傳已經騎到了通向她家的岔路口。苟傳騎了過去。非常失望。苟傳回頭看時，發現她在向苟傳招手。苟傳心裡一激動，趕緊拐頭。道路太過於狹窄，苟傳從阡陌上跌倒到了田野裡。

苟傳很狼狽。

苟傳終於踏進了這個院子。第一次。意義重大。似乎又很隨便，沒有任何意義可言。葉鑾的哥哥和父親都不在家。只有她的嫂嫂和小侄女。葉鑾的嫂子倒很熱情。但是葉鑾暗示她嫂子說隨隨便便，沒有必要那麼講究。她的嫂子把苟傳的到來看作一次雖然是非正式的、但也比較重要的拜訪。苟傳是空手來的，已經決定了這次拜訪的性質。葉鑾給予她嫂子的印象好像是苟傳算不得什麼，只是隨便來訪的同事而已，苟傳心裡感到似乎受到了怠慢。吃的飯確實是非常隨便的飯菜。不管飯怎麼樣，苟傳最最害怕的就是和陌生人一起吃飯。苟傳感到的是與在另一個同事麗君家吃飯時同樣的拘束。葉鑾的嫂子是農民，便有農民的熱情好客。她殷勤地用她的筷子給苟傳夾菜，熱情地說："夾菜，吃菜。"

她把苟傳當做她的小姑子的真正的女婿了。邊說邊吃和葉鑾說著，笑著。荀傳則一直很緊張，也不知說什麼，悶著頭，隨她們笑，隨她們吃。她們幹啥，荀傳就幹啥。木偶一般。

荀傳聽見葉鑾的嫂嫂說：

"再加上你們兩個，咱們家就十多口人了。"

荀傳覺得自己的臉熱熱的，燙燙的。葉鑾的臉也紅了。

荀傳怎麼能空著手來呢？大過年的。還沒有出正月十五。葉鑾的決定也太隨意了。看來，她沒有把她的嫂子當回事。她一定認為沒有關係才叫荀傳來的。她剛剛開始二十一歲的最初幾天。荀傳也只有二十二歲。她不會考慮那麼周密。管他哩。

但荀傳心裡還是過意不去的。荀傳執意要去買點禮物。這兒距離小鎮和城裡都遠，要買也只能到村上的小賣店裡去買。好像又不太妥當。怎麼著都不像那麼回事。這就是沒有準備的行動的結果。葉鑾把荀傳勸住了。荀傳身上裝的錢也很有限，僅僅兩張"大團結"。這個月荀傳也就只剩下這點錢，荀傳吃飯還得用它。如果荀傳做了他用，荀傳的飯錢也就沒有了。荀傳得借錢吃飯。荀傳確實大方不起來。葉鑾有一個侄子，一個侄女，總共兩個孩子，荀傳給他們發些壓歲錢不是挺好。一個孩子發十元錢，好像不大合適。好像有點賣弄。荀傳工作剛剛一年，工資還很低，只有三十七元加幾毛。荀傳是八三年畢業的，現在是八五年的二月份。發五元錢的壓歲錢都算是奢侈的。去年荀傳給他哥的兩個孩子一人發了五元，村子裡的人都瞪圓了眼睛，說一元兩元都算夠大方的了。荀傳想起葉鑾的嫂嫂吃飯的時候說過的一句話："我們農村人吃的多。"因為，荀傳只吃了一碗米飯就不吃了。葉鑾非常反感地哼了她嫂子一聲。荀傳想起葉鑾在小竹林後邊的房子和他睡覺的第一個夜晚，她還曾經憂心忡忡地在他的懷裡說：

"你怎能娶一個家在農村的人做妻子呢？他們會說你的。"

看來，荀傳的欺騙是成功的。至今還沒有人知道荀傳的家也是農村的。當然，管檔案的人知道，但他不會向每一個人說明的。或者那人根本就不看那些陳舊的紙張已經發黃的東西。荀傳為什麼要對戀愛對象說明家庭情況呢？荀傳不認為他在搞什麼欺騙。荀傳的母親的確是城裡人，她是在四十年代嫁到鄉下去的。荀傳的父親的家族是個農民家族。說是在他的爺爺輩上，還有二百畝土地，十二匹騾子，高門大院，騾車可以直接趕進大門樓。但是人丁不興旺，陰陽先生說是財旺人不旺，把祖墳遷到了東地。這下人旺了，但財不旺了。人越來越多，人越來越窮。到荀傳父親這一輩就成了窮人。可荀傳母親說她嫁到鄉下的目的就是為了有一口飯吃。可見，她雖然家在城裡，比鄉下的荀傳父親的家還要窮。城裡沒有什麼好的，荀傳母親不就是從城裡嫁到鄉下去的嗎？她是認為鄉下好才到那裡去的。荀傳不能滿足只能有這樣的家庭。荀傳曾經想像他不是父母的孩子，是他們的收養的。他們有七個孩子，這似乎不大可能。那麼，荀傳的父親可能不是荀傳真正的父親。荀傳可能是某個大人物的私生子。荀傳想像他有一個國王一樣的父親。荀傳不過是遭貶黜的王子。

最好的辦法是把十元錢換開，一個孩子一半。可是在哪兒去換？到小賣店去？還有一段距離，不好意思在村莊裡招搖。葉鑾也不會同意。她的侄子好像年齡大了，上初中了吧。乾脆只給她侄女一個人。給這個小女孩一張“大團結”得了。不能當著那個男孩的面給。荀傳便趁那個男孩出去的機會，喊那個女孩。這個女孩就是荀傳曾經在小學牆壁上的黑板上看到的小真語。她的姓名叫做葉真語。很好。這個女孩正要朝院子外面走。她回過頭來。她只有八九歲的樣子。她疑惑地看著荀傳。可是葉鑾正在悄悄給荀傳說話。女孩愣在那兒。荀傳在聽葉鑾說話。她的聲音很小，女孩一定聽不見。

“我給我嫂子說的，說你是我以前的一個同學，家在遠方，說你今天到前面村子一個同學那兒去，是從那兒回來的，正好碰上了，便來了。”

荀傳想她可真有心計。她這個謊言真是天衣無縫。荀傳是從南邊的村莊裡來的，好像正要回北邊的小鎮。是她向荀傳招的手。有那個女孩在身邊，就是證明。

「她不是在吃飯的時候，把我都算到你們家的人數裡去了嘛。」

「啥呀！你真傻。」她的最最溫柔的口頭禪。

「真語，玩去吧。」葉鑾說。

小女孩更加疑惑地走了。

黃昏降臨了。冬天剛剛過去，春天剛剛來到，天還是黑得很早。很晚了，葉鑾的哥哥才回來。是葉鑾的小哥，比葉鑾大四五歲，年齡在二十五六歲左右。沒有結婚，據說還沒有女朋友。葉鑾的大哥沒有回來，他在城裡幹活，是個非常能幹的工匠。荀傳心裡一點也沒有害怕的感覺，但表面上，荀傳好像非常怕他。荀傳覺得他好像是一個法官。他是非常嚴肅的。加上荀傳的笨嘴拙舌，荀傳和他各自坐在桌子的一邊，沉默了足足有三個小時。本來，荀傳是要走的，葉鑾暗暗勸住了荀傳。現在，荀傳卻不想走了。荀傳想像著夜晚和葉鑾睡在一起的情景。荀傳很想望。

執意要走的話，天黑不是理由。一個剛剛二十二歲的男子漢，還怕夜晚大路上有鬼嗎？還有個重要的因素。荀傳的嘴可能說不出要走的話。荀傳好像一直找不到說要走的話的機會。即使荀傳說出來了，荀傳又如何與他們，他們一家人告別。告別的場面令荀傳畏懼。荀傳如何叫他們呢？都叫他們什麼？真叫荀傳為難。荀傳寧可去跳崖，也不願幹這樣的事情。荀傳和葉鑾的哥哥坐了幾個小時，說出的話語總共只有兩三句。內容是他對於荀傳的情況的瞭解。荀傳最害怕誰問他的情況了。荀傳是個護士，與她妹妹操同一種職業。荀傳說出來是異常尷尬的。荀傳的身體熱起來，滲出細細的汗珠。寒冷的天氣，荀傳卻在因為緊張和難堪而冒汗。沒有辦法。他顯然看不起荀傳。對荀傳表示出的是明顯的蔑視。誰要反對荀傳和葉鑾的話，那麼，他就是始作俑者。他就是第一個。大家都會反對，他便是大家的榜樣。

荀傳沒有能力對抗他。荀傳只有憤恨加憤恨。還是憤恨。荀傳覺得他是荀傳可惡的敵人。荀傳預感到了一種直接的不祥。

夜色更加黑了。葉鑾的哥哥說他到前面那個村莊的一個同學那兒去，晚上不回來。荀傳心中驚喜：他是不是給我讓路？叫我和他妹妹單獨相處？荀傳沒有考慮到他是因為他在他家他沒有辦法才走的。荀傳要住在這兒，他住何處？他肯定是想叫荀傳走，但荀傳一直沒有這樣的表示。荀傳畢竟是他妹妹領來的客人，他不可能趕荀傳走。他說說好的要去會他的一個同學，一定是為自己夜晚離開找的好聽的藉口。荀傳卻把它當做真的了。他走了，沒有特意和荀傳告別。他說他走了的話，是向大家說的。

經歷了和她哥哥的對峙以後，荀傳也就沒有開始的興致了。荀傳心裡決定：離開吧。荀傳的決定已經做出很長時間了，但荀傳一直找不到自己認為合適的機會，把它實施。就是把它說出來的機會。

屋子中間有個火爐。沒有煙囪的蜂窩煤爐。葉鑾的哥哥走了。圍在爐邊的是她的嫂子，她，她的侄女，侄兒，還有荀傳。葉鑾和荀傳挨在一起。荀傳真的不想留宿。荀傳看了看手錶，說：

"不早了……"

可是葉鑾用腿碰荀傳。她不叫荀傳說。荀傳沒有理會。荀傳繼續說下去：

"我得走了。"

荀傳站立起來。

葉鑾說："你回去，還不是一個人，呆這兒多好，大家熱鬧。"

她執意挽留，荀傳回心轉意了。

她的嫂嫂一定在心裡偷笑。

荀傳重新坐下。

夜已經深了。葉鑾和她嫂嫂的話變得稀少。大家都已疲倦。兩個孩子垂著頭在打盹。

"鑾鑾，叫真語和你一起睡吧。"葉鑾的嫂子說。

她看著她。

荀傳心裡在想他自己的心事。荀傳想她嫂子真是個聰明人。這個美好的夜晚將要破壞到她的手裡。

葉鑾好像想了想的樣子。她說：

"算了，還是我一個人睡吧。荀傳，你睡到外邊這張床上，我睡里間。"

機靈、勇敢的葉鑾。荀傳在心裡不得不絕對地佩服她。荀傳心裡暗暗歡喜。樂極了。

荀傳睡下了。

葉鑾也睡下了。

葉鑾的嫂嫂和侄女、侄兒都在院子南邊的屋子裡。

過了一會，荀傳爬起來，鑽到里間。荀傳和葉鑾滾到了一起。他們兩個緊緊抱住，心裡異常地歡喜。他們好像是在偷吃禁果。在上帝的園子裡偷吃禁果，尤其令人激動。膽驚魄顫下的歡樂尤其珍貴，也就更加甜蜜。他激動的是他和葉鑾倆把他們一家人都哄騙了。等於是把她哥哥趕走了。他們能夠睡在一塊是不容易的，是經過艱苦的鬥爭爭取來的。荀傳和她緊緊摟抱，寒冷驅散，溫暖充滿。他們的第四個美好的夜晚。要是荀傳不到阿垂家去，荀傳陪她上夜班，他們會有多少個夜晚呀！他們會夜夜睡在一起，是多麼令人激動。荀傳到她家來，把自己過早暴露給對方，將遭到強烈地反對，可能要毀滅他們的一切。荀傳考慮過少，只想把愛情公開。劫難已經等待荀傳好長時間了。這是以後的事。現在，荀傳和她睡著。摟抱著。好像多少年沒有見面了。好像久別的夫妻。荀傳想進入她的身體。荀傳脫她的內褲。她笑了。荀傳一摸，發現她襠中夾著厚厚的東西。是衛生紙。她還在笑著。

荀傳很失望。

"這樣抱住睡不是也很好嘛！"

　　他們面對面抱著睡。荀傳的堅硬的東西堅持它的堅硬堅持了好久。最終放棄了它的堅持。他們談話，悄悄談，談到深夜。談到她的哥哥的態度，她的嫂嫂，她的家庭。她的侄女，侄兒。她父親過年不在家，到外地去了。是到她的姑家。她小時候就是在她姑家長大的。她沒有談更多的有關她姑家的事情。沒有提起她的姑父。她的表弟回去了，和他舅舅一起。他舅舅就是她的父親。荀傳還想和她說話。荀傳這個人雖然在人面前木訥極了，但在她的面前，和她一個人在一起的時候，話會變得很多很多，他會變成一條話語氾濫的河流。她可能就是如此叫荀傳征服的。荀傳發現她已經睡著了。荀傳抱著她也睡著了。

　　是尿把他們憋醒的。膀胱極度充盈。荀傳要到外面的廁所去。她把荀傳攔住，說床鋪底下有痰盂。荀傳是站著尿的。尿的聲音很響。嘀嘀當當。一條長線，細細的。荀傳尿完以後，她跳下床，蹲下尿。唰唰唰的聲音。粗粗的，仿佛瀑布。

　　屋外是寂靜的夜。風亦止息。沒有任何聲音。沒有夜鳥。污穢的夜鳥。沒有雪。不是北方。不是高原。是濕潤的盆地。

　　無性的夜晚，別有滋味，非常美好。

　　葉蠻的嫂嫂和侄女、侄兒都走親戚去了。只留下荀傳和葉蠻。她嫂子是回娘家。孩子們是到他們的外婆、外爺家去。外爺和外婆總是給人更多親切的感覺和想像。好像他們是居住在外國，令人嚮往。她的嫂子早早就起來了。荀傳和葉蠻睡在里間的床鋪上。他們也已醒來，但沒有起床。他們聽見院子裡有聲音，荀傳趕快跳下床，跑到外面。荀傳鑽進冰冷的被子。冰窖一樣的冷被窩。葉蠻的嫂子在門外說：

　　“我進來拿樣東西，要到真語她外婆家去。”

　　她開門進來了。她手裡有鑰匙。荀傳正準備下去給她開門的。已經沒有這個必要。荀傳沒有動彈。她朝這邊看看。葉蠻在里間說：

“綠綠姐，你這麼早就去？”

“對。真語她外婆叫去早些。”

“噢。”葉鑾的聲音。

“我們走了。”

“好，”葉鑾的聲音。

葉鑾的嫂子關上了門。

他們偽裝得很好。但葉鑾的嫂子不會相信的。荀傳相信她心裡清楚。她一定在想她的小姑子真厲害，第一次把對象領回家就睡在一個房子裡了。她沒有權利管小姑子的事。他們聽見院子裡自行車的聲音。輻條、車軸磨擦的錚錚聲。聲音遠了。知道她們三個人走了。

荀傳跑進里間。鑽進被窩。

“外面可真冷。”

荀傳鑽到她的懷裡，她把荀傳捂住。他們兩個抱得緊緊，好像相互要進入對方的身體，變成對方，成為一體。荀傳知道她很喜歡他的身體，就像荀傳愛她的身體那樣。她渴望和荀傳睡，荀傳也同樣渴望。他們擔心她的哥哥會回來，又緊緊地抱了一會兒，就從床上起來了。不得不起來。不能再這樣下去。天已經大亮，時間不早了。

他們起床以後，洗漱完畢，她弄點吃的。他們坐在火爐旁邊，一邊說話，一邊烤火。只要他們兩個在一起，時間就會過得很快。飛一樣。幾個小時飛了過去，馬上就要到中午了。昨晚，怪不得葉鑾向她的小侄女要紐扣。黑色的小紐扣。當時，荀傳想她可能是想把紐扣給荀傳叫他回去以後自己釘（縫）的。荀傳的褲子的前開口上的紐扣掉了。她知道。她記著。在他們睡下以後，在夜色裡，她當時就親手給荀傳縫上了。在深夜中：

“窗外就是田野？”

“嗯。”

“夜真靜。”

“我每次回家都住這兒，爸爸在家時住在外面。一個人老了，多可憐。倒不如死了。”

　　荀傳心頭閃過的念頭是：她與她的父親是否有亂倫的事情？荀傳馬上就否定了這種閃念。那麼，她的表弟來的時候，一定也是睡在外間。她還說過她哥哥的一個同學去年常常到她家來。荀傳想起她曾經和一個男子在她的宿舍閒聊了一下午。他是誰？是不是他？荀傳想弄明白的是她到底與誰發生過與自己一樣的事情。荀傳懷疑她不是第一次，但他也不能肯定。荀傳不能絕對肯定。但荀傳懷疑的心不死。她的恥骨聯合為什麼那麼松？鬆開的樣子？後臀岔得那麼開？

　　葉鑾的哥哥回來了。他還領回來了兩個人。他的過去的中學同學。一個是大學畢業，另外一個也是大學畢業。荀傳與他們相比，荀傳的地位相當低。荀傳誰都比不過。明顯意義上的，荀傳處於劣勢，但還沒有出現的東西是他的法寶。十年以後再比高低吧。荀傳認為他的聰明才智勝過他們，他只不過是選擇錯了職業而已。荀傳從內心深處蔑視他們。但荀傳無法與他們相處。一方面是因為非常陌生，另外一個方面，是荀傳不擅長言語，在陌生人前面表現出的是無限的無能感。卑微感。荀傳用他的卑微完全可以對付他們的所謂高貴。荀傳的卑微使荀傳變得無限堅強。荀傳的卑微是堅硬的。不是軟弱。荀傳一旦運用他的卑微對付他們，他們即使再強大，他也會把他們不當回事。荀傳不和他們來往和交鋒，他們的強大就是無用的。沒有對手的強大，是真空的。這就是荀傳的想法。荀傳一旦認定自己的卑微，他就大膽起來，不再害怕和羞澀。在他們到達的幾分鐘後，荀傳就告辭了。荀傳說：

　　“我走了。我還有事。”

　　荀傳就這樣走了。可能會使他們覺得荀傳對他們不太尊敬。感到荀傳的無禮。沒有關係。荀傳騎上自行車就走了。騎出院子，騎到田野中間的大路上。葉鑾都沒有來得及出來送荀傳。

　　荀傳騎的是阿垂的自行車。荀傳沒有自行車。荀傳還沒有能力買自行車。荀傳積蓄的工資還不夠買。荀傳騎得飛快。騎出田野，騎過村莊。騎到村莊與公路交叉的地方的時候，苟傳看見公路兩旁湧來一群人。這麼多人是幹什麼的？苟傳想到可能是電影剛剛散場。他們都是剛剛看完電影的。村莊裡這麼多人去看電影？八五年的春天，他們還很貧窮，買得起電視機的人家不多。在交叉路口，苟傳看見人群中葉鑾的嫂子和她的兩個孩子，那個男孩和那個女孩。他們可能都是剛剛看完電影的。苟傳和他們隔著一條馬路，苟傳看見他們了，但苟傳沒有下車招呼他們。苟傳把自行車騎得飛快。苟傳心裡有怨氣是一方面的原因。主要的是，苟傳覺得他也沒有必要馬上就變得畢恭畢敬的，就如此沒有骨頭？再加上苟傳的自行車正在快速行駛，可以說苟傳只是瞥見了他們。苟傳不回頭就好了，也就看不見他們。苟傳一回頭，看見了他們。苟傳趕緊把頭轉過來。苟傳沒有停下。徑直騎走了。

葉鑾哥哥的冷漠，明顯對於苟傳的冷淡，苟傳的心靈承受著可怕的壓力。沉重的壓迫感。苟傳情緒低落，垂頭喪氣。苟傳回到宿舍，倒頭便睡。苟傳鑽進被窩想躲避所有的煩惱。可苟傳又怎能睡得著！苟傳回想著昨夜。情景歷歷在目。葉鑾的話語還迴響在耳畔。她是怎麼說的？

"我不和你結婚。以後，你還來我家玩。還叫你玩。"

她為什麼會這樣？這樣隨便？這樣老練？她說還叫苟傳玩，這個玩字簡直是太叫人不可思議了。她怎麼會這樣說？好像她對於玩已經見慣不慣了。苟傳回想起第一夜她說的話，她的他不知道的新方法，她的擔心。她的手有一次浪過來，在苟傳的堅硬物上浪了一下，她好像非常渴望似的。她的一浪，浪過來的一摸使苟傳舒服異常。苟傳可能再也不會感到那樣的舒服了。是第一個女性的手，而且是個二十歲姑娘的手撫摩那兒，第一感覺價值連城，第一感覺只有一次，永遠不會再現。苟傳曾經把葛英蕾的手拉過來摸那個地方，她很不高興，手兒一甩，高雅清潔，嫌髒。苟傳想葉鑾也會嫌髒。那麼，她為什麼要浪一下？是無意中的？抓了一下，這是明顯的。不是碰撞上的。苟傳敢肯定。

　　她為什麼會說那樣的話？二十歲的青春和輕率能夠作為正確的解釋嗎？也許。荀傳對於她家裡人的不尊敬也可以用這樣的理由來解釋。也許是深夜的緣故。她的精神已經處於恍惚狀態。是她的下意識中的話。沒有任何實際意義的話。葛英蕾曾經說過諸如此類的話？說過。一個二十歲的姑娘有多少話要說呀！不要在意。荀傳的心中的不祥的預感已經出現，它雖然像夕陽一樣落了下去，但晚霞仍舊染紅西邊的天空。荀傳的心中已經有了一種可怕的失落。

　　異鄉的大街。寒冷、蕭條的大街。公路大街。既是公路，又是街道。街道兩邊店鋪稀少，零落的行人。荀傳在逃脫心中的沉淪。荀傳在為他的心靈尋找安慰。荀傳好像失落的一個浪人。荀傳好像一個流浪的歌女。歌女的嗓音醇厚、柔和，沉悶的低音。那歌聲聽起來，很安慰人心，尤其是失意者的心靈。

　　前面走來一個賣唱的男童。他把乞討的破爛的瓷碗伸向荀傳。荀傳難道有資格施捨他嗎？荀傳的心靈好空虛，好空虛，好像野獸吞吃了荀傳的內臟。荀傳的一切。

　　荀傳給予男童少量的施捨。男童的聲音是童年的聲音，是童年的太陽放射的光芒那樣的音質。是黃澄澄、金燦燦的音質。清麗，嘹亮，柔弱，可憐。唱得荀傳的心顫動。荀傳的心發顫。好像唱盡了世間的苦難。世間的苦難全部浸進了那歌聲。那歌聲仿佛雨水一樣的苦難灑向人間。男童個子不高，矮矮的，一個人。他向前走，邊走邊唱。他勇往直前。他勇敢地走向苦難。走向流浪的天際。天地的盡頭不是他的行程的盡頭。他從童年將走向老年，走完所有的時間。荀傳不如他，荀傳不如這個令他可憐同情的乞童。

　　年已經過完了。

　　由於葉鑾過年的時候上班，最近幾天，她在休息。荀傳看見她來了。今天澡堂開放，她是來洗澡的。她洗完澡，天已經黑了。她不會回去的。荀傳前往她的宿舍。荀傳在陽臺外面，透過紗門，看見她坐在小板凳上。她的頭髮不長，剛及脖子，她給予荀傳的是一個側影。看起來好像很老，已經四十歲了似的。剛剛洗過澡，頭髮的式樣，可能使她看起來老相。側著臉也是原因之一。每個人皮膚和肌肉下面都是千年不變的骨頭。她顯現的是骨頭的形狀。這種骨頭的形狀，她的母親有，她的外婆有，她的更早的祖先有，是她們家族不變的永恆的傳統。血的遺傳，堅不可摧。這種本質的暴露不常發生，往往發生在人們最最疏忽和最最不在意的時刻。這個時候是她最疲憊的時刻，她心神恍惚，平靜如水，思想飄到九天雲外，暫時與現實世界脫離了一切關係。她已經不是現實中的她了。她是歷史的她，遠古的古老的她，在她的皮膚下面顯露了祖祖輩輩的她，一脈相承，綿延千古。

她剛剛洗了澡。好些人還沒有來上班，宿舍是空的。荀傳想晚上是不是可以睡在一起。她肯定同意。她一定也在盼著。他們之間不應該再出現這種難為情的情形。他們不應該覺得陌生。覺得冷淡。應該一見面就進入熱烈狀態。是她的表情引起的荀傳的情緒的低落。她的表情引起他們之間的冷漠。都沉默著。過了好一會兒，她正色地對荀傳說：

"荀傳，我們不談了，還像從前一樣。"

她說得很慢。

荀傳沒有感到吃驚。荀傳顯得很沉靜。

他們之間是長久的沉默。過了很久，荀傳慢慢地說：

"怎麼都行。反正我不會有更多的痛苦。我早有準備。這一切我都預感到了。你早在預謀著這一天。"

荀傳聲音低沉、悶重。

"你認為我在騙你？"

"我不管。反正我也沒打算與你結婚，只不過在消磨日子而已。"

"不過，你以後還可以常來。"

這樣內容的話語，她已經說過好多次了。她總是強調這一點。荀傳真的很難理解。一個剛剛二十一歲的姑娘，她遠遠比荀傳有頭腦，她怎麼可能如此對待曾經發生過的四個那樣美好的夜晚？她不和荀傳結婚，不和荀傳成為正式的夫妻，但卻與荀傳保持非正式的愛情，看來，她比荀傳的觀念還要激進。她的反叛比荀傳要走得遠得多。荀傳和她相比已經落伍了。已經是一個時代的遺少。但是，荀傳的心在痛苦的同時，也感到新的喜悅。她既然仍舊把荀傳當做情人對待，荀傳還有什麼不高興的呢？既然是情人，只管睡在一起，不是很好嗎？荀傳的口氣變得溫和了。荀傳的語言變得柔軟了。荀傳臉上的表情變得開朗了。有了陽光，有了色彩，仿佛一小片陽光照耀的開遍野花紅草的點綴著翩翩蝴蝶的草原。只要他們的床上關係斷不了，他們之間的愛情就不會殘廢，也不會死亡。荀傳想她不是個狐狸精，就是個紅楓精，或者紅梅精，她就像飄飛在山崗上的火帽子，鮮紅猶如剛剛升起的旭日，血紅猶如將要落下去的夕陽。沒有光芒，只有紅。令人心疼的紅。她對於荀傳的吸引猶如黃昏對於落日，猶如血紅色的大海對於將要沉入它懷裡的馬上就要死亡的太陽。她仿佛是死，荀傳是生，是死對於生的控制。荀傳擔心他的生命會殞落到她心中的原野。黑色的原野。死亡的原野。了不起的沼澤。西藏那曲附近的沼澤，曾經有一個紅色的士兵陷進去了，被泥沼吞沒。那兒是生命禁區，一排拉練的士兵全部死在了那裡。生命禁區，沒有維持生命最最基本的氧氣。空氣最稀薄的地區。空氣最最清新澄明的地區。葉蠻就是這樣的禁區。她的高原上的沼澤是荀傳的死亡之井。荀傳浸泡在泥水之中，卻要渴斃。荀傳將溺死在她的沼澤中。她的黑色掩映的沼澤，她的熱烈如火焰燃燒的沼澤。她的黑色的草已經割傷荀傳的身體。她的紅色的火焰將要把荀傳燒成黑灰，燒成焦炭。她不給予荀傳公開的婚姻，但她給予荀傳黑夜。黑色的愛。她把她的黑夜全部奉獻給荀傳。她不給荀傳白天。她的每個夜晚都屬荀傳。荀傳要在黑夜中發洩白天的不滿。荀傳要把一夜當做兩夜，把白天彌補回來。把黑夜當做白天和黑夜。荀傳的黑夜就是白天和黑夜的總和。荀傳要把她的黑色的沼澤攪得濁浪翻滾，荀傳要把她的黑色的沼澤折騰得噴出火山的火焰和岩漿。熔岩流向平原和大海，覆蓋平原，煮沸大海。荀傳鑽進她黑色的泥沼永不出來。荀傳吃在裡邊，喝在裡面，在裡邊吃，在裡邊喝，睡在裡面，蹦跳在裡面，赤身裸體在裡面，亂戳亂紮在裡面，革命在裡面，建立王朝在裡面，當皇帝在裡面，活在裡面，死在裡面！永恆在裡面，腐朽在裡面！爛在裡面！

荀傳說：“我們就做個好朋友，對，按你的意思，很好。”

荀傳說得很慢。慢慢地說，期期艾艾，吞吞吐吐，儘量順著她。荀傳不想連黑夜也失去。荀傳要保護他的黑夜的權利。荀傳不能失去黑夜。荀傳唯一的黑夜。荀傳剩下的就只有黑夜了。

最後的吻。不是最後的。是深深的吻。既然她仍舊答應做荀傳的黑夜情人，那麼，她的身體還是屬荀傳的。荀傳想佔有的時候，她應該順從。她沒有拒絕。荀傳擁抱她，吻她，她的嘴，她的脖子，她的身體，她的乳房。荀傳的手揉捏著她的乳房。他們仍然是相愛的。他們會愛得更深。他們好像是在偷情，他們的機會難得。他們在一起的時間尤其珍貴。她不會愛她的將來的丈夫的。她把她的愛全部獻給荀傳了，白天沒有愛情，白天只是工作和生活，是日常性事務。白天沒有肉體和床鋪，白天只有光天化日。她不會愛她的將來的所謂丈夫，她的愛全部燃燒在夜晚裡了。她的愛情之火照亮了黑暗的夜晚。荀傳在火焰中燃燒。荀傳是火鳳凰。荀傳是火鳥。不死的，五百年不死的火鳥。五百年死後會從火焰中新生的火鳳凰。荀傳能夠復活，能夠新生，她將生生世世屬荀傳，荀傳絕對不會放棄，荀傳要把她，把她這個紅梅精生生世世佔有。荀傳會把她化做自己身體的一部分，成為荀傳的最幸福最快樂的一部分，性的享受的一部分。她就是荀傳的舒服，荀傳的享受，荀傳的感覺，荀傳膨脹的感受，荀傳的積蓄力量，荀傳的最後的海嘯一樣的沸騰，火山一樣的噴發。她就是荀傳的堅硬的肌肉中衝激而出的呼叫，荀傳的瘋狂，荀傳的顫抖，荀傳的抽搐，苟傳的痙攣，苟傳的強直，苟傳的抽筋，苟傳的衰竭，苟傳的飛翔，苟傳的死亡，苟傳的天堂之行，苟傳的最後的天堂之路。

苟傳指揮千軍萬馬衝鋒上最後的高山，衝鋒上喜馬拉雅山，衝鋒上珠穆朗瑪峰，佔領最後的制高點。

已經深夜十二點鐘了。苟傳無法入睡。苟傳不能入睡。苟傳在等待。苟傳在等候夜更加深，更加黑。苟傳要等候阿垂入睡。實際上，苟傳也沒有必要等他入睡。苟傳在等候大路變得空空蕩蕩。只有苟傳一個人行走。整個夜晚就苟傳一個佔有天地，天地之間的空氣和風，天地之間的寂靜和寥落。天在呼吸，地在呼吸。天在微微喘息，地在微微呻吟。樹林靜悄悄。林鳥也已經進入深深的睡眠。這個夜晚應該是屬苟傳的。這個夜晚的葉蠻也應該歸苟傳所有。她剛剛洗澡，身體乾乾淨淨，好像一切都準備得完完整整，囫囫圇圇，只等候春風的吹拂。春風的撫摩和撩撥，春的身體的深入和激蕩。她的宿舍裡沒人。沒有另外的人。她剛剛洗過澡。她的那個尤其乾淨，濕潤，充滿油脂的河流。沒有船隻的航行，將是莫大的遺憾。她的河流在呼喚船舶，她的河流在等候船舶蕩起浪花，她的河流在等候十二級颱風，她的油脂的河流需要沸騰，需要波濤洶湧，她的油脂的河流整個都在渴望，整個河流都是癢的，需要巨船的攪動，巨船如犁地劃開，播種。在海洋中播種，在河流中播種，在波浪上播種。把生命的種子深深地播種進油和蜜一樣流淌奔騰的河流。

她剛剛洗過澡，她的月經已經結束，她的紅色的激流把大河的河床沖洗得乾乾淨淨，她的透明的油脂已經把河床滋潤洋溢，已經充滿，已經暴漲，已經氾濫，她的豐腴美麗的軀體令苟傳嚮往，令苟傳沉醉。苟傳沉醉在想像中。苟傳沉醉在油脂的河流。在狂飲油脂的波浪，苟傳如醉如癡。她剛剛洗過澡，身體皙白如玉，光滑柔軟的玉，有彈性的玉，溫暖的玉，熱烈的玉，分泌油脂的玉，玉的河流，玉的山谷，玉的沼澤。她剛剛洗過澡，她的裸赤的身體，她的赤裸的乳房，在黑色如漆的夜晚放射出輝煌的光芒，照耀荀傳前進的大路，照耀荀傳心中的河流和海洋。荀傳的追殺海洋白鯨的壯舉。荀傳的神話，荀傳的傳說，荀傳的史詩，荀傳的壯麗的讚美詩，荀傳的輝煌的歌劇，荀傳的壯烈的進行曲！

荀傳沒有走大路。荀傳走的是小路。荀傳沒有走大門。荀傳沒有繞到走廊裡面。荀傳抓住陽臺的水泥欄杆，荀傳翻進去。荀傳跳進去。荀傳輕輕地雙腳落地。荀傳身處陽臺裡面。荀傳的耳朵貼著陽臺門。荀傳聽不見任何聲息。荀傳知道她在裡邊。她絕對不會不在裡邊。寂靜的天和地。宿舍裡面同樣寂靜如天和地，如黑色的夜。沒有一隻鳥的叫聲。沒有任何聲響。她好像是知道荀傳的來到，她好像是沒有睡著。連睡眠的聲音都沒有。好像是她假裝睡覺，以矇騙別人。她眼睛閉得緊緊，實際上沒有睡著。她的神經，她的感覺和聽覺統統調動起來，竭力搜索潛入者的行蹤。

荀傳貼在陽臺門上。荀傳站立了好長時間。荀傳沉默著，等候著。荀傳害怕有人從陽臺外的大路上經過，荀傳毛著腰。荀傳蹲在地上。荀傳在思想。荀傳什麼也沒有想。荀傳在調節自己的呼吸。荀傳的呼吸平穩起來。荀傳在想是離開呢，還是進去？荀傳還在猶豫。荀傳心神不定。荀傳必須進去。荀傳不能再猶豫下去。荀傳的膽量呢？她的夜晚是屬荀傳的，她的夜晚的肉體是荀傳的。荀傳要擁有。荀傳一定要擁有她的夜晚的身體。她的剛剛洗過澡的身體。白白的身體，胖胖的身體，柔軟的身體，富有彈性的身體，光滑細膩的身體，充滿性的激情的身體，奔騰著油脂河流的身體，海洋大地般的身體！葉鑾的身體！荀傳的葉鑾！

想像一條熔化的，溶化了的油脂流淌，肥油奔騰的河流！

想像一條熔化了的，溶化了的油脂流淌，肥油奔騰的大河！

這就是葉鑾！

荀傳的葉鑾！

荀傳輕輕叩了一下門。荀傳只輕輕叩了一下。

寂靜的夜。沒有風。門板的聲音乾脆而空洞。荀傳停下來。荀傳的手高高地舉起，沒有第二次落下去。荀傳的手舉著，仿佛要向誰進攻。

“誰？”葉鑾的聲音。她馬上就反應了。她在裡面問。

荀傳沒有吭聲。她難道真的一直醒著？在荀傳爬陽臺的時候，她已經聽見了？她聽見了翻越陽臺的聲音？十二點鐘了，她還沒有睡著？她真的在等候荀傳的到來？她知道荀傳會來？

荀傳聽見她的腳步聲在裡面唰唰挪動。她沒有聽到荀傳的回答就把門打開了。她心裡肯定是荀傳。她把門輕輕推開一條縫，荀傳側身進去。她把門重新關上。

黑暗的房間。沒有光明。他們相互能夠看見對方。荀傳的嘴上必須尋找藉口。荀傳的藉口是：

“荀傳是為了一種感覺而來的。”他這樣說，仿佛荀傳是另外一個男子。

荀傳心裡想的是他是來感受最後的對於她的擁抱的。荀傳要把這個記憶永遠留在心底。荀傳不太相信她的話，她對於荀傳的承諾。荀傳想她可能只是口頭為了安慰他而已，不至於叫荀傳太過於悲傷，怕荀傳有想不開的地方，跳河，喝毒藥的事不是沒有發生的可能。荀傳要把這最後的夜晚牢牢記在心靈的深處。荀傳不相信她不會不給予他這個最後的夜的。這一夜，她一定要給予荀傳，作為荀傳幸福的制高點，成為荀傳痛苦的結束。有了這一個晚上，荀傳會活得非常平衡。荀傳的心不會再有對於她的什麼企求。荀傳將把它作為一個完美的終結。一個美麗的句號。

“荀傳忘了一件事。”荀傳說。

“什麼事？”

“等會兒，荀傳再告訴你。”

荀傳把她抱到懷裡。她只穿著內衣。她有點冷，身體顫了一下。

荀傳把她抱到床上。她的床。

她沒有反對，沒有拒絕。她溫柔，柔順，如一條躺倒在大地上的波浪仿佛綢緞的河流。

"我想你就會來的。"河流說。

荀傳沒有說話。

"我聽見陽臺上有聲音，知道就是你在翻越陽臺。"流淌的油脂河流說。她躺在大地上，躺在綿軟的床上。

想像一條剛剛洗過澡的油脂流淌的河流。

一條油脂流淌的大河。

白色的油脂流淌的河。

無色透明的油脂流淌奔騰的大河。

任何河流都沒有她的河水滿，滿登登的隆起的將要氾濫洋溢而沒有氾濫洋溢的油脂河，隆起的油脂圓滾滾的，豐滿肥沃，比她自身的河床高出許多。

任何河的水都沒有她的河水滿。

滿登登的河水，滿登登的油和蜜！

淹死你的是油，是蜜，不是水！你赤身裸體，滿身油滑，油滑得可以穿越時間隧道，可以穿越嶙峋尖峭尖石如刀的地獄而毫毛無損，把齟齒一樣的峽谷變成光滑柔軟的充滿特種油脂的肥沃的肉的腔道。你的幸福之門，你的再生之門！

走在異鄉的大街上。

荀傳想著他們的第五個夜晚。第五個夜晚已經過去，升起的是鮮紅的太陽。一輪鮮紅的太陽照耀在油脂大河的東岸。世界充滿陽光。天地一片明亮。

一個騎自行車的少女摔倒在了街道旁邊的水溝裡。荀傳走過去，想把她扶起來。可她已經爬起來了。她一騙腿，騎上自行車走了。她沒有看荀傳。

　　她不會拒絕給予苟傳夜晚，她的夜依舊屬苟傳。苟傳可以在夜晚的任何一個時間到她那兒，到她的床上，她會隨時為苟傳開門，隨時把苟傳等候，她的床永遠向苟傳開放。絕對地開放。不痛苦嗎？沒有一種失落感嗎？她沒有完全屬苟傳，屬苟傳的只是黑暗的一半，隱秘的一半，快樂的一半，性愛的一半，這一半意義重大，卻是整個身體。不是一半身體，是整個！

　　苟傳不能算有多麼痛苦。苟傳已經有過幾次戀愛，儘管真正的戀愛只有和葛英蕾的那一次。苟傳應該算做過來人了。老實說，苟傳的內心的確是痛苦不堪的。苟傳的心中的苦悶熾烈而旺盛，熊熊燃燒的森林大火也無法比擬。和葛英蕾的愛情結束的時候，苟傳痛苦得吃不下飯。苟傳胃中的消化液拒絕分泌，苟傳的整個消化系統是乾燥的，井水已經乾涸，已經是一口古老的枯井。苟傳曾經為葛英蕾的一封信而痛哭流涕，悲傷深入心靈的最黑暗處，苟傳曾經把她叫做媽媽，表達苟傳的無望，苟傳的絕望，苟傳的孤獨，苟傳的飄零，苟傳就仿佛冬天的風，沒有家，沒有愛，一切都沒有。流淚之後是清醒，平靜以後是思索。苟傳的哲人的思想又回來了。苟傳心中狠狠地對自己說：

　　"為愛只哭一次！"

　　苟傳想的是他再也不會為愛情而悲傷了，再也不會那麼投入，那麼動真情了。他絕不會再動真格的了。不幸的是，苟傳再次愛上了葉巒，愛得天翻地覆，愛得天旋地轉，愛得非死非生。比與對葛英蕾的愛強烈幾千倍，深入幾千倍，爬得越高，跌得越重。苟傳已經傷痕累累，遍體鱗傷，沉屙重疾，深仇大恨，氣若遊絲，脈微欲絕。苟傳又會得到什麼樣的教訓呢？他們的結果是什麼？得到的是什麼樣的結果？苟傳的意識，苟傳的經驗充滿仇恨，苟傳咬牙切齒地對自己說："追求女人，千萬不要用心，千萬不要用感情，必須用肉體。用肉體就足夠了。肉體絕對不會感到空虛和痛苦。"可他根本就做不到無情。

　　走在異鄉的大街上，望著風從街頭吹過。

　　收酒瓶的人叫喊聲從小巷裡面傳來。商店裡飄揚蕩漾出的歌女的歌聲。那是一曲悲痛的流浪之歌，收酒瓶的歌，生命在饑餓線上掙扎的歌。一個拉著大板車一路吆喝著的衣衫襤褸的老頭，這歌不就是為你而唱嗎？你難道不能停下來聽一聽？你就停下來聽一聽你心中的苦難吧！他依舊吆喝著，是那麼無動於衷。他已經麻木不仁。他的感受苦難的神經已經麻痹。他已經是一塊木頭。是木頭變成的精靈。麻木的精靈。

　　苟傳在思索什麼呢？苟傳的大腦不會停止思索。苟傳的大腦異常的活躍。一個人，一個女人和她的戀人發展到了這一步以後，發生了一切所有的，不可能再有什麼了，就是再和對方過一輩子，永遠不可能再有新的什麼，也就如此了，到頭了。她不想再和這樣的人重複下去，她是這樣想的嗎？她連這些都不在乎，那麼，她到底會在乎些什麼呢？難道這不是個淫蕩的女人嗎？淫蕩又怎麼樣？這是苟傳反對的嗎？誰發明的這個詞？這個人該死。葉鑾，難道不正是苟傳嚮往的那種人嗎？她不是正在體現苟傳的意志嗎？她難道不就是個真正的英雄嗎？她是好樣的。苟傳應該更加愛她才是。苟傳就愛她的黑夜吧！黑夜變好！那麼，她又何必反復強調"我和你絕對是第一次"？是第一次，就絕對不會是現在這樣的葉鑾。這絕對不是第一次的葉鑾。葉鑾的反叛意識已經訓練完成。她已經經過反復訓練，已經是百煉成鋼。這可能嗎？苟傳很懷疑。她的思想是以什麼作為基礎的？這種基礎的存在就說明她絕對不是處女。那麼，她過去究竟和誰幹過呢？苟傳思索得太多了。太過於寬闊了。苟傳能管得了那麼多嗎？苟傳為什麼要思索這樣的問題？沒有必要。絕對沒有必要。苟傳的大腦細胞太過於活躍了，釋放的能量太過於多了。潛意識就是潛意識，苟傳無法控制，它無處不在，無孔不入，迷漫而來，茫茫而去，面積廣闊，體積龐大，猶如喜馬拉雅山，猶如青藏高原，猶如冰川，向前古老推進的原始冰川。

　　荀傳想起的還是過去的事情，過去的記憶。細節，細枝末節，荀傳記得清清楚楚，纖毫畢現。葉鑾居然連一張照片都沒有送給荀傳。荀傳曾經在她那兒偷偷拿了一張，她竟然要回去了。荀傳偷了幾次，她一次都沒有放過。她從一開始就沒有誠心，沒有誠意，根本沒有。她有一張照片，上面的她非常美麗。荀傳看了心疼極了，無限地疼愛。是她學生時代的照片，那時，她還在讀衛生學校。她的臉還沒有發胖，沒有今天這樣胖，瘦瘦的，但是卻非常豐滿，非常有性感。非常肉感。她辮著兩條長長的辮子，長長的又黑又粗的大辮子。美全部凝注在那兩條黑辮子上。有那樣辮子的姑娘，她的性感和美都全部閃耀在辮子上。為了那條辮子可以愛她一輩子，而且永不變心。有那樣的辮子的姑娘多麼令人疼愛。荀傳立即為她的辮子寫了兩首詩。她把她的辮子剪了，她沒有丟棄，保存著。她叫荀傳看過。那麼粗的兩條，黑黝黝的，油光發亮，好像還是活的。它自身就有生命。它仍舊保持著它的永恆的魅力。它令荀傳心跳，令荀傳恐懼，令荀傳留下深刻的記憶。仿佛是遠古的美女，它的陰靈不散。陰靈比美自身還要美麗，令人心顫的美，糾纏荀傳的身心，纏住荀傳不放，荀傳沒有希望得救。這就是荀傳的感受。荀傳永不忘懷。

　　荀傳把對於辮子的讚美詩寫完以後，打算第二天早晨就送給她。最後，荀傳推翻了自己的決定，晚上十一點鐘就去了。荀傳沒有找到她。聽說她請假走了，一個星期之後，她才回來。荀傳從這件事看出了某種黑暗之中的預示。他們的愛情充滿坎坷和苦難，並且如此短暫。

　　走在異鄉的大街上，吵雜的人聲從身邊滾過。荀傳不知不覺已經走到了長街的盡頭。

　　賣甘蔗的農夫把蔗皮刮得精光精光，蔗皮的碎屑粉末遍地皆是。是個老農民。他把甘蔗刮光以後，剁成碎截兒。一根甘蔗被腰折成五六截，一個化身為甘蔗精的女人在裡面嗎？甘蔗精一定既苗條又美麗，黑紅色的皮膚，甜蜜的心。她的心越到下面越甜，她的腳後跟是最甜的部位。也是最硬的部位。最柔軟的部位在哪裡？

　　一切都結束了，一切的一切都結束了。沒有什麼東西存在。不給荀傳心，給荀傳的是身體，荀傳不能接受。荀傳不能承認這樣的現實，安于這樣的現實。荀傳還不是一個連根基都已經壞掉的青年，荀傳還沒有達到徹底的反叛。荀傳恨他自己。荀傳應該徹頭徹尾地反叛。反叛才是荀傳的生命，荀傳的精神的大世界。荀傳的大光芒。荀傳的大光明。大光。荀傳為什麼要為他和這樣的女人的愛情的結束，實際上，沒有結束的愛情而惋惜呢？一首憤恨的，咬牙切齒的詩已經在荀傳胸中醞釀盛開。

　　荀傳走在異鄉的大街上。荀傳在街的盡頭踟躕了一會兒。荀傳從小巷穿過，走到白龍江的上游。滔滔著的波浪勇往直前，東漸不息。荀傳走在異鄉的大橋上，荀傳望著一望無際的河岸，河灘，汙黃色的沙子。大橋那邊是一座小鎮。橋很長很長，荀傳沒有走到橋的那頭。荀傳僅僅望見那邊的高高的樓房的朦朧的影子，荀傳就再沒有往前走。荀傳停止腳步。

　　荀傳退回來。在靠近橋樑的河岸上，荀傳站了一會。荀傳順著小路溜下河堤。荀傳在亂石灘中行走。荀傳步履沉重。一條小溪淙淙流淌。荀傳在反思災難的前因後果。在所有的苦難中，她給予荀傳的最最深重。荀傳有什麼錯誤？恐怕所有的不該全部系於不該到她的家裡。不該見她高傲的哥哥。一切的壞可能就壞在葉鑾的在大學裡教書的哥哥的回歸。他不會讓他的妹妹同意與一個與她同一專業畢業，現在操著同一職業的人戀愛。而且，荀傳的長相醜陋，其貌不揚，眼睛奇小，瘦骨嶙峋，一看就知道是個多病柔弱的傢伙。

　　荀傳還在思索。荀傳有的是思索的才能，思索的本事。荀傳是思想的巨人，身體體能的侏儒。荀傳還在思索。大腦依舊活躍。荀傳想到畢業前夕在關中平原上的時候，荀傳就聽說漢南是個風花雪月之地，是個淫蕩的地方，是妓女和窯子的故鄉。天生具有無限的魅力媚態。狐狸精一樣妖。吸空你的精髓，吃空你的靈魂。你不會健康地回來。你會瘦得只剩下骨頭架子。枯死的樹林一樣的骨頭直立。直戳亂雲飛渡的蒼天。

葉鑾就是這塊肥沃的土地的化身，肥沃的河流的化身，流淌著無數男兒的精血。所有的精血付諸東流。浪淘盡一切英雄好漢。浪淘盡所有的英雄豪傑。

荀傳現在才真正相信。不得不相信。這裡的村莊是淫蕩的，這裡的歷代傳統的淫蕩的習俗源遠流長。村莊和城市邊緣地帶的朝天開放的尿坑，黑汙的屎尿水鏡子一樣反映著白雲飄浮的藍天宇宙。令人作嘔，不堪卒睹。卻是最好的象徵。它仿佛鄉村和城市的陰戶，開放向宇宙，開放向每一個陷入者。仿佛陷阱，在等候沉淪者的來到。那樣大膽地把一個她第一次愛戀的男人叫到家中，留宿在她的身邊，和她睡在一起，與她同床共枕。青春的激情堪嘉，值得敬佩。青春的勇氣大無畏，可歌可泣。驚天地，泣鬼神！青春，值得讚美，值得大唱讚歌。值得大書特書。

難道，她的哥哥嫂嫂就能夠容忍嗎？不是容忍了嗎！不是認可了嗎！沒人出來反對。她沒有母親，沒有母親的孩子就是勇敢。勇敢是她的可貴品質。她有天不怕，地不怕的大無畏精神。她令人吃驚，令人佩服。難道她家習慣於那樣嗎？經常那樣嗎？名叫白龍江的河流，油脂滔滔流淌的河流，大膽的女郎，淫蕩的村莊和城市，這一切不正是荀傳渴望和嚮往的嗎？荀傳當初不就是懷著獵豔的好奇心而隻身來到異鄉嗎？

荀傳躺在江邊的草灘中。荀傳心裡多想作一首詩。荀傳心裡希望有一條流淌的小溪。純淨是它的本質，它的油脂細膩光滑，但不沸騰，不翻滾上兩岸，不淹沒農田和村落。荀傳的疲憊的身軀終於找到了一個乾淨的地方。荀傳多麼需要一個安身的歇息的地方。枯黃的草灘隨處都是一堆一堆的糞便。糞便和潮濕結合，更加令人噁心。稀爛的糞便令人不能忍受。不堪入目。荀傳走到岸坡上比較乾燥的地方。岸坡和草都是乾淨的。荀傳躺著。白龍江的浪濤在南邊依舊喧嘩騷動。它們是群山放逐的孩子。山把它們趕出了它們的家。

流浪的水呀！你們比荀傳的境況要好些。荀傳羨慕你們。流淌的水。

別了，異鄉！別了。是你熨平了荀傳心靈的創傷，荀傳心頭的創傷已經結痂，已經變成了傷痕，已經癒合。荀傳感謝你。荀傳把這瓶紅色的葡萄酒傾倒到你的身體上，作為荀傳對於你的最最真誠的感謝。最最誠摯。

荀傳一個人在距離小鎮一百裡外的一座縣城呆了一整天。天黑的時候，荀傳從河灘回來，住進了旅館。住在陌生的地方，陌生的房間，荀傳的心異常平靜。那是一座偏僻的小縣城，旅館裡幾乎沒有人住。荀傳所住的房間裡面有三張床鋪。其它兩張一直到第二天早晨還是空的。昨夜，荀傳買了些酒。荀傳沒有喝完。還有多半瓶。荀傳一時心血來潮，把酒全部傾倒到房間的地板上。然後，荀傳就走了。荀傳心中的最後一滴苦水終於傾倒乾淨。荀傳不再痛苦。荀傳的苦難全部傾倒到那座陌生的小縣城裡了。荀傳對葉鑾的愛情只剩下肉體。荀傳的心不會再有痛苦。就把它當做美麗熾熱的性愛對待吧。

和葉鑾的已經確定的真正的愛情關係的結束，即使荀傳的當時最最要好的朋友阿垂，荀傳也沒有告訴。他們有過真正的戀愛關係嗎？應該說有過。不能否認它是愛情。只能說它是沒有婚姻承諾的愛情。它承諾的僅僅是愛本身。為什麼一愛就必須與你確定婚姻關係？豈有此理！只能用這個成語。不是媒妁介紹的對象，不是父母包辦的婚姻，一開始就不是為了婚姻而相愛，沒有那樣明確的目的，沒有！只是為了愛本身，為了愛本身！強烈的愛，灼熱的愛，包含著身體的相互給予，愛的最最強烈的程度，灼熱的至高點。兩個人赤身裸體跳進沸騰的大河。深深的黑夜就是燃燒沸騰的大河。床鋪就是黑夜的中心，被窩裡面是把整個大河整個黑夜煮沸的熱源，是熊熊燃燒熊熊呼嘯的火爐的心膛。

已經深夜兩點多鐘了。荀傳是十二點翻越陽臺來到的。熊熊的烈火在床鋪整整燃燒了兩個小時。荀傳是空手赤拳去的。沒有避孕器具，沒有避孕套，也沒有藥膜，自然也就沒有絲毫避孕措施。荀傳是有目的而來的嗎？沒有具體的。荀傳把他的所有的苦悶和憤怒都統統射進她的身體。荀傳覺得痛快，好像一切都釋放殆盡。沒有任何怨氣了。她似乎清楚荀傳的居心。荀傳確實也沒有什麼居心。沒有採取避孕措施也是不得已的事。沒有準備，這是第一，沒有準備的原因是根本不知道她在拒絕之後還會不會允許進入她的房間，到達她的床鋪，進入她的被窩，身體與身體的裸赤接觸，進入她的身體，進入她的灼熱的河流，開足馬達，撐帆遠航。

"你是不是報復我？即使懷孕了，人們全都知道了，荀傳，我也不會嫁給你的！"她的語氣堅決嚴厲。空氣堅硬得仿佛岩石。人不能呼吸岩石，人只有死亡。愛情只有死亡。

荀傳心裡清楚沒有絲毫的挽回的餘地了。沒有一點點希望了。荀傳趴在宿舍後邊的窗口上，望著西邊的河流，河流西岸的公路，公路兩旁的房屋。廣闊的田野。鋪展開去的平原，平原盡頭的群山。痛苦的詩在荀傳心裡流淌。荀傳的失戀的詩河流一樣悠長，迤邐向東方，蜿蜒幾千公里到達深沉的海洋。海洋是荀傳的故鄉，海洋是荀傳的墳墓，海洋是荀傳的天堂。荀傳的天國之旅。荀傳的漫長的天國之旅。忘川，最後的遠行。最後的遠行，忘川。

荀傳的青春歲月，阿垂是荀傳的最好的朋友，荀傳不能否認。他從荀傳的態度和行動，從荀傳夜晚的夢和失眠躁動，荀傳的深夜十二點以後爬起來出門，凌晨三四點鐘返回，荀傳的沉默，荀傳的對於沒有任何欣賞價值的事物的凝望，癡呆，癡迷，遲鈍，遲滯，可能還默默流過淚。他意識到荀傳一定是失戀了。他也失戀過。他品味過失戀的滋味。他是被一個不是十分漂亮的黑黑胖胖的姑娘拒絕的，他可能犯的是荀傳同樣的毛病。談情說愛就只管談情說愛，還沒有進入實質階段，幾乎還沒有真正開始，就考慮開了婚姻的大問題。就要人家見他的爸爸，他的媽媽，媳婦馬上就要去見公爹公婆，這是最最令人反感的。

對於愛情，也可以叫做婚姻誰都是要勸合不勸散的。他勸荀傳再加努力。荀傳就把這種努力叫做掙扎。那麼，荀傳就再掙扎掙扎吧。

白天。不是黑夜。葉鑾在宿舍裡。她沒有上班。她上夜班。宿舍裡沒有他人。只有她一個。剛才，張月麗還在，她出去了。她肯定是給荀傳讓地方才走的。

荀傳是向她乞求愛情。荀傳的態度是鄭重嚴肅的，荀傳的語氣平穩，緩慢，沉重。荀傳一連向她乞求了幾十次。

"給荀傳最後一次機會。"

"給荀傳最後一次機會。"

"給荀傳最後一次機會。"

"給荀傳最後一次機會。"

"給荀傳最後一次機會。"

"給荀傳最後一次機會。"

……

她的心已經鋼鐵一樣堅硬，毫無軟化的跡象。誰給予了她如此堅強的信心？一個短短的春節，她發生了翻天覆地的變化。這個可憎的年！年是老虎，年是大妖怪，高高躍起，把荀傳的愛情吞吃。歲月的分界處就是荀傳的愛的墳墓。荀傳的愛的墳墓高高隆起在歲月之間，成為丘陵，成為高原，成為喜馬拉雅山。液態的墳墓，什麼是它的支撐？它沒有骨頭，沒有堅硬的柱子，怎麼能升起來？把長江黃河豎立，把湄公河，把密西西比河，把亞馬遜河豎立起來。沒有河床，沒有河岸，沒有堅硬的任何東西，任何物質。

沒有點滴回旋的餘地。沒有任何回旋。荀傳要求的是她與他公開的愛情，她不會給予。她答應荀傳的是黑夜裡的床上之愛。她答應荀傳她的肥沃的河流仍舊向荀傳的船隻開放。荀傳的愛是貪婪的，荀傳為什麼就不能滿足於黑夜呢？難道荀傳是要求一個名份嗎？好像那些姨太太小老婆要求一個正式的名份？荀傳只能當她的情人，她的面首？荀傳真的可憐到了這樣的地步？二十一歲的青春還相當正派，要愛一個女人就必須要她做自己的妻子，沒有想到可以再找一個妻子，還保留像葉鑾這樣的肥沃河流當情婦。沒有那樣想過。若是如此想過，何樂而不為呢？青春對於愛還是太真誠，太真。對於愛還是惟一！荀傳曾經不是對於葛英蕾保持了那樣的忠誠嗎！荀傳為什麼不可以同時愛豐綽？和豐綽那天夜晚睡在一起，不是人生最最美好的事情，留下最最美好的回記？得到的只是無邊無際的遺憾。再也無法補救的缺憾。

荀傳對於愛的乞求把自己變得弱小真誠。荀傳對愛的渴望是鐵黑色的，是卑賤的顏色。愛情把荀傳變得更加渺小，把荀傳壓到大地的下面，地獄的最底層。荀傳居然跪到了葉鑾的腳下，她的膝蓋旁邊。荀傳竟然做過這樣的事情。重複了千千萬萬人重複過的動作和姿勢。態度和語言。荀傳沒有感到酸。不是一種酸相，也沒有重複別人。荀傳相信全世界只有一個人向愛下過跪，那就是荀傳！荀傳是惟一的。荀傳的跪是惟一的，古代不曾有過，現代也沒有第二人。荀傳聲音沉重，低沉，荀傳的聲音幾乎都要流淚了。荀傳的聲音沉重得能夠擠出雨水。它像棉布一樣剛剛在雨中浥淋過。它潮濕沉重。難以承受的重量。

“我要最後一次乞求你。”荀傳說。荀傳仿佛在鄭重宣誓。荀傳是在加入什麼森嚴壁壘的暴力組織嗎？

荀傳跪下不動。僵硬猶如枯樹。

葉鑾趴下來，猛然把荀傳抱起來，擁到了懷中。她好像很激動。她的鐵石心腸終於叫荀傳打動了嗎？她雖然把荀傳擁到懷中，抱住荀傳的身體，但是她依然沒有絲毫反悔，給予荀傳餘地，給予荀傳希望的表示。她仍舊不同意。她不會嫁給荀傳。她可以抱住，她要的是荀傳的身體，荀傳的肌肉，現在和她馬上睡覺都可以，馬上叫她把褲子脫下去，她會脫得非常痛快，沒有絲毫的扭扭捏捏羞羞答答。她要的是情人，不是丈夫。二十一歲的青春也不應該做丈夫，更不應該做別人的妻子。

一切希望都殘廢。一切希望都死亡。

希望的老祖母死了。

荀傳的心最終死亡。終於死透。沒有一點點活的氣氛。

荀傳的尊嚴恢復了。荀傳的聲音正常起來。

"那就好吧。就這樣了。那麼，你就再吻我最後一次吧。"

荀傳永遠不能把她忘懷似的。荀傳徹頭徹尾捨不得把她放棄。她能夠做荀傳的妻子，是荀傳永恆的幸福。不能夠，荀傳就儘量向她要求愛，肉欲的愛也行。只要是愛。管它是什麼愛。愛是惟一的。愛是惟一。荀傳聲音低沉地求她。荀傳知道他們兩個不會完。他們之間是斬不斷的肉體之愛，這種愛將戰勝所謂的精神之愛，比精神之愛更要長久。他們的床上關係永遠不會中斷。她真的很激動，顫顫抖抖，猛地吞住荀傳的嘴唇。一次深入骨頭，深入骨髓的永遠不會完結的無數個最後的最後之吻。每一個都像是最後的，都傾注了無限的激情，都是生離死別，都是最最痛苦最最深刻的愛，好像是刑場上的愛，是刀劍架在脖子上面的愛，是斷頭臺上的愛。痛苦和深情。真摯和永恆。

他們的吻，他們的嘴的咬合吸吮是長久的，吻了足足有半個小時。還要長。遠遠不止半個小時。她吻完荀傳了。荀傳感到滿足。肉的貼合的滿足，柔軟的唇愛。荀傳沉默了一會兒。荀傳看著她。她看著荀傳。我們相互看著。看了很長時間。荀傳把一隻手插進衣服兜裡。那裡面準備好了一把鋒利的刀子。不是手術刀，是在商店買的那種普通的刀子。鉛筆刀。但是新的，嶄新的。不必懷疑它的刀刃的鋒利。荀傳把它攥在手裡，荀傳滿把攥著，她不會看出來。荀傳已經準備好了。沒有什麼再猶豫的。這把刀子將要建立功勳。它將是一把比開國元帥使用的名劍還要有名的刀子。它將會輝煌地載入荀傳的愛情史。載入人類的愛情史。荀傳的指頭把刀刃扳開。荀傳猛然劃向他的左手大拇指的第二個指節靠近合穀的地方。荀傳用力地來回鋸著，仿佛使用一把大鋸在森林裡伐木。荀傳的大拇指就是一棵大樹。它已經長了二十二年，已經光榮成材。荀傳要把它伐回去建造高樓大廈。它是一根優質的棟樑。它將承載整個屋頂的壓力。最沉重的負擔由它承擔。

　　荀傳來回劃個不停。血，鮮血，殷紅的血湧了出來。荀傳放血了。荀傳終於放血。不用別人給荀傳放，荀傳自己給自己放。不是打架，不是鬥毆，沒有角鬥，沒有老虎和猛獸。不是在人獸競技場。沒有奴隸和獅子。奴隸的劍戳不進老虎的脖子，老虎沒有把角鬥士的頭顱咬掉。葉鑾不是老虎或者獅子，荀傳也不是奴隸角鬥士。是在女性單身宿舍，不是在古羅馬圓形大競技場。沒有皇帝，沒有奴隸。荀傳是奴隸，荀傳是愛情的奴隸。鮮血湧流，滴落到地上，殷紅一片，喋血宿舍。葉鑾的臉色變了，蒼白，好像失血性大休克。她癱軟在床鋪上，喘著氣，捂著胸脯。一臉的恐懼。她肯定沒有見過這樣的場面。也不會有哪個男人為她出過血。把維持生命的珍貴的鮮血放出來，叫她看，叫她看他的血是不是紅的，恐懼不恐懼。有沒有一個男人真正地要為她去死？這就是明證。可惜的是，荀傳劃開的不是腕動脈，如果那樣就有好戲看了。荀傳就必須得到外科去縫合傷口，要麼，動脈的出血量將大得驚人，真的會有生命之虞。整個單位的人就會知道這件事。一秒鐘將風傳所有的角落。某某為葉鑾而自殺了。某某把動脈割斷了。某某失戀了，想不開，尋了短見。等等，等等……。假如，荀傳用的是手術刀，劃斷的又是脖子上的頸動脈，將會如何？鮮血就會立即仿佛噴泉一樣湧出，冒得會有幾尺高的血柱，噴向牆壁，噴向桌子椅子，噴向水泥地板，噴向床鋪，噴向被子褥子，噴向他們曾經歡愛的宇宙中心，用荀傳的鮮血濡染他們的愛情床褥。愛情的無色透明的油脂河流被鮮血染上了鮮豔的色彩。一條鮮血裝飾的河流。一條鮮血裝飾的愛情大河。她的滿登登的油脂將會變成隆起的鮮血波浪。誰還敢在裡面游泳？將會被染得像紅番一樣，野蠻的吃人紅番一樣。一條大船在鮮血波浪中航行，黏稠的血將變成凝固的岩石。船隻會立即沉沒，遭到滅頂之災。比被天神的雷霆毀滅起來還要迅速。

這一切都統統不會成為現實。荀傳拿的是鉛筆刀，割的是大拇指。世界愛情殉情上史有沒有人自殺的時候是割的大拇指？一切悲壯都塗上了滑稽的色彩。同樣是動刀子，同樣是流血，部位不同，性質就會大折折扣。荀傳平時一點也不幽默，怎麼幹的事情卻充滿幽默？荀傳就像個愛情小丑，正在舞臺上表演滑稽突梯劇。

荀傳把聲音故意，不能說是有意，是自然成為那樣的，聲音低沉厚重地說：

"和你是以血開始的，還以血結束吧。"

大拇指上的肉實在有限，血管自然也不可能豐富。指骨那麼粗粦，僅僅是幹骨頭而已。也實在流不了幾滴血。荀傳還在等待血慢慢地流出來。荀傳把她的一本書翻開放平，荀傳把血一滴一滴地滴到上面。荀傳看著一滴滴鮮血落下去，掉到書頁上，先是圓圓的一珠，逐漸滲開，擴大，鋪展，形成一大片。

血還沒有停止，還在滲冒。荀傳把幾滴滴到她枕頭的枕套上面。那是荀傳枕過的，她夜夜在枕，他們兩個同時枕過。她的長長的秀麗的頭髮展鋪開來，把枕頭覆蓋，黑色的海洋，黑色的瀑布。她的白淨的臉蛋在黑色的瀑布裡面搖擺，磨擦，把黑色的瀑布磨出閃亮的火星，放出劈劈叭叭的電火花。火花的瀑布，火花的海洋。現在不用再磨擦了，不磨擦，它就是紅的，比火花紅一千倍，比火花鮮豔美麗，更加永久。可以作為終生的記憶的一部分。

"讓荀傳再給你留點紀念吧。"

荀傳示意她把右手伸出來。她把手伸過來了。她眼睛裡含著淚珠。淚珠晶瑩與否，荀傳不知道。她是飽含著透明的淚珠。她的淚珠快要掉下來了，但最終沒有落下。她的大拇指在荀傳面前伸著，等候著荀傳的刀子。荀傳抓住她的手指，荀傳捏著。荀傳怎麼可能下下去手呢。荀傳把它扳過來，扳過去，翻來覆去地看，好像不認識它究竟是什麼東西。荀傳沒有下手，荀傳沒有割下去。荀傳的左手大拇指上有了愛情的傷痕，是與她的愛情的紀念。她的手也應該有一個紀念的標記。叫她的身體永遠記住它曾經和一個男人有過那麼一段風風火火苦苦難難的愛情。叫它記住它的柔軟的河流裡面曾經航行過一艘堅硬的船隻，船隻感到幸福快樂，河流也同樣享受過幸福快樂，它的兩岸是那樣酥癢舒服，顫抖，抖動，整個河流在舞蹈，翻來覆去，河流的舞蹈，波浪滔天，幸福的汁液洪水般氾濫。

苟傳把鉛筆刀收起，裝進兜裡。

苟傳身體和心靈感受到的是輕鬆。結束了，了結了，苟傳一身輕鬆。

苟傳一身輕鬆地走了。

苟傳的愛情沒有磨滅，苟傳的愛情留下了鮮血的紀念。苟傳不能滿意的是沒有給她的大拇指上留一個小小刀痕。那樣的話，就會通過她的指頭疼到她的心中，給予她的心靈也深刻地刻上一刀。永久的一刻。心靈的雕刻。苟傳就會是心靈的雕刻大師。

群山之中，滔滔白龍江的上游，是比山谷更加隱秘陰暗狹窄險惡的深山峽谷。

苟傳以為自己已經輕鬆，已經解脫，實際上，苟傳一點都沒有。苟傳為什麼會有對於她如此強烈，如此長久不衰的思念？她的床叫苟傳不能忘懷，深入苟傳的記憶的骨髓。也許苟傳的感情太過於豐富，需要大量浪費和丟拋。也許不是。苟傳已經是第二次全身心地投入一個女人了，苟傳的愛情的泉水難道還沒有枯竭？苟傳坐在深山峽谷，眼望高山，整整望了一天。

解脫後的失落中，苟傳從葉巒那兒要回了《少女之心》的手抄本。手抄本是那個矮個子小眼睛，臉上疙疙瘩瘩坑坑凸凸的相貌醜陋的同事的。他是在武漢上的大學，畢業後分配到這兒。手抄本是他從外地帶來的。他告訴苟傳他有，苟傳便要過來閱讀。閱讀完了以後，他拿給葉鑾看。葉鑾異常興奮，立即就看完了，接著又看了幾遍，還和荀傳一起欣賞裡面的特殊片段。他們睡在床上，擁在被窩裡，摟抱在一起看。他把它要過來，準備修改一番，他覺得裡面的文字太過於粗糙和簡單。他邊謄抄邊修改，寫了幾頁之後，感到自己筆力不逮。主人公是經驗之談，是親身體驗，他雖然與葉鑾和葛英蕾有過愛情，也有過性的體驗，但與裡面的主人公相比望塵莫及。他抄寫到這裡，便打住了。他放棄了這樣的計劃。不可能不中途卻步。是明智之舉。他對於女主人公告誡人間的話卻牢牢記在心裡。他認為她的話無疑是經過千錘百煉的真話，絕對不是騙人的。性愛是人類最最重要的文化，是人類得以延續的根本，為什麼不能把它放到光明中來？寫出來為什麼就成了罪惡？放在床上，放在黑暗中就是正經的，純正的，那麼，陽光一照就改變了性質呢？性質不會改變，是人自身在作怪。是男人在作怪，老年人中年人成年人長大了的人在作怪，在蒙蔽孩子們。成年人是最最虛偽的東西。衣服成了虛偽的外衣。文明就是虛偽。人類自從穿上衣裳就進入虛偽的墮落深淵。

他冒充外地的詩人，欺騙性地會晤了本地第一號作家。他看到他依然居住在農村鄉下，破爛骯髒的院落，簡陋的房子，寒酸的擺設。既然已經是個作家了，境遇仍舊如此，他感到非常失望。他想到的是，假如他還能活下去，活很長歲月，經過奮鬥即使成了本地第一號大詩人，又能怎麼樣？還不是得照樣和這個作家一樣騎著一輛黑黢黢的自行車到幾公里之外的小鎮醫院去看病，去菜市場買豬肉，到底有什麼意思呢？

通往葉鑾家的路是泥土路。泥土路泥濘不堪。此地處於亞熱帶氣候之下，常常陰雨不斷，把泥土變得異常濕軟，行走起來非常艱難。尤其是穿著皮鞋走這樣的路。荀傳特意到城裡買了一雙軟底足球鞋。穿上這樣的鞋子，無論爬山翻嶺、過河穿灘都是非常得勁的。荀傳主要是為走夜路著想。夜晚的泥濘路，荀傳走了很多次，荀傳勢必還要常常走下去。通往葉鑾家的泥濘土路有十公里，苟傳往往是在天黑以後才行動。苟傳又走到這條向人生的旅途回首，就會清楚地看見的黃土路上了。它性質已經和黃泉路相似。這樣的夜晚，年輕人們都到小鎮的舞廳去了，他們都開心地歡樂地跳舞。只有苟傳一個人在獨自穿越黑暗的田野，黑黢黢的樹林。小路旁邊的水渠依舊在流淌。水渠那邊的曠野裡的黑乎乎的墳丘在遠處閃著冷豔的光芒。

　　苟傳獨自穿越曠野，踩著沒足的泥濘。田野裡的土水一樣軟陷下去，苟傳的每一步都發出響亮的聲音。這種聲音使人產生無限的聯想。聯想到柔軟的床鋪。大地就是柔軟的床榻。前面的突起物越來越黑，越來越清晰。是高高的樹木和高高的房屋。一切只是呈現出黑黢黢的輪廓。模糊而清晰。廁所的矮土牆的裂縫大大地張開，好像在黑夜裡變成了想吃東西的野獸。它想吞吃的是蚊子還是其他生物，還是苟傳？矮牆旁邊是樹。樹後面還是牆。破爛的矮土牆。過去，它一定不是這樣矮，它是從中間折斷的，是堵斷牆。斷矮牆包圍著的仍舊是個小小的空間，裡面有石頭砌成的斜道，穿過牆壁根部通到後面的大坑。大坑蓄滿屎水，臭氣熏天。兩個廁所，幾棵楊樹。矮牆下面是條小路，茅草掩映，它變成時有時無的細線。冬天的茅草已經枯乾，但它們的莖葉仍舊不低下頭顱，沒有玩火的小孩來燒荒，它們沒有變成黑黑的灰燼。小路南邊是房屋的山牆。山牆通到高處，是伸出來的房檐。山牆上有三個窗戶。第三個窗戶裡面是葉鑾的床。苟傳不知道她在不在裡面，苟傳知道的是她晚上沒有夜班，明天晚上才上夜班。苟傳沒有在舞廳找到她的影子，旱冰場上也沒有。她的宿舍裡沒有，街道上也沒有。她肯定回家了。已經夜晚十點多了。她是不是早已睡熟？她的床鋪靠近後窗。通過一扇破舊的木門，外間住著她的父親。苟傳把耳朵貼到窗戶上面的紗網上，苟傳屏住呼吸諦聽了一會兒，沒有任何氣息。她難道沒有回來？苟傳疑惑不解。她到另外的地方去了？到別人家裡去了？苟傳不知道的男人的家裡？在苟傳的夢境中，這個窗戶的窗臺上曾經放著一本《萊蒙托夫詩選》。怎麼會有人呢？什麼也沒有。難道是有人把它拿走了嗎？荀傳想起他確實有過這樣一本書，他把它寄給在遠方的鄉村中學教書的老同學了。荀傳意識到他空空跋涉了一趟。不過，即使葉鑾在裡面，荀傳也不可能進去。荀傳難道能夠從窗戶裡爬進去嗎？荀傳要進入，就得越過她父親的強大的障礙。她父親住在外面，他就像地獄的把門人一樣，壁壘森嚴，鼾聲如雷。奧德修斯曾經欺騙過了地獄裡守門的怪物，荀傳沒有他那麼足智多謀，荀傳的任何嘗試都不會成功。等待著荀傳征服的仍舊是泥濘的黃土路，它像地獄中的回歸路一樣艱難。俄爾甫斯曾經把他的被蛇咬死的妻子的靈魂領出來過，但是他沒有完成最後的一步，當他回頭看的時候，他的妻子的靈魂絕望地重新滑下去了，永不回歸。永劫不復。

荀傳在黑暗的黃土路的盡頭沒有找到葉鑾。黑夜是魔王統治的。葉鑾，難道你已經被它控制？你早已經是魔王的俘虜？

荀傳依舊常常去找葉鑾，他們還像往常一樣親吻擁抱，在一起睡覺。這樣的日子持續了很長時間。荀傳的心情越來越苦悶，他深深沉淪在痛苦之中不能自拔。他對於葉鑾的完全擁有毫無希望，他沒有希望獲得她的整個身心的愛情。他想到葉鑾必然要嫁出去，嫁給別人。他想到他一定要把底細告訴葉鑾的將來的丈夫，使她嫁不出去。為了叫她未來的丈夫相信他的話是真的，他特意觀察了葉鑾的那個特殊的部位，深深牢記它所具有的特徵，她的體毛的顏色——淡淡的黃褐色，密密麻麻的毛的旁邊的褐色的痣。他仔細分析，覺得那樣的辦法仿佛小孩子的遊戲，雖然帶有孩子式的惡毒，那種想把剛剛出窠的還不會飛的小雛鳥踩死，但又非常恐懼的惡毒，充滿遊戲性質，缺乏有效的力量。不過是瞎想而已。胡思亂想而已。

這是最後一個夜晚。荀傳在上夜班。已經深夜兩點多鐘。荀傳趴在桌子上打盹。他正在夢見一個美麗燦爛的花園。花園裡的花朵漂亮絕倫，豔麗色彩世間少有。他看見花園的泥土中長出來了一個小姑娘。這個姑娘迅速長大，成了一個少女，個子有一米六五以上了。她已經成了一個成熟的少女。她一絲不掛，她赤裸著身體。她從大地裡長出來就是赤裸的。她仿佛白嫩的蓮藕。她比所有的鮮花都要鮮豔，都要美麗。蝴蝶，蜜蜂，甚至於鳥兒都向她飛去。鳥兒的臉是人臉，非常俊美，是美男子的臉，它們是從城市裡飛來的，它們是城市裡瀟灑的美男子，但是，當蝴蝶蜜蜂鳥兒落到她肩頭的時候，個個紛紛落到地上，抽搐著，痙攣著，撲騰著死去了。美男子鳥兒也一個個落下去，在地上痛苦地呻吟，痛苦地抽搐著咽氣。美男子鳥發出淒婉的叫聲。前面死去的美男子鳥的事實，並沒有嚇住後來者，它們不斷飛來，不斷死亡。荀傳看見了他自己。他多麼想向他自己提醒一下，他張不開口，腳邁不開一步。他靜靜地望著他向姑娘飛去。意外的是，他沒有死亡。他沒有抽搐，沒有痙攣。他落到地上，站起來，他的個子比姑娘高出一頭，他把姑娘抱到懷裡，親吻擁抱，一次又一次，緊緊地，貪婪地。他和姑娘在花園裡赤身裸體，姑娘發出驚天動地的叫聲。他和姑娘一樣赤身裸體。他把身上的羽毛脫掉以後，羽毛被扔在地上，他和姑娘在花園裡慢慢散步，步向花園的深處。

花園深處有一扇門。有人在焦急地敲著。聲音很大，使他的心臟猛烈地跳動。他醒了，看見辦公室門外站著一個姑娘。他知道她是十八號床位的病人。她剛剛十七歲，是個非常漂亮的少女。她正在讀高中。個子有一米六八的樣子。苗條豐滿，充滿青春的活力。她的聲音尤其美妙，悅耳動聽，滋潤乾旱的沙漠似的心靈。

他站起來。打開門。

她嗲聲嗲氣地說：

"我睡不著覺。"

他看了看牆壁上的掛鐘，已經兩點多了。他知道姑娘是因為闌尾炎而住院的，她的手術早在住院的第一天就做過了。她基本上已經痊癒，再有一兩天就能出院。

他叫姑娘坐下。他心情很興奮。姑娘說：

"我是想要點安眠藥。"

"這沒問題。"他說。看著姑娘。姑娘的美麗令他驚歎。他的動作非常殷勤。他給她拿了兩片安定片。姑娘走了。

他到廁所小便。他在走廊裡走，透過玻璃看見姑娘已經躺下。燈沒有關。他把燈關上。病房的電燈開關是在走廊上。他回到辦公室，趴到桌子上。他很疲勞，很瞌睡。他又在做夢了。他夢見他給那個少女的安眠藥劑量很大，姑娘吃了以後會迅速睡熟，而且難以蘇醒。沒有一天一夜的時間，姑娘是蘇醒不了的。姑娘已經進入深度的睡眠。他輕輕把門推開。來到姑娘床前。窗戶很寬大，透進來明晃晃的月光。天上的月亮很圓很亮。真正的一輪皓月。一輪團團的明月。姑娘的臉蛋在月光下面越發美麗了。他把姑娘身上的被子揭開。姑娘沒有絲毫反應。姑娘穿著的內衣內褲非常柔軟，他把它們輕輕脫下。他把姑娘翻過來，扳過去，衣服非常容易地脫掉了。姑娘仍舊在沉睡。她已經赤身裸體。她連褲衩都被脫掉了。她一絲不掛。裸體的她在月光下仿佛美麗的狩獵女神。好像阿爾忒彌斯。是她在月光下的山野睡覺，她是赤身裸體的，她剛剛在湖裡沐浴過。獵人看見了她，她把獵人變成了鹿，她的獵犬把美麗的鹿撕成了碎片。她的美是以殘忍而著名的。這個姑娘的裸體恐怕比狩獵女神的裸體還要美麗。他屏住呼吸站在床邊，目瞪口呆地看著。他看見姑娘的柔軟皙白的腹部，右邊靠近胯骨的地方有條長長的傷痕，那是她剛剛做過手術留下的。新月一樣，非常美。姑娘深深地睡著。他的眼睛靜靜地看著。她的眼睛微微閉住，嘴唇稍稍張開。她的牙齒潔白，白玉一般。她的乳房白瓷似的。不大，但挺實，緊致，褐色的乳頭嬌小迷人。他的手在上面撫摩著，上下滑動，左右揉撚。姑娘翻了個身，蜷曲起身體。她的呼吸平穩正常，她仍然在深深的睡眠裡。她的皮膚綢緞一般滑落下去，到達下腹的時候高高隆起。她的恥骨聯合高高突起。高阜下面是光滑的捲曲的體毛。不長，但已經覆蓋住了她的最最隱秘的部位。看見那個地方，他是那麼激動，呼吸急促，心跳加快，全身用力。他的手發抖，他的心在顫抖。他的手在那毛叢覆蓋的部位撫摸。他摸到了濕潤的河流。

他不能控制自己，把姑娘淫辱了。姑娘還在沉睡，他猛烈地在姑娘身體上運動。姑娘還是個處女，從她的陰道裡流出了殷紅的鮮血。染紅了床褥。

他夢見他異常恐慌。恐慌極了。他逃到辦公室，呆呆地站著，想像著對於他的嚴厲的懲罰。他想到他如果進了監獄，或者被判處了死刑，他倒是沒有什麼遺憾和抱怨的。他想到的是他的恥辱的名字還留在人間。他想到他的人事檔案還存放在單位的檔案室。他不能叫這樣的東西留下去，他要消失得無影無蹤。他想到檔案裡面記錄著他的一切，他上初中的時候，他的入團申請，他個人的操行評語，他高呼萬歲的記錄，他想如果他不是奴隸，他為什麼要喊萬歲？假如他是奴隸，就更不應該喊萬歲，有悖情理的人生真是可憐！他的過去的“貧農”家庭成分，這些都他最最不能忍受的。他的家庭關係，七姑八姨，祖孫三代都記錄在案。他想他一定要燒掉它，燒掉它，他在世上什麼都不會留下了，他就會消失得比空氣還要乾淨。他來到花匠房前，找到花匠的大鐵鑊頭。他把它扛到肩上，走到單位的人事檔案室。他是用鑊頭把門挖開的。鋼鐵與木頭的碰撞震天動地。棲息在竹林裡的鳥兒都嚇飛了。它們吱吱喳喳地叫著，飛向夜空。他用鑊著挖開了檔案櫃。檔案櫃仿佛一頭老母豬，腸腸肚肚一下子從它的肚子裡流出來。他用腳踢著，翻找他的檔案。他找到了他的檔案。他拿到手裡，看見上面赫然寫著對於他的嚴厲懲罰記錄。上面寫著他在上夜班的時候，利用工作之便強姦了一位十七歲的少女，結果是他被判處死刑，立即執行。他的身體上下哆嗦起來，把檔案扔到地上。他從兜裡摸出火柴，擦燃，把檔案點燃。紙張燃燒起來了。陳舊古老的紙張燃燒起來。陳舊古老的人生記錄燃燒起來。火越來越大，整個燃燒起來了。檔案櫃燃燒起來，整個檔案室燃燒起來了。火勢越來越大，映紅了醫院的深夜。

　　靜靜的夜被攪翻了天。人們蜂湧而來，要把他抓獲。他用鐵鑔對抗他們。人們把他逼迫到牆角，他們手中拿的是一丈多長的利劍，還有一丈多長的槍，槍頭上是兩尺多長的刺刀，他們的槍劍樹林一起刺向他，他縮成一團，想往牆縫裡鑽，但是森林一般的槍劍刺入了他的身體。他渾身顫抖，醒了過來。他以為自己醒了，實際上，他依舊深陷夢中。是夢中的醒，依然是夢。是夢境未被經歷的躺臥下來的藍得耀眼的天空。他看見他的形象，他的靈魂，他的肉體高高掛在城市中心廣場上的絞架上。襯著藍天，仿若一株黝黑的柏樹。他已經腐爛，一群猛禽棲息在上面，瘋狂地撕咬，他已經是一具腐爛的懸屍，惡禽們紛紛把尖利的喙如鎬一樣刨入，刨進腐屍所有冒血的地方。雙目已成空洞，肚子已被穿破，沉甸甸的腸子流到了大腿上，猛禽的堅喙一陣猛烈啄咬，把他的生殖器吞吃淨光。腳下還有一群垂涎的四足猛獸，仰著嘴巴，在四周打轉和徘徊，當中一頭巨獸難熬難耐，儼然有幫兇侍奉的劊子手。他漫步在廣場的邊緣，看著他自己的懸屍。懸屍擺動，痛苦猶如毒液的波濤。他的身體感覺到了所有猛禽的長喙，感覺到了老虎的劍齒，疼痛難忍。蒼天一碧如洗，城市仿佛大海，墳墓一般平靜。他看著他的靈魂的懸屍，感受著末世的折磨。城市裡沒有第二個人，宛若荒涼的島嶼，宛若廢墟，宛若已經故去的城市。城市早已死去千年。樓舍坍塌，風化，土崩瓦解。街道已經朽爛。廢墟之林閃過女妖的身體，一陣微風撩起她的長裙。她是城市的主宰，她是絞架的主人……

　　天已經麻麻亮了。他的夜班快結束了。他到藥房給病人取藥。高高低低的藥櫃，他把一瓶藥悄悄倒進自己的口袋。他的心跳著。轉過身來的藥劑師沒有發現他的異常。

　　窗外是白濛濛的楊樹，刺入麻灰灰的天空。遠處是高高的山巒。

　　清潔工在掃馬路。掃帚的唰唰聲劃著大地。無數的刺刀劃著大地。大地傷痕累累。大地沒有呻吟，沒有呼喊，默默地忍受。沒有風，平靜的黎明。河流在西邊，波浪聲傳過來，飄過去了，淹沒了早晨，淹沒了小鎮，淹沒了田野和村莊，淹沒了一切。黎明如潮。大地和群山是它的沙灘，是它的大陸架，是它的海堤，是它的海溝，是它的海底，是它的一切。

荀傳收到了江雷鋒一封書信。

信的內容是這樣的：

荀傳：你恐怕再也見不到我了，如果你安好，將來有一天回到秦陽一定要到我的墳頭去看看……

荀傳想到的是，他過於敏感了，人生就是如此，何必一有挫折就放棄生命呢？他把艾略特的詩歌抄寫到日記本上。

她回頭在鏡子裡照了一下，

沒大意識到她那已經走了的情人；

她的頭腦讓一個半盛開的思想經過：

"總算完了事，完了就好。"

她在房間裡來回走，

獨自她機械地用手撫平了頭髮，

又隨手在留聲機上放上一張片子。

……

音樂在水上悄悄從我身邊經過，輕輕劃過我的心田。

……

長河流汗

流油與焦油

船隻漂泊

順著來浪

紅帆

大張

隨風而下，在沉重的桅杆上搖擺。

船隻沖洗

漂流的巨木
流到太平洋
經過群犬島

汽車和堆滿塵土的樹
她生了我
他毀了我
我舉起雙膝
仰臥在獨木舟的船底
我的腳在單身漢宿舍，我的心在我的腳下。
他哭了，他答應重新做人。
我不做聲
我怨恨什麼呢？
我能夠把烏有和烏有聯結在一起
骯髒手上的破碎指甲
我和她都是下等人
從不指望什麼

啊呀看哪
我到迦太基去了
燒啊燒啊燒啊燒啊
拔我出來
拔我出來
拔啊燒啊
水裡的死

　　荀傳反復念誦"汽車和堆滿塵土的樹"那一段，尤其是在看到
"我能夠把烏有和烏有聯結在一起……骯髒手上的破碎指甲……"
他的心靈深處感受到了深深的撫摸和慰藉，真正找到了知音那樣的

享受，由痛苦轉變成的享受。

　　他接受了與葉巒的分手，分手了依舊還在一個屋簷下生活工作，這也並沒有擾亂他的心。他想起阿昆侖給他的信，果然愛情的厄運覆蓋到了他的頭頂上，但是對於給予他們愛情厄運的原因卻只能歸結為：一、阿昆侖是工人，技校畢業的工人；二、荀傳的身份儘管是幹部，但只是個小小的小護士。男護士這個職業是個嚴重的問題，確實不容易找到對象，結婚娶妻更是難於上青天。既然如此，那麼就安心吧。從初中時代就樹立的文學志向依舊堅強，荀傳每天八小時之外就學習文學，閱讀，創作，幾乎每天都能寫一首詩，即使某天由於工作繁重沒有寫，等休息日就把它補上，一天可能就寫兩首三首甚至十首以上，已經寫了有近千首詩歌，詩稿把三個紙箱都塞滿了。

　　他在白龍江邊慢步，看著江上的波浪如何一波一波湧到岸邊，伸出它的舌頭到達岸上高處，用力舐了一下就又退了回去。那波浪之舌仿佛有心裡話要對荀傳訴說。波浪之舌舐到了他的皮鞋，打濕了他的腳。他站住了，蹲下去，仔細打量那無限循環的波浪之舌。幾千幾萬年來，上億年來，這條江就這樣流淌著，波浪之舌就如此與江岸說著秘密細語，它每一次的訴說，每一次的努力，江岸似乎都聽懂了，但它無動於衷，將來一萬年後，兩萬年後，它依舊沉默不語。騰湧的波浪是打動不了江岸的，波浪在下邊，江岸高高在上。

　　荀傳心裡對波浪說：我明白了你的意思，你的苦心我明白了……

　　他把從藥房裡偷竊來的安眠藥，那大大的一包，一大把，其粒數足可以把二十個人安眠，能夠使他們永遠地沉睡下去，永不醒來，完全可以致人死命。

　　荀傳把紙包兒緩緩打開，他數著：一二三四五六七八九十十一十二十三十四十五十六十七十八十九二十二十一二十二二十三二十四二十五二十六二十七二十八二十九三十三十一三十二……五十一顆。

也許只有五十顆，多數了，也許已經超過了，漏數了⋯⋯荀傳不想再數一次，得出絕對準確的數字，他從紙包裡抓了一把，把它撒向波浪裡。白色的藥片兒迅速沉進了江水裡，消失了。他把剩下的藥片用力拋向更深處的江水裡。藥片兒仿佛是江的臉面上長出的白痣在水面了漂浮了片刻，便被江水吞噬了。

荀傳想到了江雷鋒的信，不知道他怎麼會有那樣的想法，他聯想到自身，這個年齡的人，二十一二歲，自殺的念頭會像雨天一樣來臨，然後就又雲開日出迎來燦爛的陽光。他沒有給他回信。如果他把自己的自殺念頭寫信告訴了老同學，他同樣也不會在意的，而在意了的話，反而會使當事者難堪。

安心工作吧，即使是護士工作也是經過四年衛生學校的學習和實習，還有畢業前的緊張統考，是來之不易的，問題是，你的生計全靠它啊！把當詩人的夢想壓到意識的最底層，努力奮鬥是必須的，但卻不能因為那樣的奮鬥而丟了謀生的工作。

二樓是婦產科病房。三樓和四樓分別是外科和兒科病房。傳染科病房是單獨一棟樓，只不過樓相對一般的樓房來要小得多，是兩層樓的。

醫院裡又組織醫療隊到白水江邊的山村去了，專門去為那裡的育齡婦女結紮的。引產的風險相對來說要大許多，而且一般需要四天時間，而結紮只是分秒間就能完成的手術。聽說參加醫療隊的人員獎金很高。

計劃生育醫療隊回來了。

醫院開了專門的迎接會。

醫療隊帶隊的是耶麗雅。她三十多歲，一米七五的身高，有著一張美麗的臉蛋，工作能力強，尤其是結紮手術一流，是計劃生育工作的先進個人。她是漢南本地人，猶如白龍江一樣清秀。

荀傳聽說了她許多有趣的故事，最令他吃驚的是她的毒癮。醫院裡的醫生有條件注射那種非常容易成癮的止痛針劑，她的意志力薄弱抵抗不了，加上有相當方便的條件，便成癮了。成癮後，她就需要經常注射毒針。她的美麗的外表使得凡是看見她的人沒有不喜歡的，都會答應她的要求。加上她自己的處方權，她把給病人開的藥自己用了。聽說她的身體上已經是“滿天星”了，到處都佈滿針眼，她對於毒針的需求量越來越大，整個這麼大一所醫院的日供應量不夠她一個人用的。她對於毒針的耐受性太大了，小的劑量根本在她的肉體上起不了任何作用。連戒毒所都不收她如此嚴重的毒癮患者了，實在是無法治療，戒斷不了。她一步都不敢離開這所醫院，整個藥房似乎成了她的專門的供藥部門。帶領醫療隊外出期間，藥檢護人員配備齊全，特別是藥劑科人員專門帶了一箱毒癮針劑是為她預備的，還有專門給她紮靜脈針的護士。一般技術差的護士是沒有能力從“滿天星”中尋找到一根通血管的“星眼”的。由於受到如此高端的服務，看不出來她已經到了病入膏肓的地步，她昔日的醫學院同學——一位男醫生來看她，脫口而出：“傳說你的全身都爛了，但好像不是那麼回事。亂說的吧？”她不置可否。那位男同學走後，她陷入了極度的絕望之中。

每次荀傳在院內遇見耶麗雅，見到的都是她光鮮的一面，依舊那麼美麗，一點兒都不像個病人。印象中她天天都上班，把值班室當作了自己的家。

婦產病房裡有五分之一是婦科病，五分之一是正常產的產婦，剩下的五分之三都是引產的。引產產婦都是計劃生育專幹押送來的。雙水鎮附近的山村鄉鎮經常送來挺著大肚子的產婦，有的已經孕八月、孕七月，孕九月馬上十個月的產婦比比皆是。鄉鎮為了完成計劃生育任務，不惜把馬上就要臨盆的產婦押送來。理由是超生，超生就判了腹內胎兒的死刑。婦產科出賣胎盤成風，地下交易黑幕重重……由於長期幹助產工作，殺死的嬰兒太多了，有一個年齡大的護士在噩夢裡把自己的兒子當作引產下來的嬰兒殺死了，把他的口鼻用紗布死死地堵塞起來，她把兒子的手腳捆綁起來，孩子無法反抗，活活窒息了。那護士被判了刑。但是同樣的殺人在產房裡卻是無罪的，是正常的工作，殺的嬰兒越多，獎金越多，還會被評為先進醫務工作者。

有個叫嚴景雪的婦產科年輕醫生，男性，他熱愛文學，與熱愛詩歌的荀傳關係密切，跑來對他說耶麗雅要吃嬰兒了，有神婆說只有足月嬰兒的血和心能夠治好她的病，正好有一個已經足月的超生產婦被當地計生專幹押送來了。產婦前面已經生了兩個女兒，一心要生一個男孩，一直躲在深山裡，最後還是被發現了，追趕，逮捕，弄得一身泥土，像一個泥豬一樣被押送到了醫院。耶麗雅一聽已經足月就完全要獨自處理這個病人，她雖然馬上就給產婦注射了針劑，但注射的不是利凡諾，而是蒸餾水，沒有任何毒性。產婦被告知的是已經把毒藥打進了胎兒大腦裡，生出來不是個白癡，就是個死胎，產婦也就老實了，不再逃跑了。

"那產婦什麼時候分娩？"荀傳問。

"不但孕足月了，而且已經有了產兆，馬上就要生了，用不著任何催產措施。"

嚴景雪這個姓名好像是個女性的，但它卻是一個有著特殊經歷的男醫生的姓名。他對荀傳說過他曾經親手解剖過一個還活著的新生兒。引產下來的，注射了利凡諾藥液，中毒了，但如果經過解毒治療，嬰兒還是會活下去的，其大腦也未必就受到了影響，說不定還會如同正常人一樣成長，上學讀書，將來成為一代英才……

嚴景雪是受託教一個實習小女生學習心臟解剖結構而解剖還活著的嬰兒的，那實習小女生把她受教育的過程寫成了日記。

心臟解剖日記如下：

活體解剖課

實習生日記

……中學畢業以後，父母決定叫我去學醫。經過幾年的學習，我來到了一家醫院，完成我的實習課。我哥哥也是學醫的，我嫂子也在這家醫院工作。他們一家子都在這家醫院。他們對我都特別照顧，儘量給我取得更多的學習機會。現在，我在婦產科實習。病房裡常常住著一些需要引產的孕婦。這些孕婦的肚子都很大，大多數都是二胎或者三胎了。她們有的是自動來的，有的是被遣送來的。自動來的孕婦的情況一般是，她們經過 B 超檢查知道了自己肚子裡的孩子是女孩；遣送來的大多數肚子裡是男孩。這一天，從一個偏僻鄉村遣送來了一個大肚子孕婦。看那樣子，她的預產期都到時間了，胎兒已經足月，但她是超標的，她所在鄉的計生人員把她像因犯一般押來了。計生人員向我們講他們是怎樣抓住這個孕婦的。說她儘管挺著個大肚子，卻像母熊一樣靈敏和強健，翻山越嶺，根本不在話下。他們幾個大男人攆都攆不上。明明看見她在半山坡上，但等到他們分別從四個方向爬上山以後，她連影兒都沒有了，再一看，她已經跑到溝壑那邊的另外一座山上去了。溝壑裡還有一條深深的寬闊的河，她竟然涉水過去了，渾身濕淋淋地坐在那邊山上。他們像獵人獵野豬一樣，重新四處包抄，總算把她包圍在了一座山頭上。把她逮住了，她居然像野獸一樣咬他們，他們只好把她的手捆起來。真是沒有辦法呀！他們說完歎了一口氣。說抓逮她的過程的時候，是在走廊裡。這個時候，孕婦就坐在走廊的地上。她還在反抗，還要逃跑，但是四個男人堵住走廊的出口，她是插翅難飛了。就在走廊的地上，四個男人把那個孕婦按到地上，叫我們給孕婦肚子裡紮引產藥，這種引產藥叫做雷佛奴爾。孕婦身上糊得像泥豬一樣，滿身是泥，可能就是她過河的時候在河灘上糊的。乍一看，她多麼像一頭泥豬啊！她被四個男人死死壓住，把她肚子上的衣服扒開，把她肚皮上的泥用抹布擦乾淨，帶我的那個男醫生用酒精、碘酒消毒以後，把引產藥注射了進去。注射引產藥用的是那種特大號針頭，足足有半尺長，如果紮得準確就會紮進胎兒的身體裡面，把藥液注射進胎兒的身體，胎兒即使有十個命也不會活下去了。但是一般情況是，因為羊水很多，拉大了肚皮和胎兒之間的距離，藥物往往注射不到致命的部位，胎兒引產下來以後還是活蹦亂跳的。藥物注射進去以後，他們就把她放開了。他們說：“這下你跑也沒有用了，藥已經進了你的肚子，你生出來也是個死娃，不是死娃也是傻子一個！你還是乖乖呆在病房裡吧！”鄉上的計生人員算是完成了任務。經過幾天幾夜的追捕，就像山裡人冬天追野豬一樣，一連要追三四天才能追到獵物，然後用火槍把它打死，打的時候要幾個人一起打，要麼，它是不會那麼容易死的，反撲過來就要倒黴了。我想他們就是這樣對待這個產婦的。我的家也在山裡，我知道山裡人是如何打獵的。我們都把打獵的人叫做打山子，把唱山歌的人叫做山歌子。一邊打獵一邊唱山歌，整個群山會那麼充滿靈性，逗人喜愛。獵人們把這個獵物送到了醫院，他們的任務就算完成了。他們回家睡大覺去了。產婦坐在走廊的地上，渾身泥濘，一副可憐無助的樣子。他的男人來了。是個地地道道、老老實實的農民。他的臉上也是充滿了無奈。他想要一個兒子，可是他的老婆生了兩個都是丫頭。第三胎得到的就是這樣的結局。一旦注射了引產藥，計生人員就不再管了。她還躺在走廊的地上，挺著個大肚子。醫生叫她起來，她一點也不理睬。她閉著眼睛，真的像被獵獲的獵物一樣聽天由命了。像這種情況，也有孕婦逃回家把嬰兒生出來的。我聽帶我實習的老師說，鄔鄉山一帶就有幾個孩子就是在那樣的情況下出生的，說他們個個還活得旺旺的，還沒有出現什麼後遺症。引產藥沒有把嬰兒毒死，他們的生命就保住了，這聽來多麼叫人難以置信！怎麼還會出現這樣的事情？這真的不像是二十世紀末應該發生的事情。那個產婦還躺在病房走廊的地上，她身體上的泥把走廊都弄髒了，護工走過去，要趕她起來，說她要打掃衛生了。產婦還是賴著不起來，害得護工一點辦法都沒有。我想她還在為她肚子裡的孩子傷心，她可能傷心死了，當媽媽的誰不為自己的孩子的生命著想呢？她知道她的孩子要死了，她的心都要停止跳動了吧？她沒有任何辦法，她是被作為獵物被捕獲的，面對獵人，她只有束手就擒。她曾經逃跑過，反抗過，可是一切努力都付之東流。

　　她不得不住在病房裡。病房是安排好的，一切費用由鄉政府負責。我想可能不會這麼簡單，鄉政府要對她家實行罰款，一定會把失去的損失補回來。引產藥注射進去沒有兩個小時，產婦就有生的症狀了。帶我的老師說可能不是引產藥起的作用，它生效的時間還沒有到，大概是產婦本來就要生了，只不過是她即將要生的前兩小時把引產藥注射進去了而已。她早已到了預產期。正好是帶我實習的這個老師的班。他還不到三十歲，結婚有五六年了，孩子才兩歲。他個子不高，脾氣很好，什麼時候都是和藹可親的。因為是第三次生孩子了，產婦的產道非常鬆弛，孩子非常順利地生了下來。是個個頭很大的胖小子，他一生下來就活蹦亂跳，生命力非常旺盛，引產藥對他好像一點影響都沒有。老師對我講可能是時間很短，引產藥還沒有來得及吸收他就出世了，如果誰願意把這個嬰兒抱走養下來是不會有什麼問題的，也不會影響他的智力的。可是，誰要這種引產兒呢？也不允許把這種引產兒送人的，醫生這個時候的任務就是要把孩子處死。不能叫他發出哭聲，不剪臍帶。嬰兒一生下來，帶我的老師就要我把一團紗布塞進嬰兒的嘴裡，另一團紗布填進嬰兒的鼻子。可是這個光滑的、渾身佈滿胎脂的、油膩膩的、已經發育成熟的嬰兒，他居然把填到他嘴裡去的紗布用舌頭頂出來了。嬰兒把紗布吐了出來。我的手顫顫抖抖，我的心更是緊張恐怖。也許就是因為我心情太恐懼才把紗布沒有塞緊的。帶我的老師把紗布重新填塞進嬰兒的嘴裡，可是嬰兒又把紗布吐出來了。嬰兒的舌頭力量一定大極了。他是在為他的生命在搏鬥啊！帶我的實習老師心裡也有些慌了，儘管他幹這樣的事已經無數次了，不知他以這種方式處死了多少引產兒，但他在我的面前也許由於我對於他的影響，他的手也變得軟起來了。他不再把紗布往嬰兒嘴裡塞了，他叫我把塑料袋拿來，我們把嬰兒裝進了塑料袋，然後把口紮上。臍帶沒有剪，胎盤和嬰兒的身體連在一起，就像他還沒有出世一樣。我們把嬰兒放到盥洗室的地上，有一個專門埋嬰兒的老頭會把他拿走的。一般情況是，那個專門埋嬰兒的老頭也不敢把活著的嬰兒埋掉，這樣的話，有的嬰兒就要在這個走廊上活兩三天，直到死亡。實習老師講他們以前曾經用水想溺死嬰兒，可是把引產兒放進污水桶裡泡了兩三天了，居然還活得更旺了。我問是什麼道理？他說可能是胎兒一直是在羊水中生存著的，剛生下時，他還沒有喪失在水中生存的那種特殊能力，所以水是溺不死嬰兒的。現在這種辦法也不好，有的嬰兒的生命力強極了，他活著就要發出聲音，有的嬰兒要哭上好幾天才能死，聽著那種無助的哭聲，你的心都要爛了。但是沒有辦法呀，他們是不准出生的，一旦出生就要把他們處死。他們沒有生存權，他們是引產兒。引產兒這種概念，我從前是非常陌生的，沒想到來到醫院以後，特別是在婦產科實習，引產兒已經是見慣不慣了，每一個面對引產兒的醫生和護士都是那麼情緒穩定，表情淡漠，他們是那麼從容不迫地把引產兒處死，習慣得就像吃飯喝水一樣了。他們說前些年的引產兒還要多，比現在多多了，幾乎每天都有，有時候甚至於一天就要處死三四個引產兒。我心裡有些什麼感觸呢？我有一個哥哥，還有一個姐姐，如果我出生在這個年代，我也就是引產兒了，那麼，無疑，我也得被計劃掉，我想像著我的命運，那將是多麼可怕呀！

　　那個引產兒被裝在塑料袋裡，扔到衛生間的簍子裡。他什麼時候才能死？紗布沒有堵塞住他的口，他的口腔還在呼吸。他是個大大胖胖的小子，是他的父母多少年的夢想？他們就是想要一個當家做主的人，他們認為女孩遲早是人家的人，是要嫁出去的，只有小子才能養老送終。沒有給他剪臍帶，既然是要處死的孩子，還剪臍帶幹什麼？沒有必要。帶我的實習老師說，他一會兒就會死掉，因為他的臍帶沒剪，血就會從臍帶裡流出來，他就會因為失血而死。已經是夜晚了，我跟著帶我的實習老師在上夜班。醫生有一個可以睡覺的值班室，他到那邊睡覺去了，他叫我坐到辦公室裡，說是有事了叫他。夜慢慢深了，我坐在辦公室裡，心裡想著那個引產兒。夜異常寂靜，大地上的各種蟲子都在鳴叫。我在這種合唱中分辨出了一種奇特的歌唱，我辨別出這種聲音是從衛生間方向傳來的。我想引產兒在哭泣。孩子的毫無希望的哭聲，尤其是在這樣的深夜，我的心幾乎都要碎了。我悄悄地走向衛生間。我看到了引產兒。他還在簍子裡，在塑料袋裡面。我沒有看見從臍帶裡流出來的血液。塑料裡乾乾淨淨的。他還活著，活得很好。透過塑料袋，我看見他的嘴張開著，在哭泣。我靜靜站在那裡，我好像被灌注了水銀，我凝固在了那裡。我的心仿佛停止了跳動。我看著孩子的小嘴，他的眼睛也在看我，他的眼珠子是那麼黑，那麼亮，他的生命力是如此頑強，他比一個正常出生的嬰兒表面上看是沒有絲毫區別的。我多麼想把他抱住呀，我多麼想把他養大，使他成為我的孩子。但是這種可能性幾乎等於零，我會遭到無數的人反對的，不單單是我的家人反對，我還會遭到社會上大多數人的反對。他們會恥笑我，會說我這樣一個大姑娘竟然養了一個孩子，肯定是個品行不端的女人。再說，引產兒的生命質量到底靠得住靠不住，誰都不知道，萬一將來他是個傻瓜，他的智力由於引產藥的破壞而喪失殆盡了，我要這樣一個孩子，我會接受這樣一個現實嗎？我將來的生活將如何安排？我看著這個行將死去的孩子，這個正在被處死的孩子，我的心慢慢沉進宇宙的深淵，我在掙扎著，我覺得我馬上就要窒息了。我想到生命的意義，生命到底有沒有意義？意義似乎都是人為的，強加的，無意義也是人為的，也是強加的。這個孩子的命運就是我們強加給他的，我們認為他是無意義的，就用引產藥把他引下來，然後把他處死。我看著這個孩子，我的身體呆呆地停止在一種狀態，我的大腦卻在飛速地旋轉，我在思想，我想的很多，很廣泛。孩子還在哭著，他的哭聲一定在深夜裡傳得很遠，很遠。在這樣一個平平常常的夜晚，有誰會聽到這樣的哭聲呢？聽到了以後，他會怎麼想？他最多不過想不知又是誰家的孩子在哭鬧了，他的媽媽很快就會把他哄入睡的。但是他還在哭著，於是，聽到的人就想這個孩子一定哪兒不舒服了，他的父母應該找醫生給他看看。可是，他怎麼會想到這是一個正在被處死的孩子啊！這個孩子的命運已被註定，他沒有在這個時代生存的權利。權利這個詞究竟代表的是什麼意思呢？有權利和沒有權利，區別就那麼大嗎？一個就可以生，活下去，一個就得死，不能活下去？這多麼可怕呀！我還在看著，我的眼淚禁不住就流出來了。我哭了。如果我還有一顆人的心，我的眼淚是沒有辦法抑制的。我在哭這個無助的嬰兒，我也在哭這個深深的黑夜。孩子還在哭著，他的哭聲代表著什麼呢？是對這個成人世界的控訴嗎？這些成人難道個個都是殺人犯嗎？他們怎麼沒有把他們的孩子殺死呢？我的心越來越疼，我的整個身體無法控制地抽搐起來，我知道我無法控制我的哭了，我的胸腔在劇烈地起伏著。我突然感到我的頭頂有人。我回頭看見是帶我的實習老師，他吃驚地站在我身後，驚訝地望著我。一定是我的哭聲把他吵醒了。孩子的哭聲不會把他吵醒的。他早已習慣孩子那種哭聲了。再說，孩子的哭聲畢竟不大，可是我這個十八歲姑娘的哭聲尤其在深夜，就更加叫人感到難以忍受了。在這樣的哭聲中，誰還能夠安穩地睡覺呢？

他緊張地問我："你病了？"

我還在抽泣，我的胸部的肌肉的痙攣使我說不出來話，我搖搖頭，表示不是。我還在哭著。

他說："你這孩子怎麼了？"

"不怎麼。"我終於把話說出來了。

"噢，我明白，你是在可憐這個孩子。我看看，他怎麼還沒有死？奇怪，臍帶居然不流血，這可是怪中之怪了。多麼頑強的生命力啊！他可能知道人類不允許他活，所以他的生命力就變得特別強，他是在抗爭。有的孩子的生命就是金貴，如何小心翼翼都不行，注意著注意著，還是救不活，我指的是那些允許出生的孩子，臍繞頸、宮內窘迫症什麼的，脖子輕輕被臍帶纏了一下，生下來就室息了，死了。看看這個孩子，不剪臍帶也能把血止住，一定是他的大腦意識到他是被正在處死的嬰兒，他的身體便具有了特異的能力，自己把臍帶閉合住了，這可真是難以想像！你不要哭了。”

　　我在竭力控制自己，我終於可以忍住自己的眼淚了。我看著引產兒，他還在哭著，他的那種死亡前的哭聲，還有什麼樣的控訴的聲音比這種控訴聲更有穿透力，更有力量的呢？他在控訴我們這些成人，他在控訴這個世界，這個不允許他生存的世界！這個世界為什麼沒他的份？他也是活生生的人啊！

　　他說：“開始遇到這種情況是會很不習慣的，你這種表現也是可以理解的。可是沒有辦法啊，他出生在不允許他出生的時候，你沒有看見那些把產婦押來的人嗎？是他們把她押來的，是他們不叫他生存的，這一針下去誰還敢再叫他活？不知他吸收了多少藥物，引產藥的毒性會給他的身體造成多大的破壞？沒有人從事這方面的研究，誰都難以預料會出現什麼樣的結果。我曾經就這方面想作為一個課題研究一番，想用雷弗奴爾當做催產素來用，它的催產作用簡直是一流的，如果把它的毒性消除掉，就可以把它作為催產藥投入使用，可能就會成為一大發明什麼的。”他的臉上洋溢出了笑容。他很為自己的想法而陶醉。他也想發明創造，也想出人頭地，這可能是每一個人的夢想。他在談他的的人生夢想的時候，他有沒有想這個將要死去的孩子？他不但有生存的權利，還有發明創造、出人頭地的權利，可是這個孩子連活下去的權利都沒有，在他的面前談夢想，談發明創造，是不是太過於殘忍了？

　　他抓住塑料袋，把嬰兒從竹簍裡提出來。孩子還在哭著。哭聲透過塑料袋，發生了變化，聲音好像被捂住似的，仿佛一個人正在被另外一個人往死裡掐，被掐住了脖子的人發出的聲音。他把嬰兒放到盥洗池裡，把塑料袋打開。突然之間，嬰兒的哭聲響亮起來。整個病房都有了回聲。這時候，嬰兒的哭聲清脆，乾淨，爽快。仿如一直被關在不透氣的地窖裡，突然之間把他放了出來，把他釋放了，他處身於野外曠野，心裡不再壓抑，心情陡然無限開闊。我的心的就是這樣的感覺。我的呼吸好像一直被什麼東西堵塞著，這個堵塞物終於被祛除了，我的呼吸是多麼暢快啊！

帶我的實習老師要幹什麼，他要把這個孩子救下來嗎？他把嬰兒從塑料袋裡取出來，他抓住嬰兒的身體，把他放到水龍頭下面，一隻手把水龍頭擰開，水流到嬰兒身體上。他在洗滌嬰兒，他把他洗滌乾淨幹什麼？他要把一個乾淨的嬰兒帶回家去嗎？他不是有一個剛剛兩歲的孩子嗎？他的妻子會願意嗎？單位和社會也不會允許他這麼幹的。再說，他也不會那麼傻，會領養一個智力無法保障的引產兒。他叫我把剪刀和手術刀拿來。我的身體機械地執行他的命令。我把他需要的器械都拿來了。他用剪刀把嬰兒的臍帶剪掉。

"真是奇怪，真的不出血！"他的情緒非常興奮。

嬰兒這個時候不哭了，他的眼睛直直地望著把他拿到手裡的人。他的眼睛睜得大大的，他就那樣一眨不眨地看著。他怎麼馬上就停止了哭泣呢？難道他知道了這個人要救他嗎？還是因為他一生下來就被遺棄了，就沒有一個人來照看他，終於有人關心他了，他的心得到了前所末有的溫暖，他的目光充滿了感激嗎？終於有人把他拿在手裡了，雖然不是抱在懷抱裡，但總比丟棄在廢紙簍的命運要好成千上萬倍吧！人類的手對於他的接觸，使他感到了同類的溫暖，使他戰勝了對於黑暗的、這個對於他來說非常陌生的人間的恐懼，這可能就是他不再哭了的惟一解釋了吧。從我的實習老師手裡傳遞到嬰兒身體和心裡的溫暖是無法想像的，手對於他的身體的接觸，使他和整個人類世界連結在了一起，這樣的意義是多麼重大啊！

這個時候，帶我的實習老師的話使我大吃一驚。

"你哥哥給我說過，說是遇到機會了，叫我給你上一堂解剖課。"他話說得非常輕鬆，非常平淡。

我的心又一下子緊縮起來。

"解剖課？你？你是說要解剖他嗎？！"

我結結巴巴說著，我嚇壞了，我怎麼也不會相信會出現這樣的事情。

“你不要害怕。是有點害怕，但是想到是為了學習知識就會膽大起來。再說，這個嬰兒馬上就會死的，即使還能活好長時間，又能活多長呢？一天，兩天，那個專門埋嬰兒的老頭就會把他埋到野山溝裡去，最終還是要化成一攤糞土。我們現在這是廢物利用，這是多麼好的解剖標本啊！一流的醫科大學的解剖室也不可能有這樣的標本。”

“活標本！”我脫口而出。我的牙齒在打顫，口腔的肌肉已經痙攣，吐字發音做不到平時的清晰程度了。

他吃驚地看看我。他的眼神充滿奇怪的光芒。

“我倒沒有想到這個問題，是活還是死，總之是標本就行了。雖然他暫且還活著，但他畢竟是不允許活下去的，誰也救不了他，就把他看做死標本吧。來，把他的身體按住，他扭動得這麼厲害。”

他把嬰兒放到水池子裡。他已經把嬰兒的身體洗乾淨了。

“你怎麼不過來呀？女孩學醫就是成問題，膽子太小，看你以後給病人做手術怎麼辦？那可是活生生的大人，你要一刀刀切下去。你過來。要不是你哥哥專門叮囑了，說是給你講講解剖，我哪兒有這樣的心情幹這種事？”

他已經有些生氣了。我走過去。

“好，這還像個學醫的樣子，來把這兒按住。”

我看到孩子的身體躺在水池子裡，他的小腿小胳膊在活動著，他的臉上一副可愛的神態。他可能還以為他的同類正在和他玩耍哩吧，他的小手在揮舞著。他的小手指是多麼可愛，指甲長得那樣叫人心疼。他發育得非常好，是一個發育得非常健康的孩子。

“我們還是先從心臟開始吧。最主要的是，你要瞭解心臟所在的位置，當然心臟的構造就更加重要了。”

他叫我按住嬰兒的手和腳。我的手抓住了嬰兒的手，另一隻手抓住嬰兒的腳。我的手剛一與嬰兒的手接觸，我的心就好像挨了重重一拳頭，我的心在顫慄。我覺得我好像抓住了一顆正在跳動的心臟，嬰兒的手就像一隻活生生的小鳥一般在我的手心裡顫動。嬰兒的皮膚是那麼嬌嫩，是那麼柔軟，是那麼細膩，是那麼使你的心感到疼痛。

"你看見了嗎？看他的心臟就在這個部位。看，跳動著，把他的胸脯都彈起來了。嬰兒的皮膚和脅骨很薄，胸壁薄極了。"

他的手術刀切下去了。孩子全身猛然一抖，他的小腿小手在用力，我幾乎都抓不住了。

"堅強些！抓緊，你總不至於連一個嬰兒都抓不牢吧。把你的力氣使出來！"

我只好緊緊抓住。

嬰兒哭起來了。他的哭聲變得是那麼淒厲，那麼大，那麼嘶啞！嬰兒的眼睛驚恐地看著我們。難道這就是他看到的他的同類嗎？他們正在活活把他殺死！他們同樣是人，可是他們對於和他們同樣是人的人卻是這樣！嬰兒的眼光裡到底包含著什麼？他對這個世界有沒有意識，如果有的話，是什麼樣的意識，只有嬰兒自己清楚，我們誰都不可能瞭解嬰兒的內心！

他的手術刀切下去，血流出來了。不需要止血，又不是做手術。血儘管在流著，帶我的實習老師只管在操作著。他把嬰兒的胸腔切開了，用手術剪剪斷了嬰兒的脅骨。嬰兒早已不哭了，他只是用眼睛看著。眼睛一直直直地看著。直著看著，連眨一下都不眨了。他要把他的同類的殘忍行為看到他生命的最後一刻嗎？他要永遠記住嗎？如果說他有人生歷程的話，這就是他惟一的人生歷程了，他的人生就是他的同類如何把他整死，先用紗布，再用污水溺，再用塑料袋悶，最後用刀子！實習老師把嬰兒的脅骨剪斷時發出的聲音，那喀嚓的一聲是多麼震撼人心啊！好像把我的骨頭剪斷了，把我的脖子剪斷了，我的頭顱一下子滾到了地上！

他說："你看看，這就是心臟，跳動得多有力，說明這是一顆多麼健康的心臟。"

我的手還抓著嬰兒的手和腿，但嬰兒這個時候不再掙扎了，我不用力就可以抓得很牢固。他的手伸了進去，他的手抓住了嬰兒的心臟。他一下子把心臟拉了出來，把心臟上連帶的血管，主動脈，上腔靜脈，肺動脈，肺靜脈……都拖出來了，嬰兒的心臟還在跳動，在他的手掌裡跳動，仿佛一隻正要飛翔的鳥兒，它的翅膀舉起來了，它馬上就會飛去，可是那些大大小小的血管個個都像是堅韌的繩索，都像是鎖鏈，它能帶著它們飛翔嗎？這個時候，我的手鬆開了，我滑到了地上，我昏迷了……

荀傳猛然驚醒好像回到了在周至縣醫院實習的歲月，正在與葛英蕾和她的好同學豐綽一起哺育著那個偷搶出來的嬰兒，那終南山下的沙河河畔，那荒蕪的廢棄的院落和窯洞……但是葛英蕾已經愛上軍人了，他與豐綽也沒有條件走到一起，建立家庭，這三人曾經組成的救世小幫早已星離雲散……

這不是做賊，沒有必要不走正路。

嚴景雪為什麼要來給荀傳說這樣一個秘密，因為他曾經給他講過他親手解剖過一個新生兒的心臟給實習生看，他的內心的秘密壓迫得他喘不過氣來，他需要一個排泄口，一個釋放的緩解壓力的去處。這一次耶麗雅把任務交給了他，一是她是他的領導，他是還沒有轉正的醫科大專生；二是她也聽說了他給實習生上過活體解剖課，對他有無限的信任。

荀傳搬宿舍了，依舊與阿垂兩個人住在一起。那二層樓的宿舍樓夏天特別熱，天花板上沒有防熱層，是水泥板的，況且它的後窗外就是白龍江，居住條件確實很差。現在住的宿舍樓是三層的，是正規的磚土結構的，房間空間大，位置在院牆的裡面，前後都有高大的白楊樹罩著。它顯然比那邊的二層樓建築得要早，乾打壘的牆有高原窯洞冬暖夏涼的特性。

荀傳從三樓上走下來。

他一時似乎還不清楚要去幹什麼，待他到了地面上，立即明白了他要去幹一件驚天動地的大事。他奔跑起來。

他從住院部一樓的大門跑了進去，奔跑上二樓，奔跑到產房。

他一把推開了產房的門。

助產臺上一個剛剛引產下來的嬰兒的口鼻被紗布堵塞住了。助產士把嬰兒遞給站在旁邊的嚴景雪。嚴景雪全副武裝，工作帽、口罩、白大褂和手術手套一應俱全。

助產士的一雙大眼睛瞪著。

"你找嚴大夫？"她的聲音甜美而富有磁性。

嚴景雪說："苟傳你有事？"

苟傳一時好像失去了說話能力。

"那你就跟著看吧。"

嚴景雪抱著嬰兒走出了產房，來到了醫生值班室裡面的的洗滌間。這兒有抽水馬桶和洗手池。值班室裡的床鋪上被子是鋪開的，但是空的。聽說是耶麗雅值班。

嚴景雪把嬰兒放進水池。

是個男孩。襠部的生殖器巨大。陰莖和睪丸都大。本錢大。

嚴景雪把嬰兒口鼻裡的紗布取掉了，嬰兒哇的一聲哭了出來。這是值班室的里間，聲音傳不出去，即使傳到外面病房的走廊裡，也不會有人注意。產房裡經常有嬰兒的哭聲傳出。

之前，苟傳似乎被什麼東西凍住了，僵硬了，可當他聽到嬰兒的哭聲，他的第一聲哭聲，他仿佛聽到了公雞的報曉聲，黎明的鐘聲，戰鬥發起的軍號聲，實習時那個初夏沙河岸邊的勇氣重新注滿了身體和心靈，他猛跨前一步，把嚴景雪撞開，把嬰兒從水池裡用雙手抱了起來。

"你要詳細觀察一下？"嚴景雪說。

嬰兒的眼睛看著苟傳的眼睛。

"我要把他抱走。"苟傳說。

嚴景雪手裡捏著手術刀，並沒有覺出異樣。

"這是耶主任的……"

苟傳用身子推開了面前的嚴景雪。他從里間的門走出去。這時候值班室的大門被推開了，耶麗雅走了進來。

她的美麗依舊驚人。

"苟傳？"她說。

苟傳依舊用軀體把她推開，抱著嬰兒走到了走廊裡。他把衣服解開，把嬰兒裹到懷裡。

苟傳把嬰兒抱到了他的宿舍。他把自己的舊衣裳拿出來給嬰兒穿上，雖然寬大，但裹住嬰兒的身體，既可當衣服，還可以作為尿布使用。他到商店裡買了奶粉，沖泡奶粉的小孩用品。

這件事在單位傳開了。

大家都說苟傳搶了一個引產兒要自己養育，這可是計劃生育政策絕對要追究刑事責任的。院方命令他把嬰兒處置掉，按照引產兒把他處死，埋掉或銷毀，在他處置掉嬰兒之前按停職對待。

苟傳沒有想到會招致如此嚴重的處理。他曾經擔心上班的時候嬰兒被人偷偷拿走，繼續給耶麗雅當藥吃掉，如今停職了，不用上班了，可以時時刻刻陪伴著嬰兒，也就不用擔心那種可怕的事了。他給嬰兒取名為：淚來。姓淚，名來。如果這個嬰兒作為淚姓的第一人的話，他就是淚姓開世祖先，將來會有淚姓家族源遠流長。

阿垂勸他說："這個嬰兒養大也是傻瓜，胎裡就吸收了利凡諾藥液……"

葉鑾主動爬上了三樓。

她一進宿舍，他的身體立即就有了反應。他意識到他還是愛她的。她把嬰兒抱到懷裡，把奶瓶放進嬰兒的嘴裡。嬰兒吃飽了，她把他放到床上。她與苟傳擁抱。與她的身體的接觸使他更加難耐肌肉裡的火焰，如同以前那樣他們做愛。

"荀傳，這個孩子如果是我倆的就好了。"葉鑾說。

荀傳明白葉鑾是要與他重續愛情，並有了結婚和養育後代的設想。

葉鑾說："孩子吸收了利凡諾，腦子壞了，長大了是個白癡，可怎麼活下去？"

荀傳說出了實情。

葉鑾說："把孩子送人吧？"

可這個時代誰會要這樣的引產兒呢？如果他還有活下去的空間，又能怎麼會被作為超生的引產兒那樣對待泥？沒有生存的絲毫權利，沒有活下去的一點兒空間。

葉鑾叫她嫂子和哥哥打聽誰家收養小孩，結果是沒有人敢要，都怕罰款，怕房屋被推倒，怕糧食和家具全被拉走，一個好好的家就被毀了。

葉鑾和荀傳把小孩抱到了漢南火車站。

他們兩個假裝乘客候車，把嬰兒悄悄地放到座位上。葉鑾叫荀傳先走，但荀傳堅持叫葉鑾先離開。葉鑾與荀傳對視了一下，知道他的決心更大，就自己先走了。

葉鑾走後，荀傳看著躺在座位上的淚來，祈願有好心人把他抱起收養。可在好心人抱走他之前，淚來就要在候車室裡受苦受煎熬了。這是一個人的命……

回到雙水鎮後，嬰兒沒有了，單位恢復了荀傳的內科護士工作。他的過錯不再追究。畢竟吃嬰兒治病的事也是嚴重的不良傳聞，已經在院內傳播開了。院方為了防止事態的進一步擴大，嚴令荀傳向外界說出事情的真相。院長還特別把葉鑾叫到辦公室，叮囑她管好荀傳。葉鑾其實是愛荀傳的，她只是一時迫于家人和外界的壓力而放棄了，但當荀傳出現那樣的非常之行為後，她明白他是由於愛她而不得才那樣走極端的。有哪個未婚男青年會去收養一個引產兒呢？天下恐怕只有苟傳這個敢冒天下之大不韙者了。

　　苟傳繼續在內科上班，休息時除了寫詩，還開始了短篇小說的創作。他根據淚來的遭遇寫了一篇叫《出生》的小說：這是另外一個世界，這是一個永生的世界，只要你能夠永遠呆在裡面，你就會永生，就永遠死不了，可我只能在裡面住十個月，我就得出去，到人間去。問題不在這裡，問題是連十個月時間都不允許我呆夠，我是特殊的嬰兒，我沒有生命權，我是引產兒，所以，我連十個月都不可能活到，出了子宮殿堂，等待我的不是養育和愛護，而是屠殺和拋棄，我是不允許以正常的形式出生的。我剛剛發育成形，我剛剛具有了聽覺的時候，我就感知到了外界的殘酷，我就聽見我的媽媽和我的父親商量著如何逃跑，如何躲開鄉上的計生官員，他們會把我的母親像野獸一樣捕獲，我的母親在我六個月的時候就開始了逃亡生涯，我呆在她的肚子裡，能夠聽見她爬山涉水的喘息聲，她的恐懼的說話聲，她東藏西躲，今天躲藏到山裡，明天就得離開，到平壩上的親戚家裡去。她就像這個社會的反叛者，這個社會的異類，他們時刻都在追攆她，要把她抓住。我知道她是為了肚子裡的我，為了我的生命，因為她一旦被他們抓住，她子宮殿堂裡的我就活不成了。子宮本來是胎兒的殿堂，胎兒的宮殿，胎兒的伊甸園，可現在它的性質發生了本質的變化，根本保護不了我，它不是神聖的了，它被貶謫，變成可以任意作踐和糟蹋的臭豬圈了，我的十個月的發育期本來是的天堂般的日子變得比地獄裡的日子還要可怕，即使呆在地獄裡，也不用為自己的生死考慮啊，即使備受折磨，但還是可以活下去的。現在的子宮殿堂連胎兒的生命安全都無法保證，我整天得為自己的生存提心吊膽，我惶惶不可終日，在這樣的心理狀態中，在這樣的外界的屠刀的壓力下，我還能夠正常發育嗎？我沒有長成畸形的醜八怪，說明我抗禦外界的能力是非常強的。我呆在我母親的肚子裡，睡在血肉的宮殿裡，吸收著我母親血液裡面的營養成分，跟隨著我母親一起逃亡，我跟隨著她爬山涉水，我能夠感受到她所受到的艱辛，她的疲於奔命。我聽見了狗叫。狗叫得那麼難聽，就像世界末日到了，我知道追捕者們惡狼一般來了，但我的母親還睡在草鋪上。她睡得那麼死，她是那麼疲勞，她跑了幾天幾夜了，她實在沒有力量再逃跑了，她困得要死。這是一座茅草土庵子，是深山裡的獵人搭造的安身的地方，它四面都是孔隙，是獵人們狩獵的時候用的。我知道他們追上來了，我在她的肚子裡呼叫著，想把她叫醒。母親聽不見我的聲音，她睡得太死，我的聲音通過肚皮傳出去時非常微弱。我沒有辦法，趕快用拳頭打她的肚子，又用腳使勁蹬，我終於把母親踢醒了。她驚惶地睜開了眼睛，她心裡在絕望地呼喊著：「我的兒呀，我對不起你，如果因為我這一覺而葬送了你的性命，我會後悔一輩子的！」她爬起來，透過茅草屋的縫隙看見有五六個人追上來了。天色昏黃，正是黃昏時分，光線陰陰乎乎，山川河流朦朦朧朧。我的母親拖著大肚子，裡面躲藏著我，我在羊水的海洋中漂蕩著，我多麼想出去呀，出去了，我就可以和我的母親一起逃亡了，我就會減輕她的身體的負擔。我的母親在爬山，她爬得非常快。別看她拖著我這樣一個沉重的包袱，但她比那些「獵人」靈活多了，他們還沒有爬上山坡，我的母親就已經從山頭往下奔跑開了；他們剛剛爬上山頭，累得站在山頭想喘一口氣，這個時候，我的母親已經在涉水過河了。這是一條小河。寒冷的冬天，氣溫非常低，我聽見了水聲，知道我的母親的腳丫在忍受著極度的冰冷，等到她過了河，可能腳就凍麻木了，會不會凍傷，會不會把整個腳丫凍掉，我真為她擔心。假如我居住的宮殿裡有槍，我一定會向那些追趕母親的「獵人」開槍的，我躲藏在子宮裡面，非常隱蔽，我的母親的子宮仿佛一座暗堡，我會打他們一個措手不及。他們一定會狗血噴頭，狼狽逃竄。我想像著前面有一條大河，河有五公里寬，它是這片大陸上最大的河流，它是一條冰河，水沒有冰凍起來，只是上面飛速漂流著大塊兒大塊兒的浮冰，每塊浮冰都有房子那麼大。我的母親站在了這樣一條河邊，她望著危險的河流；後面，追捕者們眼看就要來到了，她沒有考慮自己的生命安危，她心裡祈求的是上帝的保佑，她勇敢地跳上飛速流動的浮冰，她踩著浮冰跨過了五公里寬的河流，終於逃脫了，把追捕者和狗全部擺脫了，甩到了河流的那岸。他們一個人都不敢踏上飛速流動的浮冰，他們沒有那個膽量，他們也不會得到上帝和神靈的保佑，在那樣危險的狀況下能夠渡過河流的可能只有我母親一個人，其他任何一個以那種方式渡過河流的人都會被淹死，被流冰撞死，被流冰夾住，呼天搶地。我想像眾多的浮冰按照上帝的旨意排列成一條平平展展的道路，它們在我母親通過的時候保持了穩定的形式，靜止到了那一瞬間，整個河流都停止了流動，成了一條風平浪靜的河流，河流變成了一條寬闊的道路。可是，當我母親走過以後，一切都恢復了原有的狀態，浮冰飛速流動，它的衝擊的力量猶如山嶽倒塌，大地崩裂，會把追捕者統統淹斃。我在肚子裡就能夠聽懂母親講給我聽的故事，講給我聽的神話傳說，她是個基督教徒，非常虔誠的教徒，她說摩西領導以色列人出埃及的時候，就遇到過這種情況，摩西用上帝的權杖在無邊的紅海裡揮擊出了一條乾涸的坦途，以色列人在千米之深的兩堵水牆之間行走如同在平坦的原野上行走一般，擺脫了埃及法老的追趕。母親還給我講過美國南方的黑女奴，她們逃向北方的時候，就是那樣逃亡的。美國南方的黑奴把北方叫做他們的迦南福地，她們渡過的河流就是約旦河，就是紅海。別以為我還沒有出生，我就沒有一點知識，我知道得很多，都是我的母親講給我的，我從我母親講給我的神話傳說中學到無數的知識，我的記性很好，只要母親講給我聽的故事，我一個都不會忘記。我會牢牢把它們記在心中。

……我在我母親的子宮裡，隨著我的母親一起逃亡。我在想像著她的逃亡，雖說我看不見外界的一切，但我能夠感受到，我能聽到。更主要的是，我能夠想像，我的想像幾乎和現實不差一分一毫。這時候，我的母親又一次爬上了一座山頭，她累得快喘不過氣來了。她坐在山頭的一棵樹下，看著她的追捕者們。他們正在涉過河流。他們也不怕冬天的冰冷的河水，他們是為了他們的工作，他們必須完成他們的任務。追捕我的母親是他們必須完成的任務之一。我的母親歇息了一會兒，重新開始了她的逃亡。這種逃亡形式，在深山裡延續了好長好長時間，大約四五個日夜吧。我的母親真的就像一頭大型野獸，一頭野豬，獵人追攆四五天才能把她追上，把她捕獲，把她殺死。他們不會殺她，他們要殺死的是她肚子裡的孩子，就是我。我的命運早已被註定，我似乎在劫難逃，我的生命從一孕育就經歷了如此磨難，我的生長發育的苦難罄竹難書，我難道是我母親所信奉的宗教神明基督耶穌那樣的人物嗎？耶穌一生下來就在逃亡，大希律王要殺他，因為他是猶太人的王；可我是什麼呢？我什麼都不是，可我還沒有生下來就在逃亡，我還在我的母親的肚子裡時，追捕者已經在日夜追捕了。難道我的生命如此令他們恐懼？

逃亡的第五天的黃昏，日頭已經落山了。我的母親經過五個日日夜夜的逃亡，精疲力盡，奄奄一息。她快累死了。她寧願死，也不願再逃下去了。她像一頭奄奄待斃的野豬，放棄了一切生存的希望。她寧肯和她肚子裡的孩子一起死掉。但是，即使她死了，也救不了她肚子裡的我。獵人們要的是我的生命，而不是她的，她突然意識到了這一點，她又重新堅定了逃亡的決心。但她實在站不起來了，於是，她就在地上爬行著，她一步一步地爬行著，她的手和膝蓋被尖利的山石和堅硬的植物針刺紮得鮮血淋漓。獵人們追攆上來的時候，看見的她就是這樣一副頑強拼死的模樣，即使如此，也沒有感動“獵人”們的鐵石心腸。他們把她逮住了，他們憤怒地大罵著，他們罵她是個臭娘們，是個臭貨，罵她把他們害苦了，他們哪兒受到過這樣的苦，竟然為著追攆一個大肚子臭娘們深入深山老林，差點迷了路，差點餓死到深山裡。他們說他們真想狠狠地踢她幾腳，他們最終還是忍住了，他們說不和你這個女人一般見識。他們好幾個人圍到我母親的周圍，他們真的就像在圍獵一頭野獸那樣。我母親坐在山徑上，看著他們。他們誰也不敢往上撲，他們誰都非常害怕她。她和“獵人”們的僵持狀態持續了很長時間。最後，他們終於撲上來了，她對付他們的是把手變成野獸的爪子，把嘴變成野獸的嘴。她抓他們，用嘴咬他們，他們嚇壞了，遠遠躲開。最後，他們終於把她制服了，用繩子把她的手反剪起來，還把繩子從她的嘴裡橫著勒進去，就像給畜生上嚼子一樣，我的母親再也沒有辦法咬他們了。她這個時候變成了真正意義上的畜牲，她失去了一切反抗的能力。“獵人”們使她的嘴不能咬，手不能抓，但她還有腳，她用腳踢他們，他們毫無辦法，只好把她的腿也拴起來。這個時候，她變成了一根木頭一樣的東西。仿佛把獵獲的獵物抬回家園一樣，“獵人”們是把她抬出深山的。她為她肚子裡的我傷心流淚，我的媽媽是可憐我啊！我還沒有出世，就面臨滅頂之災，我沒有出世，他們就要我的命，處死我是他們的任務，他們必須完成的任務，我是不允許出生的，我的出生是違法的，計劃生育是他們的國策，國策就是法，他們的法律早已判定了我的死刑。我是計劃外的出生者，計劃外的生命，就意味著沒有生存的權利。我的母親千方百計逃亡，就是為了能夠逃脫法律的制裁，就是能夠給我尋找一條活下去的生路。她要給我找到一條充滿陽光的生命之路。但是“獵人”太過於盡職盡責了，他們毫不心慈手軟，決不放生，我和我的母親一起被送進了醫院。醫院就是執行我死刑的地方，醫院就是刑場，醫院是不需要任何法律審判程序的刑場，只要你是引產兒，你是超生的，送進醫院只需要把你處死就行了，就像第二次世界大戰中的猶太人，只要你是猶太人，你就沒有生存權，我就是世紀末的引產兒。我知道第二次世界大戰是怎麼回事，我的媽媽給我講過，她一直在和她肚子裡的我對話，她給我講人類的歷史，講人類的殘酷，講人類的非人性，講人類是地球上最最兇殘的動物，任何野獸都沒有人類兇殘。我的可憐巴巴的母親被他們押到醫院的走廊上。我母親渾身是泥，衣服已經破碎，都是山上的植物針刺掛的，她的身體上和臉上都有傷，簡直是遍體鱗傷。她坐在醫院的走廊上，在無望地哭泣著。她不是為她所遭受的罪而哭泣，而是哭我，她肚子裡的孩子，她心裡清楚孩子是保不住了，孩子活不成了，多麼可愛的孩子就要遭受荼毒，受到屠殺。屠夫們馬上就會來到。屠夫就是醫生，就是護士。看！他們來了！他們的武器是鋼鐵、玻璃和毒藥，還有棉花、紗布、酒精、碘酊。什麼是鋼鐵？醫生怎麼會使用這樣的武器？我的媽媽心裡一清二楚，鋼鐵是指針頭，針頭是上等的好鋼材製造的，玻璃是注射器，毒藥是引產用的專門藥品：雷弗奴爾。雷弗奴爾這種藥品在這片大陸上真是罪惡累累，它屠殺的嬰兒不計其數！是天文數字！劊子手們來了，他們白衣素服，潔白得天使一般，他們之中有男人，但是大多數都是女人，她們的步伐輕盈，碎步款款，端著治療盤，裡面引產用的一應藥品和器械一件也不缺少。一應俱全。“獵人”還沒有把我的母親的手腳鬆開，繩子依舊緊緊地綁在我母親的身體上，她的獵物的性質沒有絲毫改變。仍舊處在任人宰割的黑暗深淵。“獵人”們把我母親按倒在白色走廊的水泥地上，我母親身體上的污泥把走廊弄髒了。他們把我母親的肚子暴露出來了，把她的衣服翻起來了，她的肚子上也是泥濘。劊子手們用抹布給她擦乾淨，然後用酒精和碘酊消毒。當酒精和碘酊抹到母親的肚皮上的時候，我感到了透心的陰涼，這種陰涼充滿幽氣，好像是從墳墓裡鑽出來的，叫人絕望，致人窒息。我聽見我的母親在哭，她無望地哭泣著，她就像一個奄奄待斃的大野獸一般在哭泣，她像一個母猿，她發出的哭聲真的和古代的母猿一個樣。猿的無望的哀鳴充滿了醫院的長廊。緊接著，我就感到堅硬的鋼鐵刺了進來，刺穿了我母親的肚皮，刺穿了她的肌肉和厚厚的脂肪，刺穿了我居住的宮殿的厚厚的牆壁，我看見厚厚的柔軟的牆壁凸起來了，緊接著它就被捅穿了，我看見一個鋒利無比的箭頭向我飛來，我連忙向旁邊躲避。鋼鐵箭頭進入了羊膜腔，進入到了羊水裡，進入到我的家，我的宮殿。我在羊水裡漂浮，但是宮殿的面積有限，儘管我儘量向旁邊躲避，它還是擦著我的胳臂穿過去了。沒有傷到我，並不等於說我已經避過了危險。這種箭不是古代的箭，它的箭頭上還有一個細細的窟窿，從這個可怕的窟窿裡噴射進來了一種液態的東西，它的氣味難聞極了，它的顏色可怕極了，它進入羊水，污染了我居住的海洋。羊水是我的生命之海，我吞吐著羊水進行著我的生命營養物質的交換。毒藥進入了羊水，我沒有辦法，我只好吞吐著含有毒藥的羊水。我知道我會被這種藥毒死，我把嘴巴閉起來，我儘量不去吞它，我憋住氣，憋得實在堅持不下去的時候，才張開嘴吞一口含有毒藥的羊水。毒藥污染敗壞了整個羊水之海，它使羊水之海掀起軒然大波，好像突然刮起了十二級颱風，濁浪滔天，掩天蔽日，天昏地暗，好像世界的末日來臨了。我看見整個大海都在湧動，翻騰，滾動，我就處在這樣的大海的中心，我在大海的滔天波浪中漂遊，浮沉，隨波逐流。我看見大海的厚厚的岸壁在痙攣，在扭動，整個海岸發生了強烈的扭曲，就像大地震使它扭曲一樣，它是那麼痛苦，它痛苦得無以復加，痛苦得難以忍受，它像吃了毒藥的蛇一樣在扭動，蜷曲，抽搐！它的扭動，抽搐，痙攣，導致了大海更加強烈的波動，大海的浪濤翻卷上來淹沒了整個世界。海水全部混濁了，全部改變了顏色，全部被毒化了，水質全部改變了。它不再是生人養人的生命之水，它已經變成殺人滅人的惡魔之水。迤長的海岸在扭曲，擺動，強烈地痛苦地痙攣。它痙攣的程度是那麼強烈，那麼巨大的幅度，它的每一次收縮都把大海變成窄窄的河流，它的收縮擠壓著我的身體，我的小小的還沒有發育成熟的身體，我感受到了強大的擠壓的力量，我擔心我會被扭曲的海岸擠碎，化成粉齏。大海一會兒變得非常廣闊，一會又變得狹窄得簡直無法容身，它擠壓著我，折磨著我。我知道我的母親這個時候是最最痛苦的時候，我居住的整個宮殿在收縮，在扭曲，這一切結果都是毒藥造成的，是毒藥的作用，是毒藥導致了大海的海嘯，大海的地震，使它吹起了十二級颱風，是它顛覆了無數船舶和艦艇，是它毀滅了我幸福的宮殿。我不斷受到越來越強大的力量的擠壓。我看見海水沖向狹窄堅硬的海灣地帶，大水在海灣裡兇猛地湧蕩，發出震天動地的聲響，簡直把我耳朵都震麻木了，把我的鼓膜都震破了，穿孔了。兩邊的海岸收縮起來，夾擠著我，把我向狹窄的海灣擠過去，我仿佛一艘巨大的航空母艦，海灣對我來說是那麼狹窄，我感受到我都快要把海灣的岸壁撞破了，我的身體受到岸壁強大的擠夾，我幾乎透不過一口氣來，但是罪惡的是毒藥，是它把我的生命的海洋變成了濁浪滔天的死海，奪人性命的太平洋，整個太平洋的海水都在激蕩，都在造反，起義，都在進行戰爭，在進行世界大戰，血雨腥風，炮火連天，天昏地暗。旌旗蔽日，硝煙彌漫天地。我看見海岸被撕開了，撕開了一條長長的巨大的裂口，從海灣的岸壁上立即湧流出了鮮紅的血液。海岸在流血，血流滔滔，染紅了海水，淹沒了我，我看到血液的海洋，我聞到強烈的血腥味。血液污染了大海，我在血的海洋裡漂浮，浮沉，沉下去，升上來，載沉載浮，任憑海浪衝擊，翻卷。我在呼救，我在呼喊救命，我聲嘶力竭地在呼喊。但是誰也不可能聽見。我的母親不可能聽見，她正處在強烈的疼痛之中，整整一個大海，整整一個太平洋在她的肚子裡折騰，折磨得她死去活來，她正在忍受著比大海，比太平洋還要強大的痛苦。正在撕裂的海岸就是她的身體，正在撕裂的正是她的身體，她的嬌嫩的身軀。正在撕裂的海岸，正在撕裂的海岸的裂口越來越大，鮮血的河流越漲越兇猛，仿佛諾亞時代的滅世洪水，正在撕裂的海岸就是我的生命的出口，我的生命之門，是我的母親的肌肉和神經正在撕裂，是我母親的陰道正在撕裂，撕裂出巨大的豁口，迤長的海岸正在在撕裂，撕裂出巨大的口子，整個海岸破裂了，破裂口越來越大，正在無限地延伸向蒼茫的內陸平原，我就是在這樣的破裂中被洶湧的海水衝擊，被扭曲痙攣的海岸夾擠，推排，在天呼海嘯般的力量中，在天地崩裂的聲浪中，我被推擠出了我生命的宮殿，我被趕出了母親的子宮，我被無情地趕出了我的生命的伊甸園！

　　……我來到了另外一個世界，我來到這個稱做人間的世界。我還沒有到出生的月份，我的預產期還沒有到，還有足足一個月才是我出生的日期。我提前一個月來到了人間，這都是從那個射進母親肚子的箭頭中心射入母親子宮裡面的羊膜腔的毒藥引起的直接後果。他們把它射進來的目的就是要把我排擠出來。我來到了人世間，我看見的人間的第一個面目是仿佛白衣仙女般的醫生和護士。她們身著白色的衣服，飄逸的姿態多麼美麗，多麼輕盈，多麼靈秀。她們的手指是那麼纖細，那麼嬌柔，可它卻狠狠地抓住了我，把我身體都抓出了血痕，我感到極度的疼痛。緊接著，我的鼻子和嘴就被一種軟綿綿的物質堵塞住了。我沒有辦法呼吸。我心裡充滿憤恨，刻骨銘心的痛恨。她們就是這樣對待我，就是這樣對我表示歡迎的。我沒有辦法呼吸，我憋得嘴臉烏青，我用舌頭頂那種堵塞我呼吸的東西，我把那軟綿綿的東西頂動了，我把它吐了出去。我感到暢快了，我的呼吸通暢了，我深深地呼吸著自由的空氣。可我還沒有呼吸幾口，我的嘴再次被那雙纖纖秀手堵塞住了。天地如此廣闊，空氣如此浩蕩，可我連呼吸空氣的權利都沒有。難道空氣都被他們壟斷了嗎！我看著剝奪我呼吸的那人，她的年齡還很年輕，大概只有十九歲的樣子，她是一個非常漂亮迷人的姑娘，可她卻幹出如此殘酷的傷天害理的事情，這是我怎麼也不可能理解的。我用眼睛定定地望著她，我看見她的眼睛裡有恐怖的神色，她害怕了，她的手在在發抖，她的整個臉龐在變形，在扭曲，她好像要痛哭一場的樣子。我用舌頭把紗布又頂掉了，我又呼吸到了大氣。能夠呼吸是多麼美好啊！我是多麼舒暢啊！姑娘的臉上依舊陰雲密布，恐懼籠罩了她心靈的大地。她沒有再敢把紗布塞進我的口腔。她拿來了一個大大的透明的袋子，這種袋有一種很難忍受的味道。我一聞到就感到噁心，想嘔吐，想喊，可我胃裡什麼食物都沒有，有的只是含有毒藥的羊水。我再也不能吞羊水了，我是多麼懷念它啊！在它裡面漂遊是多麼幸福，但是那樣的天堂日子是永遠不會再現了。我被裝進了那種大大的透明的袋裡面。我和我母親相連的臍帶沒有剪開，但我不再和母親連接在一起了，那個大大的肉盤子已經從母親的身體上脫落了，它不再具有供應我血液營養的能力。母親和我成了兩個個體，我們已經分離，遠遠的分離，她還處在昏迷狀態中，還沒有蘇醒，對於我的安危一點都不知情。她假如沒有昏迷，她一定會拼命救我的。他們給她注射了麻醉藥，她失去了一切反抗的能力。透明袋子的口被繩子死死紮上了，我呆在透明的袋子裡面，好像又重新回到了出生前的世界，那個羊水的海洋裡，但是我呼吸不到空氣，裡面的空氣越來越少，我憋得要命，我的腳狠狠地踢著，我的手拼命地抓著。我抓住透明的袋子，我想把它撕開，就像迤長的海岸曾經被撕裂開那樣，那樣的話，我就會呼吸到宇宙間的空氣，可我沒有那樣的力量，我怎麼撕攪都無濟於事。慢慢地，我終於喪失了意識，我眼睛看不見了，我的耳朵聽不到聲音了，我連透明的袋子裡的最最難聞的氣味都嗅不到了。我恍惚中感到好像在大海的浪濤中漂流，順著狹窄的海灣漂流，我重新回到了風平浪靜的海洋，我看到了太陽正從海平面上升起，它是那麼圓，那麼紅，仿若是天國降臨……

　　葉鑾調到了另外一個科室。

　　這是為了更好地相愛，這樣不要時時處處相見，產生適當的距離感，更利於他們的情感發展。再說了，兩個戀人在一個科室上班，總是可疑的，無法避嫌。由此，他們的愛情進入到一個相對平穩的時期。葉鑾是鐵定了心要嫁給苟傳了，苟傳也做好了與她結婚建立家庭的長遠準備。

　　曾經反對葉鑾與苟傳建立戀愛關係的她的哥哥由於反對無效也就放棄了，親人們都認為她不該降低身份，而應該找一個大專或者大學畢業的對象，而不是像苟傳這樣的同學歷的，尤其是他幹的職業叫人無法在人面前啟齒，但是葉鑾卻明白她自己的心，也堅定自己的選擇，她在與他的相愛中確實品嘗到了愛情的幸福。苟傳雖然現在幹的職業卑賤，可他將來總有發達的機會，才二十一歲嘛，改行幹檢驗、放射或者皮膚科、麻醉等醫療技術都是有條件的。再說了，他一直堅持著文學創作，熱愛讀書，好學習，這樣的優點卻是其他同事所沒有的。他的志向是當個文學家，在詩歌和小說領域都有收穫，這樣的遠大志向確實更具有魅力。苟傳把他新寫的短篇小說《一個助產士的獨白》讓葉鑾看，看了後並要謄抄出來，向北京上海的文學期刊投稿。荀傳的鋼筆字實在寫得難看，而葉鑾寫的字工整而漂亮。一個人創作，一個人謄抄，這樣的聯合堪稱珠璧。

《一個女助產士的獨白》是這樣的：這是什麼地方？怎麼和我工作的地方一模一樣？白色的牆壁，白色的床，白色的被褥，白色的床單，一間房子裡有三張床，護士穿著雪白的工作服在巡迴，在工作，不同的是，我現在住在病床上，在巡迴，在工作的不是我，而是一些我不認識的護士，護士的性別也與我不一樣，他們都是男人。什麼樣的醫院才需要男護士呢？他們身體強壯，力大無比，與病人相比體能處於絕對優勢，能夠不費吹灰之力地制服病人。這是精神病院嗎？他們怎麼把我關進了這種地方？我想起來了，他們說我殺了人，殺的不是成人，是個小孩，說我殺了小孩，這個孩子是我的兒子，我把他殺死了，他們說不是要把我槍斃的嗎？他們沒有槍斃我，把我關到這個地方幹什麼？難道我生病了嗎？我沒有病，我所幹的一切都是我的工作，我的工作就是把孩子殺死，我工作了已經將近二十個年頭了，在這漫長的二十年裡，我不知道殺死了多少孩子，我幾乎每天都要殺死孩子，按照每天殺死一個來計算，二十個年頭，我總共殺死了大約——365×20=7300（個），七千三百個嬰兒，我殺死了這麼多的孩子，我都沒有病，我也沒有犯罪，可是當我把我自己的孩子當做引產兒處死的時候，我就犯罪了，我就生病了，我就成了精神病人，進了這樣的地方，被強壯的男護士們看管起來了。他們不允許我出去，我只能老老實實呆到這兒。我的丈夫還沒有來看我，他沒有來，他可能因為我把他的兒子殺死了，他對我一定懷恨在心，對我恨得咬牙切齒，恨不得食我的肉，寢我的皮。我把他的後代殺死了，我斷了他的龍種，斷了他的香火，他能不恨我嗎？看來，我要在這個地方住下去了，我必須少安勿躁，面對現實，認清當前的形勢，這樣就會少受些皮肉之苦，少受些工作人員的電棒，你如果反抗，他們會毫不留情地把你擊倒在地，把你變成一個毫無體面的動物，當你趴到地上的時候，你還有什麼尊嚴可言？你已經不是真正的人了，你只是個精神病人。但我覺得我的精神一點異常也沒有，我只是由於一時的神志恍惚才出現了那種意外情況，一切都好像發生在夢裡，我以為我還在工作，還在病房裡上班，我以為我的孩子是剛剛引產下來的胎兒……事情就這麼簡單，一點也不複雜，案子好破極了。我是孩子的母親，孩子是我的兒子，我們之間的親緣關係是明明白白，是不容置疑的。我從衛生學校畢業就分配到了醫院，一開始我就在婦產科上班。那是八十年代初吧，那時候的引產兒特別多。他們把產婦成群結隊地押來，他們就像押送的因犯，就像把捕獲的獵物弄回家一般，把產婦們押送進醫院，她們肚子裡的孩子都是不允許出生的，必須把那些孩子處理掉，處理的任務就交給了我們，我們婦產科的工作人員，醫生和護士。醫生只負責做手術和治療，接生和處理胎兒的事就全部是我們當護士的了。醫生把引產藥，一種叫做雷弗奴爾的引產藥注射進產婦的肚子，這種藥具有強烈的催產作用，也有非常強烈的毒性，它進入產婦的羊膜腔以後就會把胎兒無情地催生下來，不足月的胎兒在子宮裡就死掉了，足月的身體強健的胎兒催產下來以後，還是活蹦亂跳的，生命力還相當旺盛，這個時候，就需要我們這些幹護士的把嬰兒殺死，殺死的辦法很多，殺死嬰兒是你的任務，你必須完成，你拒絕幹這樣的事情，你就會失去你的工作，你經過高考，經過三年學習，獲得的工作的資格就會作廢，你就會被開除出醫院，這是誰都不能夠忍受的，你的父母，你的男朋友，你的姐妹，你的兄弟，包括你自己，你絕對不願意回老家重新當農民的，你是從農村考出來的，你絕對不願意再回到農村，回到農村就得與泥巴和土地打交道，就得光著腳下水田幹活，螞蝗就會叮到你的肉上，吸你的血，你就會拼命用手掌拍打，直打得皮肉紅腫，疼痛難忍，螞蝗才會自動退縮出來，你才會鬆一口氣，因為傳說中講到的螞蝗，說它能夠鑽進人的身體裡面，鑽入內臟，會在人的身體裡活下去，直到把人的血吸幹吃淨，說螞蝗一旦進入人的身體，你就活不成了，必死無疑。我想起我小的時候在河溝裡玩耍，不知不覺中，一條螞蟥鑽進了我的小腿，我連忙狠命拍打，螞蟥不見了，出了很多血，但我沒有看見螞蟥是如何退出來的，我還以為螞蟥鑽進了身體。後來，我一直處在恐懼中，我想像著螞蟥在我身體裡如何繁殖，如何成為黑鴉鴉的一大窩，如何把我的血喝光，把我的身體吃成一個空殼，我害怕了很久，直到幾年之後，我還在害怕。我一直沒敢把這種恐懼告訴任何一個人，我在慢慢等待著我的死亡。奇怪的是，我活了很多年，我的少年時代都快要結束了，我還活得旺旺的，恐怖意識便逐漸淡化了，直到徹底把它忘記。這就是農村，它對於我來說就是恐懼。我就是懷著這樣的恐懼心理殺死第一個活著的引產兒的。那時我才十八歲，如花似玉的年齡，如花似玉的心，如何能幹得下去那種事呢？我不可能不失敗，我完成不了那樣的任務，帶我的老師非常生氣，說我的膽子太小了，這樣的膽子連貓的膽子都不如，貓都敢把老鼠咬死吃掉。我在她的抱怨聲中把嬰兒處理掉了，把嬰兒扔到了汙物桶裡，嬰兒在水裡漂著，沉下去漂上來，反反復複，我嚇得把嬰兒又趕緊撈了起來，把嬰兒抱住，嬰兒在哭著，她是個女孩，她哭得是那麼無望，我的心簡直就要碎了，她是一個活生生的人，一個同我們一樣的生命，要我親自用手把她處死嗎，我的心實在忍受不了這樣的事實。我把嬰兒放到乾淨的地方，我心裡想救救這個孩子吧，誰願意收養她，趕快把她抱走吧！帶我的老師，不允許我這麼幹，如果引產下來的嬰兒死不了，這就是她的責任事故，說明她的工作沒有完成，就是犯了瀆職罪。她把嬰兒提進衛生間，重新進行處理，終於把那個孩子處理掉了。孩子不哭了，她被堵塞了一切呼吸的通道，她的嘴和鼻子都被紗布死死堵塞住了，她的眼睛珠子都快要憋出來了，向外高高地凸起，她的眼睛充滿了對於人類的憎恨，對於她的同類的控訴。那天晚上，我做了很多噩夢，一會兒夢見了閻王爺，一會夢見了孩子的亡魂，她得到閻王爺的准許，前來陽間追索我的靈魂，小孩的亡魂一直在追攆我，我嚇得無處躲藏，一會兒藏到村子裡的牛圈裡，一會兒躲藏到磨房裡。磨房裡，那頭瞎眼驢還在拉著石磨轉動，石磨上面放滿了玉米，玉米放得尖尖的，仿佛一座微型金字塔。這頭瞎眼驢怎麼還活著呀？它不是早就死了嗎？它是累死到磨道裡的。有一天，它終於拉不動石磨了，它臥到磨道上，再也沒有起來。人們用皮鞭和樹的枝條狠狠地抽它，它還是一動不動。皮鞭是用它的同類的皮做成了，它們死後就會把它們的皮剝下來，把整張皮用洋鐵釘釘到牆上，曬乾，然後把皮放到硝液裡硝，硝成軟皮子，浸上油，用刀子割成細窄條兒，把這種細窄條兒合擰在一起，或者做成繩子，或者做成鞭子。驢們就是在用它們驢類自己的皮做成的鞭子的抽打下生存的，因為它們是人類的奴隸。我不願當這樣的奴隸，不願這樣去幹農活，我就是懷著這樣的恐懼心理考出農村的。我就躲藏到磨窯裡，瞎眼驢拉著石磨，走得飛快。這是一口破爛得不得了的破窯洞，大概有一千年的歷史了，它的頂部破碎得不成形了，土塊隨時就有掉落下來的可能。上一次掉落下來的大土坡砸死了村子裡那個最老的老人，還砸死了一頭牛，但是村子裡的人並不吸取教訓，他們依舊在這孔窯裡磨玉米。村子裡就這一台石磨，不想在這裡把玉米磨成面，就得到二十裡外的口鎮，那裡有電，有電磨，但是二十裡山路，比死都令人恐懼，村子裡的人寧肯死，都不願走那二十裡山路！

我躲藏在磨道裡，躲藏在石磨的下面，上面是寬寬的圓形的承接盤，是用土坯盤成的，玉米糝子從磨縫裡流出來，就落在這樣的土盤上。我就躲藏在土盤的下面，瞎眼驢在我身體外面走著，不停地走著，石磨發出隆隆的聲音，震動得破窯洞有了回聲。破窯洞最害怕的就是這樣的回聲了，這種聲波常常導致它坍塌。那個孩子的亡魂在磨道外面，她進不來，因為驢老是擋住她，她沒有辦法進來抓我，我在磨道裡面是隨著瞎眼驢一起走的，瞎眼驢總是遮擋到我的外面，它幾乎成了我的保護神明。但是那孩子的亡魂一直在等待著機會，她就是不走，她隨著瞎眼驢跑著，尋找著可以抓住我的空隙……我就是在這樣的恐怖中嚇醒的。我出了一身冷汗，我的內衣褲全部濕透了，濕淋淋的，能夠擰出水來了。我想到我的夢，我夢見了驢，鄉間都說夢見驢是凶兆，驢就是鬼，一方面是小孩的鬼魂在追我，一方面又是鬼（驢）在保護我？這可真是個難以解釋的夢，周公在世，可能也解釋不了這樣的夢！

　殺死第一個引產兒，殺第一個孩子，給我的身心造成了極大的傷害，我覺得我的生命之苗已經萎蔫了，枯萎了，我怏怏地好像得了大病，好長時間都緩不過來。我還得上班，還得工作，還得吃飯，還得活命，還得談對象，戀愛，結婚，生育，養孩子……我恢復過來了，我殺死第二個孩子的時候，心理承受能力就大大增強了，我的心已不慈，手不軟了，我把我的工作完成得非常好，還得到帶我的老師的表揚。一般情況是，我們從學校畢業以後，分配到醫院工作，都得需要醫院的老護士帶一個月才能獨立工作。我已經獨立上班了，三班倒，白班上了上夜班，夜班上了上中班，每個班都可能遇到需要處死的引產兒，慢慢地，已經成了家常便飯。科裡的每個人，每天都是幹同樣的事，他們都能心安理得，我再沒有感到什麼恐懼和虧心，我不再覺得我是在謀財害命。謀財害命這個成語的意思是說為了錢財而把別人的生命權剝奪掉，我們是為了掙工資，把嬰兒的生命權剝奪，這不是謀財害命是什麼？但我早已不這樣想了。謀財害命者不是強盜就是殺人犯，必將受到法律的嚴厲制裁，我們整個科室的人都在幹著這樣的營生，我們絲毫沒有觸犯法律，任何法律機構都沒有追究我們的責任，我們反而還常常受到上級的表彰，說我們還是這方面的工作的模範，還號召全市醫療系統向我們學習呢！經過幾年的緊張工作，我成了一名出色的先進工作者，我受到了表彰，獲得了獎狀和獎金。我的工資級別不斷在漲，我已經晉升為主管護師了。這個職稱相當於大學院校的講師，和主治醫師是同一級別。我有了一套寬敞的住房，有一個非常帥氣的丈夫，他是一家工廠的工程師，人很聰明，事事都能夠做到左右逢源，得心應手。是個非常能幹的工程師。我也有了一個非常逗人喜愛的兒子。我的兒子已經滿三歲了。那是一個非常炎熱的夜晚，天熱得牆壁都在出汗，木頭家具都冒出濕淋淋的汗水。我的丈夫出差了，他是到北京去，為工廠辦一件大事。工廠快要倒閉了，他的這趟北京之行關係到工廠的生死存亡，他的事情辦成功了，工廠就會得救，就會起死回生，但是，他的失敗就意味著工廠的死亡。他就像世界大戰中的大將軍，大元帥，他像邱吉爾或者羅斯福，或者斯大林。我沒有上夜班，我上的是白班，但是熱浪滾滾，我半夜醒來，還以為我在病房裡。牆壁是那麼白，床單也是雪白的。床單是我從病房拿回來自己用的，病房裡床單的量很多，管理也不是那麼嚴格，我就拿了一床新的，乾淨的，病人一次都沒有用過的床單自己用了。這床床單就蓋在我兒子的身體上。上面還印有紅色的十字，印著我所在醫院的名字。我聽見他在哭。我心裡說這是多少床的病人？這兒的床頭牆壁怎麼沒有貼標號，以後一定要趕快貼上，要麼，病人就會混在一起，分不清誰是誰，這樣就容易出問題，出差錯事故。我心裡說這引產兒為什麼還在哭，他都長這麼大了還在哭？這可是個奇怪的引產兒，引產兒居然能長這麼大，真是奇跡啊！產婦跑到哪兒去了？她扔下引產兒偷偷逃回家了嗎？我找到了紗布和棉花。是我平時趁別人不注意的時候帶回家的。我把它們從抽屜裡取出來。我感到奇怪的是，辦公室的抽屜怎麼變了樣子，與從前不一樣了，我也沒有追究是什麼原因。我心裡著急，因為引產兒急需我進行處理。我絕對不能叫一個引產兒活著，叫他活著就是我的失職。我就會受到降級處分，就會扣我的工資獎金。這是我絕對不會幹的。我把紗布和藥棉迅速拿到床前。我把床單揭開了。我心裡還是有點奇怪，既然是引產兒為什麼還要用床單蓋起來？我想可能是孩子的父母想把引產兒偷走，偷偷地偷回去把他養大。他已經長這麼大了，我心裡非常吃驚。暗暗嚇了一跳。是個男孩，長著個大大的男性生殖器。真是個大胖小子！我心裡很激動，這麼大個胖小子，如果是我的兒子，我一定會非常愛他的，要好好把他養大，使他能夠健康幸福地成長。可是他是引產兒，誰也救不了他的命。算了，完成自己的工作任務，這是第一位的，所有的所有其它一切都是次要的。處理掉他幾乎成了我的天職。是與我的生命緊緊聯結在一起的，幾乎成了我的生命的一部分。我的生命的重要組成成分。他絕對是個引產兒，他是光著屁股的。我忘記我的兒子平時睡覺時是喜歡脫得光光的，喜歡裸睡。我也喜歡裸睡。我兒子和我睡在一起，我感到是那麼滿足，感到世界是這麼美好，我摟抱著我兒子的裸體，我懷裡仿佛睡著一個天使。我會常常想起中世紀畫家的宗教繪畫，飛翔的天使，裸體的神明。我體會到了那種感覺。這個胖兜兜的引產兒，是多麼可愛啊！可我不得不處理掉他，不得殺死他！我的手伸出去了，我的手把他的脖子掐住了，緊緊地拼命掐住，我使出渾身的力氣。我是女人，力量有限，必須使盡渾身的力氣。我緊緊地掐住。我看見引產兒在掙扎，在扭動，在痙攣。他的手抓著，腿踢著。我的手把紗布棉花塞進他的鼻孔，塞進他的嘴裡。我的手還緊緊抓住他，他的手無法伸到口鼻處，無法把紗布棉花取出來。他的腿踢得越發強烈了，都踢到了我的身體上，我感到了疼痛。我心裡想這個引產兒可真勁大啊！他是這麼大，他的勁當然大了。他把紗布和棉花從嘴裡吐出來了，他的眼睛睜開了。他驚恐地看著我，他好像不認識我了。他不認識我是對的，他又不是我的兒子，他只是個可憐的引產兒。我想這種樣子是沒有辦法把引產兒處死的，他還在呼吸，他在呼吸，他就不會死。我必須剝奪他呼吸的權利。我必須叫他無法呼吸，這樣我才能完成我的工作。我用雙手把他的雙手緊緊抓住，反剪到背後去，我看到床頭櫃上有根繩子，這條繩子很奇怪，兩頭還各有一個木頭把手，很光滑的，繩子很粗，中間還有一個塑料管兒套在上面，可能是為了增加重量。這樣一條繩子為什麼會出現在病人的床頭櫃上，我感到有點蹊蹺。我沒有細想，沒有時間，很緊急，引產兒在反抗，在掙扎，他是個具有很大能量的反抗者。這個引產兒實在不好對付。我處理掉了那麼多引產兒，從來還沒有遇見過如此難以對付的。我把他的胳膊拴起來了，拴得非常結實。但是竟然被他掙脫了。我心裡就越發感到奇怪了。他剛剛生下來怎麼就會有這麼大的勁？他難道成了精了？他是在他媽媽的肚子裡長大的嗎？他可能在肚子裡的時候，就意識到生下來是活不成了，就決心不到人世間去，便在肚子裡長。既然這樣決定了，怎麼又生下來了呢？疑點實在太多，誰能一一弄清楚呢？是不是他以為已經具有了反抗人間的力量才決定生下來的呢？但他真的能夠反抗我嗎？他有足夠的反抗我的力量嗎？我看未必見得。我把紗布再次塞進他的嘴裡。他的手沒有辦法擺動了，但是他的腳踢得越發厲害了。有一腳居然踢到我的臉上，我很生氣，覺得很晦氣，被一個即將死亡的亡魂踢了一腳，畢竟是不吉利的。我狠狠在他腿上打了一巴掌。他真是有本事，本事實在是太大了，我心裡都產生了絕望感。我是完成不了我的工作了，我乾脆辭職算了，幹這種傷天害理的事幹什麼？這是作孽啊！這種罪行到陰間恐怕是永遠贖不清的，你的祖孫八代也可能是贖不清的。有可能把你的後代兒孫全部變成了陰間的罪人。我真的不想幹了。引產兒又踢了我一腳。我清醒過來，不能不處死他呀！這是我的工作！關於工作的想法戰勝了我關於陰間的擔憂。我發現引產兒把紗布重新吐了出來。他哭叫起來。他哭著叫道："媽媽，你想幹什麼？"

媽媽？真是太奇怪了！引產兒居然會說話？他竟然把我叫做他的媽媽？他是在肚子裡長大的，他會說話也在情理之中。他既然能在肚子裡成長，也就能在肚子裡學會說話。這沒有什麼大驚小怪的。

"媽媽，你這是幹什麼？"他又在叫喊。

"別胡叫了，我不是你的媽媽，你是引產兒，你的媽媽在病房裡，她不要你了，她想要你、養你也不行，那些計生官員看得非常嚴，我必須處死你！"

"媽媽，你要殺死我？！為什麼？"男孩更加恐怖地叫喊道。

"你不要哄騙我了，你一定是想活命才叫我媽媽的，想打動我的惻隱之心。可我的惻隱心早就死了，沒有了，殺死你是我的工作！"

我的話一點作用都沒有起，反而使他越發大哭大鬧起來。他的嘴唇和舌頭的力量很大，任何紗布和棉花都起不了作用，每一次努力都由於他的舌頭的力量而流於破產。他咬了我的指頭，咬得非常狠，把我的指頭都差點咬折了。他咬住我的指頭不鬆口，我拔都拔不出來，我終於拔出來的時候，一塊肉被他活活咬了去。我的心狠了起來。正當我用雙手去狠狠掐住他脖子的瞬間，我聽見他絕望地聲嘶力竭地喊：

“媽媽！你不要我了嗎！媽媽！”他哭著，他的眼淚是那麼大，那麼圓，雙顆雙顆地往下流。

“誰是你的媽媽？你這個小騙子！你這個小精靈！你這個引產兒已經成精妖了！”我大聲說完，我的雙手撲上去，死死地掐住了他的脖子。

我掐住不鬆手，緊緊地掐住，直到他雙腿、雙腳、雙手、雙臂痙攣，抽搐成一團，後來他的身體變軟了。他停止了呼吸。他已經死了。我把他活著的時候，吐出來的紗布重新填進他的口腔。這樣的處理才是正規的。我要把一切做成正規的樣子，我才能算做一個合格的婦產科護士。他平平展展地躺在床上，身體柔軟極了，好像一尾蒸熟的娃娃魚。我靜靜地看著他，覺得奇怪極了。這個引產兒怎麼這麼大呀？我剛才對於他的解釋都變得靠不住起來。一切都虛幻起來，不真實起來。這時候，我聽見樓外面樹上的鳥兒叫著，它的叫聲是那麼難聽，我從來都沒有聽到過如此難聽的鳥叫聲。它的叫聲好像是說：你終於把他掐死了，掐死了！你幹得多出色啊！我心裡想這是個什麼怪鳥兒？鳥兒也會說話，還會評判我幹的工作的好壞？我覺得非常疲勞，全身困得不得了。天已經不熱了，牆壁和木頭上的汗水都幹了。我想我太累了，我還是睡一覺吧。引產兒是沒有關係的，他已經死了，與他睡一個床用不著恐懼。我把他往旁邊挪了挪，我就睡下了……我沒有想什麼，很快就睡著了……

後來，他們把我抓起來了。把我抓進了牢房，說是要判我徒刑，判我死刑什麼的。奇怪的是，又不判了，把我送到了這個地方，叫我住在病床上。我當了幾乎一輩子的護士，一直幹的是侍候病人的營生，現在卻被別人侍候著，我真的很不習慣。但我又逃不出去，我想我還是乖乖呆在這兒吧。護士又過來了，他是個身體高大魁梧、力大如牛的男人，如果我不老實，他會用電棒擊我，我老老實實地躺到了床上⋯⋯

計劃生育病歷

1984 年 7 月 21 日入院，7 月 30 日出院。

姓名：胡鳳珍，年齡：32 歲，住址：漢南市雙水鎮長寨鹿王溝村 4 組，診斷：P2、孕 9 月引產，門診醫師：曹，住院證號：891921，病史略述：孕 9 月，要求引產（凡是計劃生育幹事押送來的產婦全填寫成她們自己要求引產，自願的），入院檢查：宮高劍（劍突）一指，治療簡述：引產術後，出院檢查：一切正常，清宮後宮縮好，陰道流血不多，故於今日出院，出院診斷：中孕，治療效果：治癒，住院醫師：耶麗雅，出院日期：84 年 7 月 30 日，附注：①本記錄由醫師填寫兩份附於門診病歷及住院病歷後；②治療效果一項用劃圈法表示。

長期醫囑單：7 月 21 日 5PM，第一項：二級護理，第二項：普食，第三項：注意產兆。醫師簽名：耶麗雅。護士簽名：邢澤萍。

臨時醫囑單：

時間：7 月 21 日 5PM，引產費：10 元，草紙：2 元，紗布：3 元，消毒：3 元，接生：6.5 元，腸線：1.5 元，死嬰費：2 元，縫合：2 元，複冬（複方冬眠靈）1 支、肌肉注射，安定 1 支肌肉注射，1.4 元，利夫奴爾 2 支，草紙：4 元，照明：1 元，手套：1 元。

7 月 26 日 8AM，炒麥芽 100g，水煎服，醫師：耶麗雅，護士：文小巫。

7 月 27 日 8AM，炒麥芽 100g，水煎服，醫師：耶麗雅，護士：馬琴竹。清宮費：10 元，草紙：1 元，紗布：2 元，消毒：1 元，雷夫奴爾 2 支，2.5 元。

7月 30 日 8AM，今日出院，醫師：耶麗雅，護士：洪秀珍。

人工流產、引產、絕育手術記錄：

姓名：胡鳳珍，年齡：成。結婚年齡：空白。職業：空白。工作單位：空白。家庭住址：空白。門診號：空白。住院號：空白。初診日期：空白。愛人姓名及工作單位：空白。

月經史：初潮，歲：空白。經期，空白。週期：空白。天，量：多、中、少；空白。痛經：重、中、輕、無，空白。末次月經：空白。

白帶史：量，空白。性質，空白。

生育史：胎次 2，產次 1.流產自然或人工次數空白，現有子女男或女空白，末次分娩日期空白，末次流產日期空白。

既往史：手術史、藥物過敏史空白。

申請理由：子女多空白，本人或愛人健康不佳空白，疾病空白，其它空白。

全身檢查：發育空白，營養空白，血壓：100/80MMHG，心（一），肺（一），肝（一）脾（一）。

其它陽性發現：空白。

婦科檢查：外陰：空白。陰道：空白。宮頸：空白。宮體：臍上三指。附件：空白。滴蟲：空白。清潔度：空白。

診斷：中孕孕 9 月。檢查者：耶麗雅。

人流術：門診住院日期，年月日。方法：擴刮，電吸，已、未剃毛。內診宮頸，子宮大小，置位，傾，屈、中，附件，宮腔深，宮頸擴至號，失血，毫升，吸刮出胎塊，毫克，手術時間，分，麻醉方式，用藥，其它。

絕育術：年月日，產後，小時或天，人工流產同時中期引產、流產後，小時或天，其它。途徑，腹部，陰道。方式，切口位置，長度，釐米，手術過程。手術時間，術中異常情況，麻醉：局麻，劑量，腰麻，劑量，其它。

術後用藥，術後幾天拆線，癒合情況，併發症，其它，術者。

　　引產術：手術日期 84 年 7 月 21 日，引產時利凡諾，方式，注液量 10ML，宮縮開始 7 月 23 日 4 點，胚胎排出 7 月 23 日 15 點，胎盤排出，7 月 23 日 15 點 10 分。自然空白，部分空白，全部殘留空白。輔助方法：空白。失血量：100ML。其它：按正常接生助產。術者：耶麗雅。

　　血常規檢查單：

　　血紅素 10g，白血球 9400，多形核 74，淋巴 26，凝血時間 1 秒，出血時間 2 秒，血型 O，送檢日期，7 月 21 日，報告日期，7 月 21 日，送檢者張，檢驗者範。

　　體溫脈搏呼吸記錄：

　　入院時間 10AM20，體溫在 36.5 攝氏度與 3 攝氏度之間起伏。脈搏在每分鐘 72 次與 88 次之間起伏。呼吸在每分鐘 16 次與 28 次之間起伏。小便次數每日 2 到 3 次。大便次數，每日 0 次或 1 次。血壓，高壓 100 毫米汞柱，低壓 80 毫米汞柱。

　　長期醫囑單的背面有出院結帳處的工作人員的結算記錄：

　　住：13.50

　　治：11.00

　　藥：3.07+1.40+2.50=6.97

　　手術：20.00

　　材料：14.40+1.35=15.85

　　接生：6.50

　　處嬰：2.00

　　陪人：4.50

　　水電：6.30

　　下劃線下是全部相加的得數：

　　86.62

　　特別是處嬰費兩元，讓人觸目驚心。

引產一覽表

　　住院號 840998 胡桂枝，女，26 歲，舊街鄉么橋村二組。4 月 7 日到 16 日，住院 9 天，G2P1 孕 7 月，總費用 65,09 元，處嬰：2.00 元。醫師：耶麗雅，助產士：屠淑惠。備註：嬰兒被引產下來後，哭聲嘹亮，有一個護士開玩笑說：一個歌唱家被殺掉了，可惜可惜！

　　住院號 840997 張鳳玲，女，26 歲，新街鄉四穀村三組。住院日期：4 月 7 日到 19 日。G2P1 孕 8 月。醫師：耶麗雅。助產士：屠淑惠。總費用：108.04 元。處嬰：2.00 元。

　　住院號 840996 李玉華，32 歲，新街鄉丁壩村三組。住院日期 4 月 7 日到 16 日。G2P1 孕 6 月。總費用：70.45 元。醫師：耶麗雅。助產士：屠淑惠。處嬰：2.00 元。（林昭被槍斃了，行刑人員來到林昭家向林昭的妹妹收取 5 角錢的子彈費，林昭的母親一聽就昏迷倒地了。）

　　住院號 840995，雪飄霞，27 歲，新鄉鄉四香村 3 組。住院日期：4 月 7 日到 16 日。G2P1 孕 7 月。醫師：耶麗雅。護士：屠淑惠。住院總費用：70.45 元。處嬰：2.00 元。

　　住院號 840999 余桂萍，女，25 歲，鄔鎮鄉東祠 8 組。P2 孕 5 月。醫師：耶麗雅。護士：鄔美竹。總醫療費用：74.05 元。處嬰：2.00 元。

　　住院號 840690，童國芳，30 歲，住址：小溝橋鄉舊街村 8 組。G2P1 孕 7 月。醫師：李鳳林。護士：劉秀華。治療總費用：63.99 元。處嬰：2.00 元。

　　住院號 8411119，張鳳珍，27 歲，綠廟鄉武客場村 3 組。P2 孕 5 月。醫師：李鳳林。護士：劉秀華。治療總費用：61.90 元。處嬰：2.00 元。

　　住院號 841120，武國玲，24 歲，柳營鄉地坑村 6 組。G2P1 孕 5 月。醫師：李鳳林。護士：劉華秀。治療總費用：67.95 元。處嬰：

2.00 元。

　　住院號 8411118，胡萍，女，24 歲，武鎮鄉黑山村 5 組。G2P1 孕 5 月。醫生：李鳳林。護士：劉秀華。治療總費用：66.99 元。住：13.50 元。治：7.80 元。藥：1.04 元。手術：20.00 元。材料：10.0+1.35+＝11.85 元。陪人：4.5 元。水電：6.3 元。處嬰：2.00 元。引產費：10.00　利凡諾 2.5　手套 2.00　清宮術 10.00　死嬰費 2.00　子宮按摩 4.00　照明 2.00　草紙 2.00　消毒 2.00　紗布 2.00

　　住院號 841117，明志琴，30 歲，上黨鄉下寨村 6 組。G2P1 孕 8 月引產。醫生：王開玲，護士：趙花玉。總費用：82.23 元。處嬰：2.00 元。

　　住院號 843054，趙翠玉，女，21 歲，長林鎮鄉瑰寶村 9 組，G2P1 孕 5 月，醫生：王瑤，護士：林小琴。總費用：63.25 元。處嬰：2.00 元。備註：120 天，繳納住院費。

　　住院號 843048，（120 天）吳大鳳，25 歲，銀鎮鄉容村村 6 組。孕 5 月。醫生：李鳳林。護士：張娟娟。費用：76.23 元。處嬰：2.00

　　住院號 843047，洪琴春，27 歲，住院 8 天，長森鎮容村村 5 組，孕 5 月。醫生：宗淼淼。護士：趙秀華。總費用：70.70 元。處嬰：2.00

　　住院號 840006，李玲玉，21 歲，天山鎮綠樹村 3 組，住院 8 天，孕 7 月，總費用：154.78 元，手術：60 元。

　　住院號 840007，穀愛霞，34 歲，紅花鎮鄉五林村 9 組，住院 8 天，孕 5 月，醫師：李鳳林，護士：胡淑娟。總費用：93.88 元。處嬰：2.00

　　住院號 850008，閻美秀，27 歲，住院 8 天，留美鎮舊鋪村 8 組，孕 5 月，醫生：耶麗雅，護士：契燚。總費用：91.20 元。處嬰：2.00

　　下面簡略：

　　某女，26 歲，孕 7 月。處嬰。

　　某女，23 歲，孕 7 月。處嬰。

　　某女，27 歲，孕 5 月。處嬰。

　　某女，24 歲，孕 5 月。處嬰。

　　某女，25 歲，孕 4 月。處嬰。

　　某女，22 歲，孕 6 月。處嬰。

　　某女，23 歲，孕 5 月。處嬰。

　　某女，28 歲，孕 9 月。處嬰。

　　某女，29 歲，孕 8 月。處嬰。

　　某女，26 歲，孕 4 月。處嬰。

　　某女，29 歲，孕 9 月。處嬰。

　　某女，31 歲，孕 6 月。處嬰。

　　某女，24 歲，孕 7 月。處嬰。

　　某女，30 歲，孕 8 月。處嬰。

　　某女，29 歲，孕 9 月。處嬰。

　　……

　　荀傳與葉鑾堅定了戀愛關係，兩個人走上了平穩的相愛之路，過上了類似於婚後的生活。雙職工，同一個單位，一個住在家屬區，一個住在宿舍樓，相距僅有上百米遠，上班的地方就在前院，不管哪個人在上班，隨時都能夠見到對方，並可以陪他或她上班，這樣的情況確實應該考慮下一步結婚的事了。可他們都很窮，工作的年限太短，積蓄有限，父母親也很窮，他們便拼命存錢。他的工資就已經交給她領了，其實也沒有領走，而是直接把它存到了財務科的銀行賬戶上。單位的財務科是與銀行有聯合業務的，財務科的人員代理銀行工作。

　　工資存到了一起，她只給他少量的零花錢，他用來買書。他沒有吸煙和喝酒的嗜好，嘴唇和舌頭對煙酒都沒有興趣，反而還相當厭惡，抽煙使他嘴巴發苦，還不停地吐口水；酒的味道同樣使他感到難以接受，根本就不是享受，而是一種特殊的折磨。這樣的話，按說就非常省錢了，其實不然，一本書的定價與工資比例相比還是相當貴的，他的零花錢幾乎全買了書。按照他對文學的欲望，零花錢總是不夠買書，常常是把書店裡看好了的書放下，計劃著下一個月來買時它已經消失了，心中遺憾的同時也有如釋重負之感。當然，一次買多了，也消化不了。創作畢竟是業餘的，不能影響了本職工作。

荀傳沒有想到的是，葉鑾的一個長輩親戚來看她了。是從另外一個省來的。葉鑾童年時曾經在親戚家度過幾年小學時光，她上初中時才回到了父親身邊。這個人既是她的親戚，又扮演著養父的角色，葉鑾沒有提前談到這件事，他就突然來了。

他開始是住她哥哥家的，沒有料到他會到醫院來找她。晚上的時候，荀傳聽見葉鑾在隔壁的宿舍去拿鑰匙。那宿舍的主人晚上上夜班。葉鑾並沒有到荀傳的宿舍來。她拿了鑰匙就走了。他也沒有看見她那位長輩。

荀傳想到葉鑾的宿舍去，但一想到她的長輩在那兒，就卻步了。下班後，尤其是晚上休息前的這段時間，宿舍裡人多，她與長輩也不可能呆在裡面，可能是到鎮上遊逛了。荀傳決定到街道上去。

這兒是白龍江的中游。鎮的西頭有一座雄偉的大橋，江水從西邊的峽谷裡奔湧而出，發出巨大的咆哮聲。荀傳站在橋欄杆邊，望著那黑色的群山和明亮的波浪。那黑色的遠方的岷山山脈的雪寶頂是在幾百公里之外，看不見，但它是存在的。還有遠方的阿瑪尼卿雪山，昆侖山脈和祁連山脈之間夾著的柴達木盆地，更遠方的阿爾金和天山……

荀傳想葉鑾會與她的長輩親戚到哪兒去遊逛？那人年齡不小了，不會對滑旱冰有興趣的。這兒的江畔，不管哪兒都是散步的好地方。但天黑以後，江邊就沒有街道上好玩了，街道上有街燈，有叫人放心的亮光。荀傳順著江邊走。水畔的小路上已經沒有了人影。前面有個抽水站，堅固的鋼筋混凝土站房，洪水發得再大也不會把它沖毀。東邊有個大工廠，用水都是從這兒抽的。它是工廠的專用供水泵站。小鎮人吃的是從山上流下來的一條小溪的水，而苟傳所在的單位自己有深水井，衛生用水和職工用水都是自己抽的。

苟傳從水站房屋上面的渠岸上走過。

江堤有五六十米高，它的北邊便是小鎮。有好多條岔路是通向街道去的，苟傳走上了其中一條。

穿過岔路，街道上的明亮使苟傳出了一口氣。黑暗還是有壓力的。前面有一對男女正往東走著。看那背影，好像是葉鑾和她的長輩親戚。苟傳沒有看見過她的親戚，但只要確定了其中那姑娘的背影就行了。

苟傳加快了腳步。

但他很快就慢了下來。

他跟在他們後面走。

前面就是醫院的大門了，可那兩個背影並沒有停下來。苟傳想他們還要繼續散步，可是向東又走了將近一公里，已經走到了小鎮東頭的鄉村裡了。他們要到哪裡去？到底是不是？苟傳快步越過了他們。但他並沒有回頭看看，連側著眼睛看都沒有。如果真是的葉鑾，那叫她會怎麼想？他走出去了有一百米，一回頭，黑夜茫茫，連個影子都沒有了。他轉身朝小鎮走。走到了一個村口，看見那兩個人正要步入村子去。那男的是個青年，而那女的是個起碼有四五十歲的婦女。

第二天苟傳還是沒有碰見葉鑾。到科室一打聽，原來她請假了。苟傳耐心地堅持到下班時間，到她的宿舍去，她還是沒有回來。之後一整天都沒有她的消息。到了第三天，他上的是夜班，正在宿舍裡，葉鑾來了。苟傳一下子興奮起來，把她抱到了懷裡。她的臉上也全是高興的色彩。

“我……他走了。”

苟傳明白她說的是誰。

“他是來走親戚的？”

“出差，正好路過，就走走親戚。”

苟傳想了，葉鑾說這大白天的。過了一會，她又說她用手幫他解決。他同意了。之後，他們兩個還像以往那樣正常地上下班，正常地相愛。她對他說當她的長輩親戚聽說他是中原省的，就表示反對，說中原人不好，可他也沒有堅持。二十天后，她的長輩親戚又來了，苟傳還是沒有見到他。這一次，葉鑾把他仿佛當作正式的家庭成員對待了，對他說了，還徵求他的意見，問他她跟不跟那長輩親戚到海邊去遊玩。那人還是出差，這一次出差的地方多，距離特別遙遠，時間也長，他的職務關係，可以給她免票。有這樣的便宜事，苟傳怎麼能反對呢？他也鼓勵她去。她需要請假，但假又不能請得過多，還有幾個夜班苟傳說他就替她頂了。她的夜班時間，他正好上的白班，他下班後便能夠繼續頂替她的夜班。他必須二十四小時全天上班了，二十一歲的青春，能撐得住。

她走的那天他去送她。並不是把她送到火車站送上列車，只是把她送到她的一個親戚家。她的長輩親戚就住在那兒。醫院裡的單身宿舍偶爾住一晚上是可以的，條件也不好。到了漢南市，她沒有先到親戚家去，而是與苟傳到了郊外一個打麥場上。本來她與長輩親戚約好要逛博物館的，但她說不去了也可以，她臨時改變了當天的約定。列車是晚上十點鐘啟程的。打麥場已經廢棄了，邊緣上的麥秸垛已經發黑腐爛。曾經碾打麥子的碌碡窩裡都長出了青草。苟傳和葉鑾坐在碌碡後邊的木頭上。葉鑾是要把乘車前的時間給予苟傳了，他們兩個在一起有說不完的話，關鍵是身體的接觸帶來了無窮的快樂。這兒雖然是荒郊野外，但遠處的大路上還是有人經過。假如是黑夜，他們就會在麥場上野合。這時候，他叫她給他用手解決。碌碡擋住了視線，他們處在相對隱蔽的地方。用手同樣能夠給他帶來快樂，葉鑾的手柔軟光滑，他的問題很快就得到了解決。那黏稠的液體帶著巨大的力量噴到了眼鏡上。

是荀傳到火車站接葉鑾回來的。

她給他發了電報。

她的長輩親戚並沒有把她送回漢南，而是從鄭州直接回去了。葉鑾從鄭州又坐火車到漢南，這一路就是她一個人了。她外出了八天，有兩個夜班兩個白班都是他頂替著上的。他們已經是一家人，不說外人話。從漢南到海邊的一路上，她遊玩了黃鶴樓、巴陵、博羅、廣州佛山等名勝古跡，照的都是彩照。給他從廣州帶回了兩條牛仔褲。當前時尚的就是牛仔褲，他一下子有了兩條，意外之外的收穫，甚是高興。她說一條是她給他買的，另外一條是她的長輩親戚送給他的。

阿垂和同事們以穿牛仔褲為時髦，都穿的是新買的，但就在葉鑾回來的當天他們好幾個人的牛仔褲遭賊了。當荀傳聽到這樣的消息，心裡很不是滋味。阿垂十分心疼，就把葉鑾送給荀傳的牛仔褲拿過去看那前開口上的拉鍊。他檢查了一番，與他丟失的牛仔褲上的拉鍊是不一樣的。由於荀傳與葉鑾的戀愛關係，他與以前的好友阿垂也走得不是那麼近了，一有空閒就與她粘連到一起，阿垂一定覺得受到了冷落。

從南海邊沿海城市回來的葉鑾與荀傳的關係更加緊密了，除了上班，一有空閒就粘在一起，簡直到了形影不離的地步。這無疑是愛情發展到最高階段的情形，兩個人幾乎要變成一個人了。有一次葉鑾的父親來看她，但荀傳在她的宿舍裡，他當然是誠惶誠恐了，小心陪伴老人家，但他不知道老人家這個時候最需要的是他走開，人家好與女兒說點兒不願叫他聽的話，直到老人家走了，他還與葉鑾一直把他送到路上，硬是與葉鑾一起回來了。這樣的結果，以致老人家心裡生氣，就把他的怨氣寫信告訴了他的在外地工作的兒子。葉鑾的哥哥就來信專門對她說了這事。信是這樣寫的：鑾鑾，爸爸來信說他到你那兒去本想說一點家裡的事，可小荀一直呆在你那兒，他連說話的機會都沒有。你和小荀在一個單位上班，也不要有事沒事就粘到一塊兒，這樣影響也不好。我與俞雅彤兩個人每週見一次面，相互不會有任何影響。……

葉鑾把她的哥的信叫他看了，她說管他哩。茍傳說下次老人家來時他就趕緊走開。葉鑾說招呼後再走，或者說幾句話假裝有事離開，大家都好看。

這個階段，葉鑾的長輩親戚經常來信，她也給他寫回信，但從來沒有讓茍傳看過。人家作為長輩支持葉鑾的選擇，還給送了牛仔褲，為了禮尚往來，茍傳給那長輩專門寫了一封信表示感謝。既然是葉鑾的長輩，也就是茍傳的長輩，她叫他什麼，他也叫他什麼。茍傳寫了多年的詩歌，又寫了一些短篇小說，寫作能力是沒有問題的，信便寫得十分幽默，把他與葉鑾之間的調皮勁兒都寫出來了。茍傳沒有把長輩親戚當外人，而且還有一種特別的親切感。寫了兩封這樣的信，沒有收到專門的回信。葉鑾收到的信不少，不知道她把它藏到什麼地方了。有一次茍傳從管收發的那兒把葉鑾的信也拿來了。到了葉鑾的宿舍，她不在。他看那上面的地址，心想是她的長輩親戚寄來的。他在衛生學校統考前的緊張日子裡私拆過葛英蕾的信，是她的追求者，一個工廠的工人寄來的，葛英蕾對他說過，他知道是那人的信，把它拆看了後，就撕碎扔了，沒有告訴葛英蕾。從那以後他就警告過自己不要再拆任何人的信，太沒有法律和道德意識了，更顯得沒有男子漢的大度。

下班以後，他立即去找葉鑾。信已經不在她的桌面上了，但葉鑾也不見影子。他不知道她到哪兒去了。這年月有的只是單位的座機電話，還有專門的電話員插轉線路才能打電話，還沒有聽說過手機那樣的移動電話。

茍傳到了白龍江邊。

他總是愛遠望那遠處的山巒。那西南方向的橫斷山脈，那岷山山脈，西傾山，阿尼瑪卿山脈，它們都在遠方，但在他的心裡卻是清清晰晰的，好像他一直生活在那樣的山區，整日陪伴著那與天相接的山巒。

他走到了抽水站的上面。

江灘深處翻卷著白浪的白龍江水向東南方向奔湧著。逝者如斯夫！歲月就這樣流逝了，幾十年也會如此不經意間滑走，那時候回憶江畔的青春，你會雙眼充滿珠淚。

苟傳看見葉鑾在抽水泵站牆下面。

他正想喊她一聲，但沒有張開的嘴裡的聲音被壓抑住了。她正在看一封信。好幾頁哩。是他給她拿回來的那封嗎？

葉鑾看完後，把它撕碎了。

她把碎片扔到了江水裡。

苟傳怕引起葉鑾的尷尬就沒有喊她，他獨自回去了。過了幾日，葉鑾不在宿舍裡，他等候了她好久。兩個人的宿舍，另外一個姑娘也是護士職業，她是漢南南邊的青武縣的人，談了幾次戀愛都沒有成功，最近有一個廠裡的高個兒與她確定了戀愛關係。那高個子開始追求過她，因為什麼原因放棄了，這是第二次追求了。平衡利弊之後，大家又重新走到了一起的，這說明前世確實有緣，是今生命定的。那姑娘外出後，苟傳等得無聊，就把桌子下面的抽屜拉開了。有一封信映入了他的眼簾。

鑾鑾：你好！

我已回來，請放心。現在東西寄回。因陽來信說買衣服之事。先給陽陽 20 元（不要給別人說），其它以後再說。東西寄回，牛仔褲叫陽試一條，他要喜歡就給他一條，其它你處理。以後再說。滑雪衣你選一件。另一件你姑說給肉肉，如何？給陽說給他買了一件滑雪衣，在家裡。叫他不要做衣服，以後回武威再做。衣內給你兩盒磁帶。先你一個人聽一下。因是香港原聲帶，走私進來的，不要宣揚。內容不宜擴散，怕有政治影響。不適宜你就處理掉。不要給你造成影響。可能內容是黃色的，因你處在相愛中，聽一下可以。不要叫陽聽。我這一次買了一個放音機，買了十幾盒磁帶。2 元多一盒，什麼內容都有，不宜你聽。這次出去，見得較多，以後再說吧。給你一點牛仔褲線，哪兒不合適可自己處理一下。希來信將你的生活情況給我說一下。你知道我有我的苦處，對你，特別是對你姑對你都有說不出的感情。二亥、英子、陽陽老使我們生氣，向誰說去？這也是命運吧！……

我們一切很好。胡蛋很好玩，他們在鑄件廠生活去了，過幾天回來一次。這也好。是我們叫他們過去的，沒有因生氣另過。主要是二亥愛玩，自己過便不能有那麼多時間玩了。別的沒有什麼。我和你姑身體很好。你爸來信已收。知道陽在學校住，沒有發生別的。澡雪們都同意，這樣就好。不要不團結就好。你代問候你爸。我先不去回信，你姑很關心他。代問小荀——你們情況不知。來信。下次再說。（我誰也未說）

祝你幸福　　　　　　　　　　　　　　　　　　即日

荀傳看了以後，連忙把它放下了。

他的心裡存了一個事。事一旦有了就不會輕易消失掉。荀傳本來就是個在生活上馬虎的人，那兩條牛仔褲不見影了。葉鑾沒有說她拿走了。荀傳對於它們的去向沒有興趣，很快就遺忘了。他有許多條褲子，同樣顏色的褲子都做兩條，以至於葉鑾同宿舍的那姑娘說她還以為他只有一條褲子呢。他曾經在學校裡以喇叭褲出風頭的行為完全改變了。他注意起了葉鑾與她長輩親戚的通信。她撕碎的信一定是他的。把沒有用的信件處理掉，這是所有人的常規做法。他常常說服自己，沒有必要給自己製造麻煩。可葉鑾卻似乎有很重要的話要對他訴說。她心裡有許多苦，需要傾倒。但她又說得不清不楚，似是而非。他是聰明人，推測到她的秘密。她的日記本上有一句類似的名言：純潔不過是無知的代名詞。小小年紀就有如此的人生深度，令荀傳吃驚。他終於猜測到她與長輩親戚之間關係的特殊性。她收到他寄來的賀年卡，是帶音樂的，那上面鑲嵌有一個銅質的金屬幣，音樂就是從它裡面發出來的。他們的宿舍已經有了家的氣象，有了做飯過生日的廚具，煤油爐，菜板和刀。他與她鬧了很大的彆扭。她躺在床鋪上，他用菜刀把音樂卡剁成了碎片。他在痛苦中產生了暴力，但他不會傷害她一根毫毛的。她似乎更加痛苦，如果不把她的往事痛快地傾訴給他，她就會爆炸。她深藏了十幾年的秘密壓得她已經無法承受了，如果找不到一個突破口，她會痛不欲生。這個突破口就是荀傳，就是她最愛的一個男人。荀傳把她與她的長輩親戚一路到南海的路上的彩色合影，兩個人的合影折疊成了最小的四方塊，用釘書機把它釘住，小小的方塊上居然釘了七個釘書針，仿佛把他們打入了永恆地獄。他給他寫了一封信，竭力詛咒他，並有嚴重的威脅。他從來就不是這樣的人，如今變成這樣，他也覺得不可思議。他又寫了一封信，還是詛咒他的，威脅他的，什麼把他碎屍萬段，不共戴天之類的惡毒之語言。深夜時分，他與她有肉體的交合之後，身體的疲憊並不能解決心靈的苦難，他問她詳細，她在睡意朦朧中說出了陳年往事，那一星星，一點點，一件件，一椿椿……在院子裡洗完腳後，他抱她坐到腿上，那一次把她痛慘了……她告訴他老婆，她一巴掌扇得她差點趴倒。那是她被打得最嚴重的一次，她終生難忘。他到省城出差，帶她去玩。在旅館裡……他教她如何正確使用避孕套。在被窩深處，他拿手電偷偷照亮……中學畢業的那一年她去他家，她十六歲了，他蘸著洗臉盆裡的水……上初中時她就離開了他家。她的戶口本來是要從農村轉到城裡去的，可是難度太大了，辦不成，就把她送回了漢南。有一年暑假，她的表哥從插隊的農村回來了，他掛執意要送她回漢南老家。不幸的是，表哥騎自行車被拖拉機軋死了……那個保護她的天使到天上去了，再也沒有人保護她了……

　　荀傳，原諒我吧。一開始就這樣給你寫，你一定知道我要說什麼。但我真心希望你不要生氣，原諒我好嗎？我躊躇了好久，真不知如何告訴你。今天下決心坐在這清澄的屋子裡給你寫，希望能儘快使你的心得到安寧，但我的回答……原諒我吧，傳，不要生氣，我們做個朋友，至於我為什麼要拒絕你的愛，以後再說吧。每個人都有自己的苦衷，自己的煩惱。我們做個朋友不是很好嗎？我想每個人都希望自己能交幾個知心的朋友，傾吐自己的苦，安慰一顆受痛的心。我真希望朋友之間能相互瞭解，開誠相見，可是這樣的朋友太少了。現在的人都是在互相欺騙，相互利用，我真高興認識了你。

我真感謝你給我寫的詩。說真的，當我看到你拿《小彎彎》這詩給我看，我的手都在發抖。當我看完了以後，我真為你能寫出如此生動具體的校園生活而感動。不過，我並沒有你想像的小彎彎如此天真、可愛，她永遠是任性、孤獨的，她的童年也沒有你想像的如此幸福。不過，過去的已經過去了，我們不要再提起了。你的不幸歲月已一去不復返了，不要再折磨自己，那苦澀、蜇辣、低微、卑賤的煙草，那玩命的紙牌，能得到解脫嗎？能使自己一顆受痛淒涼的心得到安慰嗎？你有自己的愛好，用詩來充實自己，度過那無聊的夜晚不是更好嗎？暫時也許會毫無結果，但你應相信自己。你是一個有才華的青年，你不應喪失了自信；你看過不少書，瞭解許多知名作家，難道他們的成名都是第一次創作的作品嗎？雖然這是一件苦事，得到的也許很少，但是我想它總能安慰自己，總會得到一時的快樂，總比那無聊的閒話、低卑的紙牌、苦澀的煙草好多了。你認為人的精神中是不會幸福的，我不相信，就是不幸，我也不願意在生活中尋求不幸……為什麼必須找一個男人為依靠呢？我雖然是生活中的弱者，但我也不需要拿這些來充實自己，因為這是在欺騙。我的想法是幼稚可笑的，可能根本就不成立。我不想再寫關於這方面的文字了，以後再說吧。

你為什麼要提工作的事情？你說“你做這如此不可與人相語的下等事情”，看到這，我的心都在顫慄，我最害怕提起這些。每當我聽到這些，問起我的工作，就……就會潸然淚下。我為這些事不知偷偷地流了多少眼淚。我恨，恨別人提起這些。你說你自己，不也是在說我嗎？好了，我實在寫不下去了，就此擱筆吧。

XX：

　　你好，近幾天思緒很亂。這封信也許會讓你驚。因為我思索了幾天，覺得還是告訴你一切的好。

　　你知道吧，我和他已相愛兩年，這是一個漫長的時間，可我們一真相愛著。早在一年前我們曾同居過，這也許你已經知道。但我還應當告訴你。你知道嗎，我們同居後，他已感覺到了我是如何的人（當然他也是被他同居的女友遺棄了，所以他是有這點經驗的），那晚他毫不保留地告訴我了他的一切。他也很想知道我的一切。而我能告訴他什麼呢？雖然他已感覺到，可我又怎能呢？在這以後他做過各種各樣的猜想，可他還是不能知道什麼。但你去年兩次來，特別是在橡子營，不知道他怎麼看出來了。廣州佛山一行，他的疑點很多很多。你知道嗎？他是寫東西的。他有一顆比別人觀察能力很強的頭腦，他曾寫過一些東西，這我是看過的。寫得很好，只是不得志而已。最近他又寫了一些，我看了，他寫了我的一切。當然包括他的猜測。可你知道嗎？他的猜測全是真的。他確實很愛我，這種愛你是無法知道的，到現在他還一直這樣。而我呢，我不能說不愛他。他對我太好了，這種好絕對沒有一點雜念。我的感覺是不會錯的。雖然我們常發生一些爭吵，可這也減不了我們的感情。他越對我這樣，我越害怕，我不得不告訴了一切。請原諒，我們太愛了，我一天煩惱、痛苦，不能自拔，他為了我在這裡休了他的探親假。他把我帶出去玩了幾天，他為了不讓我一個人玩耍，他犧牲了他的時間，而時間對他來說又是何等的重要。一切都成了過去，我想讓他離開我，我就可以找個別人做我的丈夫。我不要愛，我只要個丈夫而已。而他沒有這樣。我做過嘗試，失敗了。我的感情也是受不了的。請原諒吧。他曾經偷看了我和你的來信，這是他告訴我的。所以他一切在我說之前都已很清楚了。他能愛我，我感到很高興。只是我覺得對他來說，我的一切都是多麼不可思議。啊，這就是人生。你看了這一切，你只是知道就行了——他是一個很明智的人，他不會如何的。他一切都會為了我的，所以看完以後把信毀掉吧。不要再讓另外任何一個人知道一切。你可以像以往一樣，不過對我姑好點就行了。也不要再為這事去想什麼了。我已決定忘記一切，和他好好生活下去。我要好好對他。以前我對他太不好了，折磨過他。現在我要彌補我的過失。我寫了這一切，請不要去想，更不要幹什麼事情。你應當很快樂地生活，你有一個幸福的家庭。

再見了。

鑾　即日

經過暴風雨和暴風雪的洗禮，暴風雨的充分沖刷，暴風雪的徹頭徹尾地澡雪，荀傳對於葉鑾的愛情越發堅硬越發純正了，仿佛真金得到了烈火的熔煉去除了所有的雜質。無論葉鑾有著怎麼樣一個過去，似乎正是她的備受欺凌的少年經歷，他才對她產生了超強的愛情。他的志向是文學家，是詩人和小說家，這一切都是命運給予他的特別激賞和錘煉。

聽說耶麗雅的病情好轉了。單位裡，甚至小鎮上都在傳說這樣一個奇跡：活嬰兒的心生吃進去就會治癒陳年毒癮。這麼說，又有一個孕足月，母親懷胎十月的胎兒被以超生引產的名義處置了，產婦本來就到了正常的分娩時間，只需假裝把利凡諾引產藥打進孕婦的宮腔，其實注射的是無毒的 0.9% 的生理鹽水或者是蒸餾水，分娩出的嬰兒是完好無害的，其渾身流淌的是正常的血液，其幼小有力的心就可以作為治病良藥了。婦產科住院部病房有一多半住的都是引產的孕婦，她們是在逃亡的半路上被計生幹部抓住的，強行押送到定點醫院，有的孕婦一被押進住院部，就在走廊上把她按壓住把利凡諾毒藥注射進了體內。孕婦雖然強力反抗，但一旦被二十釐米長的鋼針紮進了肚子，子宮被刺穿，藥液被推了進去，也就放棄了一切反抗。胎兒已經被執行了死刑，生下來的即使沒有死也是個傻瓜娃兒了。

那麼多引產兒，那麼超生的嬰兒，超生就意味著被剝奪了生存權，荀傳經過上次的折騰後也沒有勇氣再去搶救新生兒了。嚴景雪不再把秘密提前告訴他了，他也就沒有機會得知哪個超生孕婦的肚子裡注射的是蒸餾水了，那個孕足月的嬰兒就被當作治病的藥物被吃掉了。他二十二歲了，他的良知只是這個黑暗的時代的一隻螢火蟲，很快就被黑夜吞噬了。他要生活，只有工作才能掙到工資，生活才能繼續下去。他正在愛一個姑娘，這個叫葉鸞的姑娘有著那麼悲慘的童年，她不會因為她的不幸而放棄對她的愛，反而增添了他要保護她，永遠愛她的決心。於是他們決定這個冬天就結婚。小鎮上有領取結婚證的部門，葉鸞有個同學的姑姑恰好就是那個部門的負責人，那同學打了招呼後，他們就去順利地領了結婚證。他們沒有想到要給辦事人員吃喜糖，沒有絲毫的準備，是空手去的。他們畢竟從來沒有辦過這樣的證明，人生的第一次，沒有絲毫的經驗，也沒有請求他人指點。

辦了結婚證後，他們就是法律意義上的妻子和丈夫了，正式的夫妻了。可還沒有舉辦儀式，按照約定俗成就還不算是正式的兩口子。他們向單位要求分一間房子作為婚房。單位裡單間空房很多，就分給了他們一間。他們把它粉刷了一番，買了一張雙人床，就算安置好了。緊接著就放春節假了，他們的婚假加上春節假有相當長一段時間，荀傳有個意外的想法，到葉鸞的長輩親戚家去。葉鸞默許了，為旅行做好了準備。這對荀傳來說是個古怪的決定，可葉鸞的不反對更使這個決定顯得有悖常理。但是荀傳有這樣的想法，葉鸞就一概依順。這也許就是荀傳未來會成為文學家的特殊之處。

他要看看那個地方，看看葉鸞受欺負的那個院子，那個家。

經過愛情的苦難磨煉後，荀傳的文學家之夢更加堅定了，他依舊苦讀詩歌和世界小說散文名著，堅持每天擠出一定的時間創作詩歌和小說。他正在寫作的長篇小說名為《星槎》（最初也叫過《第三個窗戶》），其主線主要是個人的經歷。

他與葉鸞從宿舍裡出來，走到了急診室門前。有個約莫十歲大的小姑娘，是從白龍江對岸的山村裡來的。一個三十多歲的婦女抱著小姑娘，還有一個相近年齡的男子跟著。那小姑娘一動不動，她的眼睛閉著。他們要看急診，但臉是平靜的，行動也是慢騰騰的。有個年輕的醫生問了情況，那女人把小姑娘的上衣揭開，那小小的胸脯上，那心尖兒所在的部位上有一個小小的傷口，荀傳內心裡呻吟了一下。那小小的傷口閉合著，像是刀子紮的，沒有出血，只是一個小小的口子，有些兒紅，但也沒有腫起來。小姑娘沒有任何意識。

年輕醫生用聽診器反復聽心臟，沒有絲毫的心音，也摸不到任何的脈搏跳動，他宣佈小姑娘早已死亡了，沒有搶救的必要。那三十歲的婦女聽了也沒有任何的反應，她應該知道孩子早就死了，抱來搶救不過是了卻內心裡的不安。她抱上孩子走了。那男子要替換她抱，她沒有允許，他們緩緩地走向遠方。

荀傳本來自己要出手搶救小姑娘，做胸外按摩，按壓，人工呼吸，他想到是，十歲左右的小姑娘生命力特別頑強，也許還有搶救過來的微弱希望，可那值班醫生的宣佈叫他終止了自己的想法。他看到了葉巒眼睛裡的淚珠……

坐在白龍江岸邊，荀傳打開了從基督教堂免費領來的《聖經》。他翻到《新約全書》的《馬太福音》的第十六章出聲閱讀了起來：

法利賽人和撒都該人來試探耶穌，請他從天上顯個神跡給他們看。耶穌回答說："晚上天發紅，又發黑，你們就說，'天必要晴'；早晨天發紅，又發黑，你們就說，'今日必有風雨'。你們知道分辨天上的氣色，倒不能分辨這時候的神跡。一個邪惡淫亂的世代求神跡，除了約拿的神跡以外，再沒有神跡給他看。"耶穌就離開他們去了。

荀傳問葉巒這是什麼意思呢。葉巒說她聽到一首歌，名字叫《紅色的天空下》，唱的是，"一天，小男孩和小女孩被夾在餡餅中間烤著，讓風低低吹，讓風高高吹，一天小男孩和小女孩被夾在餡餅裡被血紅炭火烤著，這是通往王國的鑰匙，這是那小鎮，這是那匹瞎馬領著你亂轉"……

從漢南出發，坐火車到了呼和浩特。要在那兒倒車。夜間的寒冷比起漢南來還嚴厲十倍。荀傳與葉鑾趴在二樓候車室的暖氣管道上取暖。到了淩晨五點火車來了，他們上車，朝錫林郭勒駛去。

沒有人接站。

雖然提前有書信通知了，但具體哪一天什麼時間到達並沒有一個準確的時間。好在葉鑾的小學是在這座城市上的，地形都留存在了記憶裡。她帶領著他。他拖著一個大皮革包兒，底上兒是有四個滑輪的，可以拉著走。這是這個年月不常見的行李包，是荀傳畢業時花了十八元——一個月工資的一半——買的。

在街道上七拐八轉，過了一座橋，穿過整個街道，看見北邊的山崖了。這座城市的北方是高峻的高原被萬年雨水沖刷成的土山崖。山崖邊是山谷，山谷裡有路通向山崖後面的古老村落。山崖下是一排又一排的平房，每個平房前都有一個狹窄的院子，這是一個大單位的住宅區。

葉鑾和荀傳的到來並沒有引起什麼動盪。這個家庭有女主人，男主人，大兒子已經成家另過，小兒子還沒有中學畢業。有一個兒子死了，荀傳看到過葉鑾保存的一張照片，照片上有一個人的頭和身體被剪刀剜掉了。開始男主人沒有出現，吃飯的時候，他坐到了桌子的主位上。荀傳對他笑了一下，算是打了招呼。大兒子的媳婦回來了。她在工廠上班，拿的是日工資。荀傳之前沒有聽說這樣的事，覺得新奇。大兒子沒有回來，大兒媳數落他的不是，下象棋入迷，連吃飯都顧不上。大兒媳走的時候給了葉鑾一百塊錢。

第一個夜晚來臨了。荀傳和葉鑾被安排到走廊西邊那間房子裡住。走廊北面正對著的是客廳，吃飯也是在客廳裡。西邊這間房子就是葉鑾小學時期一直住的房子。男主人與女主人的房間，小小的葉鑾與他們住一張床上。也就是在這張床上，男主人與女主人進行夫妻生活，葉鑾被踢醒後，假裝依舊沉睡，聽到了整個過程。有一天女主人早起去買肉，床上只剩下男主人和葉鑾……有個洗臉盆放在木頭架子上……就是這洗臉盆裡的水……她十六歲的花季，他的僭越似乎有了皇帝的特權。他是單位的中層領導，是黨員，在吃飯的時候，大兒媳就說他是黨員，要他主持公道，好好教育他的大兒子。男主人對葉鑾說他大兒子沒有生育能力，是他自己代勞的。膝下的孫兒其實是他的種，他的兒子……還說他目前不行了，她說都是他作孽……他叫葉鑾想辦法給他治療，她沒有說她叫什麼大夫給他開的什麼藥……在她的宿舍裡，他有可能在她的身體上試驗，看還行不行……他五十多歲了，她二十一歲，她的身體變成了最好的藥……如今，苟傳到這個暴行的發源地，他要感受什麼呢？要思索什麼？他並不追索這個暴行的罪行，並不告發使其得以懲罰。他對社會是天生反叛的，小學中學中專的老師都是壓迫他的，法律系統更是對他的最大的壓迫者……他的苦他要自己承擔，自己琢磨和消化……女主人專門給葉鑾準備了柔軟的衛生紙，當她把它遞給她時，他心裡覺得好奇怪。夜裡他沒有與葉鑾有那樣的行為，一次也沒有。

　　苟傳大量地抽煙。他沒有對煙的癖好，沒有感覺到那是一種享受。這個年前，大家都很忙，準備好過年。可苟傳什麼活都不幹，光是抽煙，臉上沒有笑容。他是討債來的？不應該這麼說。吃飯，抽煙，閑坐，也不說話。他本來就不擅長言辭。這是葉鑾的長輩親戚家，並不是她的親生父母，對她有幾年的養育之恩，他沒有權利發橫，作威作福。男主人所犯下的罪惡那是另外一回事，女主人也同樣是受害者，可她只是一個家庭婦女，不識字，靠他生活，只能隱忍下去。
　　吃過飯後，苟傳看到男主人在門口對站在那裡的葉鑾說著什麼。他居然還與她小聲地說話？他應該躲藏起來，一直沉默著才是。苟傳二十一歲的心裡翻湧著怒氣。說點兒話是應該的，也是正常的，沉默著才叫不正常呢。葉鑾叫苟傳外出，他跟她走了。他們爬上了北邊的土山崖。那山崖上有個嶐峴，嶐峴裡面是條溝壑，溝壑裡有許多窯洞，是個山村。他們爬上了山村北邊的山頂，看到山崖北邊還有一條又一條的山梁，山梁伸展到了天盡頭，綿延不盡。

　　荀傳決定了明天天不亮就去坐火車走。他把決定告訴了葉鑾，她答應了。她很小的時候就失去了母親，沒有母愛，她的長輩女性充當她母親的角色，在她幼小的心靈裡留下了深刻的記憶，滴水之恩當湧泉報之。但當前荀傳是她的丈夫，他的內心被這種複雜的人間關係糾結著，她明白他的心。

　　五點鐘他們就起床了。

　　行李是收拾好了的。他把它拎到右手裡。她輕輕開了門，到了小院裡，又開了院子的門，回身把它慢慢關上。這樣的不辭而別是要下決心斷掉這門親戚。這是告別過去，進入新世界嗎？她同意來這裡是為了最後一次感恩從此而絕了這家的恩情，永不回往了？有荀傳的存在，葉鑾就必須這樣做了。迎來一個新家，破除一個舊家，在這種特殊的前提下似乎是必須的。

　　剛一出小院，在路上就碰見了鄰居一婦人。她是認識葉鑾的，說了聲這就走了嗎，葉鑾以笑容相答。

　　售票廳還沒有開門。

　　大年初一，這兒沒有一個人。他們等了好久，售票廳有人上班了，候車室裡也有了人。他們買到了去秦陽市的票。他的大哥在那兒。他的二哥和三哥在秦陽北邊的山城縣的鄉下。他們進站了，站在站台上等候列車的到來。

　　順著鐵軌走來了女主人。她像葉鑾的父親一樣身形高大。她四十五六歲，像個女將軍。她走到荀傳和葉鑾跟前，抓住了放在地上的滑輪旅行包。她叫他們跟她回家去。他堅決拒絕。她拖著旅行包向她來的方向走去。走了有一百多米遠了，她回頭看見葉鑾和荀傳一動不動地站在鐵路邊，她站了片刻，放下包走了。

　　列車在群山萬壑之間奔馳。他望著窗外一掠而過的雪峰和落滿了雪的溝壑，想到老太婆在他生命的旅程永遠消失了，他再也不可能見到她了，就像這一掠而過的窗外的群山。儘管在最後那一刹那，她使他那麼感激，她連大年初一熱氣騰騰的水餃這種每個過年人都非吃不可的傳統食物……她沒有忘記給她和他帶上。他雖然坐在寒冷的火車裡，心卻是熱乎乎的。他的溫暖的大年初一的遠行。他，葉鑾，他們穿過了一片茫茫無垠的雪山，又穿過雪山外壙闊廣袤的雪原，他們到了一個地方。那兒就是秦陽城。他想起那年他曾經帶葉鑾到過這裡，為的是給她做人工流產手術。連續三天，她上夜班回去的路上，在水池旁邊痛快而又難以忍受地幹噦，她清楚她懷孕了。但他們還是不願相信那是真的。他曾經對於他自己的性功能有過懷疑。一是他還在孩提時期曾經隱睾長達十多年之久，直到有一天，他無意間把它推下去了，這個時候他才具有了正常男孩子的兩個睾丸，在那之前，他一直被村莊的孩子叫做獨蛋；二是他自小就有手淫的習慣，簡直就是積重難返，即使在他把嬙領到一個黑暗的房子裡，第一次與她性愛的前一夜，他與她從江灘約會回來，還在單身宿舍樓的公共廁所裡，躲在黢黑的犄角裡手淫過，他在手淫的時候，想著葉鑾，想著美麗漂亮的她，皮膚潔白嬌嫩俊俏得光彩奪目的她。這兩個原因都使他對於他的性機能產生了極不信任的懷疑。他在讀小學的時候，曾經在桌子底下，手伸到桌子底下手淫過，當時老師正在講臺上講課。那時，他還不能產生精液，他只有那種往出噴射的感覺，排泄的廣闊的感覺。他想，饒恕他吧，他提到了那位曾經在一孔破爛的窯洞裡給他上過四年課的小學老師，他早在十年前就已經患病死了，死於糖尿病酮中毒。他死後，他的妻子，曾經是一個漂亮的山西姑娘，再嫁到了山那邊的一座山莊。她當姑娘時嫁給小學教師是作為一個條件，使她的全家，她的爹娘、妹妹、哥哥落戶到那個荀傳覺得他的童年深深陷在那條溝壑裡的村莊。她嫁到山那邊以後，留下了她的兒子和女兒，他們的爺爺和奶奶都在他們的父親死後的前後相繼被埋到了高高的山坡上。聽說，那個女兒後來跑出山，過了很久，回來了一趟，呆了幾天，又走了，她已經闖蕩開江湖了。荀傳曾經設想與她相遇，看看那個童年時在一起做遊戲的小女孩如今出脫成或者說磨煉成什麼樣子了。一定是一個頑強的女子，就是她在小的時候給他起個了獨蛋的外號。

秦陽城，正在過年的古老的秦陽城依然被茫茫大雪籠罩，覆蓋，難以辯認她往昔的容顏。就是在這裡，他們打掉了那塊心病，他的第一顆生命的種子夭折了。他記得當初他們誰都不願相信那是真的。他和她跑到一家醫院，她纏住那個正在做化驗的醫生，他趁機將那套化驗試劑——兩瓶藥水偷到手。回到宿舍，用玻璃瓶接一點她的尿，他用火柴棒蘸幾滴，又蘸幾滴試劑，就在他的翻過來的眼鏡片上做開了檢驗。他們發現了凝結塊。凝結塊無情地宣告了她的懷孕。就是在這裡，那時是秋雨中的秦陽城，他們愛情的第一個產物被鋼鐵產鉗刮進了汙物桶。

上了火車之後對於空蕩蕩的車廂，他們感受到了逃跑的淒涼，而由於旅行包內的那袋剛煮熟的大年初一的水餃還在冒著騰騰的熱氣，苟傳盯著旅行包癡望的時候，幾乎忘記了大年初一旅行者的淒涼。感覺中空寂的車廂陡然之間變得擁塞起來，這時，葉鑾瞥見窗外雪地裡有一條狗，那狗一蹦一蹦向火車跑來。苟傳看見葉鑾看見了別的車廂寥若晨星的人影，聽到了汽笛聲，感到火車就要開了，那種永訣的感覺重新泛起壅斷了他的心靈，並為他前生的飽經風霜深刻懷念，悲憫被引產的孩子們的悲慘命運時，一條狗從車廂那頭一路嗅著奔他而來，那種對狗的特殊感情好像洪水淹沒了他的身體，沖蕩盡了他的別的所有的感情。當那條狗廝纏著他，在他腿上蹭來舔去，溫順地躺在他的懷裡與他親吻時，那感情膨脹成了山，山之峰巔落滿了雪。他想起了羅拉、葛英蕾和豐綽，想起了童年少年，想起了羅拉還跟核桃一般大的乳房。

旅行開始了。他與黃犬嬉戲的時候，往窗口外面吐了一口唾沫。他望見了皚皚雪坡上嫋嫋飄起的一團白霧下面一個針樣大小的黑影。但他完全迷醉在了與黃犬玩鬧的記憶暖流裡，對於白霧以及雪坡上樹下針似的黑影漠然視之。儘管他知道那枚黑針是個英俊的男孩，距離男孩不遠還有一個漂亮的女孩，過去的愛慕之情早已變得麻木。狼還在雪坡上出沒嗎？他把頭縮回，發現葉鑾凝視著犬的脖子，順著她的目光，他看見了犬脖項上的頸圈。頸圈深深躲藏在獵獵毫毛之下緊緊貼住頸皮。葉鑾將頸圈轉動著，發現它是個天衣無縫的圓環，仿佛與生俱有。荀傳勉強把它翻轉過來一小截，看見了上面的文字。文字幾經滄桑早已漫漶，經過葉鑾與荀傳的仔細辨認，它的內容還是極為依稀，但經過大膽與豐富的想像，並且由於眼前實物對他的庶乎神諭的啟發，他最終認出那幾個字，當他把那四個字的內容悄悄告訴她的時候，他倆深為驚愕，同時又覺得莫明其妙，並對他們共同產生的驚愕不可思議，他弄不清他的感情緣何而生。

黃愛獒黃

　　落滿了雪的山崗和溝壑從荀傳的視野掠過，回過頭來看見列車員從車廂那頭走了起來。列車員從他身邊擦過時，狠狠地特意剜了他一眼，隨後像夢中人似地消失了。葉鑾看著荀傳與狗玩耍。她覺得他對那幾個字表現出的是非常淡漠的態度，只是與狗融合在一起，看著他與狗逗樂的一幕幕情景，她覺得他仿佛與其生活過了幾十年了，他與狗之間感情已經勝過他與她之間的感情，但是她心裡一點嫉妒的感覺都沒有覺察到。這時，荀傳發現列車員又走了過來，與他擦身而過時又剜了他一眼。她注意到他沒有看狗，列車員對狗一點興趣都沒有。當列車員快要消失到車廂頂頭的門後面時，他忽然扭過頭來朝他笑了笑。他笑的時候，牙齒明亮地暴露出來。這一切荀傳都沒有發覺，他只是和狗一個勁地忘情地玩樂著，仿佛已經不知身在何處。葉鑾沒有絲毫心情想把這些發生的一點也不奇怪的意外情況告訴他。列車員似乎醉中人步入了夢境。

　　山崗上落滿了雪。

　　一條很大的落滿雪的深壑僅僅在葉鬱眼皮底一閃，沒有留下任何記憶印痕。她的眼皮合上了，打起盹來。火車猛然一頓，她睜開眼睛，好像剛剛做了一個夢，在夢中，一個男人從車廂那頭走過來，他邁著矯健的大腿，身材魁梧，面目英俊，她想她從來沒有見過他，可他的神態總是向她傳遞著神秘的信息，仿佛曾經與他做過夫妻似的。那人走到身邊，看了看苟傳和狗，想對她說話，但又不像是說話的樣子。她感到異常燜熱。那人的手軟體動物似地摸遊在她的沼澤水草之中，她哼叫著，感到越來越熱，她喘不過氣來，窒憋得快窒息了，她是那麼恐慌，醒了過來，看見了血紅的火。苟傳在火中掙扎，跳舞似地扭動，慢慢在彎曲，弓起了脊背，狗還在他的懷裡，狗也在跳舞，它的舌頭長長地伸出來，舔著苟傳的嘴唇，舔著他的脖子。這時，她覺得又看見列車員了，但是四處都找不到他的身影。她沒有思考是怎麼回事，對於狗和苟傳在火中舞蹈，瘋狂地嬉鬧的情景也沒有思考，除了熱之外感到的是灼燒，突然，她看見火苗從她自己的胸脯心臟搏動的地方躥出，緊接著全身都焚燒起來了，她內心的活動很難瞬間表達清楚，她自己都無法給自己尋找到合適的解釋。她意識到自己是在重複苟傳的燃燒過程，還有那狗也是那樣燃燒的。她不知道那個列車員到底是誰，也無法弄清他的微笑的含義了。她在火中舞蹈，手和足是那麼輕盈，揮動是那麼自如，姿態扭動得那麼優美，步子踩得得心應手。她意識到她的身體逐漸地在變彎，當她徹底彎曲起來的時候，她感到渾身舒服極了，肌肉和皮膚滿足脹滿，緊接著一股強大的能量釋放出去，似乎整個宇宙都毀滅了。她聽見苟傳在說喊啊，喊啊！她立即叫喊起來，喊了一陣之後，她快樂得想哭，想哭得要死，這時才意識到她喊的是"姑父"兩字，睜開眼看見苟傳帶著那團上下左右包圍著他的火焰跳躍起來，他懷中抱著那條狗，狗的脊柱也在無限彎曲著，他和她兩者的圓弓彌合在一起形成了一個完完整整的圓圈。這是個充滿幻覺的世界，圓使一切有了幻想的成分。她意識到他們再也不會分開了，他和她的圓旋轉著，飄離了窗戶，飄飛到了山壑上空。

圓圈中蜷曲了那條狗。

啊，落滿雪的山崗！

　　這個時節的旅行有吃不完的苦。人們都在過年，而荀傳和葉鑾沒有過年的地方，他們結婚了，但還沒有建立起來自己的家。顛簸奔波中，葉鑾懷念起了在她長輩親戚家的日子，有吃的，有睡的，有女主人的侍候，還有男主人的殷勤。在秦陽城荀傳沒有找到他的哥哥，就又坐班車到了北部山區。山城縣城也沒有他的親人。有一個初中同學的家在那兒，但不能貿然前往。那同學有父親母親，還有姐妹弟弟。他的父親是軍隊轉業下來的，喜愛打獵。高高的身材有些兒瘦削，但棱骨分明，十分嚴峻。

　　晚上是在山城縣的背街上住的。那戶人家的土炕上他們睡到了天亮。聽到一群孩子在外面嘰嘰喳喳鳥雀一般，還把炮仗扔到門縫裡來，炸出很大的響聲。給那家主人付了住店的費用後，他們爬上坡就到了汽車站。在餐館吃了早飯後，他們乘車去東邊八十華裡外的一個高原上的小鎮。他的三哥入贅到了那兒一戶人家。他們在那兒住了兩天就又返回到山城縣城。走的時候他三哥給他錢，他沒有要。按說他是應該要的，他在旅行結婚，走到哪兒凡是親人行的禮就應該收下。

　　已經是正月初四了，可以到山城去找江雷鋒了。江雷鋒的母親十分熱情，他的父親去值班了。吃過晚飯後，來了一幫子江雷鋒的哥們，他們打牌賭錢，到了一點多才結束。那夥賭徒走了。江雷鋒到外面的旱廁所去，荀傳也跟著。他與他曾經在中學的土窯洞宿舍裡睡到一個被窩裡，十五歲的少年相互擁抱，所用力之大簡直是要把自己融入到對方的身體裡去，兩個男孩的陰莖硬如鋼鐵。他們是穿著內褲的，只是發洩了身體裡的火焰，而沒有實質上的內容。他們並不是同性戀，沒有絲毫性倒錯的傾向。荀傳叫江雷鋒與他和葉鑾同睡。江雷鋒沒有說一句話一個字。他們從旱廁所回去後，各自回了自己的房間。荀傳和葉鑾睡的是江雷鋒的婚床。他結婚一年多了，媳婦生育了一個男孩，她抱著孩子回娘家去了。江雷鋒進了另外一間房子，那兒有床。過了好久，門被推開了。江雷鋒進來了。他坐在黑暗裡抽煙。那火星一閃一滅。一支煙抽完了，他又點燃了第二支。荀傳的手摸到了江雷鋒的手，把他拉了拉。過了一會兒，江雷鋒上床來了。他是從另外一邊爬上床的。葉鑾睡在兩個人中間。

　　那棵巨樹出現的時候，他認出了這個熟悉的記憶中的大壑，知道離家已經不遠了。樹凝止著。這裡的時間也已凝固，空氣已被幾萬年的歲月浸透。壑口仿佛靜止在遠古的夢中。有一個人走過來了，那人回過頭來看看他們，他隨後隱到山背後去了。他的手攬住葉鑾的手在壑口稍微喘了一口氣，他們聽見了哭聲，當他們爬上山崗梁時，看見了梁上黢黑的影子。那影子很大，似乎是因為等得歲月過於久了，它的盼望的姿勢凝固成了石頭。

　　那事完了之後，葉鑾在擦洗時，聽見燈被拉亮了，看見荀傳坐在床頭也在仔細擦洗著。她看見了他濃密的恥毛，隨後她躺下沒有幾分鐘就睡著了。荀傳擦乾淨以後，將毛巾扔到床上，把燈拉滅，他躺下，覺得身體在往下沉，馬上就要入睡了，就在這個時候，他聽到恍惚的腳步聲，不知是誰的腳在巷道裡磨擦，沒有意識到究竟是什麼腳，那腳意味著什麼，與他有什麼關係，他沉到夢鄉裡去了。他做開了夢。在夢中，那腳還在靠近，已經來到他的床前，順著那雙長滿肉瘤的腿，他看見了鳥的翅膀，翅膀很大，小船的帆似的，翅膀勻稱地忽扇著，它從窗口飛進來了，先是在葉鑾的頭上啄了一下，他看見她的頭被啄了一個大洞，它接著啄，不斷地啄著，她掙扎著醒來，揉揉迷糊的眼睛，對於室內飛進了一隻鳥想到是吉祥的徵兆，她想起了老家房檐上的燕子窩。在她這樣想的時候，喜悅心情充滿她的心胸，她看著鳥兒飛過去啄荀傳的頭顱。鳥的喙像把鐵鉗一般，荀傳的腦殼馬上就被啄了個大洞，露出了裡面西瓜瓤似的物質。荀傳在夢中掙扎，翻扭著想醒來，翻了幾個身後，他安寧下來了。他的身體平平靜靜地躺在那裡。鳥兒飛過去啄她，她眼睜睜地看著鳥啄開了她的頭顱，掙扎著想醒來，但是再也擺脫不了那樣的夢境了，她想鳥啄穿她的頭顱，吸空了她的腦髓，它就會飛翔出窗戶，飛進城市，……她失去了知覺。她再也不能思想了，感覺到自己死了。

那只鳥飛出窗戶，飛過城市上空的時候，它看見城裡人山人海，有人站在高高的車上，聽見那人在向車下的人演講，許願，車下的人舉起了雙手。他們是在搞什麼活動？鳥兒邊飛邊看，這種情景它覺得過去見過。

窗外的歡呼聲越來越響亮了，苟傳終於被吵醒了，他恍惚記得的夢境很是模糊，淡得無法勾勒。歡呼聲再次傳入窗口時，那個剛剛做的不能肯定的夢被徹底遺忘了，看看身邊的葉巒，微明中，她的臉蛋似乎處在輕薄的霧氣中，從來沒有感到過的美俊，他俯下身子吻她。她仍舊沒有醒來。他只好把她搖醒。他不相信她會睡得那麼死。他想她一定是在假裝睡得很死。她慵懶地醒來，聲音裡含滿嬌嗔的意味，她抱怨他不該叫醒她。他看著她嬌柔地坐在床上，臉上的紅暈還沒有完全消散，他突然想起了母親，對母親充滿了懷念之情，當城裡的聲音再次震得窗戶發響的時候，要見母親的念頭是那麼強烈，他攫住她的手跳下床鋪，出了門，跑進小巷。小巷又深又長。當他扯著她跑出小巷的時候，看見街道上人山人海，仿佛隔著歲月之簾看見活著的古老的歲月，他透過這樣的歲月之簾看那些人的時候，有個人站在車上，不斷地揮動著他的手。在巷口，他和她站在一起呆呆地望著。雖然不敢相信，但還是認出了車上那個個頭最大最高的人，想起那人是"毛"。他已經死去幾十年了，苟傳不敢相信真的是那具腐屍從水晶棺槨裡爬起來溜出了叫做"紀念堂"的墳墓，來到街上，爬上了高高的龐大的汽車，是不是這個時候，人們才發現他復活了，於是蟻擁蜂攢，高呼萬歲。這時，他聽見車下的人群又在高呼萬歲。從他們舉起的手臂上，他看見了那種紅袖章。她捏緊了他的指頭。他仔細看了看近旁的人，看見了他們身體上的紀念章，那些人都赤裸著胸脯，把紀念章別到胸前的皮肉上。她使勁捏他的手。車上的那個高大的人從墳墓裡爬出來又發動了革命？他這樣想著，好像一個傻瓜一般被她牽著從人群縫隙中溜出城去。走到曠野間大道上的時候，他覺得能夠逃出來真是慶倖之極。走過一片開闊地，那棵記憶中的巨樹出現了。樹在童年的記憶裡刻得很深很深。他長長地舒了一口氣，認出了前面的嶙峋的沖溝，進入壑溝，走了幾華里崎嶇的山道，他抓住她的手爬上了那道高高的山梁，看見了那個黑影。黑影凝固在山梁上已經無數歲月了。越往前走，黑影越大，當走到黑影跟前時，她才認清那是一個人，是個石人，這個石人有一座小山那麼大。仔細察看石人的面目時，她辨別出它是個女孩。女孩挺著肚子，她懷孕七八個月了。女孩翹望著遠方，葉鑾弄不清她在等待什麼。然而在荀傳小的時候，在那遙遠的歲月裡，他記得她原來很小很小，在山梁上只是個很小的石頭，他常常提著草籃爬上山梁，爬到石人的脖子上。石頭也在長嗎？不願相信是沒有什麼意義的，它確實在長大，它長得這麼高大了，須仰起脖子才能看清它的臉。脖子仰得都酸了。

開始聽到江雷鋒的心臟把床板錘擊得發出巨大的聲響，感覺到好像心並不是透過胸壁而敲擊床板的，而是直接跳出來敲擊的。那樣的心跳是由於過於緊張了。他怎麼那麼心慌呢？荀傳雖然沒有專門給葉鑾說過這樣的安排，但他保證她是同意的。朦朦朧朧中睡著了，好像做了好多好多的夢，一夜夢不斷。夢中的人叫了不同的名字，他一個也想不起來了。天窗已經濛濛亮了。江雷鋒還睡在葉鑾的那邊。他好像經過一夜的休息這才有了精神。他又與身邊的人做那樣的事了。他以為荀傳在睡夢中，可當荀傳說了一句話後，他立即就癱軟了。他在荀傳醒來時就會萎縮。他的行為引起了荀傳的衝動。葉鑾是他的妻子，他來完成江雷鋒沒有能完成的。江雷鋒說老哥真能行，還用雙手去把葉鑾的臀部抬起來，三個人配合起來……大門開了，江雷鋒的軍人出身的父親下班回來了，可三個人的配合尚未到達頂尖高潮，他們還在繼續著……

　　江雷鋒的父親告發了，這成了嚴重的案件。正是又一次嚴打期，苟傳被判處死刑；江雷鋒判處死刑，緩期二年執行；葉鑾被判無期徒刑。苟傳始終沒有交代葉鑾過去所受到的傷害，葉鑾也沒有說出往事，那是她只給苟傳一個人的說的心事，不會說給任何第二個人。苟傳的死刑並不是在荒蕪的刑場上執行的，他被作為第一軍醫大學的男性標本保存在了解剖實驗室的福爾馬林池中。他二十二歲，一個有著文學家夢想的年輕男子，其人體制作成的標本是沒有一點兒瑕疵的。他成長的那個山村裡有個人在第一軍醫大學解剖實驗室打工，親眼看到過泡在池中藥水裡的他。他在被注射了毒藥之後，在意識消失之前想起了他創作的另一首有關黃河的長詩：

　　黃河組曲之二：北邙水北

　　　一座綠色的村莊，那誘人的橘林

　　　擁抱著她，絢麗的祥雲，瑰麗的瑞霧

　　　繚繞著她，寧靜的名聲蕩漾向四野

　　　和平的鳥兒盡顯圓潤的歌喉

　　　小校園裡更是一片初生的嫩苗

　　　老壽星娓娓講述一個古老的傳說

　　　溫暖的春陽輕輕地撫摸，和煦的南風

　　　熏熏地吹著，小囡囡在小溪邊

　　　琅琅地吟誦

　　　可是，暴洪沖毀了村莊

　　　凋謝了人間，洪水中漂滿了

　　　天上的星星，地上死去的鮮花

　　　一條暴戾的河漫過

　　　我站在澎湃的河口

腥穢的河水野蠻地氾濫了滄海
沙灘上腐敗了的藍鯨
岸上的船一副破敗的枯骨
沉睡的海面漂著雙桅船折斷了的桅杆
和裹屍布一樣

在昌盛都市的邊緣
一群叫花子
襤褸的衣衫，破敗的棄履
生滿白蛆的濁水邊
冰凜的陽光下
身上的蝨子拋棄了他們
一個少女
無望的異域
骯髒地苟活
賣身給一個渾身魆黑的男人
爬滿蛆蟲的臭水邊
漆黑的夜晚
苦難的眾生
故園被洪水夷為廢墟
你們就走向這裡
麇集，輻輳乞丐壑
不知是哪一年代的叫花子把這裡
稱為乞丐壑

北邙水北邊，荒涼的山丘上
骷髏直立，盤繞著毒蛇
似乎還有青龍的崛起

萌芽的屍體

茫茫四野，古塚枯榮

中間一條蛇樣的小道

屍腐的墓穴裡宿滿了赤條條的流浪漢

他們從死骨上吸取活命的溫暖

混沌的北邙水慢悠悠在廣闊的平原上跋扈

遙遠的下游，有著更美的肴饌

在它深巇的波瀾中，漂著雪白的屍肉

那是一具少女的屍體，已被它剝得精光

它是先是奸屍後，再把它吃掉

這就是北邙水

它來自朦朧的遠方

在它的岸邊又張開了吃掉村莊和田園的裂縫

那不怕死屍共臥的流浪漢

那悸惕的岸邊人民

這些不幸的亞當的子孫們

把它仇恨地叫北邙水

三十五年前，這兒還是一片不毛的荒漠

殘陽似的泥沼充滿了莫測的恐怖

有一批亞當的子孫們被慘殺在這裡

又有一批亞當優秀的子孫們被擊斃在這裡

這是一片神奇血沃的土地

幾十年的風霜雨露，嚴寒酷暑

那遍地的朽骨勃發繁衍成了大“原始”森林

一條紫黑的河就從其中流出

依然暴死的淚血，那森林中生息的生命

全是他們精神的複生

虓虓的猛獸的咆哮，雛鳥的啁啾
都在告訴人們那是慘絕人寰的格殺殘陽

殘酷的“死的隔”，那是一條骯髒奇臭的河
在半人半馬怪物嚴酷的管轄之處
崎嶇險惡的山崖
崩落成略可上下的山路
山腳下的血溝中
煮著暴君邪惡的靈魂
水中受煮的靈魂發出淒慘的呻吟
在蒸汽氤氳的山谷無限地回蕩
那是一條紫血沸騰的血溝
露在血水上面的頭
把它叫做慘絕的勿雷格束

一塊全無草木的平地
那慘淡的樹林正環繞著它
正和那慘淡的巨溝環繞著樹林一樣
成群裸露的靈魂都在悲哀地哭著
在沙地之上，大火球慢慢地落著
和沒有風的時候落在珠穆朗瑪峰上的雪球一樣
永久的火雨落在沙上，沙粒一個個都燒紅了
成群裸露靈魂都在苦苦地掙扎著
這裡有小河從樹林裡流出來，血水般的顏色
河底和兩岸都是石頭鋪的
（這是一條無需橫渡的河）

那裡的靈魂全然蓋在冰下
像水晶中間的草梗一般

那是一個玻璃一般凍結的冰湖
我走在許多頭顱之間
腳忽然踢著一個面孔，踢得很重
那面孔凍得發紫，門牙已經凍落了
于穀霖的牙齒深深地插入路格列的後腦袋
饑餓的權力強於悲傷，在地球上的中心
那些不幸的幽魂，把它叫做科西多
那一個殘忍的冰湖
在不同的地域，都有著不同的名字
那是當地受難的幽魂，仇恨地起的
可是卻有一個名字淹沒了所有的名字
路西勿羅專橫地只把它統稱為地獄河

有伊達的山中
立著一個巨大的老人
大大海之中，一個荒廢的國度
在世界尊重的克乃德
有一條河，就起源於這座巨像的裂縫
裂縫深處是什麼內核還不知
起初，它是淚水從裂縫中流出
透入地中，這淚水經過山崖的孔隙匯歸地獄
在不同地域，都有著各自的名字
那是當地的人民，親切地起的

在懦夫受刑之地，那些既為天國所擯棄
又不為地獄所收容的騎牆派幽魂們
無望渡到彼岸，他們在不能寂滅中
在沒有星光的空氣中歎息、抱怨，悲啼著

一個鬚眉盡白的老人站在船上，大聲道：
"不幸的你們，罪惡的靈魂，
不要再希望看見天日了！
我來引你們到彼岸，走進幽鄉，
走進火窟，走進冰池。"
那是一條青黑色的慘淡的河
在這裡幽魂們把它叫做亞開龍

在菲理伯·亞岡底受攻擊之地
忽雷笱，這一忿怒的靈魂——魔鬼
操一隻離弦的小舟於鬼沼之上。
岸邊的峰巒猶如巨人的頭顱，淚海中
滿頭滿腦都是污泥，齷齪如同狗群
攀住船舷想要爬上來
幽魂們把它叫做卑鄙海

撕碎的帆
世界不幸者的頭顱
擁滿這荼毒的卑鄙海
火星雨突然落下
卑鄙海燃燒了起來
那些污穢的頭顱
都在呼天搶地呻吟嚎叫
東方的初陽無疑是一頭燒紅了的頭顱
它在向世界噴著火紅的汙血
它像一隻槍口瞄準了世界
正在瘋狂地射擊
哦，有一條河

它起源於一具渺小的臭肉

……

在它橫行的各個地域

都有著它不同的名字

那當地亞當的子孫們的意志

那是他們的仇恨所命令的

可是卻有一名兒淹沒了所有的名字

龍薑貂訇專橫地只把它叫做中陸河

我什麼世紀，什麼年月

什麼時候才能在這海口默默地注視它的乾涸

那堆臭肉也該腐化完了吧

它是一隻野獸的時候

曾生吞過許多世民的血肉

它死後，又給民眾以如此可怕的苦難

哦！我什麼世紀，什麼年代，什麼時候

才能等到它的乾涸

死滅啊

行進于香氣撲鼻的平原上

那裡樹林茂密而青翠

那裡灑滿了早陽的光輝

我慢步走進樹林已經很深

在我的面前出現一條小溪

溪水自在地流淌

把生長在兩岸的草推倒在水面上

雖然藏在永久的樹蔭之下

但在河底卻無所匿

我的腳步被溪水所阻，但我倏忽間

卻看見水的那邊那高大而多變化的豐草和佳木

一個孤單的女子，一面唱著，一邊采著花

白藕節相連一般的路

溪水浸濕了河岸的草

在不遠處，它分流了，在這邊叫忘江

在那邊的是憶溪

初稿創作於 xxxx.7.1

（苟傳注：詩中有幾處引用了但丁的《神曲》，是對他的最高致敬！）

苟傳一生總共創作了 951 首自由體詩，還有幾十首古體律詩，這一切都化作雲煙了。

童年時代，他常常在挖草藥的時候爬過崗梁去看那個石頭女孩，對於石頭也會長感到不能理解，石頭都長了那麼高了，他覺得歲月一定是過去得太久了。塹口那棵樹越來越近了。樹還是那麼巨大。他用手摸了摸樹，心裡有些害怕。進了溝塹，她看見了幾孔山洞。山洞是在塹北側的坡崖下面。洞前有幾棵樹。一個老太太坐在樹下。他拉著她的手，他們走著。他記得這棵樹是桃樹，但現在看又不像是桃樹了。老太太正在把一疊棉絮套進布裡，要把它做成一床褥子。她沒有動彈，仍舊坐在樹下面縫褥子。對於她的兒子不知把誰家的姑娘拐了回來，不感興趣，只是高興這個溝塹又多了一個女人，可以和她拉家常了。葉蠻也認出了那棵樹，雖然它變得不像她記憶裡的樣子了。老太太看見葉蠻長得很齊整，很美麗，心裡暗暗歆羨兒子的福氣。自從兒子出了溝塹就沒有再回來過，對於他的突然歸來，她心裡覺得很意外。她想兒子不是回來看望她的，心裡一點激動的感覺都沒有。她早已絕望，時間都生銹了，記不起來自己還有個兒子。當兒子真的出現在了眼前的時候，她才恢復了對於過去的記憶，認出了他。葉鑾看著老太太手裡的棉絮，她心裡不知在思索著什麼。老太太看見葉鑾臉色紅潤，精神也很飽滿，但是一下子就看出了她身體裡面深藏的傷病。她雖然是個民間的老太太，但她活得歲月太久了，對於歲月的認識把她磨煉成為了一個經驗豐富的郎中。她用她的辦法治病。她的兒子小的時候，他患的病都是她治好的。她分析著葉鑾的病情，思索著到底給她下什麼藥，吃什麼草。這兒的藥都是草。那種叫柴胡的草藥莖幹兒高大，分叉特別多，八月的時候開出的小黃花十分絢爛。葉鑾的頭突然一低，吐開了血。血，膿一樣流到桃樹下。當葉鑾將要栽倒死去的時候，荀傳把她抱住了。他神色驚慌，可憐巴巴地望著老太太。她叫兒子把葉鑾放到板凳上。荀傳疑惑地望著她。她告訴他說這條板凳挽救過許多人的生命。他仍舊望著她，疑慮重重的樣子。

“放到炕上就救不活了。”

他還望著她，一臉的茫然。

“你快到對面山上舀一罐水！”她將水罐遞給兒子，他迅速飛躍起來，跳下溝壑，很快爬上了山崗。上崗的路很陡峭，但它卻是荀傳童年走慣的道路，他像野山羊一般跳躍著。爬上山崗以後，看著四周的景物，他覺得自己好像不久前剛剛來過這裡。他找到了那潭清泉。潭沿有一小小的豁口兒，一股細流流向山崗的背後。泉水順著長滿野草的山坡流下去，沒有發出任何響聲。他把水罐按進水中，罐口咕咕咚咚喝滿了。這個時候，他才認出這個泉潭原來是個墓坑，是打墓的時候，挖掘出了泉眼。他想起了死去的父親，一回頭看見了墾口那棵古老的巨樹。

葉鑾喝了墓坑泉水以後就蘇醒了，她再沒有吐那種綠膿一般的血了。母親堅持叫他也喝些。母親觀察到兒子的臉同樣紅光閃閃，上了趟山下來依然精神飽滿，這是不正常的，認為他也病得很重。他拗不過母親，把罐子裡剩下的水全喝了下去。

“爹呢？”

"你爹從墓裡出來之後爬上了山崗。"

他覺得母親變化實在是太大了，他想不通母親是什麼時候學會了滑稽的，在他的記憶中，他的母親從來都是笨嘴拙舌的。他不想和母親開玩笑，他覺得那樣對母親是不敬的。葉鑾的身體已經好了，臉不紅了，眼神也不像狼的眼睛那樣亮了，她過來依偎在荀傳的身上。

他一隻手摟住她的腰。

"城裡在搞革命。"

母親激動地打量著他。

"他復活了！"

"真的？"

"人山人海，都戴起了紅袖章。"

"紅衛兵！"

母親蒼老的臉漲得通紅，興奮異常。

《紅色天空下》收筆之後

九月中下旬的某個日子開始的，十月、十一月，到十二月三十日的晚上六點半，這部長篇總算收尾了。把計劃中的結尾寫完後，這件事情就算到了終點。結尾便是人物命運的終點，這是一部類似傳記式的小說，人物及其命運，尤其其結局是最重要的，當人物被判處死刑，被某軍醫大學的解剖實驗室變成了人體教學標本，他永久性地泡在了福爾馬林藥水池裡，當他的同村的一個中年人去打工，在那裡看到了成了標本的他……這個慘啊！真是悲慘世界，比冉阿讓的世界要悲慘無數倍。他是因為與他的新婚妻子和昔日的中學同學三人同睡一床而被處以極刑的。性是無罪的，任何形式的性只要是不違犯他人的意志都是無罪的，可在紅色大陸，卻成了重罪，嚴打下的極刑。他救過被計劃生育引產下來的還活蹦亂跳的孕足月的嬰兒，他衝撞了當時的社會環境，他的行為並不被作為英雄或正常行為對待，可他在我的小說裡卻是驚天地泣鬼神的英雄，是持有人類底線的正常人，對人的保護，對新生嬰兒的愛護這樣的最基本的人類情感和行為。可在那個特殊的年月，那些所謂超生的引產兒儘管被引產來到這個世界的時候是哭出了嘹亮美聲的，可他們是不被作為人對待的，是沒有任何生命權的。那個時代的社會超生的嬰兒沒有生命權，在性解放的路上走得快了一些的人也是沒有生命權的，主角的命運與超生引產兒的命運是一樣的。

醫院變成了殺場，醫生和助產士變成了劊子手。他們吃胎盤，吃嬰兒，還有用活的嬰兒心臟，治療疑難雜症，治療深陷的藥物成癮症。因為超生嬰兒已經足月，不打利凡諾引產藥液也是可以順利分娩的，有的醫生就假裝給產婦打了有毒的利凡諾引產藥液，而其實打的只是生理鹽水或者蒸餾水，這樣出生的嬰兒就是百分之百安全的，他們就把這樣的嬰兒吃掉，挖出嬰兒的心生吃治病。這簡直比奧斯維辛還要殘暴，這樣的醫院如同集中營。這就是我年輕時候工作過的地方，留下了無窮的悲慘記憶。

第四部分

殉難者荀傳的非古體律詩輯錄

秦始皇

阿房阿房亡始皇，
童謠兒歌百姓心。
殺父淫母囊撲兩幼弟，
滅六國焚書坑儒華夏文明絕，
集權專制獨裁暴秦一統成地獄。
從此後，華夏再無光天日，
江山成美婦，
暴行掠成癖。
祖母屢遭奸，
華夏遍瘡痍。
暴徒變皇帝，
皇帝變暴徒。
造反革命起義，
一切為了權力。
劫難永輪替，

江山成私第。

蒙古後金俄白毛，

同來姦淫華夏母。

到如今，始皇陰魂橫天下，

一再附身革命漢。

滔滔華夏已成俄白毛的主義殖民地。

馬列雄柱戳穿華夏母，

呻吟啊，痛苦無窮盡。

始皇陵沉睡渭水南驪山北，

華夏越苦他越活躍，

陰魂還在中華大地上巡迴，

察看他開創的郡縣專制獨裁體。

毛僵屍替他鎮守北方，

還有一活物是其孝子賢孫，

代他看守江山。

始皇陰魂誰來除，

華夏福祉有盼頭？

我是四十年前就踏入中華的文學之神，

我將恩賜這塊土地。

文學雖弱，

神強力無窮，

看哪個人還敢再害人？

紅　燭

紅燭啊你被選為一群殺人革命奪權漢的祭品而不知，

還在為他們的利益而演講吶喊。

你身為紅燭自不知，

從上到下全燃燒為灰，

連作淚的機會都不給。

你是一夥新暴力的犧牲，

你是人卻充當了牛羊豬的角色。

革命漢殺人如同殺豬羊那樣方便，

從不眨眼，從不流汗，

心裡沒有絲毫的波瀾。

他們攫取一個人的靈魂，

把他變成革命奴，

命令他加入國民政府中統，

讓他以政府特務的身份將你槍殺，

讓你的死給國民政府抹黑。

這樣一個嫁殺害進步詩人教授的惡行予國民政府的計劃，

是暴徒們苦心經營的行動。

而你啊紅燭，

居然為這樣的暴徒張揚美名，

真是愚昧啊。

為他們燃燒成灰，

你的死竟不知為何，

可憐啊！

你死後八十載，

所謂的"殉難碑"被潑墨，

世上還有明白人。

一個"殉"字，

可見立碑組織知內情。

你是他們選定的祭犧，

紅燭啊可憐你到陰間依舊愚昧。

暴君的心黑，

愚民的血白。

紅燭啊，你雖一身紅，

卻被燒成了白灰。

靈　燈

它有一種引力，

迫使你的心朝向它。

你老想弄明白它是什麼，

這盞燈是什麼，

為什麼飄移？

在路的東邊你的右手一百米遠的半空。

它是某個逝去文友的靈魂嗎？

深夜十一點半，

大路空，

你騎掃碼電動車回家。

它消失了，

你背上微微發寒。

一個人的死

一個人的死，全國白雪舞，
暴君的心黑，愚民的血白。
村村設靈堂，人人戴白花，
個個纏黑袖。靡費無度量，
餓殍遍天下。革命奪權漢，
一不產滴糧，二不制一器，
只為殺人術，變身大救星。
活害大眾國，死亦國雪舞。
天下生意者，市國害蒼生。
害一人罪犯，害一世救星。
死後造陵城，貽害更無窮。

答　酬

你在北山原，我處南山溝，
漢江渭水間，千原萬重山。

護士工作所見

農女喝農藥，如同每日餐。
農村有多苦，由此見一斑。
農忙時節累，服毒更加亂。
架子車上躺，匆匆趕醫院。

有一男護士，今年方二十。
搶救室值班，連忙插胃管。
有機磷農藥，洗胃第一關。
可惜就醫晚，農婦魂歸天。
丈夫如木呆，無淚流一滴。
貧窮加勞累，人已變木石。
架子車掉轉，拉屍回草屋。
三日埋溝溪，田邊多一丘。
新墳飾花圈，三年草萋萋。
人生一世世，匆匆走一圈。
男護心茫茫，眼有濕淚點。
奔命如農婦，還在苦撐住。
未來天不明，淒淒苦夜行。

搶救室門前所見

漢沔一河隔，淙淙褒河水。
少婦從西來，懷抱一女孩。
旁跟一細男，年紀不足卅。
醫院搶救室，恰好吾值班。
但見女孩胸，有一小刀口。
紅紅如細線，似為毒蛇痕。
女孩身如木，魂早歸西天。
本想施救治，明知徒勞功。
束手只相勸，娃已沒命長。
少婦臉如石，眼睛無神變。

436

抱著女兒屍，身轉向西行。
男子伸手換，被拒收手伴。
三人緩步邁，只有四隻腳。
天壁陡且直，大路橫躺地。
女孩自刺心，為何決意狠？

追　念

好多年之前，深夜坐友處。
文友有賢妻，患有心肌病。
心功能不全，已經好多年。
文友常外出，幾日不歸宿。
我稱好大姐，談起昨夜事。
有只鷗鶒鳥，忽落到窗臺。
大姐學它叫，叫聲很特別。
她說才不怕，談笑一揮去。
後來有一天，文友來電話。
昨夜暴風雨，大姐已去世。
閃電八千次，天界收星歸。
常憶大姐言，淚已濕心襟。

孫文者

一人名孫文，反滿英雄漢。
滿亡中華立，革命為奪權。

竟能欺友女，豈能治家國？
勾結北極熊，殺我北洋府。
白熊入中國，攪邊又奴魂。
十億華夏人，淪為熊奴婢。
七十六年後，依舊是熊奴。
熊是紅色血，基因要傳萬。
暴君又轉世，苦難亦輪回。
都是孫文者，害我到如今。
專制何時休，獨賊才絕根。

上　海

黑雲壓上海，三點已黃昏。
車到提籃橋，大雨如傾盆。
撐傘牆角躲，風吹雨濕身。
提籃橋監獄，有一女勇士，
血書二十萬，詩人夢魂斷。
僅是思想犯，秘密被處決。
我來特祭奠，大雨如天淚。
勇士名林昭，天地亦昭昭。
獄卒上門來，索取子彈費。
五分錢荒誕，此國更可笑。
雨大亦響雷，下過一小時。
雨仍大無行，忍耐幾多時。
天公不停鳴，歲月長茫茫。
民賊害人深，腐屍竟供養。

喝血期還陽，黑雲壓天下。

盼待雨過時，晰陽藍雲白。

長安秋

咸陽　長安　西安

名稱不論如何變換

地還是那地

人也沒有變

幾千年一瞬

都成了昨天

但現在卻永恆

一秒便是一千億年

還要久遠

長安的中秋

般若

藝術

藍色長袍之美

存在

心

大氣是看不見的物質

浸泡長安

人

物質都會朽壞

消失

般若永存

九月詩

我寫過一首《暴君》，

對於惡魔的死造成的舉國"白雪舞"，

當時天下老百姓餓殍遍野，

還被層層的惡政強壓下，

人人戴白花，個個套黑袖，

村村設靈堂，縣縣大操辦，

糜費無窮，花的是老百姓的血汗錢，

把他們的口糧化成了白灰。

一個惡魔害盡天下蒼生，

害死了近億人，

尤其是對老百姓的愚化，

洗腦，使他們對於喝他們血吃他們肉的惡魔愈發崇拜，

魔賊把自己及其同夥組織裝扮為為"窮人"打江山的救星，

幾乎使所有老百姓淪陷！

清醒者都被定性為"反革命"而被消滅，

惡魔死後竟有千萬被愚化的人痛哭流涕，

這樣的悲慘和荒誕就發生在我的少年時代，

我終生難忘，內心傷痕最深。

童年的我蹲在破爛的窯崖下的旱茅坑邊，

用柴枝兒劃寫"打倒"魔賊的字跡，

隨後又迅速抹去，

即使"打倒"二字也是被愚民化的結果。

另一首

忽然想到九月九是惡魔死去的日子，

那天我從商東回到漢南正是清晨八點。

惡魔多想活到一萬歲啊，他想的是永生，

萬世奴役他人。

神明啊，你真是太英明，是神明，

設計出了人的壽命，

惡魔內心多麼不甘，還得跟我們普通老百姓一樣死去。

我們活著時忍受惡魔民賊的奴役和作踐，

我們寧可早一點死去，

叫惡魔失去了"人民"，

留下惡魔一個，

叫他無法再過奴役百姓的癮。